茅 盾 文 学 奖

获奖作品

金瓯缺

第四卷

徐兴业 著
刘旦宅 插图

河南文艺出版社
·郑州·

金瓯缺

第四卷

第四十章

1

为自己的家属亲人，为西军的旧侣和义军的新兄弟们，为更多的爱国、忧国之士，甚至也为敌方统帅部密切关注的马扩的命运一直犹在未定之天。虽然在一段时期中，关于他的传说纷纭，有的说得神乎其神，似乎他已经化成一条神龙，破壁飞去。但事实上，自春徂夏、自夏历秋，他始终是真定府军巡院牢狱中的一名稍受优待的囚犯。他在牢狱中整整蹲了九个半月，直至真定府沦陷的那一天，他才得戏剧性地逃出牢狱，那已经在太原府沦陷后一个月，两路金军积极准备渡河，发动第二次围攻东京城的前夕了。

马扩是勇敢的军人，是活跃的政治活动家，是大刀阔斧的改革者和组织者。他精力充沛，头脑敏锐，手脚与五官并用，处处以大局为先。无论在童贯的幕府中，在和尚洞义军山寨中还是真定的军队中，工作都成效卓著。但他不幸而进入监狱。监狱是禁锢人的处所。他不得不受到镣铐枷锁、木栅铁窗、狱吏节级、司法方面的规章制度等的约束。在监狱中，他不是一条破壁上天的“飞龙”，不是一条暂时栖息在田间的“见龙”，而是一条无所用其锋芒的“潜龙”[1]。

他的身体受到禁锢了，但是用来禁锢他身体的刑具班房却禁锢不了他的思想。他不断地在沉思、探索，在他头脑中反反复复考虑着的，概括起来，无非是下面的一些问题。

不管国家是否爱我，我一定要爱国家，这没有选择的余地。唯一的理由就因为我是这个国家的人。

我爱我的国家，即使它有缺点和错误，好像我爱我的母亲。用凡人的观点来看，母亲也难免有这样那样的缺点错误，但我爱她的时候，并不与她的缺点错误联系起来。因为我怀着一种神圣的，必然要排斥世俗观点的感情爱她。我爱国家也怀着那种神圣的感情。

我爱我的国家，不问我已为它支出多少，它已经付给我多少。爱国不是做买卖，不是去街市买青菜萝卜，不能讲等价交换。讲等价交换的是韩非子的观点，从汉朝以来只讲利害关系不讲道义关系的法家思想早已受到唾弃，彻底破产了。

从马扩所处的时代来说，国家与朝廷是同义词。国家的概念大而抽象，朝廷是它的具体体现者，他爱这个国家就要爱这个朝廷，他不能背叛这个朝廷犹如他不能

[1]『潜龙勿用，见龙在田，飞龙在天。』语见《易经》。

背叛这个国家一样。他当然熟知这个朝廷的缺点错误，特别从宣和以来，陋政百出，导致了许多城池被攻陷，许多家庭被毁灭，亡国之祸，迫在眉睫。它的缺点错误是十分严重的，但他仍不能不爱它，随时准备着献出自己的一条性命来挽救它的危机。

为了它，他们这个家已经付出足够多的牺牲。在过去的三十余年中，这个人口稀少的家族已经有四个直系男子殁于王事。最近消息传来，榆次一战，他的父亲马政已与小种经略相公一起战死，他的少年侄儿也在战争中陷失，生死未卜。他是这个家族硕果仅存的男子，而他蒙受奇冤，身陷囹圄，至今尚未得到平反昭雪。

即使这样，他并没有改变对国家的执着的爱，并没有丧失正义终将伸张，他马扩必有平反昭雪、光荣出狱一天的执着信念。由于这种执着的信念，他几次拒绝了可以通过其他途径出狱的机会。

种师中战死后，种师道挽请与刘韐熟悉的宇文虚中与刘韐谈判。刘韐在宇文虚中面前也不说假话，他表示子充一案，暧昧难明，但王儿道既然出面揭发，不给他一点面子，这支真定军今后就难以统带了。只要子充略有逊词，承认中间发生某种误会，婉转解释，此案可结。

这种妥协性的结案，马扩理所当然地严词拒绝了。

远在西陲现任陇右副都护的刘锜是马扩最亲密的朋友，是马扩情同手足的兄长，二人暌隔了几年，彼此都密切关心对方的动静。马扩身在狱中，还设法挽请小种经略相公奏调信叔到前线去作战，此事受格朝廷，未能实现。渊圣皇帝在使用刘锜的问题上显得他真是太上皇的孝子，太上皇不喜欢的人，他也不给予立功的机会。这时，刘锜托人送去一道奏稿，他让留在西北的西军宿将联名上奏，痛陈马氏一门殁于王事者四人，不释放马扩无以慰地下之灵，无以泄将士之愤，无以鼓前线之气。这件事被马扩自己阻止了，他虽感谢刘锜的好意，但用祖、伯、兄长之死来交换自己的自由，这种做法他不愿意考虑。奏章终于没有呈上朝廷。

刘七爹离开真定前，赵邦杰大哥两次派沙真兄弟入城与七爹商议劫狱的办法。七爹两次都把沙真带进狱内与马扩见面。马扩高兴地知道义军之势日益发展，一次曾远哨到赵大哥的家乡固次县，猛袭驻军，金将特离补猝不及防，跣足而逃。他又知道保州仍在官军手中，他的母亲、寡嫂、亸娘母女，都平安无恙。那次赵大哥进军固次时，原想顺道把她们带回和尚洞山寨。后因在衡水一带与金军遭遇，大战数日而退，保州没有去成。但赵娘子带信来说，她一定不负所托，要把三哥的宝眷带往山寨，请三哥勿虑。

这两条都是好消息，马扩听了放心。沙真带来的越狱计划是赵大哥出的点子，经与七爹详细推敲过。它富于吸引力，而且轻而易举，不必伤害什么人，有绝对成功的把握。越狱如获成功，估计母亲、妻子也将来到山寨，不久他就可以与她们见面了。

刘七爹几次带来的消息都是偏于乐观的。譬如他说母亲的身体一如往昔，亸娘病体也早痊愈。马扩不能完全相信它们都是真话。母亲一向虽然善于克制自己的感情，但是父亲战死，侄儿失陷，对她都是莫大的打击，再加上他自己长期系狱，亸娘多病多灾，国难家恨，百忧交集，怎能不在她的身心中留下巨大的伤痕?

去年十一月他去保州探亲时，与亸娘缱绻难分。当时两人都产生了一种分别后很难再见面的不祥预感，现在回忆起来，当时他考虑的是战争即将爆发，既然参战，他就有可能战死，而亸娘害怕的是她听说真定方面有人要陷害他。当时他已经从几个方面得到警告，要他谨防王渊、李质这些小人的报复陷害，但他并不在意。他不相信他一向蔑视的王渊之流能有什么办法来加害于他。看不起一个人的品质，连带也蔑视他的能量，他难道不知道有些道德品质极为恶劣的人干起坏事来却是很有才情的? 马扩由于盲目地自信，忽视了这个简单的道理，丧失警惕心，果然着了他们的道儿。

在那几个月中，亸娘经历了流产、早产、难产三重关卡，挣扎于死亡线上，命悬一线，而自己身陷囹圄，无可着力。有时他心里想，莫非他们的预感真是有些道理的，他们今生难道真正不得再见面了?

这种婆婆妈妈的想法居然也在豪迈绝伦的马扩心中生根，牢狱生活是滋长这种想法的温床。他失悔于当日保州城外一战胜敌，他马上就可以进城与亸娘相见，却请缨去救中山之围。一言才决，驱马便行，错过这个机会，造成了长恨。

每次他见到刘七爹时，都要问到亸娘的身体，而七爹每次回答的都是好得不能再好的消息：亸娘早占勿药，如今已经结实得像个牛犊，每天怀着乳儿，下田劳动，干起活来，简直比得上赵娘子。而马扩知道亸娘是从来不懂得干农活的。她要下田，赵娘子也不会要她去，这句话分明是个漏洞。

无论对亸娘、对马扩，刘七爹采用了同样的办法，先安慰了他们再说，至于前言不搭后语，引起他们的疑窦，那只好以后再说。马扩熟悉他夸张的习惯，领略他的好意，对他说的话却是不能深信的。但这一回是沙兄弟带来的消息，而且又是赵大哥托他转达的，那当然可信。现在他只要举足之劳，越出监狱，回到山寨，就可以打破那无稽的预感，与她相见了。他多么盼望这个好不容易才能盼到的机会，争取这一次百劫余生后的见面！

但他还是拒绝那越狱的机会，理由是，他蒙受大冤，被关进牢狱，要离开它，不能是折了脊梁骨从门槛下爬出去，也不能是偷偷地逃出去，要么不出去，要出去非得正大光明，开了大门，送他出去不可。

几次出狱的机会都被他以这同样的理由拒绝了。

父亲和侄儿出征不久，刘七爹也悄悄地离开真定，他走得匆忙，来不及进狱道别，只把马扩之事托给老禁卒徐信。

有刘七爹做他的后台，徐信虽然胆小，上面的关系都由刘七爹打通了，他行起事来倒也理直气壮。自从抽去了这根拴心骨儿，他佝偻更甚，好像比刘七爹的年纪还大上十岁。一把花白乱胡子中间的笑容消失了，偷偷摸摸说一两句含混不清的话，就急忙走开，唯恐被人发现。他对马扩的照顾只限于饮食方面，不让他吃到苦头，如是而已。

从那时开始，狱中的关防加紧，马扩搬到一个独立的院子里单独关押。已经与他建立起相当亲密友谊的难友们，包括第一次向他介绍狱中情况的热心朋友豪杰之士巩仲达、愿意自宫的蔡俊、出狱后仍要去干老行当的“白日撞”等人，都被隔绝了。山寨来人更被严密控制，不让见面。徐信本人也受到监视，馈食之外，不许他和马扩有其他的接触。

“白日撞”撞来了一条重要新闻，而且利用白日放风的机会撞到马扩的别院中告诉了他，那是一条最坏最坏的消息，榆次战败，小种经略相公以下的将佐官兵全部阵亡。刘七爹就是为此出门的。不消说这些消息在马扩心中引起的震惊哀悼。他本来也有点猜到刘七爹的不辞而行必有缘故。现在他多么希望有刘七爹这样一个能干的人为他传递消息。看他在狱中进进出出，滑脱如泥鳅，大小狱吏都尊敬他，从来不妨碍他的行事。不像徐信行动拙慢、胆小如鼠，反而处处被人抓住小辫子。刘七爹眼观四面，耳听八方，什么都知道，即使言语夸张，本人臆想掺杂的成分，超过事情真相。但是打个折扣，挤去水分，多少可以了解个大概，比目前蒙在鼓里的情况总要强多了。譬如榆次战后，太原的命运如何？斡离不的东路军沉寂了半年，跃跃欲试，出动南下了不曾？老种经略相公犹自无恙？不见得，从去年勤王以来，听说他的身体一直不好，目前他在京师，还在河北前线？还有，一天徐信偷偷地说了一句："赵大哥离开山寨已去河东。"语焉不详，再问下去就变成个锯了嘴的葫芦，索性不回答了。马扩心里想，赵大哥此去必是去会韦寿佺、李宋臣、冯赛等人，不知会见了没有？河东情况有无变化，义军有没有在敌后活动，以牵制粘罕围攻太原之师？所有这些在他心里千转万回的问题，在监狱里，谁都不能回答他。自从他发作了一次以后，徐信害怕了，明显地要躲避他，匆匆馈食，总是站在木栅门口，东张西望地不跟他说话。

有谁体会过一个人生了嘴巴，却长期没有张口说话的机会，那是什么滋味？如果几年不让他说话，等他恢复自由，重新回到人间后，肯定要有一段时期变成哑巴的。

狱中的气氛越来越沉重，过去难友、狱吏对他的同情现在很少有机会表现出来。一名狱中尊称为"提控"的高级节级曾来看过他几次。口气之间，把他当作自己管辖下的重犯，虽然还称他为廉访，关心他的伙食，并不存心要虐待他、挫伤他的自尊心。在那"提控"的心目中，不论是谁，即使官家本人也好，一旦入狱，就是他管辖下的犯人了，一切都要听他的。

人世间不缺少这样一种人：无论在多大的范围中，他都是一个头儿，随时不忘记在这里是唯我独尊。"螺蛳壳里做道场"，就是这种人的特点。他是凶人、恶人，马扩倒不把他看成很坏的坏人。特别在那最后几个月中，除徐信以外，他是马扩唯一能接触到的人，从他身上多少也可以体会到一些人的气味。

他名陶成，是奉朝旨前来真定勘断马扩一案的深州兵曹毕蟠带来的属吏。

这个毕蟠才是真正掌握马扩命运的人，他是熟悉业务的司法官，也是作风稳健的中低级官员。这次奉旨勘察，一下子成为钦差大员。他有一套独特的工作方法，来到真定后，认真作了一番调查研究，听取了原审理官周推官、董司理的意见，翻阅了全部卷宗，传讯了一些有关的证人，那时被李质卖出来的假使人已经"瘐毙"在狱，但受赂杀人灭口的狱吏都被毕蟠查出来了。这一点突破，全案真相大白。毕蟠甚至不需要与马扩本人见面，就能为他平反昭雪，现在他要考虑的不是案件的本身而是与案情有关的人事关系。

司法虽有相对的独立性，但那是在升平时节，如今军事倥偬，地方军政长官的权力很大，往往可以牵制司法。本案指控人是声誉籍甚，朝廷正倚为长城的安抚使刘韐，本案的揭发者王渊与李质都是手握兵权的军事大员。如果替马扩平反了，就得坐实他们的诬陷之罪。王、李二人，如果锒铛入狱，耽误了戎机，岂不也要他毕蟠负责?

枉法徇情，昧着良心行事，断送马扩一命以讨好上级，毕蟠有所不愿。直道而行，在法行法，不怕得罪权势、为马扩昭雪，毕蟠有所不敢。在古代，即使最好的司法官也不能不在法律与人情的天平之间加上一块平衡的砝码，毕蟠又岂能例外?最后他采取了权宜之计，找出一些借口，把本案延宕下去，看看形势的发展再说。这就是马扩一案长期不得审结的原因。

但本案是钦命的重案，马扩是钦犯。马扩与城外义军的密切关系，这是人人都知道的事实，外面种种神乎其神的传说，毕蟠自己也听到多次了，更不必说王渊、李质等人的再三警告。

毕蟠是官方人员。官方对义军一般都持有敌对的看法。和尚洞义军领袖赵邦杰曾被刘鞈称为义士，转请朝廷授予武义大夫之官，位分儿已不低，但这是一时的权宜之计。在官方人员的心目中，义军与乱民、与草寇其实并无多大区别，义军中的不逞之徒，要把马扩劫出狱外，这是非常可能的，即使马扩不愿，义军中人还是会干出这种事情的。职责所在，他不得不加强监狱中的关防。特别命令他从深州带来的陶成，负责看管，不得稍有疏虞。同时也加强了对马扩的人身保护，不使王渊、李质等有机会暗害他。在这两方面，他都做到了“克尽厥责”。

2

八月间，刘韐升任为河北路宣抚副使，出兵平定州应援太原。王渊、李质都随军西行。朝廷改派枢密院副都承旨李邈为真定府路安抚使代替刘韐，另派西军将领刘翊为真定府路兵马钤辖代替李质。这次出兵是朝廷为了解太原之围所做的最后努力，三路并进，催兵的羽檄急如星火。新官尚未到位，旧官先已出发去前线，连移交接替的手续也没有办妥。情况紧迫可以想见。

马扩一案的“苦主”们都已离开真定，看来他们无论胜败，都不可能再回真定。毕蟠的思想包袱卸除了。新任安抚使李邈原来也是司法官出身，与毕蟠有着共同语言。刘翊更是代表广大西军官兵的意见，要求从速给马扩平反昭雪。现在毕蟠有了可以做清官的条件，就可以问心无愧地发落本案了。做清官是要有客观条件的，不光是一个主观情愿的问题。当下毕蟠打叠文书，申请朝廷为马扩结案。可惜就在这一两天之间，斡离不亲自率领的一支大军突然掩到真定城下，四面包围，水泄不通。李邈、刘翊派人带了蜡丸，先后三十四次向朝廷告急。司法方面的文书不算急件，当然无法传递出去，本案就这样让它自行消灭了。

真定之战坚持了四十天，金军攻击之猛，宋军坚持之苦，真可谓泣鬼神而动天地。十月初二城陷。刘翊巷战不胜，自刭而死，可与在太原殉节的西军名将王禀相媲美。李邈受俘，诱降不屈，后来送到燕京，用火烧他的须眉肌肤，仍不投降被杀。他比起口出大言、临难苟免的叛臣张孝纯，真有天渊之别。

真定保卫战是第二次宋金战争中一次激烈的攻守战，可惜史料多阙，声光为太原之役所掩。其实它战争之激烈，城守者死难之壮烈，都非常值得表扬，在民族战争史上是一个光辉的范例。

城头上的战争打得轰轰烈烈，十分火炽，监狱当局唯恐引起囚徒的骚扰，尽量封锁消息。“提控”陶成越俎代庖地下了命令：一不许狱吏、囚犯交头接耳地传播议论战事；二不许探监，传递消息，特别不许把消息透露到羁押马扩的别院中去。李邈上任后，刘翊曾建议释放马扩，先把他放出狱去，协助守城，以未得朝旨照准，未能实现，但生活待遇比前又有所改善。战争时期他在别院中过着世外桃源的日子，四十天中，竟不知道外界天翻地覆的变化。

监狱里的时间过得特别漫长，生活节奏也异常缓慢。每天的时间以三顿饭两次放风来划分，被五所等分，余下的就是睡觉的时间。

他们每天卯初起身，吃早饭，每隔三个时辰吃一顿饭，中间隔一个半时辰放一次风。大家都习惯了在一定的时候等待吃饭，在一定的时候等待放风。有两条嗓子发号施令，都是他们熟悉的。

挑了饭担到班房来发放囚粮的是徐信的哥哥徐义。兄弟俩出身狱吏世家，不知道祖上哪一代开始就在真定牢狱中服役，只是位子越做越低，兄弟俩都已在狱中熬了四五十年，比任何一个囚犯关押的日子还长，如今都熬到院家的身份，实际上还是个小节级。自从徐信涉嫌以来，许多事都不让他经手了，陶成对徐义倒还放心任使，除发放囚食是他本来的职责外，每天早饭后出街去采办伙食，每隔一天就要去滹沱河边挑水。这些优差与苦役都让他承袭。颇似舜殛了鲧，仍让鲧的儿子大禹去治水一样，所不同的，一个是子承父业，一个是兄“终”弟及。

每天卯初、午初、酉初三次，徐义都要放开一条千年不变的哑嗓子吆喝着：“开饭啰！大伙儿都来装饭呀！”

这一声叫得回肠荡气，一波三折，远远听来，仿佛是叫卖枣糕的市声，很有点凄凉的味道。但是囚徒们听起来，却是莫大的福音。他们纷纷抢到开着一个小窗洞的木栅前去领取应得的一份。囚粮照例要层层克扣，徐义也不是圣贤之徒，真能做到一尘不染，在日常生活中永远出不了圣贤之徒。徐义在自己的口袋中也难免有两只烘干的馒头、一把萝卜干，有时还把一包盐、一碗咸菜带回家去，这种合于情理的贪污，囚徒们倒也谅解，不加苛责。

另一条嗓音粗鲁专断，很有些权威性，它属于“提控”陶成所有。陶成生得仪表不凡，颔下一部络腮胡子，根根倒竖，双目炯炯，两只招风大耳，暑天中简直可以当扇子扇风。有人说他是封侯之相，也有人给他算过命，如果投笔从戎，可望做到都统制，他也颇以此自负。可惜当年刘韐在真定招募“敢战士”，他去应考，骑射举重，都考了下中、下下，不得已降格以求，在深州当一名狱吏。毕蟠看中他办事认真，把他带来真定，升官一级。本来是专管马扩一案的干系人的，后来他自封为王，样样都管，惹得同僚侧目，只是碍着毕蟠的面子，让他三分。

每天上午下午，他都要提一大串钥匙，弄得哗啦啦地响，打开了一道又一道的木栅门，然后放大嗓门，用短促的强音吼道：“放风啦，犯人们挨次出来！”

他特别强调“挨次”，这个次是他排定的，囚犯们出来后，要排好队伍，随着他举起的拳头，东弯西走，乱了行列，乱了次序的，他照例是一拳头下去，吼骂一声："死囚攮的，你瞎了眼睛折了腿，走到哪里去了？"

所有这些，本来并不需要他亲自执役，但他一个基本原则是"亲民之官"一定要经常在直接管辖者面前露面，才能显得他的权威性。他用粗暴的语言和强烈的吼骂来维持自己的统治，但很少用鞭子，拳头也是举得高，放得轻。只要肯承认他的权威性，有事与他商量，还是讲得通的时候居多。再加上放风这件事的本身就是一项人道的措施。他每天准时开栅，按时关栅，保证了法定的放风时间，有时情绪较好，还肯适当地延长片刻，这一些，囚犯们也都感激他。

在一般的犯人中，唯一不承认他的权威性，敢于和他顶撞的是巩仲达。有一天，囚犯蔡俊触怒了他，在暴怒中，他喝令小节级把蔡俊吊起来打，打得皮开肉绽，血流如注，还不肯放下来。巩仲达跑去责问他，凭哪一条可以这样毒打囚犯？后来进一步问他，《大宋会典》中有没有"提控"之官，是谁任命他的，他有多大的权限？

陶成自己对律法官制一窍不通，巩仲达问出来的话，句句都有根据，理直气壮，何况他背后还有全体囚犯以及部分不服气的狱吏的支持。陶成只好让步了，把蔡俊放下来，还向巩仲达作了变相的道歉。在此以后，陶成的威风有所收敛。

但是有一天，这两条嗓子都听不见了。徐义喑哑的吆喝是在开过早饭以后变成为"广陵散"的，陶成的吼声实际上在昨天下午的一次放风以后就成了绝响。这天早饭以后，大家期待着的上午放风，忽然取消了。大栅门纹丝儿不动，还是关得牢牢的，平常举得老高要大家跟着它转的拳头居然随着那吼骂一起消失了，此乃亘古未有之奇事。囚犯们不禁鼓噪起来。凭他们叫破了喉咙也无人理睬，接着中午"馈食者"徐义也走得无影无踪。不放风犹可，不吃饭却是十分严重的事情。大家凭气力推那木栅门，有人去拨弄铁锁。可惜他们手里无可以使用的工具，光凭人多，也不顶事，闹闹嚷嚷，不知道应该怎么办。巩仲达一时也想不出点子，他要大家安静下来再说。

3

第一个得到正确消息的是马扩。

那天他在别院中也隐约听到大牢里的鼓噪声。别院的两扇大门是用铁皮裹起来的，没留下半丝儿的缝隙，因此他看不见外面的动静。只是推想在这死水似的监牢里发生这样大的鼓噪声，一定有了什么不寻常的事情。

别院里看得见太阳光，但他的肚子是最好的日晷，从饥饿的程度上推算出一定过了未时了，然后他听到熟悉的开锁声，熟悉的推动铁门的声音，熟悉的一步一颠、一步一蹶的脚步声。

“这个徐老二直到此时才来馈食，俺不冲着他骂几句才怪哩!”

但是一看到徐信双手空空，一副惊慌的、诡秘的神气，骂他、问他都没有必要了。此时徐信进来，并非馈食，那天早饭以后，徐义逃走，监狱里断了炊，已经无食可馈，他是专门来报告消息，并且催促马扩赶快逃走的。

“番子们夜来进了城，此刻正在城头上乱杀官兵。”这句话就使他的一部花白胡子乱抖，“典狱官、节级全部逃光，陶‘提控’清晨也走了。俺担着血海干系，再进狱来，冒死相告，廉访此时不走，更待何时?”

这几句话倒也说得清楚，不像他平时说得含含糊糊，有头没尾。这可真是个石破天惊的消息，马扩根本没有想到会发生这样的事情，其实他是早该想到的。

“李都旨、刘钤辖还在城头拒战?”

刘韐调走，换来枢密院副都承者李邈，还有他认得的刘翊也代替了李质，这个消息是巩仲达托人透露给他的。

徐信也并不清楚那些长官的姓名，他的见闻不出监狱的范围，典狱的长吏都逃跑了，安抚、钤辖非死即走，不然番子哪能进得了城?他把自己的推想作为事实告诉了马扩。

“山寨之事，你可知道?”马扩想起徐信是与山寨有联系的人，再问，“赵大哥还在山里不在?俺出狱后，你陪俺上山去走一遭?”

“廉访想得恁地容易!”徐信急忙把马扩的要求推开，好像要把一块烧得通红的火炭扔出去，以免烫手，“如今四门已陷，稍停片刻，番兵即到，在街坊中杀人如麻，廉访怎走得到城外去?”

“徐头儿与俺从这别院走出，先把狱中的难友们都放了，免受金兵屠戮。”

“此事万万不可，”徐信吓得面色大变，“私放狱囚，该当何罪？番兵顷刻即至，廉访怎还顾得到他们？”是害怕宋朝的刑律还是害怕金兵的刀剑，徐信吓糊涂了，自己也不知道吓的是哪一桩，他连声道：“此事万万不可。廉访快打定主意，随俺出去，就在俺家暂住数日，再作计较。”

“俺独善其身，逃出狱去，置狱中难友于不顾，难道听任他们为金兵所屠？此事万万不可。”

“廉访不走，俺先走了，廉访休怪！”

“徐头儿怕事，尽可先走，俺自不走。”

马扩斩钉截铁的回答使徐信十分狼狈。此时大牢中传来阵阵吼声，他还当金兵已经入狱来杀人了，拔步就走。走了几步，忽然想起手里的一串钥匙，又转身把钥匙丢在地上，只说得一句：“俺家就住在左近的小朝街，廉访随后就来，休带从人。”说着头也不回地走了。

“看他吓成这副样子，”马扩轻轻骂一声，“真是个没用的家伙。”

不过这个没用的家伙还是做了一件有用的事。马扩手里有了这串钥匙，就可以轻而易举地把大牢中的难友包括锁在狱底的重犯都释放出来。他只消三言两语，就说明原委，然后他与巩仲达分别带队，把全体犯人都带出监狱。这是一支不寻常的队伍，有的囚犯手足还算轻健，快步疾走，一路上还要花费一点时间，把平日限制他们自由的狱中设施，捣毁砸烂，或者踢两脚出口气也好。有的囚犯镣铐犹未卸除，啷啷当当，拖拖拽拽，唯恐走慢了掉队。有些病号，自己走不动，全靠难友们扶掖而行。这时大部分狱吏已逃走，少数几名狱卒还守在门岗上，一看大队出来，都自动躲开了。囚犯们没有受到阻碍，趾高气扬地冲出真定府狱的大门。

这座大门与其他机关衙门的大门并无两样，除了它在门额上雕刻着的作为牢狱象征的“狴犴”图案。狴犴是龙与虎杂交的私生儿，

*马扩出狱。

因它生有虎形，性威严，愿意蹲在狱门口把守，囚犯们对它显然没有好感。

每一个获得自由的囚徒第一眼看见他们已经不习惯了的耀目的阳光，重新踏上狱门外的土地都是别有一番滋味在心头。但他们已经知道真定城沦陷的消息，意识到现在不仅是监狱，整个真定城都成为民族的囹圄时，大家都在考虑何处存身，怎样突破这座大牢狱，离开真定府，争取真正的自由王国。

大街上出奇的平静，既没有行人，也没有番子或我方的士兵。住户的门都上了闩子，店铺都上了牌门。在平静之中透露出紧张的气氛。有些囚犯在真定有家，或者有亲友可托，这时都纷纷走散。只有马扩熟悉的几十个人留着不走，马扩把他们带到附近的狱神庙，问问大家有什么打算。

他们众口一词的回答是：愿随马廉访一起上西山抗敌。

“上山抗金，谈何容易？”马扩笑笑说，“你们都有家室之累，哪能说去就去？”

他们七嘴八舌地回答起来，他们有的有家有室，有的孑然一身，有的六亲不认，有家也等于无家了，情况各异，但要求跟随马扩上山抗金都是一致的、坚决的，态度十分明朗。

众人之中，马扩特别注意巩仲达，只要他愿上山，这里一半的人都听他话，将来可视他们为心腹。他不禁试探地问：“据俺所知，巩大哥妻女在室，儿子已长大，家累甚重。今番幸脱囹圄，正好阖室团聚，重振家业，不上山去也罢。”

“马廉访岂可如此看轻小弟？”巩仲达跳起来抗议：“小弟虽未读破五车之书，国存家存，国亡家亡，这个道理还是明白的。国亡了还有什么家？小弟家口虽多，粗能自给，小儿元忠，现为里正，也识忠义，老妻茁壮，女儿已嫁，跟随廉访上山去杀贼还有什么放心不下。莫非廉访改变了初衷，不肯提携入寨，否则岂能如此见外？”

马扩想到当初在狱中言志，他原曾答应过大家一旦出狱，如果朝廷不容，他们也必相将上山，誓杀金贼。他与巩仲达尤为莫逆，彼此推心置腹，这话谈了不止三次。如今他不肯食言，可见得志气坚定。其他难友，也有表示过的，也有未曾谈得透彻的，譬如这个“白日撞”，当然只有含糊的一句话，今天他也愿意上山，不免再要问他：“白兄年纪最大，身体不健，只怕吃不起山寨之苦，不去也罢。”

“白日撞”回答得倒也利落：“俺姓白的一无恒业，二无长技，老婆子女，一概全无，孤身一人，难道再操旧业，重新去坐金朝的班房不成？众位休看俺姓白的老拙无能，真定城内城外、山上山下的道路摸得熟了，无有不知，就替大军当名向导，有何不可?”

几个难友问下来，大家的意志都很坚决，马扩心里高兴，这才商量起具体事项来:“众兄弟矢忠国家，誓灭金贼，忠义之心，可贯金石。马某不才，誓与众兄弟生死相随，始终不渝。只是俺等初出狱门，内外情况不明，贸然出城，恐遭金贼毒手。白兄既然熟悉道路，就请他先去打探明白，另外再派几个兄弟相助，要紧的是看看出城上山之路可是畅通？如一时不得出城，要有一个隐蔽处所，暂时栖息，大家约期再见，共商大计，如何?”

当前先要解决的是万一出不了城，马扩住宿何处？囚徒中不乏家道殷实之辈，就如这个蔡俊，家里就开设二爿当铺。大家都抢着要做马扩的东道主。商量再三，马扩还是选择了房舍较大而且靠近西城的巩仲达之家先去安身。一部分无家可归的难友也跟去巩家暂住。其余的跟随“白日撞”出去打探消息，约期今夜在巩家会齐后商议行止。

4

如果马扩能够预先知道他后来才知道的那些情况，使他能从金人密布的罗网中脱身逃走，他真要万分感激徐信，而不能“忘恩负义”地斥之为胆小鬼了。那天早晨，几乎所有的狱吏都已逃离监狱，连那权力欲极重的陶成也是保命要紧，不再“提控”监狱而随着大众逃之夭夭。只有这个胆小鬼徐信此时还想到刘七爹的嘱托，心有未安，逃出去后重新回到监狱来通知马扩快快逃走，他自己感觉到是拎着头颅来完成这项使命的，是出了娘胎后第一遭的壮举。

他怕金军杀进狱来，不分青红皂白，连囚犯带狱吏一起杀掉，这种顾虑倒也合理，但他向马扩报告的消息，说城门已破，李、刘战死，却是为时过早的讹传。原来经过四十天的激战后，城外屏藩白马关确于昨夜失守，败兵拥入城内，谣言四起。西城的居民讹传东城已失，南城的居民讹传北城已陷，城内的百姓纷扰，店铺打烊，各衙内的官吏都逃散了。混乱中，狱吏们也弃职逃命。与他的姓名恰恰相反，徐信也是过早地相信了谣言，随众逃走，随后又回来劝马扩逃走。其实当时全城尚在宋军的防守中，李邈、刘翊分别在西门、北门的城头上喋血苦拒，战死之说乃是想当然的推论。

与谣言相配合，那天一清早，真定几条大街上都出现四门已破的无头揭帖，张贴在官府衙门门口及大街通衢上，有的就散发在路上。府狱门口也聚集着一些人，张张望望，打听消息，后来被守卫狱门的岗哨驱散了。所有这些都是刘彦宗布置的。他趁攻陷白马关有意放关上溃兵退入西城的机会，派了一些奸细混在溃兵内一起入城，得到机会就大肆造谣、发放揭帖，配合攻城。谣言很快传到各城门，影响了守城战士的士气，他们略一接战就纷纷溃逃，金军乘机攻陷东、北两门。李邈受俘，刘翊自刭，全城才告失守。

这次攻城，刘彦宗亲自统率的细作部队立了大功，起了正规部队不能起的作用。从此金人用兵更加注意用间的一条。

马扩在狱神庙集众议事时，一支金军的骑兵已经风驰电掣般来到监狱，它是由汉军万户韩庆和统率的，他打破了破城后先应占领城内军政衙门的惯例，弃置城中的安抚使司衙门与城西的真定军总部两处要地于不顾，在一名向导带引下径来府狱搜捕马扩。向导是细作部队的头目，他说狱前已有布置，单等大兵一到，就可把马扩手到拿来。可惜他来晚了一步，监狱门口，既没有细作相迎，监狱中也没有一个囚犯。粗大的铁锁都被砸开了，抛下满地镣铐枷锁等刑具。韩庆和喝问那头目：“你的细作都死在哪里了，为何不见一个囚犯？”

头目瞠目结舌，不知所答，诓报军情，贻误戎机，是个死罪。韩庆和一时怒起，长刀一挥就把他砍死在地上。

他的部下进狱搜索，搜到两名来不及逃走的小节级。韩庆和喝问马廉访的下落。一名节级回答得稍慢，喉咙里打了个“咯呛”，韩庆和又是一刀，把他搠翻在地，另一名节级慌了，结结巴巴地回答：马廉访刚才率同全狱囚犯逃出。韩庆和只问他们逃走的时间、方向，有多少人一起走，接着骂一句：“你们是吃干饭的，囚犯逃走了也不管。”手起一刀，又把他斫死。

这时韩庆和两眼通红，口中嘀咕道：“虎兕出于柙[1]，典守者不得辞其责。”

这句文绉绉的掉书袋，与他粗暴杀人的行为十分不协调。但像许多汉儿贵族一样，他们多少要受点文化教育，《论语》《孟子》一般背得挺熟，那句话表面上好像他为宋朝政府抱不平，代它惩罚了失职的狱吏，实际是由于他们（包括那细作的头目）的失职，连带也使他完不成任务，杀人泄愤，不过是顺手牵羊的事。

从昨夜攻陷白马关以来，一昼夜间，他连陷两道城门，立下首功，他自己也不知道已经手刃了多少名宋朝军民，他杀得手痒，杀得眼红，连自己人忤了他的意也要杀。他手中的这柄长刀似乎也患了消渴症，必须饱饮生人之血才能解渴疗病。

唯独这个马廉访是杀不得的，他在燕京时曾见到过马扩，那时马扩是大金皇帝的上宾，带着大皇帝拨给他的五百名铁骑满街跑，像他这样一个刚被金人收容的降将还够不上去拜见马扩的资格。他像左企弓等人一样对马扩充满了敌意妒意。如果他有自由处理的权力，此刻撞到马扩，毫无疑问，顺手就是一刀。可是他受命进城时，女真亲贵窝里嗢以及他的顶头上司无所不管的汉军都统刘彦宗特别告诫他一是要找到马扩的活口，一定要加以特别保护，一定要以隆礼相请，窝里嗢还说了一句分量很重的话：“今番你找不到马廉访，让他逃走，或在乱军中为人所杀，俺无面目见二太子，你也休来见俺了。”

不管韩庆和对马扩有什么看法，将令总是将令，他必须严格遵守执行。

按照那小节级提供的情况，他们一批先出去的囚犯人数甚多，逃离的时间不长，韩庆和判断马扩不可能跑远，一定潜匿在附近的处所。他立刻下令，把附近几处街坊封锁起来，严格检查行人，不许自出通行，特别要注意衣衫褴褛，囚首垢

[1] 出于《论语》。

面、形容不整、须发不修的人，若有遇见，一律扣留起来。

好险呀！马扩与巩仲达一行人刚离开狱神庙不到一盏茶的时间，韩庆和的骑兵已经接踵而至，扑入庙内搜索，几个离开得较慢的难友都被封锁在内，不得逃脱。他们的头脸须发衣服神情，在在都足以表明是一群刚刚逃离牢狱的囚犯，简直没有置辩的余地。不久韩庆和本人也进庙来了，气势汹汹地亲自审问："这中间有没有马扩？"

大家面面相觑了一会儿，没有回答。

韩庆和焦急起来，喝一声："难道你们都是哑子不成？你们跟马扩一起逃出监狱，此刻马扩在哪里，你们岂不知情？说出来有赏。"他从从人手中接过一锭五十两的大银子，"铮"的一声，掷在地上，然后又抖抖长刀，刀环发出好像要吃人的锵铿声："不肯说的，吃俺一刀。"

还是无人搭腔。

韩庆和看看众人的面孔，认为需要各个击破，他拉住一个鬓须虽然遮去三分之二的面孔，两只眼睛里却闪耀着跳动的光芒的青年囚徒，用一种极其阴险的低哑声问道："俺知你是马扩的死党，你敢说不知道马扩？"

"俺不知谁是马扩。"

"你不知道马扩，难道也不知道马廉访？"

韩庆和一面孔的杀人凶相，引起那囚徒的反感。他毫不畏怯地指着殿侧的塑像，带着明显的挑战的快意回答道："这庙里倒有牛头马面等杀人恶鬼。狱中有什么马廉访、牛孔目的，俺不知道。"他回答得斩钉截铁，在他闪耀的眼神中却泄露出他不但知道马廉访其人，还准备为他保密到底的神情。他痛快地对自己说："休道他这副凶煞神的样子，俺不惧他，俺知道的决不说与他听。"

韩庆和熟练地提刀搠去，刀环响时，那青年囚徒早已横尸阶下。他就是那个出狱后准备自宫去当一名内监的蔡俊。顷刻前他还曾与马扩说过：廉访若用得到小弟，小弟赴汤蹈火，万死不辞。此刻他已经实践了诺言。他的犹未瞑合的眼睛，似乎怒气冲冲地在说："俺死了打什么紧，将来马廉访拿获了你，碎尸万段，为俺报仇。"

殿上还有四五个囚徒，韩庆和来不及一个个细问，正待提刀排头斫去，忽听有人高呼："刀下留人！"说着本人就走上殿来，扬扬得意地自我介绍道："小人是真定府有名的'白日撞'，府狱中人人都知道俺的名气，那马廉访马扩就与小人关在一间班房里。两人关在一处，无话不谈，因此备知他的底细。将爷们要问马廉访，找小人才是，这些打脊笞臀的贼配徒，马廉访从来不与他们说句话儿，哪里就听到过马廉访的大名？"

番兵冲进狱神庙时，别的囚徒都逗留在大殿上，未及走避。唯独这个"白日撞"，脱剥了上衣，独自坐在殿阶下向阳的石级上，一心一意在捉虱子，捉住一个就送到嘴里去咬死，似乎不问天下兴废之事。他从外形到神情都是不折不扣的乞丐，番骑并没有把他抬举到囚犯的身份。此刻韩庆和听了他的自我介绍，也自狐疑不定，不能不信，也不能全信，似乎还需要对他的身份证实一下。

他伶俐地翻开裤腰，取出一块腰牌，顺手在裤腰中捉住一只虱子，往口中一送，"呸"的一声吐出来，说道："这不是小人的号牌？小人是'玄'字元号，马廉访是'玄'字二号。"似乎他的编号还在马廉访之前，是件非常光荣的事情。

囚徒的身份没有怀疑的余地了，韩庆和亲自问他："你狗子般的人物，还比不上他们，马廉访倒肯把心里之事相告？"

"两人关在一间牢房，闲常也替他出力办事，打些杂差，承蒙不弃，马廉访倒常与小人说话。"然后自言自语地加上说，"他不与小人说话，倒把话说与墙壁听？这话问得蹊跷。"

番骑们一齐吆喝："这是大金朝万户韩总管，你小人怎敢无礼！"

韩庆和倒不计较这些，他再问："你且说马扩现藏匿在哪里？老实说来。"

"白日撞"瞅着地上的那锭银子，眼睛里似乎着了火，突然弯腰，把它一把搂在自己臂弯中，回说道："韩将爷、韩万户、韩总管，你把这锭银子赏与小人，小人愿告。"

"你说，"韩庆和又响着刀环，把刀头指向他，"你说真话，银子少不了你。你敢胡言乱语，刀子饶不了你。你说！"

"小人岂敢谎报军情，误了军爷大事？小人说的都是真话。"韩庆和性急地催他快说，他偏要慢慢地引入正题，"'官官相护'，此话真是不假。马廉访与王总管王渊外面不睦，骨子里却是生死之交。马廉访曾与小人说过，一旦出狱，王总管必接他去他的小公馆暂住。王总管的小老婆外号'一枝花'，乃是真定府中大大出名的烟花女子，真有杨玉环、苏小小之貌……"

韩庆和一声喝断："话休啰唆，你且说马扩会去'一枝花'之家，她家住哪里？"

“‘一枝花’家住南门护军营前小河街左侧向右手弯进去的小巷第三家宅门。马廉访今天出狱后还与小人说，有事到王家去找他就是。军爷派人去那里，包管手到拿来。小人在此坐等，拿到了他，再赏小人五十两。大名鼎鼎的马廉访还不值一百两银子?”

“好啰唆的地名，你熟知那里的道路?”

“告军爷，真定城里没有哪条街、哪条巷，小人不熟悉的。”

“你做向导，随大军去捕人，捕到了赏你二百两，还要给你个小小的前程。”

“白日撞”却犹豫起来，说道：“却有一件事为难。马廉访一直待小人不薄，如今带了大军去捕他，见了面，吃他一顿臭骂。异日死了必化为厉鬼报冤小人。再说小人干此昧心之事，义气上说不过，将来传开了，也吃江湖上讪笑。”

“你小人不知，大金朝二太子派俺寻找马廉访乃是请他出来做官，并非要杀他。他做了官，岂不要谢你通风报信之劳，哪会骂你，吃人讪笑。”

“白日撞”一下子变得十分高兴，说：“真有这等好事，小人焉有不去之理。俺这就随大军前去把他请来，他当上了万户，小人也弄个百夫长的前程，风光风光。”然后“呸”的一声，吐出一只虱子，再做一个习惯动作，从裤裆里提出一只虱子来，加重语气道：“俺不随军爷，把马廉访请来，就是这只虱子。”

“白日撞”原来就是机警绝人——笨头笨脑的人显然干不了他这一行。他的这番花言巧语编造得合情合理、天衣无缝，不由得韩庆和不信。韩庆和一声令下，带队就往南门而行。“白日撞”跑在前面，充他们的向导，他一心一意地在计算时间和途程，暗暗想道：此刻马廉访已到巩大哥家，却似鸟儿归窠，番骑再也踪迹不到他了。他与蔡俊不同，蔡俊一心要找死，以死来报答马廉访的知遇之恩。他一心要求生，只有自己活了命，把他知道的这些消息相告马廉访，才是他要紧的任务。

凭着熟悉道路里巷这点本事，他把这支番骑骗到城南，专在小街隘巷中转来转去，把他们带进王渊私邸，趁乱中找个机会，拔步就溜。韩庆和等番骑弃马而步，追赶不及，情知上当，不由得怒生心头。活该小河沿那一带的老百姓遭殃，韩庆和一声令下，把那一带的民房官舍全部烧光。

5

第一次伐宋之役，斡离不与粘罕采取了不同的战略方针。粘罕的西路军顿兵于太原城下，未能完成截断宋朝西北勤王之师，与东路军一起合攻东京的预定计划。斡离不的东路军则绕过真定不攻，迅猛推进，长驱渡河，包围了东京城，使宋朝君臣陷入极度恐慌中，两支军队的战果不同，优劣判然。事后女真贵族检讨了这一战役的全部过程，认为斡离不师出有功，而把东路军未能攻陷东京城的原因归咎于西路军的失机，对粘罕本人颇多责难。从此，在朝廷和军事指挥系统上，粘罕失去了与斡离不并驾齐驱、相互颉颃的平等地位而沦为一军之统帅，事实上成为斡离不统辖下的一个从属。对于这样的评价和处理，西路军诸将领都很有意见，不消说粘罕本人的咆哮如雷了。粘罕是一头猛虎，无事尚且要发威，哪禁得再有人去撩拨他。

实际上，上述的评价确实有失公允。作为一个历史人物，斡离不的才能、气度、头脑、手腕以及所产生的历史作用都非粘罕所能望其项背，但如果单凭这一战役而论，则是各有得失，各有成败，难于以一战定高低。西路军坚持先攻取太原，使自己立于不败之地，然后伺机进攻，择利而进，不利而退，十分稳当，采取的是持重的战术，深合乎《孙子兵法》“以我之不可胜待敌之可胜”的原则，其实这也不是粘罕个人的主张，西路军大帅娄室、银术可等富有战斗经验的将领都是这样建议的。东路军轻进得利，包围东京，在政治及经济上获得莫大的利益，但从军事观点来看，围攻东京一个月，除击败姚平仲的偏师外，未能挫动种师道的主力，东京城及后路重镇真定都在宋人的坚守中。斡离不深恐前后受敌，自动撤兵，全师而归。这固然由于斡离不善于抓住时机，进退之间，都争取主动权，但也由于宋朝君臣将相的怯懦，和战的方针不定，种师道追击之议受到主和大臣的牵制，刘韐也未能配合出击，拦截金军的后路，否则斡离不之师未必能安全撤退，而整个局势也可能要随之改观了。

在战略上采取持重或轻进的方针，要决定于敌我双方的许多具体条件，军事史上最有名的冒险轻进而收大功的例子，如五代梁唐大军相持于河边的夹寨，李嗣源侦得梁军后方空虚，偏师轻进，迂回郓城，猛袭大梁得手。相反的则如后来明清之际郑成功的江宁之役，有人劝他先取崇明岛为老营，再入长江，郑成功卑视崇明为小城，忽而不攻，后来崇明三师果然拖了他的后腿，大败而归，持重与轻进各有利弊，不能一概而论。但总的看来，持重为正兵，轻进为奇兵，持重之失最多是错过机会，轻进却常会导致全军的被歼，其危害性尤大。

金朝朝政虽然作了偏袒东路军的结论，斡离不和他的亲信刘彦宗、阇母、窝里嗢、挞懒等将领却没有自我陶醉起来，他们彻底“检讨”，认为第一次围城未能得手的原因，一在于西路军未能截住宋朝的勤王军，二在于他们自己未能先取真定作为后方的根据地，未免有轻进之失。从此以后，他们处心积虑地以真定为假想进攻的对象，一再派人混入真定城，刺探军情，搜集情报，设计了多种攻取的方案，包括军事攻势、政治攻势和间谍攻势。这项工作由斡离不亲自主持，不消说，刘彦宗也起了主要的赞画作用。

刘韐把马扩关进监狱，自毁长城，又使得城外山寨的义军离心离德，未能很好地配合作战，而斡离不此时已虎视眈眈，把进攻的矛头指向真定城，刘韐似乎并无所知。

攻取真定并不难，至少斡离不事前已作了这样的估计，但太原未得，宋朝的西北军出入自如，大功尚难告成，斡离不还要等待。

五月中，种师中、姚古之师先后溃败，宋朝以李纲为河东宣抚使，刘韐升任为河北宣抚副使，组织最后一次的救援太原的军事行动。这时真定新任安抚使李邈尚未就任，后防空虚，正是难逢的好机会。斡离不毫不犹豫地出动进攻真定之师，挑开第二次伐宋之役的序幕。

金军东西两路各有一个独立的指挥系统，两军统帅之间，存在着很难掩盖的矛盾，在个人事务上矛盾尤其尖锐，但他们私不害公，在军事上配合得十分和谐。

当时西路军“围城打援”，粘罕亲统大军，牢牢地围住太原城，雷打不动，电击不散。娄室、银术可各统所部游弋于太原的东、西、南三个方面的外围，击败宋军各路援师。太原已成为“瓮中之鳖”。这时东路军又实行“围魏救赵”之计，乘虚猛攻真定。结果在九月初和十月初，太原、真定两座名城相继被攻陷，配合之妙，如响斯应。

十月初二，全军东西两路的首脑集会于河东东部的平定军，讨论今后的军事行动。这时太原初得，在河东的宋朝正规军几乎全被歼灭，正是西路军趾高气扬之日。会议刚开始，西路军监军完颜希尹就开了第一炮：“今河东已得太原，昨报河北也得真定，此两者乃两河之领袖。领袖既得，派兵四掠，至今犹在负隅顽抗之城，传檄可定。两河底定后，再作渡河以取东京之计，未为晚也。倘弃两河根本之地，先犯东京，计非万全。万一蹉跎，两河非我所有了。”

完颜希尹是太祖旧臣，有文武才略，以创制女真文字出名。他在西路军中任监军，位居粘罕之次。他是很有资格可以倚老卖老的，完颜希尹一贯主张先取根据地再图进取，对斡离不恃胜轻进持反对的态度。斡离不第一次渡河后，曾派他去说服粘罕以一军围太原，一军渡河会攻东京。这个冒险的战略方针首先就不能说服他，当然谈不上让他再去说服粘罕了。后来朝议嚣然责难西路军，他身为当事人，很难为之辩白，但心中是不服气的。今天他就借取太原的东风，指出冒进渡河的失算，还说了一句性质严重的话：“二太子昨已到京，卒不能攻取其城。前事不忘，后事之师，可为我军之殷鉴。”

这一句含有讥诮斡离不的话，西路军诸大将听了都很高兴，似乎为他们出了一口气，但完颜希尹的建议是不能考虑的，它过于保守了，当时宋军主力西军的精华已竭，在两河战场上根本没有出击的能力，防守东京的只有一些乌合之众，此时不取东京，更待何时。粘罕本人就不赞成完颜希尹的主张。他甩一甩翻下的马蹄袖，随手摘下戴着的貂帽，用力掷在地上，大声嚷道：“东京乃中国[1]之根本，不得东京，虽有两河也不能守。如得东京，两河不战可下。今日之计，当以攻取东京为先。监军先取两河之议，未免太缓。”然而他对完颜希尹讥诮斡离不的一句话是十分同情的，还要火上加油地补充道：“年初之役，不能攻取东京，乃因俺不在军中之故。如今俺率军亲行，取东京必矣！”

完颜希尹、粘罕无视斡离不的权威性，一吹一唱，贬低斡离不，使他十分恼怒，他很想反击一句：“国相提师八万，耗时九月，糜饷无数，仅能克太原孤城。东京城守尚固，天下闻名，非太原可比。今番国相去了，如又顿兵坚城之下，数月不克，岂不惹天下人讪笑？”

这是一句挂在口角边的负气话，任何人处此都不免要用它来进行反击，但斡离不忍住了，他宽宏大量地略过他们的讥诮，表示赞同粘罕先取东京的主张。

统帅的意见一致，手下人自然同意，完颜希尹孤掌难鸣，只索罢休。这个重要的会议决定了金军会后的动向，也决定了东京城的命运。以后粘罕、斡离不二人回燕京去参加由大皇帝完颜晟亲自主持的御前会议，那不过是在形式上通过第二次伐宋战役。

攻占真定是斡离不的预定方针，并不与陷身真定狱中的马扩发生联系，但他早

[1] 这里的中国，指中原地区由汉族建立的朝代，与今天我们习用的『中国』一词，概念不同。

已了解马扩在真定狱中的情况，既然决定了出兵，就打算把马扩打救出来，罗致麾下，收为己用，成为他手下第一个有用的辅佐，或者，最低限度也要限制马扩的自由，使他不能成为自己和大金朝之敌。

宋金建立关系以来，斡离不直接或间接发生过联系的宋朝人员中，也许没有另外一个人能享有他对马扩那样的尊敬和重视了。在他们多次的过从中，他发现在外交酬酢、谈兵论战、上山猎虎等方面，马扩表现出来的才智勇敢胆识都不在自己之下。而他单纯地相信他能够做到的事业，马扩也有同样大的能量来破坏它们。他对马扩害怕、嫉妒、顾虑的程度甚至还超过他之看重他、尊敬他。一个杰出的外交人员往往能增加他代表的朝廷的比重。斡离不由于害怕、尊重马扩之为人，连带也看重了宋朝。以后他更广泛地接触到宋朝的文武大员，特别是第一次围城之役中，宋朝的宰相权臣以及派来乞和的使臣如枢密副使李棁之流，他看透了他们的鬼蜮心肠，黔驴伎俩，连带也轻视了宋朝的两个皇帝，认为这个朝廷非亡不可，不亡是无天理。但当他想起马扩，仍会想到在宋朝朝野之间一定还有不少像马扩这样的英杰，目前不是置诸闲散之地，就是沉沦下僚，或受到废斥罪责，不能展其才略，但其潜在的力量还是很可畏的，决不能等闲视之。

像所有女真贵族一样，灭辽以后，要征服宋朝，进入中原之地乃是他们的大方向、大目标，斡离不也不例外，但他坚持采用留有余地的怀柔政策，不要逼人过甚，迫使他们全部走上反抗金朝的极端化的道路，为大金朝制造敌对力量。这是他能够比其他贵族更有远见地看到那一股潜在力量的缘故。

斡离不这种想法和做法，在攻克东京以后还有重大的发展。

九月底，他首途去平定军参加军事会议时，真定城尚未攻陷。他把围攻真定的指挥权下放给他的兄弟窝里嗢与刘彦宗二人。他不放心的是马扩之事，临行前，谆谆嘱咐他们一定要把马扩找到，待之以礼，感之以情，诱之以利，把他留下来为大金效劳。如果他不肯，那么留到他回到军中时自己去说服他。然后斡离不又极其机密地嘱咐刘彦宗一个人，马扩矢志不移，不愿仕金，可把他软禁起来，如发现他有秘密抗金的活动，万不得已，只好采用激烈手段把他除去，免为我朝留下一大患。

斡离不这段话是抄了《史记·商君列传》中公叔痤劝卫君重用卫鞅否则除之的老文章。宋朝读书人最善于抄古人的老文章，引经据典，炫耀其博学。斡离不则不然，他读过的汉书不多，但意有暗合，必实践于行动。决非为读书而读书，这是创业英雄的一个特色。不过公叔痤说这番话的目的是强调卫鞅的才能，增强卫君用他的决心，所谓不能用则除之，无非是暗衬的一笔。斡离不却真怕马扩成为他们的大患，说要除他是不得已之举，但真到了那一步，则他下手不会犹豫，必狠必快，不能养痈为患。不以私害公，这又是创业英雄的另一个特色。斡离不与马扩有着不寻常的交情，二人骈骑上山猎虎那一段经历，他至今记忆犹新，当他今天已掌握了国家与军队的大权，而马扩又有可能落入他的手中，从感情上说，他很愿施恩惠于这个他十分看得起的故人，可是不能因个人感情影响国家安危。处置这些问题，他的心肠是够硬的。

斡离不如此重视马扩，窝里嗢、刘彦宗执行命令怎敢怠慢，但二人各有自己的想法。窝里嗢是金朝的重要贵族，久随完颜阿骨打，太祖皇帝器重马扩，他是知道的。太祖皇帝在女真贵族心目中久已神圣化、偶像化了，何况又是主帅的命令！刘彦宗一向自视甚高，在降人中不屑作第二人想，也不相信有人的聪明才智能够超过他。他早听说过斡离不与马扩之间的不寻常的交情。现在看到斡离不如此向往于马扩，那就意味着一旦马扩归顺大金，将取他的地位而代之，那是他决不能容忍的。但不好好地执行命令把马扩找到，怕斡离不会轻视他无能，或者认为他妒贤嫉能，不肯尽心去办此事，两全之计，莫如把马扩找到了，尽量礼待，结以心腹，使之不疑，然后找个岔子，把他除了，替自己解除了威胁，而表面上的动机还是为了尽忠于大金朝。这才是最理想的结果。斡离不以此相嘱，可以说是完全符合他心意的。

破城之初，窝里嗢、刘彦宗把这件首要的任务交给汉军万户韩庆和去办，因为韩庆和身为汉儿，负有能名，相信他能顺利交差。此外刘彦宗还有一段深意，他也知道韩庆和为人脾气毛躁，狂怒难制，万一在执行过程中，马扩忤了他的意思而被杀，那么罪有攸归，责任让韩庆和来负，他自己乐得坐享其成。在新朝的辽降人中，倚老卖老的左企弓早被张觉杀死，高庆裔、时立爱资浅望轻，非自己之敌，只有刘、韩两家才相匹敌，韩家族主韩企先无疑是自己潜在的对手，借此机会，削弱韩家的势力，倒也为计良得。

窝里嗢、刘彦宗二人一厢情愿，期待韩庆和带来马扩的活口或首级，结果两者都没有，韩庆和空着双手前来缴令，这大大出乎他们的意料。

刘彦宗问明原委，不禁勃然大怒。特别叫他着恼的是，王渊与马扩有着不可调解的深恨大仇，设了毒计，必欲置之死地而后快，这是人人都知道的事实，韩庆和怎能轻信一个小偷的供词，一番花言巧语，把眼前可以抓到的马扩放过了，反而扑到王渊小老婆家中去找他，岂非南辕北辙，大相径庭？在真定城中，马扩到哪一家去望门投止，都会受到欢迎，唯独不可能去王渊家里躲藏。更为可耻的是一大批趁战胜之威的骑兵跟随一个小偷去捕捉马扩，马扩没有捉到，那小偷居然在众目睽睽之下脱身逃出。这几百名将士难道都是些瞎子、瘸子？小偷逃走后，肯定要把经过的一切告诉马扩，泄露我方大索马扩的迫切意图，增加今后工作困难，堂堂大金朝的万户竟被宋朝的一名小偷耍了，玩之于股掌之间，这真是奇耻大辱。

当下窝里嗢绷下脸来，要以失机之罪，论处韩庆和以死刑。不过刘彦宗是汉军都统，是韩庆和的顶头上司，论罪处斩，还得征求他的同意。毕竟刘彦宗也是汉人，兔死狐悲，物伤其类，他反而做了好人，力保其不死，最后责打一百柳条鞭了事。

斡离不尚在平定军未回，刘彦宗估计自己一时还离不开真定城，他就把缉捕马扩之事，自己承担下来。

现在就要看这个足智多谋、鬼点子最多的刘彦宗怎样撒下罗网来缉捕马扩了。

6

首先跑到城西巩家把杀人搜捕的消息告诉马扩本人的是在狱神庙险些做韩庆和刀下之鬼的五名难友，而不是“白日撞”。这五名难友绝处逢生，侥幸逃死，惊魂未定，就听得韩庆和一声呼哨，在“白日撞”的向导下，带领几百名骑兵呼哨而去了。他们还不相信自己已第二次获得自由，大家钉在大殿上，犹如殿旁两庑的泥塑小鬼一般，一动不动，更没有人敢于说话。过了好半天，其中胆子最大的一名叫鲁班——可能因为他是个技术熟练的木匠，别人就称以鲁班，姓名在监狱中不过起个代号的作用，在狱中代号甚多，一个人往往有两三个称呼，大家都不重视真姓名——蹑手蹑脚地走到门外，四面张望一番，忽然奔回来惊喜地向大家报告道：“好了，好了，番子们都走光了，俺等这就跑去告诉马廉访。”

泥塑木雕的四名难友一下子也都活跃起来，大家嚷起来：“快去巩大哥家里告诉马廉访。”

他们恢复了自由就要把消息告诉马廉访，这是必然的联系，谁也没有怀疑，不过，其中一个比较细心地问道：“鲁兄，你可认得巩大哥之家在哪里?”

鲁班不知道，其他三名难友也不知道。

“不是说城西巩家，到那里去打听打听就是了。”

“巩大哥是有身份的人，必然住在深院大宅里，到城西去一问，还怕打听不到他的住室?”

“不错，巩大哥刚才带去十多个弟兄，要不是深院大宅，叫他们住在哪里？俺想他家的大门口一定标出他的姓氏，到城西去一找即得。”

主意已定，大家一阵呼哨，拔脚即行。

好危险啊！这批难友没脑子的程度正好与韩庆和相匹敌。韩庆和的脑壳要是装有一分一厘一丝一毫的大脑，派两个人留下来秘密监视这些囚徒的行动，他们岂不正好成为这二人的向导。而这些囚徒的脑子里也丝毫没有被监视的警惕，就在这狱神庙里闹闹嚷嚷地讨论巩宅在哪里这样一个机密要害的问题。

在狱中共处了几年，由于巩仲达的地位特殊，行事豁达，最是急人之急，大家发生了什么疑难之事，都要请他出头与狱吏交涉解决。狱吏们也买他三分账，因此大家尊称之为“巩大哥”，却不知道是龙共之龚，是宫殿居室之宫，还是其他的什么“工”字？更不知道他的名字和职业行当，一路就是这样乱嘈嘈地逢人就打听巩大哥之家在哪里，闹得满城风雨。

这时金兵已经入城，暴风雨来临前的沉寂已经打破。街道上乱纷纷的都是想要逃命的居民。他们扶老携幼，将妇挈儿，大哭小喊地纷纷向城门口挤去，希望找到一个缺口，奔出城去。金军守住了城门，不让进出。百姓们软求硬挤，恼怒了一员番将，喝令开刀，顿时斫杀了挤在前面的七八个百姓，一阵血雨，吓退了后面的百姓，他们挤着，抢着，互相践踏着逃散而去。

向这批难民去打听巩大哥的消息，当然得不到回答。幸好他们找到一个认识巩仲达的老人，为他们指明了道路，才得叩门而入。

巩仲达也是出去打探消息，勘踏道路，刚从西门回来不久的。他的印象是金军严守西城的白马门、金鸡门两道城门，除军事上的必要外，是否还有其他的政治目标？这时李邈已被俘，刘翊战死，他们的目标也许正是马扩也未可知。西城如此，其他各道城门想来也是如此。马扩此时要趁乱出门是万万做不到了。他回家后，听了鲁班等几个难友乱嘈嘈的报告，更加深了这个印象。

晚晌以后，“白日撞”也来了。他从王渊私邸中逃出后，又在城里闲荡了好久，才悄悄进来与马廉访、巩大哥见面。他的报告详细而且有条理得多，并又带来更严重的情况，入夜以后，几条大街上都有金军的巡逻队穿梭往来，搜索行人，把许多他们认为形迹可疑的百姓都捆到大营去盘诘究查。

综合了这些消息，马扩这才憬然地觉悟到他已成为金人物色的主要目标，出城暂时不可能了，不出城则在金人的严密搜捕下，难免要遭到毒手。他与巩仲达认真地考虑了目前的处境以及今后的动向。

巩家地处西城，距白马门仅数箭之遥。城中人要去西山和尚洞，这里是必经之路，很可能成为金人搜索的重点地区。再加上鲁班他们闹嚷嚷地到处打听巩宅的地址，难免要走漏风声，看来这里已不可久留，非要马上迁离不可。

逃到哪里去暂住，姑且不论。照马扩的愿望，最好马上就出城上山去。他们实事求是地估计一番，混在百姓中，逃出城外，眼见得不可能了，趁金军不备，爬上城墙，缒城而出，这未始不是一种办法，只是金军穿梭往来，城墙一带，防守更严，至少在目前是做不到的，要想翻城，也只好等以后有机会再说。

现在知道马扩暂匿巩家的有数十名难友，他们大部分都住在巩宅这个大院内。

巩家自祖父以来就开设几家质店、几家酒楼，广有资财，多几十个人嚼吃不成问题，怕只怕他们走透消息。马扩相信他们都是义重如山的人，譬如这个蔡俊，犯了男女苟合之罪，在囚犯中，大家都看不起他，不想临难不屈，视死如归，马扩听到后，十分感动。他深信所有愿意上山去参加义军抗金的难友都不会辜负他，出卖他。但巩仲达认为一时慷慨，自愿上山是一码事，长期处在逆境中，不为利动，不受威胁，能始终保持节操的又是另外一码事，不能想得过于简单。再说他们思考不密，万一无意中泄露了马扩的住处，也是十分可能的，他主张要采取相应的措施。

他们商量了半夜，做出如下的几条决定。

巩家不可久居，巩仲达提出马扩迁到他儿子元忠的丈人陈广家里去住。陈广也是个意气男子，长于技击枪法，河北一路的英雄豪杰都知道“陈家花枪”之名，他还擅长医道，善治内外科症候。当年刘韐在真定招募“敢战士”一军，重金礼聘他去当教头，他尽心教授，克尽厥责，只为与李质、王渊二人不和，他不愿为五斗米折腰，坚决辞职不干，归家里居。收几个徒弟教授枪法，兼行医术，出卖伤科膏药度日。他与巩仲达本来就是好友，二人意气交孚，十分相得。巩仲达为了做买卖，与人竞争，对方买通官府，诬陷巩仲达入狱。陈广得知后，多方奔走，竭力营救，并把独养女儿许配给巩元忠为妻，好叫他在狱中放心。在这两三年中，他入狱探监数十次，彼此无话不谈，因此也知道马扩被陷之事并深表同情。

巩仲达提出陈广之名时，马扩问道：“令亲家陈广莫非就是‘敢战士’岳鹏举的业师？”

“廉访怎知道他是岳飞的业师？”巩仲达表示惊奇，然后高兴地回答，“岳飞里居时，曾从周侗学弓箭，学《春秋左氏传》，能开弓三百斤，后来又从陈广学技击枪法，才一年便为全县之冠。陈广曾说过，他授徒二十年，唯有相州汤阴县的岳飞、杨再兴二人学得最好，尽得其技，他年必能纵横中原。后来他去真定充教习时，恰巧岳飞也弃了相州弓手不干，应募为‘敢战士’，师徒二人相契尤深。”

“名师出高徒，岳飞骑射技击，皆冠一军，他率队巡哨至燕京一事，西军中人人皆知。如今经大哥这一说，才知他们的师法渊源，果然不凡。”马扩不胜羡慕地说，“马某此去，如蒙收留，一时又走不脱身，必向他学习请教技击枪法，想他不吝赐教。”

“廉访谦挹过甚，你的一身本领，难道还不够用？”

“战阵之事，岂容虚矫，俺倒是真心诚意地想向他讨教。”马扩正色回答，“异日如荷陈翁不弃，马某还想请他上山去教习山寨中众兄弟哩，到时大哥也要劝驾才好！”

那是十分遥远的事情，只好到时再议。

然后他们再谈到翻城之议。那刚才已经说过了，性急不得，只好耐心等候机会。巩仲达再次提出这个问题，目的也在劝马扩要有长久等待的思想准备。看来马扩虽然心里不愿意，但也不得不承认这个客观事实。刚才他提到要跟随陈广学习枪法，也已意识到短期内不能脱身。谈到这个问题时，他脸上出现焦灼、期待，然而又是无可奈何的表情。

他们分析了愿随马扩上山抗金诸难友的具体情况。最根本的一点，愿意上山，就出于极大的爱国热忱，这一点无可怀疑，但具体情况是他们大多数人都无家可归，或有家等于无家，舍此之外，更无其他处所可以容身，现在只好把他们留下来，考验考验再说。但约法三章，不得出门惹事，不许与陌生人乱讲，也不准打听马扩将去的地方。其中鲁班、张成、曲襄等几个都派了执事，仍要他们出去侦事，特别在各城门口要多去走走，有了情况，就回来报与巩大哥知道。

现在还谈不上与山上义军的联系，马扩关照张成去小朝街徐信、徐义家里看看，回来说给巩大哥知道。

他们都不知道马扩的去处，其中只有“白日撞”是例外。他机警灵活，颇有头脑，这是经过事实证明的。他夜里从城南到城西，路上情况已摸过一遍。半夜以后，派他再去南城探路。然后巩氏父子保护着马扩一起来到陈家。巩元忠先行一步，把事情禀告了老丈人。陈广一听，好像从天上掉下了一件宝贝，倒屣而出，把马扩迎入内房。不过陈广说的第一句话，却使大家惊奇。

“马兄眼红颧赤，微汗津津，鼻息失调，莫非怀疾在身?”

马扩一生没有生过病，是病的绝缘体。如果不是听说或看到过有人生病，根本就不知道病是何物。

“小弟系狱九月，一旦抉网而出，精神亢奋，饮食如恒，贱躯倒也顽健，未有不适之感。”

他说了饮食如恒四个字，巩仲达才想起今午监狱中未曾馈食，逃回家中，匆匆忙忙，大家都忘了吃饭一事。如今天色即将破晓，他们已有整整十一个时辰未曾进食了，一经说穿，就感到饥肠辘辘。陈广急命巩元忠搬出些干粮来充饥。

“廉访今日想是做客，吃得恁地斯文，却不像在狱中之时。”

“白日撞”一句话说得大家都笑起来。然后言归正传，巩仲达简单介绍了金人搜捕的情况，问道：“廉访此来，事极机密，亲家把他安置在何处?”

“不拘哪里，但有个地方容小弟安身，于愿已足，老丈休费心思。”

“廉访一身系天下之重，金人搜捕，非同小可。今日既然来了，诸事悉听老拙安排，休为客气误了大事。”陈广用手指指外面一间的地下，“那里有扇暗门，循一条扶梯下去是间地下密室。老拙在此接待江湖豪客，除元忠及小女外，家中并无人知道。老弟住在那里，老拙照顾也周，倒是稳便。只怕老弟身体不适，那地室是否住得惯?”

“马扩哪里就这样娇嫩了?”马扩豪爽地笑起来，“既有这等好处所，住下去就是了，何疑之有?”

他们下去看了，果然是个整齐的地室，床铺桌椅，一应俱全，马扩索性赖在床上，不肯起来，说道：“这等齐整的房间，马扩住下，老丈要撵也撵不走了。”

“好，好!”巩仲达补充道，“元忠明日回家把媳妇接来，两个在此照顾廉访。白兄也留下与廉访当个伴当如何?”

“这地室虽宽敞干燥，只是地气不泄未免有碍尊体，”老年人是尊重自己意见的，等闲时不肯轻易收回自己的话，“老弟要感到不适，千万说与老拙知道，再作打算。”

从此马扩就在陈家的地室里住下来，陈广父女翁婿，内外照顾得十分周到。“白日撞”改名白坚，除充当他的伴当外，还经常出去打探消息。在短短几天中，他与张成二人带来了一大堆坏消息。

那刘彦宗果然十分厉害。他把斡离不的一支护卫亲兵调来把守城门及巡逻街道，这支亲兵中有一半人曾跟随马扩收复燕京城，熟悉马扩的面孔，不管马扩怎样化装，都逃不过他们的眼睛。

斡离不的亲兵，事非小可，他们都是太祖皇帝的护卫，如今许多人已升为猛安或谋克，但在战阵中，仍是普通一兵，冲锋陷阵或保护主帅，起了重要的作用，他们不随大军南犯而留在真定，专作搜捕马扩之用，可见金人决心之大，付出代价之重，志在必得马扩。

光靠城门和街道还不顶事，刘彦宗通过威胁利诱，把真定府原有的一套缉捕使臣狱吏公人掌握到自己手里。有了这套班子，他才有可能发动挨家逐户的搜索。

消息报来，“提控”陶成已经附逆，这个人一生的目标要做个“头儿”，不论在什么政权之下，不论在什么范围中，只要是“头儿”，他就肯拼命去干。他手里有一本囚徒的名册，大致上了解囚徒的情况以及彼此的关系，可以说枢纽在握。现在刘彦宗满足了他的“头儿”欲，不但提控刑狱，还让他总管这个班子，他由提控而总管，自然要大大卖力一番。

挨家逐户的搜索开始，名登囚箓的囚徒之家，都在优先搜索之列。囚徒中具有巩仲达这样身价的也不过二三个人，何况陶成知道巩仲达与马扩的特殊交情，搜索第一天，他就带了一批差役，来到巩家。幸好，有走狗就有通风报信、走透消息的人，这似乎已成为一条规律。差役尚未到家，巩仲达就把这批寄居的囚徒分散出走，让陶成扑了一个空。

以后陶成又来光顾两次。第三次不但搜了家，还搜了巩家开的当铺、酒楼。似乎在那质库和炉灶中可以藏匿一个活人。陶成虽然满心狐疑，却抓不到巩仲达的把柄。巩仲达明知陶成还会噜苏，他却处之泰然，每次来搜索时，都坐镇在家里，应付得当。陶成倒也有些把握不定起来。

陈广之家，也成为搜索队注意的对象，去过两次。马扩深居在地窖之下，家里又没人走漏风声，再加上陈广脾气甚大，动不动就要拔拳打人，欺善怕硬的搜索队尝到他拳头的滋味以后也不大敢去登门拜访了。

倒霉的只有徐信、徐义兄弟，陶成追究起一串钥匙的责任，徐信结结巴巴地回答不上来，陶成情知有弊，把两个都投入监狱，严刑拷打，徐义的确不知马扩的下落，徐信供称马扩是他释放的。只知道他要上山去，去得成去不成都不知道是实。

偌大的一座真定城里撒下了大渔网，单等这条大鱼上钩，可知不易。等到十天八天，刘彦宗焦急起来，还待再想出些绝招引鱼上钩，哪怕把这座真定城踹翻了，也要拿获马扩。不想阇母国王开完平定州军事会议回来，传达了统帅部的命令，责成刘彦宗率部南下，去李固渡一带相看地势，勘察水流，准备大军在此渡河。事关重大，刘彦宗只好请窝里嗢自己主持搜索之事，留下侄儿刘晏做他帮手。不久窝里嗢也带着刘晏率女真军南下，由韩庆和坐升真定路总管与女真副都统杓哥共同主持真定方面的军政事务。十月底，斡离不由燕山去大名府，道经真定，把他的亲兵营带走了，只留下十多名认识马扩的将士，仍驻在各城门口盘查行人。斡离不给韩庆和、杓哥的两大指示：一是彻底剿灭西山各寨乱民，以杓哥为主；二是继续搜捕马扩，还特别关照，要捉“活的”，以韩庆和为主。

城市生活有它本身的规律，即使在军事占领时期，也不可能长期、持续地保持紧张状态，犹如绷紧的弓弦终究要松弛下来一样。经过了最初的混乱屠杀，真定已逐渐进入稳定期。大规模的抢劫和不由分说的杀人事件减少了，挨家逐户的搜捕也停止了。搜捕马扩本人就是大海里捞针的勾当，搜了一个月仍不得要领。重金悬赏也没有人告密，莫非他已出城逃走了？现在即使有了最高统帅的命令，也无法恢复行之无效的搜捕，陶成被免去了“总管”的头衔仍回监狱里去当提控。紧闭了一个月的城门，先开一道门，后来东、北、南三壁的城门都陆续开放以疏通城乡交通，把城里急需的粮食蔬菜燃料运进城来。只有西门未开，目的显然防止城中人与西山义军的联系，但这是一项愚蠢的措施，人们上西山，难道非出西门不可？即使从南门出去，也无非多绕道几十里，多经过几个卡子罢了。

斡离不亲兵中认得马扩的十多名将士仍在东、南、北三壁的城头值勤，他们的思想上也懈怠了，为了这件无头公案，他们失去作战立功的机会，但在新的任务中也有些甜头可尝以资补偿，进出城门的百姓，对他们多少有些孝敬，还有青年妇女，不让他们打情骂俏、动手动脚一番，休想出得这道关卡。

马扩可以离城上山的时机成熟了。

真定城终究是个虎穴，一天不走就存在着危险。对付韩庆和不难，说不定哪一天刘彦宗叔侄又回到真定，袋口一收紧，要走又不容易了。陈广、巩仲达父子、白坚等日夜筹思脱险的方法，一切准备就绪，但是一场意料不到的灾祸，夺去了这个大好机会。

说意料不到，实际上陈广是早已料到的，并且一直在注视着它的发展趋势，凭着他多年的医疗经验，那些征象的出现，总是预兆着某种恶疾的来临，哪怕潜伏一段较长的时期，病还是要发展的。只是马扩过于自信了，没有把他的话放在心上。

一个晚上，他们正在谈论白坚已去南城迎候山寨派来的郭头目、沙兄弟，他们今夜不到，明天一定来了。马扩一面兴奋地说话，一面感到胸口有些痒痒的，不禁伸手进棉袄去抓挠。

这个动作没有逃过细心的陈广的眼睛，他一定要马扩解开衣襟，仔细检查，忽然面孔变色，失声叫声：“不好！”

巩氏父子也来看了，那不过是几个小红斑，马扩自己先笑起来：“那几个小红斑，敢情是蚊子叮的！老丈明察秋毫，想是把它们看成一束柴薪。”

“寒冬十一月的天气哪有蚊子？”

“没有蚊子，敢情是让蜈蚣百脚叮了？老丈不放心，敷点药也罢。省得老丈疑惑不定。”

“俺这地下室干干燥燥的，蛇虫百脚、蝎子壁虎一概全无。”陈广焦急地说，“老弟台这红斑来得蹊跷，不可等闲视之，且到明日再说。”

明日早晨不但腹背胸口，连脸孔上也发出红斑，但总共也只有十多处，陈广明白这是来势凶猛的斑疹伤寒。好像从来没有生过病的人一样，一发病就十分严重。昨天晚上，马扩还是谈笑风生，讥刺陈广，只隔了十二个时辰，到晚上已全身软瘫，倒卧在床上，再也起不来。

斑疹伤寒在当时几乎是绝症。并非伤寒专家的陈广也没有把握可以把马扩治好。他依靠丰富的经验、悉心的护理和不失常识的药物进行治疗，与疾病之间形成一场旷日持久的攻守战。

马扩得病于斡离不亲统大军积极准备在李固渡渡河的前夕，直到闰十一月二十五，粘罕、斡离不的大军攻破宣化门，攻破东京城，病势有加无已，经历了无数险境，似乎每日都有失守之虞。马扩的命运与东京城的命运始终密切地联系在一起。

第四十一章

1

东京全城沦陷了!

不幸的消息好像有一群白颈老鸦展开翅膀在全城中飞传，到处报信。其实在那惊慌混乱的时刻，除宣化门在当天辰、巳之间被金军攻入这一条千真万确的消息以外，其他各门先后沦失的时间次序谁也说不清楚了。全城老百姓都处在杌陧惊惶的心情中，凭着一些混乱反常的现象，就做出种种最坏的恐怖的推测，不幸的是这些最坏的推测最后都变成事实。

人们从下午起就谣传东京全城已经沦陷，他们不知道当时西壁诸城门仍在宋军的坚守中，就在谣言大炽之时，何庆彦正在万胜门城下喋血苦战，把疯狂拥入的金军杀死了一大半，直到黄昏以后，吴革在戴楼门一带巷战失败，何庆彦在西城战死，金军占领戴楼门、万胜门，东京城在形式上才告完全沦陷，那已经在谣传失守的四个半时辰以后了。

事情还没有完全结束：金军占领万胜门，躺在城头上的何庆彦一行人的雄尸毅魄仍在发挥作用。它使这一部分占领军匆忙地执行任务，焚烧掉楼橹，破坏了防御设置以后，竟然莫名其妙地退出城外。这一夜，万胜门的城门洞开，双方都没有军队防守。第二天拂晓，在刘延庆、刘光国父子率领下的几万名溃兵和老百姓才有可能从这里冲出去。不久，刘氏父子陷死金明池中，这批溃兵和难民却转辗逃到京西等路。后来在这支队伍中锻炼出一批抗金的武装首领，也产生了不少杀人放火的混世魔王。

吴革巷战失败后，加紧组织他们已经掌握到的“赈济所”的难民，逐渐发展成为一个规模庞大的地下抗金中心。

可是在沦陷之初，大部分居民都看不到未来的发展，他们心理上的一道城防线在残酷的现实来到之前已崩溃。他们直觉地想到的事情就是一场刀光血影的大屠杀即将开始，或者已经在展开了。坐待屠杀，还是想办法逃脱这场屠杀，成了许多人的主要考虑。

正是在这种心理背景下，满城都听到哭声、叱骂声、呼喊声、惊惶的脚步声和马蹄声。

正是在这种心理背景下，许多人拼命往家里奔，似乎一进家门口就得到安全，可以逃脱血光之灾。有些人则正好相反，拼命从家里奔出来，奔到积雪没胫的大路上，奔到城厢附近，又从一处被堵塞的城门口奔到另一处，似乎意识到东京城里已没有一块安全土，只有离开它才能得到生路。

哪里危险，哪里安全，大家凭本能行事，或者跟着别人走，一切都是盲目的，但大家都意识到现在是一个关键的时刻。他的一家人和他的个人的命运都要在这个关键时刻决定了。

东京城里出现了城破前后不可避免的惊惶和混乱。正像一缸被搅乱的水，污泥残滓，都从缸底翻腾上来，要过一段时间才能得到澄清。

2

闰十一月二十五黄昏时分，也就是金军屡次猛攻万胜门不下，粘罕咆哮如雷，要把两名指挥攻城的猛安军法从事，处以死刑的时候，东路统领、也是事实上的伐宋战争最高统帅斡离不忽然携带阇母、特离补、挞懒等少数几名亲贵来到琼林苑左侧粘罕临时驻扎的大营。双方厮见了，立刻举行破城后第一次高级军事会议。

凡是与粘罕打交道，不管是敌人、是同僚，还是上级，不管是他反对、是基本同意还是十分赞同的意见，都非经过激烈的争辩不可。何况第一次伐宋战争，他兵滞太原城下，让斡离不拔了先筹，今天好不容易他的所部首先攻入宣化门，但到现刻，全城其他各门均已攻入，只有万胜门的宋军还在顽抗中，使他所部的金军迟迟不得奏全胜之功，脸上没了光彩，火气更加十足。

会议焦点是讨论入城后的军事行动。斡离不提出了一整套“和平”进城的方案，其具体措施为：金军入城后迅速上城，彻底破坏宋军的防御体系，严格控制各道城门，不准军民出入，各部金军未得命令不得擅自下城或离开城门附近的防守区域，严禁随意杀人、掳掠、焚烧。一切行动，只以消灭该地区的宋军抵抗活动为限。

长期以来，包括女真吞并内部各部族的战争，对辽战争，对宋战争，每攻破一处城堡就要按照其抵抗的程度杀戮其全部或部分军民，至于焚烧房屋、掳掠财产那更不在话下。各级的金军将士早已习惯了这种传统的做法并且在心理上准备着攻破东京城后要大大杀戮一番，掳掠一番，这不但能够满足他们物质上的贪欲，也可以满足他们精神上的刺激。对于一部分人，毋宁说他们勇敢作战攻城的目的就是为了要实现这个悬望已久的目标。

斡离不违反常规，违反许多人的愿望，要求下达前述的这些禁令，这不啻给许多人当头泼下一盆凉水。粘罕当然要强烈反对。不过，斡离不早就有了被反对的思想准备。等粘罕一阵发作过后，还没有说完一整套的反对理由，就简捷地截住他的话头，摆出一副最高统帅的威严，用了不容争辩的语气强制把这些命令通过。斡离不其人又高、又瘦、又黑，本来就像一座宝塔，现在绷紧了脸，更像封丘门外那座有了锈色的铁塔。当他发威时，粘罕也有些害怕，粘罕呶呶不休地说了一些含混不清的话，最后被迫让步了，同意通过这些命令，并且迅速下传到西路军各部队，要求立即付诸实施。

斡离不的最高统帅的地位并无明文规定，相反地在金廷历次颁发的文告中以叙齿排列，粘罕的名字还放在斡离不之上。只有在极密的诏书上，金主完颜晟才把斡离不的名字放在粘罕之前，在两次伐宋战争大军出发前的御前亲贵会议中，金主也作了同样的暗示，这使粘罕自己心里明白尽管他占有资格、功勋、年龄、地位等方面的优势，还是无法与得到朝廷支持的斡离不竞争，在他们两人之间，实际上是有着从属关系的。不用说粘罕从此对于这个从兄弟怀有一种秘密的敌意，而对支持对方的叔皇帝也逐渐产生了怨望的情绪。

但是斡离不平日含蓄不露，不愿轻易使出这一撒手锏，妄自尊大，倒是处处推尊粘罕，尽量减少摩擦，在敌人和部下亲贵的心目中造成两人和衷共济、攻战必克的印象。正因为这样，斡离不在今天会议中，一反常规，毫不含蓄地把粘罕放在从属的地位中，强迫他接受命令，这种突然转变的态度使与会的亲贵们都十分震惊——他们中很多人也在不同程度上反对这些禁令，希望粘罕带头发难，打消斡离不的成议。

把别人的含混不露看成懦弱无用，把别人的谦让看成对自己的畏惧，这肯定要大吃苦头。粘罕吃了这点苦头，心有不甘，会议后，把亲信谋士高庆裔、时立爱两个汉儿留下来，冷笑一声道："那黑厮欺负俺不读兵书，说什么'全国为上，破国次之；全军为上，破军次之……'这等屁话。说了一遍不够，又说两遍、三遍。俺国中三岁小儿都懂得这道理，难道俺堂堂国相、都统还不懂得？倒要他来教训。"

粘罕越说越气，说到后来，索性拍案抵足大骂起来："这黑厮又懂得什么？他行军作战，还是俺从小把他带出来的，到今天略有知识，就爬上俺头顶来。他有多大本领，立过多大功劳？说到头，还不是靠他那条硬后腿？"

即使在盛怒之下，说到"硬后腿"，粘罕的嗓音不禁压低了。

"国相息怒！国相高瞻远瞩，早已全局了然，成竹在胸，岂他人所能望其项背？二太子郎君也不过在人前这样说说罢了。他的功伐勋业怎可与国相相比？"

高庆裔、时立爱一齐回答。他们明知道粘罕、斡离不两人失和已久，积怨甚深。但金朝权贵内部之事，反复甚多，何况又涉及朝廷内幕，他们身为汉儿，不便厕身其间。事实上粘罕曾有几次暗示到他与朝廷的关系，这两个谋士把他的话引逗出来后立刻又戛然而止，不让他继续说下去。这不单为粘罕的安全着想，也为的他们二人之间也有不少矛盾，机密知道得太多了，话一时说得过头，就会授对方以柄，必要时反揍自己。这是作为一个谨慎的智囊人物必须考虑到的问题。凡是在一个相当巩固的政权下面阴谋策划异动的叛乱集团之间不可能有真正的团结，不管在阴谋萌芽时期还是在彻底崩溃或侥幸获得成功以后都是如此，这在他们的内心中知道得很清楚。因此他们每行一件事，每说一句话都要在不惹怒主子或同僚怀疑的前提下，为自己留个后路。

这一番并非出自衷心的泛泛之论当然起不了慰劝的作用，粘罕继续一发无遗地宣泄他的怒气说："那黑厮也须知道俺身为一军之帅，在先皇帝时就转战漠北，屏藩国家，到底把那个釜底游魂的耶律延禧手到擒来，绝了契丹人之望。"说到这里，耶律大石一对令人望而生畏的绿眼珠忽然在粘罕眼前闪烁起来，他知道"绝了契丹人之望"这句话说得过分了，契丹人之望不系在耶律延禧而系在耶律大石身上，这真是契丹三岁小儿皆知的道理，不过脱口说出的话好像脱手的离弦之矢一样飞出去就追不回来了，他也不想更正它。他继续说下去："请问满朝亲贵元老，哪一个有俺这样的功劳？况又任为国相，尊属长兄。那黑厮凭着这条硬后腿就独断独行，目中无人起来。俺看他这两年越变越恶，越变越坏，变得面目全非，想是离死期不远了。"

认为别人的思想行动发生剧烈的变化是将要死的标志，以咒诅怨仇者早死为快，这两条，在当时，无论在汉人或女真族人之间，无论在亲贵或平民老百姓之间都是如此。粘罕幸灾乐祸，骂得痛快，高庆裔、时立爱二人在一旁听了也觉得高兴。如果粘罕把斡离不的谋主、过去的同僚、现在的同行刘彦宗一起骂进去，他们就会更加高兴。这个刘彦宗的头削得更尖了，简直是无孔不入；手伸得更长了，简直是无所不管。但愿斡离不早早死了，国相重掌大权，谅刘彦宗那厮也逃不出他们的掌握。高、时之间固然也有矛盾，痛恨刘彦宗的一点却是绝对一致的。

三个人在口头骂，在心里骂，固然骂得淋漓尽致，骂得十分痛快，出了胸中一口恶气。不过扪心自问，他们自己又何尝不变？其实人不能不变，正如人不能不走上生命的终点一样，每个人都在变，每一天的生活都走近了死亡一步。而在权力欲望的斗争中，人们都常常容易忘记这一点。

首先是粘罕本人也变得非常厉害了——莫非他自己的死期也已近了？本来战争是他最习惯的生活，作为一个女真贵族，他几乎具有一种先天性的适应战争的本能。在他看来，没有比战争更加简单的事情。可是从辽金战争以来，特别这两年与宋军对垒以来，战争的性质变得十分复杂起来，常常发生使他迷惑不解的情况，而他所习惯了的那些简单的原则已应付不了新的局面。战争本身的发展，领导战争的需要使得这个女真统帅也处于简单与复杂、旧与新的交替中。譬如，目前他已逐渐懂得一个道理：抓俘虏最好是抓“囫囵”的，比抓一个断了胳膊少一条腿的更好使用，攻城略地也要囫囵的，比零敲碎打更为有利。每次发生大战役或攻破一座大城的时候，他就会产生一种强烈的思想斗争，是按照传统方式，逞一时之快，把敌方军民赶尽杀绝，掳掠一空的好，还是把他们尽量保留下来，整个地为自己所用好？是像他进攻太原城，旷时九个月，糜饷无数，自己方面也损折了五万人但是得到一座空城的好，还是像他进攻忻州，不费一矢之力，知州贺度就牛酒相迎，全城归降的好？他也在心中寻找自己的答案。他越来越感觉到在某些场合中采用政治攻势的重要性已经远远超过军事攻势。在新的形势下，他也不得不变。

这次会议中，他与斡离不的争吵，仅仅因为在感情上他被激怒了，从而产生一种不可容忍的屈辱感，但在道理上，他已经被说服。他不得不承认斡离不的提议是正确的，是在那种形势下可能采用的最合理的方式，如果易地以处，让他身为统帅，他也会主动提出那些提议来说服斡离不。

无论粘罕、无论其他的亲贵，都没有直接读过《孙子兵法》，他们从战争的实践中逐渐懂得所谓国中三岁小儿皆知的“全国为上，破国次之”这个颠扑不破的高深道理。正是中原这块地方，中原的人和中原这个地区的经济基础和文化素养等方面远远超过其征服者的这场战争，把粘罕以及其他的金朝亲贵教得聪明了。

从东京城沦陷到金军撤离这座城池四个月的时间中，经济掠夺不是以个人的野蛮形式而是以官方合法的形式规模空前地进行着，几乎把这座东京城搬空了。杀人流血的事件也不断发生。但是破城后照例有的屠城一举总算是幸免了，使大部分东京人逃掉了这场事前估计得到的浩劫。

即使在今后十多年翻天覆地、惨烈残酷的宋金战争中，双方血流成河，尸积如山，大大伤了中华民族的元气。但金人从来没有停止过抛出它手中的诱饵，希望取得它在军事战斗中取不到的政治利益。从这点来说，在我国历史上，女真贵族的作为，比此前的鲜卑人拓跋王朝、契丹人耶律王朝和此后的蒙古王朝等都要高明得多。

3

好像粘罕不时要找高庆裔、时立爱说话谋事一样，撒合辇、仆古也离不开他的谋主刘彦宗。撒合辇、仆古留在历史上的形象，或是叱咤风云，驰逐在战场上，兵锋所过，无坚不摧，或是屏人密语，与刘彦宗深谋于层层帷幕之中。这两者在历史上都产生了不可磨灭的痕迹。就在今天听到金军攻入宣化门的喜讯后，斡离不高兴地拉住刘彦宗的手说："刘都统（刘彦宗有好多头衔，专为汉儿所设的挂名宰相，挂名枢密使等都不足为他重，斡离不看重的是掌握实力的汉军都统这个地位，平时就以此相称），你的《平宋十策》俺才用了其中一半，今日已收此大功，如把它全都用上，宋人不足平了!"

"二太子雄才大略，算无遗策，今日陷此雄城，早在意料之中。彦宗敬献末议，聊表芹诚，何足挂齿。只是入城以后，严禁杀掠，笼络人心，最为当务之急，千万不可重蹈辽太宗的覆辙，到处打草谷扰民，失尽天下人之心，这一条务乞太子留意。"

"都统不说，俺也早已铭刻在心。《平宋十策》中第六策不是明写着要严纪律，禁焚掠，使百姓归心于我。俺这就去大太子营中，与他商议入城之事。都统且留在这里，代俺主持入城的军务。"

"二太子吩咐，敢不遵命？只是与国相商议时，容有凿枘违忤之处，太子当据理力争!"

斡离不点头道："这个俺自省得。"

功则归人，过则归己，推心置腹，从善如流，斡离不的豁达大度，自有使刘彦宗折服的理由，他们之间的关系正如嫉妒者所说的"鱼水之欢"，而不像高庆裔、时立爱与粘罕之间仅仅限于一时的利害而相互利用的关系。

斡离不信任刘彦宗的确有点过分了，引起不少女真亲贵的腹诽，甚至稳重的阇母借一次便宴的机会也从容进言道："非我族类，其心必异，他们汉儿别有打算，未必都和我们一条心。刘彦宗心机深密，太子使用他时，可要小心。"

斡离不立刻拦住他的话头说道："别人不敢保，唯独这个刘鲁开[1]尽忠为国，必无其他，俺自己替他保下来。"然后他反问一句道，"太祖皇帝与叔父国王栉风沐雨、苦心经营，为的是哪一桩?"

[1] 刘彦宗，字鲁开。

“无非为了要进入中原一片之地。”

“这话说得对了。”斡离不欣然道，“既要进中原，我们又都是亮眼瞎子，没个引路的向导如何入得去？这刘鲁开就是引路的向导，有了他，何愁进不去中原？俺不惜以全权相授，让他成此大功，叔父对他就休加嫌猜了。”

斡离不推重刘彦宗赞助之功，却有意忽略了自己的主导作用，其实在女真诸亲贵之中，包括皇帝完颜晟、有名无实的伐宋两路大军都元帅完颜斜也、西路军都统粘罕、东路军名义上的都统阇母等人在内，最早认识到要军事、政治双管齐下，要采用和平攻势以辅助军事上不足的就是斡离不。当别人的头脑中还只有一个蒙蒙眬眬的意识，他已形成了明确的概念，形成了一整套切实可行的方针政策，刘彦宗不过使它们具体化而已。决定方向的是斡离不自己而不是刘彦宗，刘彦宗不能说是斡离不的引路向导，只是他手中的一根明杖，一件工具。斡离不推重刘彦宗的目的是让亲贵们明白只有奉行他这套新的政策、方针的人，才能受到他的器重。

为了保证它的坚决执行，第二次南下之役，他摒弃了作战骁勇的四太子完颜兀术而重用了他另外的一个兄弟，窝里嗢以及汉儿刘晏、刘安兄弟。兀术本是他有意识培养的继承者。伐宋战争开始，兀术就在他麾下任使。清州之役，兀术冒两国交战不斩来使的大不韪，擅自杀死了宋军候在边界准备接待金使的馆伴使傅察，事后受到斡离不严厉的告诫。兀术怙恶不悛，保州满城之役被宋朝董庞儿部义军袭败，他退兵徐水时，竟迁怒于当地百姓，杀了二三百人，事后还强辩道，宋朝军民不分，军即是民，民即是军，你不杀他，他就杀你，这次如非下手得快，后路一被截断，全军就难免遭到覆灭之祸。接着在第一次包围东京时，他忽然纵兵围杀从东水门逃出来的数以千计的难民，又下令尽焚城郊一带的民舍。这一次暴行纯粹出于兀术的手痒，丝毫没有军事上的理由，以致斡离不派人来责问他，他也说不出一点道理，即使是强词夺理的道理也好。

斡离不为人深沉不露，他把这一切都记在心里。既然告诫过两次，兀术都没有表示悔改，那就没有必要再与他多说。第二次伐宋战争时，东路军还是原班人马出征，只有兀术被舍弃了，调到无关紧要的平州城去当一名驻防军统领，平州早几年迭经战争，留下来的人口已寥寥无几，这使得兀术一双善于屠杀老百姓的手无用武之地。他曾几次直接请战，还曾委托阇母向斡离不婉转进言要求调往前线作战，斡离不都置之不理，似乎要让这个出类拔萃的兄弟成为一名闲散的宗室贵族以围猎酒色终老，这是在这个处于上升时期的王朝中有才能有抱负的亲贵最可悲的命运了。

斡离不这次出征，除携带原班人马量才器用外，还特别重用刘彦宗的两个侄儿刘晏、刘安。河间刘氏从辽兴宗、道宗朝的刘六符兄弟立功以来，世代都做到宰相、枢密使一级的南面官。这个家族与辽太祖时期以草创典章制度出名的功臣幽州安次人韩延徽一族，以及道宗朝宠冠一时、受封为越国公、赐姓耶律氏的析律李仲禧一族鼎足而三，称为汉儿三大族。残辽末季，李氏的后裔李处温、李奭父子反复于宋辽之间已被灭族。韩、刘两氏降金以后，一心要做金朝的开国元勋。韩氏嫡胤韩企先熟谙典章制度，他效法祖宗所为，在文事方面多所擘画，为金朝贵族器重。留在中央任事，这是一条最安全的升腾之路，不要冒多少风险，就可以坐升到两府枢纽之地，富贵指日可待，只是时间慢些，表面上看来也不是那么光华绚烂。韩氏家族中还有韩政、韩庆和等人在金朝当大官，韩政仕为资政，韩庆和身任汉军万户，都算得是军政大员。刘氏家族人口鼎盛，人才甚多，其中刘彦宗最为铁中铮铮，他不屑做个事务官以取富贵，一心要做诸葛亮，不消说，斡离不就是他的刘先主。他比诸葛亮更高明之处是，诸葛亮不能阻止他的两个兄弟诸葛瑾、诸葛诞分仕吴、魏，他刘彦宗却做到让他的兄弟子侄，整个家族都为金朝卖命。

刘晏、刘安兄弟虽然出自高门，都有文武才略，倒不是纨绔膏粱一流。刘彦宗放心地把他们推荐给斡离不。他们机警便捷，任使随人，善体主帅之意，深得其欢心，信用过于女真诸亲贵，不久都成为东路军的骨干。闰十一月二十四，刘安指挥大军猛攻新曹门，差一点就攻入城内。如果不是那偶然的一炮把他击毙，东京城可能早一天就被攻陷。刘安之死，使斡离不痛失左臂，想不到只隔了一天，闰十一月二十五东京城陷，正在城内从事外交活动的刘晏也被宋朝的军民击毙，使得斡离不事前在城里安放下的一枚重要棋子，未能充分发挥其作用，这才是他的更重大的损失！

在两次围城之役中间，斡离不一直没有间断过对宋朝的诱降工作，甚至他的大军已在李固渡渡河以后，听说康王赵构和侍郎王云等衔朝命前来讲和，他立刻派出刘晏前去接待，可惜康王为宗泽所阻，未能与刘晏会面，刘晏却伺机进入相州，与知相州汪伯彦搭上关系，传达了斡离不愿意议和的本意，许了一些愿心。后来汪伯彦因为营救被金人当作人质的儿子汪似与另一名地方大员知河间府黄潜善都成为死心塌地的主和派，与刘晏此行很有关系。

在斡离不的一整套计划中，不管是汉人、契丹人还是渤海人，不管是文官、武员还是老百姓，不管是过去的仇敌还是朋友，只要有利于目前形势的都在他的罗致范围之内，甚至金朝的死敌，抗辽抗金义军首领董庞儿也成为他罗致的对象。

金朝老牌外交家、马扩的死对头撒卢母在伐宋战争一开始时就调入粘罕的西路军中。那时粘罕还抱着很大的成见，认为战争开始就意味着外交活动的结束。撒卢母使宋回来后，就被撤去外交方面的职务，去管粮台马秣等后勤工作。这个狡狯的谈判能手，在对敌斗争中满口柴胡，耍尽花招，办起后勤工作来却勤勤恳恳，有条不紊，做得十分出色。粘罕大军围攻太原城九个月，城内守军罗掘俱穷，最后即因粮尽援绝而失守。城外金军的给养却得到源源不绝的补充，从未有过粮匮之虞。这都是撒卢母这双眩人[1]的手从河东各地官仓民窖中挖取得来的。这是个不依靠资格、后台、与当权者的关系，而依靠其本身的能力、工作成绩迫使领导者不得不对他刮目相看的官员，即使他出身疏远宗室，属于最低卑的贵族阶层，曾干过牧马、修甲、打铁、打马蹄等贱活。他本人也在打铁炉子里锻炼成材了。斡离不充分了解他的本领，考虑到粘罕正需要这样一个人才，就把他留在粘罕麾下，没有调回东路军中。

在第一次包围东京的战争中，东路军中经办外交工作的是一个很有来头的汉儿王汭。此人与其说是一只披了老虎皮的狐狸，还不如说是一头十足的蠢猪。斡离不一再告诫他出使宋廷要在强硬之中留有余地，他记得了前面的半句话，忘记了后面的半句话。在北宋朝堂中，他仗势横行，大肆咆哮，吓得渊圣皇帝躲来躲去，不敢与他见面。后来他听说种师道带着十万勤王军进入东京城，他偷偷地打开行馆的窗，亲眼看到西军的壮盛军容。这一天他陛见渊圣时竟然在御座前屈膝跪下，充分泄露了金方害怕勤王军的恇怯情绪。正在觊觎他的位置的副使杨天吉回营后一五一十地都向斡离不告发。这种恇怯情绪其实正是斡离不以下全体金朝官兵共有的情绪，不过如此明显地泄露在敌人面前，那就是不可原谅的失职。斡离不毫不手软，当众就痛责他二百柳条鞭，这是仅次于“蒙霜特姑”的刑罚，再高升一步，就要让他脑袋开花。

打那以后，斡离不废弃王汭不用，连带告密者杨天吉也明升暗降，束之高阁，专用刘晏办理外交。凡有盘根错节、难于应付的活动都派刘晏出去。刘晏心领神会，软硬得体，不仅办好交办的事务，还主动办了许多斡离不一时没有考虑到的额外任务，这使斡离不十分满意。

充分掌握着国家枢纽，并且在每个人（包括粘罕在内）心目中造成他将成为下一任谙班勃极烈、成为太祖接班人印象的斡离不就是以这样明快果断的作风调整

[1] 眩人，即魔术师，变戏法的人。

政策，选用贤能，罢黜罢疲。这样就防止了一股曾经腐蚀掉契丹王朝的腐朽风气侵入这个新兴王朝的肌肤。

刘晏最后一次被派到东京去是在东京城四壁的护城河都被填没，金方可以随心所欲地使用洞屋鹅车等攻城重武器、东京城已危若累卵的时候。刘晏在事前就完全掌握了围城中各人的心理状态，在金军连续猛攻下，有一部分人丧失了可以击退金军保牢东京城的信心。上自渊圣皇帝、主和的将相，下至部分守城官兵，甚至在主战派中间也都有人抱着相同的悲观想法。认定城池失守已成为不可避免的命运。问题只在于城池失守以后，自己应该怎么办。张叔夜、刘韐等主战派已下定决心万一城池失守，他们准备以死殉国，义无反顾。同样是“主战派”的何㮚、孙傅等人却另有打算，城破以后，能逃则逃，逃不走再想办法，总之是要留一条后路为活命之计。主和的臣僚更不必说了，不但要活命，还要获取比现在更大的富贵。对于这些人，刘晏当然可以施展手段。他利用一切可能的机会与大臣们接触。最后工作做到渊圣皇帝身上。他几次到政事堂与大臣们软语商量要见到渊圣皇帝当面传达二太子郎君重要的嘱托。渊圣早已成为惊弓之鸟，还怕刘晏与王汭一样，口出不逊之言，使他难堪，不愿接见。这一次却是大臣们替刘晏说话了：“刘晏乃奉斡离不之命来使。斡离不于本朝素号有善意，今拒绝其使，粘罕遣使来，不审陛下还令朝见否？若势须引对，即与斡离不非便。”

宰相何㮚提出一个非见刘晏不可的理由，值得注意的是“斡离不于本朝素号有善意”这句话已被大家承认了，而且公然在御前奏对，这分明是刘晏的游说已经产生了实效。接着副宰相孙傅又补充一个事实，打消了渊圣皇帝最后的顾虑，他说：“臣等连日与刘晏接对，其人似识义理，明体制，如令其来见，必非王汭、杨天吉等狡狯悖慢之比。”

渊圣的决心很容易被人改变。这两段话又说得他心思活络起来，就命升殿传见。刘晏陛见时果然态度驯顺，语言和婉。他一再提出宋金两国交战之非计，不但双方将士损折，还伤了彼此的和气。语气之间，似乎金方发动这场战争，事非得已，希望得到渊圣的谅解。他甚至说道：“把话说到底，万一金军打败，全师尽覆，将帅损折，充其量不过二太子、国相等十万大军尽歼于城下而已。万一金军打赢了，东京易守，宗庙为墟，南朝为之奈何？”这明明也是带着威胁的话，不过他说得很有技巧，听来好像完全从渊圣一方面着想，这就使渊圣容易接受。最出乎意料的，他居然用一个军事家的观点站到宋朝一边的立场来指责守御者防守御敌不得其法。他说："金军火箭烧着城楼，也何消慌张，但着人扑灭修建即可。如修建不及，事前多带些大木栅，临时塞定，多持长枪大戟，躲在城堞内，看见云梯上有人登城，点刺令坠可也。又说洞屋鹅车，虽是庞然大物，蹒跚难行。可多用火攻，前车受焚，后车即难以继进，不足为惧！怕只怕云梯上登人，除用长枪大戟点刺外，尚有一法可用。当初你家三关元戎杨延朗守遂城，大辽来攻，他每夜着人在城头泼水，各处城堞城墙上泼遍了，次晨都结成坚冰，辽兵滑跌不得上城，即行退去。此事陪臣先祖著于家训，说'冬令用兵，此法最妙'，如今正值严寒腊月，滴水成冰，何不袭用?"

这些卑之无甚高论的议论，都属于一般的常识之谈，但他说得娓娓动听，而且在词气态度上令人相信他确是希望宋军能击退金军、保牢京城的，这就取得渊圣的好感和信任。他看看时机已经来到，就要求屏退左右，秘密奏告道："陪臣此来，二太子以修书不及，嘱令面奏圣上，万一京师不守，二太子必当以全力保护圣躬，今来使陪臣随带小红旗一幅，城破后即随侍圣驾，不离尺寸，必不使两宫受惊，宗庙有虞。异日再议退兵，大要不过割地称臣赔款，以亲王宰相为质耳。陛下临事不可惊慌为要。"

刘晏的密语，不啻给渊圣服了一颗定心丸，从此他就放下了心。事情即使从最坏的方面发展，他的生命还是有保证的，他的小朝廷也还可延续下去，何必自己先就忙乱起来！反正二太子斡离不对他早已有了安排，他的命运就交给他了。

可惜城破之际，刘晏自己并没有活到可以出头露面来保护圣驾的时候，他自己也需要别人的保护，而渊圣皇帝在忙乱之际也没有来得及把这个保护人保护起来。当日午后，满城谣传各门尽失，刘晏住宿的驿馆人情大扰。有人进来报告说：金人兵马已登城，诸军班直皆败走回，大使可速为自安之计。刘晏不慌不忙地取出小红旗前导，打马进宫，这时朱雀门已闭，道路都已断绝，他的小红旗在乱兵乱民之中不发生作用，只好暂回驿馆。忽然一批百姓军人拥入，把他和副使等三人一齐执定，他大呼道："我来促和，正为尔等之利，毋杀我。"又说他的这面小红旗是二太子当面授给他的，插在门口，金兵就不敢闯入。众人不听，把他的小红旗夺过来，顿时撕成几个布条，然后把他一行人全都杀了，呼哨而去。

事后，斡离不打听到刘晏被杀的消息，找到他和随从们的尸首，痛彻心扉。但他还是讲了一句漂亮话道："当时南朝已无号令，军民杀晏，出于自己之意，非有朝旨，不可罪渠。"

粘罕也帮腔说道："国破人乱，使人被杀，乃自然之理。"

刘晏之死，或许让粘罕手下一帮谋士暗暗称快，但对斡离不来说，确实又使他损失了一条右臂。不过刘晏与渊圣的那次谈话，已经起了重大作用，它使渊圣皇帝在城破国亡以后仍然对生存和富贵抱着极大的幻想，在这种思想支配下，以后渊圣本人乃至每个朝廷大臣都像一头头被捆绑着的羔羊，执缚生杀，悉听金人之意，根本不想反抗。就这点来说，刘晏已为金人立下了不朽之功。

4

斡离不的“和平占领”，或者说是“以实力占领为主，以政治诱骗为辅”或者恰恰是它的相反，以诱骗为主，实力占领为辅的政策——反正他自己没有定下一个固定的名称，人们怎么称呼它都行——在城破后的几天中，不断地扩大其影响，使得敌我两方，或者是施政者和受施对象两方逐渐达到统一的认识，保证它的顺利实现。

粘罕不愧是斡离不的好学生，经过斡离不三番两次的耳提面命，表面上还要呶呶不休地提些抗议，而在内心中则早已心悦诚服，他终于彻底弄清楚了“夫用兵之法，全国为上，破国次之；全军为上，破军次之……是故百战百胜，非善之善者也；不战而屈人之兵，善之善者也”[1]的道理，这无疑是高庆裔、时立爱两人把《孙子兵法》找出来了，反复向他讲解明白，然后他再用自己的语言加上注脚道：“俺大金国要南朝君臣把囫囵的江山卖与我家，休教他们零敲碎打了，把个残缺破碎的半边江山卖与我家。”

粘罕的注脚说得何等明白呀！他们大金国要的是囫囵的江山，根据眼前的情况先要一个囫囵的东京城，然后扩展到全国。

北宋君臣，包括渊圣皇帝、首相何桌、次相孙傅，以至一大批皇亲贵族、百僚大官，下至爪牙之臣开封府尹徐秉哲、殿帅王宗濋、四厢都指挥使左言、统制范琼等人，也都不愧是斡离不、粘罕的徒子徒孙，他们心领神会，马上懂得要保牢自己的性命以至取得更大的富贵，必须把一座囫囵的大宋江山、目前是一座囫囵的东京城卖与金人。他们不要零敲碎打的残缺江山和半边不全的东京城。

两方面的认识一致，目标相同，按理说应当很容易就做成这笔买卖，不过事情没有这样简单，他们双方都发现目前东京城里还有一股势力反对他们的合作，破坏他们的谈判成果。这几天连续发生几件大事，差一点捅出大乱子来，这都证明它的强大的存在。非得把这股势力瓦解了，或者具体一些说，必须把一部分作梗的“乱民”解决掉，他们的合作事业才能成功。

要出卖一座江山，特别是一座囫囵的江山，并非只需要简单地叩几个头，在卖身契上画上一个花押就能了事，它与保卫一座江山同样有许多繁复的、具体的事项要做。北宋君臣要扫清卖国的道路，开始研究起怎样来对付这批“乱民”的问题。

[1] 见《孙子兵法·谋攻篇》。

其中渊圣皇帝不愧是圣德渊厚，仁义在心。他隐隐约约地感觉到这些所谓的“乱民”虽然可能成为他个人道路上的绊脚石，他们的动机却出于“爱君”之一念。只消晓之以义，喻之以利，就可把他们解散，不必使用武力。不过他手下的臣僚们，特别是那些手里还掌握一部分尚未遭到金人干涉解散的部队的将军，诸如王宗濋、王宗沔、左言、范琼等，他们有过在宣德门外被太学生包围的经验教训，并不认为乱民们这样容易就可以自动解散。他们主张“杀一儆百”，主张“杀鸡吓猴”，采用快刀斩乱麻的办法，把“乱民”头子找出来，统统斩尽杀绝，再把附和的乱民杀掉一大批，天下太平，他们的心里也十分痛快了。只怕使用武力过当，万一激成民变，酿成祸端，仍可破坏一座囫囵的东京城，又会遭到金人的斥骂。还有尚未下台的大臣们虽然也主张镇压，也怕金人一翻脸，那时肯定要把他们当作牺牲品，斩首以谢百姓。因此心怀犹豫，不敢轻率动手。

城破的第三天，渊圣皇帝已经决心与金人讲和，把自己的命运完全交托给金人。这两天中他连续召见何㮚、孙傅几次，商量的都是议和之事。他们先派皇弟景王与侍从学士谢克家二人为“军前通和使”，打着“两国通和”的黄旗前往刘家寺斡离不的大营议和。这个主意是何㮚出的，通和使的名义也是何㮚想出来的，两国通和，这个口号何等响亮！将来写在青史上还是体面的。

秉承宰相意志的开封尹徐秉哲当天在各通衢上揭榜道：“两国已通和，昨有不逞之徒在京城内外放火烧人屋、杀人、掳掠财物。御前已遣将士前去杀戮，仰居民安业，违者处斩。”

不久，又揭出第二道榜：“据金人告报，两国各已讲和，向来百姓所请守城所用器甲，却令选购。”

当初要组织百姓持械上城杀敌，一律发给武器，称为义民。如今正在制造要杀戮杀人放火的“乱民”的舆论，先把武器收回，以减少他们的抵抗。这批人用心很深。不过两道榜文中使用的“讲和”“通和”等字眼看来有些刺眼，城破国亡，自己命悬一丝，早已失去与金人对等议和的资格，万一因此触怒了斡离不、粘罕，岂非万事全休。于是下一次的御前会议中，决定了加派皇弟济王与中书侍郎陈过庭两人为“请命使”，向金人“请命”。这个词儿也是状元宰相何㮚想出来的，一会儿通和，一会儿请命，都有他必要的理由，心里十分得意。

命则可请，和则可通，看来金人不得不大发慈悲，准如所请。这些大官儿感觉到让步得越多，对祖宗神灵社稷百姓惭怍愈甚，对他本人的安全就越有保证。换言之，他们安全系数的大小决定于出卖国家民族利益的多少。

可是意外的事情发生了。济王赵栩、中书侍郎陈过庭打着请命使的旗号还没走到龙津桥，就有一批“乱民”一拥而上，把十多名侍卫赶散。为首的一名汉子一把抢过“以哀吁天”“为民请命”两面黄旗，立刻撕得粉碎，一个结结实实的矮老头指着陈过庭的鼻子警告道：“俺百姓们的命，自会挣扎，无须诸公向金虏哀请。诸公要为自己乞命，须要为国家留些体面，休做出贻羞家门的勾当，叫子孙万代都抬不起头来。”陈过庭平日的官声较好，倒也没有十分为难他。

这是“乱民”们第一次显示一点颜色给大臣们看。

“乱民”如此猖獗，大臣们不能坐视，自然要给予打击。这一次又是这个范麻子范琼自告奋勇，表示只要给他一个“京城四壁都弹压”的名义，让他率领所部，驻屯京城诸要道，就能解散胁从，尽捕为首的，务必斩草除根。当夜王宗濋、徐秉哲二人据以入奏，还说自陈东伏阙以来，朝廷姑息养奸，致今日乱民殴辱亲王大臣，撕裂钦赐黄旗，沮坏两国和议，此而不治，乱将何极？力请渊圣降旨推斩数人，乱乃可定。不管他们危言耸听，给乱民加上多少罪名，渊圣听了，哼哼唧唧，却没有说出一句完整的话。明正典刑的杀人处死是要得到圣旨俞允的，除非他们在现场动手，可以格杀勿论。这几名侍卫官实在太不中用了，当时如得范老虎在场，就可以血流街衢，杀个痛快。事后追究，为时已晚。渊圣哼哼唧唧，那就表示他不同意杀人，王宗濋这个舅爷拗不过圣意，文官徐秉哲也无可奈何。二人只好变换一个手法，说到如今金人虽不下城，城中不逞之徒，有髡首披发，易服改装，伪为番人，剽掠居民的。前日统制官范琼在北城捕得数人，枭首通衢，军民安堵。金兵在城上看见也拍手称快道：此乃南大伯犯法者，你们杀了他，甚称我心。然后一齐奏请道：“范琼勇毅果断，素有威望，为百姓慑服，如任以都城弹压使等职，京城的治安可保。”

“这范琼莫非就是在刘延庆手下任职、人称‘范老虎’的那个军官？”

二人顿首称是，徐秉哲还为他解释一句：“范琼虎威为乱民慑服，故称以老虎。”

这次渊圣却回答得十分明白畅快：“宣化门之役，朕目睹范琼拥兵自重，不肯开城出援，坐视友军覆亡而不顾。如此之人，岂可再用？卿等以后休在朕面前再提范琼之名！”

渊圣一面说，一面双手乱摇，态度十分坚决。徐、王二人只得下殿而去。

毕竟是读书人的鬼点子多。徐秉哲请旨杀人不准，荐人不成，经过一夜的搜肚刮肠，第二天又想出一套新花样，请旨施行，居然得到俞允。

这一天在京城的各道城门以及通衢大街上都揭着开封省奉旨出的榜，晓谕百姓：

大金军登城，敛兵不下，全活百姓，存我社稷，恩莫大焉。奉圣旨，文武百官，僧道耆老可诣大金军前致谢其全活之恩。愿犒军者，听以金帛牛酒，去南薰门伺候，听指挥。

在东京的百姓中，除乱民外，也有一些顺民，他们从最初的惊慌中恢复过来，觉得金军敛兵城上不下，确有再生之恩，去南薰门谢恩犒军，可以增加金军的好感，增长自己的安全。这一天，追随文武大臣僧道耆宿去南薰门谢恩，并带去金帛牛酒犒谢金军的百姓确实不少。从城头上望下来，黑压压的一大片，十分壮观。

斡离不、粘罕表现得十分谦虚，他们派了十多个使臣用女真话和汉语翻译，在这支谢恩的大队伍面前往来传话道：“国相太子致意：军中食宿不便，无烦远到军前。僧道父老，也无烦泥雨中匍匐远行，但请在寺庙看经念佛，祝大金皇帝圣寿无疆。金帛牛酒，一律却收。”

在文武百官的带头下，不少百姓还没有吃到金人的苦头，居然匍匐于泥泞雨雪之中，高声感谢大金活命之恩。也有反应敏捷，立即高声祝愿大金皇帝圣寿无疆的，有人把带来的金帛缚在长竹竿上，高高举起，表示感谢国相太子体恤民艰，不受犒谢的盛德。当然更多的百姓既不匍匐泥中，又不高声称颂，他们冷眼旁观，暗笑在心。

由开封尹徐秉哲导演，经过圣旨俞允在南薰门内演出的这出戏，倒也演得有声有色。

5

经过几天的混乱时期，现在有关东京及北宋朝廷命运的斗争形势逐步明朗，斗争各方面的壁垒也逐渐分明起来。当时斗争的三个方面是：按兵不动、正在窥伺机会看看从哪里下手才可以得到最大便宜的金军首脑们；在军事和精神上都被金人征服，准备接受金人的宽大赐予而对老百姓犹有余威可逞的北宋部分朝臣；被宋金双方都看成为不逞之徒，一心要破坏他们达成“囫囵交易”协议的“乱民”。这三方面错综复杂的斗争正在剧烈地演进。

已经取得主动权的金军首脑们表现得最为冷静，不仅斡离不如此，连一向以脾气暴躁出名的粘罕在许多场合中也能够有所克制。

城破后，金军还是敛兵城头不下，胆大的老百姓，也有上城来与金军兜搭，有的就与金军做起买卖来。这时金军手里有的是钱，老百姓也愿意出售一些“剩余物资”，以博盈利，这种交易的规模越来越大了。这一天，驻扎在距粘罕大本营青城不远的南薰门上的一队金兵下城来收购物资。他们花了高出市价一倍的钱买回去一坛黄酒，打开湿漉漉的泥封，舀出几碗来，黄中泛白，白中泛黄，里面浑浑浊浊的，倒也不离谱儿。几个性急的军士，不由得端起碗儿就喝，忽然一股骚臭气扑鼻。再仔细小口品尝一下，这才尝出味道，哪里是什么中州名酒？竟满满地装了一坛溲便。再下去找两个卖主时，早已逃得无影无踪，要想杀几个无辜的百姓煞煞气，无奈他们这几个人一面孔的杀气腾腾，在旁的老百姓也早一哄而散。而他们毕竟还受到军纪的约束，不敢在城下闹市中大开杀戒。

这件事报上去了，如果在过去，就是屠城的理由，至少也要血洗几个街坊惩罚恶作剧的百姓。这一次粘罕居然克制住了，只说一句：“小民无知，只由他去！日后逮住时，就把这坛溲便硬灌进他的肚子，看他还敢不敢戏侮大金军士！”

景王、谢克家以通和使的名义去刘家寺斡离不大营议和时，斡离不态度温和，亲自接见了使副，并不计较“通和”一词僭越。他只提一个实质性的要求，要派宁昌军节度使萧庆入居尚书省，协同宋朝的户部检视库藏。

景王、谢克家回奏时，渊圣大方地回答道：“今国家已为他所有，何在乎区区库藏？就让萧庆来吧！”

萧庆说到就到，第二天即来尚书省视事，他什么都要管，实际上就是尚书省的

[1] 开封一带，古魏国地，称大梁。商丘一带，古宋国地，北宋时建为南京。

太上皇，并不限于区区的库藏。但检视库藏的结果却也不是区区的。据萧庆派员登录又经北宋户部官员会押的一份库存清单，内开：“绢，大数四百万匹，表缎一千五百万匹，金三百万锭，银八百万锭。”

根据当时北宋的物力，库存无论如何也达不到这个数字。萧庆怎样会开出这样一份清单，北宋计臣又怎样会在清单上会押，这宗疑案永远弄不明白了。

第二天派去的使臣是济王和侍郎陈过庭，在名义上降格为“请命使”。务实的斡离不并不计较虚名，他还是十分温和地接见济王与陈过庭，说：“一切都好商量。不过，下一次最好让宰相何㮚自己来，可以说得更加着实。”

红萝卜首相何㮚这时早已把外面一层红皮剥光，成为地地道道的主和派。不过他曾听计议使郑望之谈过李棁在斡离不大营中受辱之事，余悸犹在，现在听说斡离不指名要他去刘家寺金营谈判，吓得心惊肉跳，不免要向萧庆“请命”，最好是免此一行。萧庆说：“二太子令出法随，他要宰相去，宰相怎得拗命不去？”然后又为何㮚打气道：“二太子与贵朝素有善意。记得城破之日，他径至青城，与国相商议道：‘自古北兵到南朝，未有不破其国，携其主以归。此只是兵强而已，德不足也！孰若立其主刻大碑于梁、宋[1]之间，使天下后世知我行兵有名，且不绝人后，也使南朝数百年不敢动，此功德甚大。如若不然，他日赵氏自立为主，即更无立主一段恩义，为计甚拙。’此话在我军中人人皆知，宰相此行，或二太子就要与你商量立主树碑之事。再说丰碑颂德，二太子也非要借重大手笔不可。宰相此行，太子必以善意相待，恩礼相加，宰相何必畏惧？”

这番话确实安了何㮚的心。

为二太子的仁义恩德制造舆论，何㮚已数闻不鲜，却没有一次像萧庆今天谈得这样具体的。他此行必无惊惧，这是不成问题了。不过细细体会萧庆所谓立主一说，是否仍以渊圣为主，受大金皇帝的册封，还是废去渊圣另立赵氏一人，这两种可能都有。太上皇的子孙现在东京的还有不少。就是太宗、英宗、神宗的血胤，现在也到处可以找到。只要是赵氏之后，他何㮚是人尽可君的，立了之后，仍不失佐命之功。如果他不去金营谈判立下这段功劳，将来新主面前不好交代，他宰相的位置也保不牢了。这样一想，他不仅不惧此行，反而向渊圣力陈一定要亲自去和斡离不谈判的理由，慷慨请行。

渊圣不禁掉下眼泪来，说道：“时势危艰如此，卿一心为国为朕，舍生赴敌，忠义无匹，且受朕一揖。”

渊圣果然向何桌作了一个揖，使何桌连脖子根一齐红出来，他自己分明知道此行为的是赵氏宗社，也为自己未来留个余地，却并不专为渊圣本人，很可能斡离不就要与他谈到废渊圣之事。他内愧于心，一时良心发现，也掉出几滴悭吝的眼泪。骑马出朱雀门时，手中所执的马鞭，不觉三次坠地。

何桌在青城见到粘罕、斡离不两人，情况不像他事前琢磨的那样美妙，接见他时，粘罕中军营帐守卫严谨，卫士都露刃卓立。粘罕、斡离不坐在三尺高的毡毯上，面前放着一张大木案。

粘罕先厉声责问："南朝拒战，谁为之谋？"

依靠出朝时一线天良的发现，何桌居然有勇气回答道："桌主战议。"

粘罕再问："听说是赵皇不自量力，坚欲拒战，你休为他开脱！"

何桌再一次承认自己的责任，并不改口，他说："赵皇用桌为相，一切战议皆出于桌。中间赵皇听了贵朝大使刘晏的话，几次派人来国相、二太子处议和，都为桌所阻，与赵皇无涉。"

"城破前，我遣刘晏等两次三番招你出城，你何故抗命？今日城破你怎又来此处？"

"昔之不来是为生灵，今日城破国亡，国相太子见召，不敢不来。"

何桌居然回答得理直气壮，粘罕为之动容，他低声与并坐的斡离不交换了几句话，忽然把语气放温和了，说道："尔也忠臣，回答得煞好。我不为难你。我须见赵皇，面约和议，然后奏闻北朝皇帝。你今回去，传太子与我的话，务请赵皇明日此时，在此地相见。"

刚才回答这几句硬话，何桌是冒着被粘罕一棒打死的风险的，他倒挺过来了。现在却派给这样一个轻松自在的任务，如他所知，金人有废立之意，萧庆的话已透露消息，粘罕问话，句句要坐实渊圣抗师之罪，似为废立张本。这件事如让他去办，显然会使他十分为难。如今好了，他只负劝驾之责，把渊圣劝到这里，废立大事由他们直接谈判，那就不要他背上胁君的罪名，心里就好过得多。再则今天谈话中也不曾涉及立碑颂德之事。金帅要借重他的大手笔撰制碑文，这固然大大满足了他的虚荣心，只是碑文撰就了，将来勒石上丹，不免要刻上他的大名和状元宰相的头衔，不管他如何巧妙立辞，要让金人满意，那就非为夷狄之君歌功颂德一番不可，这毕竟不大光彩。此事从权做了也罢，要认真写出文章，刊诸丰碑，流传于青史，千百年后，仍逃不过汉奸的恶名。唐德宗朝的宰相蒋镇受胁撰文称颂叛逆朱泚，事后内愧于心，仰药自尽而死。他也怕自己落到这样的命运。所幸二帅既不让他成为蒋镇之续，又不让他做金殿逼主、负了千秋恶名的华歆[1]，如此成全于他，他不免要对国相二太子叩两个响头，感戴他们的鸿恩大德了。

何㮚回到大内，奏明他与粘罕应对的话，这番话是他一生中的得意之笔，将来肯定要记入国史，怎能不详尽敷奏？然后又把早一天萧庆与他说的那段话，略为改头换面，复述了一遍，力言二帅求和之诚，“官家明日之行，忍辱负重，事关大宋、大金两朝数百年和好大计，官家不可不一见之”。

何㮚软哄硬逼，得到渊圣的俞允，答应明天出郊去与金酋相见。何㮚大功告成，十分高兴，还恐怕渊圣恇怯，发生变卦，代天立言，草制了一道诏旨，说：“大金和议已定，朕以宗庙生灵之故，躬往致谢。咨尔众庶，咸体朕意，切务安静，无致惊扰，恐或误事，故兹诏示，各令知悉。”

明诏既下，士庶咸知，敌我均闻。这件事总算办得敲钉钻脚，谅来软耳朵的渊圣不至于再有什么变化了。

[1] 华歆，字子鱼，为孝廉时负有重名，及献帝时征入京师，历任重臣，汉魏而代之际，歆为曹丕逼献帝逊位，受诟后世。

6

曾在侍卫亲军马军司当过多年金枪班、银枪班班直的低级军官蒋宣、李福二人在这叱咤风云、军官升擢不按照常规的动荡年代中，目前都已升为散员都指挥使。这在马军司已是相当体面的中上级的军官了，只是虚有其名，并无实权。这种位置正好用来安排一部分立过功劳，在士兵中有相当威望，但既没有强有力的后台又不得上级欢心的军官。

这种军官在情绪上往往与当投派抵触，对现行的特别是明显错误的政策，敢于猛烈抨击，甚至不惜用激烈的手段来进行反抗。

蒋、李二人曾长期隶属于刘锜麾下，受到他的重视。后来又成为陈东、李纲、吴革这些人的朋友。在他们的熏陶和影响下，对抗辽、抗金战争都抱着坚定的、往往与当朝者格格不入的立场。在第一、第二次围城之役中，他们都曾有过有声有色的表现。其中关系较大的一次是蒋宣带头、李福附和反抗殿帅王宗濋的乱命，拒绝保驾出走襄樊，这玩儿的是可以被杀头的勾当。当时王宗濋手里只要有一点可以调动的力量，蒋、李二人就有身首分离的危险。幸得李纲出头保护，在御前力折王宗濋之过，渊圣本人也慢慢明白过来弃京师出走襄樊之非计，两条性命才被保全下来。第三天封丘门之战，蒋宣、李福指挥一批弩手击退金军的猛烈攻势，并射死一名金环金将。众目睽睽，蒋宣的这段功劳，是王宗濋、李棁等人掩盖不了的，何况又有李纲在御前力保，一时间蒋宣成为禁军中的风云人物，连带李福也出了名，人们提到他俩的名字，总说是一正一副的金银枪班直，直到他们离开了这个低卑的职位已经很久的时候，人们仍以此相称。

随着第一次保卫战的胜利结束，李纲受到排挤，出任河东宣抚使。他离开京师时，没有带走一名禁军将士，凭着空手赤拳就去走马上任，这分明是要他好看。连带蒋、李等人也倒了霉，王宗濋重新掌握禁军大权，要想拿他们开刀。无奈蒋、李二人在保卫战中确实立过功劳，在禁军中声名藉藉，眼前又没有错头可扳，王宗濋只好忍一口气，暂时仍把他们放在散员都指挥使的虚位上，伺机报复。

蒋、李都明白自己的处境，但他们考虑的不是保住自己的性命禄位而是争取为国家立更多的功劳。他们结识了刘锜的老战友吴革，在第二次围城之役中，接受他的指挥，游弋各门作战。二十五日宣化门被攻破，各门纷纷失陷。这时蒋、李二人都参加吴革领导的巷战，最后战败，他们率领部分禁军退入宫禁，不但血染战袍，面孔、眼睛上都糊满了敌人和自己的血，变成了血人儿。

早在围城时期，蒋、李就参加吴革的“歃血为盟”，那种仪式在三家村第一次举行过以后又连续举行过多次。城破以后，他们慨然把自己的名字登记在“赈济所”的名册上。

表面上看起来好笑得很，堂堂指挥使，职分儿不低，军队中自有给养请受可领，即使城陷以后，禁军组织并未解散，他们何至于要领救济粮度日子？不要小看了这几十本由李师师率同两个丫鬟编纂起来的“赈济所花名册”，其中尽有比蒋宣、李福职位更高的文武官员和居民富户，这些富户在两次围城之役中，踊跃输将前线，出手就是几千上万贯钱财，有的一次就捐助白米五百担，今天却到赈济所来领半升五合的救济粮。很显然，一部分愿意列名在“花名册”上的人，目的不是为了治疗口腹之饥，而是治疗一种精神上的饥饿病，或者可称之为“爱国热”的饥饿病。他们没有得到满足的正是这一腔爱国的热血无处可以发泄。

如果让徐秉哲、王宗濋、左言、范琼这些家伙得到这几十本花名册，那该是何等高兴惬意的事情！他们目前也正在害一种“富贵狂”的饥饿病，唯恐功劳立得不够大，唯恐对金人的好讨得不够足，唯恐还有一群不逞之徒堵塞了他们富贵的道路。如果得到了这些花名册，抓住东京城内这些乱民的“纲”，按图索骥，把他们一一打入网内，他们就可以高枕无忧地去和金人做成这一笔彼此渴望已久的“囫囵”买卖了。

蒋宣、李福以及许多列名在花名册中的禁军官兵正是一群如痴如狂、不惜断头碎骨以求一当的“爱国饥饿病”患者。他们与直接担任宫廷宿卫的禁军军官崔彦兄弟很早就知道渊圣皇帝即将出郊与斡离不、粘罕见面的消息。他们凭直觉就判断出这是金方和奸臣们的一个大阴谋，他们几个人商量了一下，认为形势危急，只今天就要把渊圣皇帝从罗网中搭救出来，强迫护送他离开东京这座龙潭虎窟。由于时间紧迫，他们已来不及送个信给吴革，凭手里可以直接指挥得动的几百名禁军，行动起来再说。他们深信这个行动一定可以得到吴革的支持，因为护驾西行本来就是他的主张。现在先动手，下一步怎样做，再与大哥商量不迟。

强迫御驾出行，这在禁军中有例可援。当年澶渊之役，真宗皇帝意怀犹豫，不敢渡黄河北上亲征抵御辽寇，就靠殿帅高琼当机立断，指挥部下硬把官家扶上玉辇，还不等他开口，高琼就喝令禁兵把玉辇推上御舟，径行渡河。不管这桩官司后来是怎样打来打去的，推功于什么人，诿过于什么人，禁军们一致的舆论认为，促成澶渊之役胜利的最重要的因素就是高琼这一果断勇毅的行为。还有在澶州围城的城头上，文人们议论纷纷，大放厥词，高琼当面讽刺他们："诸君可吟诗一首以退敌乎？"这又是大快人心之举，很显然，澶州之役能够御退辽军的，依靠真宗皇帝的御驾亲征，振作士气，也依靠城上床子弩一矢射死了敌方主战的统帅萧挞凛，而绝不是文人们的舞文弄墨，吟诗赋词。国朝定鼎以来，已经换过几十个殿帅，在禁军的心目中就数这位高琼是大英雄，是他们学习模仿的偶像。今天蒋、李准备采用强制手段，强迫御驾出走，就是师法这位大英雄高琼的所为，而且也深信此举也一定可以像祖师爷一样获得成功。

当天黄昏时分，宰相何桌、孙傅等均在都堂待命。渊圣皇帝自己留在祥曦殿治事，他派内监把曾去过金营与斡离不见过两次面的皇弟景王赵杞召入内殿，有所垂询。这时明诏已发，去与不去的大计早定，景王入见时不敢在这个问题上再提出什么异议，虽然他在内心中感到此事有些不妙。他们一般地谈到与斡离不、粘罕见面时要注意哪些有关事项，特别是见面的礼节怎样才能做到不亢不卑。当无情的现实还没有落下来以前，抱着幻想的人们总是根据自己的理想再加三分或者甚至五分的让步去设计前景的。

景王有分寸地提示到此行可能有些不利因素，但大体上还是按照渊圣的想法谈下去。两兄弟谈得刚刚有些入港，忽听殿外喧声大作，是一大群人杂乱的脚步声、呼喊声，还有露骨的铿锵的刀刃声。渊圣急令内监出去打听，只见珠帘外几百步的殿阶下有一大群禁兵，拔剑露刃，奔上殿来，掀帘而入。事后知道他们是用大斧劈开左掖门，赶散守门、守殿的宿卫和内侍们，径奔祥曦殿而来的。

按照旧制，非得明旨，禁卫军执刃上殿就是犯了惊动圣驾、图谋不轨的大逆之罪，依律要灭族。这种事情，北宋建国一百多年来从未有过。渊圣虽然有过与伏阙的群众直接见面，抚慰定变的经验，但那是一次和平的请愿，几十万群众一见他的面就肃静无声了，却从没见过这真刀真枪的玩意儿，一时之间，不明白他们的来意如何，不禁大惊失色。凡是具有渊圣这样身份的人，碰到这种变生不测的事，首先意识到的是来者不善，一定要不利于朕躬，他本能地就要设法把自己躲藏到安全之处。但为时已晚，进入殿内的禁兵们已经看到官家本人，大声嚷嚷："官家休走！"他急忙与景王转入御屏风后面躲藏。这一表示对群众不信任的行动，激起为首的那名军官的怒气，他腾身直前，怒气冲冲地一剑剁去，把那道精工雕刻着云龙图案的细木屏风剁成两片，用力一脚，把半片屏风跺得粉碎。几名禁军跟上前来把受惊受吓、面色发白、颤抖不已的官家扶出殿来。景王跟在渊圣后面，还有些主张，结结巴巴地说道：“众位将军要……金帛，御前尽有……众位要做官，官家这就下旨……除拜，众位快把名单开来。官家亲口许诺，决不食……言。只求众位快快下殿，休要惊……惊动了圣驾。”

把他们的高尚动机曲解为富贵之求，禁军们感到受了侮辱，他们乱哄哄地一片叫嚷道：

“哪个要你金帛？”

“哪个要除拜？”

一个头脑清醒的禁兵头目提出了他们此来的本意：“官家速走，这里不是官家住处！”

渊圣弄明白了他们的来意，惊魂甫定，他认得那个头目是御骑马直班直崔彦，听他说话和气，问道：“京城已陷，四垒都是金兵，你们待叫朕去哪里？”

众兵又七嘴八舌地嚷起来：“宫禁之内，多是番人细作，他们都待把官家卖与金虏以取富贵。俗语说得好，‘梁园虽好，不是久留之地’，官家作速出行，臣等须与官家一路。”

正在喧嚷之际，崔彦与御骑马直的侍卫们早把官家常骑的一匹赐名为“皇华骃”的杂色御马装配好了牵上殿来。崔彦的兄弟崔广挽住官家双手，一名禁军俯身地下，准备官家在他背心上踏一脚，腾身上马，还有几名禁卫军挥着马鞭上来，把官家身边的一些内侍都赶开了。

这时后殿又是一片喧嚷，内押班陈良弼带领大批内监从宫内跑来，他仗着人多势众，拿出平常的派势，厉声喝骂：“这些赤佬无礼，胆敢持刃上殿，劫夺圣驾，犯下灭族之罪。左右们速与我拿下来，拖去殿角斫……”

他的“斫”字刚刚出口，只见寒森森的一道剑光闪来，叫声“不好”，血泉涌处，身首早已分家。蒋宣顺势一踢，一颗肥脑袋球儿般地骨碌碌滚向殿角。蒋宣提起剑来，在靴底下揩抹血迹。他余威犹在，两道眼锋像剑锋一样霍霍四射，吓得这群内侍纷纷向内殿逃去。

渊圣也认得蒋宣，这时看到他杀人逞威，眼露凶光，血丝密布，吓得不敢与他说话，景王也被这仗势儿吓坏了，躲在渊圣后面，逡巡不前。这时崔彦兄弟一个劲儿要逼渊圣上马，渊圣两脚已软，上不得马，他心里也不愿出走，挣脱了崔氏兄弟的搀扶，用乞求的眼光寻找救兵。他一眼看见李福，就说：“李福也在这里，你快救救朕躬，日后必不吝封侯之赏。”

李福不慌不忙地走上前来，躬身奏道：“蒋宣忠义，非敢无礼，只是欲救官家于危急之中，不得不出此激越之举。番人诡诈，议和不可信，宰臣内侍，都与金虏沆瀣一气，宫禁之内，奸宄出没，危机四伏，官家日久必落在他们圈套中，无法自拔。臣等访得西城金兵尚薄，前日刘延庆、刘光国父子夺万胜门而出，守城金兵不敢阻拦。如今我宫内上四军[1]班直，长入祗候，禁兵等犹不下万余人，有马数千匹，若得官家俞允，齐心协力，护驾突围，臣等数百人，歃血为盟，不顾家室，不惜断头碎骨，誓保官家突出西城。那时与西军相会于西京、郑巩之间，再图匡复社稷之计，天下可以重安。”

侍卫们突围西走之计，如行于京城刚失陷的顷刻，渊圣可能还有一点勇气接受。现在他已决定卖身给金人，再要让他出走，那是无论如何也不能考虑的了。但是渊圣为人的一个特点是对任何方面来的暴力，都会采取屈服妥协的态度。当然他也要估计压力的大小，对自身危险的远近缓急以及本身还拿得出多少抵抗力量来决定用抚慰、哄骗等办法应付暴力，如果抚慰、哄骗都过不了关，最后只好出于哀求之一法。

蒋宣行凶，金殿流血，威逼渊圣乘骑突围，本来在这种场合中，是非可否，一言可决，绝没有商量谈判的余地。高琼成功的秘诀，就在于他说行就行，不让真宗再作考虑，车驾已经渡河。蒋宣的原始想法倒是正确的，但是这一行动应该如何实施，他们事前已来不及商量出一个共同的方针。李福态度温和，语言委婉，这就给了渊圣以可乘之机，他亲自与李福谈判，且不说愿不愿意突围西走，只是诉苦说太上皇以天下宗社相畀，再有皇后尚在妙龄，太子幼弱，不把他们安顿好了，他怎忍契然舍去，便尔西行？最后的结论是：“卿等且退，容朕入宫与太上皇、皇后商议后，来日必与诸卿回话。诸卿忠义，一心为国，朕所备悉，朕且把景王留在这里与卿等面议封拜赏赐之事。朕言出如山，决不相欺，卿等可以放心。”

包括蒋宣在内的禁军们都是爱护渊圣的，决不想难为他，他要回进内宫，他们还派人保护他进去。但是一经谈判，让官家离开他们，这场军事劫持就算失败了。不久，主管殿前司公事王宗濋带着实力派统制官范琼率部入禁内“清宫”，捕捉“作过”的卫士数十人发送开封府。

[一] 在宫廷宿卫的马军司所属天武、持日、龙卫、神卫各二十指挥，称上四军。长入祗候（或作常入祗候）是宿卫军的小头目。

官家与景王没有食言，果然立刻降旨封蒋宣为鼎州观察使，李福为利州团练使，可笑的是他们还来不及金殿谢恩，已经被王宗濋逮捕了。后来公布罪状时，这两名罪犯头上仍加上观察使与团练使的新衔，似乎官家除拜与殿前司拿捕是两件各不相犯的事。

他们被公布的罪名是“金殿流血，杀死内侍，意图劫驾”，凭着这几项十恶不赦万劫不复的大罪名，他们的命运可想而知。

蒋宣等一干人为忠义所激，发动了一场事前缺乏深虑，执行过程中大家的意见又不十分统一的“军事政变”，它当然要以失败告终。它损失了禁军中的精华，除崔彦兄弟等少数人逃走外，吴革团结起来的许多义兄弟都被卷进去，牺牲殆尽。此举也不能够阻止官家第二天的青城之行，倒使殿前司、开封府都加强了警备，唯恐渊圣被老百姓和禁军们夺走。

开封府在推问这一案件的过程中，发现蒋宣与吴革的关系非比寻常，从此吴革也在徐秉哲这帮人的密切注视中。

7

同文馆坐落在里城西门阖闾门外安州巷内。这座原有好几十间房屋的私人大宅院被朝廷买来改修后专门用作接待党项、青唐的使臣。它与陈桥门内的班荆馆、宜秋门外的瞻云馆并列成为北宋朝廷礼部所属接待外邦和属国的三大礼宾馆，哲宗、徽宗二朝，北宋朝廷与青唐地方政权的关系进一步密切了，双方人员往来频繁。大观中，青唐羌族领袖臧征扑哥一次入朝，携来的各级随从多达千人以上，原有的房间不敷应用，北宋朝廷为了示惠于青唐羌以博取臧征扑哥的好感，立刻征用附近的许多民居，把他们一并圈入扩大的围墙以内，使这里成为三大礼宾馆中首屈一指的处所。

军兴以来，西夏及青唐羌政权的使臣大部撤退，同文馆偌大的处所基本上空出来了，各方面都想占用它。吴革、雷观、邢倞等人好容易打通礼部、户部、兵部、工部及枢密院、开封府的关系，借用启圣院、五岳观及同文馆三处地方设立赈济所发放施粥、救济粮以赈济并收容因为受到战争影响无法生活的穷苦难民以及失去编制的散兵溃勇。

在这三处赈济所中，他们又以同文馆为中心所在地，凡有重大的集会和活动都在这里举行。这一方面是看中了它的空间面积大，有充分活动的余地，另一方面也因为它处在西城，万一要发动什么军事行动，这里正好处在金军力量比较薄弱的万胜门以内，突围而出，较有把握。赈济所的中心人物吴革、雷观、邢倞等人都蒙蒙眬眬地意识到在金军严密控制下，在东京城这座好像僵死了的城池以内，虽然仍有许多事情可做，仍然大有可为，但最后的出路，恐怕不外乎军事突围。

在他们几个人之间，作为首脑人物的吴革，这几天来，要求突围的意识更为强烈。虽然在城破的当时，他是能够轻而易举地突围而出的。那天下午，南城诸垒全失，只有他率部在戴楼门一带转战拒敌。直到何庆彦战死，万胜门失守，这支巷战的军队才告溃散。当时金军没有能够控制住万胜门，大量溃兵都从这缺口中拥出去。作为宋军中著名的勇将，吴革当然可以冲出城去，或者他也可以跟随刘延庆父子溃围而出。那天深夜到第二天凌晨，集结在城门附近的人数越来越多，后来达到数万人，天刚拂晓，他们就浩浩荡荡地拥出城门，直奔金明池，在门口和沿途的金军竟然不敢加以阻击。吴革两样都没有做，他带着一部分亲兵不是向城外突围，反而在城内折而北上，回同文馆的临时寓所，换去战衣，揩抹血污，蒙头大睡。按照当时的想法，他潜伏城内是要“有所为”。凭着他团结的那一部分亲信的友好旧侣，凭着赈济所内他新结识的忠义之俦，他都有理由留下来，凭借大家的力量，准备在城内干一番惊天动地的事业，斡旋乾坤，重振河山。他绝不愿轻易突围出走，离开京师。

不过凭借这些力量，在城中到底可以做出什么事业，不但他，还有他的一些朋友也都是心中无数的，只好抱着“走着瞧，走到哪里是哪里”的态度。

率领一部分亲信，突然袭击金军的某一个驻军点，譬如青城和刘家寺，斡离不、粘罕大营所在之处，杀死几名首虏，与他们拼个同归于尽，这并不是绝对做不到的事情，只要有牺牲的决心。但做到了又怎么样呢？即使把粘罕、斡离不两个都杀了，也改变不了国破城亡、社稷已倾的局面。这样的行动吴革还不愿轻于一发。

率领一部分亲信，突然袭击政事堂、开封府、三衙，把一贯主和或者现在已变成积极主和的大臣、府尹、殿帅以及他们的爪牙统统杀死，以我之处心积虑攻人之无备，这也许可能成功，而且名正言顺，足以大泄天下人的积愤，为计良得。但是吴革估计到奸党们手里也有一点兵力，王宗濋、徐秉哲、左言把范老虎统带的这支环庆军劲旅当作他们为非作歹、出卖宗社的本钱，它以之保国卫家则不足，以之卖国扰民则有余。真要厮杀起来，双方不免有一场两败俱伤的恶斗。自己辛苦纠集起来的一点武装，或者甚至自己本人在这场恶斗中牺牲了，未必合算。

吴革是一条铁铮铮的汉子，他绝不怕死，从巷战失败，奔回同文馆以来，他就下了一死的决心，但他要求的不仅仅是一死殉国、一死报国，而是一死救国，死要死得光明磊落，死得其所，死得重于泰山。除非他一死就能改变现状，挽回败势，否则，即使取得斡离不、粘罕或其他金廷贵族和朝廷权奸们的首级为代价，他还是不愿轻于一死。他既不是“轻生论者”，也不是“珍生论者”。他是个自重的人，知道自己的和所有爱国之士的性命的价值。

他反复考虑过，在目前情况下，真正值得他为之一死的行动莫过于用武力把软弱的渊圣皇帝从深宫中劫持出来，保护他突出城外，号召天下，重为恢复之计。这才是一个真正能够改变现状、挽回局势的行动。他曾把这个想法透露给雷观、邢倞以及包括蒋宣、崔氏兄弟在内的宫廷侍卫们。

他们一致同意这个计划。老谋深算的邢倞还补充一条说：此事行之于宫门之内难，行之于宫门之外易。他劝吴革等候一个渊圣圣驾出宫的机会再动手不迟。

渊圣要出幸青城的消息透露后，吴革立刻找邢倞商议，他们密定了“劫驾、夺门”之计，就是要发动侍卫们在宫门外劫持渊圣西行，同时吴革率众在同文馆发难，先夺下万胜门，接应侍卫，保护圣驾突出东京城后再作计较。

当时金朝虽已控制各门，但重兵云集在南薰门附近，其他各门，昼夜紧闭，严禁宋人进出，城上城下都只有些许兵力，保护城关。万胜门防范尤疏，一直要到金明池、琼林苑一带折而北上至城外西北角的牟驼冈才有大军驻守。从第一次保卫战，吴革衔种师道之命，以铁骑二十名为前驱入城以来，吴革曾多次进出西门，又曾几次在这里指挥防守，对这一带地势十分熟悉。城破以后，他又在万胜门附近往来巡视，对金军的配备了如指掌。一旦行动起来，怎样斩关、怎样夺门，他心里早已有个打算。只是劫持圣驾是着险棋，要渊圣心甘情愿地弃置宫禁并太上皇、朱后、太子于不顾，决然西行，此事万难做到，只能出之以强制手段。好在金人虽已派了萧庆坐镇政事堂，指手画脚，发号施令，俨然是个太上皇，在宫廷之中，却没有增派监守部队。侍护圣驾的仍是蒋宣、李福等指挥得动的那一批侍卫亲军。只要事前做好准备，临事果断，行动迅速，成功还是有相当把握的。

吴革与邢倞两人商量了一个多时辰，各方面都考虑得很周到，可惜事势发展得太快，使他们有些措手不及，特别是这个行动计划中的关键一着，他们派了几起人去找蒋宣、崔氏兄弟，竟没有找到，万想不到，此时，蒋宣等已在祥曦殿发难举事了。

晚晌时刻，吴革还在与邢倞、雷观等部署夺门的兵力，崔氏兄弟疾奔而至，他俩是在起事失败以后，挣脱了罗网，奔到同文馆来报信的，不消说，这个噩耗给了吴革等人多大打击！

现在再要发动侍卫们劫驾，势非可能了。眼前迫切的是开封府已捕去许多参加举义的侍卫，推问中难免要泄露他们与赈济所的密切关系，为应变之计，他们把赈济所的花名册先行藏匿起来，李师师等非战斗人员也由何老爹设法隐蔽到安全的处所。明天正届赈济所发放救济粮的日期，他们决定，除加强警备外，仍在三大处照常发放，看看情势的发展，再作决定。看来真正到了必要的时候，夺万胜门而出，还是他们最后的一条生路。他们也做好了轻装夺门的万一准备。

这就是赈济所的中心必须设在同文馆的理由，而正因为同文馆成为赈济所的中心，他们念念不忘要斩关夺门，突围而出。

8

同文馆、启圣院、丘岳观三处赈济所的大门口都没有挂出招牌或其他性质类似的明显标记，这是一项非生产的事务性的开支，最有可能节约的额外花销，因为无论在白昼或深夜或凌晨，无论在施粥、发放救济粮即将开始或还要等待几个时辰以后才可能开始，在那三大处的门口以及附近几条街路上一直挤满携带着布袋、麻袋、瓦钵以及各种盛器的难民们。他们大多数是衣衫褴褛，甚至在这严冬腊月的季节里还是衣不蔽体，在黑洞洞的破棉絮袄的隙缝中露出胳膊、大腿、背脊以及身体的其他部分。他们面容憔悴，行动说话都是有气没力的，但是脾气奇大，为了小小的一点原因就可以与人吵架、打架，大家互不相让，不怕已经裂缝的棉袄被人撕成碎布条。

他们勉强也算排了个队，那是一种最不稳定的，一点小小的干扰就可以把它拆散了的长龙队形。长时间的不耐烦等候，无止无休的吵架，以及传播着一些耸人听闻的小道消息都可以把长龙打乱，变成一个个小圈子，然后有人无中生有地一声高嚷："来了，来了！"虽然明知道这个时候不可能发放粮食和施粥，但还是受到相互影响以及那想象中的香喷喷、热腾腾、黏糊糊的粥的引诱，散而复整，重新排起队伍，然后又因为争先恐后，自己的优越地位被人们抢去了而争吵起来。

"俺早先就排在这里，你怎抢上前面来？"

"不错，你刚排在咱们后面一大截，"第三者证实了他的话，也为了自己的利益，插上来说，"怎么眼睛一眨就抢在咱们前头？"

"你不睁开狗眼看看，那木牌上不是写明，先到先排，后到后排，搀越队伍者赶出场外！"第四者更是火气十足地帮腔。

他们的对手显然也不是仁义礼让的一流，他不为三比一的劣势所屈，顿时回击说："你们先瞎了眼，颠倒说别人。那木牌上明明写着，先到先排，后到后排……擅自离队者重新排队，排在队尾！你们离开队伍，就该滚出去重新排，怎怪得到俺身上？"

公说公有理，婆说婆有理，这类无名官司很少不是用拳头来解决的，任凭赈济所的工作人员怎样解劝都不行。

这些不成队伍的队伍，这些排解不开的纠纷，比任何标志都明显地指出这里就是有名的赈济所，是第二次围城之役中东京城里产生的新鲜事物，有上万名挣扎在生死线上的下层军民在此集会，碰头，交换消息，传播真实的、半真假的以及完全杜撰出来的新闻，争吵、打骂以发泄胸中的怒气和不平之感，当然更重要的是到这里来“疗饥”。

为了难民的这一碗粥，吴革、雷观他们确实花尽心思，城破以前，依靠朝廷的贴补和百姓的捐输，勉勉强强、拮拮据据地把这个大场面撑下来了。今天这批救济粮总算发放了，下一批煮烧施粥的粮还在天空中飞哩！城破前夕，吴革采取了非常手段，凭着一纸文凭，外加一千名部兵，径往户部太仓搬来了几万担米面杂粮，城破以后，他们趁乱哄哄之势，索性对两处仓库实行军事管领。凭着他带去的一批声势浩大的难民和难兵，凭着一段时期以来已在人们心目中树立起来的“赈济所”三个大字的金字招牌，这些大胆的行动居然没有受到干扰，连一向对他们很看不惯的官员们唯恐众怒难犯，只要求掣得一纸收据，就乖乖地让他们占领了。因此目前赈济所的存粮空前充足。

看来赈济所的事业一天比一天兴旺了，到这里来领粥、领粮的难民难兵的队伍日益扩大，大家都把目光盯在一袋杂粮和一碗粥上。

赈济所的三大处都设有施粥厂和发放救济粮的芦席棚。施粥每日辰时、申时各举行一次，人人可得。难民们只要按时前去排队，从管理人员手里领到一块号牌就可领食一大碗掺有白米、红米、赤豆、黄豆、菉豆、乌豆的五色缤纷的粥。大部分难民都用自己带来足足可以盛两大碗粥的、超过规定“标准”的碗前来求施。好在存底充足，经手人员慈悲为怀，眼开眼闭，用了不同的手法满足他们，这一锅锅、一钵钵、一桶桶、一碗碗的粥好像是看得见、摸得着、色香味俱全的生命剂，当它们通过口腔、食道通行无阻地直灌进辘辘饥肠中，有一股热气陡然从肠子里升起来，弥漫于全身，憔悴的脸色豁然开朗，恹恹的精神状态也变得生机勃勃了。这个时候，很少再有人与别人争吵打架。

艺术史上曾经流传下许多幅著名的《流民图》，那当然也是以生活实践为基础的，单凭想象，很难勾画出流民们的千姿百态。不知道有没有一个画家曾经跑到施粥厂来就地取材，或者他本身就有领食施粥的生活经验。如果这位画家能把一大批面无人色（《孟子》的“面有菜色”，显然是很形象化的艺术造型，可惜分量太轻，不足以形容施粥厂的难民们）的受施对象搬上画幅，把他们受施前渴求的眼色，唯恐一碗即将到手的粥忽然被人夺走的恐惧以及受施后刹那间的满足一齐如实地勾勒出来，那肯定要成为一幅不朽的杰作。

施粥以外还有按户口发放的救济粮，救济粮隔天发放一次，领取的手续也不算十分繁复，只要事前到同文馆去登记一下，花名册上有了名字，就可以领到一块烫着火烙印的木牌，上面有端正娟秀的字迹写着户主本人及其家属的名字、家口总数、编号等。主管其事的李师师、惊鸿、小蘩三人在这一个月不到的时间内单在这木牌上就写了一百万字，等于抄几十部《妙法莲华经》，其功德还不止几十倍于此。到时候户主们凭着这块木牌就可去领他们一户两天的粮食，规定每人每天杂粮半升。户主们还可以代替老弱病残的邻居、亲戚、朋友领取粮食，只要那一户也已登上花名册，领有火烙木牌，这块木牌在赈济所里具有极大的权威性。

在每一处所既施粥，又发粮，这是考虑到受施者的方便，他本人以及跑得动路的家属一起吃了施粥还可以把救济粮带回家去让跑不动路的家属活命，省得他两处奔波。

简化手续，放宽尺度，尽量给受施者以方便，这是赈济所办事人员的主导思想。因为他们深知这一大帮受施者嗷嗷待哺，长期挣扎在生死之间，稍微一点的折腾、磨难就可以使他们惨遭灭顶之祸。一般施予者往往不肯花点心思去考虑这些微末小节，因为他们的主导思想是他已经给予受惠者如此深重的恩典，使他死里逃生，对这点小小的折腾、磨难难道还有意见？在人们的生活实践中，常常会碰到这种趾高气扬的施予者，如果他不幸成为一个受施者的话，人们自己的思想中也常会出现那种施予者的优越感，如果他碰巧也成为一个施予者的话。

赈济所的领导群有着这样难能可贵、与众不同的主导思想，这是很值得称道的，再加上邢倞、雷观、何老爹、吴铢、徐伟等人的组织管理能力。他们各司所事：雷观、吴铢管粮食进出，邢倞督理煮烧施粥，何老爹指挥现场，李师师、小蘩等担当了相当于“文字机宜”的工作。丁特起无所事事，专门派往难民家庭中访疾问苦，陪他们一起掉眼泪。他们群策群力，工作进行得有条不紊。

难民以外，还有一部分失去编制的溃兵游勇，他们有的属于西军，有的是张叔夜、刘韐征募的京西、河北兵勇，被带到京师来，有的是京畿提刑秦元纠集的乌合之众，即所谓的“保甲兵”。秦元在城外遇敌，未经交手就逃之夭夭，一部分部队却溃而未散，在围城中没有人管领，流落街头。西兵和真定京西兵多数是追随刘延庆溃围不成被拦截在城内的，他们也无地可容，无处可食。吴革把他们统统收容起来，住在同文馆的空屋内，享受与难民们同样的救济粮食，都受到军法部勒。吴革本人也住在同文馆内，与他们一起吃救济粮，每以“忠义相黾勉”。“难兵”流离失所，深感亡国丧家之痛，对吴革的黾勉砥砺，特别容易接受。吴革很快就在这批难兵中间发展了可以推心置腹密议大计的盟友数百人。初步估计，已经组织起来、具有相当战斗力的战士有两三千人，多数是西兵，也有一部分真定军、京西军，眼前他们的主将张叔夜、刘韐都在京师投闲，报国有心，并与吴革熟识，只要吴革振臂一呼，他们都会热烈响应。这是赋济所的武装骨干。吴革要实行军事突围，依靠的基本力量就是这些部队。

吴革除自己直接掌握这支队伍外，还派部分禁兵渗入部队，即以崔彦、崔广兄弟主管营务。崔氏兄弟也是西军出身，在泾原军中，曾当过杨可世亲兵营的小头目，直隶于吴革统率，参加过兰沟甸大战。第一次围城之役，种师道派吴革以铁骑二十人突入东京城内，这事曾轰动一时，崔彦就是二十名铁骑中的一人，他们亲如弟兄，关系不比凡常。如今其他十九铁骑在榆次一战中都随种师中战死了，崔彦硕果仅存，现在御骑马直当班直，公务在身，他的兄弟在禁军中却是个散员，行动比较自由，崔彦也只是隔天值班，一天有公事，一天闲着。吴革让崔氏弟兄管领这批“难兵”，是充分赏识他们的才能，每与密议军事大计，信任使用的程度还超过蒋宣、李福等人。

对“难兵”实行军事管理，对“难民”的工作也进行得井井有条，赈济所的领导群确是发挥了各人之所长，一心想把这个抗金的地下据点办好。即使这样，仍然不能够指望它是个管理良好、秩序井然、行动起来万众一心的坚强集体，特别当施粥和发放救济粮时，混乱、纷争、吵架、打架都是经常发生的事情。如前所述，领取救济粮的本身就是一种脱离生活常轨的活动，被救济者并非怀着感恩图报的心理，而是怀着他们在人生奋斗中已经落到这样的一步，仅仅比求乞好一点，或者甚至比求乞还不如的阴暗心理，带着怨恨、自卑的情绪来到这里。他们对主管人员苦心孤诣的安排，给予他们的种种方便很少体会，相反地，倒是对于一些自认为有损他们自尊心的行政措施感到非常屈辱。他们动不动就闹起来，实际上只是一种发泄，一种对自身受到不公平待遇的非正式的抗议。凡是用发泄的形式来代替抗议的，往往不问他们选择的抗议的对象、时间、地点和方式是否正确，而只求痛快一下。

难民们还包括许多难兵就是怀着这样一种心理来到赈济所接受施予的。

9

闰十一月二十九渊圣出幸虏营，这是紧张的重要的一天，但在这个消息传开以前，赈济所三大处还是照常发救济粮，照常施粥，一切都像平常一样。赈济所是东京城里的世外桃源，不管外面发生了怎样天翻地覆的事情，这里还是雷打不动，一切照常。

不过东京城是一座敏感的城市，东京人是一种特殊敏感的政治动物，即使难民们对于饥饿以外的神经感觉都比较迟钝，却绝不是麻木不仁。

昨天朝廷颁发煌煌圣旨，宣布仁孝的渊圣皇帝将代太上皇出幸青城大金军营，商量和议之事，“咨尔群庶，咸体朕意，切务安静，无致惊扰，恐或误事”。由于黄昏时发生的意外事故，这道朝旨没有在通衢大街上张贴，老百姓知者甚少，但是那“事故”，大多数难民以及全部难兵都知道了。如果难民们来到赈济所以前还来不及听到详细的消息，那么，在排队的一会儿工夫中，他们有充分的机会听到许多人转述这一基本事件以及派生出来的许多不同的版本。人们议论纷纷地谈到此事，还夹杂许多耸人听闻、光怪陆离的异闻传说，有人说，东京城里口碑最恶、人人切齿痛恨的二王——主管殿前司公事王宗濋和吏部兼户部尚书王时雍——在这场宫廷军事政变中被忠义的禁军官斩了首，尸首剁成几块，喂宫外的狗子吃了。

“何止二王?”有人补充道，“侍卫军巧设香饵，把朝廷的权奸、卖国贼一网打尽，开封尹徐秉哲，大将左言、范琼，内侍张迪、邓珪以及到金营去讲和的枢密使冯澥，学士谢克家都被禁兵杀了。连济王赵栩也在乱军中受伤，幸得银枪手李福把他力救下来。”

“你们省得什么?左言、范琼只是两条供使唤的狗，斩了他们不过小事一段。射人射马，擒贼擒王，连那红萝卜头子何相公也还算不上是权奸的头子，那真正卖国求荣的权相要数太宰张邦昌第一，他昨天刚从金营回来，就被禁军们乱刀斩死，这才叫老天爷有眼，报应昭彰，大快人心!”

在老百姓的月旦评中，永远有一批十恶不赦、万死有余的当道坏蛋受到唾骂，一批坏蛋刷过后，又有一批新的坏蛋来填眼。宣和年间是蔡京、王黼、高俅，靖康元年是李邦彦、王孝迪，目前这一席似乎非张邦昌莫属，论资格，论声望，他都够得上第一号坏蛋的条件。可是这些消息有些像空穴来风，查无实据，没有人能证实跟从肃王一起去燕京为人质的张邦昌已经回到东京来。张邦昌在敌人监视之下怎能回来，回来后又打算使出什么坏心计？没有人能够正确地回答出这些问题，老百姓显然把推论和传闻、自己的愿望和客观事实混为一谈了。

后来得到了比较可靠的消息，这场宫廷军事政变确确实实在昨夜发生，大家熟悉的禁军名将金银枪蒋宣、李福领导禁军发难，不幸被官军敉平，蒋、李死难，禁军死了好几百。权奸们仍然安坐朝端，一个没死。

这个令人黯然神伤的消息据说是崔班直带来的，有人亲眼看见他弟兄俩，两个人一样都是灰溜溜毫无血色的面庞不啻证实了这条坏消息。

然后大家才谈到蒋金枪、李银枪——他们的职务、兵器早已与姓名合二为一了。有人说蒋宣进出都带一支金枪，生就一座镏金塔似的身材，满颊络腮胡子，端的是条好汉，他早两天还到启圣院来找吴统制说话。有人说李福高高个子，白皙面皮，操练时戴一顶尖顶盔，看来就像一支银枪，颏下飘着的一绺长须，就是银枪的璎珞流苏。这两个大人物见人没有一点架子，也跟咱们一样吃施粥，说话晚了，就在那边院子里落脚过夜，回家时便拎一袋救济粮回去养活老母妻子儿女。

令人痛快或令人黯然的传闻都好像在人们的心海中投下一块石子，漾起几圈涟漪，不久就消逝在微波中。只有谈到他们都知道的蒋宣、李福其人，而且多数人确实看见过他俩，与他们说过话，打过交道，这些消息才产生现实的意义，因而也引起许多现实的联想，蒋宣常来这里找吴统制，这不是什么秘密，现在既然发生了这件凿凿可据的事情，再要冲口而出，把他们的关系证实一下，那就很不妥当了。

说这话的人想把说过的话收回去，懂得他意思的旁听者在一旁保持沉默，不明其中奥妙的人又提出了凿凿可据的证明来反驳他的意思，这很可能引起一场论战，幸好随着一阵吆喝声一桶桶的粥扛来了，散乱的队伍重新排起，大家鱼贯挨次地领去了自己的一份，然后用着品尝家的感觉来尝它的美味。

热量灌入肠子，生命回进他们的身体，他们一个个又变得生机盎然。

10

陡然间，众人都听到有一道高遏行云，痛裂心肺的恸哭声掩盖住这里所有的喧嚷、叫喊、争吵声，随着踉踉跄跄的脚步越过大门以内的广场，直奔厂棚而来。

他哭得多么伤心，他的哭声好像汇集了千百道曲折回流的呜咽，化成一片从心臆中直挂下来，一泻无余的飞瀑。纵流横溢的泪水就是滚雪溅玉的水珠。这种直抒胸怀、不惜矫饰的恸哭最富于感染力，厂棚中几万名难民和难兵一瞬间忽然沉寂下来，大家凝神屏息，怔怔地看着这一位狂奔而来的恸哭者。

他不仅是单纯的恸哭，还伴着一阵含混不清的数落，然后带着颤抖的泪音反复朗诵下面几句杜诗：“……草中狐兔尽何益，天子不在咸阳宫。朝廷虽无幽王祸，得不哀痛尘再蒙？呜呼，得不哀痛尘再蒙？”

这一声呜呼和两个哀痛，使他再一次号啕大哭起来，哭得声嘶力竭，回肠荡气，忽然一口气憋住了，目闭头晕，几乎栽倒在地上，幸得在现场维持秩序的何老爹及时赶到，一把托住他的后脑，搀扶他坐上一张椅子，用力揉着胸口，直等到他这口气悠悠地回过来，双目微张，神志恢复清醒后，才问道：“丁太学何事枨触，哭得这等伤心？刚才几乎一头栽倒，吓坏了众人。”

一语未了，丁特起又放声恸哭起来，口中反复念道：“天子不在咸阳宫……得不哀痛尘再蒙？”

何老爹听不懂这几句杜诗，几万名难民和难兵也不懂诗中的含义。丁特起随口念出这首《冬狩行》，不管诗的内容是否切合当前的情事。杜诗是说即使把山林草原中狐兔都打尽了，也无补于天子离京出走陕州，何况“尘再蒙”是指唐代宗一再被迫离京，与今天渊圣皇帝第一次离开宫禁的情事也不相合，他的目的只想点明“吾君蒙尘”这个主题。不过，“蒙尘”这个文绉绉的词儿对于这一批并非文人学士的听众来说实在是太艰深了。看见大家惶惑不解的面孔，丁特起不得已才放弃了他精选的杜诗中“蒙尘”这个词儿，用他自己的语音解释道：“官家被迫离宫，驾幸虏营，今晨俺亲眼看见他在南薰门被两名小番挟持，绝尘而去。何桌、孙傅、陈过庭等踉跄追赶不及。吾君此行，有去无还，分明是堕入虏人与奸臣之计。俺目击神伤，怎禁得肝肠寸裂？何老爹，你一向足智多谋，好歹想个计较来救救圣驾。俺在这里向你磕三个响头。”他被何老爹扯住了，头没有叩成，却又呜呜咽咽地啼哭起来。

其实官家出幸虏营的消息，对于丁特起、何老爹都不是第一次听到的新闻。昨夜崔氏兄弟从官军的罗网中急迸而出，匆匆向吴革大哥报告劫驾一举失败时就提到官家明日将出幸青城。他两个在旁边都听到了。不过当时大家的注意力都集中在劫驾失败后的善后事宜上，匆忙决定如果殿司、开封府派兵到赈济所来噜苏，他们就实行武装拒捕。一千名顶盔贯甲，全身结束好的战士藏在同文馆左侧的偏屋里。丁特起被派往开封府附近去打探消息，察看动静，如见有军队捕役出动，飞速来报，丁特起忠于职守，受命便行，整夜在府衙一带徘徊盘桓，寻消问息，倒也看不出有什么苗头。只是天明以后，情况忽然紧张，内城的朱雀门大启，从宣德门外御道开始，穿过州桥，朱雀门直到南薰门内的龙津桥一带十里大街上，麻麻密密站满了禁军。王宗濋、左言往来指挥，十分忙碌。丁特起这才猛然想起官家出城之事。果然不久就看见官家身御便服，只在外面罩一领皮裘，骑匹不显眼的白马，轻骑简从地来到由金军控制尚未开启的南薰门下。这时丁特起也挨到城门下，他亲眼看见惊心动魄的一幕。官家派内侍向城上的番将打话，要求启城门出去。一名银环番将从城楼中闪出来，自称是守城孛堇，厉声说了几句话，通译翻译道：“奏知皇帝，若得皇帝亲出议和，公事甚好，但请安心。已差人去覆国相元帅，且立马少驻，容治道。”这个通译嗓音响亮，这几句还算温和的话城下人都听到了。官家下马休息，番官嘀咕了一句，通译又翻译道：“孛堇说这里不是皇帝下马处，请皇帝立马如初。”语气也还是温和的，语言却相当严峻，表示这是长官的命令，皇帝非听不可。已经下了马的渊圣皇帝不由得又让内侍扶上马，面上出现了一种无可奈何的表情。

御宇天下的官家，到人屋檐下，不得不低头，居然要接受一个小小番将的命令，善感的丁特起不禁呜咽起来，但立刻受到禁军的干涉，在这个地方，他没有哭的自由。

渊圣皇帝神情悲戚地驻马城下，等候了一个多时辰，马背上坐久了屁股痛，他几次挪动着身体，想站起来舒舒腿而又不敢，这些动作，丁特起都看在眼里。后来忽然南薰门的两扇大门洞开，一批番兵蜂拥而出，牵住渊圣的马，左右挟持，簇拥而去。丁特起远远望见，他们刚开瓮城，就有一名番兵用鞭子抽打御马，要它快驰，鞭梢甩到御裘上，渊圣吃了一惊，不觉在马上颠侧一下，险些坠下马来。这火辣辣的一鞭好像抽在丁特起心上，使他一阵急痛。当时不但丁特起，奉命留守弹压的大官张叔夜、刘韐以及大部分官员、军士、老百姓等都看见这一鞭，产生了被抽打的感觉。须发斑白的张叔夜不禁用衣袖掩面，揩拭泪痕，丁特起再也抑制不住，一声长号，就径奔同文馆，来找吴革、邢倞、何老爹等泣诉。

东京城被攻破就意味着家破国亡之祸已成。可是城陷六天以来，控制着各道城门、城楼的金兵并未下城。他们加紧修筑城外的坡道以利城外驻军与城楼上守军的联系。连接城内街坊与各道城门的慢道反而都被锯断了，或者用沙袋土包堵塞住，既不让自己的队伍随意下城，也不让城内的居民走上城头。这是一项防御性的措施。由于金军没有下城，在这六天之中，虽然城内发生了许多可惊可异、可泣可叹的事件，但居民们一没有看见耀武扬威的金军在大街上巡视，二没有听说这里那里发生了刀光剑影的流血事件，最初的恐惧似乎缓解了，而对于“亡国”之痛也只停留在抽象的概念之中。

小番甩在渊圣皇帝衣裘上的这一鞭激发起同文馆难民、难兵的亡国之耻。“国家”只有联系上“皇帝”才能化为现实的形象，皇帝受鞭也好像这个国家受到耻辱深重的鞭挞一般，难民、难兵们顿时鼎沸起来。他们忘记了已经等候多时、即将到手的一袋救济粮。瘫痪的老母、病重的妻子、抱在怀中吸不到一滴乳汁的婴儿，都要待这袋救济粮带回去才能起死回生。所有这一切，在这一刹那间全被忘了，排好的长龙队伍都被打散了，大家把何老爹围在中间，要他出一点主意。

有人提出来，要去青城“救驾”，有人提出来，要拥到南薰门，冲上城楼，把那小番擒出，碎尸万段，以雪吾君一鞭之耻。

不管这种建议是否做得到，这个时候再要抑制群众的热情是不可能了。事实上，他们已纷纷冲出大门，自行结队，径奔南薰门。五岳观和启圣院两处的难民也闻风而至，他们高呼着要出南薰门救驾，要去金营劫驾，这些口号也吸引了成千上万的城市居民，这支队伍到达南薰门时，人数已在十万以上。

赈济所的领导群吴革、邢倞、何老爹、雷观、徐伟、吴铢、崔彦、崔广等都参加了这支护驾的队伍，赈济所里只剩下李师师等几个人留守，其余的可算“倾巢而出”，连不入花名册的大力士角抵名手李宝也闻风赶到，站到队首去充当开路先锋。小关索李宝爱国素不后人，第一次围城时，他参加老百姓的反抄家，痛击开封府的捕役，接着又参加陈东领导的宣德门伏阙请愿，两次都表现得有声有色。只因与何老爹争论掴在权相李邦彦脸上响亮的一记掌击到底是谁出的手，两个意气男子竟闹出了一点意见来。他赌气不加入赈济所的领导群，但还是乐于承担一切他们可能承担不了的任务，譬如他今天充当的这个横冲直撞、揎拳捋臂、排除一切敢于阻挡这支队伍前进的障碍物的开路先锋。

十多万人的队伍虽然气势磅礴，先声夺人，但是老练的吴革考虑到不可能凭这些手无寸铁的老百姓真正杀到南薰门去和金军硬拼，何况渊圣早已出城，落在金军手中，万一这里发生了武装冲突，城外金朝大军指顾间即可开到，几万老百姓就会受到屠戮，血洗城池，渊圣皇帝本人也可能遭遇不测，在这种情况下，硬拼是没有意义的，莫如利用老百姓这股忠愤之气显示一点颜色给金人看看。他们开了一个短短的会议，决定方针，这支队伍不是冲出南薰门外，用武装力量夺回渊圣之驾，而是坐待在南薰门内，以和平呼吁的形式促使金人早早把渊圣送回城来。当场除崔氏兄弟外，大家的意见一致。何老爹、雷观在这方面已经积有经验，他们一面在队伍中穿插行走，一面找到一些有影响的人谈话，把吴革的意图与大家讲明。群众果然是通情达理的，他们呼喊的口号改变了，不是有勇无谋的“劫驾”“夺驾”，而是富有韧性的“候驾”“迎驾”。当天的一切行动以此为准则。

被群众强大声势所慑，王宗濋、徐秉哲早已吓得逃之夭夭，连同他们的救命部队也已撤得精光。大队百姓无挂无碍地一直开到南薰门下，并未受到一点阻难。这时朝廷大员，只有奉令留守弹压的张叔夜、刘韐尚在城厢。他们两人一来问心无愧，二来职责在身，不敢擅离职守，偕同一批随员，借城下的一处空屋坐地。他们两人都与吴革熟悉，深知其人忠义。刘韐还在西军中就认识吴革，十分重视他的才干，多次向种师中推荐保举。张叔夜率京西军勤王，在南薰门外，受到粘罕大军的追逼，渊圣皇帝命令吴革接应，吴革大启城门，转战而前，迫使金军退避三舍，勤王军安然入城。这件事给了张叔夜深刻的印象，认为守城诸大将中，当推吴革为翘楚。以后，张叔夜受命总统城守时，就倚他为心膂，信任之专，超过姚友仲、何庆彦诸将。此时，张、刘二人打听得这支浩浩荡荡开来的队伍以赈济所的难民为核心，而赈济所又是吴革一手创办起来的，此事东京人人皆知。赈济所不仅以救济难民为限，必另有所图，这一点，张、刘二人也是深信不疑的。二人不禁会意地相视一笑，心里痛快地想道：“不出我等所料，果然义夫率众前来。想他此来，必有一番作为，吾属无忧矣！”

二十五日城破之役，张、刘二人深悔没有当场尽节，以身殉城。这几天中，他们到处奔走，图有补苴于万一，结果却是一事无成。昨夜官家要出幸虏营的消息传出后，张叔夜立刻进宫陛见苦谏，继之以泣，说道：“陛下一入虏营，处处受制，天下事不可为矣！”怎奈渊圣去志已坚，没有听他的话，反把他的名字从随行人员中勾去，畀以留守之职，续后又加任刘韐、王时雍二人为副留守。

今晨张叔夜、刘韐都随驾来到南薰门城下，目击发生的一切事情。渊圣驻马城下时，张叔夜也站在御侧，亲手揽住御马的缰绳，以防惊厥。他心里不断地叨念：“主辱则臣死，今日叔夜可以死矣！”他的决心也感染了刘韐。他二人的功业、地位、思想意境都相仿佛，“主辱则臣死”，是他们受之圣贤并将传于后世的不刊的法则。这一条必将履行，这是毫无疑义的。

他们现在还在担心的是怎样才可以死得其所，死得不负君国，他们高兴吴革之来可以帮助解决这个问题，这一会儿，他俩都充满了勇气，如果吴革指挥众人，猛攻城门，他们一定含笑相从，不惜与百姓生灵一起，化为南薰门下的血泥，其他的出路是不能考虑的。

但是他们还不能忘记自己的职守，所谓留守兼弹压，朝廷命官之意，就在对付聚众骚扰的老百姓，站在官方的立场上，张叔夜不免要打几句官腔，他找到领队的吴革，拱手一揖，问道：“义夫率众来此，不知意欲何为？”

吴革叉手答礼，慷慨陈词道：“吾君蒙尘，薄海同愤，老百姓听了这消息，肝裂肠断，痛不欲生。吴某率之前来，欲与金人论理，趣圣驾速回，非欲寻衅。张枢相、刘宣抚请看老百姓们都是赤手空拳，二位尽可放心。”

张叔夜、刘韐一看老百姓果然都是赤手空拳，就是吴革本人，身上也没有披挂佩剑，不禁一阵失望。令人奇怪的是一向以勇敢著称的名将吴革面对着辱我君主的死敌大仇，竟然想用和平的手段，呼吁送回圣驾；一向以老成练达、思虑周密著称的朝廷二老张叔夜、刘韐，此时倒希望老百姓与金兵拼一拼，拼个同归于尽，他们自己也好找到葬身之所，双方意见竟然大相径庭，张叔夜顿时露出一种不以为然的神色。“义夫且看城上，”他指指城头上的金军，“贼虏张弓引满，严阵以待，猖獗万分。义夫欲晓以仁义，送回圣驾，岂可得乎？官家轻出，某苦谏不从，如今已落入虎口，金虏方将以奇货相待，我纵有千般道理，万口呼吁，他怎肯轻轻放回？义夫此举，未免是与虎谋皮了。”说到这里，张叔夜老泪纵横，不断以袍袖拭面道：“国破君辱，一死以殉，乃大臣之责，二十五日城陷之夕，某等未能尽节，深以为耻。今日与刘宣抚相约，同拼一死，殉我圣主，庶几无愧我心。报国善后之事，义夫勉旃！”

“义夫且听刘某一言，”这时刘韐也插上来作一番表态性的独白，他要吴革听他说话，好像要吴革为他的遗言作个证人似的，这正好证明他的老成练达，思虑周密，“京师已陷，官家蒙尘，此时如欲与敌为城下之盟，蒙面屈膝，我辈均不免为千秋罪人，名教败类。如欲驱犬羊之众与金人对垒，则强弱悬殊，徒坏我十万生灵，供虎狼之一嚼，与事何补。此时和战两难，纵使孙吴再世，也不敢赞一词。计唯有一死以明心迹，庶不负数十年读书养气之功，生平以忠义自矢之诚。”接着他又情意肫挚地叫了一声：“义夫统制！”统制官还是吴革在西军中的职位，以此相称，是要吴革回忆起当年过从之密。“念你我二人十年相知之雅，一事奉托，为老拙补过，义夫千万放在心中勿忘。”然后他郑重其事地说出了所托之事，“当初把马子充押在囹圄，形格势禁，事非得已。这事做得拙了，老拙日夜内疚在心，近来闻得子充已破狱而出，老拙听了也自高兴。义夫如得突围，与子充相见时，务必把老拙今日之言说与子充知道，就说‘鸟之将死，其鸣也哀；人之将死，其言也善’，今日刘某服罪，万乞子充以国事为重，海涵相宥，则刘某也当含笑于九泉之下，子充倜傥不群，义夫英烈慨慷，你二位若得合力同心，天下事尚有可为，今后就看你们的了。”

刘韐说这些话，竟有遗言托孤的味道，在眼前局势如此紧张之时，他考虑的是，一死以后还有个居心无愧的问题，这才是这位理学家的本色。但他既说得这样认真，足见他对马扩一事确是内愧于心，似乎不得吴革之一诺，他死了也不瞑目。既然这样，吴革也就慨然点头答应。

官话和私话都已说过，现在吴革要考虑现实问题，他默审形势，这时聚合的百姓越来越多，却都是乱哄哄的，说话行事，统没个章法，再看城头上的金军果然严阵以待，弩矢炮石都对准了城下的百姓，只要有一根导火线触发，就可能酿成流血惨祸，事关十万生灵，千万孟浪不得。他踌躇了一会儿，就派出门当户对的禁军偏裨崔彦跑到城楼下面要求与守城的金将打话。

崔彦抑制着自己的悲愤，按照吴革要他说的话照样说一遍，不少一句，也不多加一句，他的嗓音响亮，言辞简赅，态度是悲愤之中有抑制，责备之中留余地，说得不亢不卑，听者动容。他的话说完以后，老百姓也你一句、我一句跟着说起来。有的已经体会到吴革的用意，说得软中有硬，相当得体，有的近乎哀求，吁请金人敦两国睦邻之好，早早放回圣明仁孝的渊圣皇帝……他一语未完，就有人制止道：“呸！你说这些烂掉肠子的丧气话干啥？呔，城上的番兵听着，俺老爷轰天雷张义与你打话，你们怎不张开狗眼来看看，俺这里汇集的不下二三十万人，顷刻之间东京全城百姓都将来此。你不把圣驾放回，俺老百姓不答应，一人一口唾沫，也把这南薰门淹了！”

一个人的调子放高了，许多人接上来，调子越放越高，嗓门也越放越大，有人金虏、金贼不断价骂，有人要城上把那鞭甩渊圣的小番吊下城来，把他碎尸万段，以泄众怒。这一片喧嚷、叫骂声，大有气吞群胡之慨。此时要制止群众的激情是做不到了，即使具有吴革这样权威性的领袖也无法制止他们，看来一场流血惨剧无法避免了。

金朝守城门的银环将领乃是大将银术可的兄弟拔离，年纪虽轻，地位不高，却有胆有识。他奉命防守冲要的南薰门，在这五六天中多有机会与宋朝官民接触，已积累了相当经验。今天看到这十多万手无寸铁的老百姓，心就定下来了，一面派人飞往大营报信，一面就通过译官，从容不迫地与城下人打话：“皇帝与国相、太子商议通和大计，煞是好事，只等计议完毕，即当恭送銮驾回城，岂敢稽留，坏了我家法度；再则清晨护送皇帝出城时，我数员大将，亲为皇帝挽缰策马，十分恭顺，怎敢侵及御驾？众位想是讹传了。尔等百姓在此迎銮，乃是忠义勾当，我大金最敬重的是忠义之人，适才已派人报与国相太子知道，如何施行，候他们定夺！”

拔离善于措辞，说得词气婉和，先平了众人之气，不久后，果然有一群贵胄走上城来，他们都深深地拉下兜鍪，叫人看不清面目。但从拔离侍立在一旁回话的恭敬态度可以推想他们都是地位很高的人。他们听了报告，点头表示赞许之意，接着吩咐几句就走了。

大家都在猜测他们是谁，是阇母国王、娄室孛堇？是挞懒郎君，是银术可都统？甚至是粘罕、斡离不本人？他二人此刻应该忙于接待渊圣皇帝，计议两国“通和”的大事，此时好像不可能离开渊圣皇帝跑到城头上来视察，除非在他们的权衡中，认为视察现场看看老百姓的情绪是十分重要的，比接待渊圣这桩他们完全操着主动权的事情更为重要得多。

根据历史家的推测，这种可能性是存在的，因为渊圣出城之事，他们昨夜就知道了，按理说今天就应该谈判，但事实是直到第三天上午他们才与渊圣见面，在这两天中，他们几番上城，不断观察城下老百姓的动向，看来他们是要等到了解了赵氏皇帝在老百姓心目中占到怎样的地位以后再来决定对待渊圣的态度。

如果那种推测是正确的话，那么这次老百姓的愤怒集会确是发生了意料不到的效果，成为渊圣皇帝有力的后盾，其作用之大超过吴革、张叔夜、刘韐等人事前的估计。

随着他们一次次上城，城上的武装戒备——密密排着的弩座、石炮明显地减少，城堞上的士兵也撤得所剩无几。拔离本人卸去戎装，改穿便服，不时出现在城楼，态度更加温和了，有时听到城下的“不逊之言”，他置若罔闻，还是一副笑嘻嘻的面孔，挥手示意，意思说两国讲和，大事已定，尔等百姓可以安心回家去吃饭、睡大觉了。

已经产生了胜利感的老百姓们越发沉着了，他们没有受到拔离的笑脸欺骗，立刻解散自己的队伍。参加队伍的人反而越来越多，自动离队的人却寥若晨星，一种参加伟大事业的神圣的自我意识支配了全部群众，他们相互约束没有达到目的大家都不能离开队伍，这增加了这种自愿结合也容易自动流散的队伍的凝聚力。

中午以后，大家从最初的激动中冷静下来，索性就地坐下。此时积雪犹未全融，地面上还是湿漉漉的，老百姓也顾不得了，前面一批人坐下，后面的一大批人也都跟着坐下来。有些附近的民户从家里搬出扫帚、畚箕打扫街道，一方面是清出自己坐地之处，一方面也为了清除垃圾、清洁周围，以备官家回銮时驻跸宣旨存抚百姓。后面的一点启发了大家。想到官家不久就要进入南薰门，穿过这条大街，有人去准备了香案花烛，也有人准备爆竹焰火，这一切都表明了老百姓的决心和韧性，他们准备长期坚持下去，迫使金人非把御驾送回来不可，虽然他们采用的是软逼的办法。

幸亏三十这天天气还算好，密布的云层中间几次漏出淡淡的阳光，不算很猛烈的西北风从背后吹来，人们也还抵挡得住。只是吃过第一批施粥以来，已经半天过去了，人们又开始感到饥饿，多亏留守赈济所的李师师等想得周到，正好在人们强烈地感到有吃食的需要时，一车车的热馒头送到现场来。从这点来说，赈济所自己任命的留守李师师等比朝廷命官的张叔夜、刘韐等几位留守更能够想到百姓的实际需要。不但是馒头，这时也需要饮水，这个问题也由发动起来的附近民户解决供应。

双方和平对峙到晚上时刻，忽见城门洞开，一溜火把卷地而来，老百姓们都以为圣驾回銮，平地拔起了一片高呼万岁的欢腾声，爆竹不问情由地响起来，噼噼啪啪，直震云霄，这里那里的高香红烛也都点燃起来，点缀得这条直街上犹如从黑空中撇下满天星斗。

但是来的并非官家本人，而是随驾前去金营的侍郎陈过庭，他用一面小黄旗前导，传报圣驾平安，然后凭着一张香案宣读渊圣皇帝亲笔写的诏旨：“大金已许讲和，事未了毕，朕今留宿，只候事了归内，仰军民各安业，无致疑惑。来日入城，与百姓共相庆贺。”

他宣读一句，就有人大声重复传读，直到让所有人都听清楚，听懂为止。不管讲和的内容怎样，不管大事来日是否可了，单凭圣驾平安这条消息就消受得起一片高呼和鞭炮之声，何况圣旨的结尾还有“来日与百姓共相庆贺”的话，那当然是很好的朕兆。到这个时候才有人陆续散伙而不感到自己的良心有愧。

只是圣驾未回，事情还要防有变化，已经走散的群众重新走回来，彼此相约，明天再来此候驾迎銮。这些个别的约定迅速扩展为全体行动的信号。

第四十二章

1

闰十一月三十和十二月初一这两天，金军统帅粘罕、斡离不置已经出南薰门专程到粘罕大营驻屯地的青城来拜谒他们的渊圣皇帝于不顾——他们只派了几名二三流的文武人员在斋宫担任宿卫及照料渊圣及其侍从一行人的食宿，自己来到南薰门外，紧张地上城下城观察城内数以十余万计的老百姓迎銮队伍的动静，随时研究商计对付之策。在那两天两夜中，斡离不始终没有离开那个岗位，粘罕也有一半时间留待在那儿。

他们之所以如此重视老百姓的动静向背，不仅仅是要根据这些现象来决定对待渊圣一行人的礼貌规格，那在他们看来是次要的事情，而是要根据它来决定宋朝和赵氏皇室的兴亡存废，这才是最最重要的事情，值得为此大动干戈。

金朝两次兴师伐宋，出兵之际都没有谈到对宋朝及赵氏皇室的更替存废问题。在斡离不、粘罕的心目中都认为他们率师南下，以攻陷宋朝的首都东京为主要的军事目标，从而胁迫宋朝皇帝接受城下之盟，接受他们提出来的种种条件，割地、赔款、质亲王大臣，使宋朝成为大金卵翼下的附庸之国，使渊圣皇帝成为大金皇帝的侄皇帝、儿皇帝，等等，所有这些条件都在御前贵胄会议中讨论过，并由金主完颜吴乞买亲自认可。对这样一种最终结束战争的形式和格局谁也没有怀疑过，在御前会议内外也没有任何人提出过什么异议。

但是大大出乎斡离不、粘罕意料的是在城破后的第五天（当时金主还不可能知道城破的消息），大金皇帝从上京会宁府传来一道圣旨，明确规定废除宋朝及渊圣的皇帝之位，另选贤能，建立新朝。这个“贤能有德”的新君要在汉人中挑选，金主初步属意的是宋朝前太宰兼门下侍郎，后来与肃王赵枢一起为人质北上而留在燕京的张邦昌。张邦昌在燕京时，不知有哪一点被大金皇帝看中了，或者因为他的名字十分吉利，他新建之邦一定可以张大昌盛，或者因为他字“子能”，那一定是个贤能有德之君，或者还有其他的什么柔容之术。总之，他“雀屏中选”，被选为候补皇帝，大皇帝特派一支铁骑护送他到前线来，听候斡离不器用，到适当的时候，把他推上皇帝之位。

斡离不很不赞成大皇帝这个临时翻出来的新花样，傀儡现成的就有，何必另外再换一个，徒滋纷扰。粘罕也瞧不起张邦昌，说张邦昌这等软鼻涕虫的人才，连嘴唇上下几茎髯须也翘不起来，软软地耷在颏下，如何做得中原皇帝？他们二人难得有一次意见完全相同之时，立刻联名上了一道奏章，要求大皇帝收回成命，仍以赵氏为主。多谢南薰门城内百姓的活动，它为斡离不、粘罕提供一条最有力、最现成的理由，他们说赵皇出城议降，全城百姓来到城旁迎銮，两日之中，聚众至数十万，骚动无已。默察其志，心附赵皇，坚如铁石，如另立他人，建立新朝，必将引起一番纷纭，不利甚明。由刘彦宗起草综合反映了斡离不、粘罕二人观点的这份奏稿剀切指明：若以阘茸无能、素乏声望之张邦昌为帝，中原人心不附，必举兵相抗，异日大军百万，蜂起云屯，我大金兵如留与之战，则连兵不解，永无宁日，若撤兵北归，则张朝立成齑粉，徒损我朝威信，结怨宋人，计莫拙焉！说得淋漓尽致，十分痛快。斡离不、粘罕看了，相与鼓掌，击节称赏。这时他们深信他们凭着前线统帅的资格，新近又立下攻破东京城的大功，对宋朝之事可以便宜处理，大皇帝一定会采纳他们的意见，放弃前议。

拜疏以后，他们把张邦昌冷冷地搁在营帐里，无人去理睬他。然后议定以议降的亡国之君、未来的傀儡皇帝的规格来接待渊圣皇帝。双方于初二上午在斋宫相见。三十和初一两天晚间，渊圣及其侍从都在斋宫内留宿。渊圣每天吃的是馄饨扁食，据说此乃大皇帝之御膳，在金朝是最高贵的食品。行动也还算自由，只是禁止侍从人员彼此交谈。他们如乘间说几句话，金朝主事人看到了就摇手示意，不许交谈。别的倒也没有什么限制，自然要离开斋宫是不可能的。

早一天，粘罕就派契丹贵官派去宋廷办事的萧庆前来斋宫索取降表。渊圣如命，特派随行的四六专家孙觌起草表文，三条蹊跷腿之一的翰林学士吴幵加以润色。二人请示旨意，当下渊圣一看左右无人监视，就悄悄说道：“事已至此，当卑辞尽礼，勿计空言。”有了这个指示，孙、吴二人放胆写去，再也顾不得朝廷体面和个人名节，只要表文受到金人的赏识，就是他们未来的本钱。

初稿大致如下：

> 三里之城，遽失藩篱之守，七世之庙，几为灰烬之余。既烦汗马之劳，敢缓牵羊之请……上皇负罪以播迁，微臣捐躯而听命……使社稷不陨，宇宙再安。

虽然已卑辞尽礼之至，粘罕看了还不满意，把第二联改为“背恩致讨，远烦汗马之劳；请命求哀，敢废牵羊之礼”，才算勉强通过。在看稿过程中，奇怪的是汉化较深的斡离不倒不在文字上挑剔，只要是一份降表就行。不大懂得汉文的粘罕，经过时立爱、高庆裔两个汉儿在旁指点解释，在文字上提出许多吹毛求疵的意见，最后粘罕在草稿上亲笔抹去大宋皇帝四字，又抹去大金二字只称皇帝，表示皇帝乃是金、宋的共主，上面不必再冠以国号，这一改很能够表现出粘罕的见解。此外，他又将上皇负罪四字改为上皇失德，在字面上也不给太上皇留些面子。经过这样两三次的修改，萧庆、孙觌、吴幵在青城门与斋宫之间往来跑腿，降表才算定稿。

保宋保赵的方针虽然二人一致，但在接待规格的讨论上，二人仍有差异。粘罕主张硬一些，使赵皇畏我大金之威，以后指挥起来可以得心应手；斡离不主张软一些，使赵皇怀我大金之德，今后可保一时的太平。怀德畏威，本来是一件事的两面，二人之间的意见，略为折中就可以统一起来。

初二午刻，双方在斋宫门口相见，渊圣先送上降表，二帅接过，表示接受他的归降，然后相揖入厅，讲宾主之礼。渊圣本来住在斋宫内，这时坐在主位，二帅略一谦逊，也落座在客位上，渊圣随行的亲王宰臣等一律站于庭前。

斡离不为人沉默寡言，再加上那几天害眼病，戴着眼罩，一揖之外，并不与渊圣多说，倒是主张胁之以威的粘罕说话独多，谈笑风生。他通过通事，说了一大套使渊圣安心的话，大意是："天生华夷，自有定分，中国岂吾所据？天人之心未厌赵氏，使他日豪杰四起，中原亦非我有。但欲以大河为界耳。"

这套理论，可说是斡离不发明的，刘彦宗窃之于前，概括在给大皇帝的奏疏中；粘罕攘之于后，倒也说得琅琅入耳。他说话时一直转过头去看斡离不，斡离不点头表示赞许，然后提出一个具体问题："两国既和，恐四方闻京城陷而生变，请遣使晓谕安抚，本国当遣人送出地分。"

渊圣自然只有悚然听命、点头称是的份儿。双方大礼已毕，渊圣差人献上礼物金银十六担，缣帛五十床，金玉带各二条，分别献给粘罕、斡离不作为贽敬。

"城既破，一人一物无不皆吾所有。皇帝之来所议者大事，此复何用？如欲分赐，可与臣下。"粘罕笑嘻嘻地说，态度虽然温和，内容却是严厉的，表示东京城里一草一木都属于大金所有，你们早已失去所有权和处分权了，以后休得妄动。斡离不看看渊圣面色难看，安慰道："日已晚，恐城中居民不安，可早回。"

得到这句话，渊圣心里吊着的一块大石头才算放下来。斡离不、粘罕又足尺加二地派了一队铁骑裹送渊圣入城。其中有五名官长一直把他送进大内，以后就留宿在内，不再回营，成为他的影子。

渊圣回到南薰门时天色已晚，夹道点燃的灯烛，犹如两条火龙，穿过朱雀门、州桥，直达宣德门大内。轰天雷的话没有夸张，东京的老百姓都从家里赶出来了，伫立御道之侧，希望一瞻圣颜，好教自己放下心来。尤其是南薰门内的十多万百姓，他们在这里已迎候了两天之久。昨天打听得明日圣驾必回，索性就留在街道上过夜，心里热乎乎的，再也顾不得冬夜的彻骨寒冷。他们多少次被谣传和偶然的打开城门所欺骗，站起来了又坐下卧倒，在坐卧之中又忙不迭地站起来列队。到了圣驾真正回来时，遥遥望见黄盖就失声痛哭起来，接着是一片惊天动地的山呼声、爆竹声。有的人不顾一切，直冲御驾，拦住了渊圣的马头，为了要看清楚天表是否有些憔悴了，有的人挤不上去，就在前后奔走传呼，泣笑频作，也不知道那么多的眼泪和欢乐是从哪里来的。妇女老幼一般都被挤在圈子外面，他们用手捧土，或兜起衣襟裙片满盛着泥土，把道路上坑坑洼洼积雪未尽之处都填平吸干，御道坦然可行。有的人手里捧着一大炷香，愿为前导。人们只要一眼觑见渊圣，知道他确实已经平安归来，就把自身的寒冷、劳累、饥渴全都忘掉了，生活的目标突然变得单纯了，他们要听的是官家的声音，要看的是官家的身影，要想的是官家的平安。官家代替了一切，官家就是他们的一切。

渊圣皇帝即使有一百条缺点，即使犯了一千条错误，他的感情并不虚伪。他做了作为老百姓心目中的偶像在这个时候自然而然要做的一切。他跟百姓一起感泣，才过州桥，他的一块手帕已经完全浸湿，一时找不到另外一条干的手帕，就举起袖子来揾泪。一路上他想说话，呜咽了半天说不出来，最后才断断续续地说了一句："宰相误我……荷尔百姓，朕几不得……与吾民相见。"

只消这句话，他的缺点、他的错误都被原谅了。

这个时候渊圣的头脑确实非常清醒，他清楚地看到宰相和大臣们的私心误国，还看到一批官员和金人勾勾搭搭准备把他出卖。他看到这几十万老百姓才是真正爱他的。这时他才想起三天前在殿举义要保他突出京城的禁兵们确是忠义的行动。只有身在罗网之中尝到缧绁之苦的人才懂得自由的可贵。直到此时他第一次把蒋宣等人和这几十万老百姓联系在一起。

他回到宣德门时才注意到一路从南薰门跟他回来的张叔夜、刘鞈等人叩马而泣，后面还站着许多太学生，他把他们和老百姓也联系在一起了，挥手对张叔夜说："朕不听公言，今日悔之晚矣！"这话分明是说给劝他去金宫讲和的何㮚等人听的。

2

一石激起千层浪，被太学生丁特起一场恸哭激起从南薰门一直站到宣德门的几十万百姓的“迎銮”活动说明他们对于这个皇帝无比的关心、同情与爱怜。爱与怜是一母所生的两个孪生子。不！还有一胎三胞的第三个儿子——原谅。

确实老百姓对于渊圣皇帝所犯的种种错误一概采取原谅的态度，他善善而不能用，恶恶而不能去，导致了一座京城的沦陷，一个朝代的覆亡，老百姓只是同情、赞美他能够善善恶恶，而原谅他的不能用、不能去。甚至，时至今日，此刻他从金营回来已目击老百姓们的如痴如狂、如醉如癫的行动，他从心底里明白并且感谢老百姓是真正爱他的，但不妨碍他继续要做出老百姓为之痛心疾首、严重地危害他们利益的事情。他明知道力阻他出幸虏营的张叔夜等人是正派的，忠义有余，与那些为了自身利益拼命劝他出去的臣僚大不相同，但张叔夜仍将撇在冷角落里，连见一见面的机会都不大会有，更加谈不到听他们的话，采纳他们的意见。他明知道何㮚、孙傅等身为大臣，口头说得漂亮，私心误国，必要时也会欺骗他，让他上当。他恨透了早已和金人勾勾搭搭，在政事堂上与金朝派来的太上皇萧庆打得火热的吴开、莫俦、徐秉哲、王时雍这伙人，这一次还亲眼看见吴开与刘彦宗眉来眼去，显然正在进行卖国的交易，但他仍在这些人的包围中，听他们的话行事，并且要帮助他们完成卖国、出卖他自己的勾当。最最令人不可容忍的，他回銮之时，已经想到蒋宣、李福等发动军政变，劝他突围而出的禁军们都是忠义为国的，四天以后，他们仍被开封府处决了，一个不留。煌煌圣旨上列举他们带兵上殿、威胁乘舆的大逆之罪，这难道可以说他完全不知道？

所有这些错误，还包括最最不可容忍的错误会取得老百姓的原谅吗？

会！肯定会！老百姓肯定会原谅他！因为在老百姓的心目中从来不存在要责怪他的意思。这与其说他们把他当作至尊无上的皇帝，当作一尊偶像，皇帝和偶像都是超然的，神圣不可侵犯的，不承受任何责怪，还不如说他们把他当作一个仁柔懦弱、有时不免要出点毛病的宝贝心肝。没有一个父母会认真痛恨、谴责那样一个儿子。老百姓不缺少明辨是非之心，分得清楚什么是正，什么是邪，应该拥护什么，反对什么，但他们的理智已被那种天生的溺爱之情蒙蔽起来了。他们对官家的爱，来自同情、怜惜的成分远远超过来自尊敬、畏惧。历史上很少有一个皇帝受到老百姓如此的支持、拥护，就因为历史上很少有一个皇帝受到过像渊圣所受到的那样的屈辱、迫害。

就因为在北宋末年，在东京城里或者扩大到全国范围的老百姓都是这样同情、爱怜、原谅渊圣皇帝的，他们就得付出重大的代价。

回銮以后，金方对于宋朝的控制加紧了。好像有一双无形的铁爪越来越紧地卡住宋朝的喉咙，使它喘不出一口气来。这首先反映在金人的大规模的经济掠夺上。

如前面所说，金朝人的文明举动之一，是不像过去那样打进一座城市，放手杀戮一番，放手洗劫一番，最后弄到寸草无剩、鸡犬不留的程度。它现在要的是公开、合法化的抢劫，要趸批整收不要零敲碎打，要涓滴归公不要流入私囊的高级掠夺。这或许可以名之为“斡离不式”的或者可以名之为“刘彦宗式”的掠夺，它正在有计划有步骤地展开。它对宋朝官方的财物采用直接掠夺的方式，把府库所有一律搬送到大营，不费周折。对私人的财物则采取间接掠夺的方式，要通过宋朝官方的“簇合”，积成成数后，乖乖地送上门去。这从表面看来似乎要多费一道手续，实际正是一样。从第一次围城之役以来，宋朝方面出了几个“簇合”金银财帛的专家，他们积有丰富的经验，任务完成得异常出色。例如当时的中书侍郎王孝迪、开封府尹兼户部侍郎王时雍等。如今王孝迪虽被贬谪，远离京师，一时无法把他调回来，王时雍却已高升了一步，现任户部尚书。按照宋朝的制度，户部虽属中书的一省，实权却有限。财政方面，另设统管盐铁、度支、户部三个部门的三司使，三司使号称计相，权倾一时，在朝廷中受到的待遇仅次于宰相。神宗元丰年间官制改革，名从其实，废三司使而加重户部尚书的事权，户部尚书的地位始尊。王时雍出入户吏两部之间，又好揽权，独任计相，财政方面的事务滴水不漏，这当然是金朝方面最看得中的合作者，无论官方的和私人的财物，让他居间“簇合”，往来搬送，十分放心。

拉拢吴开、莫俦，重用王时雍、徐秉哲，这一条又是斡离不的重要谋臣刘彦宗建议的。这时金朝方面，经过斡离不的委任、粘罕的认可，已正式任命刘彦宗综理主持经济方面的事务，畀以全权。连得太祖皇帝特别赏识擢拔的宗室大臣后来封为陈王的完颜希尹，在外交事务上立有殊勋、目前已转到后勤部门的撒卢母以及粘罕亲信高庆裔等三人，虽经粘罕郑重推荐，也不得不屈居刘彦宗之下，成为他的助手。

刘彦宗新官上任后，要拿出一点颜色来给宋人看看。渊圣回銮时，他让渊圣带回一封粘罕、斡离不联名亲笔署押的信，内开：

某某、某某等谨致书于大宋皇帝。提师远涉，唯赖金银犒设军兵。初破城时，本议纵兵，但缘不忍，以致约束。今欲犒赏诸军，议定合用金一百万锭（五千万两）、银五百万锭（二亿五千万两）、缎子衣绢数不限（无限之数），官私望早依数应副云云。

这里提出的数字，勒索黄金比第一次围城时又增加了十倍，白银增加五倍，好在它们是无法完成的，也是不能谈判的，乐得提出来向宋朝作无厌之求。渊圣皇帝把信转交给计臣王时雍，王时雍驾轻就熟，把老文章重抄一遍，另拟榜文，请渊圣过目后，连夜刻印出来，张贴在东京城里的通衢大街上：

> 勘会大金军既登城，敛兵不下，保全一城生灵，恩德甚厚。今奉到国相、太子致御书及枢密使刘都统函索犒军金银表缎若干，自当竭力应付。除内藏元丰库及龙德、宁德两宫御前皇后阁里太子宫并臣僚之家，已根刮到数目外，大段缺少。今晓谕权贵戚里豪富之家及凡有金银表缎人户，各仰体大金之恩，一匹一两以上，尽行转纳。差王时雍、徐秉哲主管四壁收受秤数交割大金军前。如敢隐匿，仍许诸色人告，以一分给赏，虽奴婢告主，亦不坐罪……并布措置施用。

十分了解宋朝情事的刘彦宗知道经过两次围城之役，宋朝的国库已竭，榨不出多少油水来。他目光炯炯地注视着榜文中谈到的“元丰内藏库”。如非经过实地调查，他决不轻易相信榜文中说到“已根刮到数目”这一句轻描淡写的话。

元丰内藏库，原名“封桩库”，始创于宋太祖赵匡胤年间，已历一百多年。赵匡胤统一天下后，殷殷以燕云犹沦于契丹为忧，特在内廷创设“封桩库”，规定三司使每年要在国家收入项内提出一定成数的金银财帛，作为羡余项目拨入封桩库。封桩库定下了严密的制度，库房钥匙要由官家本人掌管。每次新君即位时，都根据太祖皇帝遗训，“封桩库候财货丰殖，即用赏战士，以取燕云之地，子孙不得别用”，在太庙起誓。这道宣誓手续颇有点吴王夫差即位后每经过一道宫门就有人提醒他“夫差，尔忘尔父之耻乎”的味道。一来要子孙不忘收复燕云之地，二来限制他们不得擅自动用。要经过这道手续，新君才得领受大行皇帝或禅位的老皇帝留交下来的钥匙及账册，才算是过了明路而不是偷偷摸摸私相传授的皇帝。

北宋诸皇帝不敢冒家训之大不韪，即使碰到经济危机十分严重，国库如洗，甚至只剩下一本空账簿那样的窘境中，对封桩库还是不敢正眼儿相觑，随便动用。每年应该入库之物，也不敢有所短缺。

神宗皇帝可算得是太祖皇帝的克肖子孙，他变法改制，一心要富国强兵，西陲用兵多年，都不启用封桩库，反而增加了入库的财物，三次扩建库房，在思想上和物质基础上做好了收复燕云的准备工作。

到了元丰年间，经过他第二次扩建后，封桩库已扩大至九十二间库房，里面满满堆着金银财帛和军需物资。他御制了四言诗、五言绝句、五言律诗各一首，表达他克绍箕裘不堕祖志的思想感情。

四言诗是：

五季失国，猃狁[1]孔炽，
艺祖[2]造邦，思有惩艾。
爰设内府，基以募士。
曾孙保之，敢忘厥志。

五言绝句是：

每虔夕惕心，妄意遵遗业，
顾予不武姿，何日成戎捷？

五言律诗是：

龙虎兴昌运，山河镇国都。
龟畴延宝祚，凤德显灵符。
道盛尧咨岳，功高禹会图。
九重方执象，万里定寰区。

这第三首诗是神宗皇帝本人的畅想曲，他练兵理财，目的就是希望有这样的一

[1] 西周时对北方少数民族匈奴的贬称，诗中借喻契丹。

[2] 艺祖即宋太祖赵匡胤。

天，收复燕云，平定契丹，万里寰区一统。可惜西北用兵，胜败互见，北伐之师，未能实现，赍志以殁。这三首诗共计有九十二个字，他小心地不让诗中出现重复的字，每个字就作为每一间库房的编号标目。

库房的大小不等，里面贮藏物资的价值不同，宫廷中对此又讳莫如深，不让外界知道，因此很难估计出一共有多少库存，价值若干，但可以断言的，在神宗时期，封桩库是空前兴旺的。

徽宗皇帝是太祖、神宗皇帝的不肖儿孙，是赵氏皇室的败家子。他一生挥霍，用去的金银犹如流到汪洋大海去的河水泥沙，再加上晚年用兵燕云，收复失地，可以名正言顺地动用库藏。但是当时的廷议是从河北、京东诸路的老百姓头上搜刮所谓“燕云免役代伕钱”，总数达六千万缗，以后的军事开支、贿献金朝，上上下下的剥削，最后还有一笔名义上叫作“燕京代税钱”，实际就是赎城费一百万缗，都是在这六千万缗项下报销，至少在公开的场合中并无动用封桩库库藏的记录。不过皇家的事情难说，在一般的情况中，史官都不敢把官家本人讳言之事记入实录，犹如一个败家子决不愿让别人把他的败家经过记入家史家谱中一样。徽宗皇帝到底动用过这笔库藏没有，这对于宋朝人、金朝人都是一个谜。

心细如发的刘彦宗早把主意打到吴幵头上，因为吴幵已经有过在第一次围城之役中与金使王汭、刘晏搭上关系的记录。这次刘彦宗开诚布公地与吴幵接谈一次。还不等刘彦宗用语言去挑逗，吴幵已经急不可待地表示了愿为大金效劳的坚决态度，还愿意把至亲好友及谊同生死的莫俦、李回、秦桧、王时雍、徐秉哲等人拉拢过来听候刘都统使用。

刘彦宗心里暗暗骂道：“无耻之尤。”他忘记了当初亡辽之际，他拜降于太祖皇帝的马前也曾感激涕零地说过如蒙大金收录，罪臣不辞万死为上国效劳等话。辽奸宋奸，情同一辙，并无高低之分，他感到自己优越的是当初他们这批人直接向太祖皇帝或太子郎君表达效忠之意，而现在大金皇帝高高在上，国相太子的地位也高不可及，吴幵他们只能向他这个先行者来表态了。他不免要在自己心里把吴幵等人评价一番，奚落一番，得出了“一蟹不如一蟹”的结论。但在表面上还是慰勉有加，欣赏他一拍即合、不用转弯抹角的爽利的态度，许下了一些愿心，然后面授机宜，给予他抢立头功的机会。

渊圣回銮的次日，吴幵、王时雍二人径到御前索取封桩库的钥匙以及有关图册。

渊圣不禁大骇道："封桩库钥匙，朕亲自佩管，二卿外臣，无须顾问此事。"

受到渊圣不客气的指斥，王、吴二人也不甘罢休。王时雍针锋相对地奏道："昨来御笔有金人索赏自当竭力应付之明示并道及根刮内藏库之事。臣承乏计臣，综理财政，职掌所在，岂容以外臣缄默自甘，贻金人以口实，遗国家之祸患？"

这个计臣的心里也有一把铁算盘经常在盘算。他认为对于亡国之君，方才这几句话还是说得太客气了，非要再强硬一些不可，接着就说："今日之事，官家唯有以钥匙相付而已，否则臣不得出此殿宇一步。"

吴幵更加狡狯地补充道："昨在青城斋宫，刘都统奉二太子之命陛见时曾道及检视元丰内藏库，官家当面俞允。今日金使已来，岂可反复失悔？事关议和大局，臣当时与末议，今日不敢不剀切奏明。"

渊圣在斋宫的两天中，心里一直悬着十五只吊桶七上八下，除粘罕、斡离不二人外，接见过什么人，说过什么话，统统记不起来。现在看到王时雍、吴幵咄咄逼人的态度，不由得又让了一大步，把钥匙账册交出来。等他们履声橐橐，下殿而去，过了半晌，才叹一口气与近侍说道："朕今日方知华子鱼当年在章华宫逼取献帝玺绶之气焰。二贼在朝，朕与太上皇死无葬身之地了！"

刘彦宗办事神速，这里王、吴二人刚从内廷中取得钥匙，金使已到都堂。办事的效率往往与简化的手续成为正比例。这个特使要是由北宋政府派去金朝办事，即使两国的地位完全相等，关系正常，单单从遴选人员到走出国都就不知道要办多少道手续，要盖几十只图章。现在这个自称为李县丞的金朝特使李三锡只凭着萧庆的一纸名帖就随随便便地跑来与王、吴相会，甚至还不知道他是从哪一道城门进来的！他来了，不作寒暄，也没有任何外交辞令，三言两语说了，只此刻就要王、吴二人陪去检视元丰库。当时同在一旁的翰林学士莫俦、开封府尹徐秉哲要求一起进去看看，以广眼界。李县丞微微颔首，接着又摆摆手，表示同意莫俦、拒绝徐秉哲一起去看。

这个李县丞的嘴巴好像是封闭起来的，万不得已才动一动，说两句话，一般都用手势或动作示意，这大大增加了他的尊严感。吴幵一路上只觉得这个李县丞好生面熟，直到内库门前时才想起他原来就是奉派伴驾回宫，后来即留在都堂不再回宫的五名铁骑中的一个。当时他顶盔擐甲，一副赳赳武士的打扮，今天却改换了文官的服饰，怪不得一时认不出来。

"好啊！"吴幵想道，"你们名为保驾，留在京师却是各有任务的。谁想得到这个护卫的甲士摇身一变就是检视内库的特使了，县丞虽微，却是刘都统亲自派下来的，俺怎敢怠慢他?”

李县丞十分内行地按序检视了“五季失国、猃狁孔炽”八个字的库房，他的嘴巴是封闭的，眼睛却是发亮的，每件库存都要与账簿核对清楚，二三号库房看下来，大体情况，心中已是了然。这里虽然没有如外面所传的金山银海，但基本上没有动用过，确是一笔很大的数字。李县丞不再与王、吴、莫三人多说，却找到提举内藏库太监王若冲，与他一起把这打开的二三号库房重新上了锁，又在未检视过的九十多号库房门口加贴了封条。限从明天起就组织人员，把库藏扫数搬往金营。一日一库，三个月内全部搬完。如有疏失，唯王若冲是问。

从此李县丞这条瘦瘦的、高人一等的影子就牢牢地黏附在封桩库内，直到它全部出清为止。

李三锡官居微末，又无有力的奥援，却是刘彦宗夹袋中的人物。在残辽天祚帝时，他身任琼林库的吏目，天祚帝匆忙离开燕京时，竟忘记了他从中京带来的两千袋金银财宝，耶律淳继位后，萧皇后把那笔财宝搬入宫内密室，一进一出之际，就派了李三锡清点收发，幸无差错。就凭这一点，受到刘彦宗的赏识，今日果然派了大用场。用当其才，人尽其用，这是一个兴旺的朝廷在用人选能方面的独特标志。

3

从宣德门到南薰门这条御道直街被鳞次栉比的禁军岗哨封锁起来，哪怕你是皇亲国戚、丞相侍从以及一应军民人等，没有得到开封府的许可，一概不准通行。在遮遮盖盖掩蔽得不太严实的障幕中间络绎不绝，挑着担子、篓子往来的都是从上四军、京畿保甲中挑选出来的夫子。他们一担担、一篓篓地把封桩库以及户部所属各府库中所有的金银珠宝、绸缎绢帛搬往南薰门，归金人接收。

在鞭子和朴棒的赶逼下，夫子们一天要跑四个到六个来回。还定出了严格的规矩，装卸货物要爽利，行路要快捷，彼此之间不得交头接耳互相说话，还不许偷看自己和别人的担子，担子上面都盖上油布，虽然大家都明白里面装的是什么。这真叫作“掩耳盗铃”了。

被这样一种苦役折磨得筋疲力尽的夫子们，有时竟倒在地上，站不起身子来。平均每过七八天，就要重新换上一批人。

提举其事的王时雍把目光转到赈济所，要想从吃救济粮的难民溃民中挑选出一部分年轻力壮的夫子，帮助搬运，省得他们长期白吃朝廷粮食。这个想法精明到了极顶，不愧为铁算盘的计算。可惜他从小处落墨，未免有点鼠目寸光。

王时雍刚派干员到赈济所去谈判，就被何老爹顶回去。他说难民们一个个面黄肌瘦，有气没力，十个中难得有一个担得动一百斤担子的，误了难民的身体事小，误了您老的公事就不得了。再说这件事要让大金知道了，说你们尽派些饿夫疲卒搪塞应命，显见得办事不力，居心无良，老大的皮鞭甩下来，您老可吃不了兜着走。

干员回去汇报了。王时雍跟何老爹打过交道，知道这个泼皮难对付，恨不得把他一索捆来，尽情惩治，以泄心头之愤。不过何老爹并非单独的孤家寡人，有一大帮子人做他的后台，此事孟浪不得。徐秉哲先去萧庆那里告状，此时萧庆已取得处理宋朝政务的全权，王、徐有事不再需要回御前取旨，有名无实的宰相何桌、孙傅早已靠边站了，万事只要萧庆点个头就算数。萧庆熟悉宋朝情事，他反问王时雍一句，凭你们开封府几个公人就对付得了赈济所里那些强徒？赈济所之事以后再说，目前你们休去打草惊蛇。太上皇帝发了话，王时雍只索罢休。

现在还没到论功行赏之时，王、徐预作伏笔，把自己的亲信都推荐到簇合、接收、清点、搬送犒设财物的部门中任事，连职名也照搬大金的一套，除头子以外，其余办事人员一律平等，都称为“任用”。一时东京的官场中发生了“任用”热，大家都钻门路要充当一名“任用”。

进士出身，久为朝廷命官的开封府少尹余大均、鸿胪寺少卿王及之、大理寺丞胡思、军器监少监王绍、左谏议洪刍、吏部郎何昌言、著作郎颜博文等高中级的和低级的，知名的和不知名的官员降格以求，都自愿“任用”。其中王及之、王绍、胡思等人益发放下官架子，脱去袍服，短装打扮，脚蹬麻履，手执皮鞭，也上大街来吆喝鞭扑，叱令目不斜视的夫子们快走，夫子的视线要是在担子上停留一会儿，无情的皮鞭便劈头盖脑地打过来。这番有声有色的表演是专门做给李县丞、拔离看的。李县丞在宣德门专管发货，拔离走下南薰门，专管取货。御道上自然也有些铁骑往来巡视，胡思等任事也希望铁骑赏光，看看他们的表演。只要他们面有喜色，略示许可之意，他们就大为得彩了。至于在道路上乘铁骑注意不到之时，做些手脚，把自己随身带的成色稍差、分量不足的金银锭子换成好的、大的，那是公开的秘密，任用们人人有份，或有胆大包天的，顺手牵羊，把些珍珠翡翠玛瑙碧玉塞进自己的口袋，那多少要冒点风险。想那金人也是通情达理的，俺们好容易出来一趟，得些辛苦钱，他眼开眼闭放过门就算了，又不教他自己掏出腰包来。难道他这点面子都不给？

在那人人都想爬高位，不肯屈就低职，在那讲究官场体统，不愿丢落架子，在那贱视劳动、看不起武弁的时代中，居然有那么一大批人放着大官、文官不做，甘愿抹下面孔，当一名牛马走的微末“任用”，踉跄于严寒之日，颠仆在御道之上，这看来好像不太正常，其实倒是十分正常的。因为他们希望得到的和可能得到的，要比他们失去的多而实惠。如果说，认为他们单单是为在货担上捞几把银子以博蝇头微利，那就太小看他们了。他们希望得到的是十倍百倍于此的大利。他们凭着十分灵敏的政治感觉，清楚地知道时至今日，唯有得到金人的青睐，才有光明前途，丢下一个饥不可食、寒不能衣的民族尊严感，那又算得什么。

现在他们追求李县丞的一盼之荣，好像当年金殿应试时希望得到主考官的巨眼赏识一样。官场的事变来变去，万变不离其宗，到头来还是一个实际问题。我“善价而沽”，只要你看得中，就出大价钱来买。买卖之际，绝不存在什么名节之类的抽象问题的考虑。

到后来，任用们吃到金人赏给他们吃的一些苦头，这才知道任事之难，被任用之不易。不要单看到南薰门下善眉好眼的拔离，他的胖脸上一直笑眯眯的，一副布袋和尚的嘴脸，可他手下十名监收官，个个都是穷凶极恶的煞神，货物卸下，一件件都要当面验点明白，金银锞锭少了一两半钱不行，成色差点不行。绸缎绢帛稍有轻疏不堪使用的，接收官挥起泼墨大笔，就在绢帛上画个圈儿、打道杠子，要任用拿回去退换。那个相当有名的诗人，现任“任用”洪刍回答得慢了一些，接收官就把一大盆墨水倒在他身上，口中还嚷嚷：“你是什么幺麽小子，胆敢侮弄大金，今天就叫你尝尝蒙霜特姑的滋味。”

那洪刍满头满脸都是墨汁，忽见那金将从腰间抽出金光铮亮的八棱金棍，作势向他当头劈来，他顿时吓得魂不附体，本能地跪倒在地，叩头如捣蒜，告饶道：“告爷爷，小的乃左谏议大夫洪刍，一心为大金效劳，岂敢冒犯虎威？绢帛疏薄乃司库之过，小的回去后定当重责于他，将好绢好帛，尽数换上，万望爷爷高抬贵手，饶小的一命。”

进士出身而且以作诗出名的洪刍，在官场中一帆风顺，年纪未及三十，已拜现职，是他最得意之事，认为凭他报出这个官衔就可救自己一命。殊不知在那金将心目中乔装打扮的谏议大夫与真正的厮养走卒并无两样。同样有天灵盖，同样可供一击，同样会脑顶开花，并无高低贵贱之分。不过真要执行起“蒙霜特姑”，还得拔离点一下头才行，原意只想吓唬吓唬他，又听他说得不类不伦，十分逆耳。在缩回右手之际，顺势一脚直往他的裤裆中踢去。洪刍顿时痛得双手捧住小腹，在路上乱滚。

这件事传开以后，有些任用害怕起来，撒腿想溜，但仍有许多愍不畏死的逐臭之夫，围着那块臭肉乱钻。他们解释这一偶然性事件，一定是那洪刍不懂得服小事大之道，摆出谏议大夫的臭架子，因而触怒金将，或者是他油水捞得太多了，在监收官面前露出破绽，自然要吃亏。有人说得干脆，既要做任用，就顾不得什么体面了，满脸夹背挨顿柳条鞭，兜裤裆吃一脚都是分内之事，只要双手保护得好，不让监收官勾取小命儿一条，不值得这样大惊小怪！总而言之，洪刍是咎由自取，任用之缺还是大肥特肥的，一定要争取。

想不到身任统制，手下拥有数千名劲卒，绰号范老虎的范琼也捧了一大把金银珠宝钻王时雍的后门来了。他志不在小，要求在萧庆面前保举他为“总任用”之职，总管押送运输任务，保管色色妥当，事后定当重重报效。

随着渊圣皇帝的失势，连带他的两个舅爷王宗濋、王宗沔兄弟也都失势了。一叶落而知天下秋，王时雍、徐秉哲都有过人的本领，他们单凭内押班张迪传来的一条消息，说萧庆在都堂评论蒋宣、李福发动劫驾一事有过“二王身为禁军之长，所司何事”的话，就推测到二王的前途可悲。他们必须做点什么来促成兄弟俩的垮台。他们未雨绸缪，在武人中先就看中左言、范琼二人将来可以大用。这时范琼送上门来，王时雍自然要为他奔走一番。不过萧庆历任辽金两朝的大官，经验丰富，他一身兼具狡猾的狐狸和灵敏的猎犬的双重性格，绝不是可以玩于股掌之间的傀儡太上皇。果然，王时雍一开口，萧庆就明白来意。当下似讽若嘲地点穿他：“王尚书素有牙郎之名，今番为范琼居间说合，得了他多少好处?”然后正色道，“范琼乃刘都统亲自看中的人，王尚书回去寄语范统制，只要他为大金做出几件出色的事，大金方将重用于他。任用乃厮养走卒干的勾当，杀鸡焉用牛刀，范统制不必再为它操心!”

得到这一句，王时雍好像在范琼头上看到祥云缭绕，急忙把金银珠宝加倍送回，做了一笔倒赔生意。从此以后，范琼、左言、王时雍、徐秉哲以及那些已经任为任用的官儿都在咀嚼“干出几件出色之事，大金必将重用”这句话，一心一意要干出几件惊天动地的出色之事。

在目前情况下，大金将如何摆布宋朝和赵皇，意图犹未探明。最有把握可干的出色之事，也无非是加紧催督金银而已。公库早已变成大金军前之物，只待挑送运输。他们现在可以做文章、立功劳的是要在私家财物上打主意。

打谁的主意?实际上除了他们自己一伙，上自官家下至平民百姓、倡优厮养，只要有一点附身之物的，无一不是他们打主意的对象，早晚总要挨到。问题是分个轻重缓急，先来晚到。凡是家道殷实，大有油水可捞的；孤立无援，无权势可凭的；虽有权势可凭，但可拿来作筏子，用以杀鸡吓猴子的；并无交情，或者还有点私怨的；虽是自己人却为大金所注目的。只要具备上述条件之一之二的，都在优先考虑之列，他们挑来挑去，最后决定先从“国舅”身上开刀。

到了靖康二年，留在东京城里的还有下面几家国舅之家，值得一试。

哲宗皇帝的孟皇后立了又废，废了又立，即使到她成为寡孀之后，又废废立立过两次，她一会儿入居瑶华宫，一会儿出降外家，一会儿号称元祐皇后，一会儿改称希微妙静仙师。目前到底是皇后还是女道士，许多人也弄不清楚了。她有一个侄子孟忠厚随侍身边，不声不响的，听听名字，倒也像个忠厚长者，加上长期寡妇失业的，常闹饥荒，并不具备先决的第一个条件，难于入选。

渊圣生母太上皇的显恭王皇后虽是徽宗的原配，却祚薄命短，只活了二十五岁就一命呜呼，既没有享丈夫之福，也没有受儿子之荫。倒是两个兄弟王宗濋、王宗沔熬出了头，靖康年间一个任为殿帅，一个加带御器械，在官场上活跃非凡，兼是王时雍、徐秉哲的出窠兄弟，本来应该是整治别人的人，不想前日在都堂上被萧庆一点，顿时成为戴罪在家，等候别人去整治他们的犯人，看来，这一对国舅此番是在劫难逃了。

太上皇现任的郑太皇后从政和元年册立为后以来，虽不为太上皇所喜，却善于弄权，势倾后宫及朝野，煊赫了十多年。她的父亲郑绅、族兄郑居中假借皇后名义，或则富有金山，或则贵为宰执，不料星移斗换，徽、钦禅代，郑家的声势顿落。如今郑居中已死，郑绅的一步老运逆转，这座金山很难保住。由于他具备富足、失势的特质，还有杀鸡吓猴的作用，被王、徐点中为陪客，那是十分肯定的，看来还要把他先拿出来祭旗。

最后一个现任皇后为渊圣的朱皇后，她年事尚轻，两次围城中都曾带头为守城官兵缝制寒衣，在军民中口碑甚好。父亲早已亡故，兄弟二人在围城中安分守己，尚无做大官发大财的野心。既然渊圣本人的命运犹在未定之天，夫妻敌体，对朱皇后及其内家的发落，暂时也可从缓。这一次，朱家算是幸免了。

王、徐精拣细挑的结果是王宗濋、王宗沔兄弟首当其冲，郑绅一家做陪衬。

十二月初十，在王、徐的逼迫下，渊圣下了一道诏旨，特别点出以皇后家为头，有能率先竭力犒设大金军兵的，令开封府具名闻奏，优议官爵。未打屁股，先议优赏，这种手法是大家熟悉的。

过了三天，开封府并未“具疏闻奏”有哪一家椒房之亲的皇后之家捐输巨款，犒设卖力，值得优叙，反而特疏参揭郑皇后宅隐匿金帛，不肯尽数输入官府，请旨严惩。奏疏明确点出皇后家金帛不肯尽数输官的就要严惩，用意可知。这段时期，受到太上皇萧庆支持的开封府势焰熏天，奏疏朝入，御批夕下，还嫌慢了，一定要立等可取。官家果然一切照办，当场就批了：依议，郑皇后祖父并追毁出身以来文字，枷锁干办使臣等号令于市。这是一种严厉的惩罚，郑家从皇后的祖父以下三四代人，不管活着或已死去的，不管嫡系旁支，一律都要革去官职。连带过去趋势附炎与皇后家联了宗的郑姓官员也殃及池鱼，一并褫官，一时夺官者甚众，朝端中姓郑的人几乎为之一空。

当然还不止于夺官而已，开封府行动起来，雷厉风行，当夜就由少尹余大均亲自出马，带了百十名缉捕公人扑入郑家，把他们一家人都赶进一间小屋，然后恣意撬锁启柜，翻箱倒箧，把屋内宅里所有的一切都捆载而出。花园外院里也到处掘得坑坑洼洼，没有剩下一片完土。直到第二天正午，看看实在没有什么值得一顾了，这才兴酣神会，呼哨而去。

郑家大大小小，男男女女，上上下下一百余口人，除各捡得一条性命与一身特别恩赐的随身衣服外，这个鬼瞰其室的高明之家[1]算是彻底完蛋了。

[1] 扬雄文：『炎炎者灭，隆隆者绝，高明之家，鬼瞰其室。』

4

头刀已开，接下来轮到谁挨第二刀？这个问题人人关心，大家都在猜测。许多人为之惴惴然，惶惶然，个别的人甚至为之日夕惊恐，心如悬旌，因而得了怔忡之疾。

不消说，王宗濋、王宗沔两个国舅都属于最后的一种人，这两天他们坐着、睡着、站着、走着，脑子里莫非在想这一幕就将落在他们头上无法可以幸免的惨剧。他们当然是郑绅之续，或者可以说郑绅之事只不过是一场开锣戏，正戏要在他们家里唱开。这一点，即使十分富于幻想，善于用千百种理由来为自己譬解的王宗濋也认为是肯定了的，无可怀疑的，它强有力的根据是他们辗转听到的萧庆在都堂说的一句话。

官场的事情千奇百怪，各种各样的人都有，但总的说来是隐恶扬善者难得见到，扬恶隐善的却一抓就是一大把。萧庆那天在都堂中阴阳怪气的一句话，沸沸扬扬满天飞，不到一天工夫就在东京城里传遍了。顿时就把个热焰腾腾的殿帅王宗濋撂进冰窖。

这一天，在他个人生活史上画了一个明显的记号。闰十一月廿五东京城失陷了，他仍然是殿帅，个人生活并没有重大改变，十二月初一，天子蒙尘，他仍旧关在城门内做他的国舅，个人命运也还是外甥打灯笼——照旧，唯独萧庆的一句话才真正决定了他的命运。从那天起，平日最相好，酒酣耳热之际，曾经多次说过愿为“刎颈之交”的王时雍、徐秉哲都不理他，由他们安排的官场应酬、宴会筵席中也把他的名字剔除了。平日追随在他后面，“国舅长、国舅短”不离口的副帅左言、统制官范琼忽然影踪儿全无，由他们派到宅子来当杂差的一队禁兵也跟着消失。平日闹哄哄的大门、仪门、客厅、二厅一下子变得冷冷清清，无声无息。最令他心惊肉跳的是曾托为肺腑之交、经过八拜结为金兰的内押班张迪也不再上门。据家人传来的消息，他跟同僚邓珪打赌说，不出十天，二王之家必遭倾覆，逾期一日，甘罚百千，以自诩其先见之明。张迪在同僚之间，向来只进不出，这番愿以百千为赌筹，真乃是破天荒之举，如无十分把握，他决不做这样冒险荒唐的事，这是十分严重的。

这个张迪已经久违了。到得靖康朝内，他虽仍受朝野重视，在某些场合中十分活跃，毕竟一朝天子一朝内侍，许多出头露面的事情已没他的份儿，好些优厚之缺也轮不到他头上。在靖康朝内红得发紫的内侍是内省都知邓珪。张迪的活动只限于在人情酬酢上。但他还是像以前一样热衷于窥测朝政方向、试探各方面反应，他热人之热，冷人之冷，以此为乐，以此为荣。这已成为他生理机能的一部分。看来，即使给他钉上棺材盖，在那一刹那之间，他也还要探出头来，测量测量房里的政治气温——当其他的生理机能都已死亡停息，唯独这部分的机能仍在继续运用，这种人大可以千古了。

“以皇后家为头犒设金军”的诏旨是第一个信号，抄郑绅之家是第二个信号，在王宗濋看来，这些做法都是针对他而发的。他看到周围的环境如此险恶，自己又一筹莫展，不免进宫去见外甥皇帝哭诉一番。他骤然感觉到渊圣的面孔也冷下来了。渊圣明白地说，要他早作打算，免得全家糜烂不可收拾。还说：如果王时雍、徐秉哲要逼他下旨发落行遣，他也只好依样画押，并无商量的余地。

“如今一朝天子让那姓萧的当上了，他努努嘴就是圣旨，王、徐之伦，奔走不遑，朕不过替他们守着御玺，到时应命盖上就是。国已不国，何有于家？舅舅之事，大不了破了一个家，舅舅看开点也罢了。”

渊圣发牢骚的话，刺痛了王宗濋的心，什么都看得开，唯独这件事怎么看得开？看来，这个外甥皇帝也是冷心肠的，根本痛痒不关。事实果真如此，以忠厚仁孝著名一时的渊圣皇帝到了危难之际，根本谈不到什么忠厚仁孝，他既顾不上内家的父亲太上皇，也顾不上外家的母舅王氏弟兄。他自顾不暇，如何再顾得到别人？

纨绔出身，素性娇贵的王宗濋回到家里只急得像热锅上的蚂蚁，在锅台上转来转去，到处都要把他烤焦，又好像自己的身体已被炸成几百块，魂灵儿、心肝儿都已飞到身外，再也收不拢了。

官家要他“早作打算”，这是人人都会想到的，唯独他自己，已在花园里绕了几百个圈子，就是想不出可以做些什么打算。后来回到内寝，还是他的宠姬眉寿为他出了个好主意。眉寿姓刘，原名梅寿，外号一口酥，是高俅家的舞姬，高俅在世时，慨然赠予的。高俅晚年，附庸风雅，自称曾当过东坡先生的小史。把这个民间姑娘常用的名字梅寿改成“以介眉寿”的眉寿，一字之易，的确很有些风雅的味道。她福分儿不薄，到了王家后，艳冠群芳，势倾后院，很快就取得中馈之政。不久，王宗濋的原配去世，由她承受诰封，俨然已是官家的舅母——“国妗的身份”，这是攀上了高不可攀的高枝儿了。眉寿心满意足，对这个呆大爷王宗濋确实尽心尽力。

她合计一番，现在即使再拿出多少银子，说是已故的王太皇后家踊跃捐输，为头犒赏金军，为时已晚。别人会说这盏盏之数与传说中他在这一年中悖而入的财产简直不成比例，定是转移藏匿妥当了，假意儿拿出这几个臭钱来为自己表白一番，岂非掩耳盗铃？索性一文不捐，一钱莫名，等待他们来查抄，倒也罢了。记得今年元宵节，家主王宗濋，还有执政王孝迪、大尹王时雍等三个草头王也曾以同样的理由亲自率领公人去查抄李师师、赵元奴、袁绚等供奉过太上皇的艺人之家。算到今天十二月十五，加上一个闰月，也整整的十二个月，就轮到自家门上，真可说是天理昭彰，报应不爽。

明知道家主之为人，抄他十次家也不为过，仍愿为他效死，眉寿这个人似乎很有一些义气。她献的这条计策是：把家里所有的金宝细软都收拾起来，转移到她的老根——高家去，其余的一律割舍，听凭他们抄去，这样还可淘剩一半，图个后半生的快乐。她列举了所以不避嫌疑，力主转移到高家去的几条理由都是强有力的，无可辩驳的。

想当初，高俅多年与蔡京、童贯、王黼等人沆瀣一气，十分融洽。太上皇、今上易位之初，高俅滑脚得快，没有随同太上皇一起南下，这一点受到陈东的称赏，从原定“七贼”的名单中勾去了高俅之名，变成“六贼”。从此，他又在新朝中找到了立足点。他一个重要的手法是乖乖地把他盘踞了十余年的殿帅的位置让出来，毫无保留地奉献给他的后任者国舅王宗濋，十分巴结讨好他，成为自己的保护人。

一次酒后，高俅醉醺醺地指着一队侍女歌姬道：“咱俩情同手足，谊如兄弟，俺的一切，除老妻外，只要老弟喜欢，无不可以奉赠。”

当时王宗濋也喝得多了，借酒醉盖着脸，老面皮地说道：“老哥所有，兄弟都不稀罕，唯独这个一口酥才是兄弟最心爱之物，如蒙割爱，就把拙荆一乘软轿抬来，两相交换，也所不惜。”

眉寿也是高俅自己的“心爱之物”，原来他只希望王宗濋在侍婢中间挑选一两个年轻美貌的送他，想不到他一张口竟指名索要这个年过三十、早已代替他老婆主持内政的眉寿，酒醒后不禁大大失悔，只是言语已经出口，难于翻悔。在他们这些人中间，一切说过的话都可以赖账不算，唯独赌账、女人账，说出了口，一定算数，决不抵赖，这是他们的道德标准，高俅岂能例外。再则王宗濋正在势头上，自己在他身上已用过许多水磨功夫，一件事触忤了他，不但前功尽弃，反而会带来祸水，太不合算，只好用一乘暖轿把眉寿送往国舅府，还滕带四名绝色丫头，一笔厚厚的陪嫁。至于王宗濋说的“与拙荆对调”的话，他的“拙荆”何等样人，乃是当今的“国妗”，岂可与眉寿物物交换，这笔女人账，他可以堂而皇之地赖掉的。

高俅做了一笔蚀本生意，打发眉寿出门时，不禁恨恨地说：“王宗濋这小子怎消受得起眉寿这个尤物，但愿她带着克夫星、扫帚星双星上门，弄得他家破人亡，才叫作‘现世报’!”

没有想到眉寿之温柔体贴、曲尽人意、聪明伶俐、八面讨好的美德是人尽可施的，她施之于高家也用之于王家，不消两个月，王家的人都对她产生好感，至于王宗濋本人，那更不必说了。后夫没有克死，反而把前夫克死了。她出门不及三个月，高俅自己倒一命呜呼了。东京人一般的评论是：高俅寿终正寝，死在家门，没有追随六贼，明正典刑，是他的造化，是朝廷的失刑。不过，好像活着的张迪一样，即使在坏人队伍中，他们也已属于过时人物，再加上年来国家多事，可歌可泣、可恨可叹的新闻消息每天都有，因此高俅的死也引不起人们很大的兴趣。

有了眉寿穿线往来，王、高两家之间，仍有许多相互利用之处，关系还是十分亲密。高俅虽死，这个家并未破落。他的长兄，眼皮上长个大肉瘤，绰号叫作“司马师”的大爷高杰，倚仗兄弟之荫，挂上金吾卫大将军的头衔，是环卫宫中的佼佼者。他的小弟，被称为四爷的高伸也由二兄的斡旋，换了文阶，现任延康殿大学士。这两个在官场上都是吃得开、兜得转的人物，兼与王时雍等交好。眉寿想出了这一招，把王家的细软送到高家去交高俅的遗孀保管，外面有大爷、四爷保护，确是一条安全的道路。

“大爷、四爷要起了黑心呢？高嫂子一个妇道人家，对他们也没奈何。”

“大爷、四爷那两个活宝贝啊!”眉寿柔媚地笑起来，“奴家自有治他们之法。他们要使黑心，保管抽他们的筋，剥他们的皮。”

王宗濋前后左右一想，自己与二高确有交情。十万禁军的衣甲都由“司马师”开设的成衣庄承包下来，倘非俺王某人的一句话，他怎得白花花的银子滚进家门来？再者，目前除他俩以外也实在无人可以信托，可以保护他。他不由得向眉寿作个深揖，痛赞道：“夫人想得色色周到，真是个好主意。且受下官一礼，下官这份家产，今番如若保住了，将来一半就算为夫人名下。”

“官人何必说这话?”眉寿又是柔媚地一笑，“到将来，可不是你的就是我的，我的就是你的。”

他们立刻行动起来，事须保密，不便叫别人帮忙，连得儿子也不可信，眉寿成竹在胸，干起事来，干净利落。王宗濋也拖着一个本来胖乎乎、肉墩墩的身体，十天来一下子掉了二十斤肉，老了十岁年纪，一层软皮松松地垂下来，跟在眉寿后面帮倒忙。眉寿先把珠宝金玉细软之物统统理出来，摆在几张炕床上，再找几条被单包起，包成七八个大包袱。银子、银器都不要了，连得金缸、金浴盆等价值不赀的器皿，也厌它体积太大，狼狼伉伉，一律舍弃了。王宗濋丢了这件，舍不得那件，只等眉寿错眼不见，就把一件金器塞进已经打好的包袱内，弄得几只包袱到处长出角来，还待打开来重包，磨了不少时光。

他们算来算去，合家中只有干办刘均办事老成可靠，就让他送少夫人去高家。戌正刚过，家里人都睡寂了，道路上也已阒无行人，刘均早就准备了太平车，陪同蒙着头只露出一对眼睛的少夫人，躲躲闪闪地上了车，蹄声嘚嘚，径往高府而去。

这一切都完成得十分顺利。可惜眉寿想到的这一着，徐秉哲、余大均也都想到了，国舅府周围早已布下了秘密岗哨。车子一动，盯梢的眼线也就跟踪而去，到了高家门口，公人们一拥而上，把一主一仆手到擒来，送往开封府。这时人赃俱在，抵赖不得，眉寿只好咬紧牙关，供认与干仆通奸，卷逃私奔。一面哭着求见大尹、少尹，说见了他们的面，自有分剖处。

徐秉哲、余大均把眉寿带进后堂，这时王时雍也闻风而至，三个收起平日看见眉寿时那副嬉皮涎脸的样子（那要背着高俅和王宗濋的），设下公案，摆出三堂会审的架势。眉寿不敢造次，只得跪下来自称犯妇，哭哭啼啼地把供词重说一遍。只听见王时雍连姓带名地叫她："刘梅寿，你的那个刘均不是身穿青衫、歪戴一片瓦小帽，拖着一把花白胡子，经常跑着小步服侍爷们、听候使唤的那个老仆？"

"刘均也被拿获，可要带上来一同听审？"少尹余大均凑趣道。

"不用，不用，"王时雍急忙摆手，"这个刘均，本官久知其人，识得他的嘴脸。东京城里赫赫有名，与蔡京的武夫人、王黼的田令人、蔡攸的念奴并称'两府四艳'的刘梅寿竟会看中那个头发花白的奴才刘均，淫奔卷逃，众位听听可信不可信？"

"那刘均不消三鞭两夹已经招认，淫奔是假，隐匿是实，只是这个刘梅寿死不认账，还待细细勘问。"

"刘梅寿，你把王宗濋、王宗沔的家财带来高家窝藏，不惜自污淫奔，无非要保全高、王两家罪犯之家，本官深知你的用心，又不免悯你之愚。"作为主审官的徐秉哲有一套冠冕堂皇的开导之词，"你岂不知昨蒙圣旨，凡隐匿窝藏家财、抗拒输官的，无论勋贵之家、国夫人郡夫人以至孺人以下均可蒙头拷掠，只怕你吃不消这皮肉之苦，何如早早招供。本官念素日相识之情，不难为你。”

不管那三个官儿怎样软哄硬逼，眉寿打定主意，只是大声哭、小声啼，逼得紧了，索性就赖在地上滚来滚去，却不说一句话。

王时雍恼了，喝声：“人是苦虫，不打不招，公人们把这贱人吊起来，叫她尝尝王法的滋味。”

不是王时雍要眉寿尝尝王法，而是他自己要尝尝眉寿的美色，这个徐、余二尹以及公人们都很知道。王时雍发迹以来，多与高俅、王宗濋亲近，久慕眉寿的艳色，只恨不得染指。今日她自己送上门来，怎肯轻轻放过。当时他装出一副义愤填膺的样子，手执皮鞭，走到眉寿身旁，说要亲加鞭扑，甘操下役之事，把个官箴与体统统统忘了。好在这里是后堂内审，执役之人不多，而且都是亲信，不怕他们去外边声张。

王时雍知道眉寿出身高宅舞姬，在红氍毹上曾经颠倒过多少众生——当然包括他自己在内。如今地位已尊，而且年纪也已超过三十，但她仍简食节饮，保持一个苗条的身材。有时王宗濋仍要她出来客串一出，以娱嘉宾，那萧庆也领略过几回她的缕衣艳舞，为之击节鼓掌称赞不止。此刻她已被高高吊起，双足离地二尺，一幅素纱，蒙在头上，连头发带面孔都包起来，只看见一个瘦骨娉婷的身体，悬空摇荡。王时雍在她身上加力推一把，她就在空中转起来，一会儿脊背向人，一会儿前胸显露，前后上下，统没有遮拦，让王时雍仔细鉴赏。

作为一个舞姬，她身体的特点是瘦，身体上许多部位都好像用刀子削成，从胸到背的厚度也比普通人薄一半。令人联想到一条洗得干干净净，一剖而成两半、骨刺外露的鱼，她全身瘦骨嶙峋，特别是上半身的锁骨、肋骨、颈椎、胸椎、腰椎骨，一根根一圈圈一节节地嵌在薄皮肤底下，似乎只要用一根针轻轻把皮肤挑开，就可以把那些骨头取出来。

她的臀部也是窄窄的，从腰肢到大腿，除一段凹凸度不太明显的弧圈外，几乎拉成直线，因而无法显示出她的细腰，只有两条匀称细洁的大腿，犹如宫殿中的一对玉柱，才是她全身最美的地方，吸引着所有男人的眼光。

她的前胸也有些畸形，在突出的锁骨和几圈肋骨下面的低位上长着一对窄小狭长的乳房。它们好像生错了位置，低人一等，不好意思地无力下垂着。当她踏着急促的碎步在地毯上转着圈子舞蹈时，这对乳房被金托子托起来，猫儿似的在轻绡衫中乱钻乱跳，活跃非常，透过轻绡的缕纹，看得见里面金光闪闪，似乎蕴藏着无限奥秘。如今脱出来看，神秘的色彩消失了，它们既缺少弹性，也没有活力。即使她的双臂高悬，全身肌肉都牵引向上，唯独这对乳房还是耷拉着大耳朵，几乎要贴上肚皮。它们坍下来了，索性赖皮到底不再挺起来，倒是那两颗已呈深褐色的乳头尖尖翘起，有紫葡萄那样大小，与那波浪起伏度微弱的母体不很相称。她的两圈乳晕也是深褐色的，有当十的崇宁通宝大小，边缘上匀称地排列着一个个小白点子，深浅相映，显得耀眼。

这是个已经失去青春光辉的艳妇，别人对她还感到很大的兴趣，主要是慑于她过去的艳名，虽然如此，随着年龄产生的种种体形上的缺憾以外，她仍保留着惊人的美。那就是她的一身晶莹洁白的皮肤，她的全身白得像一方微微沁出水痕的玉石，白得像一支浸在牛乳中蒸透的老山人参，白得像一片里面隐隐透出一层淡红色的云母体。她的白是活的，透明的，有机的，生命从那里泛出光彩。熟悉、了解她的为人，把她聪明剔透的性格行事联系起来，人们就可以从她的白皮肤底下看到身体中内蕴的一切。

把这个雪白的艳妇高吊在公堂上犹如在那里悬挂着一盏大放光明的莲花灯。不要说看到她的内蕴，单单这一身雪白，就把那伧夫俗子淫棍色鬼的王、徐、余之徒看得眼花缭乱，丑态毕露。王时雍还要装模作样，拉起皮鞭在她背上抽击，徐秉哲走过来劝阻道："王尚书不必亲自动手，俺自有治这贱人之法。"徐秉哲好像为她解围，却从王时雍手中接过皮鞭，在她骨多肉少的屁股上重重抽了一下，然后叫手下人把眉寿的右手放下，单单左手悬在梁上，得意地说，"这单腕悬棵，就是江洋大盗也挺不到一个时辰，何况她那细皮嫩骨。再加上在这三九腊月中，咱们且饮酒作乐，把她吊着，不吊死也冻死了，看她挺到几时，招供不招供?"

徐府尹果然很有经验，这一招十分厉害，他们这里地炉烧得十分炽旺，喝酒行乐，亵言谑词，无所不谈。眉寿蒙在素绢里的头面上也是黄汗直淋，不久满腹满背、大腿小腿上都湿透了，连地坪砖上也湿了一大片。这个三分聪明、三分狡黠，兼有二分侠气、二分勇气的眉寿在巨大的肉体痛苦中挣扎了半个时辰，经受了一场"锻炼"，她的意志、毅力、勇气都被磨成了齑粉，拌在被拆散的血肉中，终于软瘫成一堆雪白的泥。她屈服了，大声表示愿意招认，只要把她放下，他们要什么就给什么。

现在事情简单了，徐秉哲亲自揭去她的面绢，笑嘻嘻地把一纸已由书吏代写好的供词塞给眉寿。眉寿看也不看，用散着的右手一把抓过笔来画上一个歪歪斜斜的大十字。

她被放下来，先是一动不动蹲在地坪上，慢慢地坐了起来，揉着红肿得好像大蜡烛的左手腕，喘了好一会儿气。然后，她被准许爬到地炉旁烤火，暖一暖身体，但仍不允许她穿上衣服，说是要“与当事人对质了才可了事”。

她昏昏沉沉地以为传来“对质”的是家仆刘均，是家主王宗濋。来的如果是刘均，她要把一肚皮气都发泄在他头上，要痛骂他：“俺倒没说话，你先招认了，你这个没良心的狗养的奴才！”来的如果是王宗濋，她除了痛哭还能说什么？她想这样赤身露体也好，让他看看这只大红蜡烛似的手，让他看着自己为他吃了多少苦头，那就什么都不需要解释了。

不！两个都不是，结果用两根大铁索锁住了头颈牵进公堂来对质的是高杰、高伸一对兄弟。他们一时还摸不清头脑，不能够相信高坐堂上的竟是前两天还在一起饮酒狎妓的三川牙郎和开封府大小二尹“双人徐”和“单人余”。他们向来就是这样称呼惯的。高伸一时冲动，破口大骂。“双人徐”把眉寿画押的供词掷给他们，并说眉寿转移财物事先得到二高同意，已构成窝藏之罪，二高叫起冲天屈，把所有的污言秽语都使用遍了，但眉寿已经昏厥过去，她不知道大家都说了些什么，包括她自己压在嗓门下的不知所云，二高的咆哮，开封府二尹重浊威严的官腔。后来她悠悠忽忽地张开眼睛，二高已被押走，二尹及差役们也都走了，只剩下王时雍一人，帮她草草穿起衣服，好声好气地安慰她：“今日幸得下官在此，夫人还不曾吃大亏。此刻徐大尹、余少尹都已赶到府上，那边已闹得人仰马翻。夫人不如在此投宿一宵，明日再定去留之计。”

刑狱就是这样“锻炼”出来的。此案审结公布：据已亡故高俅家干仆刘均出首，使婢刘梅寿夤夜往来王宗濋、王宗沔、高杰、高伸及已故高俅之家，隐匿财物，行同鬼蜮。经开封府严刑拷掠，均已供认不讳。王宗濋身为懿戚，高伸等官兼文武干法犯纪，尚敢咆哮公堂，辜负国恩莫此为甚，已请旨严惩，合将五家财物一律查抄归公，王家良贱，监禁待决……这狱词与其说根据案情，还不如说根据主管者的意图更符事实。既然生铁也可打成方的、长的、圆的、扁的，那么血肉之躯的人一经“锻炼”，何求而不得。这个词儿可用得妙啊！

一纸刑书，铸定铁案。王时雍、徐秉哲一箭五雕，一夜之间，就破了五个权贵勋戚之家，为大金做了一件“出色”之事，为自己呈上一份丰富的进见礼，踌躇满志。怪不得这两天要拥着眉寿为长夜之饮，来庆祝自己的大勋，这五个权贵勋戚之家平日作恶多端，今日恶贯满盈，破了他们的家，大抒民愤，大快人心。美中不足的是查抄他们的人，也是理应加以籍没的新贵，恶恶相济，固然可恶，恶恶相戾，也使痛快者不够痛快。人们在评论这件公案之余，不免要加上一句："如果王时雍、徐秉哲两家一起抄了，这才叫人真正痛快哩!"

不过也还有一说，今日上苍假王、徐之手籍没五家，明日也必假手他人来收拾这些鼠辈，天道好还，天理昭彰，东京的舆论界永远相信天道是公正的。他们怎么没有想到，发动这次抄家的还不止是王、徐之辈，背后还有指使者。破了几十、几百、几千家的王高徐余之徒理应加以籍没，破了一个国家的指使者难道不应受到更大的惩罚?

窃钩者诛，窃国者侯，莫非天道就是这样的?

5

抄了二王三高之家，“根刮”他们的库藏、窖藏、大锅子里的和私房小伙的全部家财，捧着黄澄澄的几千两黄金和金器，几十万两银锭和银器以及难以估计的珍宝细软，要用许多大车来拉的绸缎绫帛，王时雍、徐秉哲带着将军凯旋的得意劲儿，亲自押送到都堂来见萧庆领赏。

十分贼赃，九分归公，一分作为赏金。所谓什一之赏，这个办法天下通行，即使在那蛮夷之邦的大金想来也不会例外。

事情出乎意料，萧庆虽然照单全收了高王五家之物，赏给经手人的并非什一之赏而是一顿夹头夹脑的臭骂。

京师豪贵之室，何啻数百千家，单单抄了这五六家，算得什么功劳？你们可算算城下驻屯的大军有多少，目前源源不绝从燕京开到两河地区，前去接管各城池的大军又有多少，这些军队一天要多少开销，抄了这几家，可够大军十天八天的花销？国相太子早已有话，城破了二十多天，所征之数尚不及预定的百分之一，难道叫军士喝西北风过日子？国相的话，尤其严峻，昨日他当场发话，要俺说与你们听：“王时雍、徐秉哲都是我朝豕养犬畜之人，日夜营营，所司何事？如不尽心报效，就把他们拉去‘敲’了，还怕无人为我朝当差？你倒看看这大大小小的使臣任用数十百人，就派不出一两个人当什么狗养的户部侍郎、开封尹?”

这“豕养犬畜”四个字，这“狗养的户部侍郎、开封尹”这句话究竟是粘罕的原话还是萧庆的意度之词，还是他自己的发明创造都无法对证，因为受骂者绝对不可能跑到粘罕处去对质一下。他们平常来见萧庆，还要打听萧庆有没有空，愿不愿意接见他们，还要承望他的颜色说话行事，何况萧庆之上又有刘彦宗，刘彦宗之上才是斡离不、粘罕。

不过，是粘罕的原话也好，是萧庆的发明创造也好，总之，经过这段时期的接触，萧庆把他们这几根肚肠都摸透了。他深知他们这些人捧不起，骂得起。再严厉的话他们也忍受得住，如果稍加一点颜色，偶然给个笑脸看看，他们就要头重脚轻，翘起尾巴来。驾驭他们之道要恩威并施，以威为主，以恩为辅，两者的次序错不得。

当然，狗血喷头地狠斥一番以后，他也会下个转语缓和缓和空气。他说：“国相发怒，势如雷霆，当场就要你们好看。亏得俺横说竖说，替你们转圜，说宋朝之事难办，他们也有为难之处，非不忠于我。不如再给他们宽限数日，尽力去办，如有不效，国相再行发落不迟。国相总算答应了再给你们半个月的期限，必要如数征足。”

几句好话说过，萧庆又急转直下地威吓道：“你们二位可都听清楚了。今天是腊月十六，本月大尽，到了腊月三十，还不能全数征足，国相脾气难当，他再要发作一次，俺也无法在旁帮衬了。只怕到时你们吃不到一顿美酒佳肴的年夜饭，倒难免要吃一顿……”他指指自己的骷髅头，做出一个猛烈的“蒙霜特姑”的姿势，一掌就向他们的天灵盖上劈下来。

王、徐面面相觑，不知道要怎样回答才好。又听到萧庆一声断喝道：“你们还不回去想办法应付，站在这里有什么用？地砖下不会长出银子来替你们交差。快走，快走！”

任何一个征服者都要从被征服者中间挑选出一部分代理人来帮助他们治理广大的被征服者。用通俗的话来说，征服者是主子，被征服者是奴隶，中间的代理人就是通常所说的奴才。这是历史的规律。奴才虽然也带着一个“奴”字，但究竟也是“才”，它非同小可，常常要起承上启下的作用。统治者的统治术是否高明，很大程度上取决于他们怎样使用奴才，怎样对待奴才，要从奴才身上取得什么，他们给了奴才什么。

奴役奴隶是不花钱的生意经，使用奴才却要付出相当代价。历史上有许多统治者探讨过使用奴才的代价问题，而且总结出一套经验教训。不给，他们替你办事不带劲，给多了又会削减自己的利益。不恰当的多给和过于苛刻的少给、不给都会给统治者带来损失。

什一之佣，这个原则天下通行。金朝贵族高瞻远瞩的斡离不甚至愿意付出什二、什三之佣来建立较为长久稳固的统治体系。但这一点已受到会宁府的大贵族群的抵制。他们狃于宋金战争以来攻无不克、战无不胜的事实，低估了宋朝方面潜在的抵抗力，认为没有必要拿出这么多的佣金去豢养这批对他们的作用不大，对他们的好处不明显的狗腿子，他们即使要用奴才也只想用第三流的奴才，只要有点狗腿子的本领即行。在墨守成规、熟谙政务的韩企先和雄才大略、手段高明的刘彦宗两个奴才之间，他们更看中前者。他们只愿意建立一个小小的代理机构来代替体制庞大、即使降服了仍具有敌体之尊的赵宋王朝，而且这个代理机构的生杀存亡之权要完全操在自己手中，随时可加以废止。

立大立小，用奴才用庸竖，这已构成大金皇帝与斡离不之间的矛盾，矛盾正在演变、发展、深化，迅速就要表面化。

目前已经出现的第一个明显的标志是斡离不患有目疾，长久未愈。所谓目疾也无非是结膜炎、红眼睛之类，无关宏旨，他却有意把它夸张了，通过宋朝正副宰相何㮚、孙傅在太医院中挑选两名御医，又加上两名走江湖的眼科郎中都到刘家寺金营住下来为他治疾。据医生说他的目疾已治愈，但他戴着的眼罩犹未除去，眼罩未除，御医就不得回城。戴眼罩很不舒服，他为什么喜欢戴它？英雄作为，费人猜疑，莫非他故意示人以疾，莫非他用眼罩来掩盖其内心的不安？两者都有可能。实际上，近来军中之事他已管得很少，难得听到他说话，倒是粘罕十分活跃，到处高声嚷嚷，即使很高兴的时候发出笑声，远处听来也好像在怒骂。他的高声常常掩盖住斡离不偶然的闷雷般的低沉的发言。

第二个明显的标志是斡离不一向倚为左右手的刘彦宗近来态度有些变了，二人之间一定发生过别人不会知道的争论，原来被誉为鱼水般的关系，现在是鱼一直浮到水面来，似乎想跃出龙门，水也不那么欢迎这条鱼了。过去，二人之间常有的亲密夜谈，现在已很少见，倒是会宁府派来的人与他走动得十分频密，一谈就是一个通宵。

大金皇帝虽然不喜欢他，但建立一个小小的代理机构，还是需要他出力，因此刘彦宗的地位更加提高了，在许多具体事务上，他说了算数，萧庆直接听他的指挥，不必再向二帅请示。

即使刘彦宗是个雄才大略、见事明白的奴才，奴才终究是奴才，奴才的一个最基本的特点就是要选择最可靠的主子。他明知斡离不是真正赏识他而会宁府不过是一时利用，在一个具体问题需要他帮忙过后，终究会把他一脚踢开，但在两者之间必须有所抉择的时候，他还是毫不犹豫地选择了后者。

有一天，萧庆跑来向他请示王宗濋弟兄已经抄过家，撤了职，但终究是赵官家的舅爷，不看僧面看佛面，是否再给他们一个闲职。

刘彦宗突然冒出一句："你们休提到这个'赵'字，一千年也不要再提赵家之事！"

这使萧庆大吃一惊，据他所知，刘彦宗秉承二太子之志，一向是主张维持赵氏王朝的。这一句"一千年也不要再提赵家之事"分明是一个信号，是代表一种新的动向。事情就是这样明朗起来了。

6

王、徐之辈确实不过是第二流的奴才，对于主子的意图领会不透、执行不力，总的说来是他们习惯于缓慢疲沓的作风，合不上主子雷厉风行、一针见血的要求，难免要受到谴责。看来他们自己也需要让别人来锻炼锻炼，锻炼成完全合格的奴才，好像刘彦宗、萧庆一样，使用起来才能得心应手，这需要相当长的时日和一定的过程。

在打击王宗濋、高杰兄弟的同时，他们也定出了几条催征金银的办法。对于他们的同道，采用一个“保”字，对于广大老百姓，采用一个“骗”字。

就在锻炼刘梅寿一狱的当天，尚书省公布，现任官员科派金银的暂行办法是：执政、尚书、翰林承旨、翰林学士、开封府等各员，每员科金各二十两，银各五百两，彩缎各三十匹。侍郎、军事、舍人、谏议、侍御、正使、承宣观察使、左金吾卫上将官等员科金各十两，银四百两。札下吏部阁门御史台，依科定合纳数目，火急多差人分付告示。应合纳官，立便依数赴开封府交纳，不准时刻住滞。

文告的语气虽然峻急，内容并不惊人，一般做到上述的官员，这戋戋之数完全可以应付。看来高杰、高伸倒是冤枉了，他们一个是学士，一个是环卫官大将军，只消拿出一二十两金子、四五百两银子就可消灾弭祸，何必大动干戈，来个连锅端？就是王宗濋、高俅也是冤枉的，这里虽没有规定殿帅应科之数，就比照枢密使副科纳摊派，不过是二三五之数，再讲讲斤头，加十倍给他，想王、徐一时也落不下面子。眉寿那个馊主意不出也罢！

对老百姓另有一套办法，同日同时开封府在各通衢大街城门内外张贴告示，鼓励百姓捐输钱财，犒设金军。上纾国家之急，下弭家门之祸。这项捐款算是借贷给国家的。朝廷发给暂时不能兑现的茶盐钞以相准折，另给官告、度牒作为奖励。官告、度牒却是现卖现买，立等可取。开封府的煌煌布告上开列着官钱相准之数，计开：捐钱七千贯的授迪功郎（迪功郎是文官，以下都是武阶），六千贯的授承节郎，五千贯的授承信郎，两千贯的授进武校尉，一千六百贯的授进义校尉，一千二百贯的授进武副尉，五百贯的授守关副尉。这些都是虚衔，并非实缺，朝廷花的本钱无非让书吏誊写一道告身，盖上吏部大印，入籍注册而已，受官者最大的用处无非在身后的讣告、灵旛、柩头上列上一行皇宋钦授某某官阶的荣衔。卖空买空，付的代价却是不折不扣的实货，不能“一百省一”（宋人习惯，九十九文钱当一百大钱使用）。倒是捐钱一百五十贯的，授和尚证书“度牒”一张，要挂“紫衣”“师号”等法号的加捐五十五贯。度牒倒不是虚伪的，老百姓拿到它就可到各寺院剃度为僧，削去十万根烦恼丝，豁免了一切税款债务，落得个身心清净，四大皆空，划算得来。

既然成为买卖，买主自然要核算核算。这道告示贴出后，捐买官衔的一个也无，买张度牒回去的倒不少。闲杀了吏部，忙杀了礼部。王时雍、徐秉哲知道错了，知过必改，有错即纠，追加捐款至一千五百贯才给度牒一道。但开价太高，矫枉过正，老百姓想做和尚也做不起了，从此断了人民进财之路。

王时雍、徐秉哲两个每天都要在开封府厮见。那天领了萧庆的一顿臭骂回来，心里又气又急，把一股无名火迁怒到老百姓头上。

“两天中未卖出一张度牒，可见刁民难惹，不给他们吃点苦头，还不识本官的手段。”

“不但刁民难惹，”徐秉哲苦笑一声补充道，“满朝大僚也视朝旨若无睹。科派之数，一个未见纳官，辜负了我公对他们的一番保全之心。”

“如今大金逼拶甚紧，到了年底不效，唯你我是问。萧骷髅刚才不是说过了，”王时雍学着萧庆的姿势，一手指在自己的头颅，一掌猛劈下去（这个典型的姿势，使萧庆博得“萧骷髅”的雅号。以后北宋诸臣当面称他为“萧太师”，背面就称以“萧骷髅”。不久他自己也知道了，认为一掌猛劈就能代替八棱棍的当头棒喝，威慑宋人，十分得意，对这个雅号不以为忤），“到时不效，此物恐怕难保！大尹足智多谋，可有妙计回春？”

“事到如今，良平束手，还有什么妙计可施。”看到王时雍模拟的姿势，徐秉哲的心也不禁猛然一缩，他用力蹬一蹬朝靴，表示已下了极大决心，“今日之事，唯有大金之马首是瞻，‘根刮’全城官民的财物而已。”

他用力吐出“根刮”二字，好像吐出一枚刚拔掉的毒牙。王时雍呆了一呆，然后拊掌称善：“大尹的主意绝妙，此时不动手根刮，更待何时。难道拼得我你的头颅去保全他人之财物不成？”王时雍的主意来得较慢，行动起来倒是十分迅速的。他马上催促道：“事贵神速，不知道大尹来不来得及部署公人，最好今夜明天就在全城动手‘根刮’，刮得粉末不剩，涓滴归公，全部报效了大金，萧骷髅看了高兴，俺两个才得交差。”

"王尚书在说笑话了！东京城十多万民户，岂能一夕之间就动手根刮?"比他沉着得多的徐秉哲摇摇头，顺势刺了他一句，"记得元宵夜，尚书亲身去抄李师师的家，人役不集，反而落了个后手，无功而返。今日岂可不从长计议，开封府总共不过数百名使臣公人，如何包得下这等大事？下官之意，左言新权殿前司公事，正在兴头上，不如做个人情与他，让他与范琼带禁兵来协助开封府一坊坊地搜，一路路地抄。南城一带清明坊、清河坊商贾辐辏，正店大肆栉比鳞次，殷实的富户最多，不如先从那里抄去，先抄富户，再及小康。然后再去抄左近的街坊，一日一坊，一个月多也抄遍了。贫穷的也休叫他漏网，务必做到一户不遗，一个不漏，涓滴归公。王尚书你看如何?"

在具体问题上，王时雍都听徐秉哲的主意。两个兴兴头头地去找萧庆，说了自己的计划，并要求调动人手，宽限日期。萧庆不敢怠慢，立刻回大营向刘彦宗请示，转报二帅，当夜就给了王、徐回音，传谕嘉奖，日期准宽到明年元宵节。只有范琼另有任使，暂时不让他在这块油汪汪的肥肉上染指。

不过几天的准备，大规模的"根刮"运动就在东京城内一坊坊、一路路地展开了。

7

“根刮”这个词儿并非传统用语，靖康以前，北宋政府的文告中没有出现过这一词汇。即使在杀人如麻的五代时，杀了一个大臣，彻底查抄其家产，公私文告中不过说“籍没其家”而已，既不用这个“刮”字，更没有用那个“根”字。根刮是“外来语”，是女真贵族以及为女真贵族利益服务的奚、契丹及汉儿们发明创造，通过战争的暴力输入北宋的。

所谓“刮”，就是利用政权或依附于政权的各种势力从别人身上榨取油水。这是宋朝大大小小的官儿经常惯做之事，但不是他们常常愿意见到的字眼。

“刮”虽然习见常有，但是“根刮”这种行为还是很少见的。它违反儒家的传统思想，越出了基本上受到儒家思想支配的汉族官员们的道德范畴。

罩上一层薄纱的“刮”是被允许的，把一切都刮得光光的根刮却受到反对。儒家思想的一个要点是要为人们留点余地。人总归是人，即使他是奴隶，是天生受刮的人，只要不把他诛之于市，与众共弃，他就有活下去的权利。要动手术，也得给他留一只根，留一条尾巴，让他再生再长，这样才有可能进行第二次的刮、第三次的聚敛。在这一点上，不消说，先进的儒家比野蛮落后的女真贵族、契丹贵族高明得多了。

不管从什么角度出发，多少接受过一点儒家思想的王时雍、徐秉哲等人也不例外。在此以前，已有过几次在文告上来件照抄，写上了“根刮”这个新词儿，用以威吓老百姓，但直到自己的骷髅头受到真正的威胁时，他们才第一次认真研究这个词儿的含义，并且违背自己的意愿，加以全面的实施。

在他们上下一致、戮力协作下，根刮进行得相当顺利，执行中也格外野蛮、残暴，成绩斐然可观。第一、第二层主子不单看表面上火炽的程度（那当然也是很重要的），主要是根据每天的进账来考核成绩，决定对第三层的奴才传令嘉奖或者严词训斥，执行不力的当然还有更严厉的行遣发落。

从现在开始到靖康二年元宵佳节的一个月中，不，应该说从金军入城直到翌年四月初一金人撤离东京、大军去绝的四个月中，根刮无时无刻不在进行。高潮之后又有高潮，简直高到无以复加的程度。这是大规模的不流血的杀人。

根刮金银财宝以外的物资，开了第一炮的是马。

渊圣回銮后的第三天，萧庆就移文开封府索马一万匹。移文用于平行的机关，平行只限于文件的格式，就实际而言，萧庆的移文就是圣旨。王、徐奉命唯谨，反应神速，当天就在大街和朝堂上揭榜：御马以下并拘籍，隐藏者全家行军法，许人告，赏三千贯。在京除执政侍从卿监郎官许留一匹外，其余官民家马匹，不论牝牡骥驹，扫数入官，转送大金使用。

政宣以来，马政窳败，经常性的规章制度都被破坏了。朝廷专管马匹的机构太仆寺群牧司原在城外牟驼冈孳养良马两万匹，此时早已影踪不见。京师的好马良骥除内廷外，一时集中于侍卫亲军马军司。经过两次围城之战，禁军星散，大部分的战马或战死，或被人骑着逃亡，或被盗窃转卖，名为萃天下骑兵劲旅的马军司，这时既少军士又乏战马，只剩下少数羸兵以及一些老弱病残的疲马应付应付门面，勉强维持个机构而已。现在这几匹疲马也被征去，索性把招牌卸下来，撤销了马军一司，倒也清净。

官马征不到，只好在民间大索，开封府雷厉风行，马又是庞然大物，无法隐匿，不到几天工夫，民间用以代步、拉车，作为交通运输工具的马匹都被搜出来交公。东京毕竟是大城市，一索就得马七千匹，比较金人要索之数只打了个七折，这件任务完成得不错，受到嘉奖。

奉令前往金营缴纳马匹的使役都是从骐骥院的内监和侍卫亲军马军司的官兵中挑选出来的。他们多年豢养马匹，大半生都与马打交道，与马发生了感情，一旦要交出去让金人使用，不禁内愧于心。控马缴纳时，沿途受到老百姓的詈骂，有的还挨到老百姓投掷过来的砖头石片，他们都默默地避开去，有的悲从中来，索性挽住缰绳，坐到地下放声大哭。

老百姓有的不谅解他们，斥为甘心媚虏，愿做牛马，有的同情他们，相对挥泪。也有人尖刻地说："再过数日，连人也都要交割与金人使用了，何在乎这几匹马！你们倒有这许多不值钱的眼泪好流！"

老百姓失去了马，无人关心。这时官儿们也无马可骑，在严冬腊月中，有的徒步上朝，有的牵匹蹇驴入宫，颠仆溜转于冰天雪地的御道上。跌落于驴下的有之，摔跤于路上的有之，呼号喊痛于东华门内外的有之，洋洋大观，无奇不有，弄得朝纲大乱，不成体统。渊圣皇帝在他权力范围尚能顾及的情况下，大霈鸿恩，下旨慰问百官，并准许五品以上，年龄超过五十岁的官儿可以坐轿直入大内。

这可能是百官们从倒霉的皇帝身上得到的最后一次恩泽。

索马的次日，开封府秉承意旨，又揭榜勒令百姓缴出所有的武器。

东京向来不禁止民间持有防身军器，平民之家有两三把朴刀、一两杆长枪的本来就不在少数。城陷之日，溃兵们把自己的兵器抛掷在路上脱身逃走的很多，这些兵器多为百姓所收藏，估计数量甚多，不下于几十万件。军器不比马匹，藏在内室中不易为外人发觉。开封府和军器监联合出了一道告示，还是那几句老话，一应军器限于三日内尽数缴纳，否则全家按军法论处。军法论处这句话虽然严厉，使用得次数多了，已成具文，不能产生威胁作用。告示收效甚微，下达了几天以后，才有为数不多胆小怕事的百姓自动缴出一些军器，多属锈烂折坏的。有些神经过敏的人一看到告示吓得把切菜的、削瓜的、杀鸡的刀子全都拿出去，家中寸刃并无，以为可保安全。这样的人家毕竟是极少数。几天下来，缴纳的军器不过五千件，比马匹的数字还少，这自然不能取信于金人。

那天王、徐向萧庆汇报了索马的成绩后，微及征到的军器还不太多。萧庆对他们做了一个手势，示意缴纳军器的重要意义，要他们大事搜索。萧庆惯于用手势来发号施令，以弥补其难于达意的语言。有些手势简单，一目了然，有些手势复杂，不知所云，常使王、徐等人瞠目结舌，莫测深奥。让受役者陷于恍惚迷离之中，经常要惴惴然地去揣测奴役者高深的意图，唯恐猜错了受到惩罚，这也是一种高明的驾驭术。当下萧庆看他们不懂，又做了一次手势，两手握物，用大拇指、食指扳下什么来，在他脸上出现恼怒的表情，似乎谴责他们两个愚蠢，不解人意。

徐秉哲并不太愚蠢，他诚惶诚恐地想了一会儿就领悟出来，王时雍比较迟钝，不久也猜中了。原来萧庆的意思是说捕蟹者必须断其双螯才能捉到它，老百姓手里有了武器也好比是蟹的双螯，必须把它断了，才好生杀任意。

既然上面的意思要断其双螯，下面执行的自然要千方百计地斩断老百姓的双螯，搜出他们家藏的武器，一律交公，使他们一个个地都成为“没脚蟹”。这是执行上面的命令，也为了保护自己的安全。从深处想一想，要防止老百姓的反噬，固然也有其他的办法，毕竟还是折去他们的双螯八脚来得简便省事。

想到老百姓的反噬倒扑，自然会联想起赈济所的一干人。他们早已打听到在那三处赈济所，特别在吴革居住所在的同文馆内还藏有几百匹战马和大量军器，若把赈济所的难民、难兵都装配起来，足足可以编成一支万人以上的大队伍，这才是他们的心腹之患，单户独家藏些武器倒不怕它。他们向萧庆请示是否要派人去赈济所搜索，来它一个“连锅端”。

萧庆思索一下，又做了一个否定的手势，要他们暂且从缓。他对赈济所的顾虑较大，对王、徐拥有的虾兵蟹将则十分蔑视。这个显然轩轾的表情显示了奴役者萧庆在统治上成熟的程度，火候未到，他不能轻率地对实力派动手。

接着金人把尚书省所藏的《大内图》，兵部职方司所藏《天下州府图》，四方馆所藏的《辽国图》《夏国图》等捆载而去。这原是意中之事，把这些重要的图籍搁置，直到此时才拿走，倒令人感到意外。其实萧庆进入都堂时已经把所有的图籍都集中一处，派专人看管。渊圣回銮时，五名护卫的铁骑跟着进入大内，他们除李县丞李三锡后来专管封桩库外，其余的也各有所司。这一名渤海人大普荣就拨来专司图籍的保管，不怕宋人破坏、转移。

进城以后，应该做些什么，先做什么，后做什么，在轻重缓急、大小取舍之间，金人大体上都有成议，像图籍这样重要的资料，他们当然不会遗漏。

然后挨到公私库存物资，大中商肆的商品存货，金器、银器、铜器、铁器、锡器，吃的、用的、穿的，成品、半成品以及一切原料，无一不要。新春开始，老百姓早已没有心情在黄连树下听戏——苦中作乐，开封府却仍有这个闲情逸致，下令照前年之例放灯挂彩，如有偷工减料，依军法从事。当时谣诼纷起，盛传到了落灯之夜，金人将把全部花灯以及观灯的人一并收去。男人充为匠役夫子，女人一律输作营妓。那几天，开封府为了讨好萧庆等几个金人，依靠横一个竖一个的“军法从事”，强迫商肆民户、道观寺院点起灯来，仍在冲要之处，搭上几座鳌山彩楼。只是有灯无人，街路上冷冷清清，绝少参观者。妇道人家更是绝迹，连皤然白发的八十老妪也躲在家里不敢出门。

东京人抱怨靖康元年过了个无灯的元宵节，如今灯倒是恢复了，他们的心里更苦。试看这大街小巷凡是有灯之处，就有一些喝得酩酊大醉的金人经过，他们指指戳戳，胡言乱语，看到喜欢的花灯灯饰，摘下来就算自己的，不喜欢的也不放过，统统扯下来，放在地下践踏一顿。还用马鞭乱抽民户们紧紧关闭的门，威吓着要用火来烧他们，灯与人一齐遭殃。

唯一没有受到骚扰的地方是大相国寺。早几天住持僧守一，应斡离不之邀请，去刘家寺大营宣讲佛法，受到欢迎。斡离不邀他北行去会宁府为大金皇帝讲经说法。守一当场答应了，说要回寺治装。他不早不晚，不先不后，恰恰就在元宵之夕，沐浴坐化了，而且事先已经预告其死期和时辰。斡离不深为惊异，十六一早就派了一名大员率领二十一名随从前来扬蓝捧香诵佛，赐千缗以葬。

这名大员不肯在王时雍、徐秉哲面前吐露姓名，但看到他这副派头儿，再加上萧庆陪侍左右，毕恭毕敬的样子，就可以推想他的身份。可能他是进城来的品级最高的大员。从此王、徐也把他盯上了。一直到他离城以前，形影不离。

这位大员谢绝一切酒筵招待，也不肯到封桩库等肉厚膘肥的处所去转转，却要求到国子监去烧香礼拜先圣孔子，分明是个烧冷灶的朋友。

国子监就设在大相国寺以南、龙津桥以东，与太学、贡院鼎足而立，是宋朝的最高教育行政机构。这可真是一座冷灶，除先师孔子的牌位以外，全部物资，只有一柜柜、一箱箱的古旧书籍。当时正处在“根刮”的高潮中，很少有什么东西不在金人网罗的范围以内，唯独这些古旧书籍无人问津。那位大员人弃我取，当时就与王、徐商量，要把这里的书籍统统搬去，王、徐自然没口子地称好，还讨好地提出把国子监中所有印书的木版一并搬去，那大员点头称善。

“真是大王好见，小鬼难当，”王、徐二人不约而同地想道，“这位大员虽不知姓名，看他派头儿，定比萧骷髅高出几级。说话行事，却又如此和颜悦色，不比萧骷髅动辄训斥，翻面无情。如果金朝大员，人人如此，吾属无忧矣!”

那大员问起司马温公的后人可有居住在东京的?

“司马温公乃陕州夏县人，久官洛阳，他的后人散居陕州、洛阳二处。嗣子司马康早年已死家乡，京中并无后裔。”徐秉哲职司京尹，似乎肚里有一整本开封的户籍册，应答如流。可是万宝全书缺只角，偏偏把要紧的一点忘了。那大员用不但语音、腔调而且在语法上也完全汉化了的语言提醒他道：“现任工部郎的司马朴，可是温公后人？他莫非也住在洛阳?”

官拜户部尚书，目下兼领吏部的王时雍曾与司马朴同僚，熟悉他的情况，急忙补充道：“工部郎司马朴乃温公之族孙，现在东城内第二条甜水巷桐树子韩家对门小宅中居住。徐大尹一时遗忘，失于应答。太师要召他来，派个干办去足矣!”

“司马朴乃温公后人，岂可造次相召?”那大员正色回答，接着用熟练的契丹话吩咐萧庆。萧庆转译道：“太师吩咐你们派两名使臣去甜水巷站个哨，专为保护司马家，不作别用。”

不作别用，那就意味着韩家的三相公、五相公[1]宅邸不在保护之列。对司马氏如此优待，王时雍不禁又要发问了：“太师一再垂询司马氏之家，恩泽厚加，莫非与温公有亲有故?”

这却是个愚问。那大员身为女真血胤，如何与陕州人司马光联得上姻戚？而且

[1] 三相公、五相公指韩绛、韩维，兄弟相继为宰相，一门父子祖孙兄弟都为大官，是东京著名的世家。

[一] 韩绛、韩维之父韩亿封康国公。

时代也整整隔了一世，不可能有旧。那大员笑了一笑，还是客客气气地回答：“某与温公非亲非故，特以温公乃当代大儒，所修《资治通鉴》名高书林，誉传海外，嘉惠学子非浅。韩康公[1]岂足望其项背。今番二太子郎君特命某取《资治通鉴》数部回营，拟加细读。爱其书则敬其人，敬其人则兼及其后泽，非有他故。”

职司铨叙财政的王时雍和职司牧京的徐秉哲虽然都是巧宦，熟谙本身业务，却不知道《资治通鉴》这部书，更不知道它为元祐宰相司马光所修。听说太子郎君也要取数部回去细读，不禁大惊失色。而这位以“中原通”出名的女真大员忽然发现进士出身，做到一二品大官的王时雍、徐秉哲竟不知道《资治通鉴》这部书，这一吃惊比他们更甚，心想不料北宋朝廷竟有不知《资治通鉴》的大官员，自己这块“中原通”的招牌要砸了。他虽然不露声色，却禁不住要讽刺几句道：“想你家的一名太监在大相国寺行香，偶直秀才范冲，打听得他乃范祖禹之子，好生敬重，揖礼有加，称之为‘唐鉴儿’。范祖禹不过修《资治通鉴》中之唐史耳。大珰也知礼敬，何况司马朴乃司马光之侄孙，又非范冲可比。二位对他可要加意保护，勿使根刮波及他家，勿使役人无端滋扰，这件事就重重托给你二位了。”

大珰犹知礼敬修《唐鉴》者之儿，士大夫乃不知修《资治通鉴》者为司马光，怪道这个朝代就要灭亡了，完颜希尹心里这样想着。完颜希尹是金朝的元老重臣，立有殊勋，本身又精通汉文、契丹文，创始了女真文字，一向是完颜阿骨打手下的重要辅佐。伐宋之役，他官拜西路军的元帅右监军，是和粘罕、斡离不平起平坐的大员。这时他受命来东京负责文化方面的“根刮”工作，由于他的地位，非刘彦宗可以统制，不过他也划分界线，不涉利薮，不侵及萧庆的范围，双方各做各的，倒也相安无事。

国子监是他的第一个目标，接下来就要接管内廷中皇家所藏的名画法帖、铜鼎宝彝、石碑砖刻，等等。

道君皇帝一生辛辛苦苦搜集了比历代任何一个皇帝更多的贵重文物，庋藏在宣和殿内。禅位之际，他弃天下如敝屣，连宫女妃嫔也可以移交给儿子，唯独舍不得这部分宝物。当初与儿子讲好条件，它们全部归自己所有，搬入龙德宫，儿子不得染指。

辞职卸任的皇帝寂寞地深居在龙德宫中，日子十分难过，唯有翻弄文物以消遣长日。

这日，他正在临摹一幅名画，忽然徐秉哲带人进来，直截了当地说是要“根刮”宫内文物，尽输军前。这好像要剜去他的心头肉一样，他本能地把临摹着的那幅张萱的《虢国夫人游春图》原本塞进抽屉。偏偏徐秉哲眼尖，一眼看见了，非要他拿出来不可。

“这幅画老夫得之已有三十年，日夕临玩，时刻不离。大尹替老夫留下也罢。”

徐秉哲并没有为他的哀求所打动，还是硬邦邦地回答：“奉太师钧帖取龙德宫宝物，扫数入公，一件不留。臣职司京尹，岂敢徇情枉法，自干罪戾。”他口中还说出一个臣字，在行动上却毫不客气早把抽屉打开，一把攥住《虢国夫人游春图》，就交左右登记起来。

太上皇对自己的命运早有思想准备，但又像渊圣一样还抱着幻想。此刻看到徐秉哲凶相毕露，已知前景不妙。他只好硬硬心肠，眼看徐秉哲一件不留地把他的全部宝藏，捆载而去。他不由得挥泪数行，长叹一声：“人将不存，何有于物。”

“人将不存，何有于物！”把一切诿之于天数，这是从太上皇、皇帝以下以及许多被根刮的东京人共同的感叹。他们都不知道今天以后，他们还可能遭遇到什么样的命运。

第四十三章

1

在女真贵族的内部酝酿了一个多月的一场政治风波终于平息了，他们最后获得统一的结论：就是要张邦昌，不要赵皇帝。

自十一月底，金太宗皇帝传来谕旨要废赵立张，遭到前军统帅斡离不、粘罕的反对，斡离不立刻请他的叔叔阇母国王亲自出马，赍着他与粘罕的奏疏，前往会宁府。阇母是太祖皇帝完颜阿骨打的异母弟，生长兵间，多立殊勋，曾独自出兵平定高永昌[1]之难，攻下东京与沈州。后来连续攻下辽上京、中京、西京，都是首功。克燕之役，虽然没有经过战斗，他却带着太祖的硬军，仅比宋将马扩落后一步进入燕京城。金朝人一向夸耀的“辽五京我已有其四”其实多半是阇母的功劳。斡离不特派这位德高望重、勋业盖世的亲贵前去上京，无疑是希望他能说服太宗皇帝，改变其废立的朝旨。阇母本人也倾向于维持赵氏皇朝。

不过功勋阀阅并不是一直能起作用的，它有时被遗忘了，有时反遭到猜忌。在上京诸亲贵的心目中，阇母也不过为“前线之一将”。这些亲贵没有为平辽伐宋立过多少功劳，却占据了最重要最有权力的位置，阇母甚至没有机会觐见皇帝就废立的利害敷陈一番，就被打发和完颜斜也一起遄返前线。完颜斜也是上京亲贵集团的代表人，他凭着太祖太宗皇帝同母弟这个身份被预定为太宗的继承人，号称谙班勃极烈，还挂着伐宋两路军都元帅的名义，虽然一天也没有到过战场。他是主张立张邦昌最积极的人，唯恐自己的权威性受到前线将士轻视，采取十分坚决，甚至是毫无商量余地的顽固态度在军中宣布大皇帝的最后决定。

既然是大皇帝的决定，又由未来的皇位续承者亲自跑来宣旨，许多人改变初衷支持张邦昌上台。其中刘彦宗受到暗示最早，了解内部情况最多，因而主张废赵立张最力。他的倒戈使斡离不十分震惊。后来刘彦宗好劝歹说，使斡离不明白，他自己手握着一支大军，功高震主，如果在这个问题再有异同，必然成为众矢之的，而且难免要在草创未久的朝廷中引起一场严重的纷争，最后甚至会发展到以兵戎相见的程度。

刘彦宗的倒戈固然使斡离不的感情受到极大刺激，但他说的话倒也在情理之中，情况是明摆着的，他再要坚持保宋，势必与朝廷相戾。金朝内部本来就存在着不少矛盾，军政之间的纷争如果表面化了，这些矛盾都可能迸发出来，造成无可挽

[1] 辽末，渤海人高永昌据东京辽阳府（今辽宁辽阳）反，称大渤海皇帝，天祚帝先后以张琳、耶律淳讨之不克，后入沈州（今辽宁沈阳），为金军攻杀。

救的大分裂，两害相权取其轻。凡是开国的英雄一般都能够克制自己的感情，以理智代替感情。斡离不咽下了一口气，默默地表示同意了朝议。

粘罕原来也是主张保宋的，他的赞成或反对常常出之以争吵、相骂的形式。看起来，他好像永远是斡离不的反对派，实际上倒是他的追随者，许多问题都是如此，在保赵问题上尤其是如此。

这一次完颜斜也南下，在宣布朝旨前，先去找他谈话，然后再找斡离不。这大大出乎粘罕意料，由此他忽然想到上京方面并非事事都与斡离不一致。过去因斡离不的权势在自己之上，迁怒于他的后台，甚至怪到皇帝头上，现在想一想未免过分了，这一次可不是皇帝要拉拢他来打击斡离不！

“彼此拉拉打打，戏还待做下去，一切犹在未定之天，俺何必过早地担起心来?”今天粘罕第一次产生了“彼可取而代之”的想法，认为只要积极拥护朝议，就不难扳倒斡离不，成为两路军的最高统帅，这正是他长期追逐而得不到满足的欲望。目前，至少在目前，他还没有比这更大的野心。

追随斡离不，仍然坚持保赵反张，固然可使斡离不满意，保证两人之间的合作无间，追随朝议，主张废赵立张却可以取得朝廷的欢心，扳倒斡离不，实现自己多时来的理想，还可以博得继承的皇帝完颜斜也的好感。“两利相衡取其重”，粘罕既然有了这样的权衡，不难想象等到完颜斜也正式宣布朝旨后，他有怎样热烈、积极的表态了。

说到最后，他才想起张邦昌那副猥琐的样子，他看起来活像一条缩成一团、保护在树枝皮壳里的皮虫，他一生的努力就在于辛辛苦苦地把树叶皮卷起来，粘起来，紧紧地包起来为自己筑成一个安乐窝。他闻起来像一块布满蛆虫的酸乳腐，老远就闻到一股强烈的霉蒸味。

伐宋战争开始以来，粘罕亲眼看到被金军俘获的山寨义军首领石竫。当时他的双手双脚都被钉在一辆木板囚车上，却用一口唾沫回答他粘罕的劝降，接着又大声骂道：“爷是汉人，宁死不降作番狗。你识爷吗？爷姓石，石上钉橛，更无移改。”

怀州之陷，守城知州霍安国被俘，正待行刑，粘罕亲自劝降。霍安国清清楚楚地回答：安国是大宋之臣，未得官家文字，如何拜降？甘死如饴。

这二人，一个是百姓，一个是官员，都撞顶了粘罕，不愿苟活。粘罕杀了他们，却从心里敬佩他们。尤其是石竫那最后的一句话，叫他几夜都睡不好觉。

张孝纯凭太原城顽抗了九个月，拖住粘罕的腿，使他的声誉顿落，不能与斡离不相竞，粘罕心里却也敬重他。城破之后，张孝纯拜降了。从此他在粘罕心里变成一棵草。以后粘罕常当着张孝纯的面痛赞坚守不屈的王禀，用来讥辱他。看到他两颊发赤，要想辩几句又不敢辩的样子，粘罕心里痛快。

这个张邦昌呢，连张孝纯也比不上。如果张孝纯还可算作一棵草，张邦昌只是草上的一只小虫子。粘罕实在看不起他，不明白皇帝与谙班勃极烈怎么会看上他，让他来做南朝之主！

这一点倒是他的谋主高庆裔提醒他了。

“张邦昌固是阘茸庸奴，如南朝立了个英主，与我朝何益？倒不如庸奴易于驾驭！”

此话一语破的，扫除了他思想中的最后障碍。

斡离不用沉默表示同意，粘罕用热烈的反应表示同意。二位统帅如此，阇母、娄室、希尹以下对废赵立张一举自然不会再有异议了。接着在研究具体执行方案上，粘罕又提出许多建议：首先是把赵官家及道君皇帝骗到青城来，加以扣留。然后要宋朝百官议废立之事，总之是不使用武力，要渊圣自动让位，要百官自动拥戴张王，那时黄袍加身，军民百官高呼万岁，大事可成。

“赵皇手下也有有识之士，如不使用武力，他怎肯入壳，来到青城受羁？此事还待商量。”

不太了解情况的完颜斜也提出了疑问，粘罕毫不犹豫地回答：“此事容易。谙班有所不知，如今赵皇已成为我囊中之物，恰似一团和了水的面，要他方就方，要他圆就圆。明日让萧庆传话与他，说是要共议为大金皇帝加徽号之事，叫他与道君皇帝、宰相何㮚等同来，他们焉敢不来！”

“诸臣议会，必然众说纷纭，莫衷一是。怎得他们自己提出废赵皇，立异姓之事，知我大金皇帝已意有所属，要立张邦昌为王？此事难处。”

“这也不难。上月初翰林学士承旨吴开随赵皇同来，私下说诚愿为大金效死力。此事只要说与他听了，他自有安排。”

这两段话都回答得头头是道，人们听得出这是刘彦宗心中早有打算，借粘罕的嘴说出来罢了。完颜斜也听后，表示满意。斡离不还是沉默无言，不表示异议，这些具体的办法就算通过。

还蒙在鼓里，为自己的命运把握不定而发愁的渊圣皇帝的命运已由别人替他决定了。受骗出城，受羁青城，被废黜，被折辱，如果别人不让他马上就死，他还得受长期的凌辱。这条漫长的可耻的道路将一直陪伴他到底，直通进他的坟墓。

联系着赵皇命运的北宋王朝的命运也在这个会议中决定。它的死亡要爽快得多，只消挺一挺脖子，别人一刀就把它报销了。

2

渊圣第二次蒙尘，对军民百官宣布，果然是：为议加徽号之事，出城见两元帅。

渊圣本人是否相信这次出去真是为了议加徽号之事，这很难说。一方面他事前已与词臣集议，拟定了“继天集统，昭德定功，敦仁体信，修文振武，光圣皇帝”这样一长串有二十字的歌功颂德的徽号准备加在大金皇帝头上。下面的都是泛泛之词，要紧的是冒头四个字，承认他受天之命，膺承皇统，那就等于否认宋朝的天子皇统的地位，因而引起主管其事的太常博士华初平的反对。这个博士确实是个博览群书、不识世务的士人，国家已亡在大金皇帝手里，送他一个空空洞洞的尊号又值得几个大钱！何况金方派来的邀驾特使高尚书（他是粘罕的亲信汉儿高庆裔）、常住东京都堂办事的萧骷髅都在现场，官家、大臣谁敢说个不字。果然萧庆的脸色一沉，华初平的太常博士立撤，改派擅长文章的汪藻代替其任，要他连夜草定册文，明天随驾去青城备用。

高庆裔和萧庆的这番做作，倒使渊圣、何桌相信此行果真是为了议加徽号之事，他们放下了一半的心。拟定随驾的名单中有金人指定的郓王赵楷、宰相何桌、枢密使曹辅。翰林学士承旨吴开、翰林学士莫俦、兵部侍郎司马朴等。其中郓王是代替太上皇出城，司马朴由斡离不特别指定，有类乎“特邀代表”，临时把他从工部郎超擢为兵部侍郎。曹辅在宣和时以疏谏太上皇微行至李师师家出了名，“直声振于天下”，后来做了大官，几番为金人效劳，证明他走的是一条弯曲的路而不是什么直道。他被金人指定，性质与吴开、莫俦一样，是想派他的用场。

汪藻、孙觌两个都善于撰文，议加徽号本来是礼臣、词臣之事，派他两个去做具体工作，谁也没有异议。

随从中只有李若水一人是渊圣自己看中点了名的。李若水乃河北洺州人氏，尝为太学博士等小官。童贯的门客王麟知洺州，李若水疏论王麟贪污无耻，为祸乡梓，乞置重刑。后来金人攻洺州，王麟图叛，为州人所杀，时论若水有先见之明。高俅善终牖下，由于王宗濋的斡旋，渊圣令在朝堂上挂服举衮，以示轸悼，要给他一个好下场。又是若水反对，疏论高俅败坏军政，致金寇长驱，罪与童贯等，当褫官秩，示不给赦，不宜辱举挂之礼。渊圣听从他的话免举挂之礼。金军第二次南下前，他两次奉使粘罕军前，与粘罕直接打过交道，表现不错。金军南下，他被拘留军中，曾赋诗见志道：

胡马南来久不归，山河残破一身微。
功名误我等云过，岁月惊人和雪飞。
每事恐贻千古笑，此身甘与众人违。
艰难唯有君亲重，血泪斑斑染客衣。

这首诗传入京中，渊圣为之挥泪，还指着“每事恐贻千古笑”这句诗告诫何㮚、孙傅说：“时世艰难若此，卿等谋国，当虑深远，勿贻千古笑。”

一般说，凡是简在帝心的文武官员都不为当朝大臣所喜。吴革、李若水的情况如出一辙，都只能在小官中沉浮。如今渊圣点了他的名，作为随行的侍从，由于此行吉凶难保，即使十分相信金人诚意，真是为了议加徽号之事，也不敢保证随行者可以得到多少好处，因此大臣们没有十分反对他，还给他加上吏部侍郎的头衔，挤入侍从之列。

即使这样，渊圣的心中还是十分不安。他采取两项措施，都是第一次蒙尘时没有做过的。

第一，出行以前，他朝谒太上皇于龙德宫，在内心中未始没有诀别的意思，但皇帝是仁孝的，他的孝表现在尽量隐瞒事实的真相，勿使太上皇忧虑。这种掩耳盗铃式的仁孝，并不能真正解除太上皇的忧虑。事实上从徐秉哲逼宫，把他收藏的书画法帖、铜鼎彝器席卷而去以后，他对自己的命运已不抱多少幻想，不过在即将出城的渊圣面前也没有再诉苦的必要，只说得一声“吾儿此行小心”，竟相对掩面，挥泪不止。

同一天，渊圣又采取一个不寻常的措施，下旨以皇太子监国，以孙傅为留守尚书，梅执礼为副。孙傅曾说过“鸿门之会，岂可再行”的话，渊圣憬然有悟，下了这道诏书，表示皇帝也有可能被羁留不归。他还密告孙傅道：“我至番寨，虑有不测，当以后事付卿。可置力士司，招募勇敢必死之士，得二三百人，拥上皇及太子溃围南奔。我在番寨，不从其命，死生以之。”很难说这一条密计是渊圣自己想出来或是孙傅建议的。在当时情况下，金人罗网密布，羽翼已成，粘罕有“宋主插翅难飞”的话，要溃围而出并不容易。但单单出这个主意，却非有破釜沉舟的决心、置生死于度外的勇气不可。看来无论渊圣、无论孙傅都不敢出此危计。据另外的一种记载，这条计策的由来如此：

那天又是丁特起最先得到渊圣出城的消息。李若水曾为太学博士，与丁特起有师生之谊，平日最看重他，今日以此相告，丁特起急忙奔到同文馆来找吴革等人，一见面又痛哭流涕地高吟起杜诗：“天子不在咸阳宫……呜呼！得不哀痛尘再蒙……”

渊圣第一次出幸青城，丁特起就大哭过天子尘再蒙，那个“再”字是错的，实际是天子首次蒙尘。但他的预哭已成为事实，这次是真正的尘再蒙了。他在恸哭、高吟之余还有点得意地说：“义夫，俺上回大哭天子尘再蒙，不幸而言中，今日要再次蒙尘了。义夫看看官家此行凶吉如何？”

吴革斩钉截铁地回答六个字：“车驾出，必见留。”他立刻去见宰相何桌劝阻道：“此度驾再出，必坠虏计，愿相公奏上勿行。”

围城之役，何桌与吴革打过几次交道，格格不入，彼此都没有好感。这时何桌想道：“不在其位，不谋其政。国家大事乃宰相之职，与你这个小小的统制官何干？是谁多说一句话，漏了风声，又让他跑到都堂来嬲恼俺。”口中却不得不说两句好话：“二太子邀驾无他，只为要上加金国皇帝徽号，必不留也。”

“虏情难测，乌足取信？”

何桌晚晌间刚喝过半斤白酒，把个酒糟鼻头齇得更加通红。他实在不愿与吴革多谈，一半装疯作傻地唱起他拿手的小调来：“细雨共斜风，日日作轻寒。”

处在国破家亡的狂风暴雨中，宰相只看作“斜风细雨”，金人一天一个阴谋，把老百姓刮得精光，官家也快要成为俘囚，宰相也只认为是一场马上就可转暖的轻寒，好大的度量！

吴革看到何桌不可理喻，只得去枢密院见张叔夜，正好副相孙傅也在座，吴革把自己的几条办法说出来请留守有责的孙傅转奏圣上。这个时候再要拒绝出城，事实上是做不到了。渊圣采纳吴革以太子监国及募勇士护太子突围两项建议，托付孙傅以后事，然后成行。

3

一出南薰门，他们就立刻感觉到气氛险恶，大非昔比。

在城门口等待他们的还是那个生着一副笑嘻嘻的布袋和尚脸形的守将拔离。有谁试验过，从图画和塑像上，把这个老好人笑嘻嘻的表情抽掉，换上三分恼怒和两分轻蔑，他也可以成为不折不扣的怒目金刚的？当下他拦住一行君臣说：“尔等此去，自有我铁骑护送，随行侍卫都可留下。”

一批事前埋伏着的铁骑从关门内拥出来，熟练地摆成圆阵，把那三百名侍卫四面包围起来，缴下武器和马匹，一起撵入城门。

然后拔离恶狠狠地喝一声：“尔等可以走了。”他自己挥起长鞭，有力的一鞭，打在渊圣的马屁股上，鞭梢甩及御衣。马匹放开四蹄，泼剌剌地大跑，渊圣不防在马上一闪，亏得李若水急忙上前扶持，才没有颠下马来。

渊圣上次受到的是一个被俘获的皇帝的待遇，那仍然还是一个皇帝，这次受到的是一个行将废黜的皇帝俘虏的待遇，皇帝不存在了，规格自然大不相同。金朝是一个新兴的政权，金军是一支组织性很强的军队，上面有所决定，自粘罕、斡离不以下到拔离，到护送的铁骑莫不贯彻执行，不打一点折扣。从拔离的善眉弥勒、怒目金刚两种不同的表情中就反映出这个政权、这支军队的高效率。

上次那一鞭还可以推说是底下人无意甩及，这一鞭却看得清清楚楚，是拔离自己用力挥舞的，渊圣对自己的命运已经明白一大半，多时来存在的幻想至此全破灭。

在潜邸[1]几年中，渊圣读了不少书。至少，王时雍、徐秉哲不知道的《资治通鉴》，他是知道并且细读过的。当时他虽已正名为太子，由于兄弟郓王赵楷的积极活动，王黼大造声势，他的皇帝做得成做不成还在未定之数，但有一种奇怪的预兆，即使他做成了皇帝，也可能是个亡国之君。现在回想起来，他读《资治通鉴》印象特别深刻的是西晋最后两个皇帝怀帝、愍帝（都和他一样非残暴淫虐之主而是善良懦弱之辈），被匈奴刘曜所俘，青衣行酒。梁元帝湘东王肖纲（他以读尽古今之书自诩）为鲜卑人于谨所俘，几个长大胡人反扭他的两臂，押送就死。当时就怕自己落到这个命运。东京城破的几夜中，他夜夜都从噩梦中醒来，梦中自己穿的那件青衣，扭着他双臂的那几个胡人都有了固定的颜色和形象，必得侍寝在旁的

[一] 皇太子在正位前居住的宫室。

朱皇后拍醒他、安慰他才定下神来。不想这个命运今天还是不可避免地来到了。他看看随行的郓王赵楷。赵楷也读过不少书，曾中过殿元，知道渊圣心里想的是什么，也明白自己未来的命运。兄弟俩当初钩心斗角，势如水火，今日在毁灭的道路上，骈马并进，彼此黯然地你看我，我看你，看了一眼又急忙低下头来，无限怅惘，无限惭愧，却不能用语言表达出来。

这种气氛，只要不是白痴，谁都会感觉到。随行诸臣虽然各有各的心事、各有各的打算，但他们都不是白痴。他们有的已打定主意拼一死，殉主报国；有的明知事情已坏，还下不了最后决心，希望苟延残喘；有的看到了自己的光明前途，兴致勃勃，准备去做个新朝的佐命功臣。

其中宰相何桌处境特别尴尬，他既不打算卖主求荣，更没有一死殉国的决心。他一向说惯了大话，割三镇之议起，朝臣讨论，他说：三镇国之根本，奈何弃之？又说：河北之民皆吾赤子，弃地则并其民弃之，岂为父母意哉！说得何等漂亮，因此舆论翕然，他本人也升为资政殿大学士兼领开封尹。金兵南下，宰相唐恪主张弃京城西幸，徐图恢复。他引苏东坡的文章说，“周之失计未有如东迁之甚者”，大惬渊圣之意，立刻任为首相。京城失守后，他自以为与金人折冲，很有办法，任金人漫天讨价，他只消略有应酬，就能把金军打发回去，三寸不烂之舌，胜于十万雄师。昨天他还在吴革面前夸下海口，说二太子必无异图，车驾此出，不日可回。看来他自己也是这样想的，不仅仅是敷衍之词。

今日以来，形势大变，车驾刚出宫门时，张叔夜匍匐阙前，叩马泣谏。渊圣低声说：“朕为生灵之故，不得不亲往！”张叔夜恸哭再拜，已挽不住官家的缰绳，他站起身子，踉跄走了几步。渊圣回过头来，称呼他的别字道：“稽仲努力！”

这时张叔夜还来得及与落在后面的何桌说两句话：“国事如此，文缜身为宰相，好自为之！”

张叔夜的声音似在哭泣，炯炯的目光恰似两支利剑要刺穿何桌的心。但何桌的心被一层油脂包裹着，即使张叔夜的剑锋十分锐利，也刺不进他心脏的内层。

何桌反对割三镇，但必要时他不反对把东京城送给金人；他主战，但必要时他讲和比主和派还积极。他一生以说漂亮话起家，目的倒不一定为了猎取大官，只是大官自己送上门来，他没有加以拒绝罢了。

现在已到了最后关头，他并不认为此去是为卖国，当然也不想殉国，能活下去最好，一定活不下去时，他也不拒绝别人一定要硬加给他的死，这是个没有原则的人。历史的错误，在国家危亡之际让他出任艰巨，一身肩天下之兴亡。

这样的人，要不称之为“白痴”，似乎有些不太公平了。

渊圣一行人去的目的地与上次一样还是青城斋宫。

青城在南薰门外正南十余里的地方，原是宋朝历代皇帝郊祀祭天的处所，那里有一座造得非常讲究的郊坛，坛高三层七十二级，坛面方圆十丈左右。皇帝每年冬至日都要率领皇子、大臣到这里来祭祀昊天上帝和太祖皇帝。为了表示对上帝和太祖的虔诚，按照字面上的规定，冬至前三日皇帝就要住宿在郊坛附近的“斋宫”内，清心寡欲，不食荤腥三日，称为斋戒。斋戒的由来甚古，有人引纬书“黄帝请问太一长生之道，太一曰‘斋六丁可以成功’”为斋戒之始。黄帝轩辕氏是道教的始祖，在道教上的地位比老子还要高出一头，好像是后者的太上皇。黄帝又是宫室车马衣服等一切生活起居用具的发明人，可见得斋戒一举几乎是与人类物质文明共同开始的，太一乃上帝之别称，六丁玉女为道教中的女神，由此证明斋戒与道教有关系而并不联系外来的佛教。

宋朝皇帝虽然重视郊祀之礼，但徽宗以前除郊坛之外，并无其他重要的建筑。皇帝行礼时，只用象征性的布幕，画着城墙砖砌的图样，把行礼者一行人围起来。皇帝斋戒时也没有专门建造的斋宫，而住宿在临时搭起来的帐篷内，称为大幕次、小幕次。

这些布幕帐篷都用青色的布制成，围起来时好像平地竖起一座城池，所以称之为青城。

青色本来是道教特用的颜色，好像黄色是佛教特用的颜色一样。看到黄色就令人联想起和尚住的寺院和穿的袈裟，看到青色就令人联想起道士青灰色的道袍和祷告上帝用的祝文，它的专用名词就叫青词。

宋徽宗凭着过人的聪明，把青城和道教联系起来。他在位二十多年中，道教大盛。著名的道士王老志、王仔昔、林灵素、徐知常等都获得了崇高的封号，介入政治，与六贼及其党羽沆瀣一气，权倾当时。徽宗受道士的册封为教主道君皇帝，宠妃刘氏受册为九华玉真安妃，大造道观，遍于天下。原来因陋就简的青城，这时也大兴土木，建造了美轮美奂的端诚殿、结构精致的斋宫。

富于聪明才智的徽宗不但是人间也是天上的皇帝，他把生前身后的位置都安排好了，真是周到得无以复加。

想不到军兴以来，城外郊区都被金军占领，华丽的端诚殿成为粘罕的居处，渊圣皇帝第一次出城只好住在斋宫。那一次他也好像斋戒三日，清心寡欲、不御荤腥，到了第三天果然受到粘罕、斡离不的接见，受到一个亡国之君的待遇，还算是差强人意。

这一次，连斋宫也不让渊圣居住，他被打发到“大幕次”，还不是皇帝、皇子们更衣的宫室而是让小内监歇歇脚的简陋的斗室内，侍从臣僚及服侍他起居的小内监则被分配到更加简陋的“小幕次”去居住，两者距离虽近，但有岗哨监视，不准他们相见，把他一个人孤零零地撇在斗室中过着地牢般的生活。

渊圣生于元符三年四月，那时哲宗皇帝已经驾崩，徽宗刚嗣位三个月就生下元子（皇长子），视为吉兆，非常高兴，一落地就封为韩国公，次年封京兆郡王，大观元年晋封定王，政和五年封为皇太子。他童年的命运是一帆风顺，福星高照。后来由于宫廷中的种种原因，母子俩都失爱于徽宗，命运逆转，但在生活起居上当然还是重鼎而食，重茵而寝，宫奴随侍，女使围绕。活到二十八岁，从来没有一天单独睡在土炕上，吃着汉儿士兵吃的粗粝的馍馍，喝一口腥膻难闻的乳酪，过得像今天这样狼狈。

渊圣来到“大幕次”住定后，一连几天都没人理睬他，送饭送浆的，东西放下就走，不与他交一语。看来金人还有许多准备工作需做，不等废立之事有个头绪，不愿提审这个俘囚，存心让他多吃点苦头。

随行诸臣，虽然生活待遇不比他好多少，但大家挤在一起，看守的金人不禁止他们说话，那处境比皇上要好一点。他们打肿了脸充胖子，以安定人心为理由，要求金人同意他们传一道假圣旨给王时雍、徐秉哲，晓谕城内百官军民知道。假圣旨内强调军中供帐膳馐皆“如法”——一切都符合礼节上的规格。宰执从官次舍皆温洁，礼数优异，只因金帛数少，商议未定。仰疾速催促，务要数足，一两日内，必定驾回，保无他事。

这一道冒充御笔亲押的谕旨特别强调金人供应丰腆，礼数优异，正好说到了事实的反面，颇有此地无银三百两的味道。

渊圣蒙尘的第三天，宋朝一个礼部郎官押送皇帝行大礼时御用的冠冕前来金军前交纳。看来大金皇帝对于这种累累赘赘前后挂着不少珠玉的冠冕也发生了兴趣，特旨要索。管事的官员不敢怠慢，唯恐有错，特别写了一个字条要那郎官让渊圣亲自看一遍。凭着那个字条，郎官居然撞到渊圣的住处，没有受到留难。那时已过黄昏，郎官在一道破旧的棉帘子外跪拜起居圣上。渊圣在孤寂中乍闻有人声，吓了一跳，他自己擎了一盏油灯，揭起帘子出来。一看是个汉官打扮的人，旁边又无监视的金人，放下了心，问道："卿是何人？"

郎官叩头实对。渊圣真像见了亲人一般，一把把他搀扶起来，问他："卿曾晚食来否？"

"臣未曾食。"那郎官回答得倒也老实。

渊圣看看木盘中只剩下半个又冷又硬的馍馍，他掂了一下，觉得拿不出手，指着窗外的一溜房间道："此乃宰相幕次，去此不远，卿可往就求晚食。"然后又向四下一望，低声道："如无人阻格，卿食了后，却来此处睡。"

过了一会儿，郎官食罢又来。此时油灯已灭，在墨黑中，听渊圣说话："灯火已灭，朕口渴得紧，卿再摸到宰相幕次，取个火来，兼为朕带盏水。"

郎官第三次入室时，才看清楚这是一间灰墁剥落、尘封蛛网的小室，窗隙漏缝，尖利的西北风不断吹入。一张土炕上只有两条粗毯，并无其他寝具。此外，室内的用具也都撤去，只有一张小杌子和两张破旧的倒是绣了花的坐墩，供他吃饭座次之用。

"事到如今，还讲甚礼仪？卿可睡到土炕上来。"渊圣说着就把一条毯子分给他。那郎官岂敢睡下？他披着毛毯在绣墩上坐了一宵。渊圣倒是睡着了，只是睡不安稳，一夜间醒了几次，又通宵咳嗽不止，每次都咳得声嘶力竭，好像要把心肝肠肺都呕吐出来。第二天，天色微明，二人都已清醒，渊圣哪有心思再细看冠冕，只溜了一眼就说："卿把冠冕交割与番人，就说朕都看过了无讹。"然后惨然地加上说，"卿今日还能回到东京。朕命悬别人之手，不知尚有税驾回京与卿等再图相见之日？卿回去善自珍摄，得机把朕一夜的苦况说与皇后知道。"

郎官回到小幕次，略述情况，不料宰相何桌暗示他：此中人语，不足为外人道。好像他们真的还处在不知有汉、无论魏晋的桃源仙境中，其乐融融，其乐陶陶。及至那郎官回到东京复命后，要求见皇后密奏。王时雍、徐秉哲问明原委，严厉警告他不得妄言，如有一语妄传，唯你是问。

这个郎官天良未泯，他虽没有机会面告皇后，却在亲友同僚之间，一五一十地把渊圣的苦况都照实说了，戳穿了那道假圣旨中的鬼话，这才使东京人明白了事实的真相。

4

一天，小内监刘当时飞奔而来，兴冲冲地奏禀了一个大喜讯：随行诸臣得知渊圣咳嗽中寒，十分着急，李若水与金方的监视官力争，后者同意诸臣今日晚晌到“大幕次”来起居渊圣。

这当然是个好消息，渊圣乍然色喜，好容易盼到晚晌，君臣见面后，不禁悲喜交集，其中有几个哭出声音来，渊圣自己也挥泪不止。在这种时候，人们很容易用哭声的高低、哭泣时间的久暂来判断别人对他感情的厚薄。渊圣也未能免此，他匆匆一眼，看见哭得最伤心的是汪藻、孙觌、吴幵三人。曹辅随班行止，他起哭、大哭、戛然而止哭都好像有人在旁赞礼一样。李若水干哭了几声，哭得响，止得也快。只有何桌鹤立鸡群，一声不哭。他是首相，岂肯随众沉浮。

郓王没有看到，渊圣早知道他另住别处，不与诸臣在一起，司马朴也没有看到，他原来沉浮郎署，并非文学侍从之官，渊圣对他的印象不深。令人奇怪的是莫俦也没有看见，他是翰林学士，多与朝廷接触，这一年多来异常活跃，是出头露面的人物，今日为何没有出来？渊圣悄悄地问了刘当时。刘当时悄悄回答：“司马朴由二太子指名要索，已送到刘家寺金营中。莫俦么……”刘当时把眼睛瞟着吴幵，渊圣会意就不再问了。刘当时再悄悄地说：“今日门外金人环立，他们大都听得懂汉语，大家说话要小心点儿。”

这一句话说明真相，怪不得哭过一阵以后，大家都保持沉默，显然是顾虑很重。何桌不愧为群臣中的领袖人物，他灵机一动想出了一个点子，说道：“圣情不悦，群臣当有以娱侍官家，臣请官家赐题赐韵，诸臣赋诗遣兴。”

渊圣同意这个建议，当即指定何桌作《即事诗》，限定要用三百字，不限韵。

自命为李杜韩白再世的何桌却不比在金殿上赐烛应试，夺得魁元而归。他搜索枯肠，拈断了几根髯须，竟然一句未曾想出，只好老着面皮打退堂鼓，说：“车驾未有还期，臣等忧懑无聊，而三百字非立谈可办，容臣退思，以俟他日。”

赋诗三百字，渊圣无非是考验考验这个状元公，见他认输，就收回成命，改命词臣孙觌、汪藻二人以“回”“归”二字为韵，各赋一律。

“回”“归”二字为韵，官家的含义何在，不言可喻。孙、汪二人真是当行专家，一题在手，口中微吟，心神俱化，已经忘却了身外的恐惧、祸患。不多时，二人的诗都已有了。

孙觌的警句是“时”字一韵：“噬脐有愧平燕日，尝胆无忘在莒时。”

汪藻不甘落后，也在这个“时”韵上用功夫，他的二句是：“虏帐梦回惊日处，都城心切望云时。”

文人习气，大家读了，少不得要说些切时切题、钦佩拜服的话。只有渊圣圣容惨然不乐，他反复诵哦了几遍，忽然搜肠刮肺地咳嗽起来，一时面红耳赤，青筋绽露，停不下来。

群臣这才想到，今天来的目的并非赋诗遣兴，而是起居圣躬，问病道安。讲究实际的曹辅忽然从衣兜里取出一盒丸药，奏禀道：“臣素有河鱼之疾，随身带有理气润肺止咳丸，素著神效。顷知圣躬违和，特以奉献，官家服了，必有奇效。”

渊圣收下了，这时忽听到李若水在门外与番子们大声争吵的声音，似乎还有动武之势。大家都替他捏一把汗。不久李若水高高兴兴地回进房来，后面跟着一名小番，手里捧了两条毡毯，这是李若水向主管的金人争取得来的，铺在土炕上作为垫被。这样渊圣就有四条毯子可用，得益匪浅。接着李若水又解下自己身上的毛衣，披到渊圣身上。群臣也纷纷解下衣服来，渊圣急忙把他们止住，说道：“朕有此毛衣已足，此地苦寒，诸卿自己服御要紧，时已深夜，朕要安息了，诸卿回去，他日再图良会。”说着就把他们麾退。

第二次的良图再也等不到了，接下来是一连串触目惊心的事实：金人通过它的代理机构，把太上皇以下的赵氏宗族，不分亲疏、不分男女老幼，一一拘捕起来，押送军前。

这个代理机构使用起来实在得心应手，即使还没有立上张邦昌这个傀儡皇帝，凭着刘彦宗——萧庆——王时雍、徐秉哲——左言、范琼这条线上下掣动，就可以做到他们希望做、愿意做的一切事情。金朝亲贵人人对刘彦宗满意，甚至有人提出何必立张邦昌为大楚皇帝？立刘彦宗为大汉皇帝，或者再加上个大梁皇帝萧庆为共主，三人分治南朝之地有何不可？

大楚这个国号还是刘彦宗建议，由完颜斜也带到军前来宣布的。由于在历史上，以楚为国号的朝代从未统一过全国，而且也没有人视楚为正统。立张邦昌为楚国皇帝，那不但在事实上，并且在名义上也属于附庸的性质。这是先给他定了性，省得日后他夜郎自大起来，含有深意。

金朝亲贵不懂历史，不明白其中的奥秘，仅仅因为刘彦宗姓刘，可能为刘邦之后，就提出大汉的国号。刘彦宗要做了汉朝皇帝，置大金于何地，岂非要它退为匈奴的地位？再则汉为火德，火能克“金”，从五行相克的道理来说也万万不能用这个“汉”朝。

金朝亲贵头脑简单，哪知道汉儿们有这多少副肚肠？他们去征求刘彦宗的意见时，刘彦宗谦逊不遑。并且表示如万不得已，正位封帝，也绝不能以汉为号。

立萧庆为梁帝，也因为他姓萧，可能是萧道成、萧衍[1]之后。不过萧庆为奚族人士，原姓述律，后经耶律阿保机赐姓为萧，这个冒牌的“萧”如何能与南朝兰陵人的萧氏搭得起界来，岂非南辕北辙？不过提议者也有点意思，不标榜萧庆是奚族，反而附会他是汉族子孙，皇家嫡胤，可能容易为广大汉族人民所接受。

立刘彦宗为帝，或立刘、萧、张三家分宋，这两条建议送到上京都被大皇帝留中搁置起来了。刘彦宗、萧庆暂时做不成皇帝，但上京方面不是断然否决而是留中搁置，那意味着事情并不到此为止。有朝一日，张邦昌不合金廷之意随时可以废黜，他们可不都是现成的候补皇帝了。因此他们对于废立之举，仍然十分卖力，粘罕一张口要“清宫”，他们立即行动，不到半个月的时间，把太上皇、太上皇郑皇后、太子、朱皇后、各级妃嫔、内夫人、诸王、王妃、驸马、公主等赵姓宗族两千多人全部搜捕扣押，送到金营。后来粘罕又嫌“清宫”得不够彻底，再次扩大范围，把宫女、内侍、在内廷供奉的各专业人员、工匠、役夫囊括而去，经过这几次彻底出清，等到张邦昌来接收内廷时，实际上只剩下一些老弱病残，仅能供洒扫宫室之用的白发阿监和病废宫娥，而那些宫室早已是污上加污，臭而又臭，根本不需要打扫洗洒了。

[一] 南朝齐、梁两朝的创始者。

5

宣和八年正月初三夜，这个刚刚“举长子自代”，还不习惯使用靖康年号的“致仕”皇帝徽宗赵佶帝匆忙逃出东京，径奔亳州上清宫“进香”。

在亳州途次，船泊野航，他们暂时登陆，在一所古寺中宿夜。那夜帘雨潺潺，他梦魂不安，蓦地想起李后主“梦里不知身是客，一晌贪欢”的词句，就无法入睡。他从头检点起目前的处境：皇帝宝座已让给儿子，东京城受金军包围，命运难卜，很可能就在他此刻的转侧无眠中，东京城内外火光烛天，喊声震地，已被攻破。那时家国两丧，宫室不保，还有他多年裒集宝藏的古书古画、彝器法物，随身携带无多，自然都将化为乌有。除郑皇后外，妃嫔、帝姬、皇子随行的也只有寥寥数人。如果东京失陷，只好让他们自为生死了。

当然他最最不放心的还是那个宝贝李师师。临行前，他打发内侍黄经臣去镇安坊邀请同行，不料黄经臣回来说师师病重，无法随行，劝他途次“保重”。师师说得决绝，她既决心与东京城共存亡，那么这口信可能就是她的诀别之词。他把“保重”二字当作珍贵的纪念品缄藏在心底（他绝没有想到师师的原话并非这情意绸缪的“保重”，而是词义十分严峻的“自重”）。此刻他又把那珍藏品翻弄出来，一番抚弄、一番摩挲，不禁百感交集，黯然神伤。此时不但不能入睡，也不想再睡下去了，就轻轻起床，剔亮油灯，用手在那积垢蒙尘的书桌上抹了一下。野寺简陋，设备很差，幸喜文房四宝倒是有的。他慢慢地磨着墨，又哈一口热气，把那冻僵的笔头化开，不多时就吟成一首《临江仙》，写在一张揉皱的废纸的反面。

词是本色白描，弥见情真景真。词牌用的临江仙，这座古寺确实造在淮水之滨，不过这个“仙”绝不是受尽人间烟火供养，祥云缭绕的神霄帝君，而是一个吁天无路、入地无门的遭受劫难的散仙，词的内容当然是凄苦的：

过水穿山前去也，吟诗约句千余。淮波寒重雨疏疏。烟笼滩上鹭，人买就船鱼。

古寺幽房权且住，夜深宿在僧居。梦魂惊起转嗟吁。愁牵心上虑，和泪写回书。

[1] 北宋时以河南商丘为南京。

这里要加上一条注脚，被愁牵住的心上之虑，当然是在京华的师师，而非其他。但师师并未捎信给他，实际上他是无书可回，而他的这封回书也永远寄不到“伊行”了。

太上皇很不喜欢周邦彦之为人，但填词却受到他的影响。周邦彦有一首脍炙人口的情词：“……最苦梦魂，今宵不到伊行。问甚时，说与佳音密耗？寄将秦镜，偷换韩香，天便教人，霎时厮见何妨！”太上皇这时心里想的就是他们梦魂相通，他这里一纸飞去，她那边已飞舸而来，二人就在淮甸，就在这间古老的僧寮中霎时厮见。这对别人又有何妨？

但他等不到那样的一次欢会。

四月初，太上皇回銮，枢密使李纲远赴南京[1]迎銮。太上皇意有不足，退回不进。李纲弥缝于父子之间，为他们安排了一个戏剧化的父子会。那一天，太上皇进入宋门，渊圣已在城门口跪迎銮驾，把太上皇一直送进龙德宫。太上皇头戴一顶白玉并桃冠，身穿销金红道袍，两者都是道教的装束，虽然穿着不伦不类，却符合他道君皇帝的身份，同时表明他今后一意修道，不再干预政治，使渊圣放下心来。

不过真要做到一心修道，不问政治、不问外务又是谈何容易。

第一，他一再派老内监黄经臣去找李师师，得到的回音是师师已经搬家，镇安坊人去楼空，连李姥也不知飘零到哪里。看来师师是有意躲避他，不让他踪迹到她的行藏，黄经臣到处寻找，都得不到线索，真是“踏遍京华三十里，不知何处隐师师”，他与师师的最后联系中断了，这使他惆怅不止。

第二，在他回銮前后的几个月中，朝野响起一片声讨六贼声。言官们弹章不绝，大官小官都要在这个问题上表态。打落水狗的人到处都有，既然皇帝已经下诏，本来应为至尊讳的一些话现在已无所顾忌了，后来越说越凶，似乎祸国殃民的根子就在他身上，简直使他无地自容。仁孝的皇帝竭力安慰他，一再表示要处分几个言辞过于激烈的言官，并且频繁地前来龙德宫朝谒，努力不使自己成为唐肃宗之续。那唐肃宗趁父亲玄宗皇帝避兵入蜀的机会自立于灵武，硬挜一个太上皇给玄宗，后来内慑于艳妻张皇后，外迫于权阉李辅国，拒绝朝见玄宗，两宫间造成不可弥补的嫌隙，玄宗最后是否得到善终，还是半夜三更被人割断脖子，剔去喉骨，迄今还是一宗历史上的疑案。渊圣的表态固然使太上皇满意，但在具体行政措施中，却不是那么一回事。几个月间，蔡京、蔡攸、童贯、梁师成、李彦、朱勔等先后被流放或明正典刑，还割下头颅，装在水银瓶子中号令示众。殃及池鱼，连带谋国谋敌、仍有劳苠的赵良嗣也被处了死刑。朝廷明旨公布他们的罪名，都隐隐约约地点到太上皇，不为他留些余地。每次行遣发放，他都像同案犯一样要心惊肉跳好一阵子，日子很不好过。

谴责还及于他的亲信内侍，除了手长脚长的张迪，已经跳入龙门去服侍渊圣外，陈思恭、萧道等十名与政治无关的贴身内侍都被撵出龙德宫，还奉严旨，以上诸人并行贬黜，不许入宫门，敢留者斩。

以后太上皇个人生活也受到限制。他每每写张字条，自称老夫，称渊圣为陛下，要求支付若干两白银，若干缗大钱颁赐左右。渊圣答应得爽气，当场现钱相付，但受赐者一出龙德宫大门，宫门令就已知道，立刻派人来搜腰包，连赏赐带自己的囊储一律缴出来充公。几次下来，没有人再敢接受他的赏赐，免得做一笔连本带利一起蚀光的赔钱生意。

宫门的防卫加紧，臣僚未奉旨意，不得随意入谒，后来又扩大了范围，除规定的节日外，皇子帝姬也不得入宫。他自己偶然想出宫走走，宫门令也会想出种种理由阻拦。他的会客权、微行权都被剥夺了。

道君皇帝从来不是潜心修行的虔诚道友，也不是一个安分守己的皇帝。在位时，他不能安官家之分，退位后又不能守太上皇之己。自从赏赐权、微行权、会客权先后受到褫夺后，他在深宫中实在感到太无聊了。当时只有一个人被特许入宫。当然还是悄悄地进出，尽量避免受人注意。如果有所赏赐，完全是太上皇自掏腰包，免得在门口被人搜去。这个特殊的人物就是赫赫有名的妓女赵元奴。

失势的皇帝与过时的妓女混在一起，倒也门当户对。太上皇以赵元奴来代替他内心很不喜欢表面上又不得不加以尊重的太上皇后郑氏，心中感到满意。赵元奴自元宵抄家受辱于王宗濋后，身上的疮痍虽已平复，心头的创痕犹未愈合。王宗濋是当今的舅爷，是台面上的人物，她虽然痛恨他，却没法报复。她已受摈于子党，只好托庇于老子。凭着妓女的特殊敏感，她一眼就看到两宫之间的矛盾以及两种势力的消长。太上皇被逐出政治，其他的权力也都被削减了，但要保护一个妓女的力量还是有的，她甘愿进宫来受庇于太上皇。

就中只有郑皇后不大高兴。她还是像过去一样，表面上雍容华贵不露声色，内心中却是醋波翻腾。她通过已在内廷服役的老搭档张迪，张迪又通过很有权威性的内侍都知邓珪进谗于渊圣。渊圣明知道这是事实，但他确是仁孝宅心，想到太上皇已经失去皇位，失去一切，不让一个他中意的女人陪陪他，叫他如何度此长日？

他不愿再去伤太上皇之心，只是点点头表示知道了，过了半晌，又关照邓珪此事休得在外面声张，这等于是对这件事的默许。从此赵元奴与太上皇的往来算是过了明路，无人再可干涉，她就长期住在宫内，与太上皇厮伴。

可以用赵元奴的厮伴来代替郑皇后，在这段时期中，道君皇帝甚至也忘记了多时寻找不到确讯因而逐渐淡化了的李师师。过去的许多甜言蜜语，赌神罚咒，本来都作不得数，皇帝的爱情是靠不住的。他只不过是口头上的永恒情人。

此外他也不是一个有出息的艺术家。他虽然一生崇拜李后主，以李重光的后身来比拟自己而感到光荣。李后主失国后写了不少足以千古的篇什。太上皇失国后，也曾自夸说“吟诗约句千余”，但从镇江回京以后，他以侘傺无聊为借口，实际是沉溺于对赵元奴的情欲中，没有心思再去写诗作画，他的艺术生涯基本结束了。

这一段家国丧乱、祸患频仍的生活本来可为他提供不少艺术素材。失之于政治的可以取偿于艺术，所谓“诗穷而后工”。可惜他贪图一点小小的欢乐，实际上是享受一点生活中仅存的余沥，把这段时间白白浪费掉了。从这点来说，他也比不上李后主。

这个太上皇性格上的特点是得意时步步进逼，不可一世，失意时步步后退，苟容自安。他可以适应一切为他安排的环境。没有皇帝可做，只要与赵元奴长此厮守，倒也过得下去。不过这种好日子也没有几天可过了，他自己心里未始不明白。

一个月前，徐秉哲带着一批人前来逼宫，勒索文物宝藏，同来的还有个不愿透露姓名的金方官员。他态度温和，对文物鉴赏相当内行，提出一些问题，说的都是行家话。

文物被劫，当然心痛，那一次他又对残酷的现实让了步，想出理由来为自己譬解，叫作“人之不存，物将焉附?”执着地爱一个人，爱一件物，要取得他（它）们、保卫他（它）们时不惜以身相扑，失去他（它）们时不惜以身相殉，要达到这样痴迷的程度，才可算是真正的爱。这原是傻子干的事。这个太上皇就是因为太聪明了，他才不肯干这样的傻事呢!

过了一个多月，王时雍、徐秉哲又来逼宫，这番同来的还有带着簇新头衔，叫作“京城四壁都弹压使”的范麻子范琼。这个头衔是萧庆任命的。并无皇帝谕旨，他说了就算数。它非同小可，京城四壁包括皇宫在内，有人不听指挥的，“都”在“弹压”之列，连太上皇也不例外。当时太上皇略有支吾，范琼瞪起眼睛，粗声宣布：“奉大金元帅府指挥，‘上皇以下，今日申时不出，即纵兵四面入来杀人。’左右们快动手。”他一声吆喝，禁兵一拥而上，不由太上皇、太上皇后分说一句，就把他们塞进两乘软轿，径送延福宫。那里是所有皇族集中关押的地方。

太上皇涕泪横流，软轿抬走时，他还屡屡回首看赵元奴有没有被他们一起劫走。

这一夜，太上皇在延福宫内当然不能成寝，他看到一批批王妃皇子皇孙公主陆续押送进来，通夜不绝。虽说都是骨肉之亲，其中有一半人他都不认识了。即使认识，遥遥相见，也不许说话，彼此唯有以目示意。对于他们，他都能做到不动心。唯独赵元奴的下落，使他十分悬念。那天晚晌，他居然下个手条：“谕开封尹徐秉哲及军使范琼等，赵元奴现在何处，着立即寻来，送延福宫，侍奉巾栉为要。”

宋徽宗的末路还比不上李后主。李后主北行前写了“空持罗带，回首恨依依”那样没出息的词句，毕竟还没有达到公然要一个妓女入宫侍寝的程度。

[1] 专管皇帝宗室人员事务的官署。

6

元帅府限申时以前取到赵氏宗族的文字由范琼口头宣布，不仅使太上皇吓得魂飞魄散，就连王时雍、徐秉哲在一旁听了也吓了一大跳。原来他们视范琼为爪牙，一切都得听他们的指挥，没想到萧庆在发表他的官衔以前已将帅府文字先说与范琼，倚任范琼在他们之上，不禁发出一阵犹如在腌臭咸鱼缸里可以闻到的那股酸气。这时才想到萧庆说过要范琼干一件出色的事，指的正是这一件。

由于金人的破格提升，范琼一朝权在手，就把开封府、殿前司两套机构都抓在自己手里，现在不是他听王、徐指挥，倒是徐秉哲、余大均、左言等人要听他的使唤了。

休说范琼气浮心粗，是个大老粗，他是兵油子出身，结交过各式各样的人物，有一定的心机，干起事情来也有自己的打算。元帅府的文字是限次日申时前完成任务，执行时他提前了十二个时辰，就利用这一天时间，来个迅雷不及掩耳，突击行动，把宫外宫内，自太上皇以下的赵氏宗族两三千人全部拘捕到案。

曾在河北路任“走马承受公事”的大内珰邓珪以传送泄露军事机密的蜡丸受知于斡离不，又以和议有功，经李邦彦、李棁推荐留在宫中，一直升到入内省都知，相当于宫廷内的大总管的地位。两宫人事，他无所不知。这时他为范琼提供了一张不但包括全部后妃皇子公主，还将宫内有名位职位的宫人罗列在内的详细名单。范琼大派用场。

宗正寺[1]少卿周懿文早将最后修的《仙源类谱》献给萧庆，那里备载帝室皇子皇孙帝姬驸马的名字，连生下刚三个月的娃子也都列入。周懿文格外讨好，亲笔细字注明了在京宗室的邸府所在地、田产、房产、家中使用奴仆等项。萧庆交与范琼。范琼带了一支禁兵以及开封府全部缉捕使臣、差役，还有王时雍、徐秉哲向他推荐的许多“任用”官，自开封府少尹余大均以下王及之、胡思、王绍、洪刍、何昌言、颜博文、陈冲、朝散大夫张卿材、朝奉郎李彝等人都踊跃从命，分兵数十路进入宫廷和诸王驸马之家，根据这两份材料，按图索骥，把他们一个个拘捕到案。

由于金人大规模的根刮、要索，人、物都要，这时东京城里已有成千上万的男女被拘往军前。御前祗候的方脉医官、教坊乐人，露台祗候的妓女，蔡京、童贯、王黼等罪官家属、歌舞侍伎，张孝纯、蔡靖等降官家属以及不愿降金的陈遘、詹度等人的家属一概都在拘捕之列（以上三等人，金方不问其贤愚臧否，有功有罪，一律称之为干戾人，连李纲、马扩、赵良嗣的家属也在其内）。后来范围越发扩大，内廷广固司所属修建御苑文思院明堂等工程的高级木匠、泥水匠、军器监的专业工匠，普通制作腰带帽子、打造金银、锻铁、制笔墨、雕刻、图画工匠，以及杂剧、说话、弄影戏、小说、嘌唱、弹筝、琵琶、吹笙等艺人连同他们的家属，无一不要。每天锒铛上道，押往金营的不计其数。来不及押走的就往监狱里一送。这时刑部大理寺内军巡院等处监狱早已人满为患。

开封府缉捕公人有一个形式化的传统，不管是什么对象，只要经他们之手缉捕的，都要抖出铁索来，往犯人头颈里一套，牵着就走。在街道上还要把铁索抖得铿锵作响，以显示其业务上的威风。这时蔡靖已贵为大金朝燕京副留守，张孝纯已储为宰相之用，缉捕公人并无兔狐同类之情，一视同仁，把他们的家属套上铁索，送往军前。这时他们发生了“铁索荒”，由于用途大增，存底不足，东京的铁匠又多被捕去，作坊关门打烊，无法补充。哪里当得今夕一夕之间又有数千人同时就捕，铁索不够使用了，只好将就一些，用麻绳代替。当夜一名任用带几个缉捕公人，冲进王府，早已吓得手麻脚软的皇亲贵族，束手受缚。哪消半个时辰，一家子主仆数十百人都被一条长绳捆绑而来。亲王王妃也未能幸免，大家被串在一起，活像一串串缚在草绳上的大螃蟹。

这时开封府监狱虽已挤得水泄不通，徐秉哲还要要个小小的花招，挤出几个房间，把缚来的家内夫人、宫女、教坊女弟子、权贵戚里等年轻美貌的妇女留下来。她们都是匆忙间受捕，又经过一夜折腾，大都蓬头垢面，衣饰不整。徐秉哲自掏腰包，置办钗粉冠插鲜衣，强迫她们膏沐粉黛，更换衣服。另外备了车辆，径直送到刘彦宗营中，请二帅及贵酋们笑纳。

徐秉哲这点小小的过门，未被范琼发觉，他感到沾沾自喜。

第四十四章

1

自从陈东领导宣德门伏阙以来的整整一年中，东京人经历了多少大风大浪，两次围城之役、东京城沦陷、渊圣皇帝蒙尘、根刮，等等，绞索愈套愈紧，东京的民气却随之愈加高昂。现在他们已变得更加聪明、更加沉着了，正是欺骗者教乖了他们，他们要凭自己的判断行事，轻易不相信官方的话，无论是宋朝的还是金朝的官方。

渊圣第一次蒙尘，十多万老百姓在南薰门“迎銮”，迫使金方提前放回渊圣，这使老百姓意识到这是一次在敌人屠刀下用和平方式进行斗争的胜利。

渊圣第二次蒙尘，是在根刮的高潮中被迫出城的，形势更加险恶。只要看看每天在南薰门上巡城的金军头目拔离，一天变一副面目，越变越凶，后来竟完全变成一副凶煞神的面孔，人们就可以推知渊圣回銮无期，金人正在酝酿一场大阴谋，前途凶多吉少。

老百姓还是用和平方式进行斗争，每天聚在南薰门外的群众愈来愈多，索驾，迎驾，要求金人放回渊圣的声浪也一天高过一天。

开封府胡乱出了许多安民告示，一会儿说圣驾在军前受到礼遇，只待金银募足，即可回銮。一会儿又传说，王御带昨与小番一起入门，传语渊圣与国相太子在郊坛打球为乐，洽谈甚欢，择日回銮。王御带就是加上带御器械官衔的王宗沔。带御用的器械，实际上只是一种政治待遇，算不得官封。王宗沔戴罪之身，并未随渊圣出城，为何带回来圣驾平安的消息，这一条老百姓先不相信。

只有宰相何桌前日回城，传诏：“朕与两元帅议事，事毕还内，天寒民困，无烦于雪中候驾，以受冻饿。已令广置场粜米卖柴以济饥贫。”这道圣旨摹刻张贴，许多人看过后都认为是渊圣亲笔。

连日来雨雪不止，物价直线上涨，米每斗要卖一千二百文，比承平时市涨了四五倍，麦每斗一千文，驴肉一斤一千五百文，羊肉猪肉一斤三四千文，都涨了四五倍至七八倍不等。即使出了钱，也未必买得到货，何况根刮以来，很少人的家里还存有现钱。这时城中的犬猫几尽，有些老百姓就从水池中捞起水藻煮食。去赈济所领取救济粮食者陡然又增加一倍，赈济所的存粮也有捉襟见肘之虞。

何桌传来的圣旨粜米卖柴确是当时老百姓颙望的急务。此时渊圣的旨意对于朝内掌握实权的吏部尚书王时雍、开封尹徐秉哲等已经毫无约束力，留守孙傅虽然听话，但没有实权，自己拿不出米柴，就无法执行旨意。后来经他力争，总算在相国寺、定力院、保胜院、兴国寺四处置粜米场，允许老百姓以每升六十二文的平价籴米三升。官样文章，敷衍一番，米少人多，往往引起争攘，甚至发生殴打死人的事件，官方引为借口，立刻停止粜米，前后不过维持了十天左右。

不管执行到什么程度，不管买到或者买不到平价米，不管在粜米时发生了多少情弊，东京老百姓对渊圣皇帝是见情的。特别让老百姓感动的是渊圣在这道谕旨后面空白处又赘上八个字："朕负百姓，涕泣无从！"

这八个字胜过一道千言万语引咎自责的罪己诏，这八个字胜过一篇歌功颂德、好话说尽的功德碑。此时此地，老百姓从摹刻张贴的榜上读到这八个字，就把它们深深镌刻在心上，永远磨灭不掉。渊圣这道旨意的目的是要解散迎驾队伍，而这八个字却起了强烈的反作用，此后在南薰门迎驾的队伍不是解散，不是缩小，而是更加扩大了。

喝过一碗热粥，手里揣着两只冷馍馍，从赈济所出来就直接奔到南薰门，凭着这一身单薄的衣服，最多披一件破棉衲，在风雪严寒中蹭上半天、一天，有时还等过半夜，东京人就是以这样的激情对渊圣写的八个字做出反应。

开封府一夜之间冲击了所有的王府，捕走所有的皇族，这样大规模的行动是瞒不住人的。徐秉哲索性来个公开声明，这次不用圣旨的名义而假监国太子的令旨：今来车驾出宫，多日未还，上皇率诸皇子亲诣大金军前见二元帅求车驾还内，晓示军民，各令知悉。

徐秉哲干的是最愚蠢的事情，这道安民告示能够起的唯一的作用恰恰就是它的反面。

徐秉哲干的另一件愚蠢之事是把这二三十名年轻美貌的宫人侍姬，梳妆打扮后，悄悄地送给刘彦宗。这件事既要瞒过结聚候驾的群众百姓，又要瞒过押运大批皇族的范琼。他的办法是把那批宫女装在几辆垂下帘子四面围得密不通风的车子里，混进押送御前法物仪仗、内家乐女乐器、钧容直一百人并乐器的队伍中。他派去押队的任用洪刍事前已与拔离打过招呼，只要一出南薰门，拔离就派人前来接收，保证万无一失。

这支运送乐器乐人的队伍上午巳时出发，比范琼亲自押送的皇族俘囚要早两个时辰，因此逃过范琼的耳目，平安抵达南薰门。

南薰门下人山人海，拥塞御街，这和前些日子一样，所不同的是今天人更聚得多了，有人大呼："百官罪恶，使国家遭到如此祸殃，如今一切灾难都由我百姓承担了，但愿天佑我君，乘舆早还。"

一语才说完，千百人都响应起来，大家重复"天佑我君，乘舆早还"这八个字。后来嘈嘈杂杂地已听不清楚说些什么，但他们的高昂情绪、激越表情还是可以看到的。

忽然人们又喧动起来，大家让出一条路，让一支齐整的游行示威队伍通过。这支队伍有数十人，男女老幼都有。他们用铁链条锁住头颈，手里捧着香炉。从他们身上发出一股烤炙的焦味，并且嘶嘶作响。原来他们将一股烧得通红的棒香绑在裸出的手臂、大腿上烤炙自己。还有个别的人在新剃的头皮上烧香洞，好像在莲座前剃度一样。走在最后的一名青年汉子，裸出上体，除了让别人在他背上烤炙，自己又用刀子剖开胸前的肌肉，鲜血直流，他大口地吁出粗气，却熬住了不喊痛，不作一声呻吟，旁边一个模样好像他妻子的年轻妇女不断地用一块已被染成通红的白布替他揩拭血污。他吆喝着，不让她走近他的身体，似乎亵渎了神明。

这批人都是狂热的宗教徒，他们要用苦行僧戕害自己肉体的方法来感动上苍，保佑乘舆早返，同时也含有向城上金军示威的意思，表示大宋子民为了保护圣驾不怕要吃多少苦头，都是心甘情愿的。他们的行动果然也吸引了城上的金军，大家都上城来看。

宗教的狂热一旦与爱国心结合在一起时，可以产生一股他们自己也不知哪里来的超人的勇气。如果到事后追想，那一定会使自己战栗发抖，但当时他们却行若无事。他们也深信示威游行以后只要到他们出发的寺院中抓一把香灰，涂抹在伤口上，伤口很快就会愈合。

这批宗教徒走过以后，接下来就是押送乐人乐器的车队。由于金方大规模地要人要物，这样的队伍每天都有经过，东京人见怪不怪，都放他们过去了。只有后面的几辆车子，与众不同地用幕布严密地遮盖起来，车内还有吱吱喳喳、抽抽噎噎以及双手擂着车壁的哭闹声。车队旁几名公人挥舞皮鞭，吆喝着要她们安静，这才引起人们的注意。

冷不防哪一辆车上的旧棉帘被拉下了，围在车厢四壁的一整匹绢帛也被解开，车内探出几个人头，她们都是打扮得十分漂亮的美妇人，现在因涕泣交零，竖一道横一道的泪痕把粉黛胭脂冲出无数道界线。她们肯定已听到百姓的呼吁、痛骂，引起了自己的悲恸。她们一递一声地痛骂徐秉哲无耻，把她们打扮了送给金酋献礼，自己好升官发财。有的骂徐秉哲也有老婆女儿，要升官发财，就该把自己的妻女献给金帅，为什么要出卖别人的女儿。

周围老百姓马上明白事情的真相，他们围住这几辆车不放。护送公人还想逞威，老百姓把他们的皮鞭抢过来就打。护送官周懿文一看势头不好，急向押送乐人乐队的官兵求救，哪知这批官兵事不干己，竟是推推托托地不肯上来干涉，双方相持了半天，把这条可容六头大象并头通过的御道拥塞得十十足足。

不久范琼带着一批刀出鞘、弓引满的精锐骑兵押送皇族前来。他一看前途拥塞，拍马上来打听。

范琼的作风，与其他任用不同。他不要偷偷摸摸，而要大鸣大放地通过御街，还顶好让老百姓向他夹道欢呼。他并非不知道自己干的是违背天理人心的事，但凭着手中的这支精兵，他愿意干什么就干什么，区区几万名老百姓何足道哉！只消铁骑一冲，保管冲出一条血路，向金人交割俘囚，完成出色的任务。今天要流血，他是有思想准备的，流点老百姓的血怕什么，完成他的押送任务，才是最重要的。当下他骑匹高头大马，仗着佩剑，冲到队伍前面，连左右护卫也不要一个。

老百姓们似乎被范琼这股凶焰怔住了，太上皇、太上皇后以及龙德宫的宫人侍卫们缓缓通过。太上皇是老百姓熟悉的，过去几十次“鹁鸪旋”中，他们早都拜识了龙颜，现在看他掩面痛哭地经过夹道的人巷中，直往城厢而去，竟没有一点反应。

然后是大哭小喊、男泣女啼的诸皇子、皇妃、公主、驸马。他们有的坐车，有的骑马，还有车马都挨不着，只好徒步而行。这些贵人中间，百姓熟识的有皇叔燕王赵俣、越王赵似二人。燕王赵俣有“鼓王”之称，常在群众的场面中兴会淋漓地击鼓，人们对他尤其熟悉。二王在第一次围城中曾赞成李纲守城之议，反对渊圣出走，赢得人们的好感，他们骑马经过时，有几个胆大的百姓越众上前，笼住燕王的马头道：“大王家的亲人都被押走，奈此一城生灵何？不如留一人以存国祚如何？”

这个鼓王已没法把自己鼓舞起来，他流涕道：“大金要我，教我奈何？”

“百姓们与大王一处生死如何？”

几名铁骑看见老百姓与燕、越二王打话，急忙上来把他们冲散。百姓们散而复聚，二王却急匆匆地跟上前面的队伍，不敢再与人兜搭。

这时老百姓有人高声叱骂："范麻子，你们也须是大宋子民，颠倒去做金虏的奴才，何不识廉耻？"

范琼回头看见人丛中一个怒冲冲的汉子戟指大骂，正待去抓，忽然人声大喧，哭骂杂作，原来是朱皇后抱着太子坐车过来了。那车帘已撤，她哭喊着："百姓救我母子，百姓救我。"

朱皇后发出紧急呼吁，那一声"百姓救我"恰似哀猿夜啼，回肠九转。百姓们一拥而前，听凭那些如虎似狼的禁兵鞭打刀斫，他们就是攀住车辕不放。

范琼自己也冲进围子，看见百姓们为了保护赵家的这块肉，竟表现出这样一股子愍不畏死的傻劲儿，他显然不能够理解。他认为这些愚民需要他亲自出场来开导开导，才得醒悟，当下放开喉咙大嚷："自家们只是少个主人，"西北人称咱们、俺们为自家们，范琼一兴奋就吐出乡音，"东也是吃饭，西也是吃饭。譬如营中长行健儿，姓张的来管着是张司空，姓李的来管着是李司空。上面走马灯似的调动，与健儿何干？俺说你军民百姓，各各归业，回家去照看老小，休在这里打闹，自取祸殃。"

范琼一生崇拜的是暴力。当他还是西军中一名走卒时，就相信凭他的臂膀粗、拳头大这份优势，把别人打降下去，就能出人头地。

现在他可以凭借的不再是个人的臂膀粗拳头大，而有一支精锐的军队。第一次围城中，他凭着这支亲信部队打过几场硬仗，声名鹊起。东京沦陷后，他千方百计地保牢这支军队，王时雍、徐秉哲、左言都买他的账，另眼相看。现在的形势很清楚，他们这份力量已被萧庆看上了，那就可以保证未来的飞黄腾达，绝非一个小小的任用官所能限量了。

他是一个坚定地走着自己道路毫不动摇的人，又是除这一条外，决不相信其他的任何原则或受任何抽象概念的指引和荧惑的人。在军队中，他早已习惯于上级的走马换将，昨天是刘仲武的部将，今天又成为刘延庆的亲信。二刘罢官或死了，他当然还要属于另一个人为他效劳。换上来的任何人无论是姓刘的、姓萧的，是汉人、奚人、女真人，对他都是一样。他确实不明白这里成千上万的百姓为了保护皇后怀中的一个孩子，竟愿付出生命的代价。这个孩子也像其他孩子一样长着两只耳朵一张嘴，并没有多出一张嘴、多出一只耳朵。他姓赵姓张又干你们百姓什么事？你有力量就保牢他，没有力量就早点回头，赤手空拳怎禁得起他铁骑的践踏。

他得意扬扬地说完上面的一席话。就他而论，他说的是真话是心里话。王时雍、徐秉哲甚至萧庆本人都不敢说这样的话。

最初的反应是沉默。老百姓习惯了官方的欺骗，不相信他们居然会听到这种赤裸裸毫无保留的脏话。要经过一些时间的沉默、消化、理解，大家才省悟过来，这才爆发了一场怒斥。老百姓从四面八方围过来，把他围进核心，成为众矢之的。他还来不及挥舞宝剑，一块块的砖石、一把把的泥灰，弄得他头面青肿，双目迷糊。这时一个大汉从万人丛中矫健地跃出，一把就把他拎下坐骑，夹头夹脑地就是一拳，口中怒吼："打死你这个不识廉耻的奸贼。"接着又在他身上擂了十多拳，每一拳都打在要害上，打得他皮破血流，骨头咯咯作响。他几次翻身，挣扎着要站起来，都吃那汉子一拳打去，摇摇晃晃地跌倒在地上。倘非他的护卫前来相救，那汉子拳发如雨，早把他打死了。

然后铁骑冲入百姓队伍中，双方展开了赤手空拳和全副武装之间的混战，产生了那种混战当然有的结果。

经过这一场死人不少的血战，老百姓仍旧不散，可是朱皇后和太子被伏在瓮城门的金军裹挟而去了。皇后那一声尖锐的，绵绵不断的"百姓救我"，化成苌弘碧血，长注在老百姓的心中。

第二天官方公布谣言惑众、聚众滋事的小关索李宝等顽民十七人，捕获正法。签插其首级巡徇四壁示众。李宝被正法，官方已经公布过三四次，这次是真的。老百姓含着眼泪看到那签插在长矛上的首级果然是昨天痛击范琼的那个汉子，他双目不瞑，仍然显得怒气勃勃。

2

渊圣蒙尘后的十二天，资政殿大学士刘韐家里忽然来了一名未通过宋朝留守司由金方直接派遣来的快行家。他带来一道渊圣皇帝的手诏“以刘韐为河北路割地使，限即日出城来青城幕次与朕躬相见”。

刘韐是有原则的人，凡事都要遵循原则而行。刘韐恰恰与没有任何原则，这一条倒反成为他的原则的范琼相反，刘韐恪遵原则到了泥执不化的程度，有时行事倒反背离了原则。

这道手诏缺少一项必要的手续，未经留守司副署，从法律意义上说不能生效。再说手诏的真伪也存在疑问，虽然盖了御宝，是否渊圣亲笔，难以辨认。即使是真的，也可能出于金人的胁迫。因为派出割地使传宣圣旨，要各地军民放下武器投降金朝，这大有利于金朝，而不利于抗金的军民。曾经做过地方大员，一直鼓励军民要矢忠本朝、誓死不降的刘韐从根本上反对割地之议。再说这一年中派出去的割地使，不是成为十足的投降派就是被义愤的军民所杀，死了还落得个臭名。就他本人而论，他绝不愿充当河北割地使这个倒霉的差事。

所有这些考虑都是入情入理的，刘韐最妥当的办法莫如把这道圣旨拿去与留守孙傅商议后再作决定。但他没有这样做。官家被胁，事急从权，他刘韐铮铮大臣，必须守经。“君命不俟宿”，既然渊圣这样迫切地希望与他见面，他又怎能利用种种借口，不出去见驾？

他有三个儿子，子羽、子翚都很有见地，如与他们商量，子羽刚決，肯定会劝他出去，利用出城的机会，相机行事，期于大局有补，这个他自问做不到。子翚和婉，一定要兜两个圈子，说到最后还是劝他把伪旨上缴留守司。这个他不愿意。幸亏这两个儿子都不在身边，只有子翼在侧，他为人异懦，与他商议不会有什么结果。当时刘韐决定了按照原则行事，不与家人打个招呼，带着一名使臣陈瓘、一名家丁毅然出城。

出城后，金人优礼有加，安排他在城郊的寿圣院住宿，却不提与渊圣相见之事，这也是意中之事。晚晌，金方派来了仆射兼枢密使韩政，前来馆伴。韩政是老资格的汉儿大员，目前在上京主持日常政务的韩企先还是他晚辈，派这样一个著名官员前来伴宿，肯定有文章要做。刘韐思想上也有了准备。

就寝前，韩政果然来找资政说话。

刘韐自己受到的优待与他听说渊圣在青城幕次受到的恶遇有天渊之别。他们一见面，刘韐就说到吾君菲衣恶食，为人臣子的岂能以甘旨重茵自安，婉婉转转地提出改善渊圣生活的要求。

韩政忽然尖厉地笑起来，说道："中朝议定，废黜赵皇，另简贤能为中原之主，前日朝旨已下，不日将行废立大事。赵皇得以不死，就是我朝的深恩大德，还谈说什么甘旨重茵，资政休再提这等离题千里的话了。"

行废立之事，对于刘韐真是石破天惊，他惊愕得说不出话来，但还有令他更加吃惊的事。

"下官奉国相、太子之命，说与资政知道，"韩政继续说下去，"朝议别立异姓，国相、太子之意，莫若以资政为代。"

刘韐擦了擦自己的耳朵，把昏沉沉的头脑澄清一下，弄清楚了"以资政为代"一句话的含义是要他代替赵氏为中原之主。谈话以前，他虽已有了各种思想准备，但万万没有想到二帅竟然看中了他，要立以为帝，这件事他如何能够考虑。他还来不及提出抗议，韩政又说下去了："异姓为主，众议纷纭，中朝或另有意属，目今尚难定论。国相、太子之意，先请资政北去，一入中朝，下官定以仆射枢密使之官相让。资望既深，稍俟时日，必以异姓帝相畀，资政岂有意乎？"

刘韐定一定神，面色严峻地回答他道："贞女不侍两夫，忠臣不事二君，大朝如以此相逼，刘韐唯有一死！"

刘韐说得决绝，不过身为三姓奴的韩政根据其本身经验，知道口头说得决绝的，不一定在事实上真正关上了门。他微微一笑，找个下台阶的机会就说道："如此大事，岂一言而决！今日已晚，资政且请安置了，明日再议。"

把一个皇帝的位置，许给几个人，好像把一个女儿许给几家人家，让他们都存着希望，这原是辽的传统。耶律德光答应了石敬瑭为中原皇帝的同时，又打算以拥有军事实力的幽州节度使赵延寿德钧父子为帝。好使三个人同时为他卖力。将来一个做成皇帝，另一个做不成也容易处理，只要给后者加上"怨望"的罪名，一条铁索锁到塞外去关禁起来就是，十分省事。其实不单耶律德光，南北朝时突厥可汗同时就有两个儿皇帝，东边一个，西边一个。隋末唐初，突厥可汗既立梁师都为帝，同时又立刘武周为定扬可汗。这一套以华制华的统治方法就是从汉人的以夷制夷中学来的。

但是在朝议已定张邦昌为帝，他们也都表示过没有异议，斡离不再提出以刘韐为候补皇帝，却有深意。

粘罕、斡离不都看不起张邦昌，粘罕听了庸才易使这个论点非常高兴，就被说服了。斡离不却比他想得深远。张邦昌奴才，既无声望，又无兵力，人心不附。全靠大金军队做他的后盾，一旦金军北撤，张邦昌大楚皇帝的位置一天也坐不住。那时中原鼎沸，仍烦大军再下，费时费力，莫此为甚。

斡离不与刘韐交过手，知道他的分量。当时饮誉一时的"两河三宣抚"，蔡靖早降，张孝纯顽抗九个月，最后还是屈节，他们的声望已损，只有刘韐声誉甚隆，加上他练兵处事都有一套办法，把他收服了，置在"储君"的地位上，将来接替不成材的张邦昌，是最适当的人选。

斡离不深谋远虑，甚至把司马朴也置在他的保护之下，将来未始不可提出来作为"储君"的候补人选。他想得固然周到，但没有考虑到刘韐是按原则办事的人，不会轻易就他之范。

当天深夜，刘韐下定决心，把使臣陈瓘叫来，以一纸绝命书相付。内容说的是："大金不以予为有罪，而以予为可用。贞女不侍两夫，忠臣不事两君，况主忧臣辱，主辱臣死，以顺为正，妾妇之道。所谓大丈夫富贵不能淫，威武不能屈，于今日唯有一死。"

然后要陈瓘帮他沐浴更衣，解下一根衣绦悬在梁间自缢。事关他的一生名节，陈瓘不敢相劝。含着泪，一直帮他直到断气把尸体搬下来为止。

刘韐死得从容不迫，死得有板有眼，死得重于泰山。他以一死净化了一生中偶然也有不按照原则处事的瘢瑕。大醇可以掩小疵，这是中国人评论人物的传统观念。

刘韐死后，随从人员陈瓘等收敛他的尸体，暂攒寿圣院西南的小山冈上，并在他悬梁的房间柱子上题了"大宋忠臣刘资政刘韐殉节处"几个墨沈淋漓的大字。当时寿圣院在金人控制下，这个藉藉无名的陈瓘毫无顾忌地写着大宋忠臣，写着大宋的官衔，写着他为大宋殉节，观点十分鲜明。这十二个字比后来由他的儿子特请当代名作家撰写的几千字的墓志铭，更能反映刘韐的真实。他无愧于大宋忠臣之称，九原有知，也可瞑目了。

3

太上皇押到青城后，与渊圣分别羁拘，互不见面。一天忽然同时得到通知，父子都被邀请去斋宫参观国相、二太子“打球”。

“打球”或称“蹴圆”，实际上并非用手击球而是以足踢球，双方各立球门，络以绳网，以踢进为度。球用皮革制成，中间塞满羽毛之类的东西，玩起来有点像现代的足球。女真人的“打球”也是从中原传过去的，规则上略加变化，多了一点练武的意味，踢法大致相同。太上皇是蹴球的能手，笔记中有所记载，今天在俘囚之中，忽然与渊圣一起受到邀请，不免有些受宠若惊。渊圣也是如此，这天，他在监禁的所在处受到优容的待遇，居然让小内监刘当时跑来服侍他，沐浴更衣，帮他穿上蒙尘以来第一次穿上的御袍。

二圣不知吉凶如何，怀着侥得侥失的心理来到斋宫，接见他们的是完颜希尹和撒卢母二人。太上皇与此二人都见过面，领教过撒卢母的那副阴阳面孔，完颜希尹是在龙德宫内相见的。渊圣虽都知道他们之名，却还是初次见面。双方寒暄数语，完颜希尹就宣布今日天阴，打球未能举行，二帅军务在身，未便相见。请太上皇、少帝即回。

渊圣注意到虽然二帅没有出来接见他们，完颜希尹说的话还算和缓，对他们的称呼也还客气，乘机请求道：“某久留军前，都人颙望，乞太师转禀国相，太子早早放回，永感盛德。”

完颜希尹与撒卢母叽叽咕咕地说了一些他们听不懂的话——实际上这两人的汉语都说得十分流利。撒卢母离座而去，顷刻即回。阳面撤除，阴面出现，他非常不礼貌地直说：“某去回禀国相，国相发怒道，‘他待往哪里去？’二太子也说，‘天命如此，无可奈何。你可把俺此话传与赵某知道。’”接着他喝一声：“赵佶、赵桓，国相太子的话，你二人可都听明白了？”

这两句话不啻就是对他们的判决词，父子二人一时都惊呆了。二帅一时高兴安排的“打球会”没有会成，不料渊圣一言相戾，惹怒二帅，他们就提前暗示废立并扣押父子的意图。这时场面上的气氛骤然紧张。完颜希尹略一颔首，两厢埋伏的甲士一齐拥出，在萧庆指手画脚的指挥下，把二圣及诸侍从一一架住，押下祭坛。萧庆还亲自动手来剥渊圣身上的御袍。

只听见阶下的李若水一声狮子般的怒吼："住手!"李若水早挣脱两名架住他的甲士，推倒一名意图拦阻他的金将，奔上阶石，扯着萧庆的手，用力把它反扭到背后，大声叱骂道："这贼乱做。此乃大朝真天子，你杀狗辈岂敢无礼。"

萧庆被扭痛得跪在地上，杀猪似的乱叫。这里李若水又大骂完颜希尹、撒卢母，一直骂到粘罕、斡离不，骂到金朝皇帝。金贼虏狗句句不离口。此时的李若水真有贲育之勇，阶上阶下上千名金人都呆住了，不知所措。半晌后，才有十多名甲士上来，挥拳乱打，击碎他的头面，击落两枚门牙。他卧倒地上，口喷鲜血，还是发音不清地怒骂，不曾折掉锐气。

甲士们把李若水拽到一间空屋里关禁，萧庆要泄私愤，派人用马鞭乱击，血流如注。不久粘罕出来传令，须要活的李侍郎，不许乱打。以后两天，却用好酒好肉款待他。李若水绝口不言不语，不饮不食。粘罕又派萧庆三次前去劝降，说的无非是天命人事这一套。李若水瞑目不答。萧庆急了，说："事已如此，你休执迷，任性而行，恐坏了性命。不是你好人，我岂肯来劝你?"

萧庆扯剥御袍，李若水把他看成为不共戴天之仇，岂能为他几句好话软化。李若水假装瞑目不视，却在暗中摸索土炕上的一碗肉羹，这是他现在唯一可以到手的武器。他连羹带碗猛地向萧庆头上摔去，摔得他长血直流，抱头鼠窜而出。这个"萧骷髅"的骷髅头今天在汉人手里吃了大亏。李若水算是替渊圣、替被根刮得体无完肤的东京人出了一口小小的气。

粘罕无奈，只得派他的亲信高庆裔亲自出马劝降。高庆裔也深怀戒心，事前已派人去搜索一切可被李若水当作武器使用的什物，才敢见面，还坐得远远的，唯恐受到他的猛扑。

"李侍郎，你前日詈骂国相，国相也不见怪，今日反使高某前来劝降。你若顺从他，定与你好官做。"

不管是残辽的汉儿还是宋朝的官员，只要投降金人，不出一年，他们说的汉话都已带有女真人说汉话的腔调了。这真是奇怪的现象。不过李若水无暇计较及此。他曾出使粘罕军前与高庆裔打过交道，算是老相识了。今天给他一点面子，回答了八个字，"天无二日，某无二主"，作为他的最后答复。

粘罕绝了望，派一名监军前去行刑。执刑时，监军定要李若水转面向北，问道："你回头来也未?"

李若水知道自己的末日已至，他厉声叱骂，不肯转动南向的脸。只要还剩一口气，他炯炯的目光就是一对指南针。监军恨极，先用刀子割裂他的下颐，再割断他的舌头，然后斩下他的首级。他双目不瞑，仍然注视着南方。

李宝死得勇决，刘韐死得从容，李若水死得刚烈，在民族危亡中，许多人以不同的形式贡献出自己的生命。他们为自己找到光荣的归宿。

[1] 宋制，官员告病致仕或因故开去实缺的仍给予提举某某宫观名义，支原俸禄之半，优游养老。是一种优待官僚的办法。

4

皇宫基本出清，在京居住的赵家子孙全部就拘，御用印玺全部上缴，御用法服、法物、仪仗、玉辂，甚至太庙中悬挂的列祖影像也都成为俘获品。就金人的一方面而言，“废”的准备工作已全部就绪，现在只差最后一步向赵氏少帝正式宣布废黜他本人及赵宋皇朝，就算大功告成。把强梗的李若水杀死后，连实行最后一步时可能发生的小小阻力也去掉了。上述的步骤进行得十分巧妙，可以说以最小的代价，只有萧庆被李若水飞碗击伤，流出一点鲜血，完成最大的任务。女真诸酋，对此都感到满意。

现在他们就要着手进行“立”的筹备工作。

预拟好的废除赵宋的文告中十分强调“人心厌赵”这句话，不过他们看到的事实，至少从东京人的表现来看，情况恰恰相反。现在他们把着眼点放在这一点上，要做到是由东京的百官军民一致要求废赵立张而非他们金人之主张，他们只不过“应天顺人”，执行了大家的意志。割了猫儿的尾巴拌猫儿的食，还说这是猫儿自己要求的，这篇不大好做的文章要做得头头是道，倒也煞费苦心。

女真人善于学习，善于接受对他们有益的东西。记得当年太祖皇帝刚收得燕京，心里不情愿交还给宋朝又苦于找不到合适的理由。后来靠左企弓献上一条妙计，说是燕京老百姓不愿大金以城市归还宋朝。借口民意，历来是统治者的妙用，可是当时还在草创之际，说句谎话，破绽百出。如今时隔三年余，女真诸酋都被教乖了，这出戏演来活泼自如，煞有介事，仿佛军民百官真要拥戴一个他们自己推举出来的真命天子。女真诸酋无疑已把强奸民意这一条学到手了。

刘彦宗慧眼识英雄，早就看中翰林学士吴幵，吴幵向他推荐另一条蹊跷腿，翰林学士承旨莫俦。这次两条狗腿子一齐追随粘罕来到青城。刘彦宗每夜密召二腿去谈话，面授机宜。看看时机成熟，就派他们回城传达二帅令旨，集众讨论拥戴新主之事。最后要缴上一份有全体与会者署名签押拥戴新皇帝的议状，作为金朝废立的根据，才可缴差。

这一天，王时雍、徐秉哲借用留守司名义在宣德门外张贴煌煌告示，在京文官承务郎以上、武官承节郎以上，包括已致仕在告或提举宫观[1]的百官在内一律赴秘书省集会，僧道耆老至宣德门右旁的东垛楼集会，士（包括太学生在内尚未授官

[1] 三无，《礼记》『无声之乐，无体之礼，无服之丧，此之谓三无』，指金帝敬礼太祖完颜阿骨打；九有，《诗经》『奄有九有』，即九州。

的知识分子）、庶（普通老百姓）至宣德门左旁的西垛楼集会，军官军士至已废的大晟府原址集会。事关重要，凡指定出席的，一个不许躲避。

僧道耆老士庶军人都是他们指定的“特邀代表”，目的不过点缀点缀场面，估计也不至出多大问题，重点在于百官。王、徐、吴、莫考虑到对这样一种性质会议感兴趣的百官不会是多数人，倘若议状上多出许多空行，刘彦宗那里缴不了差。为此，他们在告示上特别使用了“勾集”这个字眼，邀约赴会称为“勾集”，到时派兵丁公役登门奉邀，押送进场，除了没有用铁索系项，待遇都与犯人相同，秘书省门口禁卫环布。具装铁骑在附近街道上往来巡徇，也颇有大理寺刑狱门口的气象。

百官军民共同选举皇帝乃是三代以来未有之创举，这次集会开得很有一点近代“民主化”的样子，在布置会场、宣布纪律各方面，都开了后代之先河。

秘书省本来地方也不宽敞，所幸庋藏的大量“秘”籍、古今图书都被完颜希尹劫走，剩下的空书架空书箱好办，一顿撕掳，都把它们拆了，当劈柴烧。又把中间的壁障拆掉，与隔壁的国史馆、会要所两大处并在一起，这才够使用。他们把几张长条桌拼成一条，放在堂中，桌上铺一幅用宣纸粘接起来、叠成几沓的长卷，头上一段议状的“缘起”是吴、莫二腿要抢头功，连夜赶写起来的。无非重复了大金皇帝诏旨中吊民伐罪等话，然后恭维大金皇帝“道奉三无，化包九有[1]，不以混合中外为己私念，专用全活生灵，为国大恩。明下诏旨，曲徇众议，择立贤人，以王兹土。今百官文武僧道耆老士庶人等仰体大金之德，集议会推×××以治国事，乞大金皇帝允如所请，臣等不胜诚惶诚恐”云云。议状已经誊写好，只差当中一个姓名空着，等会后填入。后面大段篇幅都是空白的，已画好朱丝乌阑，留待百官一行行地签署名字。

当时留守孙傅、副留守张叔夜已被发往军前，留京文武自然要推吏、户二部尚书王时雍为尊，王时雍当仁不让，坐了主位，宣布开会缘起及三条纪律：

一、与会者不至终场不得退出；

二、便溺需有人随侍；

三、如在会议中有异议者，本人及家属一律发遣军前。

其中第三条最为严峻，每个人都明白一经发往军前，重则“蒙霜特姑”，轻则柳条笞背罚为“阿里喜”，永无归期，与死无殊。

然后吴幵开读元帅台令，备述废赵立异姓之故，要大家推举一个堪为帝王者入议状来。如过酉时，不见议状，大兵即入城纵杀，不留鸡犬。

废赵立异姓虽已有种种迹象，事所难免，大部分官员思想中已有准备，但一百多年来食赵氏之禄，做宋朝之官，要提出废赵，情所难堪，理所不容，至于立异姓的话，一经出口就成为千秋的名教罪人，他们谁也不愿冒此天下之大不韪。大家都以目观鼻，以鼻观心，一个个都变成了入定的老僧。

经王、徐、吴、莫拉拢，积极秉承金人意志愿意拥立新帝的，这时也已有数十人，但他们也怕冒此不韪，不敢率先发难，会议中出现了长时间的冷场。

王时雍一再要大家发言表态，十分峻急，他催促到第三次时，才听到下座有一名官员用十分冷峻的声音发言道："二百年赵家天下，岂可归于他姓？我即是持异议者，请如所令。"

"请如所令"，就是按照王时雍宣布的第三条发遣军前。这个官员此时第一个表示异议，表明他不怕死，不怕做奴隶。众官员一齐抬起头来，看到他的面目严冷，表情峻厉，是个说话与行动一致的人。大家不禁内愧于心。接着坐在他邻席的一个小官忽然放声恸哭起来，大声道："我也持异议，愿与他同行。"

王时雍虽是吏部尚书，却不认识二人，斜着眼睛，不怀好意地问他们的姓名。

"吾乃奉直大夫寇庠，恸哭者朝请郎高世彬也。"

这时能够发言持异议，能够高声恸哭，不怕后果的人就是勇士了。寇庠名不见经传，高世彬官衔虽低，却是英宗高皇后的疏属，乃真宗年间以抗辽著名的殿帅高琼之后，一百多年前祖宗的血似乎还在他的血管中流注。大家对他们二人肃然起敬。这里王时雍早已麾甲士上前把他俩带出去了，然后杀气腾腾地宣布："二子狂妄，已发军前。众官再敢持异议者，二人前车可鉴。"

迟到的左司员外郎宋齐愈是不怕出头露面干坏事的人，他一进会场就直趋案前，与王时雍、吴开交头接耳低声交换了两句话。王时雍写个纸片给他看，宋齐愈大声唱出张邦昌的名字，然后大言："某愿推举太宰张邦昌为帝！"

看看大家都没言语，他奋笔在议状空当中填上张邦昌的名字，又在署名的前列处写上臣左司员外郎宋齐愈敬推太宰张为帝一行恭楷。接着王、徐、吴、莫以及事前联系好的官儿们都签上了名，疏疏朗朗的只不过数十行。这时范琼带着甲士们冲入会场，肆行威胁。王时雍再一次宣布今日不签名的一律关在省内不得饮食，不许寝眠，要签了名，才可放回家中。

生平名节与一时饥寒居然放在同一个天平秤上衡量。待到深夜，许多人实在熬不住了，看看大势已去，委委曲曲、含羞忍愧地签上了自己的官衔和大名，只是省去“推某某为帝”几个字。其实效果还是一样的。这场会议一直开到天明才告结束。王、吴等高高兴兴地卷起议状，走马出城，前去领赏。这一天被发遣的只有寇庠、高世彬二人。

其他各场所的情况大致相同，凡是受到特邀的代表一般都肯唯唯诺诺地签上了名，只有西垛楼的会场中出了一点毛病，有一批漏网之鱼的太学生临时哄议：“某等所见，意殆不然。”不过他们签不签名都无关宏旨。士庶僧道耆宿随便抓一把，或者杜撰几千个名字签上都可以，不比百官一定要亲笔签名。

4

议状送入金营，回文很快来了。三天后吴幵、莫俦赍到军前牒：据文武百官耆老僧道士庶军人申，乞立张相国治国事，已申本国大皇帝许册立张邦昌为大楚皇帝，准三月初七行废立事，张邦昌即皇帝位。

从字面上解释，张邦昌是由宋朝官民提名，大金皇帝接受众议，许立为帝。中间还要经过军前二帅的申报手续，来回至少也得一个多月时间，三天内如何便得回文？无奈此时金人掳掠已足，眼见得东京城已像一块压扁的豆饼，没有多少油水可以挤了。急于要回去庆功分赃，而张邦昌的那些佐命元勋也急于要把新主子推上宝座，自己好加官进禄。双方一凑，把张邦昌即位之期定得这样仓促，也顾不到在表面上的自圆其说了。此外，还有一个老大脱榫处，金军扶立张邦昌后，就要带着战利品与俘囚全师北撤。二帅及刘彦宗说过几次，要张氏君臣谋自立之道。而张邦昌立国全靠金朝的兵力，如果失去这座后台，他们可以使用的兵力只有范琼手下数千人。现在不说别的，单是在相州的康王赵构手下已结集了十万兵力，两眼睁睁地看着东京城，金军对他也没奈何。要凭范琼之众与他抗衡，岂非梦呓。明知道这些摆在眼前的危机，唯恐做不成佐命元勋，他们抢在前面，就是做一天皇帝、做一天佐命元勋也好。谋近利者无远忧，他们即使在考虑自己的利益时，也是十分短视的。

他们就是在这样危机四伏中关起城门，掩蔽双目，欢天喜地准备开锣大吉。

[1] 师、傅、保都是太子宫中之官。

5

许多官员把自己姓名签在议状上愿拥立张邦昌的同时，也有些官员庸中佼佼、铁中铮铮，既不愿签名，也不愿拥戴，他们反而烧冷灶，表示了忠于宋朝、忠于赵氏一姓的立场。

青城请臣得到消息比城内百官还早两天。留守孙傅、副留守张叔夜去到军营的当夜就有人来说降。第二天粘罕亲自出马，接见张叔夜道："孙傅不肯立异姓，已为我大金所杀。公年老大，家族繁盛，岂可与孙傅同死？你写一份愿立张邦昌为主的文字，宰相可致。"

张叔夜一听到张邦昌的名字，就一口唾沫吐在厚厚的地毯上，左右喝止，粘罕再次温言劝告。张叔夜慨然道："叔夜累世荷国厚恩，誓与国家同存亡，实不愿立异姓。"

张叔夜乃国初大臣侍中徐国公张耆之后，累世簪缨，所谓是"故家乔木"。他刚入金营，就知刘鞈殉节之事，叹息道："刘仲偃已先我一步走了，负此良友，九泉下如何相见？"

不过他当时没有死，后来随渊圣北狩，途次原宋辽接界处的白沟河，在张叔夜心目中，过此一步再死就不是死在大宋的国土上了，当即扼吭而死。他也实践了渊圣第一次蒙尘时与刘鞈一起立下的"主辱臣死，与子同归"的庄严誓言。

孙傅并未被杀，他一而再、再而三地给二帅上书，乞存宋朝，乞存渊圣，乞存赵氏。渊圣既废以后，他又上书乞立太子，前后共上书九次。围城之役，孙傅与何㮚一样相信那个神道作法的老兵郭京到了痴迷的程度，最后导致了东京的沦陷。他自知误国有罪，现在是蓄意存赵，意图赎罪补过。

渊圣第二次蒙尘，出城前以太子监国，命孙傅为留守，执手托付道："朕此行吉凶难卜，以太子与宗社托公，公好自辅之。"

"臣敢不尽心辅佐太子，事有蹉跎，继之以死，决不负陛下之托。"

这两句对话，犹在耳际萦绕，事势已变，金人要索朱皇后、太子出城，他身负师保之重，何况自己的名字是一个"傅"[1]字，对太子的安全负有全责。当时宗社国家太上皇官家都保不住了，唯独一个太子，他还想死死保住，自己想不出办法，只好问计于吴革。

吴革料事屡中，孙傅知道他有文武才略，对他十分器重。只是吴革多次建议，孙傅都不能用，不是不想用而是不敢用。譬如病危之人，非用重剂劫药不足挽救，医生开了方子，病家迟疑低回，唯恐一剂而死，不敢服用，这是所有庸懦迟缓的病家的通病，他们宁愿慢慢地去就必死，而不愿冒一下险以求万一的生存。

当时吴革提出一个大胆建议，派人去找一个与太子年龄相当的男孩，今夜密送入宫内。此事要留守出力。明日虏人要索皇后太子出城，皇后抱着假太子，车驾经朱雀门时，老百姓鼓噪拦住不放，定要留下太子，与奸党纷争起来，乘乱中把假太子推堕车下，让奸党们舆尸出城。此事义士何宏、李宝辈足以了之。不过皇后掩袂痛哭，要装得逼真。这里仍以赈饥救乏为名，团结忠义之士，结成队伍。太子微服居中，溃围而出，再作后图。突围之事，吴某身自任之。此计大妙，只不知留守敢不敢行此公孙杵臼、程婴[1]之事？

吴革用的激将法，孙傅一时感动，慨然允诺，并愿身任公孙杵臼，明日保假太子出城，不惜殒身碎骨，以坚敌人之信。及至吴革把假太子找来，他去大内，看到内监邓珪关防严密，皇后太子居室都有人穿梭似的往来，假太子又不争气，在他怀中连声啼哭，他无隙可乘，只得废然而返，一条好计，又成画饼。

补过赎罪不能单凭主观愿望，还得有一定的胆魄能力。坐而论的宰相一般都缺少立而行的能力。孙傅既拿不出其他办法，最后只有向金人乞哀之一途。在那一段时期中，宋朝的官员，还有一些太学生、老百姓对金人存在幻想，认为国家大事凭他们写几封哀求信，磕几个响头，就会得到金人的怜悯，斡转乾坤。有的人明知金人冷酷，哀求不成，可能为自己惹来杀身之祸，还要去撞一撞。他们倒不缺少杀身成仁的勇气，只要青史中为他留下一个存赵殉节的美名。其志可悯，其事可耻，其实是愚莫及焉！

不过金人对孙傅倒没有十分为难。

反对立张邦昌的还有留在斡离不刘家寺大营的司马朴。他虽是渊圣的随行臣僚，只因身为司马温公之后，受到斡离不的敬礼，不与何桌等一起拘留在青城小幕次。他得知废赵立张的消息后，移书粘罕、斡离不，不是向他们哀求，而是以大义相责，诘其背信弃义数端，其词甚直。粘罕读了，十分愠怒，斡离不竭力保护，不让他受到迫害。司马朴以后被俘入北地，持节不屈，有人把他比为留胡十九年、牧羊北海、不辱使命的汉朝典属国苏武。司马朴终于没有能够回来。

太学生黄时偁、汪若海、徐揆先后上书给粘罕表示反对废赵立张，他们或被杀

[1]《赵氏孤儿》中两个义士，分任生死之事，救出孤儿赵武。

[一] 一种凉药，多服可能致死。

或被逐，结局有幸有不幸。其中徐揆是吴革的朋友，平日赞画，多有智数，最后上书一事料想得不到吴革的同意，就瞒过了他，诳骗南薰门的守将拔离，说有金银相献，居然见到粘罕，当面诘责，词气激越，粘罕发怒，一声"蒙霜特姑"，就把他敲死了。

太学生的表现不一，其中也有一些败类。后来金人索太学博士十人，太学生堪为师法者三十人，"如法以礼，敦聘前来，师资之礼，不敢不厚"。当时报名的竟超过金人原来要求之数。金人把他们甄别考试一下，说"不要你等作文议策论，各要你等陈述乡土方略利害"。四川、江西、浙江等地的太学生，争持纸笔，陈山川险易，古今攻战据守之由以献。有的还说大军进取，愿执鞭镫为前驱。其实当时金军并无南征的计划，太学生应试也是闭门造车，瞎说瞎话，目的无非想利用这块敲门砖，敲开仕进之门。伪朝授予一官半职后，他们先忙着把自己眷恋的妓女娶回家中快活一时。胆大的还敢于到金营去指认俘囚中的美貌女子，说是自己的妻妹，要求领回。

当时城门久闭，瘟疫流行。最流行的是一种叫作"水肿病"的，患者全身水肿，皮肤苍白，好像多时泡在水中一般，半月十日不治，即告物故，治疗时也并无特效药用，只要吃点美食，增加营养，自然痊愈。太学生平日待遇较好，吃不起苦头，围城以来，营养盐分都严重缺乏，患者尤多。短期内死亡的竟达数百人，占在籍学生三分之一以上。那些太学生急于要去应试，倒不一定为了做官，目的无非是贪图吃一点，苟延残喘而已。

曾经轰轰烈烈的太学生运动在亡国之后变得无声无息，许多人与草木同朽，有的人还要贻羞后代，像徐揆等几个人的表现已算得是庸中佼佼了。

权奸中也有知耻不愿受辱的，第二次围城前少宰兼枢密使唐恪积极主和，依附耿南仲，排斥李纲，表现恶劣，因而在街上受到百姓的殴击，罢官在家。百官集会"拥戴"张邦昌，他也奉命参加，这时街头已有人贴出无头告示，揭露金人阴谋。唐恪停车读了告示不禁大恸，一个年少郎君当面斥责他："公为丞相，不能匡救朝廷，至有今日。令朝中皆亡国之大夫，平日卖官鬻爵为蔡京之所不敢为。今日犹厚颜赴省议举异姓，实负国家，哭之何益？"

这一番殴击，一顿斥责，把唐恪的羞恶之心打骂出来了。当时他颜色惨淡，打道回家，不参加会议。接着就服食脑子[1]自杀身死。

即使为金人役使的公人中也有稍存人心的。朱皇后、太子被献出城时，开封府缉捕使臣窦鉴对同伴说："我为大宋之人，忍以皇后太子送与虏人乎?"回家后自缢身死。

上述诸人尚有姓名可稽，一定还有更多的不愿臣虏之人，可惜典籍不载，他们的姓名也无从稽考了。

[1]“权”是代理的意思，官职上加一个动词“权”等于暂且代理这个官职。

6

战争不仅对人们的肉体，也对人性进行冲击，许多人具有多少人性，或者具不具有人性，都在战争面前暴露了。

目前东京城里权倾一时的红人是王时雍、徐秉哲二人，人称“示不小”，示字减去小字就是“二”，这原是东京市井诨语。现在东京人用以指代王、徐二人，还有一层深意，不小与不肖谐音，人们提起王、徐，竖两根手指，轻蔑地唤一声示不小，表示这两个是炎黄的不肖子孙，人们羞与为伍。不过子孙不肖，毕竟还是一个人。后来王、徐变本加厉，帮同金人根刮全城百姓，弄得百姓寸缕不存，再加上逼宫献主，甚至朱皇后、皇太子都给送出去了。杀戮义民，拥戴张邦昌，行同狗彘，这时东京人连同新近崛起的范琼，一起称之为“三狗”。“三狗”“六贼”先后映辉。

其实“三狗”之中，只有王时雍官拜吏部尚书兼户部尚书及副留守。吏部称为冢宰，居六部之首，但上面还有宰相枢密院。二府之下才挨得着六部，副留守之上还有留守。算起官职来，王时雍也只好算是“示不小”之流。至于徐秉哲的开封尹不过是个地方官，《会要》中明文规定，府尹班行在尚书以下侍郎之上，属从三品，是第三流的官儿。外地的方面大员好当，唯独开封府上面压着重重叠叠的中央机关，一个个都像恶姑似的压得小媳妇儿透不过气来，何尝得有扬眉吐气的一日。再说范琼新封东京四壁都弹压使，这个官职来路不明，《会要》不载，很像是个凭空杜撰的“弼马瘟”，比不上目前已“权”[1]勾当殿前司公事的左言，倒算得上是名正言顺。

亡国给他们三个带来个人的好处，他们吃了数以几十斤计的大黄，把最后的一点点一滴滴的良心，都排到身体以外。有了这个先决条件，才被金朝看中，利用他们手中掌握着的一部分实权，加以扶持，使他们超越百僚之上，权倾一时，成为金朝灭人之国、破人之家的驯服工具，成为宋朝人民咬牙切齿、恨不得与之偕亡的死对头。

这三人都是人类中的牲畜，是动物界择善而噬的虎豹，嗜血成性的豺狼，甘受驱策的鹰犬，狡狯无伦的狐狸，他们只在形体上化成了人形，而在精神上纯粹属于兽类，而且还集中了兽类的一切恶德。

这群狐群狗党，不止这三个而已，身份在他们伯仲之间的翰林承旨吴开、翰林学士莫俦，身份在他们之下，徒供爪牙驱使之用的那些“任用”官以及禁兵中一些头目士兵，开封府部分缉捕使臣及公差公役等，也都入了他们的一伙，想在新朝中占到一席之地。

这些狐子狗孙，何足道哉！值得注意的是御史中丞秦桧。他态度暧昧，动向闪烁，使人捉摸不定。似乎他的原形一时还没有被战争拷打出来。

秦桧是浪子宰相李邦彦的夹袋中人物，又是三条蹊跷腿吴、莫、李那一搭档的知心朋友。吴开、莫俦每次从金营回来，必先到秦桧家中密谈到中夜。他对金人的废立之意，当然是一清二楚的。

去年五月，秦桧曾假礼部侍郎的头衔充割地使，到过燕京，虽未见到斡离不，却与左监军完颜挞懒搭上了关系，自从完颜兀术在朝廷的地位受挫以来，挞懒逐渐有取而代之之势，成为燕京的显要人物。当时金宋关系微妙，一方面金是战胜者，另一方面宋在传统上，在部分女真贵族的心目中仍是个上国，宋朝臣子只要见他们时，一般都受到相当的优礼。此时吴开在军营见到刘彦宗时，刘彦宗还提到此事，并说挞懒监军曾问秦中丞安否。可见他是被金人器重的人物。

秦桧为人机深虑密，做事很有手段。往往不出手则已，一出手必有所得。吴开、莫俦、李回都很佩服他，往往自叹勿如。渊圣蒙尘前，秦桧以出使有功已官拜御史中丞，中丞是御史台的长官，《会要》明文规定，它的班行在开封府尹以上，也算是朝廷大员。狐群狗党之间，也有钩心斗角，王、徐妒忌吴、莫接近金朝的上层分子，处处要排斥他们，吴、莫也恨自己手中没有实力，很想把秦桧拉出来，与王、徐抗衡。此事已请示过刘彦宗，刘彦宗深表赞同。只是秦桧本人自高身价，虽经一再劝驾，犹是迟疑不出。惹得吴、莫性急起来，对外扬言：“会之不出，其奈东京的一城生灵何?”希望以此形成一股压力压迫秦桧出山。

这时拥护废赵立张的人，表面一套理由都要说到是为东京百万生灵，至于对内，那当然另有一番说辞了。吴、莫与秦桧有着特殊关系，私相过从，可以直入闺阁，与秦桧的老婆王氏无所不谈。此番他们前来劝驾，也不需要转弯抹角，直截了当地就说：赵氏之废，乃大势所趋，无人能够挽回，如再抱残守缺，身家之祸立见。再则，二太子对会之深为器重，屡问安否。会之如倾心新朝，必中宰辅之选，岂王时雍、徐秉哲辈只供役使的鹰犬可比？说到后来，情乎见词：“咱们这位老弟台，犹犹豫豫，坐失时机。全仗夫人的枕边灵。只怕夫人的话，他还肯听。”

在秦桧多年熏陶下，痴婆子王氏这时也大有长进了。她虽百分之百地赞成吴、莫之言，却懂得丈夫自高身价，不肯贱卖，含有与金人讨价还价的意思，她假意儿地回答：“会之沉默，在家绝口不言朝端之事，奴家几番开口，都吃他挡住。莫非故主情深，尚有眷恋之情？两位大哥倒要多多开导他才是。”

秦桧确实机深虑密。集议拥戴张邦昌的那个会议，他先是答应吴幵一准参加，临时又告病请假不出，徐秉哲知道他与吴、莫的关系，不敢相逼，把他放过门了。倒是吴幵在秘书省横等不来，竖等不至，唯恐受到刘彦宗的责难，搔头抓耳的十分着急。临到签名之时，他说声：“会之今日果然疾重，下官就代他签了。”奋笔写上御史中丞秦桧的职衔姓名。忽听得台下御史台一角有人窃窃私语。吴幵低回一下，重新执笔在秦桧的名下赘上两个小字“告病”。是告病请假不能出席会议无法签名，还是告病，请人代签，含含混混，没有说清楚。这真可说是“掩耳盗铃”了。

王氏在家也急起来，唯恐架子拿得太大，做作过甚，会引起不测之祸。一切自高身价的人都要在软硬之间进行平衡，太软就达不到目的，太硬又怕绷了，只有强悍者才敢把架子搭到十足的程度。王氏胆量有限，她把一件紫袍刷了一刷，掸了又掸，看看丈夫尚无动静，就低声提醒他道：“如今已交巳正，那会也开得一半了。官人不去，他那里岂不要见怪？”

秦桧匆忙发怒，从王氏手中抢过紫袍摔在地上，踏了几脚，骂道：“俺出不出去，自有主张，何干你痴婆子之事？”

结婚不久，秦桧就把这个雅号加在王氏头上。不过当时二人的地位悬殊，在家庭之中，秦桧要仰妻家鼻息之处甚多，只好骂在心里，不敢骂到口里。

在这三四年中，秦桧时来运转，仕途得意，扶摇直上，把两个舅兄撇得老远，而王氏的所谓宰相门第声光早掩，现在已经没有多少人再自称相公门生、侯门故吏，过年过节到太夫人处去请安，到童贯的头颅被割以后，就是阉相的这座后台也已倒坍。现在不再是秦桧要求舅爷照拂，反而是两位舅爷要上妹夫的门、嘘寒问暖一番，看看有什么机会，可以讨个优差，或者不得已让妹夫写封介绍信去伺候吴承旨、莫学士，多少也有一点便宜可讨。故相子孙，落到这一步，他们心里也自委屈，常要叹气咒骂时运不济，世风不古。

可是秦桧绝不相信有时运一说，“种瓜得瓜，种豆得豆”，他两个整天醇酒妇人，天下哪有这么多的好官，让他们不劳而获。他自己在吴幵、莫俦身上种瓜种豆取得的一些交情，决不轻易用在舅兄身上。亲友之间骂他一声刻薄寡恩、忘恩负义，又怕什么。当他决心要做什么，决心要冒天下之大不韪，天下人一起骂他也不在乎，何况这一对尸居余气的软鼻涕的舅爷！

家庭的地位颠倒了，现在不再是他的一方的“齐大非偶”，而是她的一方的“屈体相就”了，因此骂她几声“痴婆子”又打什么紧。开始时，她也泼撒无赖地闹过一阵，上过两次吊，绝食一旬，关起房门，不让秦桧进去过夜。秦桧通不睬她，以后反而是她自己憋不住，亲自秉烛到书房来延请他。在家庭争执中，秦桧占了上风，慢慢地“痴婆子”就成为家常便饭，一天要出现几次。有时王氏也会撒娇地说：“官人成天在外也不想着痴婆子在家守候你，挑灯每到天明。”或者说：“丈夫恁地狠毒，俺痴婆子的心好痴啊！”

从此痴婆子一称在家里取得公开的身份，不但是恶骂，还成为美称和自称，这一过程反映了秦桧不简单的仕途经历。

宣和六年、宣和七年间，秦桧内恃大内都押班张迪的奥援，外有当朝大臣王黼、李邦彦、白时中等人的照顾，声名鹊起，都夸他非池中之物，却因他在太学中的工作做得太细微、太到家了，朝廷竟找不到合适的替代者，未能开缺，秦桧还得等待机会。幸喜靖康改元，权相李邦彦谋和，又不便自己出面主张。秦桧别开生面地上了一道《兵机四事疏》，说金人诡诈不可信，守御不可缓，金使不可馆于城内，俨然都是主战的言论，其重点却是金人开了条件来，乞集百官详议，择其当者，载入誓书。渊圣听了他前面三条，连后面一条也依议了，议和之事才得公开举行。秦桧立了头功，才得跳出黉门庠序之地，擢为兵部职方员外郎。不久张邦昌派往金方议和，请求以秦桧“勾当公干”，就是要当他的机要秘书。秦桧熟知张邦昌之为人，胆子最小，走到屋檐下也要双手捧住头，唯恐屋瓦掉下来，但野心甚大，岸无涯涘。跟这种人同事不会有好结果，当即抗旨辞免，说：“邦昌此行，专为割地，与臣初议矛盾，失臣本心。”好个坚持原则的人，不过另一次借他以礼部侍郎的头衔奉使入燕商议割地之事，他倒同意了，议定了许多割地的具体事项。他忽左忽右，忽反对赂敌，忽奉使议割，忽主战，忽主和，行动往往出人意表。他的真正意图不要说一般舆论，至交吴幵、莫俦、李回，甚至连老婆王氏也摸不清楚、猜不透，只有他自己明白。依靠这样的行径，他果然跃居显要。不到一年的时间，就从员外郎迁殿中侍御史，拜左司谏，直到御史中丞之官。这还不能使他满足。

吴幵、莫俦带回来金人废赵立张的意图，同时也微及粘罕、斡离不不赞成张邦昌而完颜斜也支持他的背景。这一条引起他的深思。他曾去过燕京，接触过金朝的一些头面人物，并通过带兵的挞懒了解到金朝权贵与军队之间有矛盾，好像一个敏感的政客一样他首先要把与他打交道的各方面派系关系都弄清楚了，各派实力消长的现况及发展趋势都估计到了，才肯决定自己的出处，这一条就是急于功名的吴、莫之流万万比不上他的地方。

吴、莫把自己所知的一一告诉秦桧，秦桧却不肯把自己知道的告诉吴、莫，对任何人，即使父子、兄弟、妻子也都要保持一定距离，这是他的又一条原则。以后两天，他在书房里独居深思，把上下臼齿咬得咯咯作响，磨牙的声音甚至惊动了闺房内的王氏。王氏几次要进来打扰他都被他挥手撵出去了，他还没有下定最后的决心。

百官集议的前夜，吴幵又来劝驾，谈到司马朴移书诘责二帅立张邦昌之事，不免讥笑道："那个司马朴好不知趣，如此大事，凭他一封书子就打消了不成？他不识时务，不知天命，倘非温公之后，俺看他的这颗头颅早就搬家了。"

"斡离不对司马朴行遣发落了不曾？"

"二太子此时有多少大事要办，一时哪有工夫管此闲事？"

"司马朴如今还住在刘家寺大营里？"

"倒也不曾听说已迁动他的居处。"

够了，这几句话尽够促他下定决心行自己之事。

会议后的第二天，监察御史马伸代表御史台许多人的意见来见秦桧道："昨日之会，吴承旨擅代我公签名，众议不直。废立大事，吾曹职为争臣，岂容坐视不吐一词。当共入一议状，乞存赵氏。我公官拜中丞，如能领衔入状，乞金人再议，此事犹可斡旋，公意如何？"

能不能做到让秦桧领衔入状，马伸并无很大的把握，他毋宁把秦桧看成可以争取的对象。双方面都认为秦桧可以争取加入他们的一方，这就是秦桧不同凡响之处。但出乎马伸意外，秦桧竟是一口答应了，而且发言表态，十分慷慨："诸公忠义，秦某何人，敢落人后？此事义不容辞，桧必当以死相请。事如不成，不惜碎首而死。诸公且共作一状，桧今夜削稿，明日也自为一状，与诸公状共入金营，借以振奋人心，为天下倡。"

秦桧的话还没有说完，王氏已从隔室闯进来，她冠儿不正，头发蓬松，衣衫捋扯得零零乱乱，指着马伸哭骂道："这个马侍御居然敢来劝官人作此灭族的勾当。议状上去，祸殃立至。与其让金人拿去刀剐棒敲，俺不如就此死在丈夫面上，可也要这个姓马的死在这里，大家同归于尽。”

这个宰相家孙女的王氏真够厉害，要多少泼辣就拿得出多少泼辣。她一面哭骂，一面扑上去扯下马伸的幞头头巾，老大的耳刮子只顾向他脸上掴去。马伸猝不及防，又不好回手，吃了大亏。

这里秦桧连声喝止道：“你妇道人家怎知忠孝名节千古之事，在这里胡闹？”连骂带推，把她推进内房，也不顾她口中污言脏语乱骂，用把大锁反锁起来。

第二天两道议状一起送到金营。比较之下，秦桧的议状措辞更加激烈。它大要说：“张邦昌附会权幸，共为蠹国之政，天下方疾之如仇雠。若付之以土地，使主人民，四方豪杰必共起而诛之，终不足为大金之屏藩。必立邦昌，则京师之民可服，天下之民不可服。京师之宗子可灭，天下之宗子不可灭。桧不避斧钺之诛，言两朝之利害，愿复嗣君位以安四方，非特大宋蒙福，也大金万世利也。”

议状一入，并没出现秦桧事前期望的结果。第二天一早，萧庆特派李县丞带了一队女真兵前来取人，把秦桧、王氏以及一个婢女、一个小厮、一个当值男仆翁顺一起取入大营。

在众兵监护下，王氏不敢撒泼，她暗暗藏一把剪刀在身，冷不防一剪刀刺进秦桧的屁股，鲜血沁到袍服外面。她咬牙切齿地轻声骂道：“你这老不死的说什么忠孝名节，俺看你心里何尝有半星儿忠孝大节？今天可不是搬起石头自压脚。不如一剪刀两个都刺死了，省得到北方冰寒之地去吃无穷之苦。”

此时此地秦桧也不便与王氏争闹，他揩去血迹，权为忍耐，心里想道：“天底下哪有带着男仆女奴去做俘囚的？你道输了这局棋，俺看未必，路长着哩，走着瞧吧。那吴、莫等人兴兴头头地去做姓张的佐命大臣，看他们可以快活到几时，你这疯婆子，终究是妇人家见识，懂得什么高瞻远瞩。”

一疏存赵，万里投荒。当此之时，要不说秦桧孤忠大节的人是很少有的。甚至过去太学中对他知之甚稔、成见最深的雷观、高尔登、丁特起、石茂良等人，现在也改变看法了。

7

在一段时期中，三处赈济所成为千灾百难的东京城中的一座世外桃源。搜刮马匹，连内廷御骐骥院也未能幸免，唯独赈济所内的几百匹战马，嘶叫如故，无人问津。每天清晨，“难兵”们大模大样地牵着挂有赈济所木牌的马匹走到城厢边遛遛，还公然在金水河畔饮马，无论开封府，无论城头上的金兵都好像没有看到一样。搜查兵器，雷厉风行，敢藏匿的依军法从事。唯独赈济所里的兵器堆积如山，还有老百姓不愿上缴开封府，宁可缴到赈济所来的。吴革、崔彦照单全收，开封府也不闻不问，金人指名要索的各式工匠、艺人，得风声较早的都逃到赈济所来要求保护，开封府也不进来取人。

当然徐秉哲、余大钧等都知道赈济所已成为逋逃之薮，屡次请示萧骷髅。萧骷髅把右手捏成拳头，左手两指圈成鸡蛋之形，两相撞击，再指指自己和徐秉哲的头，意思是说你们以卵击石，难道不要自己的骷髅头了？

欺善怕硬，天下通行。金朝虽拥有二十万大军，环列城外，但对城内三块小小的癌肿——三个赈济所却不敢轻易动手。他们不但惧怕吴革麾下的士兵有一定战斗力，打起来难免要付出代价，更怕一动手，直接或间接受到赈济所好处的十多万老百姓都会卷入战斗，即使打赢了，东京城难免受到很大的破坏，不符合他们“囫囵吞枣”的方针。

可以把东京的老百姓压死、榨死、挤死、饿死、渴死、赶出家门流徙街头而死，让他们自为生死，各式各样的死都可以，但不要他们在战争中流血而死使金朝负屠戮之名、而失却“全城”之利，这是斡离不坚定不移的政策，金军自粘罕以下的将士都不敢不凛然遵行。

在赌博中输家与赢家的心理状态不同。输家已经倾家荡产，除了自己一条性命，没有什么再可以失掉了。他们千方百计寻求孤注一掷的机会，作翻本之计。赢家身价已高，没有必要再与穷光蛋拼命，把自己放到危险的境地中去。他们也千方百计地避免与输家决战，除非他们有百分之百的把握，才肯出手一掷。

唐朝大将薛万沏说过，他用兵犹如赌博，不大胜就大败，这确是一个穷光蛋的赌徒哲学，不过当他累战累胜，功成名就之后，是否还能保持这个穷光蛋赌徒的勇气，那就值得怀疑了！

根刮进入高潮之际，东京城发生粮荒，每斗米麦，要价两三千文。赈济所存底虽厚，但就食的百姓越来越多，难免要发生绝粮的危险。主管粮仓的雷观与吴革商量出一个孤注一掷的办法：一方面扬言赈济所粮食来源已断，官方不肯接济，不日将告解散；一面由吴革直接去找王时雍，要户部在十天以内拨解粮食十万担。

王时雍略有支吾，吴革就发脾气道："京师现粮若干，你王尚书心里一清二楚，俺吴某也自明白。王尚书难道怕粮食拨给赈济所，叫吴某一个人吞进肚里不成？实话相告，近来赈济所内已是人心惶惶，一旦断炊，饥民聚众滋扰，或抢粮仓自活，或到留守司、开封府责难，二公自去对付，无干吴某之事。"

王时雍一听吴革出言强硬，忙用好话稳住。吴革临走前又说一句："明日此时，不得尚书回话，吴某就率同饥民一起前来留守司颙听佳音了。"

王时雍立刻据情禀告萧庆，这时在都堂治事的除萧庆外还有两个帮手汉儿郭少监、曹少监，他们都作不得主。萧庆立回大营请示刘彦宗，刘彦宗又带他去见斡离不汇报，趁势提出了自己的看法："吴革以粮食赈济，恩结百姓，百姓受食，团结不散。我不如趁势断了他的粮食，使百姓归怨于吴革。我以大兵临之，解散三所，如有不服，斧钺立加，永绝此患。二太子如欲得吴革其人为佐，这也不难。他党羽既散，无权无势，已成为没脚蟹，我派左言、范琼前去说降，他无不从命。"

"刘都统此计非妙，"斡离不沉思了一下，摇摇头否决它，"粮食一断，滋扰立生，此非吴革恫吓之词，实情果是如此。吴革几次造事，赵官家两番出城，百姓跃跃欲试，俺看都是吴革在后牵线所致。这番有题目可做，他更不肯罢手了。断他粮食，岂非促他从速起事？范琼兵力恐不是他对手，俺看此事还是缓办，搁一搁再说。"

"太子明鉴，吴革起事，范琼不足以制之，仍恐要出动我大金军，才能了事。"自从在废立问题上有了异同后，刘彦宗对斡离不说话更加谨慎了，表达自己的看法，更加隐晦了，"只是把吴革放在城中，万一有个风吹草动，难免要引起轩然大波，私心窃为不安。"

"如今赵官家已在我手中，斋宫周围，围得铁桶一般，谅他插翅难飞。"斡离不笑笑，这是他最得意之笔，"还有赵佶、朱皇后、太子，再过几日也将送出城外，只要把这几个人管好，吴革在城中就闹不出大事。他要杀了左言、范琼、王时雍、徐秉哲，鹬蚌相争，何损于我。他要突围而出，意图劫驾，那时我以大军临之，以十围一，怕他作甚。刘都统未免过虑了。"

刘彦宗这才试探出斡离不的真意，最好不出动金军，万一要动，也只好在城外与吴革交战，城内之事，让他们自行了结。赈济所暂时不能动它。他立意如此，甚至不怕养痈为患，刘彦宗当然不可能再有异议。

王时雍给吴革的答复好得不能再好。答应拨给赈济所的粮食不是十万担而是二十万担。原在相国寺等四处置场平价粜米，索性归并给赈济所一并办理，粮到之日发榜施行。还说日后粮食如有不足，可由金军从城外运进，毋虞匮乏。这一次王时雍说到做到，二十万担粮食，三日内就全数拨解了。

一方面是在寻找决战的机会，一方面却尽量避免决战，脱离接触。以至像遣送太子这样激动人心的场面也不能成为爆发事件的导火线。这使得困在事务堆里的吴革等人都有些不耐烦起来。

但是，决战的机会终于来到了。

三月初二清晨，吴革因昨夜与参议们商量大事过晚了，尚高卧未醒。忽然崔彦、崔广等数十名战士，都在罩袍内裹了软甲，排闼直入吴革的卧室。

“吴统制你兀自高卧，”性急的崔彦大声把吴革吵醒，“不知昨夜金人已有文字来，限三日内立张贼，不立则全城生灵尽行杀戮。”

在隔室睡觉的参谋太学生雷观、徐伟、吴铢、左时等也被惊醒了，他们马上把主管同文馆赈济事项的邢倞、何宏，主管启圣院、五岳观的高士譥、赵子昉都找来，大家商量（赵子昉是宗室疏属，也因受到赈济所庇护，未受逮捕）。崔彦慷慨发言：“禁军弟兄数百人，昨夜闻得张贼将于初六登基，愤不欲生，相约誓死。有数名将佐回家去手刃了妻孥血属，已随来愿从统制起事。只今天就要起兵去杀了张贼三狗等，以泄神人之怒。他们一时一刻也待不住了。”

这几句话胜过一篇誓师文，大家激动，一致决议：“事急矣！宜速起兵，缓则事泄，恐有不测之祸。”

作为盟主的吴革要检阅一下力量，冷静地发问：“禁军中愿起事的有多少人?”

“禁军官兵四百余人，都是能征惯战的，俺全数带来，现在馆内侧房中暂驻。”

吴革点头嘉许，吩咐何老爹先去造饭，让他们吃饱了，休息一会儿再说。这里他又问：现在同文馆内住宿平日训练有素的效死使臣、西军劲旅、咄嗒可集率之出战的有多少人?

负责练兵的崔广回答：“可用之士不下五千人，其中曾为将领军佐的有七十余人。调兵令下，数刻内即可征集。”

“可用之百姓有若干人?”

“百姓十余万敌忾同仇，唯统制之马首是瞻。”最近派下专司其事的参谋左时回答，他虽是个太学生，却富胆略，“兵器尽有，唯习武事者不多，临战恐不得大用耳。”

“百姓不习武事，临战反多掣肘，不要他们随去也罢。”另一个太学生吴铢从实际出发，提出建议，但立刻遭到大家的反对。

“百姓忠义，岂可舍弃?我起事杀了张贼后，携带百姓，突城而出，到了京西各州金人薄弱之处，再作计较。”

“战士不少，士气可用，百姓不可弃。”吴革点头赞成邢太医的意见，简单概括了三句话，然后提出一个实际问题，“今日之事以杀张邦昌为第一要着，诸君可知张贼现在何处?”

崔彦没头没脑地回答：“张贼昨日张盖入南薰门，招摇过市，不少人都亲眼看见，想已回龙津桥私寓居住。”

“非也!”吴革了如指掌地回答，“张贼胆小如鼠，昨日在金兵百名护卫下入城，傍晚金兵撤回时，他又改穿便服，混在金兵中，悄悄回青城去了。岂可得而诛之?”

杀张邦昌是他们举义的目标，但张邦昌人在何处尚不清楚，起事怎得有成?行此大事单靠热血沸腾是不够的，需要有冷静的头脑。吴革作为他们的盟主，这时起了头脑的作用。他提出了考虑多时的方案：“吴莫三狗乃今日之五蠹，吴幵、莫俦往来金营、行踪难期。三贼及萧庆曹郭等都在城内，杀之一夫之力耳。但金贼狡猾，张贼至今尚住青城，金军严加保护。以我之力，制范琼有余，敌金兵不足。不如定于三月初六张贼进城登基之时，趁乱中起事，那时纵有数千金兵护送，我一鼓作气，杀败了他，擒张贼正法，诸君以为如何?”

东京城陷以来，吴革无日无时不在考虑举义的问题，他不怕死，但一定要死得其所，死得有补于国家生民，才肯下此决心。城陷之初，蒋宣、李福仓促发动邀驾之举，举事不成，反而破坏了他预定的突城计划。渊圣第二次蒙尘时，他去见张叔夜、孙傅，也曾提出具体的起事计划，可惜张、孙未能实行。第三次是皇后、太子出城，孙傅问计于他，他提出以假太子换真太子突围而出的建议。又因孙傅巽懦，临事而惧，他事先的布置未能奏效，徒然损失了李宝等得力助手十余人。

三次计划失败，并未使他心灰意懒，但他内心是极度痛苦的。他白天在赈济所综理百务，镇静如恒，却椎心扼腕，夜夜泣血饮恨。只有最亲密的同僚雷观、丁特起、李师师、何宏、邢倞等才深刻地了解他的痛苦。

可是最后的机会终于来到，这一次决不能再把它轻轻放过了。这是因为东京城虽已沦陷了三个多月，老百姓被掠得精光，几次热血沸腾，愿以死报国，但只要宋朝一天不灭，渊圣一天在位，在名义上就还不能算是亡国。现在金虏决定以楚代宋，以张代赵，在名义上也是真正的亡国了。吴革和老百姓们并非以一姓为重。因为当此之时，赵宋与国家是一而二，二而一的，保护了赵氏就是保护了国家的独立与尊严。他们为国家为民族而死，甘之如饴。张邦昌、王时雍等昧着良心干事，内心中也知道自己做的是受万世唾骂的勾当。这条界线分明，绝不能混淆。

吴革与全体军民的思想感情息息相通，他了解十余名禁军手刃血属以求一当的激昂心情，这种行动虽然不是人人可以做到，这种心情却存在于千千万万东京人民的心里。它将保证这次举义一定可以发动起来，并将获得成功。

选择了三月初六这一天举义，是吴革筹之已熟的结果。面对着他长期寻求的决战时刻，吴革的心情当然是十分兴奋的。

8

人们今天的生活和思想意识都是昨天的生活和思想意识的延续和演变。正好像他今天的容貌也是昨天的容貌的延续和演变一样，即使发生突变也残留了昨天的痕迹。分别了二三十年的老朋友，一旦相见，第一感觉就是对方变化得很多了，光洁的皮肤上已刻画上许多皱纹，万丈青丝已变成花白。有的变化更甚，甚至到了不易相认的程度，但与他朝夕相处的亲人，每天都看到变化的一部分，不会有那种惊奇的感觉。因为任何演变都是在昨天的基础上进行的。即使分别了四十年，乍一见面时已完全不认识了，只要他有相当记忆力，总能够从那少年朋友的面容、表情、动作上辨认出一些过去的特点而惊呼起来。

从表面看来，李师师的生活是变化得很多、很大了。如果说从一个街头流浪儿进入勾栏之家是她生活中的第一次突变，那么，她走出镇安坊来到赈济所就是生活中的第二次突变。人们熟悉的是经过第一次突变后，雍容华贵、风华绝代的李师师，今天要来到赈济所，大约想不到眼前这个普通妇女就是当年名满京师的李师师。两者之间已经找不到多少共同点了。

从第二次围城以来，她参加了赈济所的工作，也逐渐演变而终于完成了第二次的突变。现在，不管严冬和逐渐暖和起来的春天，她都用一块青布帕包着每天只是草草梳拢一下的发髻，让零乱的鬓丝露在布帕外面。她在夹袄外面罩一领玄色的布衫，下面系一条与罩衫同色的布衫。这不但因为她特别喜爱玄色——这一点仍保留着她的本色——更因为她成天与笔墨煤灰锅炉灶台打交道，穿深色的衣裙可以少洗几次。目前她很难抽得出时间来处理个人事务，诸如洗涤衣服等。只有头上的那条青布帕是个例外，那是每天要洗的，青色已洗成灰白。好洁也还是她保留下来的生活习惯。

师师过去多病，并非由于多愁善感，临风嗟吁，对月唏嘘，而是因为不注意身体，任性而行，生活起居无节而造成。城破以后，国家面临灭亡，她的工作十分紧张，她感觉到自己的分量和责任，不由得注意起身体来，至少是不再糟蹋自己。她现在同文馆及其他两处赈济所里，几乎兼任着“掌书记”之职，一应文字上的事宜，都由她和小蘩、惊鸿三个包办下来。另外计算粮食进出、烧粥蒸馍、洗刷锅碗，一切力所能及的事，无役勿从。

吴革、左时、崔彦、崔广训练甲士，练习骑射，她也要求参加。一副十多斤重的盔甲，也要去试穿穿，铠甲压得她挺不起身体，她还逞强说再加十斤重的兵器，她也拿得动。轻装骑马，原是她擅长的拿手戏。两三个月练习下来，居然可跟男人一样骑着马射箭了。有时吴革称赞她一声“有长进”，她就感到十分骄傲，常常要调侃丁特起道：“俺虽是个女流，礼、乐、射、御、书、数六艺都沾着点边儿，不比你丁太学，又不会编册籍发号牌，又不会打算盘计钱粮，骑不动劣马，挽不开强弩。你这个堂堂的须眉男子，生平所长，唯有临事一恸而已。”

丁特起被她说得急了，涨红着脸分辩道：“师师虽擅书数射御、妙解音律，只是面辱男子，于礼的方面未免有点欠缺。”

“面辱男子，于礼不当，你这样数落女子，难道也算是知礼的?”然后她不怀好意地笑起来，“俺不与你分争，再争下去，只怕你丁太学又要……了。”

这一句的潜台词是“又要大恸一场”了，大家都明白，玩笑当了真，他真的又会哭起来，还是急刹车为妙。

家国多难，向来逸豫从容惯了的，一旦投入紧张的劳动，还要练骑习射，把脸庞晒得黑黑的，这几项加在别人头上，一定会疲惫不堪，形销骨立。但师师为人却是别具一格，她的身体反而好起来，血色充盈，面盘和体形也日见丰满。有时连续劳动了五六个时辰，实在累极，从灶间回到小房间就和衣带鞋往床上一倒。连擦把脸洗洗手的工夫也等不及了，再也顾不得好洁的癖性，乌黑的手往玄色衫子上一抹，煤污染上脸颊，浑身乌黑就扑转身体睡着了。别看她睡得这么沉酣，等到灶间再次需要她时，不用小蘗她们唤醒她，她已是一骨碌起来，浑身带劲地钻进厨下烧火去了。一去就蹲两三个时辰，似乎厨间灶下那小小一方的天地中可以让她安身立命。

她的精神状态也是十分健康的。现在她既不为把握不定的未来担心，也不愿回忆命运多舛的过去，特别不愿回忆官家对她的那段缠绵的情意。那已经是隔世之事，早被她逐出现实生活以外。

有时候师师沉痛地想：人的生命如果可以抽去一段、截去一肢的话，她宁愿截去一只胳膊、一条腿来换取，把大观元年到宣和七年这段生活从她生命中抽掉，那曾经给过她多少委屈、多少耻辱，想起那一段生活就会使她感到恶心。

事实上，师师生活中第二次突变的过程也就是她精神再生的过程。自从走出镇安坊这扇大门以来，她在身心两方面都变得充实和净化了。当然赈济所的物质条件是很差的，不要说每天吃着与难民同样的伙食，睡一间黑不溜秋的小房，师师生平好洁，每天要洗一次澡的习惯，在这里根本无法满足。在肉体上的洁癖不免要迁就现实，但她对精神上的洁癖却要求得更高了。物质生活越是贫乏，精神生活却更加富足。现在她过的确实是一种脱胎换骨的生活。她好像从某个肮脏的犄角中钻出来，跳进清水池塘洗了一个澡，把多时黏附在身上的积垢陈污冲刷得干干净净。她取得了一个精神平衡者的满足和愉快。

尽管师师目前的处境是十分险恶的，像所有东京人一样，一阵阵恶浪随时可以袭来，使他们惨遭灭顶之祸。每天早晨离开床铺后，就无法知道今晚是否还能睡到这张床上。但从第一次围城之役以来，师师在思想上已有所准备，随时准备去迎接加在她身上的最后一击。对死的充分的思想准备，也是使她精神再生的一个重要环节。现在已没有什么可以使她畏惧了。

为了完成精神上的再生，她付出了多少代价！

9

李师师在宫廷中有一个真正的知己，他当然不是宋徽宗，而是他的老奴，忠诚勤恳、在许多事情上的想法都与师师一致的老内监黄经臣。

黄经臣从来不愿撮合官家与师师，开始是单方面地从官家的名誉和利益出发，后来他逐渐了解师师之为人和她的隐痛，就更加坚定了这种想法。他甚至在师师面前透露过这种想法，取得师师的赞同。后来他们就成为拆散这种关系的合谋者、默契者，彼此心照不宣。

官家从南方回来，一定要黄经臣把他在亳州填的那首《临江仙》词送去给师师看。官家懂得采取任何行政手段都不能挽回师师对他的感情，除非用一缕柔情，才可能使她回心转意，这首词就是达到这个目的的最好工具。黄经臣也懂得官家的意思，还怕师师抵抗不住它的进攻，毅然决定把它藏匿起来，而以找不到师师一家流徙何方去回报官家。其实他知道师师藏身在赈济所内，也知道李姥在镇安坊附近赁了一栋房屋居住。

割断他们的关系，不消说使官家十分痛心，从老家奴的感情出发，他以官家的痛苦为痛苦，但他更尊重师师的愿望。他把自己比为一个良医，必须进行一个手术，让患者痛苦一阵，病才有痊愈之望。他认为这个病根子导致了目前亡国的惨祸。黄经臣的身份虽然是个老家奴，他这个想法以及他采取的果断的行动，却达到当朝文武没有几个人可以达到的古大臣的水平。

他怀着许多秘密，师师病中的决绝之言、那半段折断的金簪、官家那首“愁牵心上虑，和泪写回书”的词以及师师的踪迹，等等，这些秘密深深地埋藏在他心底，随着东京城的沦陷，一把烈火把他自己和这些秘密都烧成灰烬了。银河永隔，双星暌离，从此他们间的最后一道桥梁也被摧折了。

可是师师是不是真的像她表面上那样决绝，把官家完全置之度外呢？不！人们的一段生活是他生命延续进行中的一个组成环节，无论对他是欢乐还是痛苦，是光荣还是耻辱，无论他喜欢还是不喜欢，它都是存在的。它不是身上的积垢陈污，可以用清水和皂角洗涤。生活的一个环节无法从她生命中截掉。

尽管师师心中十分鄙视官家的逋逃行为，但从他自南方回来，特别在东京城沦陷以后，她常会想起他，带着三分谴责，也有二分怀念。如果他原封不动仍坐在福宁殿的宝座上，那么除了鄙视，还要加上师师的自尊，她不会再想到他了。然而，目前他已被撵下宝座，从宁德宫迁到龙德宫居住，一字之差，身份大不相同。即使别人叫得好听，太上皇仍然保持半个皇帝，即使他以封号自娱，自封为道君皇帝，但已不是实质上的皇帝。他是一个因为不称职而被迫让位，或者不如说是个被撤了职的倒霉皇帝，现在他的实际身份已与任何人相平等。

据师师所知，一大半是那老奴黄经臣出于不平而透露的，太上皇在龙德宫的日子并不好过，渊圣和朱皇后仁孝，虽无亏待他的行为，却禁不住手下人的势利眼。何况他这个身份就容易引起自卑的敏感。在宫廷中每人与他接触，不是过多地安慰，就是有些冷眼相看，两者都使他十分不安。他是孤寂的。妻子、儿媳，还有那么一大堆皇亲国戚，没有一个是他的贴心人。只剩下一个忠心耿耿的老奴，他对他还是百般挑剔，嗔怪他没有为他找到李师师的下落。

师师又怎能完全把他置之度外呢？师师不是一个装进了理智的木头人，而是一个有感情有血肉的活人，撇去他的许多荒唐行为，对她，他却是自始至终，尽心尽意，十余年如一日。他从来没有做过一件主观上要伤害师师的事，即使最后的一次决绝，他对刘锜产生妒意，一时不愤，就把刘锜贬谪到陇右，归根结底还是想取悦于她，争取到她的专一的爱情，对她本人并无恶意。至于平日的小心翼翼，轻怜蜜爱，那更不必说了。师师是冷峻的，当他们之间的地位悬殊时，她对他的持论是苛刻的，对他的要求从来不予满足。但她并不冷酷，当他的处境不妙时就会采取比较宽容的态度，即使评论过去之事，也会多一点同情与怜悯，正是这一点点的同情，这一些些的怜悯有时也掩盖了对他的憎恶感，而且透过严密的心理封锁，让他窜进她的内心，扰乱了她的新生活。

师师与小蓑、惊鸿住在同文馆靠里进的一间偏室内，房间狭仄，黑洞洞的，但有不少隙缝，碰到大雨大雪，屋内也下起一场小雨小雪。危乱之时，根本谈不到内外有别，男女居处要远远地分隔开。事实上，同文馆内修建得最讲究，专供使节们居住的房间，都在最内的一层，目前那里住着精锐的武装战士，贮藏军器军械和机密文件，诸如师师编造的名册等，都藏在内层，以资保密。不过那么多的战士生活在内，平日进进出出，要完全保密是做不到的，有时简直是掩耳盗铃，混在难民中间的开封府细作，对赈济所里面的军事活动早已摸得一清二楚。吴革所持的是人心所向而不是技巧上的保密。

对师师还算优待，她就住在战士们外面的一层。同文馆赈济所煮烧施粥、发放救济粮却在大门边上的几间大厅，以及临时搭起来的敞棚。每夜初更，师师就要起床，盥漱粗了，就点一盏灯笼，带着小蓁，两个穿过几栋房屋一片旷地，来到仪门内一个偏厅中，去劈柴拣煤，量米烧粥。这是苦差事，师师却乐此不疲。每到三更以后，许多大锅的粥都已烧滚，这时灯盏全熄，几十堆炉火尚红，厅里数十名管炊事的人员都已回房去困一个“还魂觉”。这里留下不多的人，也都睡眼蒙眬，守在锅边看管。厅内除了粥锅中发生“噗噗噗噗”好像小船在黑夜的河水中的划动声，万籁俱寂。师师也自倦意袭来，勉强不让自己睡着，有一股无名的柔情从她心中升起来。

“如果伴着自己一起守在锅炉旁边，在自己耳畔轻声密语的就是他，那该多有意思!”记得在镇安坊时，不管她多么讨厌他，也不管她有多少倦意，他一直赖在房里不走，要坐到很晚很晚。有时没话想话，他总想得出一套一套的话来讨好她。他谈的后宫生活、大臣家里的丑闻、官场中的逐臭，这些都是老生常谈了。他一开口，她就掩起耳朵来，不让他说下去。但他也说到一幅构思中的画，他以生花之舌，说得那么活灵活现，好像这幅图已挂在醉杏楼的壁上，其实它只为他提供说话的素材，永远不可能画上宣纸的。但他说得那么巧妙，师师也不免要稍加辞色给他个好面孔看。他趁势上了脸，提出种种永远做不到的要求，最后还是被师师撵走。好就好在等到师师真正要撵他，他倒是十分听话，乖乖地就走。这使他取得下一次再来的权利。有时师师把他撵走了，自己心里倒有点恋恋不舍起来。

要一个贵为天子之父的太上皇，深夜中守在煮烧施粥的炉台旁伴她低语，这未免是想入非非了。但没有办法，他们要见面，除非就在这里。黄经臣带来的暗示，太上皇目前已失去微行权，龙德宫门口有邓珪、张迪派来的人看守，不让他随便出门。但要她进宫内去，更加是想入非非了，在任何情况下，她都不能够进宫去。他想来，要来，好吧，就到同文馆来。这四面透风、冷气直灌的偏厅里，如果有她伴着轻怜密语，难道不就是他的人间天堂吗?

在万籁俱寂、炉火微明的蒙眬睡意中，师师也会产生这样离奇的想法，甚至还带有一点渴念。但她从来没有向黄经臣透露，透露了也没有用，准会遭到拒绝。那个外科郎中有着足够硬的心肠。

在赈济所中每一个人员，无论吴革本人，无论受他熏陶的三家村、六家村同仁，无论那几千名血性男儿的武装甲士，都没有忘记他们目前的处境，这里只是一块暂时让他们歇歇脚的大冰块，它终究要融化，终究要冲入急湍奔流的江河湖海中去。任何苟安侥幸的想法都不存在，他们最后的任务是起义，是突围，是流血牺牲，杀人或被人所杀。谁也没有考虑在此以前还可能有私人生活。师师年轻时曾向往过一个“如意郎君”，她说不准他应该是个白面书生，还是披坚执锐的军士，或者是个江湖义士，只要授她以心，她也不惜把自己的心交给他。她也曾向往过一个简单而幸福的家庭，以弥补童年的流浪生活。多年的歌伎生涯，把这一点点的向往打消了，两者她都不可能得到。只受到一个知心者的庇护，分给她一丝温暖，她也就满足了。她受到官家庇护的时间最长，给她的温暖确实不少，但从他们结识的第一天起，她就不认为他是知心者，以后千转万回，波澜迭起，但这个最初的观点一直保持到最后，即使现在他坐在她的锅炉旁边了，她接受他的轻爱蜜怜，但他仍然不是知心者。

她一生中还曾追求过其他的知心者吗？英俊的刘锜和诚肫的马扩也都像一瞥火花似的在她心中闪亮过。不过还没有形成爱情以前，火花就熄灭了，她对他们只存在友情而并非爱情，她辨得出两者的区别。

眼前的吴革就像是马扩的影子，她每次看到吴革就会想起马扩，声音笑貌、思想行事，二人都是酷似的。吴革很照顾她，似乎比他对别人更多一点关心，但他是无法接近的，起事和突围的计划占据了他全部的心，再也搁不下其他的东西。

这两三个月跟她接触较多，达到可以随意谈笑程度的朋友是太学生丁特起。如果要认真考虑个人的事，丁特起为人正派，有血性，师师既然视王孙公子、达官显宦如草芥，以荆钗布裙自甘，那么丁特起也未始不是可以考虑的对象。但他缺少一股男子汉的气质，他对她没有吸引力，即使再接近，即使谈笑得再多也不可能形成其他的因素。这一点师师凭直觉就感觉到了。

站在急湍奔流中的冰块上的人不可能有多少逸思遐想。随着黎明的到来，粥已煮稠，只消用文火温着，师师的逸思也随着乱吐的火舌一起消逝。她对刚才的许多胡思乱想，自己也觉得惭愧起来，现在她倦困已极，急需回去休息，到中午班再来烧火。

师师最后一次的逸思是突围命令已经下达，她要跟随大队人马和数以万计的老百姓在徐伟、左时、崔氏兄弟率领下，死命突出万胜门。另外一支队伍由吴革亲自率众袭击南薰门，截获张邦昌。后者的任务才使师师感兴趣。因为她了解张邦昌与渊圣、太上皇等都住在青城彼此相距不远之处。如果吴革挥师直扑青城，在截获张邦昌的同时把太上皇、渊圣以及皇后太子一起救出来，那才是壮观哩！在救驾的过程中，她可能也会发生一点作用，她对自己的骑术一直是很自信的，当年刘四厢、马宣赞都曾夸过她。

师师这个想法未免太离奇、太出格了。救驾之说虽然一直在赈济所流行，把它看成为最终最大的目标，但从实际来看，这是做不到的。吴革并没有出城袭击金军大营的打算，而师师不但这样想，还把它告诉在突围时负担保护她安全的邢太医、何老爹，要求吴革改派她到南薰门去的那支队伍中。

军中岂可儿戏？两支队伍虽都有作战任务，但要求不同。师师如跟到南薰门，非但不能起有益的作用，倒要派一队人马专门保护她的安全。邢倞、何宏都不肯转达她的要求。丁特起自告奋勇去找吴革谈了，并表示自己愿任保护之责，受到吴革严厉的批评，连带丁特起也遭到呵责。

师师没有办法，只好安然听令，跟大队人马突围。

第四十五章

1

三月初六凌晨，或者不如说三月初五深夜，两方面都在积极行动，以便最后完成其准备工作：卵翼者的金方和被卵翼者的张邦昌本人以及兴兴头头要做佐命开国元勋的那一伙人积极筹办伪楚皇帝的登基大典；赈济所的领导人全力以赴地准备破坏之。“劫驾”与突围原是他们长期奋斗的目标，最初是想把真皇帝渊圣从围城中劫出去，后来变为想把他从金营的俘囚中劫出来，现在也还是“劫驾”，不过这个“驾”是假皇帝张邦昌，是要把他劫到人民的手中，给予严厉的惩罚。

突围，是从东京城中突围而出，这个目标没有改变过。

劫驾突围实际上是搞一场军事政变。吴革已充分估计到自己与城内奸党们军事力量的对比。奸党们可恃的力量只有范琼那支虚张声势的部队。它的兵额随着他本人地位不断高涨，连领起饷来也是按照虚数三万五千名人员计算的，但究其实在，具有相当战斗力的基本队伍不过四千余人，新近招募的一万名额，那不过是市井恶少、散兵游勇，还有一部分是从郭京的“六甲兵”转化而来的，算他们命大，丢失了旧主子又找到了新主子，到处有饭吃。这批人扰民有余，作战不足。此外三衙所属禁兵还保留编制的不下四万人，但多数已失却战斗力，有的还同情吴革等所为，不肯为范琼卖命。

奸党们的实力不过尔尔，平常作尽威福，所恃者无非城外金人这座靠山。吴革所恃的是人人怀有的一颗忠义之心，他以一往无前的气概，根本不把奸党的这点实力放在眼睛里。他大气磅礴地拟制起义的行动计划。

事情涉及几万人的行动，要保密是不可能的。三月初三，他们就在三处赈济所宣布突城而出的计划，百姓愿从愿留，悉听其便。在行动上，拖了这几万名百姓，反多掣肘，但在道义上决不能把百姓舍弃。行动的一个重要目标就是拯斯民于水火之中，多救出一名难民，就多一分成功。这一点大家的思想基本统一。吴革把几名能征惯战的勇将都配置在这支队伍中。他们的任务是突破万胜门，走城破时刘延庆、刘光国走过的老路，取道金明池、琼林苑，如能冲破金军这两道防线把一半军民带到陈留、中牟一带就算成功。

行动的另外一个重要目标是袭击张邦昌。张邦昌直到登基前一天还宿在城外受金军的保护。取张邦昌于南薰门内，只消与范琼所部及金人的护卫部队作战，其事易成。取张邦昌于南薰门外，那首先就要打破南薰门与城外的金军作战，青城距城十余里，是粘罕大本营所在地，军垒环布，防卫森严，其事甚难。吴革计划中并不打算在南薰门外与金人直接作战，但思想中也做好了万一要与金人对垒的准备。反正他们这一次的行动，从根本上来说是冒险的行动，事无万全，做到哪里是哪里。他们不怕牺牲，只要求索取得代价。

这一路吴革选择了两千名最精锐的甲士，他们的士气最盛，作战力最强。崔彦麾下十余名手刃血属的军官都在其内。吴革亲自统率这支队伍。

拂晓以前，突围的一路就跃跃欲试。难民们领到自己的一份武器后，没等到正式下令出发，就自己行动起来，纷纷拥出街坊，走上去西门的大街。

王时雍、徐秉哲等事前已得到细作告密，知道难民们今天在西城一带将有所活动。今天是他们大喜之日，不希望发生什么意外的扫兴事件。他们只派出一部分士兵前去监视，还告诫士兵不要把事情搞得复杂化、扩大化，免得金人追究起来，大家面上无光。他们甚至不敢把这个消息告诉萧庆。

城破以来，难民们多次“聚众滋扰”，奸党们的思想也麻痹了，以为今日又是一次“和平示威”，没想到今天的难民队伍不同往昔，主要是手里都执有武器，刚出动时，步伐整齐，行列井然，随行的还有许多妇孺老幼。一批作战部队紧紧跟随，保护他们前进。看到这股声势，禁兵们不敢进行武装弹压，只是远远地站在街道两侧观测动静，忽见队伍向他们逼近，有动手之势，吓得一窝蜂地逃散了，突围队伍浩浩荡荡地开到万胜门下，一路上没有受到多少阻碍。

奸党的军事首脑范琼、左言等正在跳脚要另行派队伍出去追赶堵击那支准备突围的难民队伍，忽然听报南路又发现一支突击部队，已直扑南薰门，顿时手忙脚乱起来。

南路的那支队伍才是一支真正的骑兵部队，战士们一色都是全副配备的具装甲骑，人和马都披上铁甲，服式整齐，旗帜鲜明，行动十分矫健。城破以来，东京人还没有看见过这样完好的自己的军队，更想不到在劫难之余还有那么多的战马和林立森举的刀矛枪戟等长武器，不觉眼睛一亮。骑兵所到之处，引起老百姓一阵阵的欢呼。

这支队伍有袭击的任务，行动不能像上面那支突围队一样公开。他们早一天都留在五岳观内。那天五岳观赈济所管理人赵子昉借口修理锅灶，临时停发救济粮施粥一天，实际是帮助吴革掩蔽士兵。那夜，吴革很早就睡下了，睡得鼾声大作，一梦帖然，这样才可以保持第二天战斗必要的精力。翌晨起床，他从容部署，分拨刚定，忽听说同文馆的大队已经出动，这个消息迅速传开，这里的战士们再也抑制不住自己的兴奋了，纷纷摆队出动。这时派往南门的侦事尚未回来报告，而且时间也比预定计划早了一个时辰，但群情万分激昂，形势又已显露，吴革不得已只好传令提前出发，他们取道于附近的小街，避开戒备森严的御道，省得过早就与伪军接战起来。队伍转到龙津桥横街时，顺便一把火烧掉张邦昌的私宅，然后毫不停留地南下，这时队伍已形成一股龙卷风，转瞬间就卷到南薰门，前后花费的时间不足半个时辰。

为首发号施令的大将当然就是那顶盔贯甲、威风凛凛的吴革，他故意揭开兜鍪，要让东京人都看到他，为他欢呼，以助声势。东京人确实有一半以上都认识他，不但因为他主持赈济所，日常与百姓见面说话，也因为去年正月间，他赍着老种经略的蜡丸，率领二十名铁骑穿过西郊金军的千营万垒，摆脱一次又一次的追兵，拍马冲入城厢。那雄姿至今还深深地镌刻在人们的心目中。东京人不但认得他的人，也认得他胯下的那匹白马"穿云驹"。第二次围城之役，他作为四壁策应使，哪里发生危急的情况，他就率部冲到哪里。有时是单枪匹马，驰驱于各城门的慢道上，人与马似乎已浑然融为一体。现在他又是一马当先，后面的两千名勇士，唯他的马首是瞻，紧紧相随，没有一人一骑落伍。八千只马蹄在砖石地上敲击，急骤的蹄声好像在敲打《得胜令》的战鼓，一点一拍都打进战士与围观的老百姓的心里，也吓坏了在此戒备的范琼所部的伪军。范琼大骂戒备西路的伪军不中用，一见难民就逃得无影无踪，不想他本人及其所部也被这支骑兵队伍的声势所慑，还未见人影，只听到声音就四散逃走。

距城门不远的御道上，扎起一座富丽堂皇的"黄幄"。黄幄形如一座大军营，尖尖的顶，四面八方开了十多道门，内外都用一色的黄绢装饰起来，尖顶上斜插一杆黄龙纛旗。幄内摆设着许多御用之物，如金交椅、金水罐、金唾盂、掌扇、缨拂之类，还有金瓜、玉斧等只能摆在官家仪仗中壮壮声势，而并无实用价值的兵器。所有这些，早被金人搜去，幸喜尚未全部输往上京，王时雍等费了无数口舌，磕了不少响头，才掣给收条，暂借一部分回来，又到杂剧班子里去拿了一部分，总算凑成一部还过得去的仪仗。前日以来，徐秉哲又派人在这里搭起几十座彩棚、牌坊，用金字写上"恭迓圣驾""万寿无疆"等颂圣之词。临时又指派住在这几条街坊的居民们，都要在家门口摆设香案，香花红烛，恭迓圣驾。还有僧道耆宿学子商户的特约代表，也排列在欢迎的队伍中，队前还用一面面小旗表明他们的身份。大小百官，凡是在议状上签了名的一律榜上有名，等而下之，书办胥吏以及开封府的使臣公人等，今天也都指名站队，毫无例外。

当然除了王时雍等几十个利欲熏心的官员，多数官员并不愿意加入这个行列，他们心里感到惭愧，戚形于色。老百姓更不必说，他们怨气冲天地出来排队，吆喝孩子们快回家去，这里办丧事，不干你们之事。有人指着“特约代表”手中拿的小旗问：“这是什么?”

“今日张相公出殡，他的孝子贤孙拿的不是哭丧棒又是什么?”

有人毫无顾忌地在大众面前昌言：“俺从昨夜起就憋了一肚子的尿，要等张贼过来时才放。十万人十万泡尿，一齐放出来，管把那小子溺死在尿海中，遗臭万年。”

吴革的铁骑一到，自愿欢迎者一刹那都逃光了，被迫参加的却留在原地围观。大家指点道：“快追、快追!”崔彦遥遥看见一个官员骑匹绣金披红的骏马，伏鞍而逃，他的从人不识起倒，还替他张一柄曲柄红罗伞跟在马屁股后面奔跑。崔彦弄不清楚马上的人是谁，反正是个无耻之徒，他一箭射去，中了马屁股，把那官员颠下马来。这时鼓声大催，崔彦无暇追赶，让他爬着钻进人丛中逃走了。

人们嗟惜道：“可惜没把这个三川牙郎抓来，斩首祭旗。”

龙旗黄幄都是御用之物，张邦昌在金贼卵翼下，胆敢僭用，逆志昭彰，吴革不由得一股怒气直升。他夹紧两腿，驱马踹进黄幄，一阵撕扯，把黄绢都拉下来，再一刀斫断中间的那根大柱，帐篷倒下来了，那面黄龙旗也被他扯碎。他略一示意，手下几百名铁骑发声喊，千蹄并进，把几十座牌坊彩棚全都撞倒。然后点起一把火，竹木绢绸之类，都是容易燃烧的东西，片刻间，白烟滚滚，热浪涨天，黄幄彩棚以及木头搭起来的牌坊化成一堆堆的灰烬。徐秉哲想尽办法搞来的几十大箱爆竹，也在火烧场中自我爆炸，一片砰砰訇訇的声音，为吴革等大闹南薰门助威。

袭击队伍这番冲撞，花不了多少时间，却大造声势。不仅吓跑了迎驾的伪官们，连南薰门上的守军也都躲开了。平日老守在雉堞上，与东京百姓见面次数最多的布袋和尚拔离，这时也不见影踪，不知道到哪里参禅去了。奇怪的是南薰门两重城门洞开。瓮城之内，阒无人影，城外护城河上吊桥仍旧放下来可以通行。仿佛在邀请袭击队伍，欢迎他们出城。

这时吴革有片刻迟疑。

据侦事的斥候和现场老百姓相告，张邦昌肯定还没有进城，他们早到一步，打草惊蛇。现在既已踹翻了“迎驾”的现场，城上金军看得清楚，一定会出城报信。张邦昌岂肯再入城来自投罗网？今番袭击，又成画饼，除非是冒险冲出城去，趁张邦昌还没逃远，追上去把他捉来。

要出城从虎穴中取虎子，就难免与金人厮杀。此时金军必有准备。拔离洞开大门，似乎张开了一口大布袋，专等他们钻进去，分明是诱敌之计，出城一定没有好结果。在一刹那之间，吴革把这些前因后果都考虑到了。他甚至想到去年姚平仲中了敌人之计，全军在西城外受到围歼的教训。自己警惕千万不要成为姚平仲之续。

战争瞬息万变，它有时会出现事前没有估计到，临时无从控制的局面，也会出现强迫主持者做出违反其本人意愿的决定，来勉强适应局势。

这个时候，吴革如果毫不犹疑地做出后撤的表示，两千名铁骑大约都会默不作声地跟他走，战士们服从长官意志是战争的常例，很少会有人提出异议。但吴革迟疑了一下，在迟疑中他看到战士们的表情和内心的要求。他们多数是有经验的战士，理智告诉他们，此时出城作战，必遭覆灭，但没有一人想要撤回去。他们本来都是决死队，死在城里城外，并无两样。现在再退到五岳观或同文馆，同样也都是死路一条。凡是进退两难的时候，懦怯者只想退一步而侥幸图生，勇决者只想进一步取得有代价的死。大家虽然没有说话，都把眼睛看着吴革，督促他快快做出出城决死的决定。吴革默察形势，接受大家无声的要求，一声呼哨，拍马径行，两千名勇士跟着他一起驰出城外。

这结果是可以预料的，在城外数里之地严阵以待的不是一倍二倍，而是十倍八倍的敌军。他们再回头一看，动作迅捷得像猕猴一样的敌骑，扬旗呐喊包抄他们的后路。他们是受到敌方的四面包围了。以后就是一场铁的拼搏，血的竞流，他们不是凭体力、凭击刺骑术、凭战术，而是凭勇气、凭必死的决心作战。他们够了本，使敌人倒下去的数目与他们相等，最后还有一部分人向西郊、东郊落荒而走。也有一部分人拼命杀开一条血路，退进城内，但已是零零落落的残骑了。

吴革最后退到南薰门边，数一数跟随他的部下还剩下六名骑士，泅渡护城河时，三名骑士中箭沉死，瓮城门口的一场截杀，其余三名也因掩护主将入城丧了生。吴革趁势一纵坐骑进入仍然洞开着的城门。

其实吴革退入城内与六名骑士拼死掩护主将入城的行动，都是盲目的。在天旋地转、目眩神摇的拼死斫杀中，他们都已失去理智，失去方向感，只看到敌人比较薄弱的环节就扑上去厮杀，有路可夺就夺路而前，根本没有想到应该往哪里走。但进城以后，吴革的理智局部恢复了，他忽然想到城里还有一支向万胜门突围的队伍，那队伍里有一年多来生死与共的袍泽、战友，有六家村的许多盟兄弟，还有几万名不顾生死、一心只想跟他一起突围的老百姓，他们突围成功了？还是在城门下受到围歼的命运一个不曾逃走？他还来得及赶上他们，与他们一起战斗，一起战死。现在他又找到新的奋斗目标了。

“穿云驹”早于酣战中阵亡，他现在乘骑的是被他亲手杀死的银环将领乘骑的一匹黑马。这匹黑马似乎有为旧主子报仇之意，两三次把他从马上颠下来。不过在酣战之际，他已经腾不出时间来换乘马匹。他的铠甲罅缝中流满了血，早已凝成血糊、血块，这里有他自己的，有战友的，当然也有敌人的血。从他后脑受到致命的一击，流了那么多血以后，他一直是晕乎乎的，直想呕吐，胸口与喉咙之间似乎有一只手正在爬搔。他心想：大约走不到多少路就要倒下来了，只有一定要与那支部队会合的坚强信念支持着他，才不至于立刻倒在地上。

他跑到金水河边，那本来是他十分熟悉的道路，忽然想不起桥在哪儿。好像向右过去的一条横街上有座桥？不！金水桥在小河沿，离这里还远着哩！这时他脑后响起一个熟悉的声音：“吴统制，你‘侧身偃黄河’，好大的志量！干这等大事，如何不与自家们商量商量。”

现在他的反应已十分迟钝，说话的分明是西北同乡的口音，‘侧身偃黄河’却是一句东京的方言，意思以一人之身去堵塞黄河缺口，如何可能。这个说着东京方言的西北人是谁，他的来意是善是恶，一时间他都找不到答案。

他不由得把马的速度放慢了，猛然省悟到，说这句话的人就是范琼，正是他在城内的面对面的敌人。“范琼这个十恶不赦的奸贼，岂能与俺商议大事？分明是诈计，不可上他的当！”失血过多，后脑受伤，因而神志有些昏乱的吴革要花费一点工夫才反应过来。在他有所动作之前，范琼急忙刺骑跑上一步，把他拦腰抱住了。

被捆绑时，吴革已经失去抵抗的能力，他最后想到的一句话是：“难道今天俺就死在范琼这个奸贼手中？俺死不瞑目。”

奸党们的行动迅捷，吴革就俘不久，从南城退入的一百多名战士也被陆续解来，一起斩于金水河边，鲜血染红了河水。

西城突围的这支队伍命运要好一点，他们打开城门，有数千人冲出城外。从琼林苑中杀出来的金军把其余的军民堵回城中，大部分人被冲散了，也有不少人被屠戮或受俘。混乱中只见邢倞夫妇一起死在金兵的屠刀下，雪白的头颅垂倒在凝血的胸臆间。其他知名之士或无名之辈，混在一起，或化猿鹤或成虫沙，生死都不可问闻了。

这次吴革等领导的军事行动是一个伟大的、可惜夭折了的义举。其重要的意义在于各阶级各阶层的老百姓（当然包括新兴的市民在内）始终参与其事，是继宣德门伏阙上书以后的另一个更加悲壮的群众性运动。

使吴革死不瞑目的并非为狗头范琼所俘杀，他的死是必然的，无论就执于谁都不免于死。真使他死不瞑目的是他希望有所为，希望死得其所、死得有裨于大局。可惜这个夭折的义举使这些希望都落空了。这才使他的英魂不瞑、遗恨千古。

随着这场义举的失败，东京人最后的希望也破灭了。

2

赈济所的义举虽告失败，但是产生了两个颇有影响的后果，一是大闹南薰门，彻底破坏了“恭迓圣驾”的现场，迫使金人不得不顺延一天，改期于三月初七为张邦昌举行登基典礼；二是此举吓破了张邦昌的胆，他竟然提出“告退”的要求，宁愿放弃皇帝不做，以保全一条狗命。

张邦昌本来就是个胆小如鼠的官僚，当时朝野及金人方面都有这样的评价。奇怪的是他胆量如此之小，胃口又如此之大，竟敢冒天下的大不韪，想当皇帝。历史上很少有像他这样集胆小鬼与野心家于一身的先例。当上京方面的亲贵把大皇帝的决定透露给他时，他真是忧喜交集。他喜的是可以尝尝皇帝的异味了，忧的倒不是成为名教罪人，难免身后的斧钺之诛。这一关他早已勘破，身后之事，到时再议。他只怕金人反复，今日立他，明日又废他，一事不遂意，谴诛立加。再则他忧的是宋朝尚未亡尽灭绝，康王在河北，声势浩大，万一复辟回朝，后果不堪设想。这些还都是远忧，他万想不到近在咫尺的东京老百姓居然也出来反对他，今日里幸好晚走一步，没有撞上太岁爷，但老家已烧成一堆灰烬，皇帝还没做成，倒先成为一条丧家之犬。他左思右想，前惧后怕，忽然打定主意，辞谢皇帝之位不干。

当天黄昏时，城中战乱初平，吴革等尽被执杀，三条蹊跷腿与三狗一起前来青城劝进，并赍来刘彦宗的文字内开登基典礼延期一日，准于初七巳时举行。没想到张邦昌竟撒起无赖来，以头抢地，以脑触柱，换了一副罪臣的口声说：“赵氏无罪，予备位宰辅，久受恩禄，不能匡救，岂忍相代?”

李回自去年守河败回，丢了一只靴子，竟是跣足逃回京师的，声誉大落，目前尚回翔台谏的低位中。吴、莫一力把他拉进劝进的队伍，冀立新功。范琼刚在金水河边手刃吴革，腕血未沃，就来劝进。这一狗一腿在劝进队伍中属于后进，自然要以言语相迫，逼张邦昌就位。不料张邦昌破口大骂：“尔等慑于兵威，欲置我贼乱之罪。我宁甘死于此，不可活于彼，以取后世篡夺之名。”

劝进者无奈，只好据实向刘彦宗回禀。刘彦宗深知宋朝官场的惯例，每有除拜，必须三揖三让方可受官。想是张邦昌过去答应得太快了，恐贻后世之讥，要补办这道手续。当下吩咐道：“张子能早就亲口许了我大金称帝，今日岂可再有反复！想必你们劝进不力，再去与他理论。明日我大金派五千铁骑护送，保管他平安无事坐上宝殿。休再谦让了!”

他们再去劝进时，张邦昌寻死觅活，闹得更凶了。当着他们的面，他引绳、挥刃、赴井、投河，样样都试到。他悬梁用的是一段草绳，头颈尚未套进，草绳先绝。他自刎用的是未开口的钝刀子，他投井是投一口眢井，但毕竟黑洞洞的，跳下去也会摔断腿，犹豫之间已被众人拖住。附近找不到河，就投在一段明沟里，只沾湿履袜和半段裤子，早被范琼一把拎起来。

首尾其事的吴幵耐着性子，等他表演过大套戏法，再娓娓劝告道:“事已至此，就算全城官民都殉节而死，也不能挽救二帝之北迁。愚意莫若相公权领国事，讨得金人欢喜，则宗社可保，太庙景灵宫赵氏祖先的画像影帧尚可索回，一城百万生灵，皆得生全，此乃阴功积德，忠孝之大者。若坚持小节，必要就死，有何难哉?但坏了后事，累及二帝，岂得为忠臣乎?”

吴幵本来最善劝进，这些话已说过多遍，特别是保全百万生灵，可算是汉奸们的传统借口，最为冠冕堂皇，说得出口。不过此时张邦昌想到的正是这百万生灵，早间烧了他的私宅，烧了黄幄彩棚，要他本人及家属百口之命。他咬牙切齿恨之不暇，岂肯为了保全他们让自己冒险。

第二次劝进又不成，刘彦宗深恐耽误大事，只得去叩粘罕卧室之门，粘罕正拥着两名胡姬胡天胡地之际，破口骂道:“张邦昌那厮敬酒不吃吃罚酒，你就传俺的话，明日他不去做皇帝，就与他蒙霜特姑吃，两者必居其一，叫他仔细想来。”

粘罕的一声怒喝把张邦昌的假戏真做、真戏假做都喝断了，在金人卵翼下，要做皇帝固然不容易，要不做皇帝更难，凭你真真假假，都由不得你做主。刘彦宗有了这句话，张邦昌二话没说，就乖乖从命。

第二天补行大典，张邦昌一行人还是走原定的路线，从青城进南薰门，到幕次小憩，接受欢迎后再去宣德门。昨天火烧场的痕迹也打扫干净，黄幄、彩棚重新搭制起来，一夜工夫，草草了事。只有木制牌坊被焚，赶修不及。是哪个聪明的“任用”官想出办法，东京城里还有好些纸糊作巧匠好手，平日专为丧家糊制楼台亭阁、宫室房屋，供死人到阴间去享用。金人对各色艺匠都搜索发遣军前了，唯独这些纸糊匠用处不大，让他们漏了网，谁知此时派了大用场。连夜糊制，不到天亮前，十多座牌坊都已恢复旧观，色彩花样，只有更加绚烂壮观，只是手指一戳就是一个洞。主持其事的少尹余大均特别派兵保护，每座牌坊前站立禁兵四名，严禁闲杂人等靠近破坏。好在它们只需要派一天的用场，过了初七，戳穿戳破烧了毁了都

[1] 张致，宋人口语，做作、装模作样之意，或作鬼张致、乔张致。

不成问题。

这件事给老百姓留下话柄，人们喧传："张邦昌的江山是纸糊的，只派一天用场。"

还有昨天烧毁了许多仪仗法物，御用器皿，金人不肯再借，杂剧班里也拿不出来。余大均一客不烦二主，索性也请纸糊匠包下了，可以用纸糊棒扎的一律都糊扎了凑用。

刘彦宗没有食言，到时果然派了五千名铁骑护送张邦昌进城，送到幕次，为首的一名猛安找范琼说话道："今来交割得一口活底张相公与你，你每妥收了，掣张收条给俺回营交差，今后张相公的生死，都与俺无干。"

交割手续办完，猛安领了铁骑回去，这里只留下一两百名女真兵，由色目人萧庆、耶律广，汉儿曹少监、王汭领头，把张邦昌带到宣德门外事前搭好的帐幕里。张邦昌穿一件赭袍，张红盖，骑马执红丝鞭，这几样都不用黄色，表示谦逊，不敢便居帝位之意。进帐前，张邦昌在马上恸哭，做昏厥之状，好像要从马上跌下来，幸得左右扶持。这时在旁护驾的范琼悄悄地与徐秉哲说："昨夜不是都说好了，今日恁地又有一番做作？你们文官肚肠特别多。如教俺范琼当了殿前太尉，顷刻便教叩头成礼，册立了当，更不容他张致[1]。"

不过册立之事还轮不到他范琼来管。这时一名被称为曾太师的官员捧着大金朝廷颁发的玉册宝检，进入幕次。彼此谒见了，曾太师当众宣读册文：

> 无德而王，故无命假手于我，当仁不让，知历数在于尔躬。用是遣使，备礼仪玺绶，册命尔为皇帝以授斯民。国号大楚，都于金陵，世辅王室，永作藩臣。钦哉！其听朕命。

张邦昌伏于铺在地面上的软褥上，跪听册文，接着恭恭敬敬地北向金阙磕了九个响头谢恩。曾太师还了一揖，双方礼毕。张邦昌上马，百官导引如仪，进了宣德门，再步行至文德殿升殿。张邦昌在宋朝皇帝原来的御座之侧别设一座，坐着受百官朝贺，然后令阁门官传教（改旨为教，也算是他的谦挹）："勿拜！本为生灵，非敢窃位，如不听从，即当归避。"

王时雍向大家递了个眼色，百官一齐上前跪拜。张邦昌急忙回身，面东，拱手而立。

这天金人派来参加典礼的都是色目、汉儿，以曾太师为最尊。这个曾太师名不见经传，看他的服色打扮，不过是个中级文官。只有留下的二百名铁骑可能都是女真人，即以南薰门守将拔离为统领，他是当天参加典礼的女真人中地位最高的。他一直站在张邦昌背后，笑口常开，百官向张拜贺时，他在后面直受不避。张邦昌拱手还礼时，他忽然出人意外地从背后拎起张邦昌赭袍的衣领，问百官道："你们看此一官家，可似前日出城的那一官家?"

拔离的汉语说得很有水平，非一朝一夕之功。这句响亮的话又是在大家沉寂的当儿说的，殿上殿下都听得十分清楚。

礼成以后，张邦昌被引入内里，百官犹未散去。拔离又走到站在东边殿角的一名禁军军官面前，把刚才的那句问话重复问他。

那名军官生得身材高大，仪表堂堂，除了上朝时在殿角站班，并无其他任务，也没有别的本领。他们共有四人，分站四角，习惯上被称为四镇将军。

这位镇东将军想了一想回答道："平日见伶官作杂剧，每每装扮官家上场，今日却由张相公装扮官家上殿来也!"

这个回答使听到者都匿笑不止，拔离连连点头道："可知这厮是个假官家!"

3

凡是能说出当时当地人人心里想说的话，那就是一句聪明话。这个殿角将军确实说了句聪明话。因为当此之时，无论是宋人还是金人，无论是官员还是百姓，无论是拥戴者还是反对者，人人心里都明白张邦昌是个假皇帝。他本人也知道自己是个假皇帝。假皇帝并不容易做，“为君难”，为假皇帝更难，胆小鬼而做假皇帝更是难上加难。

张邦昌被劝进登基后的第二夜就发生一个十分为难的问题：今夜他应该宿在哪儿？

昨日起义军一把火，把他在龙津桥横街的老家烧了。幸亏已在白天，没有伤害家口，徐秉哲临时凑合给他相中了一所住宅，暂且让他家人居住。如果让他也搬回这个临时住宅去过夜，明天白天进宫去上皇帝的班，未始不是一个解决困难的办法。可惜历史上并无皇帝在家中住宿之例。首先王时雍、徐秉哲这批佐命大臣就不会答应他。不经他们同意，要偷偷地从宫中溜回家中住宿，宫门口逃不过范琼派人驻守的一关。还有，即使逃脱成功，守卫巡查不见，宫内外贴上“本宫内走失皇帝一口，望内外一体缉查，通风报信因而寻获者赏帛十匹”的悬赏寻人招贴，岂非有失体统？

住家中不能考虑，但要安住在宫禁中也是不可能的。那倒不单为了要表示谦挹。

张邦昌曾做过几年刑部郎中，熟读律法，背得出许多条款。他明白外臣闯入内廷住宿者要问死罪，律有明文。如再加上与宫人饮酒戏谑，与内夫人妃嫔“行滥”，那就不止一刀之罪了。他已窃据赵氏的宗社江山，再要窃据其宫室宫人，将要三罪并发，他张邦昌有几颗头来抵罪？

住出去、住进来都有难处，他左思右想，最后想出一个折中的办法。他住进宫里，在福宁殿左侧的偏房内搭一张临时铺，派两名老内监、两名老宫娥司洒扫衾枕之职。偏房内住偏房的皇帝，倒也名实相称。皇宫经几次清理，本来已成狐鼠世界。在他登基以前，徐秉哲等着意布置一番，把逃走、漏网的宫监宫女内夫人一一缉捕归案，仍旧送进宫内，这时倒也整理得楚楚可观。张邦昌传教宫中只开放几处地方，让宫人等居住，其余大部分宫殿都封闭起来，他亲自写了封条贴上，不准宫人随意启用。

即使这样，张邦昌在偏殿中还是睡不稳觉。那名老内监，一直斜着眼睛看他，似乎要掂掂这个假官家到底有多少斤两。两名老宫娥，年纪都在六十以上，曾服侍过神宗皇帝，可算得熙宁[1]旧人，她们连哲宗、徽宗都看成为后生晚辈，又何况这个姓张的。看见他们，张邦昌心里就升起一股不舒服的感觉。

不久，把那斜眼的内监调走，换来一个精干巴瘦的瘪老头，这种体形在内监中并不多见。他虽老态龙钟，却是孔武有力，二三十斤一张梨花木几，一抬手就举起来。张邦昌心想："宫中能人甚多，这个干瘪老头难道也是净过身的？他夜夜伺于卧榻之旁，设或不利于我，两手往俺喉咙口一卡，保叫立刻断气。这个恶奴留不得，还是把那斜眼的换回来再说。"

几个内监宫女换来换去，张邦昌仍然不得一餐安宁，偶或入梦，梦中又是老百姓杀进宫禁，喊声动地，火光烛天，为首的一名大将，白盔白甲，白绦缠身，胯下白马，他认得是吴革，心想："义夫已死，怎么又闯进来搜宫，莫非他英灵不散，要与俺作对到底?"

一梦未平，一梦又起，这番是他身穿罪衣，跪倒在文德殿丹墀下，内监传渊圣之旨把张邦昌斩了。传旨的太监好像就是那个斜眼的，在一旁手执鬼头大刀的执刑太监偏偏又是那个干瘪老头，他一脚把自己踢翻在地，举刀就砍。梦醒后，腰眼头颈二处兀自疼痛不已。

张邦昌心惊肉跳，梦魂难安，何曾过得一天快活日子。

改朝换代以后，萧庆仍然是、而且更加是他们的太上皇，芥末般大小的事，都要他画了押才得施行。一天学士何昌言自陈他的名氏犯了皇帝的御讳，乞准减去一日，改为何日言。张邦昌手教嘉奖并擢二官。此事忽被萧庆知道，他怒冲冲地跑上殿来，当着群臣的面，斥责张邦昌，口口声声地"皇帝糊涂，皇帝僭越，二日中减去一日，置大金皇帝于何地"，叫张邦昌下不了台。原来金人立张邦昌为帝就为了他的名字中有大小二日的缘故，张邦昌浑然不知，可知要受斥责了，当晚，他回入宫内，独自喝了半斤白酒解闷，寡酒独饮，十分无味，竟自沉沉地睡着了。

忽然感觉到有人轻轻地推着他的膀子，在他耳朵旁软语叫醒他道："官家醒来，官家醒来!"

张邦昌只闻到一阵阵浓烈的脂粉香气，然后睁开醉眼，看见一个盛装的丽人正

[1] 熙宁，神宗年号。

用一条冷手巾捂在他的额头上，柔声说："官家夜来喝多了，吐了一身的脏东西。"那丽人笑嘻嘻地指着地下的一个衣包，"贱妾都替官家擦洗收拾干净，只是炕上已脏，官家不如换个地方去睡。"

张邦昌虽在迷糊之中，却懂得换个地方去睡的含义，先吃了一惊，他问："你是何人？"

"贱妾乃坤宁宫乔贵妃位下的宫人彭氏，今夜奉命前来伺服官家。"

这彭氏虽没名位，在宫内却是个出名的人物，目前就由她主管宫人之事。张邦昌入宫半个月，宫中事务也知道得不少，不免要对她仔细打量一番。只见她盛鬋丰容，体态华贵，根本不像个役使的宫女的样子。更兼明眸善盼，巧于言辞，一说话，一股香气直吹过来，熏得张邦昌目迷神醉。他在心里着急道："不好了，今夜着了她的道儿了。"急忙定一定神，再问道："你既是坤宁宫宫人，怎生跑到这里来伺候……伺候……朕家，是奉了何人之令？"

张邦昌在外廷表示谦挹，对臣僚自称予或称我，不敢直称朕躬。在这里，他却意识到即使称了朕也没有多大的后患，做了皇帝，不找些机会自称朕躬，岂非亏待了自己。这是他第一次把这个自称说出口，发音不免有点别扭。那丽人抿嘴一笑，似乎把张邦昌的儿根肚肠都数清楚。她毫不在乎地撒着谎，只消亲亲热热地多唤两声官家就把破绽百出的谎话都圆住了。

"官家容禀，昨日李都知传下话来，宫里分为三班，每班二人前来伺候官家。贱妾当了今夜的班，戌初就来官家身旁了，只是官家熟眠不知。"

"那两名内监哪里去了？"

"贱妾使个见识，"彭氏益发笑得前仰后合，"把那斜眼睛、没耳朵的两个奴才都支使出去喝酒，此刻想都已醉死在那里。官家休再犹豫，快跟随贱妾进内宫去。"说着，就要替张邦昌穿起衣服来。

张邦昌还有些疑虑，问道："卿说是你们一班共有二人，还有那一个是谁？她现在何处？"

"还有一个陈氏乃贱妾的义妹，也是坤宁宫宫人，她现在坤宁宫内为官家铺衾叠枕，等候奴家把你送去。"

彭氏一半软求，一半硬拉，把张邦昌从被里拽出来，草草穿上衣服，外面披一件黄色半臂。这一件不是张邦昌日来穿的衣服，但是眼熟得紧，似曾相识。过了一会儿他才想起此乃徽宗皇帝在宫中的便服，当年他作为文学侍从之官，曾在内殿几

〔一〕徽宗即位前，封为端王，哲宗病死无嗣，他以皇弟的身份入嗣大统。

次看见徽宗穿过。他背得滚瓜烂熟的刑律中“僭服御衣者当死罪”一条条文忽然又从他的记忆中跳出来，不由得惊出一身冷汗，急忙把半臂脱卸下来。

张邦昌既不敢加衣，也不肯移步，扭捏半天，却又不说话。彭氏且不管他，自己点亮了灯笼，回身把他全身上下照了一照，似乎要洞烛他的心肝肺腑，然后剔透玲珑地摆明了说：“官家事已至此，尚有何说？他家的江山已为你有，他家的宫室已为你据，穿他一件衣服，与宫女们饮一宵酒还怕什么来？”说着就把自己的粉靥紧紧地贴上他的面颊，让他的一把胡子刺得她的嫩皮肤又痛又痒，又咯咯笑道：“似奴家这般的妇人何足道哉！俺那义妹，年方二九，貌若仙姝，胜妾百倍，官家见了她，管保……你今夜就与她续了游仙之梦，明日之事明日再说何妨？”

这彭氏的一贴一笑，早使他如痴如醉，忘了四罪俱发之事，何况又有胜她百倍的义妹。张邦昌迷迷糊糊地披上半臂，迷迷糊糊地被彭氏搀扶着进入他自己贴上又被她们扯去封条的内宫去了。

这彭氏虽无名位封号，确是个大有来头的人。徽宗皇帝即位前，她就在端邸[1]给事，慧黠便捷，再加上她要取得猎获物时那种坚决和大胆的作风，深受当时尚未继位的端王所宠爱。后来却受人排挤出宫，出嫁给禁军中一名姓聂的小军官为妻。端王即位后，思念不止，又把她召入禁中。宠爱的程度，不亚于来夫人、乔贵妃等人，只因她已经有了民妇身份，不能再授以宫中的位号。讲究实际的彭氏，只要官家经常召幸，有没有位号，倒也不大在乎。她感到难受的，是宫中人故意贬损她，大家打伙儿称她为彭婆、聂婆。其实，她当时还在少艾，年龄不过二十多岁，听起来却像个七老八十的婆子。

徽宗禅代之际，彭氏随太上皇迁入龙德宫，只是受扼于郑皇后，未得见面。徐秉哲、范琼秉承金人的意志，几次恶狠狠地清宫逮人，有位分的妃嫔内夫人基本上都被清除出宫，押送金营，一般宫人也未能幸免。只有彭氏因祸得福，由于她没有位分名号，徐、范派在宫廷里的眼线张迪、邓珪偶然忘记了她，或者通过什么条件有意放她一马，居然成为漏网的大鱼。现在又进入伪楚的后宫来掌握大权。

那个她称为“义妹”的宫人陈氏，实际上是她自幼领养入宫，储为她未来替代者的养女。陈氏姿色殊绝，兼工歌舞，可惜徽宗的权势已倾，彭氏拣熟灶烧，设法把她献给渊圣。渊圣忧心国事，情爱又集中在朱皇后身上。陈氏一年中只见他二三次，当然谈不到什么恩宠了。清宫时，她也成为一条漏网的小鱼，后来随养母双双回宫，彭氏蓄意安排了这条美人计。

从那一夜开始，至少在宫闱生活方面，张邦昌的胆子大起来了。许多封闭着的宫门，扯去封条重新开放。他到处流连，饬令徐秉哲把流亡宫女一一找回来填塞后宫。他身穿赭袍，足履黄茵，打扮得不伦不类，但每夜丝竹酣饮，乐而忘忧，彭、陈之外，还有许多内宠，生活起居，俨然就是帝王。彭氏在后廷大权独揽，身份介乎皇后与总管之间，陈氏却成为真正的贵妃娘娘了。

彭、陈卖身求荣于卖国求荣的假皇帝，从他的好处中分得一杯羹，这与伪楚朝的许多大小臣工一样。五代时有句俚语：“郭雀儿做皇帝快活一时。”[1]现在的张邦昌、彭氏、陈氏以及王时雍、徐秉哲等也明知这座江山是纸糊的，一戳就是一个洞，没有多少天可以维持，但得快活就乐得快活几天，他们持有的人生哲学可以称为郭雀儿哲学。

不过假戏到了真做的时候，当事人慢慢地习惯了，也会忘乎所以。张邦昌登基不久，一天在尚书省议事，权领尚书、门下省事的元辅王时雍随侍在侧，应对之际，便以陛下相称。这时张邦昌尚有自知之明，阻拦道：“且休！什么陛下，恐被人闻之，当作笑话讲。”

大半个月下来，张邦昌的心理状态发生了变化，他忽然想到要“大赦天下”，问计于渊圣时做过兵部尚书、现在原封不动地冻结在尚书衔上的吕好问。

吕好问顶了一句：“赦书日行五百里，今东京之外，皆非我属，欲赦伊谁？”

“俚语有道是‘钱大王肆赦，恐入李大王世界’[2]，”张邦昌自我解嘲道，“今我受大金皇帝册封，兼为百僚拥推，名正言顺，岂钱氏僭伪之主可比？”

张邦昌以伪责伪，自己还认为名正言顺，真是忘乎所以了。吕好问不禁又顶了一句：“钱氏犹有数州之地，兼民心素附，我今日岂可与钱氏相比？”

这当头一棒，才使头脑发热的张邦昌省悟到即使他的臣下也未尝不视他为僭伪之君，而且地位还比不上五代时的小国吴越钱氏。

[1] 后周太祖郭威小名雀儿，郭雀儿即指郭威，他做皇帝不久就死了。

[2] 钱大王指五代时吴越国王钱氏，李大王指南唐国王李氏，两国接壤，领土都不大，吴越尤为小国。

4

大金皇帝颁发的废黜宋朝的圣旨已由萧庆当面向太上皇、渊圣宣读，接着又宣布要把赵氏宗族、部分臣僚及其家属北迁的决定。这个萧骷髅杀气腾腾地执行了这两项严厉的宣告。然后出人意表地，全体北迁的君臣俘囚，包括本人家属在内，一律都受到邀请去参观国相、太子亲自参加表演的马球之戏，还要应邀出席他们的告别宴会。原来金朝实行“畏之以威”“怀之以德”两项政策各有分工。萧庆、高庆裔、王汭等执行前者；粘罕、斡离不亲自执行后者，刘彦宗、完颜希尹、挞懒追随主帅的后面，有时也拿出一副笑嘻嘻的面孔。今天这场宴会，是征服者对被征服者表示宽大为怀，含有猫哭耗子的性质，显然属于后者的范围，因此由完颜希尹及挞懒二人分别到大幕次、小幕次及羁囚皇族的所在地去邀请，一派做主人的殷勤热情，似乎根本不存在征服与被征服的关系。

告别宴会设在斋宫，马球就在斋宫外面的一片广场上举行。这天太上皇、渊圣除没有穿御服以外，倒也打扮得齐齐整整，郑皇后、朱皇后都穿上华丽的服饰，还特别关照要戴上首饰。其余受邀请的皇子、王妃、公主、驸马、随行大臣及其家属一百余人，都是衣冠楚楚前来赴会。斋宫端诚殿上已摆好酒席，殿外平台和丹墀上也分出层次，排列座位，让他们按照身份地位入座。这是他们被俘以来第一次受到人的待遇，也可能是他们一生中最后一次享受人生了（其中有少数几个例外）。

马球之戏如约举行。粘罕、斡离不都穿了绣花的球衣，手执球棒，在场上驰逐。这对互不相让的兄弟在球战中也是十分认真的，都要抢占上风，战胜对方，好像他们在伐宋战争中互相争先一样。凑巧的是他们各率一朋（队），东朋西朋也好像东路军西路军一样，比赛中互有建树，不分胜负。

太上皇原来是“蹴圆”（踢球）能手，马戏一道也不外行。如非考虑到目前的俘囚身份，他见猎心喜，真想下场去逐驰一会儿，卖弄卖弄他的手段。

一场马球打完，粘罕、斡离不满面都沾糊着灰尘，他们进去洗手洗脸，换了衣服出来与二帝见礼。中华之邦，礼仪为先，渊圣不敢僭越，让太上皇先行发言。太上皇得体地说：“今日得观盛礼，岂敢重劳国相、太子击球。”

礼节性的客套叙过，酒菜摆上来，刚斟过一巡，一向沉默寡言的斡离不先开言说话了：“昨来萧庆已与二公说过北迁之事，赵氏尽室皆行。”然后指着殿下的群臣道，“何桌、孙傅等辅少主无状，误国有罪，皆令北行。张枢密、司马侍郎、秦中丞这数人孤忠耿耿，眷念故主，不肯留事新朝，俺也不强人之所难，即请他们扈从二公北行。俺已嘱挞懒郎君对他们几位多加照顺。”

太上皇今天包办了应答之辞，而他能回答的也只有“敢不如命”四个字。斡离不说一句，他就回答一个“敢不如命”。一连说了多次。

这时殿上殿下的人都听到上面的应对，所有在座之人，都在北迁之列，他们倒也没有幸免之想。因为事前萧庆已跟他们说过几次，只是斡离不又把北迁之人分为两大类，何桌、孙傅列入误国一类，不免难堪，但此时此地要提任何抗议都是不可能的。他们只好把这句考语，火辣辣地吞进肚里，好像吞进一个火药包。

坐在殿外优待席上的秦桧夫妻也听到这句考语。王氏悄悄地拉了秦桧一把，得间耳语道：“既然二太子说丈夫孤忠耿耿，何不就此上席去求他把俺夫妻留下，免此一行，岂不甚好？”

向来喜怒不形于色的秦桧忽在大庭广众之间听见他的命运的最高裁判者这句考语，不禁心里怦怦然，不过还强自制止，不露于表面。王氏的这个愚蠢的建议却把他惹恼了，他轻声斥责道：“痴婆子你懂得什么？难道现刻再去求情，说俺愿为新朝效死？这样岂不让他贱视了，只会把俺发遣得更远，永为望乡之鬼。”

这时倒真有个“痴婆子”上去为家属求情。坐在太上皇后面一席的郑皇后忽然离开席面，款款走上前去，向粘罕、斡离不二人福了两福，开口说道：“臣妾得罪上国，自合随上皇北迁，死而无怨。只是臣妾之父郑绅，一向安分，不敢预问朝政，更兼年事已高，两腿病废，不良于行，敢请留下。如荷赦免不遣，拜荷国相太子大德。”

郑皇后年近四十，又在愁悴之中，她却别有一种养生之道，除了干涉太上皇的外遇，什么事情都不能使她动心，或者多动动脑筋。她的一生似乎只有这样一个专职。而太上皇迁宫以来，她的敌手只剩下赵元奴一人，这方面的脑筋也花得少了，因此长期保持了丰满富态的体态。今天奉令稍加装饰，已恢复过去的雅丽美容，更兼她进退有法，言辞典雅，说来楚楚动听。粘罕、斡离不相互看了一眼，都表示了默许的意思，粘罕马上吩咐萧庆道：“且把郑绅一家留下，待与郑皇后辞别了，放他回城去。”

宋朝的两代皇帝，无论老的还是小的，都已尸居余气，生机全无。碰到事情都要与亲信商量商量，考虑半日，才敢做出决定。他们的口头禅“且待商量”“却又理会”，实际上是推迟决定的缓兵之计。怎比得粘罕他们，说可则可，说不可则不可，俄顷之间就做出决定，毫不拖泥带水。一方面的统治者文而老化，另一方面则是质而年轻。两国兴亡之机，在这里可看到一点端倪。

粘罕回答得这样爽快，郑皇后喜出望外，不禁跪下来，向二人拜了两拜。

人事处分已毕，斡离不又问道：“大军即将北撤，二公等也将于旬日内上路。长途跋涉，衣服需要之物不可少。行装可曾打点？”

这一次却是渊圣自己回答：“前来萧太师说了北迁之事，某即以笔札付王时雍、徐秉哲，嘱于左藏库内支三千贯为某父子治行。不意王、徐以无钱见告，一文不名。因此行装之事尚无着落。”

三天前，渊圣让内侍刘当时送给王时雍、徐秉哲一纸他亲笔书写的御札：“社稷山河，素为大臣所误，今日使我父子离散，追念痛心，悔恨何及？见以治行，缺少衣服衾具及厨中所用什物，烦于左藏库内支钱三千贯收买，津迁至此。不求华腆，但能敷用即可。早晚成行，希勉事新君，无念旧主。桓（渊圣名）上王、徐二公。”这样一封措辞迁就的告贷书竟不能打动王、徐之心。据刘当时回来说，二人当时看了御札就是一副爱理不理的样子，后来他去催促，徐秉哲竟说左藏库匮乏，无现钱可支。王时雍回答得更加气人，他说即使有钱，未得楚帝御批也未便见付。渊圣一向是个好脾气的，难得对人动怒，这次听了刘当时的汇报，兀自气恼，今日得机，便在斡离不面前告他一状。

斡离不听了也觉得气愤，他不顾王、徐二人都坐在相当高的席位上，开口骂道：“王、徐二人在宋朝职位不低，旧朝初废，如何转背之间，就忘了故主之恩？此等负义之人，不知公等当初何故便以国家相付？可知今日之祸，乃是自取。”

王、徐二人是当前伪朝红得发紫的人，如果渊圣与斡离不的地位平等，他也可反唇相讥：公既知我们为负义小人，如何又让刘彦宗、萧庆重用我们，权倾一时？

统治者受匪人蒙蔽，倚若心膂，视为心腹，这种情况历史上固然有，但并不太多。多数的情况是他也看得出这个人很成问题，但要利用他的能力，盲目自信，在自己控制下使用他，不怕他出什么花样。另一种情况是，明知其人心术不端，但形格势禁，已形成一种非让他在台上不可的已成事实，统治者即使心中反感，也没有把他撵下去的自由。以上两种情况虽有主被动之分，但听任坏人当道，为他本人及其政权造成损失，其结果则相同。

这种复杂高深的用人哲学，渊圣要在他失国、失去了用人的自由选择权以后才有所体会。在他在位期间，也是糊里糊涂地把这些人放到重要的位置上了。这说明了另外的一条政治原则，叫作“当局者迷”。

5

打球以后，斡离不与粘罕彼此达成默契，今日之会，目的在于示惠宋人，要给这批君臣俘囚一点温暖感，相戒不要以语言或声色迫人，失去怀柔的本意。

在粘罕这方面，今天还准备了一个特别节目，在演出以前必须严加保密——连斡离不也不让知道，才能取得出人意料的戏剧性的效果。他一直在寻求适当的时机，所以平日虽然说话最多，今日却一直保持沉默，让斡离不独自主持宴会。

直到斡离不斥骂王、徐，批评渊圣任用佥壬以致亡国的时候，粘罕忍耐不住了，才插上来说："要说到任用小人，误国祸家，此公尤胜于少帝。"他指着太上皇，通过通事翻译成汉语道，"当年若非公任用王黼、童贯等挑起边衅，破约败盟，得罪了我大金，怎有今日之祸？"

挑衅败盟者反而指责别人挑衅败盟，为自己的行为找借口。粘罕这段话在金人的文告中、外交使节的责难中已经重复过百十次，早成为令人耳朵生茧的老生常谈。现在粘罕又翻出这本老账来责难太上皇，太上皇悚然从座位上站起来，文不对题地回答了一句："敢不如命。"

其实这是一句删繁就简的答词，把没有说出来的潜台词补足，他的意思是："国相所责甚是，某已甘心服罪，刀锯斧钺，唯国相所命，敢不如命。"

有人受到敌方的惩罚，甚至被处极判，他肉体上已无法反抗，但精神上并不屈服，不承认自己是错误的，有罪可罚，更不承认对方有权惩罚自己。但是宋朝的这批皇室贵族，都是一群未老先衰的阘茸货，他们的精神支柱早已垮台，在他们身上已找不到一丝一毫的失败者的傲气。今日一宴中，无论郑皇后的求免家属北迁，向敌酋叩头谢恩，无论渊圣的诉求告状，借手敌人发泄气愤，无论太上皇的"敢不如命"，都是这种精神崩溃的表现。

经不起敌人的压力，先就软瘫下来，生死从命，方圆任意，自己变成软鼻涕虫一条，这在俘虏之中，数见不鲜，而在皇族中尤为突出。亡辽时粘罕曾接触过的天祚帝，以及宗室大员的表现都是十分软弱的，只有耶律大石是例外，他虽在俘囚之中，偶然肯与粘罕说句话，玩一回双陆，都像是赐给粘罕某一项恩典一样。像耶律大石这样自尊的人，粘罕一生中也没有碰到过几个。

宋朝也是有人，就这几天来说，臣僚中的李若水、刘韐，武官中的吴革都死得重于泰山。但在宗室贵族中，却没有一个硬骨头。现在粘罕、斡离不环顾殿内殿外坐席的许多皇子、亲王、郡王，一个个都像斗败了的公鸡，耷拉着脑袋，连啼叫一声的勇气也消失了。倒是几个帝姬，神情自若，没有跌落公主的功架。太上皇的几个女儿荣德帝姬、柔福帝姬等，都在盛年，容貌昳丽，还有王婉容生的最小的一个帝姬，年方十五，尚无封号，她看看粘罕，看看斡离不，还有金朝的许多贵族大将，心里想："他们也只是长了两只眼睛、两只耳朵、一只鼻子、一张口的男子，怕他作甚。"

斡离不的注意力放在诸皇子身上。他好像坐在检阅台上把太上皇的许多皇子都检阅了一遍。他早就知道道郓王、肃王、信王等几个皇子，都是很出色的，能诗擅画，写得一笔好字，如在承平时节，都不失为诗酒风流、文采斐然的贤王。如今混迹在诸王贵族中，已看不出一点锋芒。

斡离不这时心里也想到耶律大石，他挣脱罗网，远走高飞，至今活跃在西北一带，开创了一个新局面，终究成为金朝的心腹大患。凡是能够给他的政权带来威胁的人，就是他钦佩的人。如今太上皇诸子，只有康王一个漏网，在河北弄兵，其他诸子全在这里。斡离不检阅一过，心里想道："这几个皇子手无搏龙缚虎之力，胸无定邦安国之才，就算能够写字画画，何足道哉？如今都在我的关禁中，谅他们插翅难逃。我大金如能拿得康王，就永绝后患了。"

作为人质，康王曾在斡离不军中留宿过数宵，当时匆匆，没有留下特殊的印象。现在康王漏网在外，也有一番作为，不免使他有些顾虑。对于这里的俘囚们，他是放心的，即使对于二帝，他也采取宽容的态度，不愿过于难为他们。当时他拦住粘罕责难太上皇的话头，说道："往昔之事，因果爽然。今日恩怨已尽，休再提它。二公此去不免万里投荒，尚祈保重，乐天知命，图个安逸的晚年，庶几不负俺等今天之一会。"

斡离不虽是个叱咤风云的大将，这几年颇受汉儿熏陶，自己也读了不少书，能以汉语说话，吐属典雅。此刻说的一席话，明显地含有回护他们的意思，太上皇心里明白，自然称谢不置。

"好戏快要上场了，稍停就要他好看，看你黑厮，保得他到底！"粘罕痛快地想道，他已等候多时，现在看到时机已至，就奇兵突出地与太上皇说道："昨奉朝旨，二公即将分道北行。公在燕京少留数日后，即去本朝发祥地附近的五国城[1]

[1] 五国城，在今黑龙江省依兰县。

居住，路途尤为穹远。”上面这几句是由通事翻译的。下面几句，他急不及待，就自己说出来了，大致的意思是：北地苦寒，女真人在那里也自禁受不住，何况南人。俺念你年老体弱，长途跋涉，未免辛苦，特荐二人与你，一路侍奉照料你，颇不寂寞，不知你意下如何？

粘罕的汉语水平不高，但这番话倒也听得清楚，只不知他推荐何人，谅系内侍宫姬之辈，他又卖关子不说出来。太上皇一时难于判明他的真意，只好再来一个：“敢不如命!”

这二声他说得很轻，不仅表示感谢，还怕粘罕有着恶作剧之心，玩出什么新花样，那是从他词意闪烁的口气中可以听出一点来的。竟含有哀求之意了。

一语未了，只听见左侧厢房门口挂着的一桁珠帘背面发生什么争执的声音。然后是一道介于女人与男孩之间的尖厉高亢的声音，高扬起来。它虽然急迫，似乎伴着一阵起伏很大的呼吸声，旁边还有人干扰，但它的发音是正确的，殿上殿外的人都听得清楚：“官家，事已至此，还向那贼寇吁求作甚?”

珠帘后一批甲士把两名妇女推出端诚殿来。前面的一个，略事梳匀，穿一套淡红衣裙，仍然掩盖不了惨淡的神情。她是太上皇的新欢赵元奴。后面的那人，发髻蓬松，衣饰不整，显然是被强迫拉来的。她用一个强烈的动作推开两名拢住她衣袖的甲士，很快地越过赵元奴，走到太上皇座位前面，口中数落着：“官家休道他们安着什么好心，无非叫你当众出丑。他是我家之敌，我与他有不共戴天之仇，官家如何事事都要如他之命?”

她是李师师，没有错，此时此地，敢于这样说话的女人，除了李师师还有谁？她是在万胜门突围时被俘。在羁押中，被奉命前来辨认的赵元奴证实，送到青城来的。传说大金皇帝也知道李师师的名气，派人物色，要送往会宁府，此事由粘罕首尾。今天粘罕却把师师先派了另外的用处。

时隔四年之后，她与太上皇二人都想不到会在这样一个场面中再次见面。在太上皇眼睛中，师师似乎没有多大改变，即使在落魄中，她的风采依然如故。她挣脱甲士们的牵扯，不愿走到粘罕座前去的那副倔强的劲儿也依然如故，但她又好像改变得很多了，她的嗓音完全不是原来的那副嗓音。如果没见到人，单听她从珠帘后面发出的数落，绝不能想象她就是师师。还有，她的眼睛里闪烁出一种奇怪的游移不定的光芒。她不愿走到敌酋座前去向他们致敬，但她的眼光仍在寻找粘罕、斡离不，好像她在战场上要找寻主要的敌手一样。她清楚地记得马扩曾介绍过他二人，一个肥硕，一个瘦长，一个像带座的碑，一个像凌空的塔。她很容易就在主位上找到他们，狠狠地盯了他们一眼。她又在找张邦昌、王时雍，要找他们算账。最后她逼人的光芒，又回到太上皇身上。那是数落、谴责，很快就可能发展为怒斥的眼光。太上皇接触到它，竟然惭怍地低下了头。

她在珠帘背后已经等候多时，殿上二酋与二帝的对话，她都听到了，这时且不去理睬二酋，先冲着太上皇问："官家禅位南幸之际，臣妾曾请黄经臣带上断簪一段，以示决绝，也请他转告，万一东京城有个三长两短，臣妾誓死不负国家与陛下，只是危难之间，官家也要自重。这话臣妾反复叮咛了两遍，今日在此活着相会，又听见官家的逊词哀求，可知官家不想听师师的话。那段金簪可还收着？官家既不需用，还了师师也罢。"

师师是一口气把这段话说完的，她勉强压住正在升上来的气哽，说得又急又快，然后长长地换了一口气，继续说："官家今日虽为俘囚，一言一行，仍系天下之望，千百万老百姓的心都系在二帝身上。你如不自重，语言行止失体，如何对得起两河南北喋血苦战的官军义民？如何对得起死为国殇，碧血长流的小种经略相公、马参谋、吴统制、邢太医？怎对得起为国驰驱、至今犹长系在真定狱中的马宣赞，引领颙望、一心勤王前来的刘四厢？还有东京城里忍死待君、以图恢复的百万生灵！"她再接口气，指着粘罕、斡离不道，"这二酋率大军相犯，攻略我城池，屠戮我百姓，败坏我江山，乃国家之大寇，你我之大仇，怎可与他们一席饮酒，杯盏酬酢，难道到了今日，官家还图瓦全苟活？"

对师师了解得很深的太上皇，明白她今日来此已决心一死，她自己没有死的决心就不可能劝他去死。他像割去了心肝一样想到师师马上就要死了，但又怕师师过于激越的语言得罪二帅，连累自己。就他自己而言，他们免他一死，万里投荒就算是最好的发落。最后的一根稻草，他一定要死命捞住，不能让它漂失。他不想死，他对任何人，对死去的种师中，活着的刘锜、马扩都没有欠下一笔要用生命去抵偿的债务。说到底，破城以来，他也有种种顾虑，但只限于在维持原状到押送北行一个幅度以内上下忐忑，过此一步，就不能想象的了。

他是爱师师、疼师师的，但不能为她做出一点牺牲，从最初直到最后还是如此。他作了一个要想拦阻师师再数落下去的姿势，以讨好二酋，也想保全师师。师师不理他，早就从鬓发间拔下半段金簪，用力往自己的喉咙口一戳。她的动作是这样猛烈，一道从束紧的血管中直喷出来的鲜血，飞到很远的地方。它像一道五彩的长虹，从天上洒向人间。血点一直喷到二酋和二帝的衣裳靴袜上，还有几点溅上他们的脸。每个人都不由得用手去揩抹脸上的血。

“蒙霜特姑，蒙霜特姑!”显然已丧失理智的粘罕，指着师师已经倒在地下的身体吼叫着，使他最最恼怒的是师师恶毒地辱骂他们以后，叫人猝不及防地自尽而死，使他完不成大皇帝交给他的秘密任务。她死了一次还不足泄他之愤，还要她再死一次，死上加死，死得十十足足。不过师师的双目已瞑，对她已起不了威胁作用的“蒙霜特姑”，犹在耳际萦绕，这可能是她能够在人间听到的最后的声音。它不是人的发音，而是野兽的吼叫。

斡离不也被激怒了，对于已经倒地的李师师，再要加以“蒙霜特姑”之刑，这是十足的野兽行径。他顿时恢复了统帅的尊严，迅速命令从人将师师的身体抬出殿外，同时挥手对挞懒说了一句话，挞懒跟着走出殿去。

这里人众打扫场地，偏偏师师的这缕长血洒在地坪上，点点斑斑，几桶水都洗沃不去。大家看了都有说不出的感想。宴会在沉默中勉强继续下去，连张邦昌、王时雍等事前拟好的善颂善祷的祝酒词也被斡离不麾去了。

*李师师颈血化长虹。

第四十六章

1

三月二十八，在攻破东京城四个月零三天以后，金军开始全面地撤退。

首先由于天时和地理的原因，那年三月中东京已出现初夏的气候，女真人、契丹人、奚人、渤海人、室韦人大都不服南方的水土。再加上“大战以后，必有大疫”，温暖起来的天气为瘟疫流行创造条件，病倒者日多，有时一天内死亡了一二百人，十天八天下来就是一场中等规模战役的阵亡人数。不能长此下去。

当然更重要的还是人事上的原因，一座繁荣富足的东京城早被“刮”干“刮”空，鸡肋不再值得留恋。何况，既有掠夺，就有分赃。现在无论在上京会宁府的皇帝、贵族，无论在前线的大将和各级军官、猛安、谋克等都迫不及待地要想分得一杯羹，撤兵之举，势在必行，谁也阻止不住了。

当时在东京的伪楚政权根本没有站稳脚跟，两河抗金部队仍然活跃非常，特别是已经开府称大元帅的康王赵构，乃赵氏近支皇族中唯一的孑遗，凭着太上皇之嫡子、渊圣之亲弟这双重资格拥有较大的号召力。金军逗留在东京时期只派出少数部队巩固四围，只要不威胁东京的安全，就不积极出击。康王的势力并未遭受打击。总之，金军尚未做好必要的善后工作，甚至也没有进一步考虑今后的发展趋势，就匆忙草率地下令撤军。

其中斡离不是反对撤军的。

城破之初，斡离不坚决主张“和平入城”，规定了一系列的措施和政策。结果，只有在奸伪帮助下搜刮物资，获得绝大的成果，这一项算是成功的。此外，他主观希望的收拾人心，尽量减少破坏，减少宋朝方面军民的敌忾心，保留一个乖乖听话的赵氏以有利于今后推行绥靖政策的多项政治目的都落了空。他终于明白，在举国上下都希望撤兵分肥的大势之下，他个人的远见无法与之抗衡。后来他自己也成为撤兵的积极派，率军取道河北而归。

东京城内外，包括战前调拨，城陷后又陆续征签调发的金军不下二十万人，他们只花了三四天时间就全部撤清。四月初一，最后一批金军从南薰门下来，直趋青城，把城外的营垒帐篷连同搬运不尽的米谷布帛等物资都付之一炬。一夜间火焰亘天，士兵出发，鼓乐奏歌不绝。到了四月初二清晨，恍如再生的东京孑遗，兢上城楼观看。只看见一片火烧场的遗址，黑烟缕缕不绝，焦味扑鼻。城下竟无一个金兵遗下。

东京城遭受一场弥天大劫。

唐朝建都长安，由于各种物资水陆运输的方便，关东的东都洛阳一直成为政治、经济的中心。五代后唐亡国时，洛阳遭受兵燹水灾，破坏特甚，石晋迁都开封，粗能完给。晋元帝时，契丹纵兵南下，开封遭受第一次大灾难。以后经过后周及北宋百余年来的休养生息，开封府从恢复到发展，达到空前的繁盛，人口百万，物资充牣，商肆店铺，栉比鳞次，成为当时我国及世界上最大的城市。至此，才遭受到经过几百年也恢复不起来的彻底大破坏。

金朝的根刮，直到撤军前，一直没有停止过。张邦昌登基前几天，东京的一名富户向萧庆告密说他藏在地下的一千两银子被伪官挖出私自吞侵了。粘罕大怒，认为东京百姓一定还有不少窖藏，伪官不肯用心搜挖。当日下令将负责根刮的礼部尚书、副留守梅执礼以下四名大官都剥去衣服，在大街上示众后，执行“蒙霜特姑”，活活打死。四壁根刮官胡舜陟等四名御史一级的官员被判鞭刑，也押到闹市中来执刑，四人中鞭死了一个，其余三名也都血流遍体，号泣过市。金人唯恐老百姓还有金银埋在地下，藏入壁中，几乎把所有房屋的墙壁都拆开了，砖坪都翻了个身，结果所得十分有限，百姓家中的一衣一履、一针一线、一瓮一罐，都被作为藏匿物资，搜出去报功。

根刮确实把东京人从头到脚都刮得精光了。斡离不不知道他的根刮政策一天不停止，他的绥靖政策一天就不能实现。在这一点上，他与粘罕及其他的军事领袖、亲贵的见解并无不同。

金军撤退前，百物腾贵，大都是有价无货。百姓赖以生存的蔬菜早已断档，居民全身水肿，特别是两腿肿得更加厉害，一揿就是一个瘪洞，揿下去了，半天弹不上去。这时药料都被金人搜去，患病者只好听其自为生死，患浮肿病的人，往往不到十天半个月就匍匐死去。还有害眼病的人更多，发病初，眼睛中好像揉进一粒沙子，不久就视线模糊，看出去形象不清，更怕有阳光，一过黄昏，就完全看不见东西。不消几天，就变成瞎子。东京人把这种眼病称为“夜眼”。东京城原来特别多的是眼科郎中，他们以“浑身眼”为独特的商标，摆个地摊，撑一把太阳伞，上面画一百只眼睛就算是招牌。平常是药到病除，病人趋之若骛。为斡离不治眼病的太医也不免要请教他们，使用他们的秘方药水。治“夜眼”也不难，只消用清水调蛤粉，滴在眼睛中即愈。但此时蛤粉已断档，冒牌仿制的药水缺少了这种主要成分就不起作用，东京市上的瞽者日益增多。

一场浩劫，东京百万人口中减少了十分之二，由于赈济所的长期存在，办理得法，三月初六以前直接饿死的贫民倒不算很多，大部分是死于病，而那些病的起因还是由于缺乏营养，他们可算是间接的饿死者。城破之初，跟随刘延庆父子突万胜门而出的老百姓死了一万多，吴革举义时，也有相当数目的军民在南薰门、万胜门两处突围被杀，能够活命逃出去的只有少数。

还有不少百姓在“根刮”时奋起反抗，与根刮的公人同归于尽。部分百姓在集会迎驾或阻止皇族出城时，鼓噪示威，被范琼所杀；有人讽刺张邦昌的江山是纸糊的；有人大骂范琼等三狗助纣为虐，因而被杀；东京老百姓心目中的英雄小关索李宝在阻拦太子出城时，与他的伙伴们十九人同时被杀。奸党们也在搜索何老爹等人，有人说他突围时战死了，有人说他已逃出围城，生死不明。

总的来看，东京人死于流血的还不是多数，多数人是不流血而死。但无论流不流血，同样都因家破国亡而死，死人多至二十万，不能不说是一场人间的惨剧。金朝的贵酋、宋朝误国的君臣以及一批无耻投敌妄想做伪朝顾命大臣的官僚，对这场惨剧要负全部责任。他们逃不掉历史的斧钺。

东京人登上城头，目视金军撤退，不是由于我朝大奋军威，把它们打败赶跑，而是他们鼓乐奏歌，自动凯旋，感到十分耻辱，看到宝贵的米面粮物，在城外废垒中付之一炬，更感到痛心。痛定思痛，再想到国家已亡，亲人多死，吾君北迁，即使自己有了再生的希望，活着还有多少意义？百感交集，前途茫茫。

初二下午，忽然刮起一场少见的大风，天气剧变，飞沙走石，通夜不停。到了初三，日已过晡，天色还是一片黑暗，伸手不见五指。耳壁厢只听到风声、尘沙的滚滚声，好像有千军万马在风尘中呐喊作战。有人恐怖地想象金军去而复来，城中难免又有一场大屠杀，有人乐观地想象九殿下率领大军前来，把撤退中的金军全部围歼了。

这两种推测当然都不是事实。这样的“尘暴”，整整延续了三天。白天要点了灯才能行动，而在罗掘俱空的东京城里，一盏油灯、一支蜡都成为奢侈品，几十万百姓点不起灯，只好在黑暗中摸索。在这几天中，东京城暗无天日，其实在整个沦陷时期，东京人的心也都沉在黑暗之中，看不见明天，看不见未来。

2

撤兵令下的第一天，即在三月二十八的当天，金朝东路军统帅斡离不与西路军统帅粘罕就分别从他们驻军所在地的刘家寺、青城两处出发。东路军取道河北，西路军取道河东，基本上仍从他们南下时走的老路北归，预期两军于五月初相会于燕京。

斡离不军中携带着太上皇、郑皇后、泗王、景王、肃王、信王和帝姬驸马们。还有康王的生母韦妃、康王的妻子邢妃也在东路军中，将来可能还要作为人质派上用场。粘罕军中携带着渊圣、朱皇后、太子、燕王、越王以及其他的皇子、长一辈的帝姬驸马等一起北行。其中燕王出城时，曾被老百姓挽留，请他留城中主国事，遭金人之忌，受到的待遇特别恶劣。启程前一天，就饿毙在营寨中。死后身体缩小，长仅四尺余，宽不过八寸，金人锯了一段马槽，把他的尸体硬塞进马槽，两腿还嫌太长，马槽中放不进去，顺手两斧头，就把它们斫下来。连尸体带马槽，外加两条断腿，一起就地火化。太上皇差刘当时带口信给燕王妃，要她把烬余的骨殖埋在寨旁空地上，说是："埋骨此处，尚为中原之地，省得北去，死了也是异乡之鬼。"王妃不从，一定要把骨灰和烧不尽的残骨带在身边走路，别人也劝阻不住。渊圣临走前来得及亲临致奠，他哭道："叔父先走一步，为你侄儿在地下经营，侄儿不久也将追随叔父来了！"

太上皇在东路军中受到的待遇似乎略胜一筹。出发前，斡离不又派来通事安慰他，说的还是那套大道理："自古圣贤之君，无过尧舜（要女真贵酋斡离不承认尧舜乃圣贤之君，真不简单），犹有揖让，归于有德。上皇博古通今，历代革运之事，心下煞理会得。但请宽心，必有快活时。"又说，"本国取契丹，所得嫔妃儿女，尽配诸军充赏。以上皇有海上之德甚厚，今尽令儿女相随，服色官职，一皆如故，本朝报德，可谓不菲。"

话说得"煞"[1]好听，不过做起来又另是一样。当天晚上，有一名胖鼓鼓、笑嘻嘻的女真官员，自称奉二帅之令，派来侍奉太上皇上路。太上皇一听就知道他是北行的押送官。但今夜之来，别有任务，是代斡离不向太上皇说亲，指名要王婉容之女幼帝姬许配给粘罕的次子为妇。

幼帝姬是太上皇晚年最钟爱的掌上明珠，金枝玉叶，嫁为蛮貉之妇，这在升平时节，根本不可想象。但如今他身为俘囚，儿女也都成为俎上鱼肉，听人宰割。粘

[1] 煞，女真式的汉语，意为非常或很。

罕贵为一军之帅，与他攀为亲家，今日说来真是大大地高攀了。今后不但女儿生活得到保障，自己的处境也可能好转。从汉族人的观点来看，这是理所当然的。何况做媒的又是另一位大帅斡离不，给了他好大面子！太上皇忽然想到目前随行的还有几个尚未出嫁的女儿，倘使斡离不也来求亲，那岂不是亲上加亲，好上加好，可惜此话无法启口。太上皇这一回给粘罕的回音不仅是“敢不如命”，而且是“欣然从命”了。不知李师师地下有知，做何感想！

那个胖鼓鼓、笑嘻嘻的官员办成这件事，心里也很得意。

那官员就是南薰门的守将拔离。他是大将银术可的兄弟。银术可是女真军中著名将领，榆次败种师中、盘陀溃姚古都是首功，在西路军中，他的地位仅次于粘罕、完颜希尹、娄室而居第四位。拔离跟随兄长，派在西路军中服役。新兴的金邦，用人一般不是凭关系、资格，主要看他自己的能力与功绩。拔离虽仅为一门之长，但几次应付民变，都很得当，特别在诱歼吴革一役中立有大功，深受二酋的赏识。这次粘罕已内定他负责押送渊圣君臣一行一千余人至燕京、上京。答应他完成任务后，另给他一个猛安世职，当方面之重任。

这当然是好差事，无如渊圣第二次蒙尘出城时，拔离曾打过他一马鞭。渊圣一见此人，就会引起条件反射，满身鸡皮疙瘩。扈驾老臣张叔夜向粘罕提出强硬抗议，反对拔离押送。粘罕虽然粗暴，对于曾经与之交手几次，还成为他手下败将的张叔夜尚有敬惮之意。他亲自跑到刘家寺，与斡离不协商，愿以拔离押送太上皇一行，条件把张叔夜调到东路，省得他常来聒噪。斡离不也同意了。张叔夜拨在挞懒帐下，与秦桧一同收容，其待遇优于押送的皇族。从此太上皇以及子孙宗族一千余人的命运就掌握在布袋和尚手中。

拔离代表斡离不前来与粘罕之子说亲，这件事值得怀疑，因为与斡离不说过的话不符合，但对此，太上皇当然不敢向斡离不当面复核，而幼帝姬被粘罕之子索去，斡离不知道了，也只好眼开眼闭，放他一马，免得与粘罕伤了和气。拔离摸准了各方面的关系，才敢于在两个严厉的统帅之间翻出花样，滑行自如，他确是女真贵族中的干才。

这件事开了一个例，以后北行途中，金朝的朝贵、大将们纷纷前来索取帝姬、妃嫔、内夫人等。拔离上下其手，做成不少交易。后来到达燕京、上京时，两路俘囚中，所有年轻美貌的女囚，几乎都分光了，以后长途跋涉，转辗流徙，死于道路上的基本上都是男俘，再不然就是老弱病废、用手指一碰就会倒地自毙的妇人。

太上皇在位时，曾与词臣从容谈文论诗，曾说到过李后主被俘北上之际，不能素车白马入宗庙向祖宗告别，反而“挥泪对宫娥”，是一种没出息的表现。现在他侥幸获得亲身体验的机会——在一千万读词者中间也难得有一个获中这样头彩的机会——才体会到万事空口议论容易，真要做起来就难了。当此之际，他要向宗庙告别，第一关拔离那里就通不过，更不必说向斡离不请求了。金人绝不允许二帝再次入城，免得老百姓骚扰生事，而赵氏宗庙已废，祖宗神像灵位早撤，即使进得太庙也不知去向谁的祖先行礼告别，可能太庙中已换上张氏祖先的牌位了。

这件事做不到，他也没敢向斡离不提出请求。不过斡离不对他还是宽宏大量的。为了补偿王时雍等不肯支付三千贯开拔费，斡离不加倍拨给老少二帝各六千贯作为路上盘缠之用。腰缠六千贯，骑马入上京，至少在物质生活上，太上皇得到可靠的保证。登程前，他置备了不少衣食用品。除金方供应牛车一辆外，他通过拔离，向部队买了四五匹骡马，又备了一箱草药、丸药。扬鞭上道，蹄声嘚嘚，太上皇、太上皇后倒也自在得很。这时斡离不犹在军中，每天要拔离去报告俘囚的情况，太上皇一行人受到的待遇还算过得去。拔离本人也一直笑嘻嘻地礼貌无缺。

东路军先头部队刚开到真定，真定路总管、汉儿万户韩庆和就赶来报告义军四起，地方不宁，特别在西山和尚洞一带结寨的赵邦杰、石子明等部声势浩大，扬言要沿途拦截大军，使之匹马不还，还要相机救援二圣出险的消息。斡离不震怒，特拨两千名铁骑护卫太上皇一行人犯，加强周围的戒备。他本人率领阇母、窝里嗢等大将，会同原驻真定的副都统杓哥暂且驻下，部署对付义军的军事。大军仍由挞懒率领拔队前进。

拔离说变就变，既有命令要他加强戒备，过去的优待办法统统蠲免了，除了一部分女俘还待善价而沽，待遇略优，其他的俘囚这才真正尝到做奴隶的滋味。本来在女真人的部落兼并战争中，俘虏就是奴隶，奴隶就是俘虏，两者并无区别。奴隶没有人身自由，没有私人所有权，准此，俘囚们携带的衣物，这时通被没收，甚至随身衣服也都被抢光，多数人只好赤身露体暴露在灼热的阳光下走路。日间食不得饱，渴不得饮，晚上怕他们逃亡，还用绳索捆绑起来，十几个人穿成一串，绳索的一端就拎在监守的士兵手中，稍有转侧，立刻觉察，遭到殴击。

这些龙子龙孙，平日养尊处优，过着人上之人的生活，如今发生一百八十度的大转变，遭受非人待遇，支撑不住，纷纷倒毙。从真定到燕京，统共只有几百里地，走了二十多天，俘囚的队伍竟减少了三分之一。这些俘囚每天未明之时，就被赶起来，押上道路，他们勉强睁开充血的眼睛，手里抚摩着绳绑和鞭打的新创，拖着那一对肿得像水桶的腿，一步挨着一步走。忽然冒烟的喉咙口咯咯两声，鼻子管抽搐一下，就倒在地上不起。拔离闻报跑来，验看一下，不管他是已经死得十十足足了，还是尚未断气，一概当头一棒，打得脑门开花，脑浆迸裂，然后用力一脚把死者踢到路边。一面就草堆上抹拭沾上血迹的靴子，一面咕噜着："这样的人死去两个还不如狗死去一双。"

人命抵不上狗命，人不如狗，拔离的这句名言流传后世，八百多年后还有人照搬。而且逼死一条人命后，口中一定要照样咕噜一句，这在当时也已成为一种流行的公式化了。

3

肃王赵枢和信工赵榛是太上皇最有才气的两个儿子。作为整个阶层，宋朝的王孙皇子大都腐烂透了，再也没有一点生气，但不能排除其中也有少数例外。拔离见不及此，没有把他二人隔离，分别押送，铸成大错。兄弟们睡在一起，走在一起，得有机会就要悄悄地说话，有时当着人面，不便明谈，只能以隐语廋辞达意。他们也摸出了一个规律，晚间说话容易惊动监守者，别看他鼾声如雷，你们说了什么，明天他还是要找你算账，白天兄弟俩挨着一起走路，倒有机会说话。

赵枢以博学强记出名，一篇一千多字的碑文，过目成诵，回家便能默写下来。诗书史籍，不必说早就背得滚瓜烂熟。这几天，他反复背诵《史记·陈涉世家》中陈胜、吴广准备起义的一段。不言而喻，他的意思是他们像陈胜一样，挨不到渔阳（燕京），即使挨到渔阳，也决挨不到关外，等死耳，不如设法逃出，死里求生。

两兄弟进入逃走的思想准备阶段后，无时无刻不在研究逃脱的具体方案。一天早晨，赵枢忽然背诵起《诗经·桃之华》一首，他把“桃之夭夭”一句反复背了几遍，赵榛会意，兄长已经发出行动的信号。黄昏前他把前两天偷来一直藏入裤腰已经发酸的馍取出来，两人分食了，气力陡长，不久，他们等到一个监防稍疏的机会，悄悄地溜出队伍，蛇一般爬出路面以外，俯着身子，便往斜刺里急奔。

监防者听到脚步声，急从后面追赶上来。赵枢看看势头不好，急把兄弟推进一丛灌木林间躲避，自己索性大鸣大放地站直身体，向相反的方向逃走，故意让金人追获。

不消说，监防者一把把他扭获后，一顿拳打脚踢是饶不了的。赵枢一面让他殴打，忍受了肉体上巨大的痛苦，一面在心里痛快地想道：“打、打，你就打死了俺，俺也不怕。两兄弟能逃走一个就好了。老天可怜见，保佑他挣脱了性命，将来做一番惊天动地的事业!”

拔离到晚间点名时，才发现逃脱了一名亲王，事非小可，再要去搜捕已来不及。拔离不敢据实报告挞懒，含含糊糊地把一名年貌相当的宗室疏属冒充为信王赵榛。册子上写的仍是信王，没有注销，实际上已换了一个人。好在赵氏宗室人口众多，这个时候，狼狈在道，一样的须发蓬松，一样的全身只剩下一条漏洞百出的牛犊裤，就让他亲爷娘来，也认不出他是真的还是假的信王赵榛。

其他的俘囚都可冒充顶替，以假混真，一片糊涂账，唯独太上皇、太上皇后、渊圣、朱皇后、皇太子这男女老幼五口，是要以活着的正身向大金皇帝献俘的，差错不得，也不好让他们在路上倒毙。因此他们受到的待遇比子弟们要好些。拔离暂时不能在他们身上满足虐待狂，只好在经济物质上打主意，满足了贪欲狂再说。他先是借口垫付的款项太多，自己垫不出来，把斡离不送太上皇六千贯盘缠中的余数扫数提出，卡断他的经济命脉，然后又以公家一切都有供应为理由，把夫妇俩多余存蓄的物资，包括驴马药材等，全部缴公。郑皇后略提抗议说："公家送来的蒸馍，实难下咽，那两瓶酱菜，求将军留下也罢。"拔离的圆脸上瞪起一双不大的眼睛，喝道："有玉米馍吃，敢情不错了，还要酱菜甜瓜什么的下饭！你倒不说要肥鸡、嫩鹅，还当当初住在宁德宫中？"

多愁善感的太上皇，经过这段时期的折腾，已把自己修炼成为槁木死灰，一路上目睹耳闻种种惨绝人寰之事，这许多兄弟儿孙在路上倒毙，在中山府以南，爱子信王逃亡，生死不明，肃王被殴击重伤，在白沟时听说张叔夜不愿足履敌境，绝吭死在大宋的国土上。对于这些传来的惊心动魄的消息，他居然能够做到不动心，不动情，不动声色。好像死的、伤的、走的都是陌路之人，与自己无关。很难说这是因为伤透了心、神经已经麻木，还是害怕引灾上身，躲在灵魂的污水塘里，对外界的一切不闻不问。两者都是绝对自私自利、绝端怯懦的表现。

只有行至良乡时，意外地看见一个长着花白须子、头戴瓦棱帽、身穿直罗皂袍的老者，匍匐于地，毕恭毕敬地迎候圣驾，这件不寻常的事情，才使他动一动心。

这个老者早两天就打听到，太上皇一行将道经此地，连夜赶来。他背上一筐炒栗，按照东京供应市场的包装规格，用草纸包了三四

*金军尽俘宋宗室北行。

十裹，用一半的炒栗贿赂前驱的铁骑，取得在这里逗留等候的权利，又用剩下一半中的一半献给拔离。铁骑指点他说：这位是押送长官，要他点头首肯了，你才得站在这里。老者以买卖人的殷勤和精明，与他达成了交易，好容易才挤进圈子，取出一套他的所谓礼服，穿戴好了，恭候圣驾。

他在东京时，曾多次瞻仰过御容，其实也不过挤在三四排人墙后面看到玉辂和宣德楼上的官家。回家去就夸说今天面驾，祖宗三代有灵。官家到底是怎样一副容貌，他得之于目见的远不如耳闻的多。何况目前形势大变，服饰又易，一下子就老了十多年，他根本不可能认出官家来。所幸在这队伍中乘坐牛车的只有官家与皇后二人。这辆独一无二、又破又旧的牛车驶来，二圣肯定就在车中，收受过他一裹炒栗的御者，故意把车行的速度放慢，然后用鞭梢往后一指。老者花了两天时间，自己琢磨出来的见驾仪节，这时按照预定计划全部使用出来。随着御者鞭梢的甩动，他不失时机地把全身俯伏于地，再跪起来大声唱道：“草野之臣李和儿在此恭迎圣驾，敬献土仪炒栗十裹，伏惟吾皇、圣人万安，万岁、万岁、万万岁。”

这一声唱得响亮动听，称谓措辞也符合宫廷仪节，果然把靠在车壁上昏昏沉沉地打着瞌睡的“吾皇”惊醒了，他若有所思地在追索李和儿这个有些耳熟的名字。

李和儿在东京是个知名人物，其知名度远远超过一些既无贤名令称，也没有干出多少坏事来的文学侍从大臣。他原是界河以北良乡地区的汉儿，世代都沿袭着李和儿的名字，在东京闹市开一家炒栗铺子。东京有十多家炒栗店，唯独他家用的栗子从家乡偷过边界，运到东京，颗颗都是真货。再加上他炒的栗子，火候到家，从热锅中取出，颗颗熟透，却没有一颗炒焦了的。香糯软甜，色色占全。因此名驰全国，誉溢境外。辽贺正旦使节每年回去时，都要带回若干大篓进贡。宋朝则更占地理之胜，宫廷中往往派了内侍等到一锅炒栗炒好，把烫手的栗子带回内廷，让帝后妃嫔现吃。

燕山收复，举国腾欢，这个李和儿尤其高兴，他退休后，居然还可以回到故乡去养老，这是他父祖曾祖三代人都梦想不到的福分。他回乡后，东京的铺子由他长子第四代的李和儿接手，同样的配方、原料、工序，同样的时间火候，只因手艺不同，吃起来不免要打个折扣。偶尔他回到东京来，自己出手炒它几锅现卖，那就成为轰动东京的头条新闻，“李和儿炒栗正店”那个小小的铺面，几乎要被买客挤垮了。

坐在牛车里的太上皇一时想不起李和儿是干什么的。但这个名字和这一身打扮，似乎与东京某些市井之事有关，引起了他对东京的联想，从而产生了莫名的怅惘。

他探出头来，想把李和儿这个人看得真切些。

李和儿趁机用一个隆重的仪式，跪着把最后十裹炒栗，珍重地捧出来，双手过顶，献上车去。这一股栗子的香气以及特殊的包装才使官家真正想起了这个姓名与这些栗子之间的密切联系。他急忙伸出手来接住，才说得一声“有劳你了”，牛车已过，他回过头来只见监护的铁骑已经吆喝着把李和儿撵走了。

3

此时此地帝后公卿都已一文不值，这个普普通通的买卖人的情意却比什么都重。太上皇与太上皇后打开一包，剥开来吃，那包括嗅觉、触觉、视觉、味觉等各种感觉的香糯软甜、黄得发亮的炒栗，给太上皇带来许多回忆与联想，最后把全部东京生活都翻腾上来了。灯市、鹁鸪旋、金鸡颁赦、龙舟竞渡等繁缛绮丽的场面一一兜上心来。它们曾经像一面镜子似的照出富强繁荣的北宋朝代。这面镜子破碎了，它变为一堆锈的、烂的、褪成黝黑色的废铜沉入河底，永世不得翻身。

槁木死灰，终于被一裹炒栗打动了。这时他才明确地想起李师师。大观元年，他在镇安寺第一次见到水芙蓉般的师师，以及最后一次在斋宫端诚殿上见到的血溅阶墀的师师。那两个完全不同的师师，却以同样明确、深刻的形象占领了他的心。

以后几天中他再也排遣不开这些兜翻上来的回忆。

4

包括太上皇这批俘囚在内的大部分东路军，开到卢沟河以南就留驻不前。原因是当前局势发生了变化。金人占领的两河地区内，残存的宋朝正规军仍据有一些孤城进行顽抗，各地义军大炽。粘罕、斡离不二人分别以银术可、窝里嗢为佐留驻太原、真定两处，调兵遣将，实行扫荡。军队奉命暂不开入燕京。本来燕京会师，大廷分赃，论功封爵之举，具有极大的吸引力，但两个主角不到，此举只好推迟了。

卢沟河就在燕京城外不远，每晨雾气初消、阳光灿烂时，太上皇等都能隐约看到燕京的城堞楼橹，却不准他们进入城去。这两天停留下来，待遇略有改善。每人发一套干净衣服，准予修剪须发，澡身沐浴。每天伙食中也出现了久别重逢的酒肉。俘囚们也不管它是否属于长生酒、断命饭的性质，发到就吃，馋相毕露，有时为争一块肉竟打起架来。惹得在一旁观看的女真监防者说风凉话，道：“这群饿鬼，为了一顿酒饭，竟忘记骨肉之情，死了必入阿鼻地狱，断断不能超度升天！”

几日来，被悬想、担忧、回忆、枨触扰乱了心曲的太上皇，似乎犯上怔忡之症，他成天痴痴呆呆，茶饭无心，忙忙碌碌，又不知道在忙些什么！干净衣服送来，他自己不知替换，郑皇后给他穿上，他就穿，郑皇后不给他穿，他还是穿那些脏衣服，似乎对它们已发生感情；美酒好食送来，他也不吃，让郑皇后一个人享受，郑皇后乐得吃个双份儿。郑皇后乐天知命的性格，真是值得称颂的，她不但能够随遇而安，还能从中找出乐趣。她在两个月苦难历程中消失去的一切，在那停驻的旬日中已经得到充分的补充和恢复，看来似乎比她离开东京前更加发福了。

自从官家失去李师师、赵元奴以后，郑皇后似乎也失去了她的奋斗目标，她的一生无非是为官家的外遇而奋斗，怪不得她近来心宽

★赵佶北行道上见杏花零落，感赋《燕山亭》。

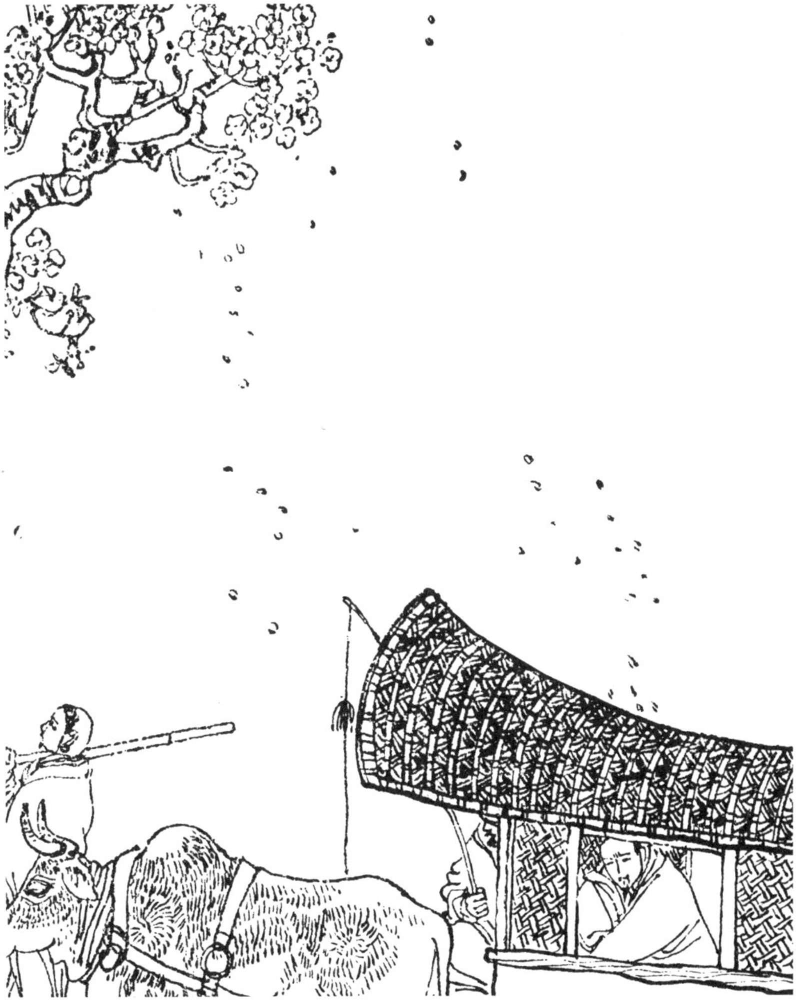

体胖。不过要说她一点心事都没有了，那倒未必。官家这几天心里想的什么，她都知道。她在酒醉饭饱之余，不免在言谈中讥刺他道："官家事已至此，死的死了，走的也已走得不知去向，还去想她们作甚。过几天进城就要大忙了，不如老老实实吃好睡好，见了人说话也有精神。"

对郑皇后无裨实际的慰劝和刺耳的讥刺，他早已养成充耳不闻的习惯。他还是我行我素，穷二日之力，把一直翻腾着的心事，凝结成为文学的语言，凝成一首词。如果他手头有纸有笔，有丹青粉墨，那可能要凝结成另外一种造型的语言，用残山剩水来抒发他的亡国哀思。可是他又怕在画面上露出痕迹，会惹来灾祸，不如凝成一首词，写在心头吟在心头，还比较安全些。

那是一首《燕山亭》词。所以要调寄《燕山亭》，因为燕山是本地风光，而十里长亭、五里短亭，到处可以看见，正好勾引起他的伤感，他以杏花作兴，抒写亡国之情。仲夏已过，风雨无端，目前正是杏花凋零的季节。杏花代表什么，他自己心里明白，眼前并没有杏花，他只是写出自己追念中盛开和凋零的杏花。题目作为《北行见杏花》[1]，那是欺人之谈，诗人抒怀，并非法官定谳，一定要有事实的根据，才能下笔。有人一定要考证当时当地有没有杏花，那真是多此一举了。

他写道：

雪白雪白的丝绢，
剪叠成妩媚玉洁冰清；
一抹微晕缓泛，
胭脂怎比得它均匀。
新巧的发样流溢着艳光，
靓丽的服饰融散着幽韵。
那画不尽的美丽呵
——羞杀了九天仙姝、蕊珠宫人！

好花儿怎得久长呵，
更何况几番无情的风吹雨淋？
在凄凉的院落里，
曾度过多少个凄凉的黄昏？

[一] 根据宋徽宗原词译写。

春暮草长，云滞月晕，
忍数着片片瓣儿默默地凋零。
燕子双双，还如那年般掠水弄影，
空诉尽絮语种种，
怎解得我满怀的离愁别恨！
地远天遥，山叠水重，
云海茫茫，疏星荧荧，
故宫在哪里？何处觅倩影？

旧日的风光，往年的生涯，
怎能不思量？无计遣愁闷！
除了在梦中
——向哪里重温如水的柔情？
梦是渺茫虚幻的呵，
近来，
连那渺茫虚幻的梦也难以做成！

第四十七章

1

东京人过了一百二十四天暗无天日的日子，接着四月初二开始，连续三天的飞沙走石，白日无光，漆黑一团，以为真正到了六合的尽头、宇宙的末日，他们处身在内的这个世界，马上就要爆炸。但愿自己与那一大批末日的缔造者金虏、楚奸等，一起都炸得粉碎，炸成齑末粉屑，与子偕亡，大家落个同归于尽，倒也罢了。

其实从宣和以来，人人心里都在酝酿一种不祥的“末日感”。一切都有朕兆，一切都按照他们不幸而言中的预兆发展。好像一种邪恶的力量，不断地把他们往上推，推到一座高不可攀的巅峰，他们神摇目眩，双腿发软，然后一个蹽踵，从巅峰上掉下来，一直坠到深渊，坠入地狱，使他们饱尝地狱之鬼的痛苦。这还不够，在真正的末日中，鬼也同样要炸成齑末粉屑的，变成为鬼中之魖，魖中之魖。“魖”这个字，《说文》失载，从鬼从重，读重声，会意兼象形，意思是鬼死后成魖，乃是双重之鬼。

但是地狱与鬼魖只存在于人们的感觉中，现实生活即使过得像地狱一样，末日之后还有末日，不可能一下就炸得精光。四月初五以后，天气慢慢开朗，白日再临，缺月重圆，昼夜往复循环，目前是炎酷的初夏，不久就会变成肃杀的秋天、严峻的冬天，然后又是另一年的春光。自然规律不因人事而废，而人事随着局势的推移，也发生了种种不可思议的变化。

因偶然被派出城议和而漏过罗织之网的康王赵构，是唯一没有成为俘囚随金军北行的嫡系皇子。

如果不是宗泽力劝他留在磁州，如果不是磁州百姓杀了主和的副使王云，使他有可能警戒，他本人是愿意进大名城去与斡离不议和的，那结果一定被斡离不带往军前，最后不免与父兄一起成为俘囚。赵构不知感恩，反而讨厌宗泽之为人，把他看成一束刺在脊背上的麦芒。因而离开磁州，去相州开元帅府，又于今年年初，渡过黄河至大名府、东平府，二月底到济州[1]驻节。

此时京师早陷，只因消息隔绝，渊圣的生死存亡莫卜，远近都属意他建立一个政权。这时他部下除原有的宗泽部一万人、知相州汪伯彦部两万人以外，高阳路安抚使黄潜善、知信德府梁扬祖等先后以兵来会。两河宣抚副使范讷、北道总管赵

[1] 济州，今山东省巨野县南。

野、东南道总管知淮宁府赵子崧、徽猷阁直学士翁彦国等，都上书表示拥护。梁扬祖部将、当时已有声名的张俊，黄潜善的部将杨惟中，范讷、赵野所部的王渊、刘光世，以及剽悍绝伦、多次立功的韩世忠等纷纷来归。这几个将领虽勇怯不一，但都出身西军，有带兵的经验，部下有一定战斗力。赵构先后把他们擢升为元帅府的前后左右中五军都统制，作为大元帅的嫡系护卫部队，成为他的基本力量。金军从东京撤退以前，赵构所部军力已达十万人以上。发运部门，解饷发粮，以及征集得来的军需物资源源不绝地输往济州，已形成很大的声势。

这时赵构及其亲信并没有采取什么积极行动，收复京师，迎救二圣。他们一直在河北、京东两路兜来兜去，而且越跑离东京越远了。尤其令人不能容忍的是河北河东宣抚副使范讷、北道总管赵野二人未经一战，竟放弃职守，丢掉防区，一齐退屯南京，这算是什么两河宣抚、北道总管。

这批文官武员不愿与金人拼搏，而热衷于拥戴赵构做皇帝，他们三天一文，五天一书，连篇累牍地都是殿上应天顺人，今日不登大位，更待何时。下面的一句潜台词是，迟则生变，恐被奸宄草野所窃据，那时悔之晚矣！

避免与金人接战，急于登位，其实也是赵构本人的愿望，但他比臣子们聪明些。渊圣尚拥虚名，他以弟代兄，于法无据，果子在树上早晚总要采摘，何不稍待几天，等它成熟了再来，吃起来甜口。

那时东京城已闭了几个月，但谣诼纷纭，各种光怪陆离的传说都有，三月初，黄潜善派去一个密探李宗，设法混入城中打听，他得回来的确切消息是：渊圣已被废黜，张邦昌被金人立为楚皇帝，包括二圣在内的赵氏全族，目前羁囚在青城，不日即将北迁。他还捡到一纸金人印刻了张贴在街衢上的伪诏，立张废赵，说得明明白白，这真是货真价实的铁证。

这个亡国灭族的消息传来，对于赵构不啻是从天上掉下来的特大喜讯，当着人面，他固然不免要痛哭流涕，顿足擗踊，表演一番。但从此可以名正言顺地登上大位，并且皇族中再也没有一个竞争者，多年来，他梦想要做人上之人，这个夙愿，终于得酬了。

古代的文官武人、士农工商，基本上都是皇权主义者，既承认皇帝的统治权，也承认自己的被统治权。他们在同一时期中，只能承认一个皇帝而排斥第二个、第三个，可谓“天无二日，国无二君”乃是天经地义的道理。如果同时出现了几个皇帝，他们就要选择其中牌子最硬的一个。皇帝也像李和儿的炒栗铺一样，四代相继，在人们心目中已树立起信誉，就不能承认其他冒牌的李和儿。赵氏建国已有一百多年，谈不到什么深恩厚泽、沦肌浃髓，特别从政宣以来，莠政乱国，为祸百姓，但它的优势在于人们已经习惯了它的统治，好像人们已习惯他穿的靴子，即使有两个破洞，补不补都没有关系，因为它穿在脚上已十分舒适。当此国家命运绝续之际，金朝、楚朝同时并存，作为赵家子孙的赵构占有人们心理上的优势，赵构不用花多少气力，瓜熟蒂落，水到渠成，一个皇位就稳稳地到手了。

当然在民族危机中，人们把他们拥护的皇帝看成民族的象征、民族的化身。拥护赵氏，就是拥护自己的民族。围城中，人民一再表现出对渊圣的忠诚，不惜为之断头沥血，甚至出现了宗教般的狂热。太上皇北行途中，李和儿千方百计要献上炒栗十裹，李和儿是河北人，他的家乡被宋朝丢弃了一百多年，李和儿却没有忘记太上皇是他的皇帝，这因为他们是从一根藤上长出来的枝蔓，有久长的历史渊源，远远不止那被遗弃的一百多年。反之，他们对张邦昌、王时雍等受到女真卵翼的民族败类是深恶痛绝的，这些败类不惜手执斧斤把自己从根子上斫去，人民永远不原谅他们这种自绝于人的行为。在这条界线上，泾渭分明，人心的向背，十分明显。

金军撤退不久，张邦昌君臣就感到末日将临。他们不得不把哲宗废后孟氏抬出来，尊为宋元祐太后，垂帘听政。张邦昌恭恭敬敬地捧手归政，自己退居太宰之位。这个孟后在丈夫哲宗皇帝生前死后，被废立多次，幸亏最后一次被徽宗废去皇后之号，退处道观，才得幸免清宫北迁之役。

孟太后听政，自己不需操心，一切都有人捧场，连张邦昌的亲信臣僚，过去帮张邦昌拆宋朝之台，现在又以同样的热心帮孟太后来拆伪楚之台，实现宋朝的复辟。他们做了一件出色的工作，代太后草拟一道播告天下的诏旨，推举康王赵构嗣大位。这道手诏用典工切、措辞得体，是著名的历史文献。

孟太后是赵氏宗族中唯一残存的长辈，赵构是赵氏宗族中唯一残存的近支皇子，她指定赵构嗣位，理所当然。这道手诏使赵构继统多了一重法律根据，自然受到他的欢迎。

五月初一，赵构正式即位，定都南京，他打破了改元必须易年的惯例，迫不及待地改靖康二年为建炎元年。他就是南宋高宗。张邦昌先已派人迎请，后来自己跑到南京去劝进，还带来金人发还的“皇帝御宝”玉玺一颗，作为进见礼。赵构即位后，封张邦昌为同安郡王，准五日一次至都堂参议大事，礼貌优渥。王时雍、徐秉哲等闻风而至，除事先已上表劝进外，还纷纷言事，革旧布新，为立功之地。他们做不成张邦昌的佐命功臣，仍想做宋高宗的佐命功臣。佐哪一朝的皇帝，为谁家立功，拆谁家之台，他们都可不问，只要是佐命功臣就好，真可谓是“为佐命而佐命，为功臣而功臣”了。

赵构最信任的大臣是黄潜善、汪伯彦二人。赵构为人深沉，心中想的未必肯与臣僚明说，除非他们自己能够体会到，而又不便说出来，只好在行事之间迎合他的意志，这样双方默契了，才能得到他的信任。汪、黄二人都是巧宦，他们从赵构不喜欢听恢复失地、迎还二圣的话一点上，就明确无误地窥知了他的内心。

当然不仅是迎合，汪、黄之徒本身就是强烈反对恢复的。要恢复就难免打仗，不幸而战败则君臣同归于尽。反之，高唱和议，与金方眉来眼去，一旦金人准予所请，并承认他们的政权是合法的，则富贵可以长保。他们的逻辑再简单也没有了。

要议和就得找出门路来与金方联系，这却不很容易。因为在法律上，金方只承认它扶持起来的伪楚朝，而不能承认取伪楚而代之的南宋小朝廷。它只是一个尚未扶正、六亲不认的小老婆。汪、黄的任务比他们的前辈李邦彦、耿南仲等要艰巨得多。幸好他们手里还保留着一条线索。汪伯彦有一个现为军器监丞的宝贝儿子汪似，为金人所执，曾被派到相州去说降汪伯彦的后任知相州赵不试。不试拒降，汪似也被金人扣留不放回来。以后汪伯彦不断派人去打通金方的外交人员撒卢母、王汭的关系，谈判赎回儿子的条件，事尚未谐，金军已撤。但关系人尚在，以后仍可利用他们搭起和议的桥。汪伯彦就凭着这一条微妙的线索，在新朝中占有举足轻重的地位。

黄潜善走的是另外一条路，他要充分利用张邦昌、王时雍等伪帝伪官与金人搭上关系。早在三月间，黄潜善派到东京去打听消息的密探李宗混入京师后，就和王时雍见过面，王时雍有一封密信托他转交黄潜善，内容说的什么已不得而知，但李宗这个人回去后就失踪了，极可能是黄潜善怕他泄露他们间的秘密联系，杀他以灭口。后来张、王等不是以叛逆的身份，而是以功臣的身份来到南京，黄潜善多方保护，居然也给予功臣的待遇，引起朝野间强烈的反应，纷纷责问黄潜善与僭伪君臣存在着什么不可告人的秘密，但黄潜善有恃无恐。不久，赵构下召：“朕得伯彦为左相，潜善为右相，何忧国事不济?”充分肯定汪、黄的施政，用以堵塞反对者之口。

不过，人民的口好像决了堤的河水一样是堵不住的。

这时张邦昌、王时雍等把东京宫廷内留下的宫女、内侍、歌伎、舞女等，除各取所需，自己保留一部分外，其余“全部”津迁入南京，献给赵构享用。南京小朝廷草创的宫室中轻歌曼舞，颇有升平气象，连停锣已久的杂剧也在内廷演出了。

一次演剧中，两个演员插科打诨。

甲：老哥今日为何喜气洋洋，春色满面？

乙：俺今日一不喝酒，二不作乐，何以见得是喜气洋洋？

甲：（指乙的幞头介）老哥如不喜气洋洋，喝醉了酒，如何把这幞头反戴了？

乙：哪有此事？

甲：俺说你老哥喝醉了，不信时，且去脑后摸一摸。

乙：（摸脑后介）啊哟哟！只说在家中偷喝两盅，没人知道。恁地反戴幞头出门，把二胜环丢在脑后了！

“二胜环”是缀在幞头前面的两只铜环。只有神志昏瞀的人，才会反戴幞头，把二胜环丢在脑后，犹如此时此地，新政权刚刚成立，人心属望，如同有人把“二圣还”这件头等大事丢在脑后了。讽刺十分明显。

不用说，赵构对这两名伶人十分恼怒，但他既不敢公开承认自己已忘了父兄之仇，就不便向他们发作，只好暂时隐忍一下再说。

2

从赵构做大元帅时开始，直到他做了三十多年皇帝，又做了几年太上皇，与金人是战还是和，是收复失地，把他们驱逐出去，还是屈膝求和，不惜任何代价求得他们的承认与优容，一直是朝野争论的焦点。那几十年的历史就是两种主张、两种力量相互争斗、相互消长的历史，而当时的君相大臣、官兵百姓莫不卷入这场争斗，承受其直接和间接造成的后果。

争斗的序幕是由赵构厌弃的宗泽揭开的。当赵构还在相州、济州，其他臣僚忙于上拥戴书、上劝进书，或者忙于争权夺利的时候，只有宗泽一人，在开德府一带埋头苦干，组织力量，整顿队伍。他多次出击，在小规模的战争中，逐渐提高部队的战斗力，树立起自信心。他痛恨官僚们置国家于不顾的自私自利的行为，曾移书责问范讷："公以河北河东宣抚，乃拥兵自卫，迂回退缩，驻扎南京，是耶非耶？不知公昼夜思度，谓臣子大义，果为是耶？"

另外又移书责问赵野："资政北道大总管，乃将大兵自卫，迂回曲折走南京驻扎，朝廷将何赖于屏翰？"

这两封信的内容及措辞相同，显然为同时所发，对放弃职守临战逃脱的宣抚使、大总管提出义正词严的责问。凡是涉及国家和民族的利害关系时，无论对皇帝、对宰相、对同僚都直抒自己的看法，不徇情，不姑息，他就是以这样一种异乎官场习俗、不讲面子体貌的耿直的作风，取厌于当时的许多人。

范讷曾任童贯的幕僚，与孙渥并称"酒囊饭袋"，后来外放为知州。在猎取官位方面，他并非酒囊饭袋，仅仅几个月的时间，他就攀附上权要，夤缘时机，做到两路宣抚副使。至于赵野，靖康初已备位宰执，是出名的主和派。他们二人自有自己的主张，岂能受宗泽片语只言感动，奋力进取。

赵构即位后，一切行政措施，都要承望金人的颜色，唯恐开罪了他们。宗泽看不惯这种奴颜婢膝，上言："自金人再至，朝廷未尝命一将，出一师，但闻奸邪之臣，朝进一言以讲和，暮入一说以乞盟。终至二圣北迁，宗社蒙耻。今陛下即位，再造王室已四十日矣，未闻有大号令，但见刑部指挥，不得腾播赦文于河之东西，是褫天下忠义之气而自绝于民也。"

金军第二次南下前曾有过割让河北河东之议，如今小朝廷甚至把河西关中也看成为待割之地，未敢传发赦文，那真是自绝于民了，怪不得宗泽要大声疾呼地斥责那些主和派都是奸邪之臣。后来宗泽被推荐为东京留守，知开封府。那时东京残破不堪，别人裹足不前，故意让他去蹲火坑。宗泽恰恰认为还都东京是振奋人心、收复失土的第一要着。他把全副精力放在修复旧都、巩固外围这项重要任务上。他抚恤军民，修葺楼橹城堞、公私房屋及沿河堡垒，招安城外的散兵游勇，练成可以作战的劲旅，遣人渡河，与两河义军互通声气。这些方面都取得显著的成就，从此军威大振，屡挫金师。他在留守任上，先后二十余次上疏要车驾还都以图进取，不可退守南京、扬州而失人心。

他指出："开封物价渐回平时，将士农兵、商旅人夫之怀忠义者，莫不愿陛下亟归京师以慰人心。其倡异议者，不过张邦昌辈阴与金人为地尔！"

他提到张邦昌是有根据的，他知道赵构君臣正要利用张邦昌这条线索来与金人勾搭。张邦昌垮台两个月以后，金朝居然派了一个使臣到东京来慰问张邦昌，这含有示威及试探虚实的意思。这个使臣落到宗泽手中，宗泽把他扣留起来，坚决要求处决，以示决绝。赵构却恐因此得罪了金人，祸闯大了，急遣内侍康履、蓝珪带去他的手札，务要把金使索去，赔罪道歉，送他过河。金使临走前破口大骂，把送他的礼物全部掷进大河，还扬言回国去禀报了国相，秋后再来算账。康履回京后，加油添醋地描绘一番，从此赵构更把宗泽看成眼中之钉，不过鉴于宗泽手中已有一支强大的部队，一时也未敢动他。

宗泽自始就把工作的重点放在整顿军队上。当时东京外围及附近地区有许多无所统属，也没有固定防地、固定粮饷供应的流动部队，他们有些是自动结合的抗金义军，有些是进不去京城，又退不到原地的勤王军，有些是东京沦陷时逃脱的溃兵百姓，其中包括跟随刘延庆父子夺万胜门而出的和跟随吴革冲出南薰门、万胜门的军民等。宗泽尽量想办法接济他们军需粮食，或单骑入营，与他们的头目结为盟兄弟，收编麾下，或派人联系，互通军情，让他们在原地活动，以壮大声势。其中有个号称"没角牛"的杨进，有众三十万，出入京西洛水一带。还有个称为"王大郎"的王善，近在畿南，有众十万。他们都是群众中涌现出来的头项，一时还不习惯受正规化的军法部勒，但都表示愿听宗留守号令，一致抗金。

在自觉自愿的前提下，根据不同情况，分别任使，务期做到人尽其才，这是宗泽抚恤部下、培育人才的原则。

曾在杨可世亲兵营当过头目的王彦，后在西军中成为知名人物，至是单骑来归。宗泽热情地接待了他，知他才略可以大用，就派他渡河至滑州、新乡一带召集义勇。他进兵太行山，据共城[1]入西山。这里正好是义军结集的一个重要据点，义军头项傅选、孟德、刘泽、焦文通等知道他是宗留守派来的人，愿与结盟为兄弟，并推为领袖。这支义军很快就发展至数万人。斡离不派在真定负责对付义军的女真名将副都统杓哥也害怕他的名声，出榜悬赏能擒获王彦或斩其首级来降者赏万贯，擢为千夫长。这时王彦来山寨未久，恐遭毒手，每夜更换睡憩之处，有时一夜间要更换几次。

傅选、焦文通等都是当地豪杰，人称“太行山义士”，曾与石子明大哥一起参加过和尚洞山寨的义军大会，与赵杰、马扩都相熟稔。他们推尊王彦为领袖是相信他矢忠为国，也相信他的军事才能可以领导他们作战。在这段时期的义军头项对自己领导作战的能力尚无自信，往往要请宋朝正规军中有经验的军官来领导他们。王彦夜不安寝这件事，引起他们的不安，相与计议道：

“听说王都统夜寝屡易其处，莫非有疑于咱们?”

“王都统新来乍到，共事不足一月，尚未深悉俺等之为人，休去怪他。”

一个可以采取的建议是：“不问王都统信不信我，只要俺等所行之事能使他折服，两情相孚，就可消除他的顾虑。”

这一群朴质诚恳、能把自己的心掏出来放进别人腔子里的义军头项终于商量出一个能使王都统心折的办法，毫不耽搁地就实行起来。第二天早晨，王彦发现这几名头项额头都刺了一行字，还用青色渗染，使它永不褪去。字迹虽不工整，但刺得清清楚楚，可以看出来是“赤心为国，誓杀金贼”八个字。

五代朱梁时为防止士兵开小差，在他们面上刺字，这是从奴隶社会黥面之刑遗留下来的一种带有强制性的暴政，以后相沿成风，许多部队士兵面上都刺了字。宋朝后规定只能刺在流徙充军犯人的面上，不许滥用。唯独这支军队面上刺字是出于大家自愿，以表示与金人势不两立、作战到底的决心。在以后的几天中不少核心头目以及几千名义军都在面上刺了这八个字。王彦深受感动，相信他们报国抗金之心可贯金石，彼此的隔阂一扫而尽。从此这支军队团结更强、士气更坚，战斗力也显著提高了。“八字军”的名声洋溢于史册。

在这支军队中唯一不赞成这一举动并拒绝实行的中级官佐是宗泽派来的武经郎岳飞。因他认为首先应该由统帅对部下表示信任而不应是相反，其次他也不赞成用这种形式主义的表态来团结官兵。这两条都富有理想色彩，以后岳飞在他组织并发

[1] 共城，今河南辉县。

展武装的过程中都贯彻了自己的理想。他是一个年纪很轻但在思想行动上已相当定型化了的将才。岳飞就是在第二次伐辽战役中奉命巡哨，直到燕京城下，画了军事地图献上，反而受到处分的那个姓岳的“敢战士”。从那时起，他已经表现出一种不能满足于一般任务而要求有突出成就的倾向性。

伐辽战争失败后，他弃了军职回到相州汤阴县里居，受到当代著名武师周侗、陈广二人点拨，武艺日进。同时也发愤读书，对《春秋左氏传》一书寝馈尤深。赵构在扬州开元帅府，他应募入伍，拨归宗泽部下。宗泽几次与金人接战，岳飞都参加了，立有功绩。这个年轻人的锋芒是掩盖不住的，而宗泽军中，也绝非压制人才、埋没人才的地方。不多久，宗泽就发现了他的才能，几次与他谈话。留守府直辖部队不下八九万人，宗泽独独看中了这名小军官，经常约他来自己府邸中谈话，这件事的本身就不平常。

有一天宗泽把自己精心编绘的一册行军作战的阵图授给岳飞道：“贤契智勇才艺，卓尔不群，虽古良将也不能过。唯喜野战，常蹈不测，则非万全之道。这本阵册乃老夫精心编撰，用有实效，非纸上谈兵之书，贤契携回去可细细玩读。”

宗泽虽然给了岳飞很高的评价，但这次忠告还只限于常识性的。岳飞毫不犹豫回答说：“阵而后战，兵法之常，运用之妙，存乎一心。”

突破，永远要求突破，在做人处世、行军作战中一切常设的界线都要突破，这是这个青年军官精神上异乎常人之处。他并非不懂得阵而后战、以我之不可胜待敌之可胜这一战略原则，但从他几次作战实践中，体会到金人作战就是非常规的。不能以常规对付非常规，而要以非常对付非常。金人擅长野战，擅长以骑兵两翼包抄（当时称为拐子马）、中央突破的战术，即使十多人的小队遇敌，也以此取胜。这时岳飞头脑中正在酝酿一种新的钳制战术对付它，以快制快，以运动制运动，出于旧阵图的蟹钳阵而加以神明变化，不可方物。他说的“存乎一心”，就是要根据各种不同情况随机应变地设计对敌作战方针而不可墨守成规，以图式来限制自己。

进士出身，值此天下多事之秋，长期研究兵法战术的宗泽对战争并不外行。他积有丰富的经验，即使他理解岳飞的反驳自有他的道理，但仍以为持重作战乃军事上重要的原则，实践会证明它是颠扑不破的。不过他不以岳飞的反驳为忤，反而欣赏他的挑战性的精神状态。

达到宗泽这个年龄而又掌握着事权、行之有一定成效的老人很少不是自以为是的。但也很少有这样一个自以为是的老人、长官能以如此的宽容和雅量对待其部属的年轻人。

不久，岳飞又作了一次重大的精神突破。他上书给刚即位的赵构，洋洋洒洒写了三千余言，大略说：“勤王之师日集，彼方谓吾素弱，宜乘其怠击之。黄潜善、汪伯彦辈不能承奉圣意恢复，车驾日益南，恐不足系中原之望。臣愿陛下乘敌穴未固，亲率六军北渡，则将士作气，中原可复。”

岳飞如在事前以上书之事相商，宗泽一定会劝阻他。他宗泽身为副元帅、东京留守，为国之元老重臣，就因昌言恢复，受到朝廷嫉视。岳飞不过是个小小的秉义郎前程，居然敢撄皇帝之逆鳞，直斥宰相之名而痛责之，侃侃言天下大事，他们岂能放过他？岳飞也正因为料到宗泽必要劝阻，才不与他商量。果然，事闻后，朝廷震动，赵构君臣一定要置之死地，还亏宗泽以死相保，给了个越职言事夺官的处分。

岳飞去河北走了一转，不久又回到宗泽军中，宗泽让岳飞跟从王彦渡河，拔新乡，战候兆川，战太行山，擒金将拓跋耶乌、殪黑风大王（当然不是真正的王爵）等，每战必有殊功。这些战绩出之于像岳飞这样一个初出茅庐的小将，似乎有些超过常识范围，但岳飞本身就是个超出常识范围的人，史料所载他早期的战绩多根据他的家乘，未必完全不可信。

当时王彦以客将寄身义军中，他重用倚任的是义军头项焦文通等人。因为每一个头项手下都有一支嫡系部队，缓急可恃。岳飞并不属于这个系统。王彦治军严整，而正在锻炼成长中的岳飞有时也难免会意气用事。两人间颇多凿枘难合的地方，发展到公开的对立。岳飞一度率部离开王彦而去，后来发展得不顺利，又率部来归，匹马去向王彦认罪。王彦勉强收容了他，一直不能释然于怀。事为宗泽所知，宗泽仍把岳飞调回东京，不久即擢为留守司统制。

王、岳都是宗泽培养玉成的人才，两贤相扼，但彼此只公开地对对方表示不满，并未采用任何违背良心的手法去加害对方，尤其王彦处在统帅的地位上，即使不喜欢岳飞，也没有借公济私以军法来迫害岳飞。这是一种光明磊落的失和。而宗泽处理他们的失和也是十分慎重的，他没有轻率表态，支持或指摘哪一方。两人都受到宗泽的器重使用。后来宗泽又与五马山寨的军事首领马扩联系，对他本人及他团结起来的义军之众都给予极高的评价。

正是由于宗泽真正爱护人才，人才归之如流。留守司得人之盛，一时无两。

受到宗泽亲炙的部下爱他如父母。领教过他手段的敌人畏他如虎，称之为“宗爷爷”。只有赵构君臣一伙，痛恨他阻碍了他们的投降之路，把他看成眼中之钉。

3

眼中之钉不止宗泽一人，后来还要加上李纲。宗泽是当初赵构途经磁州时找上去的，从此就摆脱不掉。李纲却是赵构自己找上来的，真可说是自找苦吃。

赵构和汪、黄虽然一厢情愿地要与金人讲和，无奈此时金人的气焰正高，既不愿承认这个非他们所立的南京政权，也不想与赵氏子孙议和。讲和犹如旧式婚姻，或者是缔结表面上平等的夫妻关系，或者是男方娶个小老婆，无论如何，总要双方、本人或家庭基本同意，才能谐事，否则就成为单相思了。当时的情况正是如此，南朝方面秋波频施，金朝方面无动于衷，中间的媒人无法把他们拉在一起。

此外赵构也不得不考虑舆论的力量，当时，臣僚纷纷上言，一致抨击，汪、黄不安于位，政府的地位也岌岌可危。赵构不敢再一意孤行，勉强接受了大家的意见，驿召李纲来京候命。

李纲是著名的抗战派，靖康元年初，他守京师、却强敌，为国家立下大功。金兵退后，他仍主追击，为朝野士论所重，却受到主和派李邦彦、吴敏、耿南仲等人的排挤。三路援晋之师战败，他被贬回乡。当国破君俘之际，天下人更向往他的风采。此时赵构勉从人望，召用为相，目的是想借重他的威望声誉，以敷衍舆论，巩固政权。但汪、黄之徒，虽去相位，仍掌握朝廷的实权，党羽密布，环伺李纲之侧，企图掣其肘而败其事，到那时，他们就可振振有词地向金人磕头乞降了。

李纲奉诏入京，在城郊十里外受到御史中丞颜岐的迎迓。御史中丞位分不低，老远地跑来迎接，李纲还当他是好意，是同声以求，有着共同主张的战友。李纲为人，即使吃到不少苦头，还是老脾气不改，有五湖四海之心，容易把人看为自己的好朋友。

谁知道几句寒暄以后，颜岐就袖出他刚刚上疏论劾李纲的底稿，请他本人过目。这个颜岐不是来送“见面礼”，而是来送“下马威”的。李纲刚下马，他就来进行威胁，似乎说，你做宰相，要不识相，昌言无忌，那就要对不起你了……你知道御史中丞是干什么的。

这个官场后进的颜岐，想是不太了解李纲的性格。李纲为人容易受愚，却不可受胁，可以智取，不可力敌。难道凭你颜岐的一封奏劾，他就知难而退？看来这个中丞比他的前任秦桧差得多了。秦桧绝不会干出这等冒冒失失的蠢事。

第二天李纲上朝就上疏揭发颜岐威胁之事。颜岐底稿中，有两句精彩的话：张邦昌为金人所喜，应增重其礼遇；李纲为金人所不喜，应置之闲地。李纲抓住这两句，就大声疾呼："颜岐谓臣才不足以任宰相则可，谓为金人所恶，不当为相则不可。如赵氏之相，必得金人之所喜，自古卖国与人者，皆是忠臣矣！"他最后的一笔，笔锋直指赵构，"至于陛下，命相于金人所喜所恶之间，更望圣虑有以审处。"

"蠢货，蠢货！"赵构不由得在心中暗骂道，"此话怎堪写入奏章！如今李纲面责，叫朕如何回答？明日必免去他中丞之职。"

说话从来有心底话、台面话之分。两者严格分工，不可混淆。颜岐把它写入奏章，已犯人主之大忌，但赵构还可包容他，来个"留中不发"，想不到他竟愚蠢到这样的地步，自己跑去找李纲，直言相告，让李纲腾播奏疏之中，为天下及后世所笑，这等人如何还堪为御史中丞，不撤何待。

但是，赵构不喜欢的是颜岐说话的方式与场合，绝不是他说的内容。事实上，他做了三十五年皇帝，大部分时间选用的宰相，不仅为金人之所喜，为金人所认可，还受到约束，不许随便撤换。颜岐这句一语破的的蠢话，倒成为他终身奉行的圭臬。

但他安慰李纲的话比颜岐聪明得多了。他说："岐尝有此言，朕告之以如朕之立，恐也非金人之所喜者。岐无辞以退，此不足恤。"

李纲又一次受愚于赵构的甜言蜜语，相信他确是有为之君，当天晚上，拜手沐浴，恭楷誊录，第二天一早就上《议当前大政十事》札子，大要是议恢复、议迁都等国家大计。其中议僭逆、议伪命两条，坚决要求惩罚张邦昌、王时雍等。赵构还想包庇一下，借口执政中有与卿议论不同者，更俟款曲商量。古代的商量与后代的考虑是同义词，商量上面加上款曲一个副词，也好像考虑上面加一个慎重一样，这一商量、考虑就不知何年何月可以得出结论了，实际上都是缓兵之计。李纲却不容官家拖延，理直气壮地回奏：执政中如有与臣议论不同者，乞降旨宣诏，臣得与之廷辩。如臣理屈，岂敢复言。然后在金殿泣拜道："臣不可与张邦昌同时，陛下必欲用邦昌，第罢臣，勿以为相，无不可者。"

汪、黄之徒只敢在暗中施行其鬼蜮伎俩，却不敢在白日皎皎之下，与李纲正面辩论，明剖是非。很显然，要利用张邦昌这条线索与金人沟通议和，这样一句话是上不了台面的。这一仗，他们被李纲打败了。赵构不得已被迫下旨张邦昌，责授昭化军节度副使，潭州[1]安置。

节度使在宋朝本是个有名无实的空衔，节度副使则专为有罪贬谪的官员而设，有罪贬谪，但仍给他一个相当高级的空衔，这是为他留个余地，为异日起复伏线。张邦昌犯的是叛国大罪，岂可只给予一般常规化的处分，分明是有人包庇，舆论哗然。李纲再次疏诤，赵构万不得已，只好下旨赐张邦昌自尽。但处死的公开罪名，并非叛逆篡国，而只是“敢居宫禁寝殿，奸私宫人”，这样一个小小的风流罪过，却非许多人意料所及。

法司部门推鞫华国靖恭夫人李氏，在福宁殿以莳果献邦昌，邦昌厚答之，遂以养女陈氏侍邦昌寝。正式公布张邦昌的全部罪状，如此而已。这个华国靖恭夫人李氏，当然就是徽宗的外室彭氏，或称其夫姓聂氏，李氏云云是张邦昌给她改的姓，以避人耳目。奇怪的彭氏本无名位，就靠这一点才得逃过金人的几次清宫。现在这个夫人的位号，显然是张邦昌封的。堂堂的宋朝司法部门，居然在李氏头上冠以伪封的夫人，这等于承认了张邦昌的封号是有效的，也等于承认张邦昌的政权是合法的。法司勘得张邦昌退位出宫时，舍不得离开陈氏，用调包之计，以一个亲随的女使与陈氏互换，把她带入府邸。李氏送他们出内东门时，有“指斥乘舆”之语，乘舆是皇帝的代名词，这个乘舆指前任的徽、钦二帝，还是现任的赵构已不得而知，但李氏敢于指斥皇帝，一定是张邦昌在李氏面前发过牢骚。法司根据推理，捃拾罪名，定张邦昌的死罪，但“指斥乘舆”这条罪名在公布的罪状中也删去了。

李氏另案处理，决脊三十发配军士为妻，陈氏想必同科处刑。

张邦昌一案，朝廷避重就轻，不敢明正典刑，处以叛国的大罪，这显然因为张邦昌乃金人所立，宣布他的叛国罪，就会开罪金人，用心良苦。这样一来，王时雍、徐秉哲以及许多作恶多端、东京人切齿痛恨的任用官洪刍、何昌言、王及之等人也得援例比附，只论他们与宫人饮酒唱曲、贪污偷窃几斤废铜烂铁等小罪，送远外小州编管。有人向赵构指出，王时雍、徐秉哲、范琼仗金人之势，胁迫太上皇、渊圣及宫眷等出宫赴敌，肆恶万端，陛下应念父兄之大仇，立予处决。赵构唯唯，可能他心里想的是，倘非王、徐等逼迫二圣及太子出城，他今天岂坐得上皇帝之位。他们乃他的大功臣，而非罪臣，他感恩之不暇，怎忍处他们以死刑。

其实王、徐充军还是吃亏的，拥有兵权的范琼这时仍保持伪楚授给他的龙神卫四厢都指挥使的官衔，出入呵道，耀武扬威，没有人敢动他分毫。

李纲大政十议，正词崭崭，汪、黄辈不敢正面反对，大部分都让官家与他去

[一] 潭州，今湖南长沙。

“款曲商量”，不得已要执行的，也变成一纸空文。例如僭逆伪命两议，算是雷厉风行地执行的，结果还是如此。人们看到李纲的宰相做不长了。

不久，汪伯彦回任枢密使，黄潜善回任尚书右仆射，名义上又都成为执政大臣，他们立刻发动台谏，抨击李纲，给他加上杜绝言路、独擅朝政、士夫侧立不敢仰视、买马扰民、招兵虐民、擅易诏令、巧庇姻亲等罪名。赵构照单全收，一道制书中，全部开列了李纲上述的罪名，解除他宰相之职。

李纲为相前后七十五天，只是作为朝廷搪塞舆论摆摆样子的点缀品。等到黄、汪重新站稳脚跟，就把这枚眼中钉拔除了，俟机还要拔另外的一枚——宗泽。不过拥有兵权的宗泽却像钉上又长着几根刺，拔起来没有那么容易。

3

4

一间通共不过二十尺见方，土垩剥落，屋顶一道罅缝，仰头可见天日的房间，中间又用一道泥涂竹笆的墙分隔成为内、外二室。谁也想不到，全国闻名的太学生领袖陈东和他母亲，在这里已住了四十年。新屋落成之际，正是陈东呱呱坠地之日，他在这里度过幼年、童年和少年，后来他游学在外，每到岁除，必赶回家中与寡母共度新春。唯一的例外，就在靖康元年，金兵压境，交通阻塞的那一次。后来金兵撤退，他又赶回来承欢膝下，决心要多陪陪身体已明显衰弱下去的老母。

回到镇江府丹阳老家后，陈东给他的同学好友雷观捎去一封信，描写他的家居窘况：内无期功强近之亲，外无五尺应门之童，茕茕孑立、相依为命者，唯老母与弟耳。李令伯[1]之陈情，不啻为弟而发。

当时渊圣皇帝先后授雷观、陈东迪功郎，给予正式的出身，是伏阙上书一案的总结，也是太学生与市民群众的胜利。雷观欣然从命，陈东则辞官不就。这封书虽说到家居的窘况，但目的还是要拜托雷观代他婉转辞官。

入冬以来，丹阳沿江一带刮起一场大风，竟把陈东家的一扇大门刮倒了。陈东无力修缮，再想到他家无长物，根本不怕梁上君子光临，大门有无，都无不可。再加上冬季煮饭，没处去采樵，索性把大门劈开了当柴烧，化无用为有用，倒也使得。十多顿饭烧下来，一扇大门已变成轻烟，变成热量，最后变得影踪全无。从此陈东家就没有了大门。

生活上的不幸，化成为书函上的俊语。陈东一面烧饭，一面想到两句语录[2]：去年贫无立锥之地，今年贫，连锥也无。他套用这格式也写了两句：去年贫，家无五尺应门之童，今年贫，连门也无。可惜此时已交靖康二年，东京受到第二次围攻，或许已经失陷。再也无人可把他写好给雷观的信捎到东京去了。

陈东一向清贫，但作为太学生，他在东京与丹阳两处都有微薄的岁饩[3]，勉强维持本人和母亲的最低生活。从朝廷授官以来，原则上官员要支俸禄，太学生学籍注销，岁饩停发。陈东回籍前，辞官不受，俸禄未领，倒把岁饩丢了，两笔固定收入，一时落空，把他弄到赤贫的地步。本家的一个远房长辈，不赞成他在东京之所为，曾与族中人说：少阳胡作非为，敢与朝廷作对，他日必受其累，倒要远着他点

[1] 西晋李密字令伯，家居贫，依祖母刘氏居。曾上《陈情表》辞地方官之辟。

[2] 语录，佛经中的话。

[3] 岁饩，公家资助太学生的生活费。

[1] 西汉自刘邦开业，下迄新莽灭汉，传世十叶。后来刘秀中兴，称光武帝，建立东汉。刘秀仍为刘氏子孙。

[2] 春秋晋献帝死后，嗣位未定，国中大乱，诸子相继死，唯公子重耳逃亡国外十九年，最后回国复辟为君，称晋文公。

儿才是。丹阳的地方官正好是李邦彦的门生，与陈东处于完全敌对的立场，陈东不可能指望从他们那里得到生活的帮助。幸亏一个与官府毫不搭界，并且根本不知道伏阙之事的穷本家，出于同情，愿帮他的忙。他家里养有一匹瘦驴，他二人一起赶着驴子去乡间载运二三百斤米粮来城中贩卖。每天成交几笔生意，博得些蝇头微利，勉强也可糊口。只是陈东穷读书人的面子还放不下来，其他都可，唯独要他拉开嗓子到大街上去叫卖，万万不能。那本家倒好，独任艰巨，只让陈东在旁装卸米袋，称掂斤两，计算银钱，二人团结合作，总算把一个冬季打发过去了。

这是个天翻地覆的大时代，自冬徂夏，东京沦陷，二帝蒙尘受羁，大规模的根刮每天都在进行，后来，渊圣被黜，伪楚临朝，皇族北迁，赵构复辟，在南京建立小朝廷，这些特大事件，都发生在短短的几个月中。由于乡间偏僻闭塞，陈东忙于赶驴贩米，他日常接触的不是乡民农氓，就是籴米买菜的养娘丫鬟，竟不知道外间已发生这样大的变化。直到有一天，他途经县衙，看到那里张贴着元祐太后的诏旨。由于日晒雨淋，刻本上的文字都已漫灭，唯独中间的一联还可以看清楚，它是："汉家之厄十世[1]，宜光武之中兴；献公之子九人，唯重耳之尚在[2]……"

帝室中兴，说明北宋朝廷已亡；重耳独存，说明徽宗诸子，除一人以外，全部罹难。这一联用典特别工切，陈东益发有想象之余地，顿时把他长久以来，甘于寂寞的心炽烈地燃烧起来。他再也无法在丹阳乡间待下去。

以后陈东经常去县衙附近走走，碰到秀才、胥吏模样的人，就去打听消息，对外界政局的变动已有一个概略的了解。一天，东京有人替他捎来雷观、何宏两位故旧的书札。何宏写不像字，只在雷观书后赘了"速来"二字，字是蘸着靛青写的，可知他仍干着自己的老本行。雷观的信也不详细，似乎不愿多提过去之事，免得彼此伤心。他只说，星移斗换，人事全非，吴统制、邢太医等，均已慷慨殉节。现宗留守在东京，经营恢复，日月重光，万象更新，已疏奏朝廷辟我兄为幕府，特寄上白银五十两，为吾兄安家治装，望以同事为重，即速成行。

这一次用不着雷观劝驾，陈东有了这五十两银子，重重拜托了那穷本家照顾老母，自己即日萧然上道。

未到东京，先经南京，陈东发现那里并非日月重光、万象更新。更加令他气愤的是同住在逆旅中、邂逅相逢的布衣欧阳澈告诉他，今日刚下旨罢李纲，重用汪、黄。一年多以前的历史重演了。陈东义愤填膺，当场就起草一书，论李纲不可罢，黄潜善、汪伯彦不可用，乞亲征，迎请二帝。这封书文字不长，但每句话都戳中了赵构君相的肠子，揭发了他们内心的隐私。欧阳澈在一旁看了，拍掌称善，一定要在书末附上他的名字。陈东是从来不考虑后果的人，无论对自己或对别人都是如此。他认为为善者，多多益善，既然欧阳澈要求与自己一起为善，他当然同意。

书函朝进，诏旨夕发。赵构做了渊圣不肯做、不敢做的事情，竟悍然下旨立斩二人，决不待时。

诏旨发到黄潜善手中，他怕泄露了秘密，臣僚肯定会上章救免二人，造成他被动的局面。他袖了旨意，连夜去找应天府尹[1]孟庾密议。第二天一早，孟庾就派了府吏，到陈东居住的逆旅中，请他去府衙议事。

南京官场十分敏感，陈东的书才上去半天，外面就谣传陈东一再上书请留李纲主持国政，必与李纲有着密切的、不可告人的关系。有人说，这次陈东从家乡北来，是李纲密邀的，李纲已许他为中书舍人、知制诰，怪不得他要力保李纲。当初在东京时，也有这样的谣言，伏阙事件以后，有人上言李纲笼络士子，邀结人心，得一陈东入彀，则太学生数千人靡然从风矣，二人者意欲何为。其实李纲与陈东，虽彼此知名，并不相识，其间并无一面之缘。他两次上书，都是出于公愤，根本不存在有私人关系。他自己心之所安，不怕有什么谣言浮议。当天下午，他就在逆旅中蒙头大睡。

不过陈东也不糊涂，第二天应天府尹派人来召他入府，其中必有文章。他与府吏谈了几句，察言观色，就知道他的来意。当时早饭已摆出来了，府吏催他马上就走，他开玩笑道："府尹有事相召，岂可令东枵腹而去!"吃完了早饭，他从从容容坐下来，写好一封家书："儿一生忠孝已尽，无复遗恨，娘勿以儿为念。日后可依六哥为活，六哥忠厚，必不相负。"贴了封皮，拜托逆旅中人，有便捎回家里。

最后他还要求上厕所，府吏面有难色。陈东正色道："我乃陈东，如怕死就不敢上书言事了，既上了书，说了话，视死如归，你还怕陈东逃走不成?"

那个府吏肃然回答道："在下也久知太学忠义，怎敢相迫？奉命前来，身不由己耳!"

不多时，陈东已整肃衣冠出来，说声："走吧，只是连累了欧阳布衣，于心不安!"

欧阳澈也从隔房中出来，手脚上已戴上镣铐。他听陈东说的这句话，大声抗议道："澈一介草野，今日得与太学同死，九泉有光，甘之如饴，太学有何不安?"

陈东与欧阳澈之死，识与不识，都为之流泪，那府吏不顾上级迫害，主动承办

[1] 建都南京后改商丘为应天府。

他们的后事。可恨的是黄潜善，正是他嗾使赵构下旨，又与孟庾密议怎样下手。及至孟庾向他汇报经过时，当着一些人面前，他居然责问孟庾，临斩之前，为何不先关白，使他不暇上章相救。这番做作，可谓是欲盖弥彰。当时枢密使许翰也在座，反诘黄潜善道："某备位政府，杀东大事，如何不先使某知？公之心路人皆知了，责庾何为?"黄潜善语塞，只好往上推，说此事公可去问官家。

杀陈东、欧阳澈，是他们君臣同心一致的行动，谁也不能把责任推到谁的头上。至于杀得这样快，这样机密，是他们吸取靖康朝的经验，"当断不断，反受其乱"。这说明赵构之为人与渊圣大不相同。

赵构在南京建国后第一代投降派汪、黄的翼赞下，做下许多荒谬绝伦之事：该用的人不用或不久用，不该用的人大用；该做之事不做，不该做的事大做；该杀的人犹豫不杀，不该杀的人悍然下手就杀。这就是赵构建炎初政。不久金军出动，南宋政府匆匆南逃，一逃扬州，再逃杭州。汪、黄下台后，赵构在第二代投降派秦桧的翼赞下，在对民族和国家犯罪的道路上走得更远了。

第四十八章

1

早于太原、真定河东北两大重镇沦陷前后，金军方首脑们举行的平定州军事会议中，粘罕就乐观地提出先取东京，东京到手后，两河各州县自然归我所有的估计。不出三个月，东京果被攻破，但两河州县自然归我的估计，却未成事实。粘罕能够正确地估计到东京城守的脆弱性，却没有充分估计到两河军民及爱国官员的坚韧性。他们不以京城失守，甚至朝廷覆亡而改变其初衷。“愈久愈不变，愈不可为愈为”，这两句话虽为南宋末年人所说，但这种思想贯彻于每个爱国者的心里。不管敌人多么凶，不管自身的处境怎样困难，只要一息尚存，就得为挽救这个国家、保卫这一片干净土奋斗至死。这是包括各族人民在内的中华民族得以彪炳史册、历久弥新的最有力的保证。金军要完全征服两河之地，永远做不到，即使仅仅在军事上占有它，那也需要几年的时间。

第一次宋金战争中，金人已扬言要割两河的太原、中山、河间三镇之地，后来又扩大到黄河以北全部土地给它作为议和的先决条件。在历次议和谈判中，以及它占领东京后，一再胁迫宋朝派出一批批的“割地使”到两河各地坚守不屈的城池中，去说服劝解守城将士放下武器投降。

在金酋条纹疏浅的大脑组织中，以为割地使都是赍着赵官家的文字，前去劝降的。既然赵官家已同意割让这个土地，地方将士还有什么理由坚持反抗。他们的想法错了！守城将士的大脑组织，要比金酋复杂深刻得多。他们析义甚精，推理得当。首先他们是为大宋朝（事实上也包括中华民族）守此一片土，而不光为了官家本人。要不要坚守下去，并不根据官家个人的意志。再则，他们大多数人都明白，这些割地之命，即使不是矫诏，也出于金人的威胁和奸臣们的怂恿荧惑，并非官家本人的真意。

在围城中，彼此鼓舞、黾勉，相互激励起来而形成的一股忠义之气，对于少数意志不坚定者、动摇者是一种压力。在那种气氛下，很少有人敢于冒大家之大不韪，公开提出投降的主张。曾经发生过这样的事实，他一句话刚出口，愤怒的群众就拥上来，把他活活打死，鞠蹴如泥。未享受到投降者的甜头，先就受到叛逆者的惩罚，他临死前才发现自己干了一件其愚莫及的蠢事。

因此割地使虽然一再派出，但收效甚微，没有什么史料记载，说明哪一座城池是直接受到割地的朝旨而投拜金酋的。当然，部分不坚定者，当形势逆转之时，也会以朝旨为借口，放下武器，以图苟免，并以此影响其他的人。某些城池就是在这种间接影响下遭金人攻破的。但这毕竟是少数。金军的首脑们，也了解到这个事实，以后他们仅仅把它作为军事攻破的辅助手段而不再寄予很大的幻想。

第二次围攻东京前，金人就指名要朝廷大员耿南仲、聂昌二人分别到河北、河东两路，去执行割地之命。

耿南仲是出头露面的主和派，在朝时排挤打击主战的李纲，先把他挤出中枢，又削减他河东宣抚使的权力，处处掣肘，造成三路救援太原之师的全面溃败，这样好向渊圣证明主战之不可靠。

但是耿南仲之流要使官家完全信任他们，寄以心膂，任之国政，单靠攻击主战派，吹嘘他们的主和是万应膏药这一套还不够，他们还得装出一副苟有利于国家，蹈汤赴火，万死不辞，决不计较个人利害得失的义愤填膺的姿态，这样才能见信于官家。康王赵构出使之役，渊圣鉴于此行关系重大，特旨以耿南仲为副使，协助赵构去大名府与斡离不议和。想不到一向标榜不计较个人安危得失的耿南仲，以本人老病为理由，向渊圣“乞骸骨”回里，拒不接受副使之命，一下子就把自己的假面具戳穿了。渊圣一怒，改派他的儿子耿延禧为赵构的随员，代父出使。接着又同意金人的要求，不准还他“骸骨”，强迫他与金使王汭一起去河北宣谕割地之旨。这是渊圣对耿南仲的惩罚，要他去吃点苦头。耿南仲躲不过这一劫，只好在王汭与二百名军队的押送下，拼着老命去河北一行。

他们去的第一站是河北卫州[1]，在远郊之外就被有组织的乡民包围起来，他们锣鼓一响，乡民从四面八方蜂拥而来，顷刻间就聚合了数千人。大部分乡民手中都有武器，口中扬言要杀死万恶不赦的金贼和卖国的奸臣。耿南仲胆战心惊地拿出朝旨，乡民不由分说，抢过朝旨，一把扯得粉碎，王汭一看势头不好，拨转马头就逃，耿南仲急急跟上，没昼没夜地颠簸在马背上，把一副老骨架几乎拆散了，总算逃脱性命。从此躲在老家，再也不敢回京复命。

聂昌得到的结局更惨。

聂昌就是“十管十不管”中的“不管燕山，却管聂山”的聂山。渊圣梦中被一座大山压住，要为他改名，他说慕汉朝周昌之为人，愿改名为昌。周昌近乎刚毅木讷一流，似乎他也想做一个很有风骨的古大臣，至少表面上有些强项的作风。他在宣和末年，通过王黼的关系，取代人人痛恨的盛章而为开封府尹。王黼得罪去

[1] 卫州，今河南卫辉。

[1] 绛州，今山西新绛县。

国，朝廷不敢明正典刑，是他出的主意，遣刺客诈为劫盗，杀黼于雍丘县负固村。王黼误国，死不蔽辜，聂昌敢为人所不敢为，时人称他不徇私，但据深明内情的人说，王黼与李邦彦是死冤家，聂昌杀王，出于李的授意，仍是为私而不为公。李邦彦被攻击下台，聂昌又通过耿南仲的关系进入政府，官拜同知枢密院事，成为宰执大臣之一。奇怪的是以后他的言论颇主公道。当政府讨论处分伏阙一案时，他坚决保护陈东及伏阙的太学生们。当时主张严惩或保护陈东等人，通常就是划分主战、主和两派的分界线。聂昌毫不掩饰，明目张胆地主保，使耿南仲、唐恪等人大吃一惊。唐恪以此责备耿南仲不该援引他，耿南仲回答说："那厮想是害了失心疯，一夕间的议论都变了。"

接着朝廷讨论要不要割三镇以赂敌，大臣中分为两派，或主割或主不割。聂昌又是明目张胆地反对割地，持论比在野的太学生还要激烈，因此深得人望。

最后渊圣徇金人之请，派聂昌去河东执行割地，他又昌言反对，说两河之人忠义勇劲，万一不从朝命，必为所执，臣死不瞑目矣！又说倘和议不遂，臣当分遣官属，促勤王之师入卫。这些议论都是正确的，而且他对自己的命运也知道得非常清楚。

他到河东绛州[1]时，金兵已在近侧，守军不敢开门，用一只大竹篮，把他缒入城中。不知怎的，他与守将登州钤辖赵子清话不投机，冲突起来。赵子清麾众直前，残暴地挖去他的双目，然后把他脔割而死。

聂昌死得冤枉，还是另有隐情，这笔账已无法算清。《宋史·论赞》对他一生给了一个不利于他的评论："左右其说以祸国，卒至祸变而身也不免。"古人所说的左右，当然与现代的所谓"极左""老右"之类的概念不同，但说他是个隐蔽的两面派，意思还是可通的。总之，他以割地使为名，劝谕绛人，可能仓促之间，无法把自己反对割地的主张表达出来。坚守不屈的将士，出于言语误会，杀了他以坚士气，那真是个悲剧了。

赞成割地议和的耿南仲，奉使割地，幸免一死；坚决反对割地的聂昌，反而因割地而惨死，身后还落得史家的斧钺之诛。在悲剧性的大时代中，个人阴错阳差的悲剧结局，到处都有，无足深论了。

割地劝降，不得人心，两河军民，大义凛然。金人念念不忘的三镇，除太原府经过长期围攻于靖康元年九月沦陷外，河北重镇河间府，一直坚守至次年十一月。另一重镇中山府，继续坚守至建炎二年三月，前后抗击强敌达三年之久，最后粮尽城陷。金帅都统杓哥入城时，看见全城活口寥寥，凡是拿得动兵器的妇女、孩子，也都在城头上助战饿毙，手中还坚执兵器不释，不禁为之叹息不止。

在河北敌军后方，更靠近金朝东路军根据地燕京，大小百战，血流成渠，白骨撑天，始终不屈的还有一座住着马扩寡母、寡嫂、妻室、女儿的英雄城——保州，它可算是宋朝在河北的最后堡垒。

早在宣和七年冬季，宋金大战伊始，金将完颜兀术就统一军进攻保州，受挫于董庞儿、张关羽部的义军，受到相当大的损失，匆匆撤退。几年后，兀术成为金朝的统帅，侵宋的戎首，纵横于东战场、西战场，兵锋曾达大江以南，以及东南沿海之地，杀人无算。他在侵宋的第一战中就吃到苦头，今后还要吃不少苦头。这个人似乎不大能够从血的教训中，改变其粗暴残忍的性格。保州败后，他主张置其他战略要地于不顾，统军再来一次猛攻，一定要把保州城攻下来，鸡犬不留，血洗全城，以求一快。可是当时的东路军统帅斡离不，不允许他这样做。第二次宋金战争时，斡离不索性把兀术调离前线，退居平州，闭门思过，不让他参加战争。兀术火性不退，私底下嘱咐燕京留守完颜乌野也务必要拿下保州城，恣意屠戮，为他报仇雪耻。

为配合斡离不进攻真定，作为留守的完颜乌野也，也几次出兵扫荡燕山外围诸州县，把军事活动扩展到白沟河以南，先后攻下尚由宋军据守的雄州、霸州，然后发动对保州的猛攻。

其实没有兀术的关照，完颜乌野也还是要以保州为主要的进攻目标。因为从战略观点来看，保州位于白沟河南，与中山、真定连成一线，金军南下，取道于此，直抵黄河，路近而直。舍此勿由，那就得兜个大圈子，迂回河北中部南下，费时费力，十分不便。第一次伐宋之役，斡离不就是因为在保州、中山两次受挫，才放弃这条路线，折而东向。第二次伐宋，斡离不又以进攻真定为序幕，而以后方之事交托给完颜乌野也，完颜乌野也当然要配合作战，其理甚明。

再则进攻保州还有一个政治上的原因。保州有大片皇庄，是宋太祖赵匡胤嫡系子孙比较集中的居住之地。赵匡胤之死，野史多有异闻，认为与他的兄弟宋太宗赵光义的篡弑有关，事属疑案。但赵光义继承皇位后，逼死赵匡胤的长子德昭，把皇位传给自己的儿子，却是事实。赵光义继承赵匡胤统一全国的事业，于历史有功，也可称为英主。他一生善自粉饰，唯独这件事彰彰在人耳目，无法遮盖，人心不直，朝野啧有烦言。十分了解宋朝情事的斡离不，曾对部下表示过，万一进攻东京失败，他要利用人民的同情心理，在保州太祖后裔中择立一个傀儡皇帝以与渊圣抗衡，不让渊圣单独享有人民爱戴赵氏的专利权。这种做法在古史中有例可援：宇文泰控制下的西魏，在攻击梁元帝的同时，又立昭明太子的儿子萧詧为后梁主，作为它的附庸，以分化梁朝。这条妙计显然又是刘彦宗献上来的，包括在他的《平宋十策》以内。

主帅既有此意图，完颜乌野也自然要努力执行，想不到他在这里遭遇了十分坚强的抵抗，几番猛攻，都被击退，这使他一筹莫展。后来他采用粘罕围攻太原不下时的办法，在保州四围筑起长围，隔绝内外交通，使城内军民，粮尽自毙，最后不得不出诸投降之一途。

完野乌野也这把如意算盘又打错了，他忘记了军事上的一条主要原则，一切行动都要取决于具体的时间、空间和具体的情况。长围收效于太原，失败于保州，原因是保州城本身就是个大皇庄，粮食的产量和储藏量在全国都是数一数二的。宋朝两次伐辽，都曾以保州为后方的总粮台，就因为它的后备力量充足。此时保州的存粮足敷全城军民五六年之用，单靠用长围一法是围不死、饿不死保州军民的。

保州兵精粮足，它只缺少一个名义上的头儿。第二次宋金交锋前，朝廷派来的知保州就是以“饭袋”出名的立里客范讷。“饭袋”光知道吃饭，可知他禁不起真刀真枪的厮杀，城外杀声震天，他躲在州衙的茅厕中发抖。金军刚退，他自以为白捡得一条性命，拔腿就溜，连知州的大印也顾不得带走了。

军事初兴，保州与后方失却联系，州官未便久虚，保州父老军民，经过几番集议，最后推举出宗室太子右内率府副率赵不谌暂领州事。这个赵不谌世世代代住在保州，他自己活到四十多岁也未离开过保州一步。按照朝廷制度，保州既是这批宗室的安乐乡，又是他们画地为牢的监狱，让他们终身做一个有吃有喝，有女人可玩，有福气可享的囚徒。

辈分高、名望重的赵不谌，当然也不能例外，他一生除吃喝玩乐外，从来不操心，不劳力，不知山高水低，不辨米麦菽黍。他心宽体胖，走起路来摇摇摆摆、蹒蹒跚跚，活像一头在山里踱方步的狗熊。说几句前后连贯不起来的话，断断续续，吞吞吐吐，要气喘好一阵，然后又打几个饱嗝，吐出一声介乎人兽之间的呼声。到底人家也还是听不懂他说话的意思。要论到他的才具，他连自己家里一片田庄也管不好。几名大管家勾结起来，瞒上不瞒下，层层分肥，把这个家蛀空了，反而在背地里说：“这等东家不吃，再去吃哪一个?”他们的情愈急，心愈狠，下的手也更快、更毒了。田庄零割整片地卖出去，在他名下究竟还留下几亩田，他好像从来都不清楚。

他情知其中有弊，只因碍于多年的老交情，不好意思向管家们发作，偶尔也发作过几次，又怕语言过重了，伤了彼此感情，还怕他们撒手不管，弄得更加不可收拾，倒反上门去求他们，变相地赔礼道歉。结果管家们都挣上不少家业，化个名，把他的好田好地都收买去了。他自己倒年年要向亲戚借贷度日。借债并非第一遭，有的亲友已借过三五次、七八次。他先要说一遍前账未清，后债又来，今年务必全部归还等从不兑现的空话，然后先发制人地说家里几位老太爷实在闹得太不像话了，非要把他们关进牢狱去收拾收拾不可。说过这两套开场白，他这才心安理得地言归正传，开口借债。这是难得要他动动脑筋的事，可又是懒汉式的动脑筋，动了一次，够一年半载之用，以后再动脑筋，另想一套新的说辞举债。其实他开起口来，照例是含含糊糊，好像嘴里塞进一只葫芦，人家不一定听得清楚。总而言之，是借债来了，大家看在他齿尊望重、身居族长之职，而且每次开口的数字并不惊人，多少总要应酬他一点，或者白银二十两，或者白米三十担，他就靠这个办法，在保州混日子。

但是要推举"权知州事"的人选，还是非他莫属。就因为他"齿尊望重"，是太祖皇帝第二个儿子秦王德芳的嫡胤重孙。民间传说，太宗皇帝赵光义逼死德昭，又夺了德芳皇太侄之位，内疚在心，特封德芳为八贤王，赐他一支"打王金鞭"。朝政有错，权佞不法，八贤王有权举鞭遍打皇亲国戚，权贵大臣，甚至官家本人。传说当然无稽，但是德芳子孙隐约意识到，他们这支王族有匡正朝廷、扶危救亡的特殊任务，这倒不假，怪不得大家都主张在这支宗室中推举人选。

看来主持保州城守的将士中间，必有些能人在内。他们先是配合董张部义军出击，打退凶狠的完颜兀术。接着范讷逃亡，他们唯恐朝廷派来的官员掣肘，从权推举赵不谌为城主。后来又坚持数年战守，做出了惊天地泣鬼神的大事业。可惜他们的姓名已湮没在历史的长河中，后来记载中已无法举出他们的姓名。

推举城主时，州将第一个就提出赵不谌的名字，也有人反对说赵不谌是出名的老糊涂，如何能托以州事？

州将替他辩护："副率大事不糊涂，硁硁小节，何足道哉！"

"何以见得他大事不糊涂？"

"日前举兵，副率率先让出他家中厅事，供我驻兵屯粮之用，只此一节，就可知他赞同义举，大事不糊涂。”

“此出自他人之教，副率为人浑浑灏灏，岂能解此？”

“浑浑灏灏，能听得进别人的好话，岂不胜过刚愎自用之人？”

“抗金大事，知州重任，他岂能堪此？把他放在这个位置上，不怕误了我公的大事？”

这句话的分量说得重了，这才逼出州将的心里话：“副率忠厚，我以能吏辅之，足胜州事。如朝廷另派人来，或逡巡畏懦，或刚愎自用，岂能尽如人意。到那时，分我之权，掣我之肘，如此则大事败矣！”

州将的意思很明显，他们宁可要一个有名无实的合作者，而不愿上级派来一名精明强干的掣肘者。凡是想成就点事业的人，都在不同程度上存在着这种想法。这句话把反对者说服了，让赵不谌上任。事后证明，他们这个做法是正确的，几年中，赵不谌始终与他们配合无间，无丝毫芥蒂。

出人意料的是，这个人人熟知他庸愦无能、外号叫作“赵不堪”的赵不谌，当上了名义上的城主以后，颇能发生一点作用，并不完全是州将的一件工具，一具徒有形式、没有灵魂的行尸走肉。不要看他的行动蹒跚，在精神上却也奋发有为。有一种悲壮的想法推动他前进，他是英雄的太祖皇帝和一生受到压抑的秦王之后，他负有神圣的义务，要为祖宗争争气，而不能做个不肖子孙，否则无面目见太祖、秦王于泉下。

他一生没有做过实缺官，而且一向也不注意官场的仪节活动，因此在上任典礼中，闹出不少笑话。州将郑重其事地把知州的印绶交给他时，他慌慌张张接过来，不知道把它放到面前的大案上去，一直捧在手中。后来要向朝廷谢恩，他还是捧着印绶，磕磕绊绊地跪拜下去，一不小心，被印绶绊倒在地，竟跌了个仰八叉，半天爬不起来，惹得观礼者哄堂大笑起来。州将忍笑，把他扶起。没想到他在衣袋中掏摸半天，好容易掏出一张写满了文字的纸片，照本宣读起来：“下官托体先皇，贵为帝胄，生于此乡，长于斯土，与父老兄弟共处已数十年于兹。今蒙军民推举，权领州事，誓当保国卫乡，上不负祖宗神灵，下不负合城军民。城存与存，城亡与亡。家门口已积有柴草数十担，万一有变，纵火自焚，合家百口，不惜化为灰烬。天地神祇凭式，决不食言！”

在他的一生中，以如此庄严的形式，宣读这样庄严的文告，确实还是第一次。这个主意是他自己出的，文告是自己起草的，读起来还是断断续续，不成句读。有几句读得急了，有点上气不接下气。但听者终于慢慢地领会他的意思了。不是从他支离破碎的语言，而是从他沉痛诚挚的表情中，感到他的话确是从肺腑中流出来，并无矫饰，大家都不笑了。后来又知道他的家门口确实堆积着不少柴草，备有火种，这些都是事实，因此他上任时的这番自我表白，感动了不少直接听到，以及间接从别人的介绍中听到的听众。当然介绍中也不会忽略那些令人发噱的场面。

他就以这种特殊的方式，使他的州民发笑、适应、敬服，终于在“知保州”这个正印官的位置上固定下来了。

此时真定虽受攻击，斡离不大军尚未渡河，朝廷的权威性尚存。各地抗金军民自动推举出来以代替逃亡者和死难者的官员，形式上还需要朝廷正式的任命。朝廷为迁就事实，只要一纸表文上奏，或者，孤城中遣人赍了蜡丸，间道奏达京师，朝廷一般都予认可。唯独对于这个太祖嫡系、秦王血胤的赵不谌靳于封任，除严辞申斥批驳不准外，立调另一个立里客，现为知洺州的王麟改任知保州，限日前去接事。

王麟自与贾评拆挡后，久在洺州，没有随童贯逃回京师。此时接到调令，他岂肯跳进保州这火坑去做范讷的替死鬼？拒不赴命。不过斡离不的大军一动，河北已无一块安乐土，洺州与保州一样也成为金人攫取的目标。这一天，一支金军跑到城下来打话，要城主“王姑夫”来与他们见面。

这个“姑夫”从何而来？莫非王麟已与金军头目攀上了亲戚关系，娶个胡婆为妾？愤怒的军民早就看出，知州王麟与金人勾勾搭搭，明来暗往，已非一日，今日金兵之来，绝非偶然。有人倡议去州衙搜查，一呼百应，数千名军民顿时相率冲进州衙，把“姑夫”“姑姑”以及随同陪嫁来的大伯、小叔子等一起宰了。他们可不都是改换了汉人服装的女真人、契丹人。

这时保州军民已经习惯了赵不谌名义上的知州，“不堪”变成为“大堪”。现在即使王麟来了，保州军民也要把他轰走。好在不久完颜乌野也的攻击又接踵而来，保州与京师声势不接，天高皇帝远，州将们索性把那道诏旨隐匿下来，连赵不谌本人也不知道，从此朝廷再无人过问保州之事。

受到金军攻击，受到期廷歧视的保州军民士气空前，一次次打退金军。以后在完颜乌野也的长围中，城池已陷入彻底孤立，他们还是戮力同心，坚持战守，毫不考虑将会有什么命运正在等待他们。

2

在看到听到赵不谌这番慷慨表现而深受感动，认为自己也必须拿出行动来响应州官号召的人众中间，有保州的许多官户、民户，其中包括马扩的母亲、亸娘的婆母丁老夫人。

赵不谌就任知州后的一件重大任务几乎占据他一半的时间，使得长期安于饱食终日无所用心的他忙碌不堪。那任务就是他每月去城内几十户大户人家去劝说他们："有钱出钱，有力出力，戮力同心，共赴国难。"这番话又是他另外一次动了脑筋想出来的，已经多次操练，多次实践，说得琅琅入耳，十分顺口。不像初次说时那样结结巴巴的，叫人听得吃力了。它取得很好的效果，后来又扩大到几百户中等人家。只要他一出口说"有钱出钱"，听者就自动接下去说"有力出力"，彼此都背得这样纯熟，好像这是一首已经流传几百年的顺口溜。他每次劝说，必有所获，不管是踊跃输将的，还是多少有点勉强应酬，不致空手而回。这让他想起当初向人借债，与今日比较，同样都是有求于人，当时出口，不免内惭于心，如今却理直气壮。每次，他随同役吏，把一车车捐来的物资推进州衙时，乐得笑口常开。

州衙左侧，有个卖冰糖葫芦的地摊，它扎有几根草柱，黄茸茸的草柱上插着一串串又大又圆的糖山楂，发出诱人的颜色和香味。每次赵不谌凯旋，抵抗不住那股引诱力，不免要买几串回家，名为给小孙子吃，实际上一大半是用来犒赏自己。卖糖葫芦的老头知道州官对自己出售物的癖好，也很得意，以后每天都要选出二三十颗特大精工制作的山楂，塞满豆沙，亮晶晶地涂上一层冰糖水，直接送到他手中。他简直悭吝到不堪的程度，分几颗给众人享受，都要经过一番思想斗争。有时他慷慨地分一颗给从人吃，就要结结巴巴地对另一个说："要到……明儿……才挨到你哩！别看俺手里有五六串子……老老小小一分，俺自己也吃……吃不到两颗……两颗。"

他一家家地说，一户户地劝，不断扩大其劝募对象。这时，保州城长期受围，对城外的情况十分隔阂，真定城的存亡与马扩本人的生死都不可知。但马扩入狱时还带有保州廉访使的官衔，入狱后朝廷只说派员根勘，要查清后再作处分，当时并无褫官的明文。他是保州城里有影响的人物，第一，由于他们父子的抗金活动，一直受到人们敬仰；第二，由于他本人吃的冤枉官司，引起人们极大的同情；第三，由于马母在保州数年，持家严整，从未仗势欺人，博得人们的尊重。这个家庭显然是赵不谌久已注目的劝募对象。

这天，他又带着一批属吏从人来见马母，清水巷马宅门口顿时热闹起来。马母对州官之来，早有准备，她打开大门，把气喘吁吁的州官迎入前厅，献上茶水，让他缓过一口气来，然后不待他开口，先就开门见山地说道："朝廷不明，寒舍遭殃，儿子受诬，见羁在真定府狱，生死不明。"

赵不谌喘息稍定，机灵地抢过话头，安慰她道："朝……朝廷不明，廉……廉访受诬，此事路……路人皆知其枉。今朝……朝廷派人根勘，必有昭雪……昭雪之日，贤母勿忧。"

军兴以来，金人入侵，杀人掠地无算。宋朝人根究其原因，都是奸臣弄权、大憝窃国所致，不过众所周知，这批奸臣巨憝，莫不是徽宗信用宠爱的，他也逃不过知人不明的罪责。老百姓含含糊糊的"朝廷不明"一句把昏君奸臣全都包括进去了，以至这四个字成为人们的口头禅。

但是奇怪的是，即使大家公认朝廷不明，一旦敌骑来犯，大家群策群力，出钱出力，还是要为这个不明的朝廷保此一片干净土。从来没有出现过那种公开的理论：既然朝廷不明，何必为它死战。如有人敢于冒天下之大不韪公然提出来，他就有被淹死在万众唾沫中的危险。

老百姓对待不争气的官家的态度犹如他们对待败家的父亲一样，尽管心里对父亲有意见，但还是千方百计地要挽救这个败落的家业，父亲到了病危时，还是要去质店当掉最后一条棉裤，换来人参黄芪来救他一命，官家与父亲一样都没有选择余地，碰不碰得到一个好的官家或一个好的父亲要碰运气，而保卫他们的家业和朝廷，挽救他们的生命却是人们责无旁贷的神圣义务。对于这个天下通行的原则，谁也不会产生疑问。

马母和赵不谌一样都是这条通则的热烈拥护者。他们交换过"朝廷不明"这句开场白以后，赵不谌就想搬出他的"戮力同心，共赴国难"这套顺口溜，马母抢着截断他，要求把自己的话说完。

"五月间先夫携带孤孙出征，榆次一战，大军溃败。先夫随小种经略相公殉节沙场，孤孙亨祖迄今生死不明。如今寒舍已无五尺应门之童。老妇弱媳，茕茕孑立，只是报国之志未敢后人。尊府如有驱使，无不应命。"说着，她就领赵不谌走进偏厅，指着地下的几堆东西，"区区些物，聊表寸心。尊官就派人将去，如能用于城头杀贼，先夫也当含笑于地下。”

这堆东西并不起眼，二十多担存粮，米麦黍粟都有，整整齐齐地堆在地上，一目了然。还有一大堆废铜烂铁，堆得比粮物更高。将门之女的马母知道把它们熔成铁汁，在城头灌浇攻城的敌人，守城时最最有用。一生未见战争的赵不谌却不知道它们的用途，心里想道：如把这些钢铁回炉，铸造兵器，那要等到何年何月才派得上用场？

旧兵器倒也有几件，只苦于为数不多。只有几张破弓旧槊，两三把生锈的刀而已。宋朝时对武人限制甚严，现役军人允许家藏武器的限额甚至比一般地主家里还少。地主家藏武器是为了防“盗”，军人呢，他已经掌握了武艺，还藏有那么多的武器，目的岂非是造反？马家自然也不能例外。捐赠物中只有一副盔甲才是完好无损的，那是马扩长兄马持的遗物。他与青羌人最后一战，因事出仓促，来不及披甲上阵，结果兄弟俩双双中箭中枪阵亡了，留下这副盔甲，就成为马家神圣的纪念品，谁都没有再去用它。马母现在连这副盔甲都捐出来了，表示她确实下了破釜沉舟的决心。

看到这些捐赠品，赵不谌还是千谢万谢地欣然笑纳。物不在多少，全看一片心，在这点上，他与马母有共同的语言。事前他已听人说过马家清寒，拿不出多少油水，他期待于马母的，不在物质而在精神，他只希望马母能说出一句表决心的话，用来激励士气，教育全城军民。

他说了几句含混不清的话，表示感谢，迈动着肥胖的身体，正待拜下去，早被马母拦住了。然后州官表达他的本意道：“下官回……回衙，还要向全城军民备述太夫人国而忘家，公而忘私，决不离开危城，誓与兵民同存亡之意。巾帼得此，乃全城之荣，下官岂敢缄默不言。”

这段话显然打过腹稿，说得相当流畅。马母乍一听了，还当是泛泛的谢词，仔细一想，才明白他想借她的话来激励别人，用心良苦。马母为人一向沉默寡言，她从西北一迁牟平，再迁保州定居以来，与官府打交道，七八年中说过的话总加起来，还不到今天的一半。现在既然明白了他的用心，她想了一想，就毅然说道：“尊官之意，老身懂了。尊官所做之事，也就是老身心里想做的事。芦荻柴草，早有准备，城存与存，城亡与亡，临难决不苟免。尊官就把老身此言，说与全城百姓知道。”

赵不谌没有期望马母能说出这样坚决动人的话。这话出自一位人人尊敬的老妇人之口，其效力比男人说的更胜数倍。他一躬到地，深深唱喏，表示领佩之意，一面在心里乐开了。想到今天回衙，一定要与那老头商量，把他几十串糖葫芦全数包下来，犒赏属吏随从，让大家吃个痛快。这个小小的东道主，他今天算是做定了。

3

自从他本人陷狱，妻子亸娘经过流产、早产、难产那两场生死绝续的重病，接着又传来保州城遭到金军猛烈攻击的消息以来，马扩至少有过三次被告知他的母亲、寡嫂、妻子、幼婴将要离开保州，或者已经离开保州，走上来真定西山和尚洞山寨，安家落户的路上。

按照常识判断，保州是金军必经之途，早晚要沦入敌手，马扩早就希望把家眷撤到山寨，一旦出狱，就能全心全意投入战斗，再无后顾之忧。不幸战败，母子夫妻同归于尽，也总比心挂两头的好。这些消息，无疑地给马扩带来很大的安慰。在牢狱中失去自由的囚犯，没有什么比家人平安或者即将团聚的消息，更值得盼望的了。

刘七爹多次带来母亲、妻子等即将上山，或已离开保州，走上路途的消息，但都未兑现，马扩已经不相信他的话了。他的家眷能不能离开围城，安全到达山寨，这里有许多具体问题。当然困难很多，马扩也没有信心说她们一定能够排除万难，一路顺风地到达山上。但他的怀疑只属于技术性，而没有涉及思想性。他只怕她们能不能上山，而从来没有怀疑过她们愿不愿意上山，更没有料到造成这种思想障碍的不是别人，竟是一向听他的话，一切都照他的意志办事的母亲。

刘七爹第一次带来的好消息，并非空穴来风（扩大或缩小某些事实的真相，固然是他的长技，但他决不凭空造谣），当时代表山寨的刘七爹，代表马氏一门的马母，和在两者之间起着沟通作用的赵邦杰娘子，三方面确实已有成议，克日南下，最后因为马母思想上的疙瘩解不开，行期展缓了，加上金军的一次攻击，一切计划都成画饼。以后金军被州将击退，赵邦杰又与一批义军头项去赞皇县五马山实地考察，准备在那里建立一个大规模的根据地，久滞不归，去保州接马扩家眷的计划没能实现。马母推迟上山的理由，自然也更加振振有词了。

好像马扩自己几次顽固地拒绝山寨为他安排越狱一样，马母也有两三次拒绝让人护送上山，错过机会。根本的问题是，马母对于山寨的组织怀有成见。

相信老百姓自己组织起来的义军可以担负起抗金的重任，可以抗击一半或一半以上的金军，间接就减轻了它对正规军的压力，最后必将成为抗金的一大主力。这是马扩在这几年的政治实践中逐渐形成的思想，并且作为自己行动的主要依据。尤其是近两年，马扩恓恓惶惶，到处奔走，就是为了要实现这个宏愿。这种思想是先进的，但先进思想还没有得到社会普遍的承认以前，肯定会受到正统思想的挑战。当时，许多持有正统思想的人认为山寨是绿林好汉栖身之地，具有山贼草寇的组织形式，如非不得已，谁也不肯加入他们的一伙，玷污了自己的一身清白。男子汉重视自己的清白，犹如妇女重视自己的贞操一样，两者都是立身之本。

当时朝廷的看法就是如此，徽宗皇帝擢拔董庞儿为将军，只是出于一时高兴，并不相信他真能成为国家的干城，顶多不过是个从良的妓女而已。大部分朝臣和地方长官的看法比官家还要保守。在收编义军过程中，马扩到处碰壁，不知道与人盘了多少口舌。即使抗敌意识相当强烈的童贯幕僚宇文虚中，也公开反对收编，为此曾与马扩展开一场激烈的论战。再如刘韐也是顽固地反对义军的，宣抚司明文规定要马扩收编真定一路的义军，刘韐在编制粮饷汛地等问题上，多方设置障碍，还施出官场中最凶狠的一招，“拖”，把事情无限期地拖下去。只有到了万不得已，才愿口头上称赵邦杰为“赵义士”，这一声“义士”出于他的金口，真有万钧之重，但在他的内心中，仍然把山寨中人看成为乱民、莠民，偶然利用一下，还可一试，倚为长城，那非要连自己一起拖垮不可。

宇文虚中、刘韐都是马扩认为可与之合作，并且努力要争取的人，他们的看法犹且如此，其他的官员那就更不必说了。

出生在所谓“世代忠良”的军人家庭中，一生都是严格地按照传统观念办事的马母不可避免地也会持有这种正统观念。

过去的两三年中，马扩常把一些身份不明的新朋友带来家里，其中就有赵邦杰、韦寿佺等人。凡是儿子的好朋友，母亲一律竭诚接待，甚至儿子不在家的时候，他们凭儿子的一封介绍信，或者凭已经见过面的这重资格自己就跑来了，有的是道经这里，暂时耽搁几天，有的要求给予经济上的支援，母亲毫不踌躇地在力所能及的范围内满足了他们。由于她信任儿子，也信任儿子的朋友们，认为他们都是意气如云的好男儿，与儿子当初在西北军中结交的朋友一样。日子多了，马母慢慢发现他们都有一个共同的特点，行事说话都有几分诡秘的神气。赵大哥每次来了，都要特别关照，他的行踪休让外人知道，韦大哥来时，声势更是不凡，每次都带来几名随从，只有在随从的秘密保护下，他才出门。马母把这些都看在眼里。其实他们心地坦荡，并没有在马母面前故意保密。马母弄清楚了原来他们都是山寨中人，是“义军”的头项，那就等于是站在官军对立面的“寇贼”，这在马母心中并无第二种解释，她一面担心儿子与这些人缔结了生死八拜之交，将来会给他带来什么严重的后果，一方面也在怀疑，像赵大哥这样的血性好汉，像韦大哥这样的气度恢宏，在西北军中也找不出几个可与之相比的人。他们要是参加军队，在边庭上一刀一枪博取功名，易如草芥，为什么定要走上山寨之一途？

妇女的美德是“三从”，做女儿的从父亲，做妻子的从丈夫，丈夫没了从儿子。马母早年丧父，丈夫长年不在家里，后来又在战场战殁。过去她严格持家，但碰到重大问题就要取决于儿子的意见，如今对儿子的行为发生怀疑，她只好独自做出决断。

在明确了儿子的这些新朋友的身份以后，她仍然像过去一样热情地接待他们，但其中已有一点距离，还多少夹杂着一些惋惜的成分。

赵大嫂到她家来，马母事先已了解到她的身份与任务，不免还用怀疑的眼光打量着她。但是赵大嫂用了自己的热情、干练、忠诚的行事，迅速把她征服了。撇开赵大嫂自己的任务不管，马母与她一起时，只感觉到她是一个真正的自己人，是家庭中不可分割的一员。她像媳妇一样的亲，但比哪个媳妇都能干。老年人的成见往往是根深蒂固的，赵大嫂能够做到使马母只看到她的种种好处，而忘记她是山寨中人，说得不好听，她的身份就是“压寨夫人”，赵大嫂能够使马母忘记她是个压寨夫人，那是一个了不起的成功。

还有刘七爹也在马母身上取得同样的成功。他明明打山寨中来，大闹大嚷地说是奉了赵大哥将令来此，不但不想掩盖自己的身份，反而以此为荣。但马母清楚地看到刘七爹的许多行事都为了他们马氏一门的利益。儿子在监牢里全靠他打点照料，没有吃到多少苦头。还说里边的一间单人房，掇拾得比自己家里还齐整，每天三餐少不了鸡鸭鱼肉，那不靠刘七爹靠谁。还有媳妇两次重病，先是他带来救命丸药，请来真定城中的名医。后来一次，亸娘已气息仅属，又是他带来儿子的一纸手书，把母女俩一起从鬼门关夺回来，难道他还不是马家的救命恩人？

榆次之战，马政阵亡，亨祖不知下落，马母在枕上叩头，要他查访生死的爷孙俩，那简直有了托孤的味道，这样的朋友不可信，还有什么人可信。

沙真这个小子，可以说是她从小看他长大的，他的一半的童年就在马家度过。在西北，家里人都称他为“小猴子”。他年纪虽小，跟随马政、马扩父子两代上过战场，都说他在战场上灵活机变，很派用场，不愧是个“猴子”。如今过了十几年，他已经成长为一个结实、壮健的青年汉子，颔下居然长出乱糙糙的短须，看来已像头小豹子，但在马母心目中，他仍然是那个傻里傻气的小猴子。不料他也进了山寨，每次来时，都要多次说到赵大哥，三句话中至少有两句是搭着赵大哥的界的。而他看待赵大嫂，也像自己的母亲，可不是“长嫂为母”。

沙真无意中在架设一座从西军渡到山寨去的桥梁，他几次把马母引到桥边，只要再向前迈一步，迈上桥梁就由不得她不渡到彼岸。可是马母的顽固性和牢不可破的成见使她走到桥边就踌躇不前了，赵大哥、韦大哥都是好汉子，赵大嫂、刘七爹都是好得不能再好的人，与他们在一起，只有肝胆相照，并无叫人提心吊胆的事。“小猴子”或者其他的人要上山“落草”就让他们去吧！说不定那也是一个很好的归宿，说不定暂时栖止一时，有朝一日仍有重见天日的机会。他们要去，她可不能阻挡，唯独她自己和儿子不能上山去。他们马氏家门清白、世代忠良，一门殉于王事者五人，她的祖公、伯公、丈夫和两个儿子都在沙场上丧生。她最心疼的小孙子至今下落不明。如果她再同意儿子走上“落草”的这步，如果她自己也要上山去避金人之难，她怎么对得起地下的英灵，将来有什么面目去见他们?

并非对山寨中人不满，而是对这个组织怀有成见。她已经让步到可以使自己与儿子与他们结交往来，甚至缔结生死之交，但自己不能上山，儿子不能“落草”，这是最后的一道堡垒，她必须坚守到底。

这就是马母几次顽固地拒绝山寨中派人接她上山的心理背景，可是她自己没有把这层思想深处的东西说出来。难道她能够当赵大嫂之面指责她的当家人是一名“草寇”？既然她自己没有说出来，别人又怎么可能以此来告诉马扩。而马扩本人更加想不到不是为了其他的原因，恰恰是他最亲爱无间的母亲成为实现他的计划的最大障碍。这确实是他万万没有料想到的事。

4

马母在前厅与赵不谌说话时是理直气壮的，既然她已下了城破自焚的决心，她对任何人都不存在顾忌了。但当她把州官送出大门时才想到这个庄严坚决的誓言履行者也应该包括两个媳妇在内。为国殉节，本来是全家人的夙愿，并无事前征询她们的必要，但事关生死，从情理上讲，似也不能完全置她们于不顾，她这才认真地考虑两个媳妇的处境来。

大媳妇丁氏是她的内侄女，一生都跟踪着自己的脚步走路，是从自己的这块模印刻铸出来的复制品。十多年前，她的丈夫阵亡，当时就恨不得跟从丈夫于地下，只是为了腹中的一块肉，才勉为其难地活下来，其实内心中早已成为槁木死灰。这块肉后来成长为一个英俊少年，成为全家，当然尤其是她的生命的寄托，可是榆次一战，亨祖又不知去向，想来是吉少凶多。生命的火花第二次被扑灭，现在活着的岁月都是多余的了。如果这把烈火燃烧起来，大媳妇将毫不踌躇地跟随自己纵身跃入，以便找到最好的归宿，马母毫不怀疑她将会这样做。

可是她的小媳妇亸娘呢？她不由得想起近来她常在亸娘眼睛中看见的一副朦朦胧胧、恍恍惚惚的神气。在东京儿子出征的那会儿，亸娘也曾出现过这种神气，新婚乍别，伉俪爱深，情所难免。当时马母以极大的同情纵容媳妇有点出格的爱恋。可是，到今天，他们结婚已有三年半，仅仅因为亨祖尚未成年，而家里再没有一个可以娶妻的小兄弟，才让她继续保持新妇的头衔。其实，这个“妇”已不能算是很“新”。但是她的爱恋没有随着岁月的推移而变得凝固一些，反而与日俱新。这让老派的、一向只知道把自己的感情封锁在心的仓库内的马母，多少有点不理解了。

近来她看到亸娘这副朦朦胧胧的神气出现得更加频繁了。她无时无刻不浸沉于回忆与梦想中。前者的本身是甜蜜的，只因为不断去回忆它而变得痛苦；后者本来是渺茫的，由于她多次的想象似乎已变成现实。

她好像正在给孩子喂奶，其实孩子早已挣脱这只已经吸空了的乳房，哭出声音来要求母亲给她另换一只。哭声和小手的摸触都没有引起亸娘的注意。她尽把这只空的乳房硬塞进孩子的小嘴里，以此来制止她的啼哭。现在她蒙蒙眬眬的眼神显然已经落到遥远的微茫之处，那是在真定府狱中被刘七爹描摹得颇有富家居室气象的那间单身囚室内，还有，在山寨后厅的一溜破旧木屋中的一间，即使刘七爹的莲花妙舌也没有把它描绘得像一座宫殿。其实皇宫与破屋都是一样，在什么地方会面都可以。那只不过为他们的会面提供一个简便的背景。只要能够见到他，她要把分别一年来为他、为孩子所受的千辛万苦，一点不遗漏地打叠进一个包袱里，连同那个孩子——这是她的痛苦的化身，她与他的一滴滴鲜血凝成的实体，一起塞进丈夫的臂弯里。那该是多么幸福！那一刹那将成为她生命中的一个高峰，在那以后，无论要她做什么，她都没有异议。要她死也可以，后来知道了婆母的诺言，要她纵火自焚，万一事实上真有这样的必要，她也在所不辞。不过这一切都得在她与他见面以后才能实现。见面，不怕付出多少代价都要让她与他见上一面，哪怕是一天、一刹那的见面也好。这是她从内心发出的最强音。

像现在这样毫无希望的期待是痛苦的，但只要有权利期待就是她的幸福。这是一个一生都在拗执地追求渺茫的爱和几乎到不了手的幸福的少妇仅存的权利。这蒙蒙眬眬的眼神明白无误地反映出她的痛苦和期待。

弹娘从来没有把这个愿望告诉任何人，自从离开刘锜娘子以后，她不再向别人诉苦，自从亨祖离家从军以后，她不再与别人谈到丈夫，即使是一向纵容她的婆母、相依为命的赵大嫂。她的爱变得深沉了，但即使不说话，她们都明白这个。保持与丈夫见面的微弱希望是她生命的黏合剂，它拼拼凑凑地把她肉体和精神上许多碎片勉强粘合起来，一旦失掉它，她的生命即将瓦解。

家里的人都了解，谁也没有权力去剥夺她、打破她那微弱的希望。即使对她不理解，即使认为她这样做并不可取，但同情她，希望减轻她的痛苦仍占压倒的优势。正因为这样，马母才想到她对州官所做的庄严保证，客观上造成的效果是阻挡弹娘母女与儿子见面的哪怕是极为微小的一点可能性，那在烈火燃烧以前，先就剥夺了弹娘的生的权利，这对她是过于残酷了。

马母从送客回到内室时，她的脚步不由得趑趄起来，她感觉到每走一步，就有千斤之重。她甚至做了一生中很少做过的事，居然把她与赵不谌说的那句要紧的话隐瞒起来，没有明告两个媳妇。

这样做是为了减轻对弹娘的负疚，她先在心里产生了无限歉意。马母从来是俯仰无愧的人，她做的事情，说的话，掷地有声，可以质诸天地鬼神。她对得起朝廷，对得起东京城里的赵官家，对得起马家的祖宗，对得起正在保州城上浴血苦战的将士们，对得起这个胖乎乎、笑嘻嘻、行动乖张，却是真正的龙子龙孙的赵州官。她谁都对得起，唯独对不起自己的小媳妇。这种歉意迫使她暂时隐瞒一下以缓和矛盾的爆发。

不过要把这句话隐瞒下去是不可能的，即使暂时隐瞒也不可能。赵不谌回到州衙的当天，当着将士官绅父老的面，就大吹大擂地把马母的话以及他自己代马母设想的话复述一遍。以后凡是找到合适的机会就要再说一遍，一直重复到几十次，每次都要添些油、加些醋。转述者自己也要添油加醋，最后竟成为一则原原本本的民间传说，仿佛那个皤然银发的老婆婆已经端坐在一堆烈火中间，冉冉向天上飞升。那不是未来的事，而是在好几百年以前，他们还没有出生时已经发生过的事情。

其实抹掉那些添加上去的细节描写，单凭马母那几句简单朴素的话就有千钧之重。它像一块大石头投入穿城而过的大清河，激起无数浪花。它的反应是多方面的，特别因为马家乃是外地迁来的客户，并非本地土著，她们愿与保州城共存亡，这对保州人起了多大的激励作用，赵不谌知州下的这手棋实在太妙了，令人叫绝！

这些反响很快就回传到马家，马母察言观色，从每个人的神情中看出她们早已听到她的保证，后来柴草堆在家门口，这件事根本无法保密了。

两个媳妇仍都保持沉默。

大媳妇的沉默她理解为同意她的保证，那可能是事实。小媳妇的沉默，她理解为潜在的抗议和无声的谴责。那是误解还是有几分猜中，马母也无法判断。亸娘仍然保持那副蒙蒙眬眬的眼神，是悲哀、是迷惘、是麻木，还是含有一些谴责，它们好像都是，又好像都不是，它可以随人们的意思去解释。在马母看来它毋宁是在谴责围城的敌军，谴责把丈夫投入监狱，迄今还没有把他放回来的官员们，她是在抗议一场烈火将会把她的最后希望都烧成灰烬的设想。什么都可以设想，什么又不能肯定，反正她自己没有明确的表态，谁也不知道她想的是什么。

越是这种无声的谴责，越在马母心中形成一股压力，有时压得她简直透不过气来。

在那段时期中，马母一直回避着与媳妇见面，即使见了面，也回避正面去看她的眼睛，回避与她说话。似乎她们之间存在了这个芥蒂，她就失去关心她和爱护她的权利了。她还是与往常一样关心媳妇和小孙女儿的，但她要了解她们的情况，只好向赵大嫂侧面打听。

亸娘有一种令人烦心的咳嗽病，可能还是从父亲那里带来的，临产后成为断不了根的后遗症。马母为它花了多少心思。都说冰糖川贝母炖秋梨吃，可以治愈。围城后药物奇缺，马母好容易弄来几两川贝母，每夜都亲自料理了，送到媳妇手里，逼她吃完一个梨。这几天还同样是亲手料理，却委托赵邦杰娘子给送去。赵娘子回话说，媳妇的咳嗽已愈，不敢再烦劳婆婆炖梨煎药，这项蠲了也罢！媳妇的咳嗽可真痊愈了吗？不！白天倒不觉得，晚上她们隔一进屋，夜深人静，她年老人晚间又睡不着觉，只听见一阵阵揪住她心肺的咳嗽，有时咳一盏茶的时间还停不下来。为什么就断了药呢！

还有，媳妇的奶水一直不够，母女俩看起来都有些面黄肌瘦。围城以来，食品腾贵，凡是可以发奶的猪蹄髈、鲫鱼、鸡、香蕈、木耳等东西都不容易到手。马家的经济又不甚宽裕，马母还是尽可能地去办到。只是媳妇没有胃口吃下去，一顿饭下来，蹄髈整只留下，只喝一点汤汁，鲫鱼只吃一段尾巴，她显然想省下好的留给老人吃。这真叫马母发急了，媳妇怎么一点儿不体会婆婆的心意。孩子虽然是女的，可也是马家的一点血。那婴儿瘦瘦小小的脸，却长着一头浓密的细发，还有一双水灵灵转来转去的大眼睛，可逗人哩！凡是自己的骨肉，即使很丑，长辈看来都是美的，何况那女小子真有几分水秀。平时，做奶奶的一天要去看她十多次，二十次。这几天，由于受到某种压迫，连带也看不见小孙女儿了。这真够她难受。她只好在媳妇的房门口转来转去，听她哭一声、叫一声也好，临到头来，还是用着躲躲闪闪的语言，拜托赵娘子带去自己的歉意。

不过抱歉尽管抱歉，她还是没有收回成命。她不离开保州，媳妇也就离不开她，这就意味着夫妇俩没有再见面的可能了。这种感情上的僵局，长期延续下去，既然婆媳俩都不改变自己的想法，矛盾迟早要激化。强烈的爱国意识和牢不可破的成见混合在一起与凝固的爱情和执着的追求相撞击时，难免要爆出可以酿灾成祸的火花。

5

但是紧张的战局一再推迟了矛盾的爆发点。

九月、十月、十一月，金军的攻击像潮水般冲来，一波未平，一波又起，叫人喘不过一口气。闰十一月、十二月，攻击虽有所缓和，完颜乌野也筑的长围把保州城围得水泄不通，随时随地都有可能的破城威胁仍然笼罩在每个居民头上。在那几个月中，马氏婆媳也感染到围城的气氛，随时准备应急赴死，她们心里都被这种激昂的情绪涨满了。即使亸娘内心中有种种活动，只要马母真的举起火来，她将毫不踌躇地跃入火堆，因为到了那时，别无其他的选择。在那段时期中，马母无法抑止感情上的内疚去说服对方服从自己，亸娘也找不出理由反对婆母的主张，她们一方是有理无情，另一方是有情无理，就这样把矛盾拖延下去，直到过年以后，金攻城部队大部已撤，连长围中也只留下少数驻守士兵，局势显然和缓了。外部的约束力量基本解除，内部的矛盾才不可抑制地爆发出来。

十月以前，完颜乌野也为了配合进攻真定和大军渡河而发动的后路夹攻仅仅起了一点牵制作用，并无显著的成效。大军在李固渡渡河成功，不久就推进到东京近郊，这种配合作战的价值又大大缩小。以后完颜乌野也再次进攻中山府、河间府已属于扫荡后方残余敌人的性质，军事行动已趋长期化。闰十一月底，东京易守，政治活动增加，从上京到东京道上，亲贵及军使往来频繁，络绎不绝。上京的亲贵们除少数确有重要任务外，一般是借口某种需要讨得实际上并非必要的差事，抱着到中原之地来享受几天，捞他一把的心理，奉使南来。他们莫不以燕京为驻留地、为中转站。骄奢淫逸的风气迅速在女真贵族身上膨胀起来，就是这一批不肯去前线冒锋镝之苦的亲贵，却争先恐后地前来抢夺胜利果实。首先大皇帝完颜吴乞买没有遵守他的长兄太祖皇帝完颜阿骨打的遗训，对这种要把他们本身都腐蚀掉的坏风气加以制止，反而“以身作则”地自己也抱着同样目的到燕京城来住过几次。每次回去，黄金珍珠斗量，美人伎乐车载。带着一批批的战利品，浩浩荡荡，回到上京宫内珍藏起来，感到十分满足。

完颜吴乞买所为如此，自然不能够制止他的亲贵们向他学习效尤。

自从阿骨打把一座空城交割给姚平仲、赵良嗣、马扩以来，经过宋、金两朝几年的努力经营，人口迅速增加，店铺不断开张，水陆运输源源不绝，商品辐辏，几条大街上又出现了不少新的建筑物，已渐复辽时之盛。而作为燕京留守，完颜乌野也的任务也完全改变了。他忙于送往迎来，安顿途经的亲贵们，他们一个个都是朝廷要员，一个个都有实力雄厚的背景，谁都不能开罪。完颜乌野也要为他们修缮宾馆，安排驿马，征集山珍海味、女伎乐工，凡是一切声色犬马之好，无一不包括在他的接待项目中，缺少一样，就会挨他们的竖眉瞪眼，回上京去向他的后台打个招呼，他的燕京留守的位置就有易手的危险。当时角逐这个肥缺的已有五六个人。完颜乌野也主要还是靠前线的支持，斡离不、粘罕都表示支持他，挞懒、刘彦宗等人把东京城里“根刮”得来的金银钱帛、教坊女乐、宫嫔内夫人、百工匠艺等源源不绝地输送到后方来。完颜乌野也左手收进，右手输出，羊毛出在羊身上，倒也不要他自己掏腰包，只是忙得不可开交，一时竟抽不出时间去组织扫荡战争。保州等几处孤城的围攻显然被推迟了。

经过了凛冽的寒冬，备受敌人蹂躏的北国大地上，冰雪初泮，居然迎来了人们已经久违的一丝淡薄的春意。

二月中旬的一天，保州南城司马坊清水巷马宅门口也迎来了两位上了年纪的远方来客。此时此地，保州城门犹未开启，来了两位从城外来的客人，确是不寻常的事情。其中一位是马家的人都熟识的刘七爹，大半年不见，他的风采依然，即使经过凛冽的寒冬，现在春回大地，他这棵冰不死、冻不僵的老树重新发芽，长叶、开花，在枯枝上长出来的新绿中透出一片葱茏之意。另一位胡子拉碴，身上的衣服东拉一把，西掖一把，高高低低，参差不齐，他用一根腰带扎缚起来，显得十分不修边幅。一对浑浊的眼睛有时骨碌碌地转动几下也透露出一点灵气，不过在这陌生的环境中，他显得特别腼腆，一直闷声不响，好像噤声的秋蝉。

刘七爹介绍这个不相识的来客，他是马廉访麾下的大头目白坚。头目是山寨中绿林豪客的头衔，但从军民合作抗金以来，这些头衔已取得合法身份。刘七爹尤其不以为讳，“白头目”叫得山响，倒是这位白头目对自己的这个头衔、这个名字好像他穿着的这身衣服一样都感到很不习惯。被刘七爹介绍时，他扭捏了一下，做出一个既不是承认又不是否认，而是介乎两者之间的不自然的动作。

刘七爹首先就要介绍他们怎样进城的一番惊险史。这时城门昼闭，他们绕到东门、北门都叫不开门，后来再回到南门叩城，城上人问明白是马廉访派来的人使，才放下大竹篮把他们吊上城来。

刘七爹习惯地用拳头捶着后脑，用了一种必然可以产生预期效果的夸张的声调说：“好险呀！竹篮子吊得半天高，摇摇晃晃的，差一点来个兜底翻，两把老骨头险险乎都跌得粉碎。还亏白头目命大，翻过去的篮子又翻回来，总算拾得两条性命回来。”

刘七爹的这番惊险史果然博得大家称奇不止，然后是轮到来客们惊讶了。刘七爹指着大门两侧堆得山高的木柴稻草问道：“俺等入得城来，看见家家户户门口都堆着柴草芦荻，如今尊府门口也是如是，莫非这是围城中的新风尚？俺过去往来保州城几十次，却没见人家把柴木堆在大门口。”

这一问正好问在点子上，倒使马母不好意思回答。

马母向来不喜欢装模作样，尤其不喜欢为自己做宣传，她暗暗下的决心既不需要用语言，更怕用某种形式表现出来，这可不符合赵知州的要求。是他逼她说出这些话的，后来又是他抓住马母“尊官所行之事正是老身心里想做的”这句话，越俎代庖地派人代她在家门口堆积起柴草。这样就把马母的一项高尚动机宣传化和戏剧化了。马家是堆柴火的第二家，接着又有几十家自愿或多少有点被迫堆积起柴草来，但也还不至于像刘七爹夸张地说的家家户户门口都有一堆柴草。

一向被保州人看成为糊涂的好人、不堪的长者的赵不谌浑浑灏灏、胡天胡地地活了五六十年，几个月州官做下来，忽然开了窍。他变得鉴貌辨色，机灵出奇，能言善语，圆滑异常。人们最初贬称他为“赵不堪”，后来褒称为“赵不愧”，意思是不愧为保州的好州官，现在则是贬褒互见的“赵不识”，意思是这个人已变得面目全非，使人无从辨认了。

保州人三易其称，都是在“不”字上做功夫。“不”字命名，由来已久，汉朝就有名将程不识，直臣隽不疑，赵宋宗谱中又规定“不”字为一个辈分，非任何人可以改易，只是不字命名，最为困难。人们取名习惯上要用好看的字面，如忠孝仁义善良礼让等，这些字面上加一个“不”字都变成了负义，不忠不孝不仁不义岂可立于世上。反之用一些贬恶之词，放在不字下面，如不贪、不佞、不淫、不滥等，意义固然是正面的，只是字面难看，叫起来也不好听。尤其宗室取名，只能限于一个部首，字数有限，而这个辈分的男孩却越生越多，取不胜取，最后只好用些谁也不识的僻字，滥竽充数，根本顾不得用意的善恶了。

为赵不谌起名的宗正寺丞大约做梦也没有想到这个谌字会被草野之人读成堪字，不堪二字连读真使他大大不堪。幸亏他以本身的努力，扭转乾坤，洗刷去不堪的恶名而代以不愧、不识的美称，留誉后世，足以使他自豪。

不过老百姓的月旦，最为公正，在“不识”这个美称中仍保留着对他的不足之处的评价。现在有更多的人看到他过火的表现，不免要在心底嘀咕一句：“这位赵知州越变越出格，怎么变成个‘老参军’的模样?”“参军”并非官衔，而是当时演杂剧的一种角色，相当于后来的“副净”“小花脸”。它与另一角色“苍鹘”一起演出，互相插科打诨，做些滑稽诙谐的动作，博取观众一笑。称赵不谌为“老参军”也有道理，他现在确实很有些滑稽突梯，以过火的表现来博取彩声的“老参军”的味道了。不过人们在骂他为“戏子”的同时，仍然相信他殉城殉国的决心是真诚的，并无弄虚作假、盗名欺世之意。如果他是戏子，也是个真戏假做的戏子。

在围城的紧张气氛中，作为一州行政长官的赵不谌能够让人民放松一下，不惜以自己成为他们讽刺嘲笑的对象，这就是他的成功之处。不过过火的表现和过多的宣传就近乎卖弄，反而会给人以不真实的印象而损害其自然产生的效果，这却是“老参军”的赵不谌永远不能明白的道理。

刘七爹不知道这堆堆在马家门口的柴火竟包含着这样丰富的政治哲学，更没有想到，在马家目前的情况下，这个尖锐的问题很可能成为一根导火线，一经点燃就可以引起一场灾难性的爆炸。当时马母迟疑了一下，没有立刻作答。赵大嫂看见她为难，马上就补位上来，为她解围道：“只因围城中缺少柴火，州官派人打了柴挨家逐户地分发。今天发来，还来不及收进屋内。七爹你看这左邻右舍，不是好多家门口都堆有柴火?”

“好，好!”刘七爹竖起拇指痛赞道，“如今世道上哪里去找这样的好州官，连老百姓家里烧的柴火都想到了，真不愧为父母官。哪像真定府的那些瘟安抚、贼总管、贼钤辖，好事不做一桩，一心想害人。”

马母、亸娘、赵大嫂的眼睛一起亮起来，被那瘟安抚、贼总管陷害的正是她们日夜思念的亲人，他的吉凶如何，现在哪里？刘七爹肯定把他的消息带来了，但他还要卖关子，不肯一下子就倒出来。刘七爹此来确实带来一大箩筐的消息，好的坏的，使人悲恸的、高兴的、悲喜参半的都有。他仍然是一只报喜不报忧的雄性老喜鹊。先要把一些坏消息一笔带过，然后再报好消息。他的心里有一支指南针，不管客观事实指的什么方向，经他一拨弄，一调整，令人忧的、喜的、哭的、笑的一切消息都纳入他的指南针所指的方向了。

他们相将进内室落座，刘七爹就一本正经地说起话来：“太夫人谅早知悉，”刚才闪耀过的光彩忽然从他的眼睛中黯淡而消失了，他又恢复成为一棵僵枯的老树，“朝廷失政，国家不幸，去年闰十一月二十京师……”

他绝没料到这句丝毫不带感情的话，这个早已不成为新闻的旧闻，在这里竟会引起如此强烈的反应。他还没有说出最后两个字，马母面色大变，她用了一个十分惊慌的，然而是与她的年纪不太相称的敏捷的动作把那两个字截住了。

去年夏天，刘七爹接受马母的委托，又到真定监狱中告别了马扩，首途河东去寻访马政的遗骸，打听有关亨祖生死存亡的消息。他先到榆次县，找到两军激战的战场，只见满山谷和平野上抛弃着一堆堆的白骨，无人收葬，也没法辨认它们是谁。好容易找到两个当地老百姓，他们都说大战以后，小队金军仍在这里留驻了一个月，战死者的家属无法前来收尸，又值天气炎热，只好让它们自己腐烂了。接着又指出远处一堆尸骨附近，本来残留着兵器、旗杆、破烂的盔甲以及好多匹马的尸骸，那很可能是大将们战死之处。刘七爹急忙跑去看时，兵器、盔甲都找不到影踪了，只有重重叠叠堆积起来的几十副人和马的遗骸，似乎是在一时一地被敌人围歼于一个缩小了的包围圈内。兵荒马乱之际，村民四散，刘七爹一时找不到多少人手，只好与那两个乡民一起掘地为坎，把这堆白骨都掩埋了，插一棍木桩，留为标志。然后又拾两块骨殖，收在行囊中，就算是马参谋的，以便向马母交账。在这方面，刘七爹的思想是旷达的，一死以后，这副骨架已成为身外之物，不拘哪里掩埋掉就走，何必一定要运回家乡，葬在祖茔？他现在这样做，无非是安慰安慰马母而已。

然后他去姚古兵溃的盘陀一带打听亨祖的消息，一个少年英俊的军官战死了或为金军所俘，多少有些影迹，或者他因伤势过重，留在乡民家里调养，万一邂逅相逢，那真是老天保佑了，可惜在盘陀与在榆次一样都打听不到一点信息。这时粘罕、斡离不两军正在加紧对太原城和真定城两处的攻击。河东各地只看见金军调动频繁，有时人、马、辎重、车辆在大路上连续走了几个时辰不绝，沿途的百姓早已跑光，偶然有被发现，或者隐匿得不好，被金军搜出来了，不管男女，一律拉去充当夫子，替大军做牛做马，因吃不起苦，倒毙在路上的，前后相望。

像刘七爹这样一个干瘪老头，金人倒不一定感兴趣，反而是他自己混进夫子的队伍，充当志愿夫子。一面干活，一面打听亨祖的下落。凭他能言善语，擅长交际的一套功夫，居然也结识了金军的一些小头目，谁也不知道他那身破烂的、一目了然的衣裤内还有什么隐蔽之处居然留得下几两碎银子未被别人发现，谁也不知道他从哪里弄来一杆烟斗、几袋旱烟，有时还能沽来几两汾酒孝敬那两个头目，后来成为莫逆之交。他不隐瞒自己的任务，小头目也帮他去找，带来几个待赎的战俘与他辨认，还带来不少捕风捉影的消息，结果还是一无所得。

调动中的金军流动性很大。刘七爹自夸真定境内方圆五百里的每一棵老树、每一栋老屋都是他的旧相识，没有一条僻径山路他不熟悉。可是晋中、晋南一带，他是完全陌生的。他跟那支金军部队转了两个月，跑过十多个州县，都举不出地名，最后随粘罕大军渡过黄河，得隙逃出。又在京西地界混了两个月，到过巩县、偃师，跑到西京洛阳府时，城门口的守军看他形迹可疑，把他扣留起来。这时娄室的大军正往西路摆开，截断宋朝西北勤王军东下之路，双方大军云集。刘老爹差一点被西京守将当作金方的细作抓去斩首。幸亏他从实招供出自己的任务，他原原本本说了与马家的关系。那守将知道马政、马扩的名字，察其情真，把他放了。他这才明白马扩的名字在这里可以抵一块腰牌之用。凭着它就可以在那一带地区通行无阻。

以后他又流浪到嵩山脚下，遇到一个脱伍的西军旧军官，二人一起投宿在一座古庙内。刘七爹是无论什么人只要谈上三句话就可算作他的老相识，碰巧那个人对马家三代之事也很熟悉，二人谈得十分投机。刘七爹立刻从行囊中取出两块骨殖，十分肯定地说，一块是小种经略相公的，一块是马参谋的。那人打听了刘七爹拾取骨殖时旁边还有没有别人的骨殖，可曾在那里做上标志，他对刘七爹的侠义行为表示十分钦佩。他们借古庙的香案残烛，凭空祭吊，相对欷歔一番。那一夜，他为刘七爹讲了许多西军旧闻，他对马政祖孙之事也是十分关心的，这才使刘七爹见到马母时不至于交白卷。

那军官曾参加榆次战役，是少数逃脱者中的一个。他知道小种经略相公与马参谋、黄参谋三人同时战死。他还看见过在小种经略相公帐前当亲兵的马亨祖。

"好个小伙子，"他盛赞道，"他曾随李孝忠出哨到石桥，离太原只有二十里路，太原城外的夹寨已隐隐在望，真是初生之犊不畏虎。一军都称他勇敢。"

后来到临战前夕，小种经略相公为了不使马家一线香火中断，特地把遗疏、家信一并交付给那小将，要他赍往东京去见老种经略相公。临行时，小种经略相公还把家传的一把宝刀相赠，勖勉他努力杀贼。这把宝刀，小种经略相公自束发从军以来就没有离开过身，以此相赠，可见他死志已决，当时许多人在一旁见了，都是这样想的。

亨祖一去以后，再也听不到有关他本人及这把宝刀的消息，但遗疏和家信分明是赍到东京的。老种经略相公转奏朝廷时还引用了家信中的话，只是没有提到赍信人的下落。按理说，小种经略相公家信内特别提到马氏一门忠烈，马子充在真定受屈，要大哥多多照顾亨祖。种、马二家，谊深如海，亨祖去了，一定会受到种相公的接待，抚孤荫官，必有一番交代。但种相公左右的人都说没见到亨祖来京，种相公还曾问过两遍，并派人去查问，也都没有回音。人没有来，又不知哪里去了，东西却送到了，这是怎么一回事，大家都弄不清楚。

据那军官分析，很可能是亨祖在途中听说榆次的大军已覆，他悲愤填膺，凭着那把宝刀，一心要冲入重围去救援主帅和亲爷。遗疏和家信就交付给伴当赍去东京了。这是违反军纪的做法，但是深知他们叔侄都有那股不顾生死以求一当的冲劲的刘七爹认为这种可能性是存在的。那么，到此时为止，亨祖的命运犹未可知。刘七爹宁愿得到这样一个结果，留一线希望给马母，总比孙儿已肯定战死的消息好得多。

刘七爹邀请那军官一起去马母处复命，他军籍犹存，还待归伍，没有接受邀请。问他的姓名时，他不肯明说，只指着面颊上的一道疤痕说：老爹见了马母，多多为在下的拜上。只消说起这道疤痕，马母就知道俺是谁了。今日就此告辞。

以后局势更加紧张，交通到处阻塞，有时连那块“腰牌”也不顶用。刘七爹逗留到靖康元年年底，打听到东京已经陷落的确讯后，才遄返真定。他自己的老家包括那个留着马桶盖发式的小孙子都已流散得不知去向。他是真定的老土地了，相信只要人在，终究能够打听到家人的消息，目前不妨搁一搁再说。他先公后私，立刻上和尚洞山寨，见到了刚上山不久的马扩、陈广、巩仲达等一行人。

马扩在养病期间已听到东京沦陷，正是这个消息，促使他冒险提前上山。后来又从留守山寨的郭有恒那里听到更多、更确实的消息。那时赵邦杰往来于赞皇县的五马山寨与真定之间，准备去那里发展势力。山寨中一部分武装力量也逐渐向那里转移，而主管真定地区军事的女真都统杓哥、汉儿总管韩庆和又一再扬言要雕剿境内抗金的义军，因此和尚洞的形势也相当紧张。

即使最沉痛、最震撼人心的噩耗，隔开了两三个月，已失去最初的悲愤，现在刘七爹可以在马母面前不带一点内心的激动把它说出来。刘七爹这对不大的眼眶内原来也储存着丰富的泪液，稍微动点感情，泪水就会顺流而下。这一次他虽然也曾捶胸叩脑，做出了说到这个消息时应有的一般反应，但他没有流下一滴泪。

他绝没有料到这个过时旧闻对于保州人却是晴天霹雳。保州被围以后，就与外界完全隔绝，中间几次听到传说真定和中山府都已丢了，他们最关心的东京城的命运，也有过一些传说。完颜乌野也屡攻不入，发动政治攻势，他驱使一部分女俘在城外逡巡。她们一个个都被绳穿索绑，面容憔悴，身上穿着华丽的衣服都已敝破不堪了。完颜乌野也令人传言，这些都是宫人，其中还有妃嫔、内夫人、宗姬等，特别指着一个打扮得更为华俏的幼妇说，这是越王家妇，乃州将之妻的从表妹，特来说降，要求打话。这个宗室之妇，羞恶之心尚存，不管金人怎样软哄威胁，她始终不说一句话。金人无奈，只好把她牵走。

宫人、妃嫔、宗姬与其他女人并无明显不同，只要有相应的打扮，谁都可以冒充。即使这批人都是真的，保州人都看为金人的宣传攻势，在口头和内心中都不相信。至于大批战利品过境，那也不一定就是东京的物资，别处也可以掳掠到，拿到城下来炫耀一番。冒牌的颜子生活，不能使保州人上当，完颜乌野也枉费了心机。保州人就是凭这般蛮劲，这股顽固的自信，才能固守这座孤城达数年之久的。

马母也不相信，或者是不愿相信东京沦陷的谣传。她还记得二十多年前，她跟随丈夫受困于塞外孤城宣威堡。一天，儿子马持杀散城外的青唐羌众，突围而入孤堡，传达了我军大帅知鄯州高永年恃勇轻进，被青唐羌人俘获，剖心惨杀，全线大震的消息。主持城守的马政不动声色，严禁消息外传，儿子也给禁闭起来，直到打退敌军后，才得恢复自由。这件事给马母深刻的印象，从此她懂得在这种情况下，不宜把于我不利的消息传播出去，摇惑人心。富有实干家精神的马母总是把她本身有限的知识，正确地使用于生活实践上——知识很丰富的人不一定而且往往是一定做不到这一点。现在她听到七爹带来这样一个消息，而且语气又是那么肯定，可能东京真是失守了。她不愿这个消息传播出去，特别不愿意在自己家里证实它。于是立刻阻止了七爹。

刘七爹马上会意，把那两个可怕的字吃了下去。

然后刘七爹变换了一副好像正在举行一项庄严的宗教仪式那样虔诚的神情，从行囊中取出一个用油纸紧紧裹住、外面又用麻绳仔细扎好的纸包，看起来里面是一只长方形的木匣。他双手捧着，把它横举到额角以上，恭敬地捧给马母：“此乃马参谋的遗骨。参谋忠烈殉国，老朽亲至战场找到他的遗蜕，已与种经略等丛葬在榆次山中。此事由老朽一手经营，写了标志路牌在彼。等到哪年兵戈稍戢，道路安宁，再图安葬之计。今日先捡回骨殖两块，用棉花塞定，装在木匣中，就留在尊府为家人系念。”

对于丈夫之死，马母思想上早有准备。她以同样的虔诚，双手接过，横举在额上，然后转身引导大家到内厅一座神龛前面。神龛中已供着马氏列祖以及所有殉国者的灵位。赵邦杰娘子早已点好香烛。马母口中默祷一番，就把打开纸包的木匣安放在标着“先夫忠烈马公讳政之灵”字样的牌位后面，引导家人行了礼，又退回外厅。

仪式过后，刘七爹不无得意地说起他在嵩山脚下邂逅那位旧校的经过。然后说到亨祖受命去东京之事，说到那位旧校与马氏祖孙三代都很熟悉。

“老爹可曾问过他的姓名职衔?”

“老朽问了两次，他都不肯以实相告，还说这些不提也罢。见了马太夫人就说俺曾为赵参议帐下走卒，与马都监多年相识。就托老朽问太夫人金安。”

马母想了一会儿，问道：“他不是瘦瘦高高的身体，左颊上有个箭疤?”

“不错，他的鬓颊上都留了髭须，老大的一个箭疤还是遮盖不住。”

马母叹息道：“他就是小种经略麾下参谋黄友之兄、现为都监的黄二哥，此番小种经略与先夫、黄参谋都已战死，独他逃生出来，内疚于心，故不肯以实相告。其实战阵之际，或生或死，只要他奋战过了，没干出背主卖友的勾当，何愧之有?”

“小爷慷慨受命于大军将溃之夕，这是黄都监亲眼目击的。”刘七爹这才想到自己的任务没有完成，有些内愧于心，“但黄都监又说种相公已接到遗疏家信，据以入奏。但种帅帐下无人看见过亨祖，想来他必留在河东境内，伺机杀敌，为爷爷、主帅报仇。今日河东多处府城已陷敌手。但韦寿佺大哥、冯赛、李宋臣二哥留在晋北、晋南经营。他们都与廉访熟悉，一旦得知亨祖踪迹，必将引导上山。他们与赵大哥广通声气，赵大哥现在五马山寨，也必派人去打听小爷消息，重见之期，可以预卜，太夫人尽可放心静候。老朽这番行路万里，时逾半年，遍经河东、京西各地，未能访到小爷确息，辜负了太夫人的殷切期待，今日特来此告罪。”

刘七爹一面说，一面就跪拜下来。马母急忙拦住，说道：“老爹关河跋涉，行程数千里，其间几次出生入死，都为了我马氏一门。老身告谢不遑，又何来领罪之说，岂不折杀了老身？赵大嫂快把老爹搀扶起来!”刘七爹是不需要别人搀扶的，他经常夸说自己的关节伸屈自如，老而越甚，是天生的牛马走。马母一语未了，他早已像跪下去一样迅速利落地站起来了，笔直得犹如一棵劲松。“亨祖之事，老爹既已访问过多人。黄都监说他留在河东杀敌，也只是揣想之词，并无确证，只好由他去了。老天有眼，可怜见我祖孙母子叔侄，门单祚薄，万一亨祖犹在人间，他日重新见面，誓不忘老爹大德。”

严毅的马母，越过了最初感情激越的阶段，冷静地接受刘七爹的慰安。她心里明白，既然刘七爹花了那么多气力，查访无着，对孙儿的生存就不能再寄予希望。她黯然了一会儿。终于把感情控制住，没让泪水流下。两个媳妇的泪闸早已开启，她们在跪拜祖先和听刘七爹讲述亨祖情况的时候，几次都忍不住要大声哭出来，只因为马母强忍住了，她们没有权利先婆母而哭。

“亨祖之事，休再提了，我那三儿子充，可曾还在人间，老爹此来见到过他不曾?”

她们不得不把话题转入到今天的主题，虽然明知道不管刘七爹怎样回答，总不免要在各人的心海中激起万丈波涛。

6

马母直到此时才提到马扩，让刘七爹在心里憋了老半天，他感到再要他憋下去，那颗新鲜透亮、又甜又熟的果子快要蔫了、烂了、熟得不能再吃了，但终于到了可以让它出头的时候。他一口气说了下面一段话，越说越高兴，越说越得意，它形成一道欢乐的飞瀑把他刚才报过的京城失守、家主阵亡、少主人存亡莫卜等恼人的消息冲刷得一干二净。大家都看到他的眼睛越来越明亮起来，像明星，像华灯，像太阳，照耀得到处发光，遍地皆春。

“请太夫人、二位少夫人、赵娘子大家放心，廉访已于上月间安抵山寨。老拙上山后与他见了面，今日正是奉他之命，与白头目一起下山，前来保州的。”

刘七爹先让大家吃下一颗定心丸，接着就长篇大论地讲起马扩脱险的经过，好像他都在场似的，其实他也不过听别人的话，加以意述罢了。

“去年十月初，真定城破，汉儿韩庆和率一队骑兵径扑府狱去捕廉访，不想廉访已得巩仲达大哥、白兄弟等人护送出狱，白兄弟诓骗韩庆和，廉访才得脱身匿于巩大哥家里。韩庆和扑了个空，受到上级责罚，心有未甘，在城门口图画廉访的形，悬赏缉拿，又在城中大索，家家户户都搜到了，此时廉访未能出城，就到巩大哥的亲家陈教头家中的地室中隐匿多时，其间曾患伤寒，险些不治。”

这句话说得重了，其实倒是实情，并无夸张。七爹一看大家的面色，急下转语安慰道：“病势虽凶，吉人天相，幸好陈教头深明医道，悉心调治，又得他的儿子、媳妇昼夜护理，过了一个多月，廉访早占勿药。老朽见到他时已经肤革充盈，血气两旺，早已好了两个月了。

“十二月中，消息传来，东京失守。廉访悲愤难禁，实在憋不住了，与陈教头、巩大哥商议，定要上山抗金。这时山寨中也派了沙真兄弟前来迎他。无奈金人缉访犹紧，偌大的真定城只开放南北二门，两处守城官都是女真大将，曾与廉访相识，等闲混不出去。何况伤寒初愈，脚力未健，又不能缒城夜出。后来还是陈教头想个计较，让廉访装扮病人，睡在门板上，着两个夫子扛抬，就在大白天，径往北门而行。出去出不去，大家心里都捏一把汗。

“廉访当时瘦骨支离，须发零乱，陈教头给他染了药，茎茎白须，一头银发，看起来真像个五六十岁的病老头。陈教头的女儿在一旁啼啼哭哭，就说是他的幼女。巩大哥、陈教头父子都拿定兵刃，暗暗相随，万一被金人识破，就跟他们拼个你死我活，好歹要把廉访送出城外，自己的生死倒不在乎。

“他们来到城厢，守城官亲自验看了，又盘问几句，倒也看不出有什么破绽。他挥挥手叫他们一行人在城厢稍待，自己只顾与手下人高谈阔论起来。说什么当年与宋将马扩前去接管燕京城，五百名铁骑，风驰电掣，路上辽的残兵败将哪曾见过这样精锐部队，莫不心寒胆裂，披靡而走。大军冲到城门口，马扩一马当先，不待叩门，辽守将竟自乖乖地打开城门，让铁骑拥入，直扑大内。马扩那副英姿飒爽、目中无人的样子，俺至今还记得牢牢的，不愧太祖皇帝称他一声‘散也孛’[1]。‘散也孛’在本朝乃是最高的奖语，国相太子枉自立了这许多功劳，还不曾得到这个褒称呢！

“那守城官在真定住了几个月，已通晓汉语，说得眉飞色舞，竟忘记把马扩这行人发落了，未到午时，就上城楼吃饭，把他们撂在城下干着急。又过了大半个时辰，守城官才下城来，忽然哈哈大笑，指着一名扛抬的夫子说：‘你是马扩，俺识得你这个小模样，分明是马扩乔装打扮。还有你，’他轻薄地用一只手把陈教头的女儿的下颌抬起来，‘定是马扩的老婆，把头低倒了，又有什么用！俺猜准你就是马扩的老婆。小两口子商量定了，假扮夫子，诓出城去，请了兵来攻俺真定城。俺大金雄师百万，何惧于你。左右，快把他们拿下，让俺解去向二太子请功。’

“陈教头、巩仲达一看势头不好，互相丢个眼色，正待拔刀上前，忽听得那守城官又哈哈大笑起来：‘俺识得马将军、马英雄的面，端的是条好汉子，哪像你这副畏葸相，想是要冒充马扩，是个颜子生活。俺岂能上你的当？’原来那守城官上城时喝醉了酒，说的尽是一派胡言。他忽然一声喝断：‘都替我滚出城去，叫那死老头就死在城外，除非把他的尸体抬回来，你们休想再回城里，若俺看见了，一个个都拿去棒杀。’他挥挥手，把马廉访一行人连同其他等候在城厢的老百姓一起轰出城门。

“那守城官一时疏忽大意，放龙入海，纵虎上山。此事要声张出来，那城门官斫头无疑，韩庆和立下军令状，逃不脱干系，看来两颗头颅都要号令在北城上，这才大快人心哩！”

“马廉访上山后，俺两次混进城去，”白坚这才得到第一次插话的机会，“看见北城的那个守城官果然撤了，韩庆和也听说责了军棍，二太子要他戴罪立功，上山捕人。凭他们这点能耐，怎敌得过马廉访、陈教头。看来这两颗首级要号令在山寨

[1] 散也孛，女真话奇男子。

门口哩!”

说着他们二人一齐哈哈大笑起来。

他们只顾说得痛快，越说越漫无边际了。冷不防，一道呜咽声骤起，后来忍不住，索性哭出声来。奇怪的是弹娘听到马扩从牢狱逃到地窟，被困围城，逃不出去，又加上伤寒重症、九死一生等可怕的消息，她都把眼泪忍住了。及至听说马扩已出城上山，龙归海窟，虎入密林，喜极而泣，竟不顾婆母的眼色，放声一恸。她的眼泪具有感染性，两位大嫂也跟着哭出来，后来马母自己也忍不住抬手去拭眼泪。

“马廉访早已平安上山，体气康强，还有什么可以伤心?”刘七爹大声说道，“老朽此来，正是奉了他与赵大哥的将令，接尊府合家老少上山。白头目一路打听，金军已撤，长围中也无人驻守，何不趁机出城，不出二旬，必能到山寨与廉访一家团聚。赵娘子也可与大哥相会。此乃天大的喜事。就请太夫人作速摒挡，数日内成行，免得夜长梦多，临时又生枝节。”

“刘老爹的话不差，”属于“白日撞”范围内的话题，他当仁不让，而且说得花哨，“俺二人一路行来，难得看见几名金兵，而且大包小裹，累累赘赘地跑不动路，想是急着要回营去分赃，哪里还顾得到打仗。太夫人此时不走，更待何时?”

刘七爹早已忘记为了上山之事，过去与马母曾有争执。他只把眼睛瞟着弹娘，唯恐她的体力未曾恢复，不得上路。弹娘把眼睛盯住赵大嫂，大嫂是长着水晶心肝的人，早已会意，微微点头，表示弹娘的身体早已恢复，上路不成问题，问题是在……她把眼光转向马母。

这一轮没有出声的语言，把刘七爹弄得稀里糊涂。他朝这个看看，向那个瞧瞧，想从她们的面色上找寻答案而不可能。

刘七爹既然提出他此来的任务，图穷匕见，逼得马母只好明确表态。

“二位老爹来此不易，当受老身百拜。只是老身不能从命，随二位上山。”马母的表情是严毅的，她每一个字都说得斩钉截铁，掷地有声，好像一半埋在地下的七石缸，丝毫不会移动，“老身已当众立下誓言，城存与存，城亡与亡，一息尚存，决不离开保州一步，不幸有变，”她用手遥指门口的一堆柴草，“那堆柴火，就是老身归宿之地。老爹回山，传语吾儿，就说今生不得相见，只好留待下世再见。吾儿忠贞，努力报国，为母的在泉下相待。”

马母的表情与语言都说明她下的决心如此之大，绝非别人所能解劝、动摇。刘七爹明白他已无能为力，沉默不语，其他的人也都僵化了，保持在原来的姿势中，足足有一盏茶的时间，没人吭声。在寂静之中，弹娘抽抽噎噎的泣声更听得清楚了。她欲罢不能，越想抑止，越发抽噎得厉害，这里有满腹委屈，有无限失望，有无言的谴责，有沉默的抗议。弹娘的抗议、谴责，一般都是用哭泣与沉默来表达的，因此更显得有力。

马母领略了她哭声中的含义，却不为所动，说道："俺意已定，决留在城里。"她环顾了大家一眼，似乎在逼迫每个人都要像她一样明确表态，"赵大嫂此番必要跟随老爹回去。非是老身不留你，你夫妇处处为马家打算，分离了两三年不得团聚，今番决不可再错过机会。二位贤媳，你们自己打定主意，欲去欲留，俺不勉强。"

"婆婆留在城里，媳妇早晚侍奉巾栉，怎敢远离？"过了半晌，马持娘子才哭出声音来，第一个表态。她说的话虽肯定，语气却是软弱的。她也有满肚皮委屈，刘七爹没给她带回来儿子的确息已使她十分伤心。但去山寨，还有万一的希望，但愿依了刘七爹的金口，她们刚上山寨，亨祖已下来相迎了。留在城里只有死路一条，即使儿子侥幸未死，母子也永世不得相见，只是让婆母一人留此，情理上讲不过去，她自愿留侍，也是十分诚恳的。

然后轮到赵大嫂表态："俺受三哥之托，保护尊室。婆婆一日不离开保州城，俺也一日不离开婆婆。婆婆休得相劝。"

马母点头嗟叹。已成为寡妇的大媳妇愿意"留侍巾栉"，理所当然，不料赵大嫂也表示得这样坚决。这事还可商量，她的表态却使她十分感动，然后她问弹娘道："你二位大嫂都愿留在此间，弹儿你待怎么处，不妨说与婆婆知道。"

"孩儿愿随七爹上山寨去。"弹娘揩干泪坚决地回答。

弹娘心里有什么想法，大家固然都很明白，但她这样直率的心口如一的回答，还是出乎大家意料。在这个一向尊重男人、敬重长辈的家庭里，母亲反对儿子上山"落草"，媳妇违背婆母意旨，公开表示要跟随丈夫上山，这两桩大事几乎都近于"反叛"。马母皱一皱眉头说："媳妇不愿留在城里，莫非害怕临危一炬，与老身同死？"

这可能是弹娘结婚以来，一向对她慈爱有加的马母对她说的一句最严厉的话了。她的不愉快的神情是十分明显的。通常出现了这种情况，做下辈的就要长跪谢罪。

"孩儿岂惧一死！"亸娘针锋相对地回答，"只是要与三哥死在一处，同化灰烬，共流碧血，心甘情愿，不然两地挂牵，魂魄也自难安。"这时亸娘已鼓足勇气，不管婆婆怎样问，她都要按照自己的想法如实回答，不加掩饰，不怕顶撞。人生的大车抵上壁脚，前面已无回旋之地，她再也没有什么可怕的了。

赵大嫂及时出来说话，企图缓和一下气氛，为双方解围。她说："俺受了三哥之命，来到尊府两年，承婆婆不弃，亲生女儿一样地看待，从不见外。大恩大德，没身难报。亸妹心事，可说人人皆知。今日既然刘七爹二位冒险来接，机会难得，婆婆何不成全了她，让亸妹上山去夫妻相会。天可怜，再育个麟儿，可传马家的一线香火。俺就留在这里，代替亸妹，侍奉婆婆，脱有不幸，甘与婆婆一起殉国，誓无二言。只是俺曾答应过三哥要保护尊室，俺顾得了婆婆就顾不了亸妹，七爹、亸妹见到三哥时，务乞把俺今天这番话说与他听。亸妹路上珍重。"

赵娘子这番话是经过深思熟虑说出来的，她说不能两全，事实上她苦心孤诣无非为了使婆媳双方都得到照顾。她说得这样诚恳，似乎根本忘记她自己还有个夫妻团聚的问题，确实感动了大家。马母再一次点头嗟叹，但仍不肯做出肯定表示同意她的建议。

双方的意见犹自相持不下，刘七爹理所当然地出来圆场道："太夫人忠烈，已立下誓言，自难弃城轻去。也是老拙受命而来，空手回去，怎生向廉访交代？依老拙看来，此事一两天内难以定局，何妨从长计议，务要想出个两全其美的办法，妥善处置。赵嫂子，你的担子可也不轻啊！徒死何益，再说你那口子盼得你好苦啊！不如多想出些点子，大家计议定了，吩咐下来，使老拙在廉访、赵大哥面前都有个交代，老拙无不从命。"

7

以后的二十多天，大家都过得提心吊胆、小心翼翼。大家都踮起脚走路，唯恐触及这个问题，犹如怕触到一颗深埋的地雷，把全家都炸掉一样。但大家同时也都明白这颗地雷非爆炸不可，事情终究要有一个明确的结论，不是她的意见占到上风，就是她的意见遭到否定，不是网破，就是鱼死，没有第三种结果。

事件的主角之一马母意识到自己已成为众矢之的，不管有没有发言权或者有多少发言权的大媳妇，还是别人的同情，都倾注在亸娘的一方。即使这样，她还是固执己见，坚决拒绝亸娘的要求。这并非单纯因为她在家庭中的绝对权威性受到挑战。固然亸娘如此直率地表示不愿与婆母同处危城，不接受婆母死的命令，在这个家庭中乃亘古未有之奇事，但马母倒不是把自己的权威地位和自尊心放到首要的位置上来考虑。她主要考虑的是她向城主赵不谌做出的庄严保证要完整地履行而不允许打个折扣。如果亸娘离开保州，那么别人对她的保证就要产生怀疑。他们马家人说过的每一句话、每一个字都好像镌刻在金石上的铭文碑碣，是要传之后世、昭示百代的，绝不允许受到人们的怀疑。

如果亸娘可以托故离去，那么马母也可以找个振振有词的借口离开危城，马家就可以背约弃誓，赵知州和几十户保证不离开城的家庭也都可援例仿行，这样岂不要造成全城人的离心离德，而陷城池于敌人之手。保州失陷，河北大势去矣！此事虽微，却影响到全城、全路乃至全国，推究其责，马家便成了罪魁祸首，关系甚大。马母重视家族一向以死于国事为荣的荣誉感甚于她自己的生命，她不愿在她手中，毁了马家几十年来以鲜血和爱国热诚缔造的荣誉。

但她对亸娘有一种特殊的爱怜，既因为她是一个孤儿，刚落地就丧失了母亲。那母亲是丈夫战友的妻子，平日往来过从甚密，她仅仅来得及把产儿托孤给她，就撒手而去。这件事在她心中藏了二十多年，甚至也没有跟丈夫与儿子说过，又因为亸娘是她现在唯一的儿子的妻室。长子马持、次子马拙同时战死，马扩理所当然地成为她心里的明珠，把亸娘许配给她钟爱的马扩，就是她对托孤者的一种强烈表示。她爱怜小媳妇撇开感情的因素外，还有对托孤者履行其义务的一面。对死者履行诺言，是古代人非常重视的一种道德品质。

自他们结婚以来的几年中，她没有对媳妇说过半句重言重语，从来不让媳妇做超过她能力的事。她对这个媳妇的能量、为人和心事都是十分了解的。她分明知道，现在不让媳妇去和儿子会面而勉强把她留在这里，她就会变成一条失去活水的鱼，不等到纵火自焚以前，她自己就会干死、枯死，那么她到九泉之下遇到亸娘母亲时将何词以对。还有赵大嫂的那句话：放她上山去与丈夫见面，万一生育麟儿，可延马家的一线香火，也使她怦然动念。破坏马家的荣誉感与绝了马家的后代，同样都是不可原谅的错误。她了解媳妇也了解儿子，如果亸娘自尽，马扩绝不可能再娶，对国家与对爱情，他是同样坚贞的。那样她又是绝了马家后代的罪魁祸首，将来无面目去见马家的列祖于泉下。

既要对庄严的保证负责，又不能破坏对死者的诺言；既要保持家族的荣誉感，又不能使马家的一线单传，断在自己的手中；既要实现对国家的强烈的责任感，又舍不得割断儿子、媳妇及孙女的私爱。在这二十多天中，这重重矛盾，使马母陷于不能自拔的窘境中。

但是出人意料地，在这段时期中，亸娘不但没有像婆母想象的那样成为一条失去活水的鱼，她反而变得活跃起来——这是因为这条涸鱼已经得到活水，并将游入江河、游入湖泊，受到爱情的濡沫。这一切必然而且很快就要到来，不可阻挡。因此在这段时期中，她一反常态，主动地与婆母说话，引逗她高兴，在神情上比过去更加亲热，企图以此来报答婆母对她的恩情。

亸娘结婚以来，习惯于受别人的照顾而不善于照顾别人。她到马家来已有整整四年，先后受到刘锜娘子、赵大嫂的照顾，但时间最长、照顾她最多的还是她的婆母。她满心要为婆母做点什么，都被马母、大嫂以及后来的赵大嫂劝止了，什么都不要她动手，晨昏请安、侍奉巾栉等礼貌上的末节，可以豁免的也全部豁免了，以至她一心想要讨婆母的好而不知应该怎么做才好。

现在好了，她手里已有了一张王牌，那就是她的婴儿。从去年三月廿二，她在难产中生下了婴儿以来，转瞬将届周岁。婴儿还没有正式取名。亸娘自己称她为“灾儿”。她没法不把丈夫陷在监狱中和孩子的难产联系在一起，称之为“灾儿”就可以重温一遍丈夫从监狱中送出来给她一张纸条的旧梦。那是在她的生命已经失去意义后突然来的再生的曙光。

把孩子取名为灾儿含有痛定思痛、永矢勿忘的用意，可惜这个小名儿在家里没法通过，别人没有像她想得那么深、那么复杂。马母先把它改为“载儿”，取“载福盛德”之意，又嫌它拗口，改为“喜儿”，从此“载儿”“喜儿”两个小名都叫开了。只有弹娘自己在心里还是叫她为“灾儿”。

家门多灾，母亲身体不好，再加上州城被围，朝夕不保。孩子倒无忧无虑地长大起来。一对大眼睛骨碌碌地从母亲看到大娘，从大娘看到奶奶，都分辨得清楚了。她好像已懂得在什么场合之下应该向哪一个求援呼吁。她的发音很甜，即使在哭的时候，听起来也好像掺和了一点蜜汁。在奶水喂饱、心旷神怡，即将酣然入睡以前，常会发出一些无意识的声音，“啊啊”“唉唉”“欻欻”之类，还伴随着把几根手指屈起来最后伸进口中的动作，那在弹娘听来，分明是一阕仙乐。现在她常在这个时候把婆母唤来，让她一起享受这一阕仙乐，或者就把婴儿塞给婆母，让她在奶奶的臂弯中酣然入梦。大人的“呜呜”成为婴儿的摇篮歌，婴儿的“啊啊”“唉唉”又成为大人的解愁曲。一天的烦恼都在呜呜唉唉声中化尽了。

不过弹娘又为婴儿的拗劲儿所苦恼，她懂得婴儿把手指含在口中是个坏习惯，不管弹娘怎样纠正她，怎样多次反复地把她的手指掰开来，婴儿最后还是要把手指伸进去，弹娘甚至感觉到她在试图反抗母亲时，小小的手居然还有一点力量。这份拗劲儿似乎贯串在马氏三代的女性中，奶奶、母亲、小孙女各自以不同的形式，表现出她们与生俱来的拗劲。

婴儿发育得很快，前两天刚学会叫“娘——娘”，这几天，弹娘又教她叫“奶——奶”“爸——爸”。后者并无实体，孩子只是模拟娘的声音叫唤，但她懂得“奶——奶”是有所指的，她一面叫出声音来，一面就用眼睛灵活地去找她叫唤的对象。

弹娘还特别高兴让婆母与她一起帮助婴儿“学步”。在金军围攻保州城、大家非常紧张的几个月中，婴儿不知不觉地已能自己站直身体了。现在又开始学步，从摇篮到娘的床边，七八步路，去掉两头有人搀扶，中间三四步路是她自己悬空走的，跌跌撞撞，有时摔倒了哭，有时摔倒了自己挣扎着爬起来，跌进娘和奶奶的怀抱中，开心地笑起来，发出甜甜的“唉唉”声，简直把婆媳两个都迷住了。

引逗孩子是她们一天中最高兴的时刻，利用婴儿作为取悦婆母、缓解对方情绪的工具，这是弹娘近来的一大发明，而且确实行之有效。她奇怪过去为什么没有想到这一招？

弹娘对婆母特别亲热并非以此来博取她的好感，以取得让她上山去的同意。一生不懂得做交易的弹娘绝不能将自己的感情作为交易品来换取某种实利。她身上有几件东西是神圣的，不许亵渎，感情就是此中之一。正因为她怀着这种强烈的宗教情操，才使她不同于一般水平的少女、少妇。

她之所以要讨好婆母，是因为那天撞顶了婆婆，感到内疚，借此来赎回自己的过愆。她一生中最习惯做的事情是自我牺牲，牺牲自己的福利，牺牲自己应有的权利去满足别人的希望。唯独这次是例外，她反对婆母，要求婆母改变主张而屈从自己，这从伦理上说是一种忤逆，因而她感到非常不习惯，不适应，非要婆母高兴起来，不仅用语言，而且事实上也做到了真正的原谅她、宽恕她，这才能够减轻自己的内疚。此外，她具有十足的信心，不管怎样，这场斗争的最后胜利必属于她，现在是没有什么力量可以阻挡她去和丈夫见面了。到那时，更要对在感情上受到伤害的婆母感到抱歉，趁现在她们还在一起的时候，对她多尽一点孝心。

赵大嫂说过的话也是算数的。她要代替亸娘侍奉婆婆，这句话不是讲讲算了，她在内心中已做出服侍马母，终生不渝，万一有变，以身相殉的打算。但她也在悄悄地帮助亸娘打点行装。与亸娘本人一样，她也坚决相信最后胜利必属于她。这是因为凭她与马家一家人相处几年的经验，知道她们的协同点永远多于矛盾点，严毅的表层终将让位于柔情。赵大嫂深知马家的人都有一股傻劲儿，不仅限于女性，似乎从远祖以来就把这股傻劲儿一脉相承地遗传下来了。他们的许多慷慨行动，与其说出于长期理智的考虑，还不如说出于一时的感情冲动，就是那股傻劲儿在作怪。凭这一点，赵大嫂推知亸娘一定会改变马母的主张，原因就在于亸娘比她婆母更傻。

旬日之间，为了给载儿做好一年四季替换的衣服，还要替她准备好未来几年穿的衣服，她们熬了几个通夜，两个人的眼睛都熬得通红。她们熬夜的结果是在载儿的衣着上："三年之内，无饥荒矣！"熬夜虽是二人一起，动手的却只有赵大嫂一人，亸娘连帮手也做不好，她只在旁边陪陪她，使自己无愧于心而已。所有实际的工作都是赵大嫂动手的。他们马家，无论是老的、小的，无论是行者、居者，只要有不能做到的，或者想不到要做的事情，她责无旁贷地都把它肩负起来了。她自己和别人都把这些看成她的权利，谁也不能攘夺她。

既然在表面上，马母还没有就此事做出最后结论，她们理应对这个敏感的问题回避。何况马母的房间就在亸娘房间的后进。她们说话和行动，要是声音大了，一定会惊动马母。因此赵大嫂进出她的房间时，都是蹑手蹑脚的，好像在做什么秘密的事。她们坐到一起时，就动手裁剪缝制，连把剪刀摆上桌案的声音也是轻轻的，二人一般不说话，如有必要说几句，也用着附耳密语般的轻声，用简单的几个字交换意见。而赵大嫂在实际问题上也不多征求弹娘的意见，因为弹娘在实际问题上既是无知，又是无可无不可的，一般都是听从赵大嫂的意见行事。她们用默默的行动来迎接马母最后必将同意的承诺。在这个时候，赵大嫂的眼睛里流露出一种深沉的歉意，为了她不能够与弹娘同行，沿途照顾她，有负马扩的委托，这好像弹娘对婆母表示的那种歉意一样。

8

在这二十多天中，刘七爹显得非常活跃，经常在外面跑，与许多人广泛接触，密切联系。

起先，他只说要外面走走，活动活动，顶多一两个时辰就回家来。当马母暗示他军事时期，外面说话要小心时，他眨巴着眼睛，抗议道："俺活了这把年纪，难道连这点窍槛儿也不懂？可说的说，不该说的不说。何况这里人生地不熟，大家都忙着，谁高兴与俺两个头童齿豁的老头'磕闲牙儿'？"

他回答得机灵，可是他的保证不能使人放心。他与白老爹两个出门的时间越来越长，与他们两个老头"磕闲牙儿"交谈的人越来越多了，几天工夫下来，保州城里已经很少有他们没去过的地方。他们只消显示他们是马廉访从真定西山山寨中派来的特使有所公干、目前又是马母家中的贵宾这双重身份，就没有跑不进的门户。军民人等，个个敬重，热情地接待他们，流水般地敬烟敬茶，请酒请饭。当然也少不了有人要向他们打听外面的消息，问长问短。白老爹暂充锯了嘴的葫芦的角色，他也好说话，只是记得马母的告诫，不敢乱说。至于刘七爹，谁知道他说了些什么。人家诚心诚意地请他们喝酒吃饭，顺带便问问外面的情况，也是人之常情，他们又不是金虏的细作、投敌的汉奸，怎能一概保密，闷声发财？好在他说了些什么，白老爹也不会去向马母汇报，他乐得像揭开盖子的葫芦似的，把一壶水都倒出来了。凭他每天喝得醉醺醺的样子，马母不由得暗暗着急起来。

他们的交游范围日益扩大，后来州官州将都成为他们的知交，兵营、州衙，都是他们经常出入之处。

回到家里，刘七爹的话更多了。他每天都有些新鲜"活儿"带回家，表示他们不虚今日之一行。

第一天，他带来州官、州将的问候，说哪一天他们定要专诚造府叩请太夫人的金安，兼问二位少夫人的好。他特别提到州将早已知道赵大嫂的底细，也要前来问候并托她向赵大哥致意。他郑重声明，州将是自己打听到赵大嫂底细的，并非由他提供消息。这话很有点"此地无银三百两"的味道，因为赵大嫂来保州两年多，从来没有人知道她是赵邦杰之妻，尽管到了金朝两次南侵之役，赵邦杰大哥已成为真定地区人人皆知的人物。

第二天，刘七爹又来了个新花样，他带回来两串冰糖葫芦，一串孝敬马母，一串他与白老爹两个津津有味地分吃了。据说州官相赠这两串子，价值虽微，却是莫大的面子。同知、推官，堂堂的朝廷命官，要碰到交运的好日子，州官才肯分几颗糖山楂给他们尝尝哩！这每一颗都嵌着州官的一颗忠君爱国的赤诚之心——那两串子就整整嵌着州官的十二颗红心。这样精彩的话，刘七爹自己还想不出来，他无非是拾州官的牙慧而已。有一天，州官当着许多人的面指着一串糖葫芦说："众位称本官为赵不识，本官这颗赤忱之心却像这颗冰糖山楂一样，人人都可识得。"从此人们都说州官的心就是冰糖葫芦，花十个大钱就可买他十颗心回来。这又是过分宣传造成相反效果的一个明显的例子。

刘七爹不识行情，还为他大肆渲染，并说州官有话，明天一定要俺们带它五串、十串回来，全家老小都有份。

下一天，他们没有带回糖葫芦，想是州官手头拮据，这个要自己掏腰包的小小的东也做不起了。但还借公宴之名，把刘七爹两个灌饱，白老爹尤其醉得厉害。他们走不动路，由州官派人用轿子抬回来。他们醉而不醉，心里还是明白的。以后几天中，尽在夸耀这件得意之事。刘七爹活了七十多岁，生平只在结亲之日坐过一次轿子。白老爹则别人嫌他的手脚不干净，连说好了要去当轿班的这份差事也被人撤了，何况他自己坐轿？何况坐的又是州官自己的坐轿，左右还有骑马和步行的士兵护卫，真是大快生平之意。

以后排日都有节目，不是州将在营里留饮，就是州官在衙内公宴，把全城的知名人士都请来做陪客。他们推辞不得，只好领长官的情，有几个晚上轰饮过晚，索性就留在衙里过宿，不回家来。

三月二十二是载儿周岁之期，马母循例在家里举行一个小小的"周晬宴"。刘七爹不动声色，到时把州官、州将都请来了。他们按照东京旧俗，送来八盘果品，另外八只木盘放着笔砚算秤、刀尺针镂、小弓小箭之类的小百货，备婴儿"试晬"之用。看看婴儿抓取什么，预卜她一生的命运。马家素来清寒，又在战争时期，物资不足，高档食品尤其困难，所谓家宴，徒有其名，实际上无非是几色家常便饭，吃剩的半坛家酿善酒——那半坛还是前年马扩去参战前家里为他饯行时吃剩下的，剩下的半坛酒就是他们马家在这一年半以内悲欢难谐，生离死别的见证人，今天因为孩子周晬又加上听到马扩已经出狱的喜讯，才拿出来吃的。另外又烧了一锅

[1] 晋荀崧之女荀灌娘，年十三，突围请援，打退围城之敌。

[2] 唐高宗李渊之女，柴绍之妻，能统军作战，所部称『娘子军』。

“馎饦”，权作汤饼，此外什么也没有准备。如今忽见这批贵客临门，弄得马母手忙脚乱，不知道可以拿出什么来款待他们。

州官赵不谌已来过一次，以熟客的资格为州将介绍马母。他们一齐满面春风地向马母祝贺。身穿吉服，颇有儒将气度的州将说两句应酬话也显得非常文雅：“贤母教子有方，令郎廉访誉满国中，今日幸脱虎口，上山杀敌，必能与我保州相互掎角，为桴鼓之应，合是朝廷及满城军民之福。”接着他抱起载儿来，端详一番，盛赞道：“此儿眉秀眬明，顾盼非常，不愧为将门虎女，他日必为荀灌娘[1]之续。”

州将是马母心目中的大英雄，他身为朝廷命官，数次打退来犯之敌，想不到如此看重已上山“落草”的儿子，要与他为“桴鼓之应”，又说他上山杀敌乃朝廷及满城军民之福，这样推崇太过，倒使马母不好意思起来，她谦逊道：“小儿不肖，受诬入狱，今日无处可投，只得上山为苟安之计，异日必束身归期。如得州将提携，同为朝廷杀贼，立功赎罪，则不负老身今日之请托。”

十六只木盘，一字儿排列在地上，赵不谌忙着要载儿“试晬”。他也做了些手脚，故意把一只小弓、一盘木刀排在他们近身之处，只要小手儿触及这两只木盘，他就可虎女、虎女地乱叫起来。他甚至已起了一段腹稿，把婴儿比作未来的“平阳公主”[2]，定能统率一支娘子军，纵横关洛。不管这种善颂善祷的比拟是否有些不伦不类。

偏生那虎女很不争气，她对那些碗儿、盘儿、针线儿、尺儿、刀儿、弓箭儿同样地都不发生兴趣。没有什么东西可以诱使她离开母亲的怀抱，他们勉强抱她下地，她就要起无赖，哭着又爬回母亲怀里。抓周抓不成，倒是白白地糟蹋了州官的那段祝词。

酒阑汤残，大家即将散席之际，州将才从容不迫地道出今日来会的本意，刘七爹在旁早等得心急如焚了。

“贤母谦逊，令郎今日之举，大有经纬，岂寻常上山落草可比?”州将还是接着刚才的话头说下去，“其实保州真定，相距甚迩。势如常山之蛇，击其首则尾动，击其尾则首动。自廉访在彼料兵后，金军即不敢加兵本邑。在下本来也自狐疑，前日听了刘七爹的话，豁然大悟。昨已与刘七爹说了，他回山时，就将本州王都监带去与令郎廉访见面，共商联兵协助作战之事。此事关系一路形势，如有成议，彼此均受其利。贤母上山去了，务必将在下此意说与廉访知道。此事就重重拜托贤母了。”

善于演戏的赵不谌忽然俯身下拜，口中说道："州将之论甚正，贤母能把山寨义师请来，与我协力击退金虏，救了满城百姓，功德莫大。下官代满城百姓，向贤母一拜。"他挪动着两百斤的体重，在刘七爹帮助下站立起来，看到马母惶惑的面孔，连忙补充道："至于前日所设之誓，乃是硁硁小节，事过境迁，置之勿论也罢。"

这个刘七爹好诡！原来他外出活动，竟说动了州将州官前来劝说马母离州上山。他们说的理由，十分正大，马母竟无言可对。何况前日设誓，出自州官的劝说，今日唯他有权解除誓约。刘七爹在旁高兴得鼓起掌来："照呀，照呀！二位尊官说的才得窍哩。赵大哥、马廉访都曾有进兵保州之议，太夫人去了必能搬得大兵前来，一鼓作气，就把那劳什子的长围踏成平地，把金兵杀得一个不留，太夫人的英名，从此也将永扬于两河之地。"

刘七爹只顾说得高兴，不妨马母说出"此事岂可"一句，大大扫了他的兴。对众立誓，何等郑重，岂可出尔反尔？马母既不愿轻率起誓，也不肯随便毁约，她对赵州官这种随随便便就否定誓约的态度十分不满，只是体制所关，不便直接驳回，却对刘七爹借题发挥了一通："老身当日起誓，天地鬼神，马氏列祖列宗，均所凭式，今日岂可随便毁弃？俺说了的话算数，决不轻离围城。"马母这话是冲着刘七爹说的，词气非常严厉，刘七爹听了干翻白眼，赵不谌面上笑嘻嘻，心里也不好受。然后马母转变了比较和缓的语气，回答他们二位道："二位所说，欲与真定西山联兵，如山寨之兵，诚能抗虏，老身也复何忧。山寨主赵邦杰之令正王氏现在寒舍居住，州将州官想早知道，何不就让她与小媳跟王都监一起上山，与赵义士、小儿等计议军事，事无不谐。岂不比老身去了为愈？这样既不误州将的大事，也成全了老身的誓约，可谓两全其美。"

她说得十分坚定，大家知道这是她的最后回答，再要劝说已无意义。她既然松了口劲，愿意让亸娘、赵大嫂相偕上山，算是作了很大的让步，大家也可以此为满足。现在剩下的问题，是要说服赵大嫂上山。马母自己受了誓约的约束，不能接受州将州官的建议，却用他们说的这番大道理来说服赵大嫂。己所勿欲，施之于人，但马母强调说赵大嫂并未正式起誓，情况有所不同，况且她留在保州城，有大媳妇做伴照顾，并无不放心之处。亸娘母女上路，并无贴身女伴照应，也不放心。马母情急，竟说出了"亸娘母女如在路上有失，大嫂何以向吾儿交代"这样严峻的话，赵大嫂只好爽快地接受她的意见了。

各方面都谈得妥当，最后以此定议。亸娘恨不得一步就跨上西山，只是王都监还有些公事要摒挡，州将特命他出城，去周围各地视察一下，草了军事地图备马扩所用。此事耽搁了十多天，不巧载儿又患腹泻之症，马母坚持一定要她痊愈后，才得上路。最后他们一行人首途时已在四月初旬了。

第四十九章

1

四月初六夜晚，新月初上，凉风习习。长期关闭的保州城南门忽然大开，放出了一批男女老幼居民。虽然从城里出去，他们个个都打扮得像个乡下人，两个妇女头上都包着青布帕，她们各自穿着深色的罩衫，下面系一条玄色家常裙，一副去会亲家母的农村妇女的打扮。其中一个，已近中年，皮色黝黑，动作麻利，像是在田头长期劳动惯了的，另一个年纪较轻，带着怯生生的神情，怀抱着一个酣眠未醒的婴儿。看她双眉紧锁的样子，似乎担心她在娘家养了一年多的婴孩未必能够讨得初次见面的婆婆和丈夫的欢心。

她们各坐一辆独轮羊角车，她们各自坐在车的一边，另一边上堆放着他们一行人的行李衣装，主要是两袋粮食，备路上煮食之用，同时也使羊角车取得平衡，另外还有些衣包和生活用具。羊角车由四名精壮庄稼汉推着走，两个年老的和一个中年的男子汉都空着双手跟在车后走。

守南门的士兵认识那中年汉子，习惯地叉起手来，正待唱喏敬礼，那中年汉子使个眼色，士兵会意，也就装得彼此不相识的，验看了他们的文凭，开城门放他们出去。这批人是保州城受到攻击以来，半年中第一次开城门出去的人，虽在夜间，仍不免引起行人的惊讶。有人打听这批人有什么来头，大模大样地开了城门出去，有人问这批人开城出去了，他们是否也可以跟着出去。守城门的对第一个问题置之不答，第二个问题回答得十分爽快："今夜不行，城门开了就关。再过两天，四门大开，你要从哪道门出城，东南西北，悉听尊便。"

羊角车轮轴上新涂了油，使它行走时，尽量不发出"嘎咯""嘎咯"的声音，显见得他们出城有一定的保密性。初六夜月，淡薄无力，群星黯淡，它们好像在地面上铺上一层薄薄的光被。守城士兵们目送他们一行人从放下来的大吊桥上渡过城壕，折向金军筑造的长围，那是曲曲折折、迤逦不断的土墙，然后一齐消失在月光照临不到的黑暗中。

早几天，白老爹就出城勘查地势，打听敌情。他回来拍胸脯说：几十里的长围内外，都不曾发现一个金兵，想必都撤走了，比他们来的时候还要撤得干净，此时不走，更待何时。

白老爹的报告与州将派出去的斥候打听得到的敌情完全符合，加上载儿病势已痊，再也没有拖延下去的理由了，因此他们选择了四月初六这个黄道吉日上路。

直到即将分手时，马母才泄露了她生平最大的秘密，她把亸娘母女二人重重地拜托给赵大嫂道：“二十多年前，亸儿她娘临终前以孤女相托，目泪盈睫，至终不瞑，今日俺就将亸儿母女俩一齐托付给大嫂了，大嫂路上小心。”

自从决心放走亸娘以后，马母拜托赵大嫂照顾亸娘已不下四五次之多，唯独这一次，她把自己心里的秘密说出来，表明她不但对活着的儿子，而且也对死去的挚友同样负有义务，因此词意更加诚挚，不消说她得到的回答是赵大嫂坚决的保证。因此，他们的行程取道，也考虑得更加慎重周密了。

刘七爹他们来保州时，曾受到中山府一带战争的滞阻，虽说时间已隔开一个多月，考虑到那方面仍有战斗的可能，他们决定绕过从望都到中山府的大路，取道博野、安国，向西折入新乐、灵寿，然后进入真定西山地区上山。

军事时期，什么都可能发生，没有绝对的安全，他们所以选择了这条路，其目的只想离开中山府远一点，估计金军未必会在博野、安国一带出现。至于新乐、灵寿一带地区，他们是熟悉的，那里还没有金军前去进占，当地一些据地自保的民间武装组织，如弓箭社以及逐渐发展起来的忠义巡社等的首领与山寨都通声气，只要说出他们是赵大哥、马廉访的家眷，就会得到保护。只是由滹东的安国折入滹西的新乐，这一百多里地多少有些危险。奉斡离不命镇守真定地区的女真大将副都统杓哥督同汉儿万户真定总管韩庆和经常派出部队在这一带巡哨，拦截行人，不让受围的中山府与西山义军通声气。好在这一地区的路径刘七爹与白坚都十分熟悉，还有不少居户与山寨有联系，随时可以投宿。他们小心一点，昼伏夜行，可以闯过这道难关，虽然采用这条路线要多用十天八天的时间。

从离开保州城以来，亸娘就浸沉在与丈夫会面的既欢乐又充满着疑惧的预待中。

亸娘不怀疑她可以克服婆母的顽强意志，最后同意放她出城，因为她有着比婆母更加顽强的意志，精诚所至，金石为开，她的意志是无坚不摧的。

但是她对于是否马上就会看到丈夫，内心中却是怀疑的，或者可以说，这次冒险出城，间关百死去找丈夫，失败了找不到他是意中之事，而能见到他、找到他则是意外的。只有命运才是她唯一攻不破的堡垒，而命运一直是亏待她、折磨她的，过去就是因为命运多舛，多次已经掌握在手中的见面的机会，都被意外事件冲走了，它们一次又一次地证实了她心中的不祥的预感，因而使她失去了重新见到他的信心。

这种预感触发于他们分别时的一个小小的偶然事故中。

那时他与刘七爹已束装上路，家中人全在门口送行。她突然想到如果他跨出第一步后，再回过头来看她两次，他们以后还有可能见面。她紧张地等待他回过头来，再一次回过头来。结果她等到了第一次而没有等到第二次。他们越走越远，终于隐没在一丛树林背后，她绝望地感觉到他们之间永无再见之期了。这种不祥的预感，支配着这整整一年半以来她的生活和思想意识。

其实这种预感来源于分离前夕她在睡梦中迷迷糊糊地听到赵大嫂对他提出的警告，说是真定方面有人要陷害他，而他以满不在乎的态度回答赵大嫂。那几句对话好像把她的心往上一拎，顷刻间她就完全清醒了。后来丈夫送赵大嫂出去回房来时，亸娘要他保证不再去真定，他虽然作了肯定的答复，但他在词气之间泄露出来的神情依然是漫不经心。从那时以来，她就担心将会有不测之祸落在他们之间而无法避免。

据刘七爹事后告诉她，去年她流产在床时，丈夫怀带几颗起死回生的保胎安神丸，从真定疾驰而来，眼看很快就可回到家里来团聚，不料他在路上看见一连举起的五把烽火，使他的马头折而向西。既然战争已经爆发，他应当参加，岂能再顾家室？他这个决定是理所当然、毫无疑义的。对此她没有什么遗憾，她遗憾的是为什么那几把烽火不早不晚，偏偏就在他回家的马头上让他看见。

刘七爹后来还告诉她——这个哓哓多言的刘七爹为什么要把这些事情都告诉她呢？可能他是以此为理由解释他之所以不能回来，而在她则无一不作为加强她的预感的根据——董庞儿义军在满城打败了完颜兀术的金军，董庞儿、赵大哥与丈夫联骑驰到保州城下，正待进城，偏偏告急的使者驰来，他们就在城门口商量定丈夫率兵去救援中山府，还说两三天内就可击败金军，解中山之围而回到保州。不想张关羽大哥就在那一役中阵殒，丈夫也一去不回。那告急的使者如果稍缓片刻来到，他们岂不就可见面了，即使以后商定了要他去驰援中山，至少他们见一见面，就可以打破她的预感，为什么他们偏偏就在城下逢到那个告急使者？

莫不是冥冥之中有一种无形的力量阻止他们重新见面？她无法解释这些一再出现的偶然巧合，不能不认为那是造化弄人，是命运对她的惩罚，惩罚她一心只想把丈夫留在自己身旁的罪过。当儿女私情超过了“合理”的范围，而妨碍丈夫去履行一个男子汉应当履行的义务时，在当时人的心目中把它看成一种罪过，即使她本人也不能没有这种犯罪意识。

对于有形的阻力，她能够与之搏斗而胜过它，而在无形的阻力面前，她确是一筹莫展的。

因此她对于这次能否重新见到丈夫并不抱有很大的希望。尽管如此，她还是要试一试自己的命运，看看此次会不会出现奇迹，扭转乾坤，战胜造化。

她虽然没有战胜命运的信心，但仍抱有与命运斗一斗的勇气。

2

出现了由于他们一行人做梦也没有想到的原因而引起的重大的变化：保州以南一百多里地，金军固然都已撤走，让他们平安无事地顺利通过。一进入中山府的地界，形势陡然紧张，金军密布，巡哨队伍，昼夜出没，到处都布下了棘刺罗网，使他们寸步难行。刘七爹瞠目不知所以，白老爹也只好闭紧了嘴装糊涂。最后总算在博野附近找到郭有恒的一个本家，暂时把骈娘等掩蔽起来。这个姓郭的在乡间也算是一家富户，他久知马廉访之名，十分款待，愿负掩护之责。骈娘这行人，只好暂且在这里住下来。

刘七爹责无旁贷，他带着白老爹，有时姓郭的也陪同他们一起去外面打探消息，探测金军动向。在那十天半月的时间中，金军有增无减，几处交通道口都设有岗哨，加紧盘查行人，有的路口干脆封锁起来，临时竖几根木栅，谁敢偷越，捕获了就要处死。饶他白老爹滑脱如泥鳅，也有两次被金军扣住，恶狠狠地用刀背砍他的头颈，说是要把这奸细送往大营去斫了，首级就挂在木栅上号令示众。刘七爹轧出苗头，急忙把身上戴的褡裢解下来，兜底翻出二三两碎银子，连同褡裢一起送上，总算留得白老爹的一条性命。眼看这条路是被堵死了，既到不了安国、更谈不到新乐和灵寿，只好像冬眠的蛇，在郭家这个地洞中蛰伏起来，等候机会。

骈娘早已锻炼出长期等候马扩的耐心，在保州时，常常要等几个月才盼到丈夫回家一行。战衅一开，他就一去不回了。可以说她的小半生都是在寂寞的等待中度过来的。但没有一次像现在这样，机会已在眼前，阻力陡生，把他们孤零零地撂在前不着铺、后不着店的荒村中，不管主人家有多少好意，都无法解除她心中的焦急和绝望。她过了一生中最难堪的十多天的时间。

完全绝望者总是羡慕尚留有一线希望的人，譬如她的大嫂，丈夫早已战死，她一直羡慕骈娘夫妇虽然长期暌离，将来总有重新见面的一天。某些心胸狭窄的妇女，可以从这种羡慕之中产生妒忌，逐渐转化为敌意，但大嫂却是个仁厚长者，能以弟妇的悲喜为悲喜，这在古代妇女中是一种很难得的美德。而依靠那一线希望来维持生机的人，一旦遇到挫折，希望无法实现，她就会受到更大的煎熬，反而不如那些绝望者，索性死了心，了无挂碍，倒也干净。骈娘在最痛苦的时候，也难免会产生这种想法，反而去羡慕大嫂。人们很难做到易地以处地去体验对方的心情，即使二人之间充满着友好之情。

其实在战争时期的旅程中，要耐心等候几天，看看局部安全了，才敢上路，也是常有的事。不过在骈娘焦急的期待中，这点小小的挫折化为不可逾越的鸿沟，这仍然是她心中的不祥预感在起作用。

据那个好心的郭老爹说，兵兴以来，这里虽有过几次金军过境，对乡民骚扰一番，掳去不少牲畜粮食，但顶多不过一两天的时间。他也猜不透为什么这次金军调来这么多的军队，留驻的时间又是这么长，莫非是中山府附近的一支山寨义军起事了，金军前来雕剿？不过他自己就否定了这种猜测，因为据他所知，这一带并没有规模很大的义军，值得金人派这许多军队前来雕剿。

“真定方圆五百里所有的山寨义军，俺无有不知。”刘七爹又吹起来，“规模之大无过于俺那和尚洞山寨，其次则为胭脂岭山寨、十八岭山寨。赵大哥正在赞皇县经营的五马山寨将来可容二三十万人，只是目前尚在草创中。中山附近，却不听说有万人以上的山寨。郭大哥这一说却未免把这里小小山寨的声价提高了。你岂不知你那有恒侄儿在和尚洞撑的场面有多大？他现在为山寨留守，赵大哥去五马山时，这里就以有恒大哥居首了。”

接着大家就金军何以在这里云集、久留不去这个问题议论起来。

贬低了中山府附近义军的声势，刘七爹不无得意地推测道：“本地义军，尚无这等声势，依俺看来，莫非是马廉访等待太夫人、少夫人不至，就与郭大哥等起了大军杀往保州，一来解州城之围，二来前去迎接尊室，一举两得？金军慑于马廉访的声威，故此沿途截击。想他区区之众，怎当得山寨大军一扫。此事若实，遂了州官州将的心愿，王都监如在途中见到马廉访，可谓不虚此行了。”

刘七爹只顾说得高兴，不料遭到赵大嫂的反驳：“三弟一心为国，公而忘私，怎能急于家难而忘国仇，进兵北向，专攻保州城外的金军？俺看三弟决不出此。”

王都监也同意赵大嫂的意见，补充道：“马廉访既派了二位前去保州迎接宝眷，如未得到确息，怎肯贸然进兵北向，打草惊蛇，反而误了宝眷。七爹此言不中情理。莫非金军又要去攻中山府，在此地区，勾集了大军？”

王都监这一说又被白坚否定。他说前两天他到过中山附近，打探得那里的金兵疏疏朗朗，并无攻城模样。目前博野、安国一带的金军都是从中山府一带撤下的，如要攻城，怎可把军队外撤。

从职业的“白日撞”进化到职业的军事斥候，白坚进步得好快呀！他说得振振有词，而且说的话相当内行，使得职业军官的王都监也点头首肯，撤回了自己的推测。

后来刘七爹再提出另一种推测，又遭到大家的否定。他们晚间无事，坐下来就又议论开了，议论多次，都得不到大家可以接受的共同结论。对于他们，金军这次大范围的活动，始终是个解不开的谜。这是因为情况发生了他们万难推测到的变化，押送太上皇一行俘囚的金朝东路军先头部队即将取道真定，经由刘七爹他们选择的道路，越过保州城外，直达白沟，以燕京城为第一目的地。受到斡离不命令的真定军事首脑副都统杓哥、总管韩庆和等在这一带节节布防，加强戒备，乃是理所当然之事。富有经验的王都监、积故的刘七爹、机变的白坚、沉着多智的赵大嫂做梦也没有想到他们精心选择的这条路正好是金军预定押送太上皇北上的那条路。大队金军正冲着他们而来。如果时间碰巧，其他的条件凑手，他们很有可能在路上看到太上皇哩！

深深地沉浸在焦急与悬念之中的亸娘没有直接参加他们的议论，在他们的议论中间也没有表示自己的意见，似乎她还是一个未成年的女孩子，没有成长到足以参加大人们讨论家务的年龄，她可以心安理得地置身事外，而忘记了她自己就是事件的主角。一切讨论、议论莫不以她的利益为归。

但她还是注意地听他们的谈话，自己的思想也正不断活动，她相信赵大嫂的意见是正确的。就她自己所知，丈夫绝不可能先私后公，发兵攻打保州城外的敌兵以迎取家室。但是刘七爹的这种猜想很有驰骋余地，如果事情真的是这样，丈夫率领山寨义军，轻骑进袭，彻底打垮了城外之敌，把她的婆母、知州赵不谌、州将等一齐拔出，并全城百姓都迎往山寨，以后组成了数以十万计的大军，浩浩荡荡地杀奔燕京、会宁府，回师收复东京城、保州城，重整河山，那该多么值得自豪！

记得当年她与侄儿亨祖秘密地谈到他“三叔”的英雄业绩，他们谈得那么广泛，常常把事实与梦想、回忆与向往并在一起。两个人越扯越远，越扯越欢，说的到底是真事还是虚构、是梦是幻，连自己也弄不清楚。不过她深知丈夫在童贯幕下的数年中，英雄无用武之地，童贯那厮陷害爹爹，害得他生了一场重病，与这等人岂可同事？接着听说丈夫去真定了，她先就记得赵大嫂告诫之言，肯定刘韐也是个坏人，与童贯一个鼻孔出气，后来他果真把丈夫陷入狱中，让他饱受狴犴之苦。如今好了，丈夫的灾星已退，山寨正是他大展鸿猷之地。她并没有婆母的偏见，认为丈夫既然挑中了赵邦杰大哥为八拜之交，他们一定是志同道合的战友。这次进兵，肯定是他们合计商量的结果。如果真是这样，那有什么不好！

这个时候，弹娘对民族和国家的感情莫不联系着她与丈夫的感情，她对丈夫的系念越深，受到的磨难越甚，她的患得患失之心也就更加厉害。

到了第十八天的晚上，郭老爹带来一名向导，说在金军严密的封锁下，也有人找到西去真定的秘密道路，只要付给一点报酬，这个向导愿意为他们带路。还说这个人是靠得住的，有老有小，都住在本村，不可能出卖他们。

在讨论要不要跟这个人去冒一次险的过程中，大家还是莫衷一是。不走，等待到哪一天，等下去是不是还会有更坏的处境？走，即使他不出卖他们，谁又能保证他确实能把他们安全地带到真定。

那个向导很有自信心，他自我介绍已带过两批客商，每次都是平安无事地把他们带到目的地。重赏之下，必有勇夫，出足了钱，哪有办不到的事？他从鼻子管里哼出一声，对他们过多的忧虑表示轻蔑。

他的自信心，他的斤斤计较的讨价还价，特别是鼻子管的一声哼声，居然打动了大家，逐渐取得大家的信任。最后弹娘本人投了决定性的一票，她表示，与其守株待兔，还不如冒一下险，碰碰运气。就这样定议让他带着走。

这个向导确实很有本事，他带了他们走过许多僻径山道，都是刘七爹、白老爹生平未经之路。他毫不留情地讽嘲那两位说："你们枉自夸说熟悉这里的途径，却不知道盘过这座小山头，就到灵寿的乐乡镇，要少走百把里路，还不会碰到金人。你说呢，你们走过这条近路不曾？"

刘七爹红了脸，故作违心之论地回答："这条路，俺小时候好像走了两次，只是年纪大了，一时想不起来。"

那向导哈哈大笑道："这条路还是这几年中开出来的，这石碑上的字还是新刻如初，几十年前哪来此路，老爹可是说了糊涂话了。"

有时他们要穿过大路，忽见金军的旌旗如林，已在目前，耳壁厢也听得他们的蹄声嘚嘚，似乎已撞入虎口。那向导不慌不忙，一转身之间，就把他们隐蔽起来，多次化险为夷。也有过几次，走过金人的检查哨，金军大声吆喝着检查行人，他正眼儿也不觑，大模大样地领着他们走过去。那些岗哨居然也好像瞎了眼似的放他们过去，不作一声。

这七八天的时间都在极度惊险中度过。每时每刻都可以发生危机，每次都被他们逃过。这样倒好，至少把弹娘的患得患失之心冲淡了一半。

向导一直把他们送到西山脚下，和尚洞山寨已隐隐在望。那向导一路上顶撞刘七爹，以为刘七爹一定要克扣他的带路钱，谁知刘七爹笑嘻嘻地从行囊中取出一锭十两大银，比原来讲定的酬谢足足增加了一倍。他喜出望外，连连磕头称谢，欢天喜地地回去。连路上打来的一些小虫蚁儿也不要了，一并送与亸娘。

他们来到山脚下，山上已经得到消息，有人迎下山来。忧心忡忡的亸娘的不祥预感果然又一次得到证实。

郭有恒万分热情地把他们迎上山去，当赵大嫂问起马廉访、赵大哥时，他轻描淡写地回答道："赵大哥仍在五马山寨，马廉访日前率队出击，尚未回寨，就由小弟陪同王都监、大嫂、少夫人等上山去休息了，再作商议不迟。"

3

刘七爹等想不到金人押送太上皇一行俘囚过境之事，在和尚洞山寨中的马扩却早已想到了，并且预筹应付之策，积极准备行动起来。

今年初，马扩伤寒甫愈，在陈广、巩仲达、沙真等人的掩护下，平安上山。接着就与从五马山寨赶回来的赵邦杰大哥会面，二人就山寨大计、义军今后的动向讨论了几天，暂时规定了分工。

大致上规定赵邦杰今后的任务偏重于组织力量，扩大义军的影响，特别是草建五马山寨。鉴于真定乃四战之地，西山诸寨一直是金人攻击的目标，难免有失守的一天。赵邦杰力主把山寨转移到相距二百多里路，地处庆源府赞皇县以西的五马山寨去。那里本来就有相当基础，经过赵邦杰几个月来的惨淡经营，修建好朝天、铁壁两处主寨，其他的垣墙、关口、壁垒、营栅及居民的建筑物也已大致就绪。原来囤积在和尚洞的粮食物资，也陆续迁往。目前赵邦杰继续留在那里与两河义军首领韦寿佺、刘里忙、李宋臣等往来联络，已拥有新老部队六七万人。马扩上山以后，由于他本人的要求，和尚洞归寨之事，就完全交给马扩去处理了。

他们二人间，在一项根本性的问题上，各自保留着不同的看法。赵邦杰从发展义军的角度出发，曾提出放弃老寨，以全力经营新寨的建议。马扩则利用赵邦杰的论据，反对这项建议，正因为真定乃四战之地，扼南北之冲，若据以出击，可以影响全局，非五马山据守一隅之地可比。这时马扩的目光已注射到下面的一步棋。根据他的分析，东京沦陷，朝廷沦亡，今后金人的措施，不外乎存赵或废赵二途。如果他们实行了后者，废黜赵皇，或自主中原，或另立伪朝，很可能抄辽太宗耶律德光的老文章，尽俘赵氏子孙北行出塞。从东京北上，真定乃必经之途，只要消息打探得确实，组织得法，未始没有可能把二帝及其他天眷从金人手中搭救出来，这样就可以震动全局，大振天下人之士气，乃至于扭转乾坤。因此马扩无论如何，不愿放弃和尚洞这个重要的据点。

灭虏的大目标一致，看起来二人争论的焦点仍在要不要联宋，要不要保宋。赵邦杰虽已改名为赵邦之杰，表示他承认并接受宋朝的统治，那仅出于一时的利用。他对马扩救援赵氏二帝的计划，并不表示太多的热心。不过他也看到万一此举有成，确能振奋全国军民之心，有助于灭虏大计，因此也不加反对，但以不妨碍发展新寨为前提。二人达成了协议。

此时留在和尚洞山寨的兵力已经有限，而且还要逐渐转移到新寨去，所幸西山附近的十八盘岭山寨、胭脂岭山寨的义军头项石子明等人与马扩都有联系，赞同他的计划，主动表示愿意接受他的指挥，有了这一部分实力，马扩的军事计划才能趋于具体化。

据斥候报告，三月以后，金军在河北中西部的部队作了大规模的调整。许多能征惯战的贵胄将领都充实到这条战线来，在东路军元帅府统一指挥下与燕京留守完颜乌野也的部下密切配合作战。真定一路除原来的杓哥、韩庆和以外，此时又把皇弟名将窝里嗢从前线调回来主持这方面的军事，另派女真都统蒲卢浑、阿鲁保、胡沙虎、渤海万户大挞不也、汉儿万户王伯龙、谋克高彪等分兵驻屯中山、河间、保州等处，确保这一路的交通线，然后相机进攻这几座孤城。前一阶段，完颜乌野也放松了对保州城的进攻，表面上看来形势趋于缓和，实际是两军交替之际出现的空隙，是暴风雨前夕的平静。如果因此产生错觉，放松了警惕，就会贻误大局。保州州将是头脑清醒的人，他派人与马扩联系，就表示他不为假象所迷惑。

根据金军的重新部署，这一路军队的频繁调动，马扩感觉到他等待的时机快要来到了。半个月前，他派了石子明大哥麾下的一头领飞行豹子崔忠前去东京侦事。这个崔忠善于跑路，与金军中的汉儿将领高彪齐名，高彪一昼夜能跑三百里路，跑得兴发时，自己停不下脚，要拖住路旁的大树才得止步。崔忠虽然没有这样神奇，但有耐力，能够连续十天半个月长跑不疲，一昼夜跑两百里路也是常有之事。他两个都身怀绝技，但服务的对象不同，得到的评价也是截然相反了。

崔二哥前年冬季曾为山寨带来金军已经出动的第一个警报。这次他又带来金军押送二帝分路北行的千真万确的消息。那几天，他一直守候在黄河边上，亲眼看到金军陆续渡河，后来金军押送一批俘囚男妇老幼都有，船载过河。被临时拉去的夫子们堕泪说，太上皇、太上皇后以及许多皇子皇孙都在其中。

他还补充了一个细节说：太上皇一行人渡河不久，有一名混在夫子队伍中间的矮矮小小的老头，乘渡河纷纭之际，突然指挥两名同伴，把一块门板抢了就走，门板上躺着一名长发委地的女俘囚。两个夫子扛起门板，快步如飞。不幸被金兵发觉了，一阵乱箭，把他们三人一齐射倒在地。“俺在旁看到形势危急，疾步上前，就门板上抓起那妇人，背上就跑。转瞬间就跑了十多里地，只听得背后风声呼呼，有两箭从俺耳朵旁飞过去了，也不知那妇人背上中了箭不曾。后来金军停止追赶，俺把她送到一家民户收留，她气息仅属，昏厥过去了，幸喜背上未曾着箭。俺公务在身，未便久留，重重拜托了那民户，也未知她后来是死是活。乱世性命不值钱，饶她是个金枝玉叶，王妃帝姬，只落得如此命运。”

崔二哥的消息十分重要，并且来得及时，既然他亲眼看见太上皇车驾已行，途经真定，已计日可待。还有那个细节也很有参考价值，冒充的夫子可以从俘囚队中抢出人来，可见金军的戒备并非十分严密，救驾一举，也就有了可能性。

这时赵邦杰已去五马山，马扩就去找石子明商量，石子明重申他坚决拥护的态度，把他能够调动的所部义军完全交给马扩指挥。他们推定全军以马扩为主，石子明、郭有恒为副，分兵三路，驻扎交通要道，另外又派出二三十个小队往来打听消息，探明了车驾经此的具体地点时间，就立刻汇集报告，以便马扩组织人马，前去袭击。崔二哥任联络之职，逐日往来于小队与驻军点之间，搜集情报，传递消息，加强了各方面的联系。

将不知兵，兵不知将，乃兵家之大忌。马扩深知他指挥的这支主力部队都是石子明所部，自己与石虽系旧交，与他的部下却从未接触过，彼此的思想感情，必多隔阂，为此，出战之前，马扩特请石大哥莅场，举行了一个小小的誓师典礼。这一天，石子明把几千名义军都召集来，当众介绍马扩，并把自己用的印信令旗令箭佩剑等一并付与马扩，然后马扩站到香案面前，昭告大众道：“尔等山寨乡兵，皆忠义豪杰。今欲见推总此一军，非先正上下之分则不可。上下之分既正，然后可以施号令，严法律，不然淆乱无序，安能成事?”

这时石子明已站在下面，领导群众，说道：“唯公所命!”

马扩点起香烛，南向而拜道：“此遥望阙廷，禀命立事。倘假国家之威灵，祖宗之默佑，得济大事，拯救车驾，收复两京，敢不与诸君共勉。”

义军也一齐拜下去，说道：“自此以往，一号一令，有敢违者，正军法。”

仪式既毕，大家都听从调拨，分路出屯，派出去的斥候多达一百余人，广泛地活动于真定以南一二百里的地区以内。

4

五天以后，总联络崔忠带来令人不安的消息，各路小队，四出活动，尚未侦明车驾经此的具体时间地点，反而被金军抓去几个人，泄露了我军活动的秘密。金军副都统杓哥亲率女真步骑兵万余人，前来扫荡我军。杓哥进军路线正好就选择在马扩驻屯的这一路上，很可能我军分布的情况已被金军全部掌握，杓哥此来，就是专门为了侦查捕获马扩的。

为了消灭这个潜在的敌人，金朝人不惜动用十万人马。

根据军事常识，既然查明了敌军此来的方向和目标，并且时间急迫，不是今晚就是明晨金军一定开到，马扩就该毫不犹豫地率部转移，好在这一带都是山谷密林，他们很容易躲开杓哥一军的锋芒，避其朝锐、击其暮惰，然后继续去侦查车驾的动向，发动袭击，这样才是最妥善的应付。

但是马扩在布置转移的军事会议中，这项正确意见竟遭到多数人的反对。十八盘岭山寨和胭脂岭山寨义军的二三等头目忘记了几天前他们信誓旦旦地表示要服从命令的诺言，纷纷表示“水来土掩，兵来将挡，数千敌军，何足为惧，岂可甘心退让”，另外一种意见是杓哥此来，分明是为俘囚队清道，他要击败我这只拦路虎，才能保证俘囚队的安全通过。反之，我能击败它，则先拔其爪牙，就能轻而易举地救出车驾。这种意见似是而非，却博得许多人的赞同。在他们心目中，以为俘囚队只有几百名金军护卫，全靠杓哥一军为其屏障，打败杓哥，金军已无能为力了。他们把杓哥、韩庆和看成一、二号敌人，不知杓哥之上还有更加凶狠的窝里嗢，更不知窝里嗢以上还有统筹全局的斡离不。这是坐井观天的见解。在这点上，东京人要比他们见多识广，东京人谈起敌方的统帅，开口闭口不离国相、二太子郎君或粘罕、斡离不二酋，似乎自此以下的阇母、挞懒、娄室、银术可等都不足一提了。

义军头目们力主出击，出于这样一种复杂的心理背景，他们对马扩既抱有盲目的崇拜，又多少带有一点疑忌，这是一支部队对于他们不了解、不熟悉的新来乍到的主将常常持有的态度。

从前面一点出发，有了名气很响的马廉访领导他们作战，还怕什么杓哥都统、狗蛋韩庆和总管。这个天杀的韩庆和在真定不到半年工夫就杀了上万个老百姓，其中多数都是他们的亲故，他们把他恨得要死。难得马廉访来了，一战就要把金军打得落花流水，抓住韩庆和，千刀万剐，为血亲报仇雪恨。

从后面一点出发，金军甫出、我军即不战而退，他们怀疑马廉访何以如此怯敌，难道平日大家传说马廉访怎样怎样，都是言过其实之辞？有人怀疑莫非他害怕杓哥要来对付他，早早逃走，有的人甚至怀疑金方罗网如此之密，他怎得从牢狱中脱身出走，转辗上山，其中莫非有诈？

不幸的是石子明大哥虽然熟知马扩一心为国，忠义无双，决无首鼠两端之事，但也强烈地希望他能在这一战中大显身手，打败杓哥之师，为义军扬眉吐气。至于这一战是否会得影响救驾之举，这就不在他的考虑之内。在他的坚持下，群情激昂，除崔忠表示反对、郭有恒保持沉默外，其他人意见一致，都要求马扩出击。

马扩难违众议，只得勉强答应出击。显然他明知道双方实力悬殊，时机、地点都不利于我，尤其会影响以后的袭击救驾之举。这次仓促决定出击，与其说为了击退敌军，还不如说仅仅是为了表明自己的心迹，马扩明确地意识到作为一军之帅，他还没有被部下批准通过。他非要立一点功，否则不足取信于士兵。

马扩的力量表现于他对别人的巨大的感染力，他的思想感情，他的一句简单的话，一个带着表情的动作，往往可以在别人心里燃烧起一场大火。因而他不论走到哪里，都有许多跟随者，过去在西军中，后来在义军的部队中，在真定牢狱的难友中，甚至在辽金两朝的敌人中间都有他的朋友、知音和共鸣者。他自己对此也具有极大的自信心，只要给他以时间，他一定可以征服许多人的心。这绝不会有什么例外。

遗憾的是，在这紧要关头偏偏不给他以时间，在他能够取得部下信任以前，一场严峻的考验已经落到他的头上。

他痛苦地感觉到他又一次吃了客将的苦头，迫使他组织一次违心的、简直没有一点战胜可能的出击。

马扩系狱后，玉狻猊殉主，不食而死。现在石子明大哥把自己的一匹战马让马扩乘骑，自己舍骑而步。一支点钢枪，掂在手里，倒还好使，只是山寨中找不到一副完整的铁甲，东拼西凑，勉强找来一顶兜鍪，一片护胸甲，两臂两腿都是暴露的，至于保护战马的马甲，那就更谈不到了。就这样，马扩点起一千多名义军，匆匆出去，埋伏在他们熟悉的山径中，迎候来犯之敌。

崔忠带来的又是一个正确而及时的消息，他们粗粗布置就绪，天色还没有亮透，战争就接踵而至。

战争来得好像一阵迅猛得叫人透不过气来的旋风。它完全不像马扩事前估计的那样，我军还有余暇可以把敌军诱入陷阱之内，然后一声号炮，伏兵四出，杀得他们惊慌失措，四散而逃，我从容追击，收得以逸待劳、以少胜多的战果，全师而返。

马扩只听报敌军已至，他急上高处瞭望，杓哥都统所部的步骑军，不分前后队，不分左右翼，漫山遍野而来，人数不下二万人，比崔忠估计的要多出一两倍。它完全打破兵法上的常识、战场上的常规，蜂拥而至，还不只是旋风而已，它恰像一场足以破坏一切、扫荡一切、消灭一切的龙卷风，别人还来不及睁开眼睛，它已经卷到他们的脚跟前，把他们吹到三十三层的高空，然后重重地摔下来，掉入七十二层地狱中。现在不是敌军惊慌失措，而是我军晕头转向了。兵锋来交，一部分义军就惊呼着争相撤退，其余伏兵也从埋伏圈中暴露出来，准备逃走。一场战争，尚未交手，我军先已溃败。

还有没有办法来挽救败势呢？马扩见状，又惊又怒，他一骑驰出，直搏金军的前锋，麾下只有巩元忠一人飞骑相随，紧紧跟定。马扩此时义愤填膺，不知道从哪里长出来的神力，全部注入两臂两腿之中。他迎着扑上来的一名敌骑，也不管他是将是兵，一枪刺去，枪尖直透过他那厚厚的铠甲，刺进前胸。马扩只感觉到他的枪尖搅进一个软档，刚拔出来，那人已倒在地上。巩元忠立刻下马斩了他的首级。他们二人都不知道这个敌将就是杓哥部下著名的战将猛安克留。这时马扩又转身与第二个金将接战，神枪起处，那人不敌，拨转马头就逃，马扩又是用力一枪，力透背甲，把他刺死。

霎时间马扩力斩两员金将。他余勇可贾，再次陷阵力战，战兴方酣，索性把自己的点钢枪丢了，空手夺得敌军的铁槊三四条。他大呼冲杀，把这群敌方的前锋将士都赶跑了。

伤寒复原以来，马扩还是第一次这样出力猛搏敌人，他希望以自己的勇气为全军树立榜样，转败为功。酣战时不觉得怎样，现在停下来略微感到有点气喘，就示意巩元忠，拨回马头。巩元忠扬扬得意地提着两颗首级，至此才发现他们的耳朵上各戴着一只银环。原来马扩斩了两名银环大将，并非等闲之辈。马扩手中也扬着夺来的铁槊，双双回阵。但是瞬息之间，局势已发生巨大的变化，他们回来后已找不到所谓自己的阵地。大部分义军都已溃逃，只留下少数人尚在战斗，巩元忠的父亲巩仲达和岳父、著名的武师陈广都被金军拦截住，团团围困，分成一簇堆、一簇堆地厮杀不已。这时金军已控制住局面，迅速地变换阵形，他们采取远势进攻，从四面八方把马扩、巩元忠包围起来，密不漏风。中间空出大片战场，似乎供决战之用。

一名连人带马都用双重铁甲保护起来的金朝大将出现在阵前。这两重铠甲重达五十余斤，还有马身上的两重马甲，看起来犹如一座基础十分稳固的铁浮屠，单是这样的重量就能使人望而生畏。

他是金军统帅女真副都统杓哥，他听报爱将克留被一名敌将枪挑刺死，毫不怀疑来将一定就是马扩。他们是老相识，当初马扩率领完颜阿骨打五百名铁骑首先进入燕京城，杓哥就是那五百人之长，他们不仅相识，还相当熟悉，马扩在燕京的活动都有他的辅佐之功。斡离不就是为了这个缘故，才把他调到真定来，目标还是要他物色马扩。

现在两个人都出现在阵前，两个人都戴着铁胄，把眉庇低低地拉下来，根本看不见对方的面目，但彼此都毫不怀疑对方是谁。在这个时候能在阵前对峙的除了他们二人，还有谁有这样的胆量和气魄？

杓哥虽然志在必得，他的神气却是从容安详的，现在他已经有把握可以把马扩擒获到手。他仗着人多势大，四面包围马扩，密不漏风，犹如有经验的猎手已经把这匹擅跑的黄獐围定了，只要把包围圈逐渐缩小，就可把它拿到。或者一支冷箭也可以把他射下马来，他的目标如此显明，要射倒他真是轻而易举的。不过，这两种方法，他都不屑采用，要打败或俘获马扩这样身份的敌手，他必须正大光明地，一人一骑对一人一骑，叫他输得心悦诚服，这样才不损害他女真名将、太祖皇帝侍卫军副都统杓哥的一世英名。

马扩从杓哥摆的这个阵势中已完全窥测到他的心事。马扩完全同意这样做，这才是好男儿在战场上应有的行径。现在马扩要突围的可能性已经完全丧失了，在声势如此浩大的敌军面前，石大哥也无法前来救援他。只有一对一的拼搏，还能够让他在战死之前索取得一点代价，虽然这代价是微乎其微的。

他慢慢地策马前进，既然双方要求开诚布公正大光明地搏斗，一切诡秘的、突然袭击的行动都应舍弃。杓哥尤其显得从容自若，他垂下缰绳，驻马原地，一动不动地等候马扩上前向他讨战。

这时战场上除了马扩、巩元忠缓慢的马蹄声，并无其他的声响，不过外圈的包围圈逐渐缩小了，最后缩成一个大栲栳，把马扩、巩元忠、杓哥以及杓哥的一名副骑围在核心，空出来的地方刚够他们搏斗之用。战士们缩小包围圈并无不利于马扩的意图，而希望在这场龙虎斗中，作为一名旁观者看得更加真切些。现在这场搏斗已不像是战争，而有了精彩表演的味道了。即使被围在核心的巩元忠和杓哥的副骑也把自己放在旁观者的地位中，静候两个主将厮杀的结果，再考虑自己以后的行动。

马扩骑近杓哥身旁，双方都举手为礼，互相致敬以代替彼此不通的语言。然后马扩作了一个请允许他先动手的表示，杓哥点头表示同意，马扩甚至感觉到在他的眉庇底下看得见的面部肌肉牵动了一下，似乎溢出一个有礼貌的笑容。

马扩迅捷地一枪刺去，刚才他就是用这种迅雷不及掩耳的手法刺死那个银环将领的。杓哥从容躲过，他回敬一槊，同样的迅捷，但加上他一身重铠，似乎力量更沉了。马扩也跃马闪开，双方的马互易位置，完成了第一回合的战斗。

以后几个回合的交换，杓哥一直占到上风，他的心理状态与他的身体和坐骑一样都是稳如泰山的。马扩要能够战胜他，唯一依靠的是他已把生死置之度外的冲劲儿，但是杓哥高超的战斗技艺和强健的体魄很容易把那股冲劲儿压制住。马扩焦急起来，一连两枪都点到了杓哥的马腹，这时马扩才感到他的气力不济，枪尖碰在马甲上，好像触着什么弹簧，一下就被弹回来。杓哥掉转马头，如法炮制，也是一槊刺着马扩的马腹，手腕一抖，就势把槊尖深深地搅入马腹以内，马扩急去照顾，杓哥已抽出铁槊，回手一槊又刺进马扩的右腿。人和马的鲜血一齐喷射，两个都倒在地上。马的创口很大，腹内已被搞得一塌糊涂，一大堆肠子都从创口中流出来，喘了一阵粗气，不久即绝。

巩元忠急忙上前来救护马扩，杓哥的副骑马上挺抢上前，截住他厮杀。这里杓哥从容收拾。他从皮袋里取出一张网络，招一招手，让另外两名副骑牵来他的两匹副马，网络就系在两匹马的中间，构成了一张绳床。然后指挥他们，轻轻地把受伤了的马扩抬起来，放进绳床，押送回营。

失血过多、瞑目待毙的马扩还清醒地想得起《史记·李将军列传》中精彩的一段，李广受伤，也被匈奴人兜在网床内押走。他在中途一跃而起，推堕押送者，还抢了他的弓箭，射死追赶他的骑士，平安逃回本营。他挣扎着在网床内转动身体，忽然右腿上一阵剧痛，使得他晕厥过去。

5

亸娘、赵大嫂、王都监一行人离开保州城后，保州官私双方都没有得到她们已经平安抵达和尚洞山寨夫妇会面、双方会商军事的确切消息。不久，金军卷土重来，再度出现在保州城下，耀武扬威。开了一个多月的保州城门，不得不重新关闭起来。

据州将得到的情报，这次出现在城下的金军部队，属于东路军元帅府和燕京府留守司两个机构的双重领导。统军将领蒲卢浑、阿鲁保二人都是元帅府前线作战部队的名将，久随阇母转战南北。他们忽然掩至，来势汹汹，必有阴谋。州将对此当然要密切注意，严加防范。

但是金军出没不定，过两天就自动撤退了，斥候侦报，百里内已无敌踪。城门重开了几天，忽报金军又至。查明的番号除上述两军外，还有从霸州一线调来的女真万户胡沙虎的军队，实力比前又有所增加。

一天，城内捕获了一名跟随难民一起混进城来的奸细。他虬髯绕颊，气概不凡，身上是军官打扮，操一口冀中的方言。他被捕后，甚至不大隐瞒是金方派来的身份，只说有重要信件，要面交有关之人收阅。州将亲自处理这件事，审问来使，据供他姓陶名成，现为真定府伪方的提刑总领。他带来马廉访的家信，马廉访因伤“寄居”真定城内，这封信是他亲笔画押的。

州将拆阅了信，信上只有简简单单的几个字：“儿伤重，现住真定城中，盼母妻速随陶总领来此视疾，不然长诀矣！”

陶成的话说得闪闪烁烁，令人起疑。

他说马廉访伤重，这封信托人写了，由他亲笔画押。恐他们不相信，他又拿出一条绣花丝绦，是廉访系在衷衣上的，可为凭证。

他又说此来赍信，得到杓哥统领同意。路经满城时，蒲卢浑都统寄语若取得马扩母妻回真定，佛眼看待，这里的大军即撤，一年内决不加兵保州，否则，保州一城生灵无复噍类。

他威胁之余，又说了些好话，马廉访伤重愿得母妻前去侍疾，乃出自己之意。金帅极重廉访之为人，勉从其意，特遴选本人来此，决无他心。

陶成说的或者有几分可信，马母识得那丝绦确是亸娘替他绣的，系在衷服，平日不以示人。这假不了。或者马扩真的已落在金人手中了。但马扩怎会写这样的信，他如被俘了，何以要母妻一起陷入虎口，金人又何必以攻取保州来胁取马母。这分明出自金人之意，其理甚明。

既然发现了敌人的阴谋在于诱骗马母前去真定，州将与州官都劝马母不要中了他们的圈套，陷于敌手。

马母却有她自己的看法：金军兴师动众只为赚取她一人。他们要她这个老太婆何干，无非是胁迫或劝说儿子投降。他们怎知她这个儿子岂是胁迫诱劝得动的？天塌下来了，山崩地裂了，海水枯干了，石头烂成一堆泥，他也不会投降。区区几句话，岂能使他易节。事到最后，不过把她杀了了事。她在这里已立下誓言，城破了要自焚而死，死在这里和死在敌人手里，同样是死，没有什么两样，她是不怕死的！

再则凭她在西北战线上的经验，河西家的人硬得很，一般说过的话都算数，倒不骗人。因此她也有几分相信金帅的保证。她豁出去了，拼着一死，听凭金人刀锯斧凿，如用她的一条性命去换取全城十万生灵的安全，这样做倒也值得。

此外，她此时十分渴念儿子，希望见到最后的一面。他真要受了重创——这一点看起来也是真实的，那丝绦上还隐隐留着没有洗清的血迹，他婉转呻吟于床褥之间，没个亲人在旁照料，那真亏待他了。但愿自己立刻到他身边，洗创换药，让他快快恢复起来，以尽母亲的责任。这一股深深埋藏在心底的母爱，一旦爆发出来也是非常强烈的。宁可把儿子治愈了，母子一起就死。坐视他伤死不救，不能见到他最后的一面以弥补多日来因为不赞成他上山落草而亏待了他的缺憾，这在她是无论如何受不了的。她一定要去见他。

由于这些不可动摇的理由，她毅然向州将州官表示，愿意跟随陶成，单身进入虎穴。

既是她去的目的是为坚决地求死而不是无耻地逃生，她还准备以自己的一死来换取金军的缓攻，以保一城生灵，她当然可以毫无愧怍地解除在家门口自焚的誓约了。这一层她也与誓约的监护人州官赵不谌说了，取得他的首肯。赵不谌本人没有把这誓约看得那么重，那么认真。

不过马母愿不愿到真定去，纯属她个人之事，州将州官都无法干预。虽然州将并不相信金酋的保证，煌煌国书上写下的誓盟，随时都可推翻撕毁，仅仅凭一个汉儿的口头传话难道作得了准？不过马母最后的一段话，如果传达下去，可以起很好的宣传作用，他还是接受了这一观点。

孤城坚守，誓死不屈，州将进行的是理想主义的事业，但在执行过程中他常常采用实用主义的办法，只要有利于事业，哪怕说些违心的话，他都愿意，而比他更加实际的州官赵不谌，似乎已找到一个非常出色的题目：马母单车上道，慷慨赴死，就为的是折服敌人退兵，以拯一城生灵，把她的形象神化到至高无上的地位。

老参军的赵不谌从来不放弃一次表现的机会，表现别人，顺带便也表现自己，总的说来，却都是表现爱国主义的精神。如果没有这些宣传家和表现家，历史要寂寞得多了！

就这样，马母真的单车上道，跟随陶成前去真定了。

陶成诱骗马母一举，当然出于杓哥都统的授意。因为被征询到意见的人，无不异口同声地说：马扩事母极孝，伉俪情深，只有把他的母妻赚来，才能劝马扩投降。这件事发生在斡离不本人来到真定之前。后来斡离不来了，杓哥向他汇报，斡离不问明白赚取马母是伪造马扩的假信，当场就摇摇头，说道："无益，无益。"似乎他是十分了解马扩之为人的。

斡离不亲自统带押有太上皇一行俘囚在内的东路军凯旋北上。大军渡过黄河不久，就听到韩庆和发来的军报，说真定地区不稳。

"不中用的东西！"他暗骂一声，立刻把真定的不稳与马扩的活动联系起来，想到韩庆和非马扩之敌，急命窝里嗢亲自出马，前去部署。不久他就接到杓哥副都统报来马扩受伤就俘的消息，他第一个反应就怕韩庆和等挟仇，借口伤势过重，暗中把马扩杀害。他率了几名亲随，当夜疾驰三百余里，天明前就到真定。韩庆和闻讯，急到南城门口恭迎。斡离不不暇答礼，用马鞭拂着他的臂肘，问道："马子充现在哪里？"

马扩就俘后，杓哥都统予以优待，羁押在军营中，给医治疗，后来伤势稍可，就移交到作为地方长官的真定同知韩庆和手里。韩庆和余怒未息，他不能忘记当初因未能捕获马扩而被窝里嗢责打三百柳条鞭之辱，果然把马扩关进真定府监狱，医疗和优渥的待遇一概蠲免了，打入大牢，与死囚为伍。才过了三天，忽听报二太子郎君自己要来探望马扩，急忙把他搬进同知府，给他最好的房间居住，自己一天来伺服几次，比服侍亲爹还要尽心。

对金人的优待、恶遇，后来又变成破格的服侍，马扩都置之不理。六七天中，他瞑目不语，没有与任何金人说过一句话，对于他非常讨厌的韩庆和，简直就是麾之室外，不让他进房来。还是与过去一样，他讨厌和鄙视那些相继在辽金两朝做官的二姓家奴、三姓家奴甚于女真人。

然后是斡离不来了，他一声亲切的“也立麻力”，似乎要打破一位统帅和一个俘囚之间的森严的界线，要把他们带回到当初山上猎虎、夜帐谈兵的友谊中去。

“子充别来无恙，可恨俺来迟一步，让你受了委屈，幸喜伤势已经大可，俺也为你高兴。”

马扩强制着自己的眼皮，仍然瞑目不语。

斡离不知道自己能在真定逗留的时间是有限的，一两天，大不了两三天吧，军中朝内有多少事务亟待他去处理。他采用一种直率的态度，朴素的语言，劝降马扩道：“子充，尔我故人，尔非南朝宰相，又无守土之责，何自苦如此？我久知子充忠义。我国家内除两府未可做外，尔自择好官职为之。”

马扩张开眼睛来，简单地回答道：“某世受国家爵禄，今国家患难，某宁死不受好官。”

好像两员勇将在战场上搏斗，只经过一个回合的交锋，未见分晓，就各自麾兵而退。

隔了两天，斡离不又来看望马扩，这一天他说得更加诚恳：“某明日将率大军去燕京，今夜特来相辞。”然后他拉起马扩的手，说道，“人各有志，子充不降，某不复勉强。昨知令堂、令阃都已来到真定。某已知照杓哥都统等，优礼相待，已在城内置了居室，子充这一出去就可以与家属团聚了。”

斡离不释放马扩是有条件的，允许他在城内与家属团聚，那就等于限制他不得出城去经营其他的活动。私交归私交，公事归公事，斡离不这条界限是很严格的。马扩懂得他的意思，回答道：“逼不得已，愿求田数十亩耕而食之，以终老母之寿。”

马扩要用自己及家人双手的劳动来养活自己，是含有不食周粟的意思，这仍然是一种不合作的妥协。对此斡离不不能再有什么意见，他笑笑答应了，告辞而出。

斡离不确实很讲交情，为了保障马扩一家的安全，他把韩庆和调离真定，把监护马扩的任务全部交给杓哥都统。不过公事归公事，他要密切防范，不得纵虎归山。他知道自己的交情并不能柔化马扩钢铁的心。他一有机会，就要翻江搅海，震撼山河。

斡离不确实不愧为马扩的知己，不过他本人在一个多月以后，冒暑打球，以水浇沃胸背，生了伤寒症，不治而死。他最后提议把太上皇交还南朝，这一条也来不及充分讨论而作罢。至于马扩终于做出了翻江搅海、震撼山河的事业，那已在斡离不死后多时了。

斡离不离开真定北上以后，马扩也搬离同知府，杓哥都统果然在城中区为马扩准备了一座住屋，虽非堂皇的官邸，房子却也相当过得去，距住屋不远之处，有一片因受到战争影响而荒芜了的田地，不下数十亩，供马扩一家人劳动。在房屋与田地之间，驻有一支小小的部队，说是专门为了保护马扩一家之用。

在这座新宅里，马扩与母亲和妻子见了面，亸娘也是杓哥都统派人上山寨与郭有恒谈判后取到的。由于斡离不已在事前透过风，马扩看见她们并不感到突然。只有看到赵大嫂时，他才感到意外。她离开山寨几年，刚有机会与赵大哥见面，怎样又离开他来到这里？赵大嫂是不放心亸娘一个人深入龙潭虎穴，坚决要求与她做伴，一道来到真定的。现在他们要留下来种田过活，她仍愿意成为马家的“女长工”，主持田间的劳动。

亸娘与马扩的见面，打破了二人都曾产生过的不祥的预感，经过了整整十八个月的暌别，亸娘与丈夫好歹又在一起了，在见面的一刹那，二人都未发生事前已经模拟过多次的幸福会见的激动。在马扩的一方面尤其如此。

当亸娘实践其长期夙愿，好像举行一个什么仪式似的把那女小子双手捧给丈夫，希望他享受一点天伦之乐时，马扩用了一种意外的落寞态度接过妻子献上来的礼物，在那小生物的额角上轻轻碰了一下，就递回给亸娘了。

天伦之乐是在特定的环境中通过特别的血缘纽带而产生的特殊的欢乐。现在他们“享受”的是在敌人监视的眼光之下，连一口自由的空气都呼吸不到的“天伦之乐”，那又算得是什么享受？

亸娘满腹委屈，差一点哭出声音来，但她完全能够理解丈夫现在的心情，并力图采用丈夫的思想感情，把自己的心冻结起来。

6

当年使辽，马扩在新城行馆中曾成为耶律大石的阶下之囚；去年正月又被本朝的刘鞈关进真定府监狱；如今斡离不虽说释放了他，在精神上他仍然是杓哥布下的一张软罗网中的犯人。

马扩饱尝过三个朝代的铁窗风味。

从形式上来看，真定之囚可说最正规化了，是个不折不扣的重犯。新城行馆，马扩仍住在华丽的客房内，不过几道门都下了锁，门口岗哨环立，不许他自由行动，也是个囚徒。只有这一次他的行动最自由，除了不能出城这一条他自己承诺的约定，他愿做什么事，愿会见什么人，愿到哪里去，一切都可随他自己的意思，没有人来横加干涉，可以说是最不具有正规形式的囚徒了。今日回想起来，当时新城之囚，他一心只想与耶律大石斗智角力，希望打败这个强敌；真定之囚，他满心悲愤，力求昭雪；唯独这一次，他心中充满着前所未有的屈辱感。以前两次被囚，他在精神上并无失败之感，这一次却被打败了。他反反复复问着自己，他与斡离不打交道是否太软弱了而吃了大亏？他对民族和国家的忠诚立场是否被折服于斡离不私人的意气下而丧失了自己的尊严感？他为了活命，是否已付出太多的代价？所有这些反反复复在他心中翻腾着的问题他都找不出一个明确的答案，正因为找不到明确的答案，就更增强了他的屈辱感。

“不食周粟”，就是在生活上不仰仗金人，是他用以减轻心理压力而采取的一种自我解嘲的方法。

不过，既然身在敌占的真定城中，一家人要在这里继续生活下去，生存下去，万事就不免仰求于人。所谓“不食周粟”只是一句徒具象征性的空话，实际并不能做到。

“保护”马扩的那支小小的队伍却属于一个位分很高的女真猛安领导，他基本驻守在这里，并非挂个空名，但他从不与马扩见面。马扩有事，要通过他手下的汉儿“提刑总领”陶成去跟那猛安打交道。“提刑总领”是个令人讨厌的头衔，部队中并无这样的职称，但他出于对“总”“领”等字眼的由衷的爱好，不肯轻易放弃它。除此以外，他的态度良好，特别因为他把马母接到真定来，自认为对马家有功，不免要露出一点谦挹的，希望取得他们好感的德色。凡是有所交涉，他总是毫不耽搁地立刻就去办理，而那名猛安，只要马扩不提出出城的要求，所请无不照准。他满足他们的程度往往超过他们要求的程度，仿佛他的任务不是为了监视马扩的行动，而是为他的家庭提供一切生活上的方便，这就使马家能够暂时安住下来。

安家以后，看起来他们已不缺少必需的生活资料和劳动工具。床铺桌椅、锅炉盘盏、衣着被衾、铁锚、锄头、耧耙、种子等，想得十分周到，一应俱全。有一天，陶成还牵来一头水牛，说是猛安大人送给廉访的。马扩坚决谢绝，一定要陶成牵回去。陶成再三求留不成，满面失望地怏怏而回。

马扩的思想中，最好是不要伸手去向敌人要求什么，马母、亸娘、赵大嫂都有这份傲气，可以自己解决的困难，自己尽量解决。可是金人有意布了一个给马家留下不少自己不能解决的困难非得向他们有所要求不可的局面，用来加强两者间的联系，并以此摧挫马家人的傲气。

生活中难免有许多他们自己解决不了的困难，譬如说，留在米缸里的粮食吃光了，虽说种子已下在田里，远水救不得近火，总不能等到麦子、稻子成熟收割了再吃，只好开口向陶成乞粮。陶成假装糊涂，用力捶着自己的脑壳，说怎么忘了这头等大事，还要等大嫂开口？当天就送来一车白米、面粉，足足够这几口人吃三五年，看起来真像是一时糊涂忘记掉了。

粮食问题解决了，可是还有油盐酱醋的问题，衣着问题解决了，可是还有针线顶窠和碎布料的问题。生活中，有时一撮盐比十斤肉更重要，一把剪刀比一百匹绢帛更重要，这些琐屑的末节似乎最容易被忘记掉的。层出不穷的困难，使得他们无法不与金人打交道，以至陶成留在马家打些杂差的时间比他留在营房里的时间还多。

有一天赵大嫂发话了："陶总领，你每日马不停蹄地来回进出，充当买办，有这样忙的，何不留些银钱下来，要东西我们自己去买，也省得你每天踏破了这两扇大门!"

"留下银钱，小人岂敢?"陶成做出一副苦相，"大嫂可知道安家进宅的那天，杓哥都统亲自上门来送三百两白银，吃廉访一口回绝了，叫人下不得台。大嫂，你倒去问问廉访，他肯收下小人孝敬的十贯大钱，小人可真有造化了。"

金人的银钱不能用，金人的粮食却不能不吃，这些粮物并非他们一家人劳动的成果；金人送来的衣服不得不穿，这些衣服并非用他们亲手织出来的布帛缝制而成；还有他们使用的锅炉铁搭、碗盏盘碟等也不是自己去打铁店打出来，到土窑中烧出来的。他们不可能回到一切生活资料、劳动工具都要靠自己双手生产出来的原始生活，也不可能自己进入市场与别人进行物物交换。他们的生活甚至比一般城市居民的依赖性更大。

很难设想伯夷叔齐这对难兄难弟如果不是很快就在首阳山饿死了，他们如何回到人间来参加当时的社会生活。生在两千多年后的马扩也想追踪老祖宗的足迹，未免显得有点不合时宜。

这个马子充好迂呀！简直就是这对兄弟的化身。他的创伤尚未完全恢复，黝黑的面庞变得白白的，像个白面书生，掮一把铁搭也到田间来劳动了，他的劲道可大哩！一铁搭下去就翻起十来斤土。恨不得三天之内，全部稻麦都熟，收下成百担的庄稼，把欠下金人的情，全部还清，一笔勾销，才落得个身心干净。正因为欠了这点情，叫他的脊背骨挺不起来！

从小就没有种过田的马扩对农务劳动其实是外行，像他这样的夯地，夯不到两个时辰就要瘫下来了。幸好马母、赵大嫂都是好手，她们量才使用，把他放在副手的地位上，干些卖气力的粗活。她们懂得他，只有让他使出一些气力才能减轻压在心里的重量。这时亸娘头戴一顶笠帽，手中提一壶水，背篼中背着酣眠正熟、热得满头脸都是痱子的载儿也到田间来了。他们在大毒日头下弯腰劳动，亸娘把自己的这顶笠帽轻轻地安在婆母头上，婆母笑了一笑，又把它盖在早已放在树荫下的载儿的头脸上。那壁厢又响起赵大嫂发号施令的声音，那当然是严厉的！

“你在这里傻着眼看什么？快去削个榫头把俺这把铁搭紧一紧！”

不等到马扩动手，赵大嫂就跑过来把马扩的这柄铁搭抢在手里，说道：“这把铁搭倒好使，你在这里又夯不动地，还不如先借俺使一使。”

这一家五口都在田头，其实只有两个劳动力，一个半劳动力，还有半个半劳动力当然用到那婴儿身上了。全家出动有个好处，家里铁将军把门，省得陶总领每天前来聒噪，耳目清净。

他们得到的田地与眼前区区的劳动力是不成比例的。马扩儿番谢绝了那猛安要拨几名军汉前来耕种的好意，他说当初与二太子约定，他自己种田，不要金人相助，连陶成要来相帮的好意也谢绝了。不过，在双方同意的情况下，他们增添了一名生力军，他就是与马扩同时就俘，后来又同时释放的伴当巩元忠。巩元忠被俘后，起先拨在大营内当一名割草喂马的“阿里喜”，现在被要来帮助马家种田。后来农务增加，巩元忠陆续把他的同伴杜林、俱重、曲襄、鲁班、张成等几个人都引来了，那猛安照例是一律同意，这里才显得热闹起来。

在马扩的俘囚生活中，巩元忠是把马扩的视野带到真定城以外，并且燃烧起他的希望的第一人。

那个小伙子好灵活！他利用割草和喂马的机会，与外界发生联系，后来甚至与父亲巩仲达见过面，打听到许多消息。

那天大战中，他的岳父陈广因掩护同伴撤退，自己挺身力战，不幸力竭呕血而死，巩仲达一行人却得救免。石子明大哥所部一战溃败后，一蹶不振，现已陆续向五马山方面撤去。胭脂岭和十八盘岭两个山寨已空。郭有恒留守的和尚洞山寨也将撤走，里面人员所余无几，而且金人几次上山，已熟悉山寨的道路险隘，再要在那里死守已无意义。

以上消息，赵大嫂、弹娘有的知道，有的不甚清楚，都已告诉过马扩。只有一条，弹娘也不知道，而赵大嫂虽为当事人，却是讳莫如深。马扩被俘后，大家担心会被金虏杀害，赵大哥得讯后，漏夜从五马山遄返山寨，力图营救。正巧杓哥已派了使者来谈判弹娘入城侍疾之事，郭有恒未敢做主。赵大哥亲自与使者见了面，双方断箭为誓，赵大哥保证放弃和尚洞山寨，金使保证必不杀害马廉访，并留下杓哥都统亲笔画押的书函，这件事才得定局。赵大哥最后决定把自己的妻子留下来与弹娘做伴（当然，首先是赵大嫂本人坚决的要求），表示与马扩生死不渝的交情，山寨人都讲义气，莫不为这件事感动，它已广泛流传，连杓哥都统也知道与马夫人一起来真定的，还有山寨首领赵邦杰之妻，心中兀自敬佩，口头却不说穿。

山寨之事已不可问，金人对那里也无顾忌了，但五马山寨十分兴旺，几个月中团结的义军已逾十万，四方豪杰，归之如流。近来听说赵大哥已与东京的宗留守见过面，彼此倾慕，已洽定攻守之计，准备大举。

这些消息，重新鼓舞起马扩的雄心壮志。马扩的特点是从来不会熄灭心中的火种，只要有一星之火就可以把它引烧起来，谁知道它可以烧到什么程度。

7

即使多了几个劳动力，距离收获之期还很遥远，何况那年年成不好，继夏天的大旱之后，又来了一场蝗灾，把庄稼穗头上的浆水都吸干了，估量第一批收获肯定不会太好，看来大家只好坐食瓮中之粮了。存粮虽富，坐吃山空，何况马扩也不肯欠下这笔勾心债，大家坐下来计议，种田不是办法。杜林家里是开酒店出身，对酒店业务相当内行，他提出开一爿酒店的建议。

“照呀，照呀！俺别的本领没有，辨识老酒滋味好歹倒是有的，就让俺当个大伯如何？”酒鬼曲襄第一个响应，他与鲁班等经过巩元忠援引，先后来到马家帮助耕种。

“开酒店少不得要装潢门面，修制桌椅，活该俺小木匠的手艺露一手了。”鲁班也拍手赞助。

“还有赵大嫂炒几个菜，堪称一绝，”巩元忠推荐道，“就让她兼当掌勺，包管生意兴隆！”

大家议得高兴，只是一笔开办费从哪里出来？亸娘头面上还有两样首饰，都是刘锜娘子相赠的，留为纪念，如今有急用去变卖了，倒也可以派派用场，只是为数不多，应付不了这个场面。赵大嫂自告奋勇说：“当初三弟拒绝杓哥都统资助，今天如把它借回来，就说开酒店赚了钱，一准连本带利奉还，有何不可。此事就归俺与那姓陶的去打交道，看看他们如何回话。”

大家都明白开酒店是为了什么，为开酒店而借资本，马扩心里也没有那种屈辱感，点头同意。

这件事陶成办得爽快，不到两天，三百两白银已如数送到。开办费有了着落以外，金朝官方还替他们租赁一所交通方便、市肆辐辏的店面房子，二楼二底，十分宽敞。陶成还自告奋勇为他们采办桌子、椅子、酒缸、炉灶、碗筷盘碟以及所有的动用家伙，就中桌椅都是白木广漆，金光锃亮，碗盏盘碟一色都是定窑白瓷，十分讲究。这不是一家小酒店而是具有中等以上规模的酒店了。

两个月后，由马扩亲笔书写，字迹写得龙飞凤舞的“载福酒店”的酒招儿就在真定市中心飘扬起来。

载字笔画太多，而且还有许多人不识，不合市招之用。但他们的酒家不以赢利为主要目标，对这个细节，大家都没有多加注意。

由于亲手打败并俘获马扩所引起的优越感，使杓哥都统产生了一种过于高估自己位置，而贬低了对方的不公平的估价。他认为对马扩既不需要如此优待，也没有必要这样严加防范。两者都把马扩抬得太高了。看来斡离不多次对窝里嗢、刘彦宗、韩庆和以及杓哥等谆谆的告诫，未免有点过分了，它不仅引起汉儿们的妒忌，同时也使一部分女真亲贵、将领产生了反感。

“马扩的本事煞好，也不免为俺手下败将，不解太子郎君何以如此见重于他?”作战时十分冷静稳重的杓哥，思想中也有反抗上级的一面，并非百分之百地都是心悦诚服。不过他的反抗仅仅限于思想意识，而在实际行动上对二太子的命令还是执行唯恐不力，即使斡离不死后，对他的遗令还是不敢丝毫放松，在优待与防范马扩两个方面都没有改变。

当马扩通过那个不露面的猛安要求杓哥予以资助，开设酒店，杓哥欣然同意。既然马扩本人不离开真定城，无论他要耕田自给或开设一家酒店为糊口之计，同样都达到羁縻他的目的，有何不可？这时马扩的老窠和尚洞山寨已归金军占领，彻底划平。他手下有些无家可归的旧部，跑来跟从他，做些酒保佣工的工作以度日，也在情理之中，凭他们几个人干得出什么大事？对他统辖地区的治安工作有充分自信的杓哥都统看不出马扩开一家酒店能给他们大金朝的军事统治造成多大威胁。

那个不露面的猛安就是上西山与赵邦杰直接谈判，并把赵大嫂、亸娘带进真定城的女真将领唐括讹论，后来率军去占领山寨的也是他。凭常识出发，他觉得马扩要求开酒店，其中似有不妥之处，但也不敢违拗主将，只提出一条意见，酒店的规模不宜过大。

这一条杓哥又不同意，他认为像马扩这样身份的人，开一家仅供轿番走卒喝酒之用的单间酒店，未免太看轻他了。何况他还怀着当初他资助马扩受到的拒绝之耻，现在正好把那笔银两还给马扩去开酒店，为自己雪耻。他嘱咐唐括讹论，酒店要办得像样些，不失体面，马扩要多招几个佣工，随他之意。

这一来正中马扩的心意，二楼二底，上上下下可以摆二三十个桌子，楼上还辟出两间小小的雅室，可供密谈之用，这些都不是他们始料所及。

开张的一天，酒客云集，上上下下，雅室散座，全部客满。一批去了，一批又来，川流不息。其中不少酒客是慕马扩之名，借机前来识荆的，马扩细大不捐，一律热诚接待。他们并不计较做多少生意，但在开张的第一天就卖出几百斤老酒，第二天杜林不得不出去添货，这倒是不虞之誉了。

座客中也有金朝的官员士兵，他们看见杓哥都统也派代表来送礼道贺，从此就不敢在店里骚扰滋事。那天陶成更是一整天都窝在店里，摆出了“提举载福酒家一应接待事务总领”的派头儿，帮助接待来宾，兼管炉灶酒缸，忙得不亦乐乎。晚上马扩稍加辞色，让杜林、巩元忠陪他在店里喝酒酬功，吃得他酩酊大醉，其乐陶陶，最后倒在雅座中，倒头便睡。

在第三天的来客中就有巩元忠的父亲巩仲达、刘七爹等，他们奉赵大哥之命有事与马扩洽商。他两个在真定的熟人极多，避不及避，索性就公开了身份，巩仲达是出外行商，回来探望儿子，刘七爹则成为马扩的远亲、马母的姑表兄弟，一表万里，居然从真定一直表到熙州临洮，这笔账也无人管。刘姑爹是帮助巩仲达一起行商的，进城出城，常常捎带着不少货物，后来索性就住在马家了。只有一个“白日撞”白坚，过去声誉不好，鉴于当时社会的偏见，马扩没有让他拉上亲戚关系，只好躲在家里一直不露面。

这次他们奉命前来与马扩洽商一件非常重要的工作。

一个月后，也在金军占领的新乐县城外一家小酒店里，几名酒客乘醉打起架来，把一名酒保胁裹而去，当时惊动了驻军。聚众来追，刚转过一个山坡，一支伏兵从树丛中杀出来，尽歼追兵，从容而去。

这个酒保又黑又瘦，年纪十八九岁，来历不明。两个多月前，流落至此，自称姓梁，写得一笔好字，愿以佣书自给。乡间僻地，无人要雇用读书人，只好落脚在这家酒店里为客人点茶沽酒。这个无根无攀的小人物怎值得兴师动众地前来打劫他，当地人都感到奇怪。

不！不能小觑了他，这个小小的人物好像一块石子投入大海，注定要激起千层大浪。他并非梁氏之子，而是当今渊圣皇帝的嫡亲兄弟，名为赵榛，见封信王，他是在押往燕京途中，伺隙逃出来的。他与劫持他的那些酒客早有默契。那为首打架的酒客就是五马山寨的头项沙真，如今已成为赵邦杰大哥的首要帮手。赵邦杰本人也参加行动，亲自指挥这场伏击战。整个行动都经过缜密的考虑。不消说，要促使一向对赵氏皇室不太热心的赵邦杰组织这样一个劫持行动，正是他们与马扩洽商的结果。

这一招可说是运筹于酒室之内，决胜于千里之外。信王赵榛进入山寨后，发挥了极大的号召力，从此山寨事业更加蒸蒸日上。

8

历尽艰险，䶮娘终于如愿以偿地见到了她以为再也见不到的丈夫，她满怀激情地把手里牵着的载儿抱起来，当作一件礼物似的双手捧给丈夫。那条小生命的萌生、落地、养大就包孕着一部悲惨的家族史，包孕着这一年半以来她的千言万语数不罄尽的辛酸与欢乐。这次见面应该是一个感情的爆发点，她早已千百次地预拟过等到这个场面真正来临时，丈夫将会有怎么样的强烈反应，他将说些什么话，所有这一切都曾在她心中描摹过。哪怕只有一点相似之处，只要有一句话、一个动作与她的预拟相符合，她将感到莫大的幸福。

但是，真实出现的情况是丈夫不带一点感动的表情，没有说一句高兴的话，从她手中把孩子接过去，又立刻递还给她，连得在这场合中人人都要做的俯身在孩子熟苹果般的面庞上亲一亲的动作也没有做。他抱起孩子犹如抱着一团旧棉絮，递还给她时犹如递还一堆破衣服，根本没有把她看成为一个有血有肉的小生物，且不说联系着他们的骨肉之情。

对孩子的漠视也等于对她这一年半来所有的艰险与辛酸生活的漠视，䶮娘的心一下子就凉了半截，她的许多幻想倏然破灭。

不久䶮娘发现，不光对孩子和她，丈夫对母亲、对赵大嫂也同样是这副落寞难合的神气，顶好是避开她们，避不开时，冷淡地叫一声，再也没有什么话可说了。

哪能这样对待母亲？连晨昏定省之礼都不讲究了。这可是个非凡的母亲！她失去丈夫，失去爱孙，已决定把一副残骸留给保州城作为殉城之用。只是为了要挽救这支独苗，不惜打破自己的誓言，出万死来到真定城。还有那赵大嫂，为了忠实于自己的诺言，放弃与丈夫一起去五马山寨的机会，心甘情愿与她们婆媳共生死。这样的母亲，这样的大嫂，天底下哪里还找得到第三个（她没有把自己算进去）？对她们，他怎能漠然处之？

后来䶮娘逐渐弄明白了，丈夫的落寞冷淡并非出于怪僻矫情，而是出于惭愧。

被敌人战败、俘获，这已经是不可原谅了，何况战败被俘以后，他又活了下来。面对着母亲、大嫂、妻子，在她们的心目中他一直是个英雄，他夙以忠义风节自许，一旦被俘，就该毫不回头地慷慨就义，这才对得起死去的祖父、父亲、哥哥、侄子和活着的她们。但他竟然活下来了，当时怎样一来就同意了斡离不许他耕种自活的条件。他留下了生命，可是失去了生平自持的生活原则，失去了家族和个人的荣誉感，甚至失去了作为大宋子民的资格，这使他有了一种挺不直脊梁骨、抬不起头来的自惭形秽的屈辱感。

也许他活着还在等待机会，以图再起，他肯定还要有所为。不过，未来之事谁也说不定，他不能用一个未知数来作为减轻自己内疚的借口。他生平看不起的是那种明明做了亏心事，满口还说得冠冕堂皇的人。他自己岂可蹈此覆辙。

在巩元忠把赵大哥在五马山经营得十分兴旺的消息告诉他，重新燃烧起他心中之火以前，马扩一直处在这样一种极度难堪的心情中。作为他的妻子，对他观察得十分细致深入的亸娘完全体会到丈夫那时的心情。

随着丈夫的改变，亸娘也发生了相应的变化。她的思考逐渐深沉起来。现在她不再追随丈夫的一个含情脉脉的微笑，一句温柔体贴的话，这些原来都是她强烈渴求的东西，而现在，它们不仅不可能得到，即使得到了也不足珍惜，因为勉强的微笑和做作的温柔都不是亸娘追求的目标。她要的是真诚，从内心中流出来的真情实感，丈夫现在的落寞冷淡的神情正是他在这段时期中流露出来的真实表现。

是什么造成丈夫的痛苦？在他的落寞冷淡的神情后面，不正包括他最深沉的痛苦吗？亸娘一直在探索这个问题，并且联系着他、她以及这个家族、这个朝廷的许多现实情况来做解答。她得出了结论，这场战争是一切的罪魁祸首。一个抽象的概念，联系了实际生活就成为一个看得见、摸得着的实体。要改变丈夫的心情和他们的处境，除非让丈夫再度投身战争，用战争来荡污涤秽，直到彻底消灭敌人为止。

强烈地憎恨这场战争，强烈地要求制止它、消灭它，这是这段历史时期中许多人共同的愿望，但要达到这个目标，每人都有不同的心理历程，而在坚持以及深入的程度上也是各有不同的。

巩元忠给丈夫带来希望的同时也给亸娘带来希望。不过她明白这一点，丈夫如果再度投身战争，就会再一次远离她、抛弃她，这是没有办法的，没有听说过哪一个战士能把妻子带在身边作战。那可能又要一年半的分离，甚至也可能是永久的分离。

经过漫长的思考和独自的斗争，亸娘最后下定决心，在不得不再度离开丈夫和让丈夫恢复尊严感两者之间，她选择了后者。这个选择对她当然是痛苦的。

开设酒店以后，亸娘高兴地看到丈夫的心情已经完全改变，他重新焕发了青春，对母亲、对大嫂的态度也变得异常温柔。酒店事务繁忙，一般都要起更以后，才能回家。这时丈夫已养成一个新习惯，每次出门或回家入睡前都要在熟睡的孩子面庞上深深地亲一下，他能在白天非睡眠时间看见孩子娇态的机会是不多的。一天中仅仅那两个吻就能满足他的爱女之心。

弹娘在一旁看见了，也好像一滴甘露慢慢地沁入她的内脏，滋润了她的心田。

9

酒店开张以来，除五马山寨赵邦杰往常派人前来联系，信使往来十分频密以外，两河各地，还有从南方渡河北上的生张熟魏，前来访问拜见马扩的前后相望，络绎不绝。其中包括马扩的新知故交，朋友的朋友，朋友的朋友的朋友，还有一些根本不相识、根本不搭界的人也来找马宣赞、马承宣、马廉访、马太尉。他们远道而来，当然不是为了要品尝一下赵大嫂掌勺的几道名菜——那些菜口味不同凡响，的确值得品尝，也不光是慕马扩之名，为了要满足自己的好奇心，愿意前来结识一下。他们多数人都是有所为而来。只要站在抗金的一条战线上，不论是出名人物还是普通人，不论是代表一个集体，还是代表他个人，马扩一律竭诚接待。他们商谈的内容，如果有利于抗金事业的进行，不消说，那一定有损于金朝的利益。真定乃金朝占领的河北路的军事中心，马扩本人仍在金朝监视中，他们要在金人的耳目之下，公然活动抗金，那就面临着一个高度保密的问题。

有一天出现了惊险场面。

一个大剌剌的汉子奔进店堂，大声嚷嚷要找马三爷借些盘缠。巩元忠阻拦不及，他已经一阵风似的冲上楼梯，闯进雅室，口里贼王八、鸟都统地骂个不定。看来这个人三句话中不带两个鸟字就过不了门。当时陶成也在雅室，正要打听他姓甚名谁，马扩已拦在他前而，热情地招呼他道：“王二哥，俺与你渭西一别，已有几年不见，今天哪阵好风把你吹进酒店里来了？借盘缠的事好商量，巩贤弟，你招呼二哥痛痛快快地吃顿酒饭，俺随即下楼来。”

来人先是一愣，不过王二哥这个称呼他接受得了，就跟着巩元忠下楼去了。

这个王二哥并非别人，他就是原名王诚，后来改名李宋臣的鼎鼎大名的双刀李臣。马扩等策划救援太上皇之时，与他曾有联系。那时他在晋北联合五台山智和禅师的僧兵，也在策划救渊圣皇帝之驾。金人多诈，扬言西路军要循当年南下的故道北上，李宋臣等已组织僧俗部队在云州以东的山谷要道中埋伏。不想金人从太原东出，渡过娘子关之险，折而北上燕京。李宋臣扑了一个空，所部反遭到女真名将都统活女的邀击而溃散，这就怪不得他要满口鸟都统地骂了。这番他道出真定，正要问计于马扩，如何收拾残部，归并到五马山大寨去，兼与韦寿佺大哥取得联络。马扩急忙派人陪同李宋臣上山去。

不问时间、场合，不问对象，炫耀他的双刀李臣的大名，有机会时还要从鲨鱼皮鞘子去拔出那两把赛霜欺雪的双刀飞舞一番，这已成为他无法改变的习惯。他不知道金人已悬赏万贯到处在缉拿“双刀李臣”，不久前，真定街路上还贴着赏格。这天如非马扩见机得早，就会捅出大娄子。

马扩也曾接待过性格行事与李臣完全相反的西军旧校李孝忠。榆次之战，李孝忠身在行间，亨祖还曾随他一起巡哨到离太原不过数十里路的近郊。马政看重他之为人，要亨祖与他叔侄相称。他可说是与马政、马亨祖最后接触的人。那天马扩把李孝忠请到家中，母妻大嫂一齐出来接待，谈到深夜，彼此不禁恸哭起来。

李孝忠的旧部吕园登等人组织了几千人的部队，出没于中条山一带，目前他来河北，一来是拉一支队伍回去，二来就要打探金人的虚实，顺道前来拜访马扩。李孝忠也是金人物色注意的对象，金人把他与王彦并称，唯恐他带队并入王彦一军，壮大了八字军的声势。

“王子才不能容岳鹏举，岂能容俺李孝忠?”李孝忠笑笑道，“更兼人各有志，王子才活跃于河上，俺有志于西北，这还是当年小种经略相公告诫于俺的，遗言就在耳际，不想他忠骸已埋异乡。俺与王子才互成掎角，便成声势，何必定要归并于他，才能集事。金人也太小觑俺了。”

看来李孝忠在河北一带还有几个月的勾留，马扩劝他改个名字，以策安全。李孝忠瞥眼看见壁上挂着一幅《醉仙舞影图》，画中的李太白，醉眼酕醄，在月影中婆娑起舞，极为传神。两下里一凑就凑成李彦仙这个假名。后来李彦仙的名字彪炳史册，谁都没有想到它是王子才和李太白的化合物。

两河豪杰纷至沓来，大家都到这里来联络感情，交换情报，小小的载福酒家无形中成为义军的地下据点。马扩还要扩大它的活动范围，后来宋朝官军方面也经常派人来，互商作战之计，同时还采集金方军事布置的情报。

保州城的州将就带着赵大嫂、羿娘熟悉的王都监来真定秘密访问马扩三四次。他们谈妥的军事方案，马扩立刻派人去通知山寨，彼此的行动配合得十分协调。

宋朝的一个宗室赵不试从俘囚道中逃亡，被相州人推为城主，抗击金军。他久知马扩的名望，特派亲信前来问计。

在与宋朝官军配合作战这一点上，马扩起了山寨诸首领起不到的桥梁作用。马扩花了不少口舌，终于说服赵邦杰与宋朝的东京留守宗泽的儿子宗颖约期秘密到载福酒家来见面。宗颖带来父亲的意见，高度评价五马山寨义军的活动，尤其欣赏他们树起信王赵榛这面旗帜，以增加号召力。信王赵榛响亮的名字已逐渐成为两河抗金义军的中心。许多无所归属的队伍都愿接受其号令，这一点，赵邦杰自己也看到了。赵邦杰向宗泽提出的一些要求，如给予名义、广加官爵、拨给弓弩等，宗颖也无不满足他。这次会见以后，五马山寨义军的活动就多次腾播于宗泽要求北伐的奏章上，南宋朝野都知道河北有这样一支实力强大的义军。

所有这些秘密活动都是在金人的眼睛鼻子下面进行的，马扩与保州守将、与中山守臣陈遘的侄子见面，特别是赵邦杰与宗颖的见面，事前都经过缜密的策划，事后也不露出一点风声，瞒过了杓哥都统直到陶成这些人的耳目。但如果说金人疏脱，一时还没有防到这一招，随着马扩的名声在江湖上洋溢，将来难免有一天会露出马脚，那天李臣的行动差一点就出大毛病，这样就涉及马扩在真定的安危了。

事实上赵邦杰已经多次派人来催促马扩上山，这一行动已不容再拖延下去。

摔去伪装，还马扩以本来面目，让他挺起胸膛来，做个俯仰无愧的好男儿，亸娘记起了父亲在他们结婚前夕谆谆告诫她的话。而经过最近以来不断的思想斗争，亸娘最后决定宁可抛弃自己的私情，一定要促使马扩上山，时机终于成熟了。

现在是进入具体研究出城方案的阶段。

强行出城不太可能，他们甚至考虑过赵邦杰率军来攻，马扩组织力量，里应外合，袭破真定城的大胆方案。但真定军区乃金军在河北的重要据点，城内驻扎的精锐步骑不下五万人，力量悬殊过甚。马扩等要斩关而出，或像上次一样混出城关也不可能，目前四城门的守兵都有二三百人以上，更兼那个不露面的猛安近在咫尺，提刑总领陶成活像牛身上的虻虫，紧紧叮住不放，拂他不去，避他不掉，这里若有行动，那里驻军早已知道，马扩等都不敢冒这个危险。最后还是刘七爹出了个“馊”主意。

刘七爹刚从外县贩了山核桃、毛栗回真定，那天晚上还是鲜虾活跳地摆酒请客，陶成也是座上之宾。半夜以后，马家忽然忙乱起来，进进出出的人不断，微明以后，隐隐听到有妇人的哭声。陶成不放心，急来打听，马扩亲自接待了他，马扩一副哭丧的脸，说刘姑爹昨晚饮酒过多，半夜心痛起来，急诊无效，天亮前就殁了。

刘七爹在真定的熟人极多，人缘最好，他的死讯传出，估计今天必有多人前来吊唁，不可草率从事。马扩一本正经地与陶成商量，请他主持丧礼，首先陪巩元忠、杜林二人出去购备棺木、敛衣，租赁丧家的排场，再到酒店去安排一下，贴出“家有要事，停业两天”的告示，最后给真定几家头面人物送讣告。这一切都办得十分妥当，晌午以前，陶成赶回马家时，刘七爹的遗体已择了巳时大殓，棺木已经钉上，灵堂也布置得十分得体。素彩扎成的球儿高悬厅堂，两溜椅子上都铺了素色的椅披，灵台上香烛高烧，灵牌赫然，素帷后面，两条长条凳上搁一口触目惊心的黑漆棺材。马家近属一律白衣白冠，腰上系一根素绦，单等陶成回来，就举哀开吊，仪式隆重。

不久吊客纷纷来到，哀乐频作，都向灵前去行了礼，马扩一一还礼，自己照顾不到，就由陶成担当了总提调、总招待之职。陶成当仁不让，心中得意。

晚间摆上酒席，马扩当众宣布刘姑爹的遗言：他本贯真定府人氏，祖茔都在北城外新市的鲜虞乡刘家坟头，如今子孙虽已式微，刘氏的坟墓倒还不少。他希望首邱归正，自己也葬到那里去。马扩合计一下，如今正在战时，姑爹的血胤一时难以赶到，这里的酒店又未便长久停业，因此择了明午吉时为姑爹破土下葬，刚才已遣巩贤弟出城去相地买穴了。明天一清早他们全家都要出城送葬，事干功令，请陶成总领就去向猛安禀报一声，并向他借用大车二辆，牲口十余匹备家人出城乘坐，明晚回城，一准送还不误。

这个要求提得合情合理，没有马匹，来回走大半天还不够，没有大车，难道扛了棺材跑几十里路不成？众亲友一致在旁怂恿，要陶总领玉成其事，他们也要跟着出城送葬哩！陶成为人最是虚荣，经不起众人一捧，两件事他都满拍胸脯，一并允承下来。他回驻军处一转，不久就带来回话。猛安大人口谕：马廉访事亲极孝，这追终慎远之事，如何省得？明日他出城去，俺关照守将毋得阻挠。尚请马廉访节哀顺变，明日早出早回。车马都已借妥，明晨一准送到。

这一夜他们都睡不着觉，心事潮涌，吉凶难卜，大家坐待到天明。只听见第一遍鸡唱以后，陶成果然率人驱了车马而来。大家七手八脚地把棺木扛上大车，正待上马，忽然出现了意想不到的场面，从来不露面的女真猛安唐括讹论也骑马赶来了。

赵大嫂与亸娘都认识这个银环金将，赵大嫂还曾多次与他打过交道，见他来了，把亸娘的袖口一扯，二人的心不禁都猛然一缩。唐括讹论却满面春风地与她们打招呼，又让陶成介绍他与马扩见面。他说得一口流利的汉语，除重申昨夜让陶成传达的话以外，今天专诚来送奠仪，就叫跟随的小番献上礼物。

彼此客气一番，唐括讹论又说北城守将受命不让廉访出城，须得他亲自前去关照。这时他拍拍马鞍上挂的行囊，说道：“这里有杓哥都统亲手发下的令箭，放廉访出城，再加上俺传的口令，他们怎敢阻拦，廉访放心，这就上马吧！”

这里马扩与随从们一一上马，那边赵大嫂、亸娘两边扶着马母也正待上马，唐括讹论忽然又生一议道：“城外萑苻不靖，日前杓哥都统发大军去剿，沿途都设了卡子木栅，层层检搜行人，恐怕惊了太夫人等，诸多不便。依俺之意，太夫人、少夫人、赵大嫂省此一行也罢！”

马扩不由得怔了一怔，他竭力要从唐括讹论的面部表情中探索他是好意还是别有用心。他忽然省悟了，唐括讹论口头上说得漂亮，实际上还是不放心他，要留她们为人质。他猛然闪过一个念头，不如抢前一步，动手把他斫了，抢得令箭出城，有何不可。不过，这一招实在太冒险了，这里一动手打起来，近在咫尺的驻军马上出动，就不免同归于尽。形势已不允许马扩再作考虑，只要他露出一点儿犹豫的神色，就会泄露自己的秘密，引起唐括讹论的疑心，后果不堪设想。正在这间不容发的当儿，谁也想不到亸娘及时出来说话了：“唐括猛安之言说得不错，姑爹之丧，俺等都已尽了大礼，既然城外不靖，俺婆媳大嫂女流之辈，出城多有不便，留在城里也罢。丈夫早去早回。”

这是亸娘生平第一次，也是唯一一次撒了弥天大谎。她说得神气安详，丝毫没有一点紧张失望的神气，这就完全解除了唐括讹论的疑心。他挥挥手，叫陶成留下来，照顾太夫人等进屋。自己一直把马扩一行人送出城门之外。

他们一离开唐括讹论的视野，就弃去棺材，拨转马头，折而西行。在预先约定的一座草屋背后，忽见死去的刘七爹和为他经营安葬的巩元忠一齐跳出来，拍手欢呼。他们瞥见马扩真像死了亲人一般的面色，懂得发生了什么事情，立刻沉默下来。

西去的官道上征尘滚滚，眼前展开一片无垠的大地，旭日初升，

★马扩率随从十三骑上五马山。

从他们背后照来，照得大家都热烘烘的。马扩总算得到了他向往已久的自由，那是付出了多少代价才得到的自由。随从们都了解他此时的心情，一路上默无一语。

马扩数一数从虎口中逃出来的随从人员，除刘七爹、巩元忠外还有鲁班、杜林、曲襄、张成等共计十三人。这一天正好是建炎二年的寒食节。

金瓯缺

第四卷

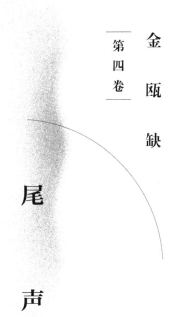

尾声

1

宗泽辛辛苦苦地把一座残破得不像样的东京城收拾得铁桶一般，双手捧与皇家，希望成为恢复的起点，北伐的根据地。他连上二十余疏要求赵构还东京，都遭到坚决的拒绝。

赵构不但不敢回到东京，也不敢久住南京。建炎元年冬季，在并无金人军事威胁的情况下，自动放弃南京，迁都扬州。

扬州背临长江，无重山复水之险，历史上从来没有割据者建都于此的。推测赵构、汪、黄君臣所以要迁都的理由，无非因它背靠长江，如有敌情，立刻可以逃走，依江自固，同时并向敌人示意，我甘心在此以小朝廷自娱，大江以北中原之地就拱手奉让了，你们难道不能放我一马，手下留情？

当此之时，朝廷的软弱无能、顾恋苟安与人民的英勇抗战形成强烈的对照。

东京市民在围城时期、沦陷时期以及帮助宗泽恢复经营的时期都有不寻常的表现，显示了这个新兴阶层的生气勃勃，善于在不利环境中奋斗。两河各城人民抗金的表现尤为特出，功著史册，比较起来，农民的敏感性似乎稍差一些，起步略晚，行动也比较迟缓。但当他们自身经历到金人残酷的占领，家中被掠夺一空，家人死亡，田地中的庄稼全芜，生活的来源无着落，他们被迫走上生活的绝路，总结出一条颠扑不破的经验，唯有执梃奋起，赶走敌人，或者聚众自保，不让敌人闯入，才是他们的生路。这样广大的北方农民也就发动起来了。

北方农民第一个抗金斗争的高潮就在建炎二年春夏之际形成了。

农民自发的抗金武装，一般都在头上裹一块红巾，他们没有统一的组织、统一的领导，只要裹上一块红巾，旗帜上使用建炎年号，攻城徇邑，打击金虏的，他们自己和敌方都称之为红巾军，实际上它是北方农民武装的通称。他们人数最多，声势最大，没有正规军见敌辄溃的怯战心理，并不认为金军有什么特别可怕之处。他们敢于到老虎头上去抓痒，有一次，一支不到二百人的红巾军，在潞、泽之间[1]袭击粘罕的大营，金军不防，被他们抢入中军，粘罕仓促出走，差一点做了他们的刀下之鬼。

粘罕这个八面威风的大元帅，生平打过多少硬仗，活捉天祚帝，攻陷东京城，特别在斡离不死后，已成为金军全军的统帅。但他几次在阴沟中翻了船，在晋北被

[一] 山西南部晋城、长治之间。

韦寿佺、李臣部义军打败，见讥于马扩；在太原附近，受到石竫部山寨义兵的袭击，损兵折将；这次在潞泽又吃了大亏。他不知道吸取教训，后来亲自领兵攻打山东的一个小郡濮州，守将姚端出其不意，乘夜劫营，吓得粘罕来不及套上靴子，赤足而逃，狼狈不堪。

潞泽之役，虽然没有擒获渠魁，但大张了农民武装的威风，战士们信心倍增。河东解州是三国蜀汉名将关羽的故乡，有人撰写了一篇《劝勇文》张贴在关羽庙前。这个题目就很有意思，内容是说金人有五事易杀：连年战辛苦易杀；马倒便不起易杀；深入重地力孤易杀；多带金银易杀；作虚声吓人易杀。这五条都是农民军从实际斗争中总结出来的经验，文字朴质，内容却符合实际。这篇文章后来被镂版刊行，风行一时，农民军视为行军作战的金科玉律。

黄河从山西西部折而南走，分割了陕西、山西、河南三省之地。解州正好处在这个折角中。距河而南，就是著名的三门峡、陕州、灵宝一带。第一次伐辽战争时，种师中就向部将李孝忠指出这一带地方的重要性，守住了它，等于守住潼关的大门，不放敌军进入关西。

李孝忠牢牢地记得种师中的教导，他从河北回来后，果然率领旧部属做过和尚还俗的吕园登、聚众保卫家乡的龙门人邵云等人来到这一带活动。

马扩劝李孝忠改名是为避金人耳目，但在宋朝他也是个逋臣，只因为他与岳飞一样，以一个微末的武弁上书昌言国家大事，反对把李纲逐出中枢，置于无用之地，因而受到当局的迫害，悬赏缉捕。看来李孝忠这个名字在敌我两方都没有立足之地。他索性就用李彦仙这个假名，并以注籍，后来被授为石壕尉。石壕以杜甫在此写了一首不朽的《石壕吏》而名垂千古。李彦仙来此做个小小的尉。其时金朝大将、粘罕麾下第一号人物孛堇娄室正统大军意图西入潼关。李彦仙聚众宣言道：“俺李彦仙籍贯巩州，非本地之人，不似你们家室田庐祖坟都在本地。今作尉于此，决心率兵扼守三嘴之险，以遏金虏西上之师，兼保本地。今与尔等相约，一旦战起，立功者有赏，畏懦不前贻误军机者，必将尸之于市。”

部众听令，李彦仙第一次出兵袭击就掩杀金军千人，然后纵兵四出，连连踏平金人营垒五十余座，取得西路作战以来宋朝正规军从未取得过的奇捷。

这时扼潼关之冲的战略要地陕州已被金人攻陷，金军大举入关。李彦仙蓄意收复陕州，派死士混入城内。一天命吕园登、邵云率众佯攻南城，他自己带一部精锐夜袭城东北隅，城内死士斩关接应，鼓噪而入，一举收复陕州，断了关内外金军的声气。李彦仙乘胜渡河，列栅中条诸山，附近郡邑响应，绛州、解州一时都下。这时他已兼辖数州之地，威重令行，但上下行文仍用石壕尉的印章。有人指出，这不合体制，他笑笑说："我官为石壕尉，就用这颗图章，看看别人怎生来奈何我!"朝廷不得已，命他知陕州兼安抚使，授阁门宣赞舍人，后来升到宁州观察使兼同虢州制置使，成为右列的大官。

安邑人邵兴（后改名邵隆）聚众在解州关羽庙前誓师抗金，据解州神稷山筑为山寨。金将捉住他的兄弟为质，胁他投降。他不为所动，饮泣死战，获得大胜。敌军震慑，称之为"邵大伯"，不敢捋他的虎须。至是，他也率众来归，愿受李彦仙的节制。李彦仙辟他为统领河北忠义军马，屯三门峡，收复了虢州。

在这一年多的时间中，李彦仙确保名城，屡克强敌，一败金将乌鲁折合，再败金帅娄室。这次娄室输得好惨，全军数万人溃败，他仅以身免。娄室发了狠，缩短战线，放弃关西的许多城邑，集中力量来对付陕州。此时关中粗安，朝廷以主战的张浚为川陕宣抚使。关西名将多被罗致麾下。还有刘韐的长子刘子羽，也在他手下任参谋之职，深受他的器重。这时他们正准备大举进攻西北方面的金军。李彦仙遣使诣张浚要求拨给西军铁骑三千名，俟金人攻陕州，他即放弃城守，渡河北趋晋州、绛州、太原、汾州，捣其心腹，迫使金人回师自救，然后由岚石西渡河，取道鄜延而归关外。这是一个非常高明的具有独创性的战略设计，李彦仙虽然固守陕州已达一年半，屡立奇功，但他的目光不囿于陕州一隅之地而注视着西北大局。他师法围魏救赵的故智加以神明变化，动摇金军在太原根据地，打乱其进军计划，而改变目前被动挨打的局面，可惜志大才疏的张浚不能用他之计，坐失时机。

建炎三年底，娄室与降将折可求率众大举来犯。攻城前，派了使者来以河南兵马元帅相啖诱降。李彦仙怒斥道："吾宁为宋鬼，安用汝富贵为?"命强弩一发射毙使者。

娄室大怒，分麾下十万人为十军，从正月初一开始，每日一军轮番攻城。娄室采用野蛮残酷的办法，下令每击鼓一声，士卒前进一步，后顾者斩。渡过城濠以后，鼓越打越急，战士受到城上的矢石滚木、钢铁熔汁和身后监战官的刀剑斧钺两面夹攻而死伤遍地。这样连续攻击了二十多天，金军死伤大半。城内的战士也伤痍殆尽，粮食又断。张浚檄都统制曲端来救，曲端妒忌李彦仙的声名出自己之上，不肯出兵，张浚亲自率军出援，也受阻于金人，不得进。陕州城陷。李彦仙率众巷战，铁甲上中矢如猬，左臂受刃不断，继续奋战，突围至黄河北岸，听到金人在城内大肆屠杀居民的消息，恨恨地说：“百姓不屈，我还有什么面目活在世上。”投河而死。

副将邵云城破时被执，娄室素知其名，欲命以千户长，邵云大骂不屈。娄室发怒，把他钉在城楼上五天，金人有跑去嘲笑他的，他嚼舌喷血，至抉眼摘肝而骂不绝。

围城时，副将吕园登在城外，突入城内相援，身受重创，他见到李彦仙，抱持而泣曰：“围久不知公安否？今得见公，且死无憾。”城陷扶创战死。

陕州攻守战，历时长久，战斗激烈，功效最著。李彦仙所部多数是保卫家乡的农民军，它是当时农民军建立的一次奇勋。

但当时农民武装中参加的人数最多、声势最大、影响最巨的还推马扩、赵邦杰领导的五马山寨这支义军。

马扩上山后，广事联络两河义民，他们原来认识的晋北李宋臣、晋中韦寿佺、晋南冯赛、燕京附近的刘立芸、易县刘里忙、五台山僧兵智和禅师、吕善诺、真定石子明等，这时或继续发展，或被归并，或已战败潜伏待起，都表示愿意接受领导，或直接率部来归，只有马扩曾寄予希望的董庞儿禁不起金方高官厚禄的引诱，无耻投降，还率部进攻义军所部，为虎作伥，受到人们的唾弃。

此外马扩还派人去跟金朝的伪官联系，劝他们伺机反正。至今史籍中可稽的有辽旧官现为金朝的获鹿知县张龚、伪潞县巡检使杨浩等，他们虽未公开打出抗金的旗号，但心向宋朝，屡次派人向信王、马扩通款曲，明心迹，并在暗中组织力量，待机而起。

为了实践与宗泽见面的宿诺并与南宋朝廷配合作战，信王遣马扩南返，赵邦杰留在山寨主持日常事务。马扩临行之际，这个历史上成为疑案的“信王”（认为他真是从北行途中逃出来的信王赵榛和疑心他是托名伪称的民间之子，各执一词，迄无定论）亲笔写了两首诗相赠：

全赵收燕至太平，
朔方寸土比千金。
羯胡一扫銮舆返，
若个将军肯用心？

遣公直往面天颜，
一奏临朝莫避难。
多少焦苗待霖雨，
望公只在月旬间。

这两首诗直抒胸臆，不借文辞，迫切要求收复失地，迎回二圣，迫切希望马扩早去早回，完成任务，情乎见词，这正是一个历尽艰险、知耻图雪的青年皇子的心声，与赵构唯恐二圣归来影响他的皇座的自私心肠完全不同。这样的诗，岂是民间的梁氏之子伪造得出来的？就马扩而论，他是一点也不怀疑信王的真实性的。那天，信王亲自送马扩下山，握手流涕道：“唯天知公，公忠义，无以家属为念，勉力此行。”信王知道此时马扩的血属母亲、妻子、女儿留在真定为质，两位大嫂也分别留在真定、保州，其命运都已不可闻问。这不过是一句无可奈何的慰藉之词而已。

马扩率麾下五百人南下，巩仲达、巩元忠、鲁班、曲襄、杜林等都在随行之列。他预计入朝觐见，难免有些文字上的交道要打，特从跟随义军一起流亡上山的人众中物色了一位文学之士万俟虞和儿子万俟刚中一起随行，万俟虞就算是他的主管文字机宜。

马扩一路所经都是义军集结之处，大小山寨有二三十个。义军们头戴红巾，所执旗号，或称赤心，或称忠义，或称灭虏，都以不得接受五马山寨的领导为憾。马扩每到一处，就把麾下人马扎在山下，单骑叩关，说明信王派自己南下请兵的任务，并且结以兄弟之义，彼此誓约同效忠义。义兵头项们莫不踊跃欣从。兵间没有纸张，马扩撕裂衣襟，用一支秃笔，蘸着煤炭调成的墨水，把他们的姓名、情况、所在山寨水寨一一记下来，留为表记，并说你们已奉信王为主，彼此都是一家人了，我到朝廷，先请命封你们以官，共襄大业。马扩渡过黄河时，河边义军的头项们，亲自操舟相送。

马扩在东京与他倾慕已久的宗泽会面，宗泽热诚接待，对五马山寨这支声势浩大的义军表示敬意，对信王在北面配合南方大军，大举进攻金虏收复失地的宏伟计划抱着极大的期望。然后打发儿子宗颖陪同马扩一起到扬州觐见赵构。

马扩到达临时首都扬州，却受到冷冰冰的待遇，与他在大河南北所感受到的热气腾腾的气氛形成强烈对照，这是抗战派与投降派在朝野之间的明显反映。

马扩久在逆旅中待命，等到五六天后，才被召入行在所陛见赵构。马扩奏对：臣陷虏日，适遇太上皇帝车驾北狩，道经真定，因问内侍张恭有何臣僚在此。恭对以臣在。后恭随车驾去燕山途中逃脱，转辗至真定臣所设之酒肆中传太上皇帝口旨：令臣设法南归，见到官家时可令用兵，虏人无信，兵胜，我即归矣！

马扩在真定酒肆中接待张恭并津遣他回南方之事是他从未向人泄露过的秘密，连家人与巩元忠等也不让知道，怕的是，此话如外传会影响太上皇在北地的处境。当下他如实奏对了，赵构乍听之下，似乎十分感动，挥泪道："朕谂闻卿忠义，果然如此。即降褒谕，卿可下殿候旨。"

马扩趁机缴上信王的诗，备奏信王在五马山寨的情况，赵构听了，不断点头。

马扩候旨时，看见汪伯彦、黄潜善二相上殿，接着隔帘听见他们与赵构有所争论，但听得赵构尖厉的声音说："信王乃太上皇之子，朕之亲弟，岂不认得他的笔迹，何疑之有？"接着又连声说："何疑之有？"

不久，颁下圣旨，除信王河外兵马都元帅，特授马扩拱卫大夫、利州观察使、枢密院副都承旨、都元帅府马步军都总管，节制应援军马，裨将兵应援信王，候旨。"这个结果，还是令人满意的。

第二天，帝意忽然中变，不再召见马扩。在马扩再三要求下，枢密院才勉强派了几千名乌合之众，交给马扩调拨，却派人严密监视马扩的行动，多方掣肘。军队还没有开到大河边，又发生变卦，诏旨络绎，严令一人一马不得过河。

实际上赵构君臣并不要求收复失地，太上皇传令用兵，已拂赵构之意，信王诗中"羯胡一扫銮舆返"的话，更触动他的心境，渊圣真要回来了，将置他于何地？所以汪、黄等稍为启发一下，就使赵构恍然大悟，收回成命。赵氏宗室的信王在两河义军中具有极大的号召力，到了朝廷，倒反受到歧视，真是不可思议。

马扩北返后，还想利用节制应援的空名义集合诸军大举收复河北、山东之地，但是兵力单薄，被金军隔断在清平、馆陶一带。金人倒是十分重视五马山寨义军的，这时有从五马山寨逃出去的奸细告密马扩南下的活动。杓哥、韩庆和急把消息上报东路元帅府。金朝的统帅部唯恐马扩得援，南北配合，将成心腹大患，特派大将阇母、窝里嗢、挞懒等组成大军进攻五马山，"以绝马之内应，以夺马之归心"。山寨聚合多人，饮水发生问题，金军又截断山寨的汲道，使义兵喝不到水而陷入混乱。山寨的坚壁铁臂寨、朝天寨等先后被攻陷。义军英勇苦斗，终归失败，只逃出沙真等少数几个人，数年后，仍据五马山，集义兵与金人为敌。赵邦杰奋战至死，人们看见他僵硬的手中仍然紧握着一掬泥土，他为这一掬泥土而死，死无所憾。信王也不知所终。

金朝诸将趁势蹂躏黄河以北各处义军根据地，马扩一军也在清平战败，巩仲达、巩元忠，万俟虡、万俟刚中两对父子一齐战死。马扩知事不可济，由济南退到扬州行在。

这时八字军的首领王彦也在扬州，与汪、黄等争辩，反对和议，受到降职的处分。他统带一部分南下的八字军划归御营指挥，留在河北的余部，没有人领导，逐渐瓦解。

五马山寨和八字军是宗泽依靠的两大力量，两军先后瓦解，使宗泽痛心疾首。朝廷一贯地疏远他、排斥他、怀疑他更使他十分悲愤，建炎二年七月中，他因气愤成病，背上生疽而逝世。他病重时，还鼓励诸将道："只要你们能歼灭强敌，我死而无憾。"临死前，一再朗读杜甫的诗句："出师未捷身先死，长使英雄泪满襟。"此后连呼三声"渡河"而死。

宗泽死了，南渡君臣欢呼这枚眼中之钉终于拔去了，派了一个"酷而无谋"的杜充前来接任东京留守。杜充一反宗泽所为，破坏团结，攻击民兵，百万义军解体，不久杜充弃城而去，东京城再次沦陷。

建炎元、二年之间，两河军民千辛万苦地缔造出一个抗金的大好局面，形成了高潮。曾经几何，就被南宋君臣轻轻断送。人民保卫了南宋王朝，南宋君臣却借手敌人破坏和出卖了义军运动，中国北部抗金斗争的浪潮低落了。而金军趁扑灭北方义军之势，正待长驱直入，一举灭亡宋朝。

2

秦桧、王氏夫妻跟随太上皇一行一起被押到边远苦寒、暑天中又是十分酷热的五国城去安家落户。有着布袋和尚一样圆圆的脸形的拔离仍然是他们的监护官。不过长期做监护官，看不到多少好处，却跟着他的被监护者一起吃了不少苦头，拔离的面形显而易见地拉长了。

秦桧一门最初是受到优待的，有下列事实为证。太上皇这路俘囚从东京出发时共有宗室、臣僚、男女俘囚一千数百人，到达五国城时，只剩下三分之一，其余的不是已登鬼箓，就是被掠卖为奴或被亲贵索去充当婢妾。在五国城过了两年多，活下来的已是寥寥可数，而且鸠首鹄面，皮包骨头，根本已失去人的形象，唯有秦桧和王氏，还有老仆翁顺、童儿砚童、女使兴儿一门男女老幼五口人，一个不少，日常生活供应，统由拔离按月送来，虽不富裕，而且数量越来越少了，但勉强糊口还是可以的。也没有让他们直接参加割草、种地、捣土、筑土室土墙等奴隶劳动。在五国城这个小小的城堡里，除了官吏就是奴隶，一共只有两种居民。秦桧一家可算得是例外的“中间人物”了。

秦桧之所以受到优待，不消说是由于斡离不在那天饯别宴会中说了一句好话，他称张叔夜、司马朴、秦桧等三个不愿在拥戴张邦昌议状上签名的官员是宋朝的忠臣。后来张叔夜行至白沟时不愿身履敌土，扼吭而死，司马朴留在燕京，始终抗节不屈。这两名忠臣的所为，不负斡离不的那句褒语，连带秦桧也沾了光。金朝的亲贵们似乎生怕忠臣断了种绝了代，加意把秦桧保护起来。斡离不死后，对徽、钦二宗及宗室大臣的管教遗交给亲贵挞懒。挞懒出任元帅府左监军，经常有出征任务，特别嘱咐手下人要对秦桧一家另眼相看。只有长期相处的人，才能透过贴在面孔上的标签，看出一个人的底蕴。拔离心中暗暗匿笑：“这是个什么忠臣，只要丢两块肉骨头给他，怕他不摇头甩尾巴乖乖地跟你走?”但上级之命不可违，你们硬要认他为忠臣，那么就让他忠臣到底，只是不明白一点，如果秦桧真是宋朝的忠臣，必不肯为我朝效劳，那么豢养着他，为着何来?

拔离认定秦桧不是忠臣，其根据是有一天亲耳听到他们夫妇的勃谿之声。这两夫妻的勃谿是从东京一直带到五国城来的，一路上很少有间断之时，由来已久。这天，王氏又寻死觅活地嗔怒秦桧当初不合抗状立赵，致遭今日之苦。秦桧反唇相讯，说张邦昌近日已明正典刑，吴幵、莫俦、王时雍、徐秉哲等人都流放到南方烟瘴之地，老婆女儿一律相随。当初如非俺看得远，想得深，岂不要埋骨南荒，永作望乡之鬼，怎比得在这里备受郎君监军的优遇。

秦桧、王氏虽有远见近视之别，但不甘寂寞，不满足于现状，不怕付出多少代价以换取“理想”的未来生活，并不因目前的艰难困苦而挫折其锐志。他们的精神世界都是属于进取型的。这一点，两夫妻倒是一致的。

不甘寂寞、不满足于现状的还有羁囚在地窟中的太上皇帝。太上皇帝对现实生活虽然一再让步，让到无可再退的地步，但一有机会，也要进行挣扎以改变现状。他草拟了一封乞哀信，大意说儿子康王赵构，犹阻教化，负隅江南，罪臣愿以书信相招，俾其附庸大国，永作屏藩，唯国相与郎君监军垂怜矜全，愚夫妇如得首邱归正，德莫大焉！当时秦桧的行动尚有一定的自由，可以进出土窟与太上皇见面，这封信虽由太上皇起意，但从写成文字到辞藻的润色都由秦桧一手包办。最后又由他疏通拔离分别将正副本送给粘罕国相与挞懒监军。

太上皇、秦桧，还有参与其事往来议论的驸马都尉蔡鞗对这封信都抱着莫大希望。拔离也认为促成其事，可以从中捞上一把。可是他们错了，他们对当前时局都做了错误的估计。那时北方义军被南宋君臣一手扼死，金军的气焰再度高涨，小朝廷已奄奄一息。赵构几番派人乞和，求降书中竟有“今天地之间，皆大金之国，以守则无人，以奔则无地，此所以諰諰然唯冀阁下之见哀而赦己”这样无耻的话。他主动提出削去皇帝的名义，只要求保持一个南方藩属国的地位，于愿已足。父子的见地如出一辙。而金朝权贵都认为用武力解决这个小朝廷已是指顾间事。根本不愿接受赵构的乞降。

只有自己做不到的事情才需要借手于人，现在既然逼降赵构，消灭赵构都已唾手可得，太上皇的信对他们还有什么价值？太上皇恰好在此时写了这样的信，自然要碰钉子。连带给他传送书信的拔离也受到申斥。拔离求荣反辱，迁怒于秦桧，顿时翻了脸，取消对他的优待办法，停止生活供应，还勒令他们全家参加奴隶劳动。

这是深谋远虑的秦桧意料不到的变化，也是他在俘囚生活中一次严重的挫折。他还是不甘寂寞，一心想要改变现状，不论付出多少代价都在所不惜，但他现在已没有留下多少本钱了。忠臣的虚誉，金人的见重，使他在羁囚生活中还是充满希望的。一旦翻局，富贵就可逼人而来，不想如今都落了空。

现在他还有什么呢？他还有满腹经纶，他还能写一手文章，凡是可以出卖的东西，他无一不可出卖。可惜夫妻家人被迫从事他们力不胜任的劳动，或者一整天地伛偻着身体在山谷中割草，或者挑着一担担的红土修筑起把自己关在里面的土城墙，腰酸背痛，肩膀压得瘫下来。手脚略慢，监工的鞭子就没头没脑地劈上来，再也不管你是忠臣是奸臣，是中丞是夫人，一鞭着身，一条条青的紫的鞭痕立刻肿起，多日消退不得。在这个时候，满腹经纶和华国文章都帮不了他们的忙。秦桧左思右想，拈断了几根髭须，才想到他还剩有一件宝贝可以待价而沽，可以改变他们的命运，那就是他的老婆王氏。

艰苦的处境协调了夫妻关系，最近他们忙于劳动，简直没有多余的精力和时间来吵架了。这一天从工地回来，王氏身上又挨着两鞭，秦桧爱抚地抚摩着她的伤痕，口中叹气道："这等日子，如何过得下去？要不想个办法，真是死路一条！"

"丈夫看看有什么办法可想？"

"想当初在太学里，俺家的富贵全靠俺写的那些小经折本儿。如今那小本本不济事了，俺家这张骨牌是否翻得出来，全靠夫人你身上的那本小本本了。"

王氏想了一会儿才省悟过来，大口地啐了一声道："丈夫的主意打到俺身上。叫老婆出丑卖身，事成后，你倒享福。不干，不干。俺不干这等明吃亏的事！"

秦桧只好耐下性子来开导她说："夫人之言差矣，事成之后，享福的岂止拙夫而已，一人成仙，鸡犬同升。何况这桩事也不能让夫人吃亏，有利无弊，何乐而不为？

"俺要豁出去做了，可不许你有后言！"

"夫人真肯做了，下官感恩不尽，岂有后言？"

王氏看丈夫的话说得实实足足了，这才吐露真情道："不瞒丈夫说，俺也久有此心，只是那拔离监军，瞪眼吹胡须的，接近他不得，如之奈何？"

事情挑明了就好办，秦桧蛮有把握地说道："哪有英雄逃得过美人关？俗话说得好，'只要功夫深，铁杵磨成针'。只要夫人你拿出水磨功夫，成天价去缠着拔离监军，看他跳得出你的掌心？"

王氏听话，果然使出铁棒磨成针的手段，还要把那根针儿弯过来，弯成一只钩儿，让拔离上钩。

好像金朝的亲贵已完全忘记秦桧这个大大的忠臣一样，他们同时也忘记了为他们立过不少汗马功劳的这个大大的功臣拔离。

拔离原来是西路军大将银术可之弟。在东京南薰门上应付宋朝百姓得法而受知于二帅。后来受命护送渊圣一行人北行，由于渊圣临时抗议，二帅把他与护送太上皇一行的李三锡对调职务。李三锡是金军中著名的干员，就是变尽戏法把东京封桩库中的银两全都搬光的那个“李县丞”。这一文一武，元帅府都准备加以大用的。他们押送两支俘虏队伍在燕京、上京会师后，又分别送到五国城和距五国城不远的通塞州，渊圣一行就住在那里。拔离与李三锡二人继续留在那二处充监护官，这原来是十分重要的职务，否则元帅府怎肯把他两个置于闲散之地？可是随着金军不断南下，它需要的是军事征服而不是政治攻势，太上皇和渊圣的作用削弱了，逐渐成为无足轻重的两名俘囚，连带两名监护官的地位也变得无足轻重了，这引起他们的满腹牢骚。

拔离虽是战将，却善于做买卖，他手里握有许多张王牌（想来李三锡也是如此），就是把俘囚中年轻美貌的王妃公主郡主等全部掌握起来，尽量不让她们死在途中，以便与亲贵和亲贵子弟们物物交换，从而发了一笔大财。只是监护官这个差事是由斡离不、粘罕二帅自己指定的，轻易不能调动，即使粘罕的儿子去向老子说项也不中用。两三年下来，亲贵们软取强夺，拔离手中的女俘已尽，最后连他本人留用的两名宗女也被迫献出，他的地位却仍未见改善。

拔离见多识广，从他手里进出的女人不下一二百人，像王氏这样年过三十、姿色平平的妇女本来也看不上眼，只因他自己近来心境落寞，不免对秦桧夫妇产生共鸣之感，再加上身边并无侍女，因此才自愿上钩。

时机成熟了！一天黄昏后，秦桧夫妇听到一阵不寻常的叩门声。满面酒意的拔离走在前面，跟在他背后的是拎着一条大鱼、一方鹿肉和一木桶吃残的酒的翁顺与砚童二人，拔离回头吩咐几句，大步而入。秦桧夫妻对视一眼，心中感觉到蓄谋已久，今日终于大功告成的那种兴奋和得意，他们不约而同地隐藏起面上的笑容，反而显得相当一本正经。

拔离还要向里走，秦桧用一个不着痕迹的轻微动作，把他拦住，王氏在室内略为化妆一下，薄施脂粉，换一件已经褪色的粉红纱衫，迎了出来。她安排席位，搬上酒菜，让丈夫与拔离分别在主客位上坐下，自己打横，坐在土炕上相陪。

酒才数巡，还等不到鹿肉烧熟，拔离已把王氏拥入怀中，乱嗅乱摸起来。王氏使个眼色，秦桧正待托词酒力不胜，从容告退，不料拔离像豹子般迅捷地跳起来，把秦桧一把拖住，硬揿在原来的座位上，不许他离席出房。接着又大声小喊把翁顺、砚童、兴儿三个一齐唤来，都掇条板凳坐下，仿佛要他们参观一场什么精彩的表演节目。

那壁厢拔离刚把王氏的粉红纱衫、银杏肚兜褪下硬撳到土炕上，这里秦桧早已紧紧闭上双目，好像待决之囚等待别人来砍他的头颅一样。想不到又听到拔离一声暴雷似的猛喝：“统统不许闭目养神！谁不听话，俺停会儿跟他算账，管把他的两颗目睛挖出来喂狗吃。”吓得他魂灵儿出窍。

然后在八只自愿或被迫大大睁开的目睛注视之下，拔离按住王氏干了一般绝不允许在丈夫的眼皮底下干的那桩活儿。毕事以后，拔离意犹未尽，还想找补点余兴节目，双目滴溜溜地在王氏身上打主意。

秦桧是五长身材，双手双脚以及一副马脸都长得出奇。天造地合，把他与王氏配成一对，王氏较丈夫还有过之而无不及。除那五长以外，还有一条又尖又细又长的舌头和一对牛奶葡萄似的长乳头。明明暗暗，共有八长。拔离忽生奇想，他撮起王氏的一对乳头好像在一块厚木板上抓住两枚钉子，想把它凭空提起来。第一次没有成功，痛得王氏杀鸡杀狗似的乱叫乱蹭，把身体缩成一团。拔离皱皱眉头，向秦桧看了一眼，示意他上来帮忙。不想秦桧因为先后剥夺了他的离席告退权和闭目养神权——那是作为一个丈夫起码应有的权利，只好正襟危坐，目不斜视，心中很不是滋味。幸亏他还有一种别人剥夺不掉的想象的自由，他想象他们正在进行一场骑术表演，王氏是一匹扭扭捏捏的牝马，拔离是个横冲直撞不按常规的骑手，他左右驰骋，急如暴风，翻山越岭，如履平地。秦桧想到兴会之处，竟忽略了主子递给他的眼色。幸亏砚童乖巧，他一步窜上去，双手垫到王氏的背脊和屁股下面，趁拔离再次用力往上一提之势，他在下面用力一托，就把王氏托起来。两个配合动作，又把王氏旋轮似的在空中转了十多转，这才完成这项别出心裁的余兴节目。

拔离兴尽而去，留下这对惘然若失的夫妻，不知道是大功告成，还是做了一笔蚀本生意。他们都明白，这番如再失败，他们再无本钱可以翻老本了。

但是答案很快就来了。不久，秦桧奉命带着家眷前往辽阳路辽阳府安家，在那里受到挞懒监军及其妻子一车婆的接待。这时秦桧堂而皇之地抛弃忠臣这顶帽子，换上另一顶挞懒亲信的帽子，做了挞懒的“任用”。不久挞懒统军南下，秦桧随行，冠冕堂皇地做起参议军事兼随军转运使了。

挞懒大军进攻淮北重镇楚州[1]。守将赵立率领民兵坚决抵抗，坚持了四十多天的攻守战，赵立中炮而死，坚城尚未易手。一天，在楚州附近的涟水军[2]水寨中忽然来了一批不伦不类的人物。其中带头的是个马脸的长脚汉，他气派豪华地包了一

[1] 楚州，今江苏淮安。
[2] 涟水军，今江苏涟水。

[1] 临安，今浙江杭州。

艘大船，携带老婆、童仆、使女和大量金银财宝。据他自我介绍是靖康朝的御史中丞秦桧，因忠于赵皇家，不愿事伪，被金人俘全家北上。此番随挞懒大军南下，伺隙杀死监视他的金将逃回来。

忠臣这顶帽子在宋朝还是十分吃香，何况御史中丞是大官，秦桧又是前朝的出名人物，拉拢了他自有好处。水寨统领丁禩既不擅长陆战，更不懂得水战，但在应付人事关系上却是个水晶心肝的人物，他不敢怠慢，立刻把秦桧全家津送到当时已迁至临安[1]的行在所。

秦桧的归来，令人疑窦百出。

当时认得秦桧的人还有不少，要验明他和王氏的正身并不困难。问题是他们怎能脱身归来，凭他这个无缚鸡之力的文官就算加上老婆和童仆数人，又怎能杀死监视他的赳赳武士，带了大批财宝，一帆风顺地回到南方，路上难道不怕稽查抢劫？还有，就算相信他说的是实，他是随着挞懒大军南下的，他又怎能带着妻子童仆同行，哪一支军队的从军人员可以携带妻仆？这一点，他后来写了文章为自己辩释，出征前，他们夫妻故意大吵大闹，让挞懒和一车婆听到了，明白了吵闹的原因是夫妻恩爱不愿分离。一车婆心软，说服挞懒同意特许秦桧带妻子一起随军南下。这种解释还是不能使人满意，即使挞懒不把王氏留下为质，怎肯让她把金银财宝一起带走？这篇解释文章又产生了新的问题，人们不禁要问：挞懒身为大帅，为何对这对俘囚夫妻，如此含情脉脉，他们之间还有什么不可告人的秘密？

封建朝代没有一套严密的人事档案制度，一般不太考究个人经历，可以含混过去的都含混过去了。两宋之际，只有臣事伪楚朝的那些汉奸官员，事实彰彰在人耳目，即使处置起来，可以从轻发落，他们的臭名却已不可掩盖，为人所不齿。至于在北方屈节金廷的，因当时消息隔绝，事在疑似之间，不容易查实。他们回朝后，生怕欲盖弥彰，反而戳破了纸糊灯笼，一般都保持沉默，觍颜自甘，不敢多辩。唯独秦桧与众不同，他特别重视这个问题，千方百计要把过去的一段历史真相掩盖起来反而加以美化。后来他掌了大权，不惜修改、伪造、消灭历史资料，甚至杀人灭口，一手遮天，要大家相信他始终是大节不渝，可与日月争光。

完全泯没了羞耻之心，用人为的强迫的力量硬要人们忘记历史上存在过的事实而去相信历史上并不存在的事实，这一点，秦桧超过他同时代官僚的水平，不同于一般封建官员而接近于近代的政客。

不过历史真相毕竟是掩盖不住的。八十多年后，金朝的一名中书舍人孙大鼎上奏章给金宣宗追述秦桧被纵南归之事，说："天会八年（宋建炎四年），诸大臣会于黑龙江之柳林。陈王兀室（即完颜希尹）忧宋室之再隆，其臣赵鼎、张浚则志在复仇，韩世忠、吴玠则知于兵事，既不可以威取，复结仇之已深，势难先屈，阴有以从。遂纵秦桧以归……及宋诛废其喜事贪功（即主张抗金的）之将相，始定南疆北界。"这是一条铁证，证明秦桧得以南归，归后竭力主和陷杀岳飞等抗金将领，都出自金人的授意，确是个不折不扣的民族败类，千古罪人。

当然秦桧之主和，除出于金人授意外，主要还是迎合了赵构之意。他们第一次见面时，不知说了些什么。但事后赵构高兴地对大臣说："今日朕得一佳士。"欣喜之情，形于辞色，他的确很有眼光，亲自提拔了一个比黄潜善、汪伯彦之辈要高明得多的同流合污者。

当时秦桧扬言要与金人讲和不难，只消做到"南人归南，北人归北"八个字，和议可谐。不过，当时南宋朝廷中带兵的将军如韩世忠、吴玠、吴璘、岳飞以至张俊、刘光世等莫不是北方籍贯，南人绝无仅有。他们统率的部队主要来源于西军，后来吸收了一部分两河山东河南的义军以及流动于北方及两淮之地的散兵游勇，也以北方籍贯占多数，如果实行"北人归北"，那么这些官兵都要划归金人，瓦解南宋的军队，自己缴出武器。这一条显然是金人的毒计，当时朝野舆论大哗。赵构默察时机尚未成熟，顺水推舟地说了一句："如朕者也是北方人，岂不要归入金朝!"割爱贬了秦桧的官，和议活动不得不暂时转入地下。

3

南宋初期，处于要想求和而不可得的苦境中。建炎三年冬，完颜兀术发动“搜山检海”之后，两路渡江，分扰江浙和江西两湖，使南宋濒于灭亡的边缘。赵构君臣由杭州渡钱塘江逃到越州、明州、温州，最后落脚于沿海的一个小镇章武镇，他们急急如丧家之犬，小朝廷就设在风雨飘摇的海舟中，政权实际已经瓦解。

但是一线生机恰好在极度窘迫中逐渐产生。要感谢女真诸酋，特别是完颜兀术采用的穷凶极恶的屠杀政策，激起江南人民的反抗，小朝廷才取得立足的地步。

粘罕部金军进入扬州之夜，赵构闻信，仓皇逃走，十多万军民，逃到江边瓜洲，船只都被拘走，无法过江。相传有一名手臂上戴满金钏的盛装女郎，被挤到江边的沙滩中，哀求有人能救她，愿以全身的首饰相赠。她的身体逐渐沉入水中，只剩得头颈和手臂尚露在水面上，哀呼越急，竟没有人能加以援手，眼看她慢慢地没顶沉死。

愤怒的群众误杀了一名中级官员黄锷，因为有人指认他是误国的祸首黄潜善，他不及申辩，头颅已经落地。这时金兵已经追上来，放手屠杀，十多万人不是死在江中就是死于金兵的刀锋下。在江边丢下的金银财宝堆积如山，都被金兵掠去。事后检查，一向人口稠密的扬州城中活下来不过寥寥数千人，全城化为废墟。

从唐朝安史之乱以后，南方经济逐渐超越北方，尤以苏杭二州为盛，这一次也在劫难逃。兀术退兵杭州时，一把火烧了三天三夜，然后带了全部赃物，沿着运河，水陆并发。兵到平江府，大官周望、将官郭仲威早已弃城逃走，这座城高池深、兵多粮足的城市轻易落入敌手。金兵抢光了金帛子女，临走时，照例又是一把火，直烧得百里外都望得见烟焰火光蔽天，五天以后才告熄灭，不知道多少条生命被卷入火舌中。

苏杭扬三州的毁灭只是金兵屠杀政策的几个典型事例，事实上，它兵锋所到之处，就把罪恶带到那里。

多年后，词人辛弃疾途经当时金兵曾追隆祐太后不及而到过的江西造口，在壁上题了一首《菩萨蛮》：

[1] 建康，今江苏南京。

郁孤台下清江水，中间多少行人泪。西北望长安，可怜无数山。

青山遮不住，毕竟东流去。江晚正愁余，山深闻鹧鸪。

这首意境沉郁，大声镗鞳的词反映的就是他目击战争遗迹而激发起来的爱国情绪。

金朝的大皇帝曾下令“康王走到哪里，就打到哪里”，现在被激怒的江南人民的口号是“金兵来到哪里，我们就在哪里抵抗”。他们规模虽小，但点滴之水可以汇成巨流，积小胜可成大胜，完颜兀术等就是因怵于江南民气高涨，他们的马足每前进一步就多一分陷入泥泽的危险而退兵的。

南宋部分正规部队也在战斗的实践中成长起来，其中岳飞、韩世忠所部在兀术北撤途中都出击金军，立了大功。

宗泽死后，代为东京留守的杜充准备放弃东京城，岳飞力谏道：“中原地尺寸不可弃，今一举足，此地非我有。他日恢复之，非数十万众不可。”杜充不听，逃到建康[1]。兀术渡江，杜充乞降，建康失陷。岳飞率部转战广德、宜兴、常州一带，屡立战功。驻军钟村时，军队绝粮，将士忍饥不敢扰民。所谓“冻死不拆屋，饿死不打掳”的铁的纪律，在他带兵的前期已经树立起来。兀术返回建康时，岳飞在牛头山设伏，乘夜鼓噪，金人惊扰，接着他在静安镇、龙湾、新城等处，连连得捷，收复了江南重镇建康。

西军将领韩世忠指挥一支舟师在京口附近的大江中邀击金军，部将苏德在金山设伏，差点擒着兀术。后来又在黄天荡歼灭金方的舟师，兀术叩头乞哀，愿尽还所掠人口财帛，只求借道，让他逃走。双方相持了四十多天，韩军始败，但兀术已吓得丧胆。

以后几年中，韩、岳的主要活动是“剿击”在境内的流动部队，韩、岳这两支部队后来得以发展壮大，成为抗金的主力，都与他们击败、收编、招抚这些流动部队有关。

流动部队多数是北宋末年集结在东京周围的勤王军，也有一部分是东京城失陷时跟随刘延庆、刘光国父子突万胜门而出的军民，他们后来同在宗泽的旗帜下共同抗金。宗泽死后，被杜充解散，他们无衣无食，被迫到处流窜。他们对南宋政府还存在不同程度的幻想，希望受到招安，继续抗金。当然也有一部分流向北方，投靠金人以及金人在山东、河南树立的以伪齐刘豫为首的第二傀儡政权。

在南方，最大的一支流动部队由曹成率领，拥众数十万，流动于江西、湖南境内，俘获了湖南安抚使向子湮，成为南宋政府的大敌。

那时马扩恰巧也在湖南。马扩于清平战败后，因为一贯主张抗金，不见容于朝贵被贬谪到湖南来。他力主招曹成之众，编成正规部队，共同抗金。这原是他的一贯思想，无论在南方北方都是如此。他已派从人张成与曹成联系，张成是他真定狱中难友中唯一存还的孑遗，多年来，久随马扩，办些公私事务。曹成久闻马扩之名，表示愿听约束，放回向子湮。把曹成的十万之众收编过来，化成国家劲旅，这是何等的好事，可惜又被湖南地方长官宣抚使吴敏破坏了，曹成被迫再度流窜，后来所部在江西一带分被韩世忠、岳飞收编。曹成部将杨再兴勇敢非凡，曾杀死岳飞之弟岳翻。他被岳飞战败后，跳入深渊被俘。岳飞见到他说："你我同乡，同受业于武师陈广之门，我久知你是条好汉，我不杀你，你我一道抗金。"后来杨再兴在岳飞部下果然成为抗金名将，战死于小商河。

另一个在安徽湖北境内流动往来的张用也拥有一支强大部队，他的妻子称号"一丈青"，更是一名能征惯战、驰名江湖的女将。知鄂州[1]李允文招抚了他所部以后，又阴谋把他全军围在校场内一举歼灭。张用得到消息，突围而走，后来也受到他一向敬佩的岳飞收编。

吴敏、李允文等人听命朝廷，破坏招抚，他们执行的仍是那一条传统的国策，对金朝奴颜婢膝地只想投降，对人民则如虎如狼，严厉镇压。马扩早已看到存在于义军民兵身上的抗金积极性，一而再、再而三地论证收编义军民兵的必要性，正好与朝廷的决策背道而驰，怪不得他处处要碰钉子了。岳飞、韩世忠不在口头上与朝臣争辩，凭借他们的实力地位，做到了马扩做不到的事情。他们大量招抚流动部队，吸取其精华，扬弃其糟粕，提高本军的质量和数量，成为南宋朝廷中抗金的主力部队，这个结果正是马扩多年梦想的部分实践。

西北战场上，张浚曾集结西军的精锐，发动了著名的"富平之战"，其目的是吸引金军到西北来，以减轻对东南朝廷的压力。这一役西军名将除陇西都护赵隆、秦凤路经略使杨可世二人先已病死外，其他刘锡、刘锜、吴玠、吴璘等都参加了。刘氏兄弟陷阵力战，取得辉煌战果，但战役还是失败了。以后吴玠、吴璘兄弟在刘子羽的赞画下，重振军声，严守川陕一带，数年中在和尚原、饶风关、仙人关等处屡挫强敌。金朝大将娄室、撒离喝都败在他们手里。撒离喝战败啼泣，目睛尽肿，西兵称他为"啼笑郎君"以讥诮之。西北战场上几次大战都打得有声有色，史称

[1] 鄂州，今湖北武昌。

“确斗”，宋军始终占到上风，确保全蜀之地，厥功甚伟。

刘锜后来调入临安，主管侍卫亲军马军司，以其踏实的作风，善于协调各方面的关系受到时人注目。

除韩、岳、吴氏兄弟诸军外，南宋朝的大将还有张俊、刘光世、杨沂中等人。张俊在赵构即位前就担任宿卫，资格最老。当时韩世忠军将领戴铜兜鍪，时人语曰：“韩太尉军铜脸，张太尉军铁脸。”临安市语，称无耻之人为铁脸。还有杨沂中比较后进，专门趋奉张俊，得为大帅，被称为“髯阉”——大胡子的太监。铁脸与髯阉就是人们对张、杨二人的评价。刘光世在燕京城下怯敌致败，以后一直保持这种拥兵自重、遇敌则逃的作风，与张、杨如出一辙，赵构偏偏信任他们，倚为心腹。这几个后来也被称为“中兴名将”，实际上是硬捧出来的。

即使这样，经过几年来的发展变化，宋金双方实力消长的天平砝码已稍稍倾仄到南宋的一边了。直到此时，南宋才具备立国的基础。

[二] 装着皇帝遗骸的棺材。

4

南宋政府总算积累起一点力量了，勉强构筑起一条国防线，摆脱了被动挨打、死活由人摆布的局面。这点力量是付出了半壁江山，消耗了无限物资，牺牲了几百万条生命为代价而得到的。人民把这点力量看成立国之本，恢复的起点。赵构及其亲信也意识到这种力量，它使他们的实力地位增强了，可用作与金人谈判和议的本钱。

这时金朝的内部情况也发生变化，粘罕一派失势，秦桧的老主子挞懒取代粘罕主持国政。赵构认为时机已经成熟，趁太上皇病逝五国城的机会，派王伦入金迎奉梓宫[1]。王伦带来挞懒的回话，和谈可以考虑，徽宗的梓宫以及赵构生母韦太后的活口和河南之地也都可归还。赵构大喜，立刻派秦桧主持和议，秦桧一下子从地下活动钻出地面来，被任为尚书右仆射同中书门下平章事并枢密使，这是不折不扣的宰相了。

所谓和议，主要是以南宋对金称臣为先决条件的，实际就是谈判投降的条件。君相可以觍颜接受，爱国的官吏和军民都坚决加以反对。

在宰执一级中，枢密使王庶反对得最坚决，他六次面见赵构，痛斥和议之非，又当面讽刺秦桧："你已忘记当初在东京力保赵氏宗社那段往事了吗?"实际上是骂他已经变节。

宰相赵鼎也反对屈辱过甚的和议。

过去曾任宰执、现在被贬职放逐在外的李纲、张浚，现任朝官、洞悉君相意图的权礼部尚书张九成，有"生姜老而弥辣"之称的吏部侍郎晏敦复等都不计个人利害，上疏反对。

大将韩世忠要求调查王伦等勾结金邦出卖国家的罪行。岳飞上奏直率地表示金人不可信，和议不可恃，宰相误国，要受后世谴责，这两员大将把矛头针对秦桧，从此结下了深仇。

但是官僚之中，发言最最痛快，丝毫不为赵构、秦桧留有余地的是枢密院编修胡铨上的一道弹奏。他说："三尺童子，要他向仇敌下拜，尚且发怒，堂堂大国，相率而拜仇敌，毫无羞耻之心，难道陛下能够忍受吗?"他说王伦乃市井无赖狎邪小人，本不足道，宰相秦桧以及趋奉秦桧的副相孙近应负全责，最后他激越地道：

[1] 太乙宫是道教寺观，宫使为虚衔，无实职。

“臣……义不与秦桧等共戴天日，区区之心，愿断三人头，竿之藁街，然后羁留敌使，责以无礼，徐兴问罪之师，则三军之士不战而气百倍。不然，臣有赴东海而死，宁肯处小朝廷求活耶?”

这篇弹章道出了人人心里的话，可与陈东乞诛六贼之疏相媲美。奏稿一出，到处翻刻复印，传颂一时，后来金人花了一千两银子购得副本，金皇帝读了，说：“南朝有人!”

赵构、秦桧不顾全国人民的反对，一意孤行，对于反对者则采取镇压的办法，王庶、赵鼎等都被逐出政府，胡铨被押解出京编管，其余受到谴责发放的甚多。绍兴九年正月初一，南宋政府正式宣布和议成立。宋向金称臣，金朝同意归还徽宗梓宫和韦太后及河南陕西之地。这时渊圣皇帝仍活在世上，赵构怕他回来争夺皇位，谈判中只字不提。两年以后，韦太后被释南归时，渊圣滚卧车前，泣求太后回去后传语九哥及宰相，为其留一条性命，回去时得一太乙宫使[1]足矣，别无他求!

韦后生口及徽宗、郑皇后还有赵构原配邢皇后三口梓宫回到临安时，赵构擗踊号哭，并再三跪谢大金皇帝成全他孝子之恩。金使不禁暗暗匿笑。这几口棺材郑重其事地运来，其实何尝有徽宗等的一根骨骸？徽宗死在远塞，骨骸早已散失，哪里去找？金人连另外找一副死人骨头来代替也懒得做。他们明知这几口棺材不可能打开来，乐得寻寻南宋君臣的开心。

这个哑谜要到一百多年后才被胡僧杨琏真伽揭开，那时南宋已亡，杨琏真伽名为元朝的国师前来江南宣慰，实际上是个劫墓贼。他把南宋诸皇陵一一打开，尽劫其殉葬的珍宝以去。当他挖开徽宗的祐陵，撬开棺材时，不禁惊呼：“南朝皇帝，根柢浅薄，尸骨全无，已化为一架木灯檠，把金银珍宝都吞蚀了。”接着他像一个在现场作案失手，空手而归的窃贼一样，骂一声，“这木灯檠已成了精，还值得几个大钱！要它何用?”一顿脚踩就把它踏得粉碎。活该池鱼遭殃，稍后他撬开宋理宗的梓宫时，取出骷髅，老实不客气就在其中小便，后来带回家中，用金银八宝把它嵌镶起来，当作自家的溺器。

绍兴九年议和的内容如是而已，但就是这样一份和约也还是靠不住的。不久，女真贵族内部矛盾再度爆发出来，主持和议的挞懒以“交通宋朝”的罪名被杀，他的下场比粘罕更惨。鹬蚌相争，渔翁得利，兀术杀挞懒有功，升为都元帅，封越国王。他毫不犹豫地撕毁和约，发兵四路，大举侵入宋朝的江南、陕西、山东之地，他自己率领主力进攻汴京，战火立即蔓延全线。

[1] 顺昌，今安徽阜阳。

兀术还是用老眼光估计新形势，他没有看到双方力量对比已发生变化，没有看到我方和敌方的两个“今非昔比”。凡是迷信自己的武力和权势的人，往往是盲目的，兀术也没有例外。

从女真建国到此时已有二十五年，灭辽灭宋，战必胜、攻必克的良将锐士多已物故，生存的也都成为既得利益者，已经享受富贵多年，锐气折尽，再要他们像当年一样驰驱战场已不可能。

有人看到河东祁州军营里，长官斜也猛安一听到动员令害怕万分。他的家属杀了一头肥猪，用斜也的衣服把死猪包裹起来，埋入地下，祷告道：“斜也已阵亡下葬了，此后战争不会再有厄运降到他身上。”

马扩的老对手撒卢母前年曾出使临安谈判和议，后来转入军队直接带兵。他狡猾比过去尤甚，已看到形势不妙，夜里常常失眠叹息。战争打开后，他无法约束部下，但劝以“勿轻动，候岳家军来即降”。

一两个例子可概括其余，兀术就是统带这样一支暮气已深的军队南下入犯的，自然不可与当年斡离不、粘罕统率的二路大军相提并论。

但是战幕初启之时，南宋边境长官秉承朝廷意旨，不敢坚决迎战，有的弃地逃走，有的开城迎降，使兀术取得一些前哨战的胜利。特别是曾杀死陈东的应天府尹孟庾，此时正在东京留守任上。兀术大军掩至，他不发一矢，就开城投降。同时金朝西路军统领“啼笑郎君”撒离喝也取得长安，挺进凤翔。

兀术完成了第一步战略目标，趾高气扬，但再想前进一步，碰到严阵以待的南宋军队，他就要大吃苦头了。

宋金双方第一个主力大战发生在顺昌[1]城下，迎待兀术侵略军并准备坚守、阻击而消灭的统帅就是马扩的好朋友、西军名将刘锜，他统带的部队就是著名的八字军。

刘锜回到中枢任职禁军时，王彦带着多数官兵面上都刺着“赤心报国、誓杀金贼”的八字军也在临安，被任为皇帝宿卫亲兵前卫副军的都统制。由于八字军来自河北的义军组织，它受到许多人的排挤和歧视，受了不少肮脏气。有一天，八字军官兵与解潜统率的禁兵在临安闹市清河坊冲突起来，解潜禁兵不住口地骂“刺面贼”“贼配军”，双方都打死打伤了几个人。朝廷把王彦、解潜二人一起解职，八字军划归刘锜统带。王彦与刘锜有很深的交情，倾倒他的为人，八字军托付给他，王彦也自放心，不因个人失去兵权而耿耿于怀。

金人背盟前，刘锜已被外调为东京副留守，率全军官兵一万八千人及家属眷卫一同前去赴任。他们从临安出发，沿运河舟行五十多天，五月下旬到达顺昌时，接到东京失守，金军前锋已入陈州[1]，距此不过三百里地的警报。刘锜立刻上岸，与知顺昌府陈规一起入城察看了一番，立刻决定赶修工事，坚守城池，以逸待劳地迎击兀术南下之师。一声令下，在一两个时辰内全军就纷纷舍舟登陆，入驻营地。

陈规虽是文官，曾在东京围城中系统地研究过双方使用的火器和火炮，后来出守湖北德安，用自己发明的突火枪打退攻城的流动部队。突火枪就是原始的火药枪，近代化的火枪、步枪都是在它基础上发展起来的。陈规是军器史上一个有突出成就的人。但是顺昌战役中还找不到他与刘锜合作有效地打击金虏的有关资料。

你看，距船埠头不远处，在一辆用羸马拖着的半旧大车上（好的脚力都让部队用了）摇摇晃晃地坐着的不是阔别了十多年的刘锜娘子吗？长期住在西北边疆，吃饱了山风谷露、飞沙走石，再加上东京沦陷、家属星散，后来又听说马扩兄弟一家的惨遇，妹子弹娘至今尚不明生死，接着是丈夫在富平战败后受贬，赵隆咯血加重，在那一年多的时间中，她代替弹娘衣不解带地服侍病人，把父女之情完全倾注到赵隆身上，直到他死亡。所有这些虽然都是十多年前，或七八年前的往事了，在她身上仍留下深刻的痕迹。她看起来是老了一些，但她的明快伉爽犹如一条清浅的溪流的性格，一副只顾别人、不顾自己的好事热诚的心肠与过去都没有什么两样。

她坐在车上，忽见丈夫骑马回来，就性急地问，不管旁边还有陌生的陈规。她有一种能在一眨眼之间就辨认出那是个好人还是坏人，能不能当他面随便说话，或者需要回避一下的本能。

"不是都说好了，途经顺昌，在船上宿一宵就走。如今又传你之令起船登岸？照这样到处耽搁，慢吞吞地走，要多久咱才到得了东京？"她的声音中含着一腔怒气。

接到刘锜被任为东京副留守的诏旨，刘锜娘子高兴得像个将被母亲带到外婆家去的十岁孩子。没有什么比得上让她去收复这座失去的天堂——东京城更重要的事情了。那里有她儿时的欢乐、青年时代的幸福和未来希望的寄托。灯市、大相国寺、龙舟竞渡、棘盆……都是她生活中不可缺少一样的道具，像衣服、冠子、簪珥一样。她每天催促丈夫起程，最好是快马加鞭，一眨眼就飞到东京，不得已坐在船上，她每天都在计算扣除了已经逝去的昨天，还要多少天才到得了东京。

想不到丈夫阴沉着脸给她带来晴天霹雳的坏消息，并且告诉她将在这里坚守。

[1] 陈州，今河南淮阳。

她大声提出第一个异议："东京已经没了，不快去收复，守在这里做甚?"

"此处不守，金骑长驱，江淮都不可保了，事关全局。只有在此处打败了它，叫它匹马不还，那时再收复东京易如反掌。"

出于爱护与关心，刘锜娘子常要顾问丈夫的公事，但从不插手去干预他。这是因为她深有信心地相信丈夫在公事上比她高出一头。当她领会了坚守顺昌城的重要意义后，通情达理地表态道："既是丈夫答应咱收复东京，到时不可食言。今日就与丈夫守在这里，誓同生死!"

刘锜娘子说得坚决，这不仅是渗透着妻子与丈夫同生死的深情，还会发生良好的作用。因为她与八字军官兵的眷属们都有深厚的交情，她的态度将会通过眷属们去影响儿子与丈夫。刘锜不禁感谢地对她看了一眼。

坚守却敌，刘锜已胸有成竹，他要动员一切可以动员的力量，利用一切可以利用的因素，包括我军憋着的一口气、敌人的骄横、妻子与军官家属的良好关系，等等。

果然在誓师会中，官兵们的情绪十分高涨，当刘锜宣布沉凿船只，断绝归路，誓死坚守的决定时，万众一口地回答道：

"敌骑纵横，誓与留守一起死守，不作南归之想。"

"平时人家欺侮我八字军，今日正要为国杀贼，扬眉吐气。"

顺昌城小而卑，陈规刚到任不久，来不及有所措施。刘锜相度形势，督率战士修筑工事，妇人们也在旁传递砖石，秣马磨刃，不让自己空闲下来。

刘锜特别下令在各城门外受敌之处赶筑比较低矮的羊马垣，穴垣为门。又尽撤城外居民数千家，烧去房屋，免为敌军掩蔽。六天后，工事粗毕，探马报来，金三路都统葛王完颜乌禄与龙虎大王等三万人已逼近城下。刘锜下令，大开诸门，敌人疑惧不前进。第三天才发动猛攻，刘锜与部将号称夜叉的许清等依羊马垣为掩蔽，用破敌弓与神臂弩自城上及垣中射敌，无不中，敌军稍却。刘锜乘势派步兵开垣门出击，金军大集于河边，退走不及，溺死及被杀伤的达数千人。

完颜乌禄进锐退速，次日就传令退兵二十里在东村驻营。晚上天色大变，乌云密布，大雨欲落未落，半夜以后，闪电霍霍，雷声轰轰。刘锜抓住机会，派统制阎充率领五百名壮士斫营。这五百人都是老兵，临阵经验丰富，斗志十分旺盛。此时金营中灯火全灭，阎充下令，在电光中看见有辫子的人就以大斧斫杀，金军死者无数。忽然电光一闪，清楚地照见一名身穿黄金铠甲，乘一辆朱红漆大车的青年贵

[1] 嘂，一种竹制的简单乐器，小儿吹以为乐。

酋，图逃不及，口中大呼呼："留得我天下可太平！"战阵之中，壮士们哪有工夫听他说话，大斧一指，顿时尸横车下。

第二天天色如故，完颜乌禄又退兵十五里在老婆湾安营。午夜以后，刘锜派出一百壮士悄悄地袭入中军。黑暗中大家伏地不动，单等电光一闪，就奋力斫杀。一百人分为几处，到处喊杀，忽然嘂[1]声一吹，又立刻集合起来，倏分倏合，金军不明虚实，乱了一夜，结果被八字军杀死的有限，自相攻击，死在自己人手里的不少。

一次攻城，两次受袭，都遭到败衄，完颜乌禄气馁求援。败报传到东京，兀术向从人索取靴子穿上，立刻点集十余万大军，分路并进，不消两天工夫都赶到顺昌城下，他巡城一周，口出大言道："这座小小的顺昌城，有何难攻，你们何以致败？明日看我靴尖一动，就把它踢倒！"

"此番南兵，非同昔比，国王临阵自然知道。"

这样的话，兀术显然是听不进的。他怒气冲冲地鞭打了两名将军，目的是杀鸡吓猴，使完颜乌禄愧怍。然后下令："明日拂晓攻城，破城后，男子杀尽，玉帛子女及八字军眷属都归俘获者所有！"

主帅来临，自有一番声势，城上人看到城下大军云集，旗帜蔽空，军号呜嘟嘟地吹个不停，知道兀术已到。当天召集的军事会议中，有两名统制官提出见好即收，乘连胜之机，敛兵而退，朝廷必有奖赏的主张。有些军官附和了这一主张。

这是一场比赛毅力的斗争。所谓毅力，就是排除万难，力求完成其主观上希望完成的目前指标以及随着形势发展不断升级的终极目标的一种坚持力量。八字军的高级军官们不缺少毅力，他们在前一阶段中已达到了别人处此很难达到的初级目标。但在更严峻的考验中，他们竟有些踌躇畏难了。这是一个危险的信号，刘锜当机立断地提出："朝廷养兵十五年，正为缓急要用，如今虽众寡悬殊，然有进无退。吾军一动，兀术追来，前功尽弃。如使敌进犯江淮，我生平报国之志，反成误国之罪。不如背城一战，死中求生可也！"

统帅的话，坚定了大家的意志，但以一万八千人抵御城下的十万之众，任务显然是艰巨的，要使大家真正安下心来，还需要采取一些措施。贤内助刘锜娘子当天就迁出原来居住的行馆，迁至北城门内的火神庙。当着许多军官家属的面表示：万一城池有失，誓以身殉，必不令将士独死！她的话说得斩钉截铁，她的神情是坚决而诚恳的，感动了许多人，当夜迁到火神庙来住的眷属不下百人，连那两名统制官的眷属也搬来了，说：“俺们与大家生死在一处，他要走就让他自己走！”人心大定。

此时正值六月炎暑中，城外的颍水涨溢，人马不能涉渡。兀术明日攻城的命令要实行起来谈何容易。没想到在他进军前，刘锜已派人在颍河上搭了五座大浮桥，又给兀术送信道：“今太尉（指刘锜）闻知太子将来攻城，大军渡河不易。谨献浮桥五座，如太子真要决战，即请济师可也！”

这种一半嘲笑、一半挑战的口气，果然激怒了兀术。次日清晨，他率领全军，真的从渡桥上渡过来，耀武扬威地杀奔城下。

刘锜早就派人在颍河上游和城外草丛中撒下毒药，嘱咐全城官兵：“即渴死，毋饮河水！”金兵攻来，他不动声色，只以神臂弓猛射却敌，一面传令官兵乘早凉轮番休息，吃饱饭后准备大战。金军一早出动，渡过浮桥时，耽搁了一些时间，又在城下叫喊怒骂，口渴难受，许多人都去喝了河水，一时毒发，呕吐的、倒地的不计其数。兀术情知河水有异，急令禁喝。只是在几万大军的一片混乱中，这样的命令一时是难以生效的。禁者自禁，喝者自喝，一批批倒卧地上，影响了士气。大规模的、强烈的攻城战始终组织不起来。

自晨及午，金军朝气已失，我军神气安闲，劳逸之势判然。刘锜看到时机已至，先以数百人出西门尝敌，接着又以数千人出南门，戒令勿喊，但以短兵与战。八字军蓄锐已久，一阵冲击，势如虎狼，把金军逼退数里之地，来不及渡回浮桥的纷纷坠死河中。八字军的目标，显然是要打败乱后复整的兀术中军。那天兀术身披白袍，裹甲数重，乘骑带甲的战马，以牙兵三千人决战。他的牙兵都披双重铠甲，头戴铁兜鍪，三人为一伍，同时并进，号称“铁浮图”。临阵时只许前进，不许后退。历年宋金大战中，金军常以铁浮图配合两翼拐子马，左右迅速包抄，中间突破以取胜。但这次因颍河前阻，地形迫隘，刘锜又到处布下拒马木，限制拐子马，不使它纵横驰骋。八字军又临事制宜，两个人组成一队，一个挑去铁浮图的兜鍪，另一个顺势以大斧砍其手臂，碎其头颅。酣战不久，就把铁浮图消灭了一大半。这时形势明显有利，八字军人人奋战，有的抓住敌人，紧抱不放，二人一起坠河淹死。统制官赵樽、韩直都身中数箭，依然奋进，不肯后退。刘锜在高处瞭望，急派人硬把他们扶回来。双方酣战到酉时，金军全面后撤，势若山崩，丢下的尸体来不及搬走，不下五千具。

兀术率败兵退到城西，还图再战，检点各军，伤亡实多，有些溃散了的不及归伍。是夜大雨如注，平地积水一尺多深，颍水泛溢，势如山洪暴发，一夜中咆哮不绝。刘锜乘胜，又派出多支队伍前去追击，雨声、雷声、河水声、喊杀声汇成一片，金兵营中人人惊慌，不战自乱。兀术不得已，只好拔营逃回汴京。丢下的车辆、旗帜、器械、兵刃、粮秣来不及搬走或破坏，堆积如山，这就是著名的顺昌大捷。

战争全靠官兵奋战，在一般情况下，统帅所发挥的个人作用是有限的。唯独顺昌一战，刘锜始终胸有成竹，指挥若定。他克服了顺昌城卑、无险可扼以及金军锐进、寡不敌众的两大不利条件，充分调动一切有利因素，用间，用毒，助长敌人的骄气怒气，激励我军的勇气斗志，临事制宜、灵活多变的战术等莫不奏效。天气炎热，雷雨频作，本来是双方共同的条件，他巧妙地为自己一方利用了。他表现出卓越的指挥艺术。即以他本人而论，在顺昌战役以前或以后多次的战争中也没有像这次关键性的大战中指挥得那样得心应手。这是宋金战争史中一个典型的战役。

顺昌战役改变了战争面貌，传说金政府得到败讯后，吓得丧魂落魄，把燕京珍宝悉数搬回老家，作逃走的准备，说明金军这次南侵的基础是十分薄弱的，将以大败告终。

顺昌战役以后，接着韩世忠有收复海州之捷。吴璘坚守大虫岭，田晟苦战泾川，稳定了西北战场。连得向来拥兵不战的张俊也来凑热闹，派勇将王德收复宿州、亳州。王德绰号也叫“夜叉”，敌将听说夜叉来了，不战逃走。

诸将中进取最锐、进兵最速的是岳家军。在短短的一个多月中，岳家军本身或配合友军先后收复颍昌、淮宁、郑州、西京洛阳。七月初，兀术以骑兵一万五千人来到郾城决战。岳飞亲率四十骑突阵，金军大败，勇将杨再兴差一点活捉兀术。几天以后杨再兴又以三百骑击杀金军两千人，不幸战死，焚化他的尸体时，得箭镞二斗，可以想象他在战阵中叱咤风云的气概。接着颍昌大战，猛将岳云手执一对铁椎以八百骑陷阵，兀术又一次大败。

岳家军进展到东京附近，牛皋等在京西一带连捷。梁兴渡河联络太行山忠义与两河豪杰。义军韦寿佺、孙谋等部积极准备与岳家军会师，旗号都用“岳”字。沦陷区的人民奔走相告，甚至白天罢市，黑夜起来，披衣伺听风声。自燕以南，金朝的号令不行。兀术还想在河北“签军”（征集汉军）再战，竟无一人从者。他悲叹道：“我军起北方以来，未有如今日之败衄！”这是岳家军发展到顶点的时候。岳飞意气风发地对部下说：“直抵黄龙府，与诸君痛饮尔！”正待指日渡河，忽然

〔一〕宋人口语，一说为“可能有”的意思，一说为“必须有”。

接到朝廷退兵的命令，岳飞奏称“金人锐气沮丧，尽弃辎重，疾去渡河。豪杰向风，士卒用命，时不再来，机不可失”，要求继续用兵。赵构、秦桧发急，一天中连下十二道金牌，严令班师。岳飞愤慨泣下道：“十年之功，废于一旦！”不得已下令退兵，百姓遮马痛哭，声震原野。辛苦收复的土地，一时又沦陷敌手。

在金人“必杀岳飞，始可和”的指令下，内奸秦桧下毒手，先解除韩世忠、岳飞等的兵权，任为有名无实的枢密使副，接着就捕岳飞、岳云、张宪入狱。花了两个多月，一再改编伪造罪状，狱久未成。秦桧的走狗，大将张俊与御史中丞万俟卨收集伪证，大卖气力，却引起许多正义人士的公愤。绍兴十年除夕，秦桧经与妻子商量后，写了一张小纸片给狱吏，就把岳飞等三人在临安的风波亭杀死了，成为千古冤狱。

岳飞被杀，韩世忠愤怒地前往责问岳飞到底犯了什么罪，秦桧回答“莫须有”[1]三字。韩世忠说：“莫须有三字，何以服天下？”这时韩世忠已被收去兵权，只好骑驴载酒，杜门不谈天下之事。主张抗金的刘锜也被解除兵权，后来被放逐到湖南去。

岳飞死后，宋朝再次投降告成。在宋朝自动解除武装，奉表称臣，无耻地宣誓“世世子孙，谨守臣节，岁贡银绢”的前提下，金朝承认南宋在大散关至淮水一线以南的小朝廷。

千百万人民以鲜血凝成的大好抗战形势被投降派活活地扼杀了。

5

从此，我国历史上开始了一段虽非绝后，却是空前的黑暗统治时期。赵构、秦桧这一伙根据他们自以为得到莫大好处的既定国策，对于一切持有不同意见的人横加残酷的迫害。在那段时期中，凡是主张抗金、主张收复失地的都被视为乱臣贼子，视为洪水猛兽，如非杀害，至少也要就地圈禁起来，使他们永世不得翻身。苟容自安、赞同屈膝讲和的莫不得到升擢，富贵立至。

新国策的主要制定者秦桧是这伙人的核心，他是疯狂的嗜血者，整人、害人已成为他的天性。在他当政的十多年中无时无刻不在整人害人。他实践了自己的诺言，即使坐稳了首相，享尽富贵，仍不肯使自己的脑筋和双手闲下来，非把天下所有反对者的舌头都剪下来决不罢休。他作疏削稿，每至深夜，上下臼齿的磨动声甚至传到室外，明晨奏疏上去，谴责立至，必有一个人、一家人或一大批人倒霉。这些奏稿很少直接用自己的名义，多数由御史出面。宰相一般是代天立言，唯独他这个宰相，不辞辛苦，还要为下属削草。这些奏疏公开后，识得他笔路的人，一看就知道："此乃老秦笔也!"

秦桧的私人办事密室"一德格天阁"落成之日，广州守臣送来一卷地毯，大小尺寸完全符合，丝毫不差。这个地方官可说是马屁拍到了家。但秦桧另有一种想法，他既能刺探到自己密室的尺寸也就有本事刺探到自己其他的秘密。这个危险分子果然很快就被他整掉。

陷害岳飞有功的御史中丞万俟卨被升为副宰相以酬其庸，一段时期中，二人好得无可再好。万俟卨俨然以宰相的继承人自居。忽然一夕之间形势大变。几名御史一齐上章弹劾，"窃天之功""擅权自用"等罪名顺手一捞就是一大把，很快就把他轰下台，从此冷板凳一直坐到秦桧死后。明朝正统年间有人在杭州西湖岳坟前铸了秦桧夫妇、张俊、万俟卨四人的铁像。万俟卨地下有知，心里肯定不会服气，他一定在嘀咕道："秦丞相相信的是汤思退、董德元，俺算得他的什么心腹亲信，让俺跪在坟前陪他受罪，岂不冤天下之大枉!"

在他执政时期，官场上形成一条规律，只要自愿充任他的鹰犬打手，为他搏击他所不喜的人，只消上几道弹章，甚至奏稿也不用自己动脑筋起草，只要在现成的底稿上署个名，搏击成功，就可坐待富贵，几年工夫副宰相到手。但到那时福星已退，灾星高照，再安分守己也没有用，就得准备卷铺盖下台。一次秦桧病假两天，由副宰相单独陛见，奏对之际，唯有盛称秦公勋业。明日去相府探病，秦桧忽问：“闻昨奏事甚久，所奏为何？”副宰相惶恐回答：“某唯颂太师勋德，旷世所无，语终而退，实无他言。”秦桧点点头道：“甚荷。”意思是很“感谢”你在官家面前替我说“好”话。那人情知不妙，刚回阁子，御史弹劾他的奏章副本已经送上让他本人过目了。

秦桧利用御史台这座官僚的舆论机构打击政敌和所有他不放心、不喜欢的同僚。这套做法，秦桧行之十分熟练，已达到随心所欲、炉火纯青的程度。

绍兴十二年以后，良将名臣被秦桧锄芟殆尽，朝廷中已很少有他的正面敌人，但草野民间以及逋臣迁客对他不满的还有不少，不免要用文字寄意，或借古讽今，或咏物及人。秦桧又大起文字狱打击他们，其手段之辣，株连之广，都是历史上少见的。

靖康年间上书为宣德门伏阙事件声辩，指斥奸党不遗余力的太学生沈长卿，晚节不移，始终疾恶如仇。他赋牡丹诗有“宁令汉社稷，变作莽乾坤”之句。牡丹诗如何牵扯得上汉室莽朝，显然别有隐射。诗被奸人告发，编管化州。沈长卿以垂老之年，赭衣白发，锒铛上道，亲友不敢相送。

永福吴元美写了一篇《夏二子传》，夏天的二子指蚊子、苍蝇，当然是隐射秦桧及其党羽。文章结尾处是吴元美的畅想曲：“当是时，清商飙起，义气播扬，劲风四扫，宇宙清廓，夏告终于鸣条。二子之族，无大小老少皆望风陨灭，殆无遗类。天下之民，始得安食酣饮而鼓舞于清世矣！”

这个吴元美确实很富于想象力，这段文章写出了当时人苦于虐政、渴望出现一个清明世界的共同心理。不幸被同乡告发，他的结果可想而知。

还有个尚在书塾中肄业的十四岁少年王谊，曾模拟赵构的口气，写了“可斩秦桧以谢天下”。这张纸条落入一个仆人手里，扬言要拿出去首告以勒索金银。王谊的父亲无法满足他的欲望，只好听其出首。奸党们对这个十四岁的少年也未肯放过，把他流放到象台。

这件事说明当时文字狱大炽，告密风大盛。更有意思的是十四岁的少年尚知要斩秦桧以谢天下，比他痴长三十多岁的官家赵构却只想紧紧保住秦桧，不惜与天下人为敌。秦桧被禁军军官施全暗杀未遂，赵构下令宰相出门时，派五十名军士保护，唯恐他受到发肤之伤。这一君一臣确是同命运、同休戚的。

秦桧之整人害人，至死不易，垂老弥甚。他晚年在一德格天阁的一张屏风上密密麻麻地写着许多人的姓名。凡是榜上有名的，都是他的仇家，迟早要遭到他的毒手。其中为首的三名状元榜眼探花是反对议和的宰执赵鼎、李光和上疏请斩秦桧以谢天下的翰林院编修胡铨，此时三人均在贬所，赵鼎对儿子赵汾说："秦桧定要杀我，我不死一家受祸，不如我一死了事，你们可安。"绝食而死。没想到秦桧仍不肯放过他的家属。他侦知赵鼎生前多与主战反和的士大夫通信往来，死后又有不少亲友携酒前来参加会葬。他下了毒手，派地方官以搜私酿为名，尽逮赵氏家属及参加会葬的亲友，搜出往来书札，立大案把上述诸人及主战的宰相张浚等人一并罗织在内，欲诬以谋逆大罪，尽灭其族。这个案件由秦桧亲自主持。狱成，秦桧已病重，颤抖的手，在牍尾署不成自己的名字，隔了两天就已病亡。这批囚犯才得死里逃生。

秦桧死后，舆论大哗。不少人攻击他，当然要涉及他的卖国投降政策。赵构及时下了一道严厉的诏书，大意说：与金朝讲和乃国家之既定政策，朕主之甚坚，宰相不过在旁翼赞而已。今宰相甫亡，有人议及朝政肆意诋毁，讪及朕躬，意欲何为？如再有人敢妄论者，朕必加重谴。

这道诏书表示赵构还要坚持屈膝投降的政策，不肯迷途知返。南宋人民仍在漫漫的长夜中，望不到天明之日。

一生主张抗击金虏、收复失地、坚拒和议的马扩处在这样一个历史时期中，可以推知他必然要成赵构、秦桧的眼中钉。

除了和战主张截然相反，赵构、秦桧对马扩还有特别憎恨的理由。建炎三年，在临安的两名高级将领苗傅、刘正彦因不满朝政，突然发动兵变，杀死主持军政的贪黩淫乱的签书枢密院王渊和赵构的亲信内监康履等人，废黜赵构。当时朝政腐败，王渊、康履及内侍蓝珪、曾择等人狼狈为奸，人人切齿。事变之初，身在行伍的马扩，内心中毋宁是同情苗、刘的，与他们有所往来，后来发现他们的措施诸多不善，甚至要遣使去与金人谈判。这样马扩才死了心，断然离开他们。

这是一次不彻底的决裂，但确有思想基础。长期徘徊于忠君爱国两个概念之间未能把它们分割的马扩，这次几乎做出取舍，而又未成。苗、刘失败，赵构复辟，侦知马扩的活动，但抓不到多少把柄，就以"马扩往来其间"的暧昧罪名，趁机把他贬谪出去。

赵构不喜欢马扩，当时朝廷中人都知道。但在和战不定的局势中，有时也有人想到马扩是有用之才，要求加以擢用。绍兴中，主战的宰相张浚兼任都督，总揽北伐之事，他辟马扩为都督府都统制，都统制是一府的军事长官，事权甚重。张浚还亲自写了一封信为官家解释道："上不怒公。"结果马扩没有就辟上任，其原因是像他表面上所说因与刘子羽（当时子羽是张浚手下的红人）不洽，他避嫌不就，还是另有原因，现在已无法考实。

马扩先后也被任为沿江制置副使及沿海制置使两个要职，可见朝廷上还是有人想用他。由于他手下没有一支嫡系军队，朝廷调拨给他的军队，指挥起来不能得心应手，很快都辞免了。作为一个军事长官，正因为没有自己的嫡系部队，他在北方时，挫失于真定、清平，到南方后也不能像岳飞、韩世忠那样得到充分发挥，获得显赫战功。这是他生平最大的遗憾。

绍兴和议前，金使撒卢母来临安，气焰嚣张，后来派马扩接待。马扩过去多次与撒卢母打过交道，深知他的底蕴，这时采用摆老资格的办法，历数金朝元老重臣过去与他的交情以摧抑其骄气，撒卢母气焰顿挫，在马扩面前十分尽礼。

这一招用以挫敌，可能也救了自己的命。那时马扩已长期居住在融州仙溪，野服筇杖，竟像个桃源中人。笔记小说中流传他的逸事一则，说他在仙溪盖了一所茅厕，一天如厕，手中持一支长矛，抬头忽见屋椽上一只碗口大小的蛇头，正在吐舌吸气。马扩一矛刺去，恰恰把它钉死在椽子上，只是找不到蛇身。后来仔细看清楚了那条蛇的形象特殊，头大身细，蛇身像根细绳盘缠在梁上。这传说如属实，马扩出门数步如厕，也要携带武器，说明他随时保持着警惕心。可惜他的神矛不能刺于金虏和巨奸之胸而仅仅试于蛇虺之首，这真值得悲哀了。

马扩的名字肯定会写在一德格天阁的屏风上，而且一定名列前茅。不过秦桧熟知他在金朝还有不少认得的人，唯恐对他下了毒手，万一引起金人的非议，不免自找麻烦，因此暂时移后，把他列入待决之囚、暂缓执刑的行列中。表面上看起来锋芒已敛、行止恬散而内心中还是十分激昂的马扩居然能逃过秦桧之手，成为一条漏网的大鱼，这倒令人感到意外。

[一] 柘皋在安徽合肥东，绍兴十一年刘锜、杨沂中、王德等大破金军十余万人于此。

6

绍兴十五年七月中旬，身居融州的马扩忽然接到他的畏友、当时也被斥居在湖南的刘锜一封来书，邀约他去岳州，扣准中秋之夕，与几位老友同在岳阳楼上赏月。信中讲明白他近来得了一笔淌来之财，足敷他们兄弟三日醵饮之资，希望马扩克日参加。

刘锜以大帅之子，参加戎行，入卫宫禁，做过多年高级将领，生活一向过得十分豪奢。顺昌战胜后，声名洋溢，以反对和议，斥居湖南，收入全无，能干贤惠的娘子，不幸积劳去世。他自己又不善理家，几年下来，竟落到赤贫地步。一天，他去乡间酒家赊酒过瘾，酒家不肯欠赊，争执起来。他一时感慨，在壁间题了一首《鹧鸪天》词，谈到本人经历，有“十万军中挂印来”之句，酒家才知道他就是名满天下的宣抚判官刘四厢，从此刘锜的穷也传遍了天下。在临安的大将韩世忠及杨沂中先后派人送来金帛供他使用。刘锜在接受礼物时也分出档次。主战派韩世忠送来的礼照单全收，附和秦桧、张俊的杨沂中的礼物，他只收一小部分，退回大部分。

柘皋之役[1]刘锜与杨沂中同在战场打败金军，相处得还算不错。只是杨沂中靠拢权相，苟得富贵，骨气全无。岳飞死在风波亭，他是监刑官，虽系奉旨，他却不曾坚辞，因此刘锜鄙薄其人。对他送来之礼，面子上不好全却，只肯收一小部分，准备作友朋醵饮之资，一下子就用光，含有早些脱手之意。

刘锜、马扩分别闲居在湖南、广西，法律上虽无羁管的明文，但两个失意人聚在一处，肯定要受地方官注意。刘锜选择了岳州的岳阳楼为聚首之地，除避免在他们住处见面外还有一层深意。岳飞被杀后，无耻的岳州知州居然上奏朝廷：臣所知之州耻与逆臣同姓，乞改岳州为纯州，使州为纯忠之州，臣为纯忠之臣。朝廷准奏，改岳州为纯州，相应地岳阳楼也改名为纯阳楼。岳州改名，事在数年之前，刘锜却好像根本不知道有改名之事，随笔写来还是岳州、岳阳楼。这一字之差中间含有千言万语，马扩自然会意。只是几位友好，书中没有明言其人，马扩也不需追问，到时自知。刘锜兄长要他聚会的岂有不可会之人。

在约定的当天中午，马扩赶早来到岳阳楼，不想刘锜已到岳州两天了，此时下楼来把他迎上楼去。两个阔别已久的朋友，还是刘锜刚来湖南时见过一次，竟又有十二三年未见面了，彼此都已改变得很多。刘锜鬓上竟已出现斑斑星霜，凡是想到刘锜当时风华正茂的年代，谁也不可能把刘锜和霜鬓两个风马牛不相及的概念联系起来，因此使马扩特别感到惊异。马扩自己也改变得多了，青年时期他身上残存的稚气相当明显，如今已被额头上几条深刻的皱纹所代替，从形象到精神状态，他看起来都好像是一棵横卧在河边的偃蹇的瘦树。以致刘锜早已搁在喉咙口的一声亲热的称呼“兄弟”，竟吞了回去。

他们要过好一会儿才说得出话。

“上回看见嫂子，还是好好的，如何在湖南折腾了两年，她竟没了？”

“正是你嫂子临殁时还拉着俺的手说：‘寄语三弟，务必把亸妹子接回来，重图团圆，咱死了也好瞑目。’她还责怪……”

“想是责怪兄弟还没把小驹儿找到！”

“嫂子责怪兄弟你当初不该把亸妹子一个人孤零零地撇在异域！”

由于收回了那一声亲热的称呼不自觉产生的陌生感使刘锜的谴责更增加了严厉性。马扩默默地接受了那谴责，不管他有多少理由，把亸娘一个人孤零零地撇在异域毕竟是不容否认的事实，他怎样来为自己辩解呢？他叹口气，轻轻说：“嫂子音容犹在眼前，倏尔奄化。俺与小驹儿分手已十八年，音信杳无。如今还不知道她是死是活，流离何处，埋骨何方。真是十年生死两茫茫了！”

往事忽然潮水般地涌来。宣和四年元宵之夕，马扩在刘锜家的客厅中与刘锜哥哥抵掌深谈，不觉达旦，当时何等意气！不想楼上闺房中的刘锜娘子与亸娘也是一夜无寐，笑语温馨。正是在那一夕的谈话中，兄弟俩设计了即将到来的伐辽战争的战略方案，谈到可能发生的宋金战争，也正在那次谈话中，确定了马扩与亸娘的婚期。然后是一连串的战争、亡国之祸、贬谪、坐牢乃至死亡，这些祸殃好像穿在一根线上，连续来到这两个家庭中。只要把线头一拎，回忆的数珠就一颗不缺地全部呈现。那个元宵之夕就是线头，他们二人不约而同地想到当时当地以及后来发生的一切，一时都沉默下来。

岳阳赏月本来是湖广人的传统节目，每届中秋，挈妇携儿前来赏月的当地人、外地人挤得水泄不通，座无隙地。和议以来，老百姓的心都被笼罩在一片阴影中，大家已失去赏月的兴致，更兼岳阳楼改了名，使它蒙上不洁之名，更使游人裹足。偌大的一层楼上，竟只有三四桌座客，越发显得空旷冷落，令人索然。幸亏刘锜约定的两位老朋友，这时如约赶到，原来他们是西军时期的旧侣刘子羽和刘子翚兄弟。

“子充，真定官署一别，不觉二十年。”刘子羽不暇寒暄，抢先发言，他的声音仍旧像黄钟大吕，“人事沧桑，不想今日得在此相见，可称幸会。”

他们四人中间，刘子羽是变化最少的一个，看起来似乎比道学先生的兄弟刘子翚还要年轻十岁。他谈到真定官署一别，轻描淡写的“人事沧桑”四个字就把他与马扩间一段不愉快的往事缴销了。

南宋初年人谈到京华旧梦，谈到政宣往事，恍有隔世之感。他们具有双重心理，既怕触痛心情，又怕把前尘都淡忘了，怕说到它又唯恐不谈到它！只有刘子羽的这段话，不说不好，说又不好，怎样说都不适合，他只好以人事沧桑这四个字概括过去。

马扩系狱，当时刘子羽确实不在真定，没有参加王渊、李质的阴谋，他问心无愧，不认为自己有向马扩道歉之必要，但事情确实涉及父亲，刘韐在东京围城中请吴革向马扩转达自己的忏悔和歉意，吴革虽死，这几句话辗转传开来了。刘子羽光明磊落，今日理应转告马扩。无奈父亲殉国，死得重如泰山，为人子者，何忍坐实他父亲身上的这点白璧微瑕！他希望马扩把这段过节忘了，犹如勾销一笔隔世的旧债，这个意思就包孕在他没有说出来的语言中。

马扩会意，立刻举杯为彦修、仲修昆仲远来不易干杯，果然把这笔旧债勾销了。

在这天翻地覆的二十年中，刘子羽凭着他赤诚的爱国之心、过人的才智干出了一番辉煌的事业：他辅助张浚，在谈笑之间，就把拥兵跋扈的叛贼范麻子范琼执付大理寺正法，解散他的余众，匕鬯不惊。富平战败，五路震动，刘子羽与大将吴玠、吴璘兄弟等同心协作，力挽狂澜，在和尚原等处大败金军，挡住它入蜀之师，确保川陕一带。刘子羽赞画之功为多。秦桧议和，金使萧毅的坐船上打出“江南抚谕”的旗号，把宋朝看得一钱不值。那时子羽正在知镇江府任上，不怕违背君相之意，派人乘夜换下旗来，为宋朝人争得一口气，其结果当然罢官而去，还落得党同张浚反对朝议的罪名，成为一德格天阁屏风上有名的人。

凭他这番经历，凭他是一德格天榜同年的资格，马扩当然不应再计较隔世恩怨，一切都涣然冰释了。当时只要屏风上有名的人，彼此都视为同年，其关系的亲密远非科举中的同年可比。正因为这样，刘锜才有把握把他们请到一起来，而不怕彼此尚存芥蒂。

饮酒之际，马扩问起刘子翚这几年的行止。刘子翚自己笑而不言，刘锜指指他随身带的一个行囊道："仲修年来已移居荆襄，循岳鹏举之故垒，有所撰述。此番他践约最早，已来了四五天，俺与他深谈两宵，才知他已弃道学家而不为，撰述之余，行吟江边。几日来，这一行囊的诗稿又将盛满了。"

酒过数巡，他们正待酣饮畅叙。忽见四隅散座上有些形迹可疑的人，三三两两喝酒，眼睛都盯在他们座上。刘锜机警，要大家注意。原来纯州的地方官乃朝廷的纯忠之臣，他们经常派出眼线，出入逆旅酒店中，专门打听"不纯之人"。刘锜这一行人操的是南腔北调的口音，穿的是不文不武的便服，早已引起他们的注意。又几次听到他们说话时不避讳这个岳字，便认为他们很可能是岳飞的余党，欲图不轨，正待进一步侦查。看来今晚楼上赏月，肯定要受这些俗物的干扰了，刘子翚轻声地提出一个聪明的建议道："兄弟这几夜常在湖边漫步，都听到水上琵琶，声调激越，遥遥望去，一叶扁舟上，有人风鬟雾鬓，似不胜哀怨，莫非也是个有心人。咱们何不就此散了，晚上租条官舫，载酒赏月，兼去寻那丽人的琵琶声，岂不比在此地看这几张肮脏面目为好！"

寻声觅迹，追踪丽人，此乃文人之无行。想不到道学家的刘子翚竟会提出这样一个好主意，可见得这几年来他诗化的程度已远远超过道学化的程度了。道学家虽令人肃然起敬，但他的位置应在圣庙附祀的列贤牌位中去找，与之打交道做朋友，却会显得味同嚼蜡，远不如诗人朋友风趣。

道学家的特点是一定要与当局者合作，或者至少是不反对它或与之大同小异，才有立足的余地。身为道学家的刘子翚痛苦地感到这一点，才毅然舍弃这光荣的头衔，愿意做个诗人。他的朋友及兄长都高兴他有这样可喜的转变，对这个建议，大家齐声叫好。

从绍兴十一年议和以来，天地万象也随着人事的改变而改变了。从那以后，再也看不到一个万里无云、皓月当空的中秋佳节。似乎人们的眼睛和心灵都蒙上了一层薄翳，他们看出去的一切也都蒙着一层薄翳，一切都好像雾中看花。今夜，船泊湖中，那刚升到君山上的明月已显得那么小，而且被层层浓云薄雾所包围，它无力地照在微微作波的湖面上，闪耀出千万条淡黄的光束，一阵风过，它们变成千万只眨着眼珠的眼睛，泄露出对人间世界的不满。

天象黯淡，举座不欢，大家坐在舱里喝闷酒，即使不受到旁人的干扰，大家也很少说话。

不过洞庭湖毕竟是寥廓空旷的千古胜境，如果放到宏观的角度中去看。尤其在夜里，无边无涘，水天相连，一直延展到天的尽头。连日天气不佳，在他们视野所及的一角湖上，并未发现有其他的船只，渔船也躲着不出，渔歌歇响，这山山水水，这一片天地暂时就归他们占有。刘子羽在舱内喝了两杯闷酒，憋不住了，携着酒壶瓦盏，走到船头上来独酌。忽见月色转明，星斗灿烂，刘子羽不禁豪气直涌，逸兴遄飞，他满满地斟了一杯，泼入湖中，以酹水月，接着又斟一杯，遍揖星斗万象，慨然说道："国家失计，湖山蒙垢。俺刘子羽身虽伏枥，志在万里，他日如不能驱逐胡虏，清除君侧，手挈燕云五路之地还我军民，有如此水！"说着又把这一杯酒向西、北两个方向泼去。这时，船身晃动了一下，星斗万象似乎都在点头表示赞许，刘子羽连饮三杯，他的酒量本来有限，不觉有点醺醺然了。

一阵急迸的，犹如刀枪齐鸣的琵琶声渡水逐波而来，遥遥望去，有一个黑点儿缓缓移动，后来点子逐渐放大，看得出是一艘舴艋小船，越过一大片芦苇丛，向他们船的方向驶来。船经处，发出簌簌的响声，盖过了已经转为低音的琵琶。这时舱内的三人也都把头伸向窗外，看那小船行近。刘锜侧耳细听了一会儿，那如泣如诉的琵琶与如梦如幻的柔橹已融成一片，泯没了两者的界线。刘锜意有所会，忽然回到舱里，拈起一管竹箫，呜呜幽幽地吹起来。他吹的是与琵琶声合拍的《定风波》词曲。那一曲当年在东京曾引起一场轩然大波，把刘锜、李师师都卷在里面。现在他吹了一遍又吹一遍，吹到第三遍时，那边的琵琶已停，过了好一会儿才重新弹起来，那又是他熟悉的《琵琶仙》自度曲。当时师师在镇安坊反复度曲，刘锜每夜都去，帮她合拍定音。如今天壤之间，能够用这一曲来响应他的《定风波》，除师师外再无他人了。刘锜不禁冲口而出："不错，她就是李师师！"

他们都走到舷边，大舸在湖中已碇泊多时，等到舴艋船靠拢，就放下一条跳板搁到小船上。果然看见李师师扶在小蘘肩上，略为踌躇一下，先在跳板的那一端蹭了一蹭，试试它的弹性，然后就勇敢地走上跳板，渡入大舸。

此时此地，在溶溶月色照耀下的洞庭湖官舫内，在彼此劫后余生的心情中，无意邂逅，天涯相逢，大家都有说不出的激动。

师师披一袭敝旧的缕衣，它原来光彩夺目的颜色，现在十分黯淡了。在她习惯地包裹着发髻的青布帕底下微微漏出几茎灰白的发丝，泄露出她已入暮境，但当她抬手抚一下头发，把她的脸庞完全显露出来时，绝代风华，仍不减当年。小蘘也已中年，比从前倒胖了，她捧着琵琶，跟在师师后面，随时留心，挡住师师摇晃着的身体，显得二人相依为命。

师师进入舱内，与刘子羽兄弟厮见了，刘子羽在东京时曾见过面，刘子翚却是第一次相见，但彼此都是知名的。师师在青城斋宫内怒斥二酋、引簪自绝一事，天下无人不知。后来又传说她绝而复苏，伺机逃脱，流落江湖，也有人曾在浙中湖湘看见过她，只不知道她那一段传奇性的逃脱的经过，大家都不免要问起。

马扩问起他心中蓄疑已久的一段往事，他在和尚洞山寨时，曾听飞行豹子崔忠说到在黄河边救起的那贵妇人，莫非就是师师？

师师凝神想了一想，反问道：“他说那妇人已患重病，躺在一块门板上？”

“是躺在门板上。记得他说当时两个保护她的人都被金人射倒。他就地抓起那病妇就背在背上，撒足飞奔，幸得逃免，寄养在一民户家中。后来之事如何，他却不知道了。”

师师泫然掩泪道：“崔忠救的那病妇人就是师师，被射倒的一个，就是师师的义父何老爹，当时未死，今尚健在。师师在那民户家中养伤六个月，幸得痊愈。后来何老爹、小蘘都找来了。”师师指指身上的缕衣和琵琶檀板，“这些都亏小蘘收了，今日还用得它，只不知师师的救命恩人崔忠现在何处？”

这一次轮到马扩黯然了。他回答道：“五马山寨被陷之日，十多万义军同日就死，那崔二哥以后不闻信息，想也在当时捐躯了。马扩至今未死，愧对义众。”

“俺早听马兄弟说到过此事，”刘锜插上来道，“当时猜度师师定不死，只是到处打听，言人人殊，不得确息。师师你累大家找得你苦啊！”

“不但刘四厢、马宣赞到处打听咱的行踪，咱正有件要事待说与马宣赞知道，这两个月走遍湖南、广西，今日幸得一曲《琵琶仙》勾来了刘四厢的《定风波》，天涯相逢，好生凑巧！”

师师来到后气氛顿时改变，大家杂七杂八地提了不少问题，心中积愤吐出了不少。不觉月亮已渐渐隐入西山，他们带来的酒也喝得差不多了。刘子羽还待详问师师年来行迹。师师慨然说：“师师自脱虏手，流落江湖二十年，其间地方驱逐、官府名捕者也不下七八

*『不错，她就是李师师！』

次，受了多少肮脏气！今日与诸君邂逅，千言万语，一时也说不罄尽。诸君不怕污心，让师师再奏琵琶一曲，聊抒胸怀，如何?”

师师说是抒自己之怀，弹的却是大家心中的块垒，它一声声都是从胸臆中挤出来的最重音。忽而金戈铁马，如在战场上搏杀，忽而剑拔弩张，如在樽俎间与敌折冲，忽而风云骤至，山河变色，忽而声声掩抑，生离死别，人间百态都流泻于几根弦线中。最后她微微抬起头来，轻声说道：“稍停有话相告马宣赞，这一曲就为他而弹。”手中却不停挥，只听得铮铮几声试弹后，忽成变徵之声，恰似一块铅压在大家心上。大家相视惊讶，只听见砉然一声，几根弦线一齐迸断。师师顿时泪落如霰。

杨沂中送的这份礼不轻，留下的一小部分也足够他们三日饮醵之用。中秋以后又饮了两天，直到十八那日，大家才分手而归。

那次小聚，刘子翚最为丰收，他为师师写的一首绝句竟成为一时绝唱：

辇毂繁华事可伤，
师师垂老过湖湘。
缕衣檀板无颜色，
一曲当时动帝王。

敝旧的缕衣檀板，打破了时空间界限，把大家的思想情感带到往昔全盛之日，竭力反跌出目前的垂老流离，事最堪伤。刘子翚这首绝句也像师师的琵琶一样，抒的不是一人之怀而是大家共同之情。他们的心都是相通的，因为包括师师在内，他们都是一德格天阁榜上有名之人。

[1] 榷场，宋金双方在指定地点互市贸易的处所。

7

自从李师师把那重要消息告诉马扩的一瞬间开始，他神不守舍，他的心早已飞离此间。以后两天，他虽然随大家一起喝酒、说话，听师师鼓琴，随大家痛斥和议之误国，列举秦桧及其党羽迫害正人义士擢发难数的罪行，但这里仅仅是他的躯壳，或者可以说是留驻在此的一个“留守司”，他本人早已飞越万山千水，直往河北去了。

师师告诉他的是何老爹从北方带来的消息，马扩的母亲、大嫂、妻室及他盟兄之妻赵大嫂等都在河北路新乐县一户女真猛安家里当女奴，只有他女儿载儿早于数年前夭折。何老爹特为他去新乐县一次与马母等人都见了面，只有他的妻室因病未能见面。何老爹又托人居间说合，那猛安许她们家属备款来赎。何老爹已付出了一部分赎金，为她们脱去奴籍，另外赁屋居住。但尚余之数，何老爹力有未逮，特回南来，到处找寻马扩，希望他早早筹款去陪她们回南。事不宜迟，免生枝节。何老爹现在淮南榷场[1]任事，愿陪马扩一起去北方，竟其全事。

不消说，这个消息极大地震动了马扩。

南宋的文武官员以及殷富民户渡江以后，家属大都留在北方，被女真、色目人掠卖为奴。绍兴议和后，朝野间忽然掀起一股赎卖奴婢之风，买的方面通过种种关系，打听到自己家属的确信后，愿多备金帛赎取，卖的方面乐得趁火打劫，重重地勒索一笔财物，表面上也真是两相情愿，颇多成交。大将杨沂中、李显忠的母亲妻室先后都赎回南方。当时在边界南北已有那么一批人利用各种关系，专门为双方打听消息，居间说合，赚取佣金，这已成为一种新兴的行业。何老爹这些年来往任职榷场，也多次潜入北方，做成了几笔交易。唯独马宣赞是他敬佩之人，更兼是师师的挚友，这次他没有把它当作买卖，反而慷慨捐资，把她们从火坑中救出来，又为她们暂时安排了食宿之处，自己急回南方报信。

师师把此事告诉马扩后，刘锜、刘子羽兄弟都认为这是天大的喜讯，酌杯相庆，力劝马扩早日北行。刘锜高兴地说：“莫非天意要兄弟与太夫人、弟妇重聚。上月间韩太尉刚馈赠的不下千金之数，兄弟都将去了，足敷赎款及路上盘缠之用。她们回南后，他日居家生计，到时再作计较。”

刘子羽兄弟也表示了到时必可相助。刘子羽还具体建议道：“子充此行，自然要改装为平民百姓，最好尽剃髭须，像个普通商贩模样，才不致引起双方关卡注目。进出边境，路引最为紧要。子充生平不愿与官府有司打交道，此番却不得不向他们折腰了。”

刘子翚探囊取物——他的行囊中不单有诗稿，还有路引等杂物——他取出一张路引，高兴地说：“俺此来为避人耳目，也托人去打了一张路引，化名刘三，贩卖柑橘苹果梨栗为生。子充既不愿与官府打交道，正好取去顶用。”

大家都笑起来。师师调侃刘子翚道：“看你这副攒眉苦思，到处咏哦的模样，行囊中又满贮诗稿，天下哪有这等风雅的柑橘客人？”

“这张路引，俺不过备而不用而已！”

“不用尚可，拿出来要露马脚，不免请你坐上三天班房。”

马扩、何老爹来到河北新乐县，一路上亏得何老爹熟悉情况，倒没有露出什么马脚，发生差错。他们找到何老爹为马母她们租赁的两间住屋，刚到门前，侧耳细听，里面竟无一点声息，马扩的心不禁狂跳起来。推门进去时，看见母亲、两位大嫂都在外间，彼此惊喜之余却没有发出多少声音，似乎有一种凝重的气氛把所有声音都冻结了。母亲不暇说话，先用手指指里间，再把手掩在嘴唇上，表示噤声。只消有这个暗示，不用其他说明，马扩一切都明白了。

房间当然是破旧的，特别是那扇通往里室的门，手指略为推动一下，就会发出“咿唉”之声，显然多年没有在门臼处加油了。马扩把门轻轻抬起，侧身而入，只见亸娘拥着一条破被絮，缩在土炕里侧。难道这就是他日夜凝想的妻子？她瘦得已经失去人形，只留下一个依稀可以想象的轮廓，但睡在这个房间、睡在这张土炕上的不可能是别人。马扩弯下腰来，仔细辨认，只见她发髻散乱，一半的长发拖在枕头旁，满面通红，两眼微微睁开，这对眼睛是看不见人的，即使他走到这样近的距离中，她也没有一点反应。马扩伸手在她脸上、身上摸摸，感觉到她还微微有些鼻息，身上却像烧红的火炭似的烫手。

这个人还活着，但她的生命早被烤干、炙枯。现在只留着一线游丝还寄居在躯壳中，她已活不了多久，一天、两天，一个时辰、两个时辰。

赵大嫂跟了进来，她只唤得一声“三弟”，已是长泪直流。然后抽抽噎噎地叙说亸娘从昨夜以来，已是昏迷不醒，晌午醒了片刻，口中呓语不绝，不知道在说些什么。眼睛里已认不得人。她要马扩出去坐坐再说。

他们还能说些什么？要说的无非是这十余年受到的无穷无尽的折磨以及亸娘得病、病重直到弥留的经过。

那年马扩带刘七爹、巩元忠等十三人出走五马山，她们就被留下来当作人质。杓哥都统倒没有怎样难为她们，唯有那唐括讹论因受愚于马扩夫妇，十分恼怒，意图报复。单等杓哥都统调离真定，就把她们卖给附近地区的一个猛安家。她们身为奴婢，受尽折磨，亸娘的病就是这样重起来的。那为敌作伥的陶成留在真定，他从哪里听说马廉访从南方起了大兵前来征伐，谁要虐待他的家属，将来破了城，合家屠灭。他做了一件好事，保州被攻陷后，把大嫂带出来，一起卖与那猛安，虽然同样为奴，大家死活在一起，倒也领他的情。保州城破后，州将巷战至死，赵子谌不负夙约，果然自焚殉节。

亸娘的病根子还是她多年的夜咳，后来逐渐加深，小载儿夭折后的一段时期，她常常搜肚刮肠地咳一整夜，某一夜咳出一条条的血丝，以后咯血再也止不住，夜夜热度高升，病入膏肓。半年前何老爹找到她们时，她病已深，但听说可以回南，也产生了希望。有时露出一点笑容，说是“让我挣扎到看见三哥后再死也罢！”又说老天可怜，让她的病好起来，眼看三哥打败胡虏，接她回南，可不是好。又怎能够？近来，她几乎每夜做梦，说道梦中频频看见三哥，梦醒后，还是在恍惚迷离地向门外招手，口里说：“三哥早去早回，下次收复了燕云，定把小驹儿接回去。”何老爹为她们留下的一些银两钱钞，一大半都为她求医赎药，怎奈病势已重，喝下去的药，如石投大海，毫无作用。以后怎样劝她，她都不愿再喝。这样又拖了半年，还道她能够等得到何老爹带了好消息回来，可以治愈她的心病，大家等呀等的……谁知道从昨夜起，她就昏迷不醒了。

这一夜马扩就一直守在昏迷的亸娘的炕边。

有谁守在垂死的亲人床边，坐听那催人的柝声一更更地敲过去，油干灯尽，灯光突然一亮，那是它死亡前的最后挣扎，然后慢慢地暗下去，直到完全熄灭。扑火的飞蛾失去了对象，在黑暗中没头没脑地乱扑乱飞，发出嘶嘶的振翅声，病人延续了多时的不均匀的残喘忽然停止，他以为死亡已经来到，急忙另找个火点上，仔细看看，她的两颧仍是火烧般的通红，呼吸声重新开始，这样死亡与复苏一次次地交替着，把黑夜慢慢地磨完了。

没有经过这样漫漫的长夜，就不足以语人生。

可是拂晓前，亸娘的生命又奇迹般地回到她身上。她转侧了一下，忽然心儿乱跳，带点慌张地惊醒了。她从紧紧攥着她双手的微温中觉察出那不是婆母、两位大嫂而是丈夫的手。对于她这个气息仅属的重病者要做出这样精密细微的区别，必须高度集中精神力量才能成功，于是她完全清醒了。借助于窗外透过来的一抹光线，她凝神地看看马扩，从她发烧的眼神中可以看出她已经明确无误地辨认出丈夫。

在亸娘的一生中，只有见到丈夫才是她幸福的高潮，由于离多会少，她的一生几乎都在寂寞的期待中度过。只有这一次，她见到丈夫后没有做出任何表示惊异的动作，因为幸福来得太晚了，她已经没有时间留住它了。她只是把丈夫攥紧她的手抽出来轻轻摸了丈夫一下，作为微弱的反应。然后把脸转向一瓦瓯，示意丈夫喂她喝口水。

水给了她力量，她咳嗽一声，清清楚楚地说着下面一段话：“子充，子充，你我相别一十九年，多少回魂梦中与你相见，执手缱绻，觉来又成虚幻。今日里忽在此间相逢，我泪眼模糊，看来似真似幻，莫非还在梦中？”

“小驹儿啊！是你丈夫三哥真的回来了，你摸摸他的脸，可还在做梦？”马扩把亸娘的手挽起来贴住自己的脸。亸娘虽然明知这次并非梦幻，摸他的脸，接触到他的实体时仍感到一种安慰，她又在他的脸上摸了一会儿。马扩似乎产生了希望，继续说：“此刻你的病已大见起色，人也认得，话也说得清楚了。但愿快快好起来，丈夫接你回南去，从此再不分离。这一回可真的是不再与你别离了！”

亸娘过大的动作又引起一阵搜肚刮肠的长咳。马扩急忙揉她胸口，过了好半晌，咳声才停下来。这时亸娘惨然一笑，好像她已十分清楚自己的命运，丈夫的虚词安慰已于事无补。这仍然是她过去特有的那种凄凉的微笑。她闭目在枕头上休息一会儿，然后积聚起最后的力量，断断续续说了下面的话：“子充啊！你可知道……在这一十九年中，我……为你受尽委屈，历尽辛苦，几番走到尽头……待要决撒而又未忍。实指望有朝一日，日月重光，金瓯无缺，你我再图破镜重圆。”这几句她都用重音吐出，一个字一个字都咬得很准，并且说得顺溜，想见她打下腹稿已久，今日才得一吐为快。“谁

★『谁料得今天相见，河山依然残破，朔风猎猎，胡骑啾啾……』

料得今天相见，河山依然残破，朔风猎猎，胡骑啾啾……我又身染重病，眼见不得与三哥携手同归了。倘有……倘有不测，岂不辜负了我这片心！”

接着亸娘又咳嗽一阵，气喘一阵，双目微瞑，竟自睡着了。这时天色刚明，门外果然闻得朔风猎猎，胡骑啾啾。马扩还怔怔地等待她再醒回来。但从此时开始，亸娘一直昏迷，没有再醒过来。这样整整过了十二个时辰，第二天未明前，亸娘咽了最后一口气，遗憾无穷地离开这个金瓯残缺、破镜无缘再圆的人间。她自己说泪眼模糊，大约只是一种心理感觉，事实上她双目早枯，贮不下一滴眼泪了。

以后几天，事业家的马扩又战胜了钟情者的马扩，他强制压下自己的悲恸，与何老爹一起去办赎回母亲、两位大嫂的手续，处理亸娘后事。也许他正是依靠昼夜不停地办理杂务才压得下不断在心里蠕动的悲恸。旬日以后，他带着母亲、两位嫂子，自己背着亸娘的一坛骨灰，首途回到南方。

北方还是胡骑世界，腰絜肩弓、短衣窄袖的女真武士以征服者的姿态在北国大地上横冲直撞。而他们回去的南方——他们的心好像磁针一样永远指向南方，仍然是一片漆黑的世界。马扩觉得自己刚从一座民族灾难的坟墓中钻出来，又钻进一座政治灾难的坟墓中去。

那漫漫长夜啊！要何年何月何日何时才盼得到金瓯无缺、日月重光的好日子？马扩手抚着那只骨灰坛，不觉茫茫然起来。

全书完